TOM EGELAND

Das Luzifer Evangelium

Buch

Rom 1970. Silvana, die zehnjährige Tochter von Giovanni Nobile, dem bekannten Dämonenforscher an der vatikanischen Universität, wird von Mitgliedern einer religiösen Sekte entführt und in einen Sarg gesperrt. Sie soll erst freikommen, wenn Nobile den Sektenanhängern das »Luzifer Evangelium«, eine mehrere tausend Jahre alte Schrift, übergibt. Gelingt es ihm nicht, wird Silvana qualvoll ersticken.
Kiew 2009. In den Katakomben eines Klosters wird ein Schriftstück entdeckt und von dem norwegischen Archäologen Bjørn Beltø zur genaueren Untersuchung außer Landes gebracht. Bei seiner Rückkehr nach Oslo erwartet Beltø Schreckliches: Als er den befreundeten Historiker Christian Keiser in dessen Haus aufsucht, findet er ihn tot im Bett vor – ermordet. Und es soll nicht bei einem Toten bleiben. Alle Morde scheinen etwas mit der alten Schrift in Beltøs Besitz zu tun zu haben. Und er ahnt, dass die Mörder nicht eher ruhen werden, bis sie das Schriftstück an sich gebracht haben. Denn man sagt ihm nach, es sei das über 4000 Jahre alte »Luzifer Evangelium« und sein Inhalt ungeheuerlich. Und Beltø soll Recht behalten: Bald wird auch er selbst verfolgt und muss fortan alles daran setzen, die Schrift zu entschlüsseln, um zu verstehen, was es damit auf sich hat. Doch je tiefer er in die Geheimnisse des Manuskripts vordringt, desto mehr wünscht er sich, er wäre nie mit dessen Inhalt in Berührung gekommen …

Autor

Tom Egeland, geboren 1959, gilt als einer der meistgelesenen Thriller-Autoren Norwegens. Zwei Jahre vor dem Erscheinen von Dan Browns »Sakrileg« schrieb Tom Egeland seinen internationalen Bestseller »Frevel«, der in 18 Sprachen übersetzt wurde. Seit 1992 arbeitet Tom Egeland außerdem als Nachrichtenchef bei dem norwegischen Fernsehsender TV2 in Oslo.

Von Tom Egeland außerdem lieferbar:

Frevel. Roman (46092)
Wolfsnacht. Roman (46254)
Hexenbrett. Roman (46156)
Tabu. Roman (46573)
Der Pakt der Wächter. Roman (46822)

Tom Egeland

Das Luzifer Evangelium

Thriller

Deutsch
von Günther Frauenlob
und Maike Dörries

GOLDMANN

Die Originalausgabe erschien 2009
unter dem Titel »Lucifers Evangelium«
bei Aschehoug & Co., Oslo

MIX
Papier aus verantwortungsvollen Quellen
FSC® C014496

Verlagsgruppe Random House FSC-DEU-0100
Das für dieses Buch verwendete FSC®-zertifizierte Papier
München Super liefert Arctic Paper Mochenwangen GmbH.

1. Auflage
Deutsche Erstveröffentlichung April 2011

Umschlaggestaltung: UNO Werbeagentur München
Umschlagmotiv: FinePic, München
Redaktion: Kristina Lake-Zapp
IK · Herstellung: Str
Satz: Uhl + Massopust, Aalen
Druck und Bindung: GGP Media GmbH, Pößneck
Printed in Germany
ISBN: 978-3-442-47336-6

www.goldmann-verlag.de

Darstellung des Dämonen Baphomet
aus Eliphas Lévis Werk
Dogme et Rituel de la Haute Magie (1854)

Ilia sa-ba-si-su zu-za-su ul i-mah-har-su iluz ma-am »– man ru-u-ku lib« – ba-su su-›i-id‹ »kar-as-su«

Wenn er (Marduk) wütend umherschaut,
dann gibt er nicht nach,
wenn sein Ärger entflammt,
kann ihm kein Gott entgegentreten.

Der Babylonische Schöpfungsmythos Enuma Elisch

Wie bist du vom Himmel gefallen, du schöner Morgenstern!

Jesaja 14,12

Und wenn tausend Jahre vollendet sind, wird der Satan aus seinem Gefängnis losgelassen werden … Und der Teufel, der sie verführte, wurde in den Pfuhl von Feuer und Schwefel geworfen, wo schon das Tier und der falsche Prophet waren; dort werden sie gequält werden Tag und Nacht, von Ewigkeit zu Ewigkeit.

Offenbarung des Johannes

Vorhergehende Seite: Im babylonischen Schöpfungsmythos Enuma Elisch – der in akkadischer Keilschrift auf sieben Tontafeln geschrieben wurde – wird der mesopotamische Gott Marduk zum mächtigsten aller Götter erhoben. In den Büchern Mose, die etwa zweihundertfünfzig Jahre später begonnen wurden, wird auf ähnliche Weise der abrahamitische Gott Elohim (Jahwe) zum einzig wahren, allmächtigen Gott des Judentums (und später des Christentums) erkoren.

Inhalt

Ich bin nicht tot. Aber ich liege in einem Sarg. Ich bin nackt. Um mich herum ist Dunkelheit. Ich kann meinen Atem hören, und mein Herz schlägt so fest, dass es mir in den Ohren dröhnt.
Lieber Gott, hilf mir aus diesem Sarg, bitte!
Ich kann meine Arme nicht ausstrecken. Sie stoßen an die Wände des Sarges. So eng ist er.
Ich habe geweint. Aber jetzt kommen keine Tränen mehr.
Das Atmen fällt mir schwer. Ich habe schrecklichen Durst. Ich denke viel.
So, denke ich, muss es sich anfühlen, tot zu sein.

Prolog

Es begab sich aber auf einen Tag, da die Kinder Gottes kamen und vor den Herrn traten, kam der Satan auch unter ihnen. Der Herr aber sprach zu dem Satan: Wo kommst du her? Satan antwortete dem Herrn und sprach: Ich habe das Land umher durchzogen.

Hiob

Juvdal
23.–28. Mai 2009

Auf der Flucht zu sein, ist nicht nur Handlung, sondern auch ein Gemütszustand.

Am Fenster summt eine Fliege. Hin und her, her und hin. Vielleicht ahnt sie die Freiheit hinter der Scheibe, die sie zurückhält. Durch das unebene Glas des Küchenfensters sehe ich die weit hinten liegenden Berge, die Hügel und den endlosen Wald, das Mosaik aus Abstürzen und Felswänden leicht verzerrt. Unten im Dorf erkenne ich einzelne Hausdächer, das Sägewerk, die Silberschmieden. Die verstreut an den Talhängen liegenden Höfe. Die Stabkirchen. Den silbernen Gischtschleier des Wasserfalls.

Was habe ich getan?

Das Summen der Fliege tötet mir den letzten Nerv. Hin und her, her und hin. Gefangen. Panisch. Wie gut ich es ihr nachfühlen kann. Jeder Flügelschlag ist voller Verzweiflung. Ich öffne das Fenster und lasse sie nach draußen. Im gleichen Moment ist sie verschwunden. Eine Fliege – es sagt viel, dass ich mich in ihr wiedererkenne, aber ich habe mich schon immer gern mit allen möglichen Kreaturen identifiziert.

Auf der Flucht zu sein, bedeutet zu verschwinden, sich unsichtbar zu machen. In einer Menschenmenge. Im Chaos der Großstadt. Zu fliehen heißt, sein gewohntes Leben zu verlassen.

Ich selbst bin in die Einsamkeit entschwunden.

Der alte Schleifstein vor dem Stubenfenster ist umgestürzt.

Unkraut überwuchert ihn. Unter dem Küchenfenster auf der Vorderseite des Hauses steht eine alte, morsche Bank. Ich sitze gerne dort im Geruch des sonnenverbrannten Teers, in dem lauen Wind, der von den Bergen herunterweht. Die Sonne ist für meine empfindliche Haut gerade mild genug. Einen Steinwurf entfernt plätschert ein Bergbach, aus dem ich jeden Morgen frisches Quellwasser schöpfe. Juvdal ist ein friedliches Fleckchen Erde, ein verstecktes Tal irgendwo zwischen der Telemark und Aust-Agder. Die Alm liegt weitab von den Menschen, umgeben von Birkenwäldchen, heidebewachsenen Anhöhen, dichten Wäldern und schneebedeckten Berggipfeln. Hier, im Schutz vor meinen Verfolgern, versuche ich das Mysterium zu ergründen.

Es ist ein perfektes Versteck. Ein idealer Ort, um zu verschwinden.

Doch vor wem fliehe ich eigentlich?

Ich war zwölf Jahre alt, als Papa starb. Er stürzte an einer Felswand ab und zerschmetterte am Boden. Ich war nicht weit entfernt, als es geschah, ich habe seinen Schrei gehört.

Schon damals habe ich mich gefragt, ob es das Böse in der Welt wirklich gibt – die destruktive Kraft voller Dunkelheit und Verderben, die einen durchs Leben begleitet und um den Platz an der Sonne bringt, sobald sich ihr eine Gelegenheit dazu bietet. Vielleicht verwechsele ich das Böse aber auch einfach nur mit der Launenhaftigkeit des Schicksals.

Ich wuchs als verwöhnter Prinz in einem weißen Märchenschloss in einem noblen Vorort auf, in dem die Menschen gut gekleidet ihr Entrecote grillten und den Garten, ihre Autos und Ziersträucher wässerten, wenn die Hitze zu quälend wurde. Mama trank. Die Nachbarn übersahen ihre übelsten Exzesse voll verständnisvoller Diskretion, tätschelten meinen Kopf und nannten mich einen guten Jungen. Ich glaube, Papa hat ihren langsamen Verfall gar nicht richtig mitbekommen. Nach seinem Tod, als Mama seinen besten Freund heiratete, vergaß man mich draußen auf der Treppe. Ich bekam einen kleinen Bruder, den ich nie richtig kennengelernt habe, und einen Stiefvater, mit dem ich nie warm geworden bin. Heute ist er mein Chef im Institut.

Erst als Erwachsener habe ich erfahren, dass Papas Unfall gar kein Unfall war. Er wurde Opfer seines eigenen Plans, seinen Kletterpartner umzubringen. Weil dieser etwas mit Mama hatte, heißt es. Als Papa zu Tode stürzte – dank seiner Eifersucht und manipulierter Seile und Karabiner –, hinterließ er einen zerschmetterten Körper, eine alkoholkranke Frau und einen vernachlässigten Jungen, der den Klang seines Schreis nie vergessen würde. Fast dreißig Jahre sind seither vergangen. Wo ist nur die Zeit geblieben?

Mama nannte mich Lillebjørn. Sie ist inzwischen tot. Der Kosename war für sie ein Ausdruck ihrer mütterlichen Hingabe. Solange diese denn währte. Die Jungs in der Schule nannten mich Eisbär. Weil ich ein Albino bin.

Die Zeit vergeht langsam in Juvdal. Stunde um Stunde, Tag um Tag sitze ich mit dem Laptop am Küchentisch und durchforste das Internet auf der Suche nach Informationen, die mir helfen könnten, die Zusammenhänge zu verstehen. Ich notiere mir die Namen von Fachleuten, die Titel von Publikationen und Internetseiten, die mir weiterhelfen könnten. Ich logge mich anonym in wissenschaftliche Foren und religiöse Chatrooms ein und studiere die merkwürdigsten Homepages von Menschen mit einem Hang zum Okkulten und Mystischen. Ich schreibe vertrauliche E-Mails an Kollegen, denen ich vertraue. Ich bitte sie um Hilfe und Diskretion. Ich habe viele Antworten erhalten, doch trotzdem ist mir nichts klarer geworden.

Wonach suche ich eigentlich?

Wenn es Nacht wird, bin ich nicht mehr so gern auf der Alm. Allein unter dem weiten Sternenhimmel fühle ich mich so klein, und dann überkommt mich Angst. Als wäre jemand dort draußen im Dunkeln. Jemand, der mich beobachtet, den ich selbst aber nicht sehen kann.

Jemand oder etwas …

Ich wage es nicht, das Licht einzuschalten, also begnüge ich mich mit ein paar Kerzen und ziehe die Gardinen zu. Ich sitze im Stockdunkeln und denke an den Mord an Christian Keiser, an all das, was in Kiew geschehen ist.

Was ist bloß geschehen?

Erster Teil

Diener des Satans

Weniger widerwärtig, aber nicht minder grausam ist
die Sekte der Himmelsopferer. Ein Hauptdogma ihrer Lehre
ist die mystische Anschauung, dass nur jene Seligkeit erlangen,
die ihre Sünden mit einem qualvollen Tod gebüßt haben,
sei dieser Tod nun freiwillig oder durch die rettende Hand
eines anderen herbeigeführt.

LEOPOLD VON SACHER-MASOCH
RUSSISCHE SEKTEN (1890)

Caedite eos! Novit enim Dominus qui sunt eius.
Tötet sie alle! Der Herr wird die Seinen erkennen.

ARNAUD AMALRIC (1209)

Vorhergehendes Titelblatt: Vor dem Massaker an den christlichen Katharern im französischen Béziers am 21. Juli 1209 wurde dem päpstlichen Gesandten Arnaud Amalric von einem Kreuzfahrer die Frage gestellt, wie sie die Katharer von den Katholiken unterscheiden sollten. Nach Überlieferung des Historikers Caesar von Heisterbach, einem Zisterziensermönch, soll Amalric geantwortet haben: »Tötet sie alle! Der Herr wird die Seinen erkennen.« In seinem Bericht an den Papst rühmte sich Amalric damit, zwanzigtausend Menschen ausgerottet zu haben. Junge und Alte, Männer, Frauen, Kinder, Katharer, Heiden und Katholiken. Arnaud Amalric wurde einige Jahre später zum Erzbischof von Narbonne ernannt.

I: Die Mumie

Kiew
9. Mai 2009

1

Die Mumie grinste mich an wie ein Gespenst.

Die Jahrhunderte hatten die Gesichtshaut nach hinten gezogen und das Gebiss freigelegt, das mir wie eine Reihe von Reißzähnen entgegenstrahlte. Zahnfleisch und Nase waren eingetrocknet. Die straffen Lippen und die eingefallenen Augen – sie waren schmal und katzenartig und sahen wenig menschlich aus – verliehen dem mumifizierten Mann einen fauchenden, tierischen Ausdruck.

»Wer war er?«, flüsterte ich.

»Ein Mönch? Ein Pilger?«

»Er sieht aus wie ein Vampir.«

Der Konservator Taras Koroljov bekreuzigte sich. »Manchmal trocknen die Leichen so ein. Die Balsamierung der Natur macht aus ihnen beängstigende Monster.«

Unten aus dem Haupttunnel, der mit Signalbändern und Holzabsperrungen abgeriegelt war, hörten wir die Stimmen der Touristen. Um zu der versteckten Grabkammer zu gelangen, hatte mich der Konservator über Hunderte von Metern durch lange, steinerne Tunnel geführt. Koroljov war ein kleinwüchsiger, untersetzter Mann mit kugelrunden Augen und einem Gesichtsausdruck, der einen glauben ließ, er stünde soeben vor einer verblüffenden Entdeckung. Als Museumskonservator des Kiewer Höhlenklosters in der Ukraine war er den Umgang mit Toten gewohnt. In den tiefen Katakomben des Klosters schliefen Mönche und Heilige in ihren weiß gekalkten Zellen und Grabkammern den ewigen Schlaf. Die kalten, trockenen Luftströme, die durch das Netz aus Tunneln und Grotten zogen, hatten die Leichen über die Jahrhunderte mumifiziert.

Niemand im Kloster oder im Museum wusste mit diesem Mönch etwas anzufangen, er war unbekannt. Vier Studenten hatten die Grabkammer bei routinemäßigen Instandhaltungsarbeiten hinter einer Steinwand entdeckt, die am Ende eines Blindgangs hinter einem Altar errichtet worden war.

Ein mumifizierter Leichnam. Ein Mönch.

In den Händen, die so mager waren, dass sie an die Klauen eines Reptils erinnerten, hielt die Mumie ein zusammengerolltes Manuskript.

2

Eine Bagatelle ist niemals unbedeutend. Der federleichte Flügelschlag eines Schmetterlings kann einen Orkan auslösen, eine aus dem Gleichgewicht geratene Schneeflocke eine Lawine. So erklären die Mathematiker die kuriose Tatsache, dass schon winzige Abweichungen der Ausgangsbedingungen dynamischer Systeme enorme Effekte haben können. Um es einmal in den Worten der Mathematiker auszudrücken.

Als Konservator Koroljov vor einer Woche mit dem Telefon in der Hand in seinem Büro stand, war er im Begriff, eine Kettenreaktion in Gang zu setzen, deren Reichweite er nicht überblicken konnte. Eine halbe Stunde zuvor hatte er der Mumie die Handschrift aus den knochigen Fingern gezogen. Der Hörer des Telefons war bereits schweißnass. Wen sollte er anrufen? Seinen Vorgesetzten – diesen versoffenen Bürokraten? Die Polizei? War der Tote wirklich einem Verbrechen zum Opfer gefallen und dann eingemauert worden, damit die Tat verborgen blieb, lag dieses Verbrechen Hunderte von Jahren zurück. Die archäologischen Behörden? Wer würde diese Sache mit der ihr angemessenen Sorgfalt behandeln? Wen musste er informieren? Wem konnte er vertrauen?

Schließlich rief er mich an. Eigentlich eine Bagatelle, eine weiße, unbedeutende Schneeflocke, eine winzige Abweichung von den Ausgangsbedingungen. Ein kleiner, jämmerlicher Archäologe in einem engen Büro der Osloer Universität.

Ich erinnere mich noch, dass ich höflich zuhörte, als Taras Koroljov sich vorstellte und von dem Fund berichtete. Seine Stimme hatte angenehm geklungen, Bariton. »Können Sie nach Kiew kommen, Mr. Beltø?«

»Ich bin Archäologe, nicht Paläograf.«

»Ihre Erfahrung mit alten Manuskripten spricht für Sie.«

»Sie sollten einen Experten kontaktieren. Ich habe einen Freund in Island, ich kann Ihnen seine Nummer geben, er ist eine echte Koryphäe …«

»Herr Beltø, es stimmt aber doch, dass Sie ein handschriftliches Evangelium von Jesus Christus gefunden haben?«

»Das ist zehn Jahre her. Und streng genommen habe nicht ich es gefunden. Ich habe es nur in meine Obhut genommen.«

»Und haben nicht Sie das Papyrusmanuskript des unbekannten sechsten Buches Mose entdeckt …?«

»Das war ein Zufall, pures Glück!«

»Und die Moses-Mumie?«

»Wenn die mal nicht mich gefunden hat …«

»Herr Beltø, Sie sind viel zu bescheiden. Ich habe über Sie gelesen. In den Zeitungen. In internationalen archäologischen Journalen. Darin stand, dass Sie auf weitere Handschriften gestoßen sind und dass Sie sehr hartnäckig sein können.«

»Hartnäckig? Die meisten sehen in mir wohl eher einen störrischen, unverträglichen Esel.«

»Sie sind der richtige Mann. Da bin ich mir sicher. Das spüre ich.«

»Hören Sie, ich bin Dozent hier in Oslo, wissenschaftlicher Mitarbeiter, ich bin nicht einmal Professor.«

»Würden Sie mir helfen?«

»Es tut mir leid, Sie müssen sich jemand anderen suchen.«

Ich war noch nie sehr prinzipienfest.

3

Die Mumie lag nackt auf einer Steinplatte in einer Zelle, die hinter einer Altarformation verborgen war. Erst in den letzten Jahren nach dem Fall des Kommunismus hatte man damit begonnen, die Leichen abzudecken.

»Und die Behörden sind wirklich bereit, mir diese Handschrift zu überlassen?«, fragte ich.

»Die interessieren sich nur für die Mumie, nicht für das Manuskript.« Der Konservator schnitt eine Grimasse, die der der Mumie zum Verwechseln ähnlich sah. »Meine Vorgesetzten streiten sich bereits heftig darum, in wessen Zuständigkeitsbereich die Mumie fällt und wer für die Forschungsarbeiten aufzukommen hat. Ausgehend von der Lage der Grabkammer und dem Alter des Altars vermuten wir, dass die Mumie älter ist als die des Chronisten St. Nestor, der 1114 hier in den Katakomben seine letzte Ruhestätte gefunden hat. Meine Vorgesetzten würden das Manuskript doch nur wie all die anderen nicht ausreichend untersuchten Texte ungelesen ins Archiv schaffen.«

Er deutete auf die aufgerollte Handschrift, die sich der Tote auf die Brust drückte. »Ich habe das Manuskript durch einen anderen Text aus der gleichen Epoche ersetzt, den ich aus dem Archiv geholt habe.«

4

Die Originalpergamente lagen ausgebreitet auf einem Leuchttisch im Büro des Konservators. Jede Seite war in zwei symmetrische Spalten unterteilt, die an unsichtbaren, schnurgeraden Linien ausgerichtet waren.

»Dieser Teil des Textes …«, Konservator Koroljov deutete auf die rechte Spalte, »ist in Zeichen verfasst, die ich noch nie gesehen habe, die linke Spalte ist in Keilschrift geschrieben. Die Schrift wurde vor fünftausend Jahren in Mesopotamien entwickelt und findet sich normalerweise auf den Steintafeln der Sumerer und Babylonier. Wir können davon ausgehen, dass es sich um eine Kopie solcher Steintafeln handelt. Aber bevor der Text der Handschrift untersucht worden ist – also philologisch, semantisch, paläografisch und linguistisch –, sind das alles bloß Vermutungen. Sollte es sich dabei tatsächlich um die Abschrift einer Steintafel handeln, wissen wir immer noch nicht, wie alt das Original ist. Das wissen wir erst nach der C14-Analyse des Pergaments.«

Ich nahm eine Ecke des Manuskripts zwischen die Finger und rieb vorsichtig daran. »Was ist das für ein Pergament?«

»Das ist nach so vielen Jahren unmöglich zu sagen.«

»Fühlen Sie mal! Es fühlt sich weich an, fast neu. Eigentlich würde man erwarten, dass es hart und trocken ist. Immerhin ist es seit tausend Jahren aufgerollt – trotzdem lässt es sich problemlos und fast ohne Knicke entfalten.«

»Ich weiß nicht, wie man im Süden das Leder präpariert hat. Davon verstehe ich nichts.«

»Die unbekannten Zeichen in der rechten Spalte – was halten Sie von denen?«

»Auch da muss ich passen.«

»Arabisch?«

»Nein, Arabisch hätte ich erkannt. Die Symbole sehen eher

wie mathematische Formeln aus. Die Babylonier haben schon Jahrtausende vor Christus avancierte mathematische Prinzipien gehabt. Aber die Verzierungen verwirren mich.«

»Warum?«

»Dieses Triquetra-Zeichen, zum Beispiel …«, er fuhr mit der Fingerkuppe über ein Symbol am oberen Rand des Pergaments, »hat nichts mit dem alten Mesopotamien zu tun. Und dies hier …«, er zeigte auf einen stilisierten Pfau, »ist nicht irgendein Vogel.«

Ich studierte die Zeichnung des Vogels mit den zum Halbbogen gespreizten Schwanzfedern.

»Das Symbol des Pfaus«, sagte Konservator Koroljov, »findet man häufig in Verbindung mit der kurdischen Religion der Yeziden. Sie beten den Pfau an, sehen in ihm einen gefallenen Engel. In ihrer Religion symbolisiert er einen Demiurg, eine mindere Gottheit, die den Kosmos erschaffen hat. Der Vogel heißt Melek Taus. Diesen Begriff kann man auf unterschiedlichste Weise übersetzen, zum Beispiel als Gottes Engel oder Pfauenengel. Aber die Religion ist umstritten. Christen wie Muslime haben ein ganz anderes Verständnis ihrer Religion. Das Symbol des Pfaus und die Herkunft Melek Taus' kann auch ganz anders gedeutet werden, Melek Taus hat viele Namen.«

»Zum Beispiel?«

»Shaitan. Kommt Ihnen das bekannt vor?« Einen Augenblick lang flackerte sein Blick, dann nickte er nachdenklich, als wollte er eine Frage beantworten, die ich noch gar nicht gestellt hatte. »Shaitan ist der arabische Name für Satan.«

5

Draußen vor dem Bürofenster des Konservators glänzten die goldenen Türmchen, Spitzen und zwiebelförmigen Kuppeln. Jedes Jahr unternahmen Tausende von orthodoxen Pilgern Wallfahrten zum Höhlenkloster. Sie hofften, dort die Nähe Gottes zu spüren. Während Koroljov Kaffee einschenkte, blickte ich von der Kathedrale zum Glockenturm und weiter über Myriaden von Kirchen und Monumenten. Vor meinem inneren Auge sah ich die Mumie unten in der Grotte liegen, die Katakomben mit ihrer Vielzahl von Kapellen und unterirdischen Kirchen. Mit wenigen Worten umschrieb Koroljov, was geschehen würde, wenn er den Amtsweg ginge. Nämlich gar nichts. Abgesehen von Bürokratie und Formalitäten …

Konservator Taras Koroljov war fast besessen von dem Wunsch, alles zu tun, um zu vermeiden, dass die Mumie ein fruchtloses bürokratisches Gezerre zwischen Museen, kirchlichen Institutionen und öffentlichen Behörden auslöste. Im Laufe der Jahrhunderte hatten die Mönche des Höhlenklosters eine große Zahl von religiösen Texten gesammelt und kopiert, nur damit sie noch immer in den Archiven des Museums verstaubten. Nach der Revolution 1917 war die Sammlung ignoriert und das Archiv dem Vergessen und der Gleichgültigkeit überantwortet worden. Die kommunistischen Machthaber hatten kein Interesse an religiöser Forschung und christlichen Schriften. Und später scheiterte das Ganze an Geldmangel, internen Machtkämpfen und Bürokratie.

»Wenn wir dem Manuskript gerecht werden wollen«, sagte er, »müssen wir es analysieren, C14-datieren. Wir müssen es übersetzen lassen, deuten, es in einen Zusammenhang mit anderen Texten stellen. Doch dafür fehlen uns die Ressourcen.«

»Ich verstehe noch immer nicht, welche Rolle ich dabei spielen soll?«

»Ich will, dass Sie das Manuskript mit in den Westen nehmen! Nutzen Sie das Fachwissen Ihrer Kollegen und Ihre finanziellen Möglichkeiten, um es analysieren zu lassen.«

»Und was sagen die ukrainischen Behörden dazu, dass ein ausländischer Forscher ein solches Manuskript außer Landes schafft?«

Er sah mich an. Lange.

»Nein«, sagte ich.

»Verstehen Sie jetzt, warum ich Sie angerufen habe, Bjørn Beltø? Sie und niemanden sonst?«

»Das können Sie nicht von mir verlangen!«

»Ein Manuskript wie dieses muss unbedingt untersucht werden. Auf anständige Weise.«

»Sie wollen, dass ich das Dokument aus der Ukraine schmuggele?«

»Sie sind nicht wie die anderen. Sie sind ein Pragmatiker. Bürokratie und Formalitäten sind Ihnen nicht wichtig. Sie sind ein echter Forscher, Beltø. Sie sind neugierig, Sie wollen es wissen.«

»Sie können mich doch nicht ernsthaft darum bitten, ein solches Dokument außer Landes zu bringen!«

Doch das konnte er.

Und ich tat es. Ich schmuggelte das Dokument aus der Ukraine.

Das Schicksal ist wie ein aus Fäden geknüpftes Netz – manche sichtbar, andere unsichtbar –, die einander in einem Muster kreuzen, das wir oft erst erkennen, wenn es zu spät ist. Als ich mich auf dem Flughafen von Konservator Taras Koroljov verabschiedete, sah ich ihn zum letzten Mal.

Wie die anderen, die ohne Vorwarnung in den Mahlstrom des Manuskripts gezogen wurden, wurde auch er einige Wochen später getötet.

II: Die Wohnung

Oslo
22. Mai 2009

Man ist nie darauf vorbereitet, eine Leiche zu finden. Wirklich nicht. Ich habe da eine gewisse Erfahrung.

Das große Mietshaus im Zentrum der Stadt wirkte wie eine uneinnehmbare Felsenburg. Mit seinen Erkern, Türmchen und stilisierten Balkonen hätte es auch als Kulisse für einen Film über vergangene Zeiten dienen können. Die Wände aus rotem Granit und Ziegelsteinen waren von wildem Wein und Efeu überzogen. Grasbüschel und verblühte Tulpen rangen auf dem schmalen Streifen Grün zwischen der Jugendstilfassade und dem schmiedeeisernen Zaun, der die Allgemeinheit in sicherer Distanz auf dem Bürgersteig hielt, nach Luft.

Das Treppenhaus ließ noch etwas von der alten Pracht erahnen, die brusthohe Vertäfelung aus edlen Hölzern, das Art-Nouveau-Geländer und die Deckenmalereien mit ihren pummeligen Cherubinen und flatternden Kinderengeln hauchten der Vergangenheit Leben ein. Wie ein alter Mann kämpfte ich mich die Treppe hoch. Der Flug hatte mich erschöpft, überdies musste ich meinen Koffer nach oben schleppen. Jeder Schritt hallte von den Wänden wider, wie in einem Film. Mein Gesicht spiegelte sich weiß in den blanken Wandfliesen. Kurzatmig blieb ich auf dem Treppenabsatz vor der doppelten Mahagonitür mit den Rauchglasscheiben stehen. Ich klingelte. Die Türglocke klang heiser, als wäre sie erkältet und brauchte einen Schal und eine Halspastille. Obgleich ich einen Schlüssel hatte und mir die Tür selbst aufschließen konnte, klingelte ich grundsätzlich bei Christian. Es war mir lieber so, ich wollte mich nicht aufdrängen.

Ich kannte den Schriftsteller Christian Keiser mittlerweile achtzehn Jahre und hatte ihn in all den Jahren nicht ein einziges Mal abwertend über jemanden sprechen hören. Er war ein Mensch, den man einfach mögen musste, und auch seine äußere Erscheinung vergaß man nicht so schnell. Er war klapperdürr. Spitz und kantig wie ein Gespenst. Bevor das Unglück ihn in den Rollstuhl zwang, an den er sich nie wirklich gewöhnt hatte, hatte er weitaus größer gewirkt, als er war. Er trug Anzug und Fliege und im Frühling gerne eine frische Blume im Knopfloch. Seine buschigen, lebhaften Augenbrauen erinnerten an einen fehlplatzierten Schnurrbart. Er blinzelte unablässig – eine Marotte, die zu seinem Markenzeichen geworden war. Seine grauen Haare hatte er nach hinten gekämmt, was ihn wie einen gutmütigen Landpastor aussehen ließ.

Ich blieb stehen und wartete. Gewöhnlich rief er mich herein. »*Nimm doch den Schlüssel! Was meinst du eigentlich, warum ich dir den gegeben habe?*« Aber heute hörte ich keinen Laut.

Der Rollstuhlaufzug stand in der zweiten Etage. Er musste also zu Hause sein. Der Aufzug, der nach dem Unfall (ein unglückseliges Zusammentreffen eines rechthaberischen Straßenbahnchauffeurs und eines betrunkenen Autors auf dem Zebrastreifen) installiert worden war, hatte zu einigen Protesten und einer außerordentlichen Eigentümerversammlung geführt, bei der manch einer der Meinung gewesen war, Christian Keiser müsse nun ausziehen.

Christian war Historiker und Verfasser zahlreicher populärwissenschaftlicher Bücher. In den letzten Jahren hatte sich keines seiner Bücher weniger als fünfzigtausendmal verkauft. Seine Titel *Mit Odin nach Osten*, *Wikinger auf dem Nil* oder *Das nordische Erbe der Tempelritter* hatten eine fachliche Debatte ausgelöst, die Keiser – gepaart mit seiner Wortgewandtheit, seinem Witz und seinem speziellen Äußeren – zu einem beliebten Talkshow-Gast im Fernsehen gemacht hatten. Als Dekan Trygve Arntzen mir wie üblich aus Trotz die Forschungsgelder für mein Kiew-Manuskript verwehrt hatte, hatte ich mich deshalb an Christian gewandt, schließlich dachten wir schon seit geraumer Zeit darüber nach, gemeinsam ein Buch zu schreiben. Jetzt hatten wir endlich ein Projekt – die geheimnisvolle Handschrift, die ich aus der Ukraine geschmuggelt hatte. Obwohl wir nicht viel über das Manuskript wussten, biss Christians Verlag auf den Köder an, den wir ihm hinwarfen – Eine Mumie! Satanische Symbole! Rätselhafte Zeichen! –, und bot uns einen großzügigen Vorschuss. Der Dekan war überdies mehr als gerne bereit, mir unbezahlten Urlaub zu gewähren, weil er mich so erst einmal los war.

Ich klingelte noch einmal. Christian musste doch längst aufgestanden sein! Er war Frühaufsteher. Hatte er die Klingel nicht gehört?

Am Abend zuvor hatte er mich in Reykjavik angerufen und gebeten, vom Flughafen direkt zu ihm zu fahren. »Wir müssen unser Wissen wieder auf den gleichen Stand bringen«, hatte er leise lachend gesagt. Er hätte eine Frau in Paris aufgespürt, die ein Paar in Amsterdam kannte, welches das Vorkommen von Triquetra und Melek Taus in mittelalterlichen Manuskripten untersuchte. Eine vielversprechende Spur. Ich selbst hatte ein paar Tage bei einem der führenden Manuskriptforscher in Island verbracht. Professor Thrainn Sigurdsson war nicht nur der Leiter der isländischen Handschriftensammlung im Árni-Magnússon-Institut in Reykjavik, sondern auch ein guter Freund, jemand, dem ich vertraute.

Was war mit Christian? War ihm etwas zugestoßen? Als rettender Engel gab ich wenig her. Der Flug steckte mir noch in den Knochen, ich war irgendwie lahmgelegt – ich mochte diese Reisen nicht. Meine Sinne nahmen dabei Schaden, und meine Seele kam irgendwie nicht mit.

Zu guter Letzt öffnete ich mir selbst die Tür. Zögernd und vorsichtig. Wie ein Eindringling.

Die Wohnung war so groß, dass sich ganze Schulklassen darin hätten verlaufen können. Ein Universum aus Wohnräumen, Schlafzimmern, Gesindekammern und Fluren, die sich in der Ewigkeit verloren.

Die Morgenzeitung lag hinter der Tür auf dem Boden. Christian nahm sie für gewöhnlich mit einem Greifarm von der Fußmatte.

Ich zog die Schuhe aus. »Christian?«

Sein Kater antwortete zögernd. Sir Francis. Ein Perser. Ziemlich versnobt. Obwohl ich über die Jahre schon einige Male hier gewesen war, hatte er sich nicht an mich gewöhnt.

Das Parkett war so frisch gebohnert, dass man sich darin spiegeln konnte. Zweimal jährlich ließ Christian die Böden auf Hochglanz bringen. Ich nahm einen süßlichen Geruch wahr, würzig und fremdartig. Räucherstäbchen? Seltsam. Der einzige Duft, mit dem Christian sich umgab, war der von Martell, Alejandro-Robaina-Zigarren und Dior Homme.

»Christian?«

Ich warf einen Blick in die große Küche. Leer. Blitzeblank, wie in einem *Schöner-Wohnen*-Katalog. Terrakottafliesen. Ein Schrank aus Kernbuche. Das Sonnenlicht fiel auf das Waschbecken. Kein Teller, keine Kaffeetasse, und auch der Brottopf war vorschriftsmäßig verschlossen.

Im Wohnzimmer mit den Plüschgardinen saß Sir Francis auf dem Sofa. Er sah mich an. Ich sah ihn an. Ich sagte Miau. Er sagte nichts. Sein Blick war verhangen und traurig und sehr gelb. Ihm schien ein Gin Tonic zu fehlen.

Ich klopfte an die Tür des Schlafzimmers. »Christian?«

Die Stille und der Geruch nach Räucherstäbchen begannen mir auf die Nerven zu gehen.

»Bist du wach?«

Ich zögerte. Schlafzimmer sind etwas sehr Privates. Der Schlaf, der Geruch des Körpers und all die Träume, die sich an den Wänden festgesetzt haben. Man weiß nie, was man zu sehen bekommt, wenn man die Tür eines Schlafzimmers öffnet.

Ich klopfte fester an. »Christian?«

Wäre er jünger und gesund gewesen, hätte ich ihn mir im Bett vorgestellt, zusammen mit gleich mehreren hingerissenen Frauen aus irgendeinem Lesezirkel. Aber diese Zeit war längst vorbei.

Ich atmete das seltsame, rauchige Aroma und spürte instinktiv, dass etwas Schreckliches geschehen war. Ich kann dieses Gespür nicht erklären. Ich habe keinerlei seherische Fähigkeiten, wenngleich ich als junger Mensch geglaubt hatte, etwas von meiner Großmutter geerbt zu haben, die vorgab, mit den Toten sprechen zu können. Diesen Irrglauben hatte ich aber längst hinter mir gelassen. Trotzdem, wenn ich an die Sekunden vor der noch geschlossenen Schafzimmertür zurückdenke, dann zweifle ich keine Sekunde daran, dass ich in diesem Moment bereits sicher wusste, dass Christian Keiser tot war. Die Erkenntnis ließ mich an die Warnungen des Unbekannten denken, der mich in der letzten Woche mehrfach angerufen hatte. Jemand, der von dem Manuskript wusste und der Englisch mit Akzent sprach. Ich hatte Christian davon erzählt, aber wir hatten beide keine Ahnung, um wen es sich handeln könnte. Ein Polizist aus der Ukraine? Ein Forscher aus dem Höhlenkloster, ein Kollege von Koroljov oder ein illegaler Sammler?

Ich hämmerte so hart mit der Faust gegen die Tür, wie ich nur konnte.

»Christian?«

Legte die Hand auf die Klinke und öffnete einen Spaltbreit die Tür.

III: Der Ritualmord (1)

Christian Keiser lag nackt auf einem gespannten Seidenlaken auf dem Bett, die Arme vor der Brust überkreuzt, die Augen tief in den Höhlen. Das Kinn war in einem Totenkopfgrinsen herabgesackt, der Körper kreideweiß und eingefallen. Sein Glied lag wie eine verschrumpelte Hautfalte in einem Nest aus grauer Stahlwolle.

Überall im Schlafzimmer, auf dem Boden, auf den Abstellflächen, auf dem Fensterbrett, standen brennende Kerzen. Viele Kerzen. Unfassbar viele.

Raum und Zeit lösten sich auf. Ich schnappte nach Luft und stand wie angewurzelt da. Gelähmt. Zu Eis erstarrt. Das Herz hämmerte in meiner Brust, in den Ohren, in meinem gesamten pulsierenden Netzwerk aus Adern, Arterien und Venen. Knie und Hände begannen zu zittern. Schweiß drang mir aus jeder Körperpore. Mein Gehirn verweigerte die Kommunikation mit dem Rest des Körpers. Mein Blick registrierte – distanziert, leidenschaftslos, beobachtend – alle möglichen Details. Das Sonnenlicht, das durch die Gardinen fiel. Die Pantoffeln am Fußende des Bettes. Das halb leere Wasserglas auf dem Nachtschrank. Das Pillenfläschchen. Das Buch. Die Kleider, die ordentlich zusammengefaltet auf dem Rollstuhl lagen. Zuoberst der Pyjama, ebenfalls zusammengefaltet. Die Kerzen. Die Leiche.

Meiner Kehle entrang sich ein Wimmern.

Mein Gott, Christian … was ist passiert?

Sir Francis kam ins Zimmer getapst. Und machte auf der Stelle kehrt.

Zögernd trat ich näher ans Bett heran. Meine Knie wollten mich kaum tragen. Wieder brach mir der kalte Schweiß aus. Ich wappnete mich gegen den Geruch. Seine Haut sah wächsern aus, blank. Aber er roch nicht. Noch nicht. Lange konnte er noch nicht tot sein. Unter dem süßlich schweren Duft von Weihrauch und schmelzendem Wachs nahm ich einen weiteren Geruch wahr – schärfer, metallisch –, den ich nicht einordnen konnte.

Der Leichnam war so weiß. Der Tod hatte ihm jegliche Farbe genommen. Er war noch weißer als ich. Wie konnte der Tod einen so unfassbar bleich machen?

Er war ermordet worden. Ganz offensichtlich. So starb man nicht. Nicht von eigener Hand. Nicht nackt, auf einem Bett, ohne Decke, die Arme über Kreuz und die Hände zu Fäusten geballt, umgeben von brennenden Kerzen. Die Art, wie er dalag, hatte etwas … ich suchte nach dem passenden Wort … *Rituelles*. Als wären der Beerdigungsunternehmer und der Pfarrer bereits hier gewesen und wieder aufgebrochen, um Leichenhemd und Weihwasser zu holen.

Ich blieb etwa eine Minute stehen und betrachtete den entseelten Leichnam meines toten Freundes, bis er hinter einem Schleier aus Tränen verschwand. Ich schloss seine Augen, dann rief ich die Polizei.

IV: Der Schlüsselzeuge

Curt Henrichsen – Curt mit *C*, Henrichsen mit *ch* – war ein stattlicher Ermittler mit Hornbrille im Haar, Notizblock in der Brusttasche und einem Blick, der die abgebrühtesten Verbrecher zusammenbrechen und all ihre Untaten gestehen ließ.

Uniformierte und zivil gekleidete Ermittler wieselten in der Wohnung herum. Techniker in weißen Spezialoveralls watschelten wie Pinguine von Raum zu Raum. Ich selbst saß auf einem Stuhl im Wohnzimmer und dachte schon, die Polizisten hätten mich vergessen. Einer der Pinguine trat mir versehentlich auf den Fuß und entschuldigte sich geistesabwesend. Währenddessen lief Curt Henrichsen für sich allein durch die Wohnung, sah sich die Regale an, öffnete Schranktüren, schaute nach, auf welche Frequenz das Radio eingestellt war. Er war später als die anderen Polizisten gekommen. Ohne Sirene. »Die meisten übersehen die kleinen Dinge«, sagte er unvermittelt. »Dabei können wir viele Schlüsse aus dem ziehen, was auf den ersten Blick unwesentlich erscheint.« Er streckte die Hand aus. »Curt Henrichsen. Hauptkommissar der Mordkommission. Curt mit *C*. Henrichsen mit *ch*. So viel dazu. Sie haben den Toten gefunden?«

»Ja. Leider. Ich heiße Bjørn Beltø.«

»Dachte ich mir. Ich wusste doch, dass ich Sie irgendwoher kenne. Ich habe über Sie gelesen.«

Er spielte damit auf einen archäologischen Fund an, an dem ich vor einigen Jahren beteiligt gewesen war. Die Zeitungen hatten darüber berichtet. Noch heute werde ich von Leuten auf der Straße erkannt.

Um weiteren Attacken der Pinguine zu entgehen und sie nicht bei ihrer Arbeit zu stören, zogen wir uns in die Küche zurück. Henrichsen notierte meine Personalien auf seinem Spiralblock und fragte mich, wieso ich einen Schlüssel zu Christian Keisers Wohnung hätte. Ich erklärte ihm, dass wir gemeinsam an einem Buch arbeiteten. Was ihn aber viel weniger zu interessieren schien als die Frage, was ich zwischen fünf und sieben Uhr an diesem Morgen gemacht hatte.

»Ist er da umgebracht worden?«

»Das ist eine reine Routinefrage, ich frage Sie das nur der Ordnung halber.«

»Ich habe geschlafen. An Bord des Fliegers zwischen Keflavik und Gardermoen.«

»Hervorragendes Alibi«, scherzte er in einem Ton, als wüssten wir beide, dass ich der Mörder und es nur eine Frage der Zeit war, ehe er meine cleveren Tricks durchschaut und mich hinter Gitter gebracht hätte. »Dann ist das Ihr Koffer im Flur?«

»Sie werden es weit bringen bei der Polizei, Herr Kommissar!«

»Was haben Sie auf Island gemacht?«

»Ich habe das *Stofnun Árna Magnússonar* besucht.«

»Ich kann kein Isländisch.«

»Das Árni-Magnússon-Institut ist der Universität in Reykjavik angeschlossen, dort werden alte Handschriften untersucht und konserviert. Man war mir bei der technischen Analyse eines Manuskriptes behilflich.«

Henrichsen schaute von seinem Notizblock auf. Ein guter Polizist verlässt sich häufig auf seine Intuition. Eine ganze Weile saß er da und starrte mich ungeniert an. Ich bin Albino. Ich bin Blicke gewohnt.

»Ein Buch. Ein Manuskript. Sehen Sie irgendeinen Zusammenhang zwischen dem Buchprojekt, dem Manuskript und dem Mord an Christian Keiser?«

Die erlösende Frage.

Ich atmete ein. Tief. Und dann erzählte ich ihm, was ich wusste. Berichtete von der Mumie und der Schriftrolle. Dass ich das Manuskript aus der Ukraine geschmuggelt hatte, erwähnte ich nicht, deutete aber an, dass ich im Auftrag der Universität den Kollegen in Kiew bei der Konservierung des Pergamentes behilflich war. Zum Schluss, als *grand finale*, sozusagen, erzählte ich von den Drohanrufen.

»Von wem?«, fragte Henrichsen.

»*Unbekannt*. Der Anrufer hat sich nicht vorgestellt. Der erste Anruf kam etwa vor einer Woche. Seitdem hat er jeden Tag angerufen. Nur heute nicht.«

»In welcher Form hat er Sie bedroht?«

»Hören Sie selbst.« Ich nahm mein Handy heraus.

»Sie haben das Gespräch aufgezeichnet?«

»Nur das erste. Als mir klar wurde, dass er wusste, dass ich im Besitz der Kiew-Handschrift bin, habe ich auf Aufnahme gedrückt. Die anderen Anrufe verliefen alle nach dem gleichen Muster.«

Ich drückte die Lautsprechertaste. Die Aufnahme begann mit einem kratzenden Klicken, bevor die Stimme des Fremden einsetzte.

»*… gemeinsames Interesse, uns zu einem Gespräch zu treffen. Ich komme gerne nach Oslo. Wann immer es Ihnen passt.*«

»*Leider …*«

»*Beltø, es ist von äußerster Wichtigkeit!*«

»*Ich sehe keine Veranlassung.*«

»*Sie ahnen ja nicht, auf was Sie da gestoßen sind!*«

»*Sie haben sich noch gar nicht vorgestellt.*«

»*Ich bin ein Freund, ich kann Ihnen helfen.*«

»*Wer sagt, dass ich Hilfe brauche?*«

»*Glauben Sie mir, Sie brauchen Hilfe!*«

»Hören Sie, ich kann nicht…«

»Bjørn Beltø! Sie sind in Gefahr!«

»Das ist doch lächerlich.«

»In Lebensgefahr, Beltø.«

»Wer sind Sie?«

»Ich vertrete eine Organisation, die Ihnen beistehen kann.«

»Sobald dieses Gespräch beendet ist, werde ich die Polizei anrufen.«

»Ich bin auf Ihrer Seite.«

»Das glaube ich nicht…«

»Ich kann es Ihnen erklären.«

»Sie können mir nicht drohen.«

»Ich drohe Ihnen nicht…«

»Solche wie Sie kenne ich.«

»Sie missverstehen mich. Ich möchte nur, dass Sie mir zuhören.«

»Glauben Sie, Sie könnten mich einschüchtern?«

»Ich will Sie nicht einschüchtern. Wollen Sie sich nicht wenigstens anhören, was ich zu sagen habe? Können wir uns treffen?«

Es folgte ein kurzes Schnarren, als ich auflegte.

Ich schaute Kriminalkommissar Curt Henrichsen schuldbewusst an. »Ich habe mich nicht bei der Polizei gemeldet. Ich weiß, ich hätte das tun sollen…«

»Um ehrlich zu sein, Beltø, kann ich dem nicht entnehmen, dass er Sie an irgendeiner Stelle bedroht hat. Er hat Sie lediglich gewarnt und Ihnen seine Hilfe angeboten. Verstehen Sie mich bitte nicht falsch, es ist trotzdem eine vielversprechende Spur.«

Die Informationen hatten einen neuen Eifer in Henrichsens Augen entzündet. Dummerweise beschlagnahmte er prompt mein Handy, um von den Kriminaltechnikern überprüfen zu lassen, ob sie die unbekannte Nummer aufspüren und die Aufnahme analysieren konnten. »Immerhin ein Anfang.«

Dann wollte er mehr über die Handschrift wissen und kündigte an, dass die Polizei in Erwägung ziehen müsse, das Pergament als Beweismaterial zu beschlagnahmen. Diese Idee konnte ich ihm aber glücklicherweise ausreden, schließlich lag das Manuskript im Kellergewölbe des Handschrifteninstitutes auf Island. Was ich mit keiner Silbe erwähnte. Ich wollte den Ort nur ungern preisgeben. Geduldig setzte ich Henrichsen auseinander, dass es sich um ein empfindliches historisches Kleinod handelte, mit dem nur speziell ausgebildete Fachleute etwas anfangen konnten. Außerdem wies ich ihn darauf hin, dass der Text ohnehin keinen Sinn für ihn ergeben würde, es sei denn, die Osloer Polizei hätte seit Neuestem Experten für Keilschrift und Altertum-Semiotik in ihren Reihen. Selbst für uns Forscher sei das jahrtausendealte Manuskript ein Mysterium, erklärte ich und versicherte ihm, dass die Identität des Mörders schwerlich zwischen den Zeilen unverständlicher Zeichen zu finden sein würde.

Trotzdem meinte er, dass wir darauf noch zurückkommen müssten.

Einer der Pinguine steckte seinen Kopf zur Tür herein und winkte Henrichsen zu sich. Erst nach mehreren Minuten kam der Kommissar mit einem kleinen Gegenstand in einem versiegelten, durchsichtigen Beutel zurück.

»Das hier wurde in der rechten Faust der Leiche gefunden.« Er legte den Beutel in meine Hand. »Sagen Ihnen diese Symbole etwas?«

Ein bronzenes Amulett.

Ich drehte es um. Betrachtete es gründlich. Auf beiden Seiten waren Symbole eingeprägt.

»Das eine ist ein Pentagramm«, sagte ich. »Das andere nennt sich Triquetra.«

»Sie sehen überrascht aus?«

Ich antwortete nicht. Vertraute ich ihm an, dass das Triquetra-Zeichen auch in der Handschrift vorkam, würde er es mit Sicherheit beschlagnahmen. Mein Handy musste reichen.

»Wissen Sie, ob Christian Keiser ein solches Amulett besessen hat?«

»Das kann ich mir nicht vorstellen.«

»In diesem Fall hat es ihm jemand unmittelbar vor oder nach seinem Tod in die Hand gedrückt.«

»Warum sollte jemand so etwas tun?«

»Haben die Symbole eine bestimmte Bedeutung?«

»Alle Symbole haben eine Bedeutung. Das ist ihr Sinn. Das Pentagramm ist ein heiliges Zeichen, das in allen möglichen Zusammenhängen verwendet wird, in den Moses-Büchern wie in der Schwarzen Magie, im Okkultismus und Satanismus. Es hat viele Namen – Drudenfuß und Siegel Salomos sind zwei davon – und eine Reihe symbolische und religiöse Bezeichnungen.«

»Was ist mit dem anderen? Wie haben Sie das genannt?«

»Triquetra, Walknoten, Hrungir-Herz. Ein magisches und religiöses Symbol, bekannt von germanischen Münzen, aus der keltischen Kunst, von nordischen Runensteinen. Im Christentum symbolisierte es die heilige Dreieinigkeit. In Norwegen kennen wir das Symbol von den Münzen des Wikingerkönigs Harald Hardråde.«

Als Henrichsen mit seinen Notizen fertig war, warf er einen Blick auf seine Armbanduhr. Die geballte Information war wahrscheinlich etwas zu viel für ihn. »Wir beide werden uns noch ausführlicher unterhalten müssen.«

»Ich hätte eine Frage.«

»Ja?«

»Wer kümmert sich um Sir Francis?«

In der folgenden Pause sah ich an Henrichsens Blick, wie sein Gehirn im Eiltempo die Kartei der britischen Aristokratie durchblätterte, während er gleichzeitig eine akutpsychiatrische Evaluierung vom labilen Geisteszustand des Schlüsselzeugen Bjørn Beltø vornahm. Polizeigehirne sind so programmiert.

»Sir Francis?«

»Der Kater!«

»Ach, der Kater. Gute Frage. Hm. Wir werden uns um das Tier kümmern.«

Er gab mir seine Visitenkarte und entließ mich in den sonnigen Tag.

V: Verfolgt

Ich wurde bereits erwartet, als ich aus dem Häuserblock kam. Ich bemerkte sie nicht. Aber sie waren da. Sie müssen in der Menschenmenge vor den Absperrungen der Polizei gestanden und gewartet haben. Auf mich. Ich nahm sie erst wahr, als ich vor der Universität aus dem Taxi steigen wollte, um ein paar Bücher aus meinem Büro zu holen. Als das Taxi am Straßenrand hielt und ich die Geldbörse hervorkramte, um zu bezahlen, fragte der Taxifahrer: »Probleme?«

Er war jung, hatte einen dunklen Teint und blauschwarze Bartstoppeln. Sein Akzent verriet seine pakistanischen Ahnen.

»Immer mal wieder. Wieso fragen Sie?«

»Sehen Sie den Lexus?«

Ich warf einen Blick in den Seitenspiegel. Ungefähr fünfzig Meter hinter uns parkte ein Wagen.

»Nicht gut«, sagte er. »Die sind uns seit dem Zentrum gefolgt. Bullen?«

»Wohl kaum.«

»Ein Typ, dem Sie die Frau ausgespannt haben?«

»Fahren Sie! Schnell!«

Er legte den Gang ein und fuhr auf die Fahrbahn.

»Torpedos?«

»Der übelsten Sorte.«

»Soll ich meinen Vetter anrufen?«

»Lieber nicht. Aber könnte ich mir mal Ihr Handy leihen?«

Ich suchte Henrichsens Visitenkarte und wählte seine Nummer. Er ging sofort dran. Als ich zu Ende gejammert hatte, stellte er ein paar Fragen, die wieder nach akutpsychiatrischer Evaluierung klangen. Er versprach, einen Streifenwagen zu schicken. Wohl hauptsächlich, um mich zu beruhigen. Immerhin war ich ein wichtiger Zeuge.

Ich bat den Taxifahrer, auf dem Universitätsgelände herumzufahren, bis der Streifenwagen kam. Der Lexus folgte uns. Der Taxifahrer ließ sich diverse Ablenkungsmanöver einfallen – er fuhr über einen Bürgersteig, gegen die Fahrtrichtung durch eine kurze Einbahnstraße –, aber es gelang uns nicht, unsere Verfolger abzuschütteln. Jetzt, wo sie wussten, dass sie enttarnt waren, rückten sie uns immer näher auf die Pelle. Ich versuchte, jemanden zu erkennen, aber wegen des Sonnenlichts, das auf der Windschutzscheibe reflektierte, sah ich nur diffuse Silhouetten.

Die Straße durch das Wohnviertel, in dem wir uns jetzt befanden, war schmal und von parkenden Autos gesäumt. Der Tacho des Taxis zeigte fünfundachtzig Stundenkilometer. Der Lexus war jetzt nur noch wenige Meter hinter uns.

Ich rief noch einmal bei Henrichsen an, der mir versicherte, der Streifenwagen sei unterwegs. Als ich die Scheibe nach unten kurbelte, hörte ich die Sirene, doch kurz bevor der Polizeiwagen das Taxi überholte und in blau flackernden Glorienschein hüllte, verschwand der Lexus in einer Seitenstraße.

Von: Primus Pilus **Datum:** 22.05.2009 15:36
An: Legatus Legionis
Kopie: Großmeister
Betreff: Bericht: Oslo **Code:** S/MIME PKCS7

Dominus!

Meister, mit Bedauern muss ich Eurer Heiligkeit, dem Rat der Ältesten und den Eingeweihten der drăculsângeischen Gemeinschaft mitteilen, dass sich die Handschrift nicht in Oslo befindet. Christian Keiser wurde dem Sângeischen Ritual unterzogen – in Übereinstimmung mit den Regeln der Zeremonie, den Vorgaben der alten Schriften und den Weisungen des Ältestenrates –, hat aber nichts verraten. Ohne Resultat haben wir Bjørn Beltøs Wohnung und sein Büro in der Universität durchsucht, Christian Keisers Wohnung und Arbeitszimmer, zwei Forschungslabore und drei Archive. Als wir uns in Keisers Wohnung aufhielten, klingelte das Telefon. Ich schicke einen extra Bericht über die Mitteilung, die auf dem Anrufbeantworter hinterlassen wurde, und empfehle, unmittelbar ein neues Contubernium nach Paris zu schicken. Sobald Bjørn Beltø nach Hause kommt, werden wir ihn in der Dämmerung aufsuchen und ihn dem Sângeischen Ritual unterziehen.

Ave, Satanas!

Primus Pilus: Bruder Hărăguş

VI: Das Schlachtopfer

JUVDAL
23. MAI – 2. JUNI 2009

Wie jedes Glück früher oder später von Unglück abgelöst wird, wird jeder Vorteil im Leben durch einen Nachteil aufgehoben. Licht und Schatten. Yin und Yang.

Freiheit und Flucht.

Die Polizei bot mir eine geheime Wohnung und einen Sicherheitsalarm an. Ich lehnte ab, weil ich mich nicht zum Sklaven von Elektronik und Angst machen wollte.

Stattdessen nahm ich den Bus nach Juvdal. In die Einsamkeit. Und Stille. Zu den Fledermäusen, die sich im Heuschuppen eingenistet hatten.

So strandete ich also in der Wildnis, in einer abgelegenen Sennhütte weit oben am Berghang, eingehüllt vom würzigen Duft der Berge und Wiesen, Sümpfe und harzigen Wälder.

Nur zwei Menschen wussten, wo ich mich versteckte. Meine Freundin Kristin, der die Hütte gehörte. Und Kriminalkommissar Henrichsen.

Er meldete sich am Sonntagnachmittag Punkt sechzehn Uhr.

Ich saß auf der Bank vor der Hütte. Im Tal, auf der anderen Seite des Flusses, reflektierte die Sonne in der Scheibe eines Autos. Irgendwo blökten ein paar Schafe. Ein Rauschen ging durch den Blätterwald. Ich atmete den Blütenduft der Traubenkirsche ein, in der es von Insekten nur so surrte.

Vor meiner Flucht aus Oslo hatten wir vereinbart, zweimal täglich zu telefonieren. Zu diesem Zweck hatte ich ein sicheres Mobiltelefon von der Polizei bekommen. Meins wurde immer noch ständig von *Unbekannt* angerufen, sagte Henrichsen. Er erklärte mir, dass per Ferninstallation ein Tracker auf mein Handy geschickt worden war, das seitdem regelmäßig Signale an einen Satelliten sendete.

Henrichsen stieß einen lautlosen Seufzer der Erleichterung aus, als ich antwortete.

»Alles, wie es sein soll?«

»Ruhig und friedlich.«

»Keine verdächtigen Wanderer?«

»Ich habe bisher keine Menschenseele gesehen. Wieso fragen Sie?«

Ein Augenblick herrschte Stille. Dann: »Dieser Mord … die Mörder …«

Ein Windzug blies eine Wolke Löwenzahnsamen vorbei.

»Ja?«

»Ich habe im Laufe meiner Karriere schon viele Morde untersucht. Die meisten sind einfach nur tragisch. Sinnlos. Eifersüchtige Ehemänner. Betrunkene Freunde. Leute mit Psychosen, Zwangsvorstellungen, Stimmen im Kopf. Sie wissen, was ich meine. Aber das hier? Etwas Derartiges habe ich noch nie erlebt. Noch nie! Sagen Sie, war er religiös?«

»Christian Keiser? Ich würde das Gegenteil behaupten.«

»Können Sie ein Geheimnis für sich behalten?«

»Selbstverständlich. Christian war mein Freund.«

»Wir haben einige bizarre Dinge bei diesem Mord aufgedeckt. Details, die den Medien nicht bekannt sind. Die Kriminaltechniker sagen, wir hätten es mit Profis zu tun. Sie haben das Türschloss geöffnet, ohne auch nur eine einzige Spur zu hinterlassen. Als hätten sie einen Schlüssel gehabt. Sie haben nicht ein Haar hinterlassen. Keine Fingerabdrücke. Aber das ist nicht das eigentlich Merkwürdige. Da bereitet uns das Amulett, das sie ihm in die Hand gedrückt haben, schon mehr Kopfzerbrechen. Oder die sechsundsechzig Kerzen. Das weiße

Seidenlaken. Die nackte Leiche. Der Weihrauch. Aber auch das ist nicht das Erschreckendste.«

»Das Erschreckendste?«

»Christian Keiser war ausgeblutet.«

»Was war er, bitte?«

Meine Großmutter kam aus der Finnmark. Ich wusste sehr genau, was das bedeutete. Trotzdem, ich musste mich verhört haben.

»Ausgeblutet! Wie ein Fisch oder Schlachttier. Sie haben seinen Leichnam des Blutes entleert – ohne einen einzigen Tropfen zu verschütten.«

VII: Der Lichtbringer

I

Ich bin empfänglich für Gerüche. Meine Augen sind nicht gerade gut, doch dafür habe ich einen Geruchssinn wie ein Hund.

Ein Duft kann mich Hals über Kopf in meine Kindheit zurückversetzen. Himbeerdrops… Papas Rasierwasser und Mamas Parfüm… Schmelzendes Lollipop-Eis und Sonnencreme…

Ich saß draußen vor der Sennhütte und sog das Aroma des Frühsommers in den Bergen ein. Jeder Atemzug barg eine Schatzkammer. Das Moos und die Erde in den dichten Wäldern, das Wasser der Bäche, die Heide, das Moor, die Laubbäume und der Blütenstaub der Wiesenblumen.

Menschen, die ihre Nase nicht kultiviert haben, nennen das einfach frische Luft.

Am Montagvormittag habe ich eine E-Mail von Konservator Taras Koroljov in Kiew bekommen. Er ist von zwei amerikanischen Forschern aufgesucht worden. Zumindest haben diese Männer vorgegeben, Wissenschaftler zu sein. John Scott aus Stanford und Mark DeValois aus Yale. Sie schienen zu wissen, dass das Manuskript ausgetauscht worden war und ich das Original mit nach Norwegen geschmuggelt hatte. Als der Konservator zu leugnen versucht hatte, hatten sie ihm Kopien meiner Flugtickets von Kiew nach Oslo und meines Finanzierungsgesuches an den Dekan der Uni vorgelegt. Sie hatten dem Konservator damit gedroht, den Vorfall den ukrainischen

Behörden zu melden, wenn er nicht kooperierte. Konservator Taras Koroljov hatte keine Wahl. Er gab alles zu, sagte aber nichts von Island.

Mich verwirrte das alles immer mehr. Amerikaner? Wer waren diese sogenannten Wissenschaftler? Dass sie Kopien meiner Flugtickets hatten, sagte mir eins: Sie waren keine Wissenschaftler. Keine Fluggesellschaft rückte Kopien von Tickets heraus, wenn sie nicht von irgendeiner hohen Behörde dazu aufgefordert wurde.

Ich rief sofort Thrainn in Island an. Dort war alles in Ordnung.

Die Mail von Koroljov habe ich nicht beantwortet. Es würde mich nicht überraschen, wenn die Amerikaner seinen Datentransfer überwachten. Auch wenn Henrichsen mir versichert hatte, dass das Handy und der mobile Internetzugang sicher wären – er hatte etwas von einer Verschlüsselung der analogen und digitalen Signale gesagt –, fürchtete ich, dass es richtigen IT-Experten möglich sein könnte, mich über die nächstgelegene Basisstation aufzuspüren. Henrichsen hielt das für unmöglich, doch ich dachte mir meinen Teil.

2

Ich habe etliche Monate meines Lebens in einer Nervenheilanstalt verbracht, wofür ich mich nicht schäme. Es hat mir dort gefallen. In Gesellschaft all der anderen Verrückten. Meinen Freunden. Wir brauchen alle mitunter ein Kuckucksnest, in dem wir uns verstecken können. Es sind die Nerven … nichts Dramatisches. Keine amüsanten Zwangsvorstellungen, keine cholerischen Anfälle. Nur ein Anflug von Schwermut und Menschenscheu, gekoppelt mit geringem Selbstvertrauen und einem Hang zum Selbstmitleid. Nichts, dem man nicht mit einer täglichen Dosis Seroxat beikommen konnte. Ich habe so ziemlich alles probiert: Individualtherapie. Gruppentherapie. Kognitive Therapie. Gestaltungstherapie. Psychodynamische Kurzzeittherapie. Rosa Pillen. Blaue Pillen. Bittere Pillen …

Als ich das erste Mal Zuflucht in der Klinik suchte, bat der Psychiater mich, über Mama und Papa zu reden, über das, was in jenem Sommer geschehen war. Ich verschloss mich wie eine Seeanemone und verbrachte einige Tage in diesem Zustand. Sie gaben mir Tabletten, die die Sonne zum Scheinen bringen sollten, aber ohne Erfolg. Als ich wieder gesund war, entließen sie mich. Ohne die geringste Ahnung, dass ich ihnen etwas vorgespielt hatte, denn ich war nie krank gewesen, so dass ich folglich auch nicht gesund werden konnte. Das ist vielleicht nicht ohne Weiteres zu verstehen. Ich bin nicht verrückt, wenn auch sicher nicht normal. Meine Nerven sind einfach ein bisschen überspannt. Ich gebe zu, dass das keinen Sinn ergibt. Sei's drum. Wer einmal in einen Spiegel geblickt und darin voller Abscheu sein eigenes Gesicht erkannt hat, wird verstehen, was ich zu sagen versuche. Wer einmal in den Sumpf der Depression geraten ist und sich selbst hasst, weil er weiß, wie wenig es an sich zu lieben gibt, wird vermutlich den Gedankenwirrwarr erkennen, den aufzudröseln ich versuche.

3

Eine E-Mail, die von meiner Universitätsadresse an die GMail-Adresse weitergeleitet worden war, beunruhigte mich. Ein amerikanischer Forscher – ein Kulturanthropologe namens Neil McHull vom MIT, *Massachusetts Institute of Technology* – bat mich, mit ihm Kontakt aufzunehmen. Wir hätten beide Nutzen davon bei unserer Suche nach dem Manuskript, behauptete er. Wie konnte er von dem Manuskript wissen? Er gab mehrere E-Mail-Adressen und Telefonnummern an. Auch an den nächsten Tagen kamen E-Mails von Neil McHull. Tag für Tag. Wie Spam.

Spät am Abend rief ich Thrainn in Island an, um mich zu erkundigen, ob es erste Ergebnisse gab und ob auch er seltsame Anfragen erhielt, doch nichts deutete darauf hin, dass meine Reise nach Island bekannt geworden war. Das Leck musste in Kiew sein. Oder in Oslo.

Thrainn berichtete mir, dass einer der Sprachforscher die Keilschrift identifiziert hatte. Die linke Spalte sei auf Akkadisch geschrieben, eine Schrift, die in Mesopotamien bis um Christi Geburt herum verwendet wurde. Der Sprachforscher hatte auch schon einen Abschnitt übersetzt. Das kleine Fragment hatte den Stil einer Apokalypse. Ein Engel aus Licht – ein fliegender Lichtbringer aus dem Himmel – war auf die Erde gekommen, um die Welt und die Menschheit vor dem Untergang zu bewahren.

»Mit etwas Wohlwollen und Fantasie können wir diesen Lichtbringer als einen vorchristlichen Vorläufer von Luzifer deuten«, sagte Thrainn. »Luzifer ist einer der vielen Beinamen von Satan. Auf Latein setzt sich dieser Name aus den Silben *lux* und *ferre* zusammen – direkt übersetzt bedeutet das Lichtbringer oder Lichtträger. Die Bezeichnung bezieht sich auf den Morgenstern, die Venus. Der Lichtbringer in diesem Manuskript kann ein Hinweis sein, dass sowohl der Text als auch die yezidische Religion ihren Ursprung in den mesopotamischen Mythen haben.«

»Soll das heißen, dass der Pfau Melek Taus eine frühe Version von Satan ist?«

»Das ist nicht sicher. Und mitunter verwirrend. Wenn der Text wirklich akkadisch ist, wird es schwierig sein, einen historischen oder geografischen Zusammenhang zu den Yeziden zu finden. Ich habe mich da ein bisschen eingelesen. Ihr Glaube ist eine Mischung aus gnostischer Kosmologie, gekoppelt mit Elementen aus dem Islam und dem Christentum. Sie leugnen aber, Satan zu huldigen, wie wir ihn begreifen. Sie beten fliegende Gotteswesen an, die wir als Engel bezeichnen würden.«

»Und was ist mit der Sprache der rechten Spalte?«

»Komplett unverständlich. Ich habe die Zeichen einigen Sprachwissenschaftlern und einem Mathematiker gezeigt. Keiner von ihnen hat auch nur im Ansatz etwas verstanden. Du solltest die Fachleute an der hebräischen Universität in Jerusalem fragen. Oder an den Unis in Bagdad oder Kairo. Ich bin schließlich Experte für nordische Mittelalter-Handschriften und nicht für orientalische Manuskripte aus vorchristlicher Zeit.«

»Wie alt ist das Pergament?«

»Das ist das Merkwürdigste von allem. Wir haben das Material untersucht und eine C14-Analyse gemacht.«

»Und? Was habt ihr herausgefunden?«

»Nichts. Das Material muss irgendeinen Prozess durchlaufen haben. Wir können einfach nicht herausfinden, von welchem Tier das Leder stammt. Die Chemiker sind ratlos. Wir kriegen kein Ergebnis. Und auch das Resultat der C14-Bestimmung ergibt keinen Sinn.«

Am nächsten Morgen erhielt ich eine E-Mail von Dekan Trygve Arntzen. Meinem Stiefvater. Nach Mamas Tod ließen wir beide unsere gut dreißig Jahre alten Masken fallen und gaben uns aus vollem Herzen unserer gegenseitigen Missbilligung hin. Er wollte wissen, wo ich steckte. Eine Gruppe hervorragender Wissenschaftler der renommierten amerikanischen Harvard-Universität wolle mich sprechen. Es sei von großer Wichtigkeit. Er hatte eine Liste mit Namen, Telefonnummern und E-Mail-Adressen angehängt. Weder Neil McHull noch John Scott noch Mark DeValois standen darauf.

Ich habe es Trygve Arntzen zu verdanken, dass ich nicht schon längst Professor bin. Er gönnt mir diese Beförderung nicht, wie ich ihm nie Mama gegönnt habe. Irgendwie haben sich die Dinge zwischen uns gründlich verhakt. Er war früher einmal Mamas Liebhaber gewesen. Als er Mama ein halbes Jahr nach Papas Todessturz heiratete, wurde ich zu einem unangenehmen Anhängsel, das beide an die Tragödie erinnerte, der sie ihre Ehe zu verdanken hatten. Papa hatte versucht, Trygve Arntzen zu töten. Ich kann ihn verstehen. Aber Papa war ungeschickt. Diese Eigenschaft habe ich von ihm geerbt. Er hatte sich an den Karabinern und Seilen zu schaffen gemacht, doch nicht Arntzen, sondern Papa stürzte zu Tode. Als Mama Arntzens Heiratsantrag errötend annahm und zu seiner bezaubernden Gattin und besten Freundin wurde, blieb ich mit glänzenden Augen draußen im Regen stehen. In diesem Moment war mir klar, dass ich für immer zu den Ausgestoßenen zählen würde. Ich weiß, dass ich verbittert klinge, voller Selbstmitleid. Später bekam ich einen Halbbruder, der meinen Platz als Mittelpunkt im Leben meiner Mutter einnahm. Steffen. Er ist alles, was ich nicht bin. Immobilienmakler. Gut aussehend. Ein charmanter Frauenheld. Mama war fürchterlich stolz auf ihn. Seit seiner Geburt schmachte ich in seinem Schatten.

Die Art, wie Trygve Arntzen sich in seiner E-Mail ausdrückte – fordernd, herablassend, arrogant, seinem Wesen entsprechend –, deutete darauf hin, dass er nicht daran zweifelte, dass ich mit den Amerikanern Kontakt aufnehmen würde. Und zwar sofort. Schließlich waren es Amerikaner. Wissenschaftler einer der renommiertesten Universitäten der Welt.

Fast dreißig Jahre schon war ich jetzt Arntzens Stiefsohn. Es sagt viel aus, wenn man bedenkt, wie schlecht er mich kannte.

VIII: Lilith

I

Ich lauschte der Stille und dem Flug der Fledermäuse in der Dunkelheit.

Das Schlafzimmer befand sich im ersten Stock am Ende einer knarrenden Treppe hinter einer schwergängigen Tür. Auf einem Regalbrett lagen zerfledderte Taschenbücher, mehrere Jahrgänge *Das Beste* aus den Sechzigern und ein Stapel Groschenromane. Das Bett selbst stand unter der Schräge neben einem kleinen Dachfenster. Es roch nach Holz und altem Schlaf. Durch die Scheibe strömte die Dunkelheit in den Raum.

Ich glaube nicht an Gespenster. Aber wenn es sie gab, würden sie hier in diesem Haus spuken, auf dieser abgelegenen Alm. Ist es wirklich undenkbar, dass ein Ort Bilder und Stimmungen aus der Vergangenheit bewahren kann? Dass Gefühle noch wie stumme Schreie, ein blasser Schimmer der Vergangenheit im Raum hängen? Solche Gedanken kommen mir, während ich im Dunkeln liege. Ich war nie ein großer Freund der Nacht.

Erst als das Morgenlicht durch die Scheibe sickerte, schlief ich ein und glitt in einen seltsamen Traum. Ich befand mich in einer fremdartigen Landschaft unter einer großen Sonne. Ein Stück entfernt erblickte ich versteckt inmitten der rötlichen Vegetation eine große, ungelenke Gestalt, die mich betrachtete und in Erwägung zu ziehen schien, sich zu erkennen zu geben.

Einige Stunden später stand ich auf und ging langsam nach unten in die Küche. In der Schublade fand ich zwischen spröden Gummibändern, angerosteten Gabeln, vergessenen Löffeln und stumpfen Messern ein Tütchen Zucker für meinen Morgenkaffee. Ich schmierte mir ein Brot. Ein paar Fliegen leisteten mir bei meiner Mahlzeit begeistert Gesellschaft.

Als ich mich in mein GMail-Konto einloggte, wartete die E-Mail eines Kopenhagener Kollegen auf mich, der mir mitteilte, Christian Keiser sei in einem Internet-Forum für Theologen aktiv gewesen und habe dort unter anderem drei Fragen zu den Themen Triquetra und Melek Taus deponiert. Christian hatte mir erzählt, er nutze wissenschaftliche Foren, um sich weiterzubilden und neue Ideen aufzunehmen. Er hatte mir aber nie gesagt, um welche Foren es sich handelte, und ich war nicht mehr dazu gekommen, ihn zu fragen. Dank meines Kopenhagener Kollegen konnte ich nun seinen elektronischen Spuren folgen.

Die Webseite war wie ein chronologisches Archiv aufgebaut, das bis ins Jahr 1998 zurückreichte. Als ich die Zeit nach meiner Rückkehr aus Kiew durchsuchte, in der wir mit unserem Projekt begonnen hatten, stieß ich auf seine ersten Anfragen. Es war eigenartig, seine Texte zu lesen. Unter den Antworten fielen mir zwei geheimnisvolle Meldungen einer Nutzerin mit dem User-Namen Lilith auf. Sie deutete an, ihm eventuell weitere Informationen geben zu können, und bat ihn, direkt Kontakt mit ihr aufzunehmen. Konnte Lilith die Kontaktfrau zu dem Paar in Amsterdam sein, das sich in seinen Forschungsarbeiten den Themen Triquetra und Melek Taus widmete? Ein Klick auf ihren Avatar gab mir folgendes Profil:

Name:	Marie-Élise Monnier
Nickname:	Lilith
Beruf:	---

Firma:	Université Paris – Sorbonne (Paris IV)
Wohnort:	Paris
E-Mail:	*marie.monnier@paris-sorbonne.fr* *Marie_e_m_1985@hotmail.com*
Tel. privat:	---
Mobil:	---
Fax:	---

Ich fand Marie-Élise Monnier bei Infobel.com und wählte ihre Handynummer. Es dauerte eine Weile, bis jemand das Gespräch entgegennahm. Ein Mann.

»*Qui? Marie?*«

Die Stimme war gleichermaßen eindringlich wie müde.

»*Marie-Élise Monnier, s'il vous plaît*«, stotterte ich.

Der Mann fragte mich etwas. Auf Französisch. Entlarvt. »*Désolé! Excuse me. Do you speak English?*«

«*No.*« Pause. «*Well, yes, maybe. A little. Who are you?*«

Ich stellte mich vor und bat noch einmal darum, mit Marie-Élise Monnier sprechen zu dürfen.

»Ich bin ihr Vater«, sagte der Mann. »Darf ich fragen, um was es geht?«

Sein Englisch war ausgezeichnet. Als Franzose hatte er aus reinem Trotz mit Nein geantwortet.

Ich erklärte ihm, dass ich an der Universität von Oslo arbeitete und auf einer Diskussionsseite im Internet auf Marie-Élises Namen gestoßen sei. »Unsere Forschungsgebiete überschneiden sich so stark, dass ich gerne mit ihr unsere aktuellen Entdeckungen diskutieren würde«, erklärte ich.

Er schwieg. Lange.

»Marie-Élise wird vermisst.«

»Vermisst. Sie meinen … sie ist verschwunden?«

»Der Polizei fehlt jede Spur. Die Beamten glauben, dass sie sich abgesetzt hat, irgendwo Ferien macht oder einen unbekannten Geliebten hat. Wenn sie sich nicht das Leben genommen hat. Aber die kennen sie nicht. Sie würde nie auf solche Ideen kommen. Nicht ohne vorher etwas zu sagen.«

»Das tut mir wirklich leid.«

»Sie hat mir ihr Handy mit der Post geschickt. Verstehen Sie, wozu das gut sein soll? Warum verschickt jemand sein Handy? Jedes Mal, wenn es klingelt, keimt in mir die Hoffnung auf.«

»Ich hätte natürlich nicht angerufen, wenn ich …«

»Nein, ich verstehe.«

»Gibt es eine Spur? Irgendeinen Anhaltspunkt?«

»Nichts!«

»Ist sie früher schon einmal verschwunden?«

»Niemals. Sie erwähnten etwas von sich überschneidenden Forschungsgebieten?«

Ich erzählte ihm von dem Manuskript und seiner unklaren Herkunft. Von dem Mord an Christian sagte ich allerdings nichts.

»Ja.« Der Anflug eines Lächelns hatte sich in seine Stimme geschlichen. »Das hört sich nach meiner Marie an. Sie war immer an so etwas interessiert.«

So etwas.

»Ich weiß, dass ich viel von Ihnen verlange, aber könnten Sie mich anrufen … wenn … ja also, wenn sie wieder da ist. Oder Ihre Tochter bitten, mich unter dieser Nummer zurückzurufen?«

»Natürlich.«

Ich bedankte mich für die Hilfe und wünschte ihm viel Glück. Auch er bedankte sich, dann legten wir auf.

Die Hoffnungslosigkeit in seiner Stimme machte mich niedergeschlagen. Als wüssten wir beide, dass Marie-Élise Monnier tot war, versuchten aber dennoch krampfhaft, die Erkenntnis des Offensichtlichen zu verdrängen. Er war ihr Vater. Für mich war sie nur ein Name, eine Unbekannte in einem fremden Land, eine Nummer auf einer Liste, eine, die mir vielleicht hätte helfen können. Es gelang mir nicht, mich von dem Gedanken freizumachen, dass ihr Verschwinden kein Zufall war.

Nur ein Name … trotzdem ging ihr Schicksal mir sehr nah.

2

Als ich gegen Mittag auf der Bank vor der Sennhütte saß und mit einer Tasse Kaffee in der Hand über das Tal blickte, rief Henrichsen an. Der Störenfried mit ch. Er räusperte sich, bevor er sein seltsames Anliegen vorbrachte: Ob ich so freundlich sein könnte, Kontakt zu einer Gruppe amerikanischer Wissenschaftler aufzunehmen, die mit mir sprechen wollten.

»Entschuldigen Sie die Frage, aber warum rufen *Sie* an, um sich für die Belange einer Gruppe amerikanischer Forscher einzusetzen?«

Mit der Umständlichkeit und Detailverliebtheit eines Polizisten erklärte er mir, dass die Anfrage der Forscher über das amerikanische Außenministerium an das Norwegische Außenministerium und von dort weiter zum Justizministerium gelangt sei, das wiederum die Polizeidirektion gebeten habe, die lokalen Polizeidienststellen zu kontaktieren.

»Warum?«

»Ich überbringe nur einen Bescheid von höchster Stelle. Dem Polizeipräsidenten.«

»Sie haben nicht verraten, wo ich bin?«

»Nein, sind Sie verrückt?«

»Was sind das für Leute?«

Er las die Namen vor – es waren die gleichen Namen, die Trygve Arntzen mir in seiner E-Mail geschickt hatte.

Papa war Archäologe. Er und Trygve Arntzen waren Kollegen und Freunde. Und Rivalen um die Gunst meiner Mutter.

Manchmal frage ich mich, ob ich Archäologe geworden

bin, um die Lücke zu stopfen, die mein Vater hinterlassen hat. Selbst gestrickte Stammtischpsychologie. Vermutlich interessiert mich die Vergangenheit, weil ich mich so nicht mit der Zukunft beschäftigen muss. Ganz zu schweigen von der Gegenwart. Psychologie ist so etwas wie eine archäologische Ausgrabung im Hirn. Eine Freilegung der Seele. Ich habe sowohl Freud als auch Jung gelesen. Koffka und Köhler. Wundt und Wertheimer. Aber je mehr ich gelesen habe, desto weniger habe ich mich selbst verstanden. Ich bin wie ein Fisch, der keine Ahnung davon hat, dass er in einem Aquarium lebt. Wenn ich denn überhaupt verstehen will. Man hat ja so seine Gründe.

Ich hätte niemals Psychologe werden können. Ich habe genug mit meinen eigenen Problemen zu tun.

IX: Der Ritualmord (2)

1

Konservator Taras Koroljov wurde am Mittwochnachmittag von Kollegen als vermisst gemeldet. Sie machten sich Sorgen, weil er nicht im Büro erschienen war. Als sich die Kiewer Polizei einige Tage später Zugang zu seiner Wohnung im dritten Stock eines Mietshauses in Yaroslaviv Val verschaffte, fanden sie ihn tot auf seinem Bett liegend. Nackt. Die Arme waren vor der Brust verkreuzt. Seine rechte Hand umklammerte ein Amulett mit einer Triquetra und einem Pentagramm. Im Schlafzimmer verteilt standen sechsundsechzig abgebrannte Kerzen, das Wachs teils verlaufen. Die Wohnung duftete schwach nach Weihrauch und Verwesung.

All das erfuhr ich per E-Mail von einer Kollegin Taras Koroljovs. Er hatte sie, als nutzlose Sicherheitsvorkehrung und wertloses Testament, gebeten, mich zu kontaktieren, sollte ihm etwas zustoßen.

Sie erwähnte mit keiner Silbe, dass dem Leichnam sämtliches Blut abgezapft worden war. Das würde man erst bei der Obduktion feststellen.

2

Als ich Henrichsen anrief und ihn über den Mord an Koroljov und das mysteriöse Verschwinden von Marie-Élise Monnier in Kenntnis setzte, konnte ich seine Verblüffung regelrecht durch die Leitung hören. Damit hatte der Mord in Oslo plötzlich eine internationale Dimension bekommen. Henrichsen sagte, dass er Kontakt zu Interpol und der Polizei in der Ukraine und in Frankreich aufnehmen wolle.

In den folgenden Tagen fuhr ich mit meiner Internet-Jagd auf Information fort und verbrachte Stunde um Stunde vor dem Bildschirm. *www.theology.org*, *www.palaeography.com*, *www.archaeology.org*. Ich las englischsprachige ukrainische Webzeitungen, aber der Mord an einem Konservator war offensichtlich keiner Erwähnung wert. Des Weiteren versuchte ich, mehr über Marie-Élise Monnier herauszufinden. Auf keiner französischen Seite wurde ihr Verschwinden erwähnt. Aus Mangel an Hinweisen blätterte ich mich durch das Archiv der diversen Diskussionsforen, an denen sich Marie-Élise beteiligt hatte. Sie schien eine kleine Querulantin gewesen zu sein. Sachlich, aber dickköpfig. Jemand, der niemals aufgibt. Ein bisschen wie ich.

Eine Reihe von Diskussionen, in die sie sich eingemischt hatte, drehte sich um Themen, die zumindest indirekt etwas mit theologischen Theorien über den Sündenfall und das Böse bis hin zur Satansverehrung zu tun hatten. Dieser Zug an Marie-Élise wirkte eher etwas schrullig. Möglicherweise hätten wir gut zusammengepasst. Von ihr stammten fast vierzig Beiträge über die Verbindungslinien zwischen den unterschiedlichen Wesen des Gottes Baal, des Dämonen Baal, Bael oder Ba'al Zebûb – Herr der Fliegen –, besser bekannt als Beelzebub. So wie ich ihre engagierten Beiträge interpretierte, wollte sie eine Verwandtschaft zwischen Baal, dem babylonischen Gott Marduk und Satan nachweisen. Sie wären alle ein und dasselbe Wesen, postulierte sie. Andere argumentierten, Bael wäre König der Hölle und Baal Herzog. Ja, ja. Als ich mich bis 2003 durchgearbeitet hatte, stieß ich auf eine kurze, aber interessante Korrespondenz zwischen Marie-Élise alias Lilith und einer Userin, die sich Monique nannte. Man musste schon meine Ausdauer und Besessenheit besitzen, um ihren unspektakulären Gedankenaustausch im Lärm der ansonsten stimmgewaltigen Debatten überhaupt wahrzunehmen. Moniques kärgliches User-Profil sah aus wie folgt:

Name:	---
Nickname:	Monique
Geb.:	---
Beruf:	---
Firma:	---
Wohnhaft:	---
E-Mail:	*rijsewijk2000@dds.nl*
Tel. privat:	---
Mobil:	---
Fax:	---

Niederlande.

Amsterdam?

Ich schickte eine E-Mail an rijsewijk2000@dds.nl und bekam unmittelbar die automatische Antwort, dass es den Account nicht mehr gab. *User unknown*.

Monique zeigte ein auffälliges Interesse an Marie-Élises Kenntnissen zu esoterischen Themen. Okkultismus. Teufel und Dämonen. Geisterbeschwörung. Exorzismus. Aber wo Marie-Élise engagiert und jugendlich halsstarrig war, war Monique introvertiert, zurückhaltend, fast unsichtbar. Monique hatte keine Agenda, lieferte keine Argumente, angelte aber kontinuierlich nach Informationen. Nach kurzer Zeit wurde die Korrespondenz im Forum beendet. Sie brach mitten in einem Meinungsaustausch über den assyrisch-babylonischen Dämonen Pazuzu ab, trotzdem war ich beinahe sicher, dass Monique und Marie-Élise weiter per E-Mail kommuniziert hatten. Im Forum tauchte Monique danach nicht mehr auf.

Das Leben ist ein Irrenhaus mit Schokoglasur. Einige können sich besser unterordnen als andere, sich verstellen, die Falschheit der anderen besser ertragen. In der Nervenheilanstalt, unter den Verrückten und Verbannten, war eine Einstellung zum Leben und zum Tod zu spüren, die ich als wesentlich ehrlicher und echter empfand als »draußen«. Zwei meiner Freunde begingen Selbstmord, während ich eingewiesen war. Marion und Eskil. Sie war manisch-depressiv, und er glaubte, von einem Dämon besessen zu sein. Wir haben alle unser Päckchen zu tragen. Im Grunde genommen haben sie weniger das Leben verlassen, als ihren Tod vorgezogen. Die Endstation des Seins. Beide starben aus Ehrfurcht vor dem Leben. Man muss schon einen Hang zum Wahnsinn haben, um das zu verstehen. Ich verstand es.

Eskils Dämon hieß Pazuzu.

3

Ich spazierte jeden Nachmittag im Kapuzenpulli und mit einem Rucksack auf dem Rücken runter ins Dorf und kaufte ein. Zeitungen.

Ich tat, als wäre ich im Urlaub. Lief im Wald um die Hütte herum und stieg manchmal bis zur Baumgrenze auf. Ich kochte meinen Kaffee auf einem mit Holz angefeuerten Ofen. Mit einer rostigen Sense versuchte ich, das Gras um die Hütte zu mähen. Dazwischen war ich von morgens bis abends auf der Jagd nach Fakten und Theorien. Über Triquetra, über Melek Taus, über Marie-Élise Monnier, nach allem, was ein klärendes Licht auf die Handschrift werfen könnte. Am Ende wurde mein Fleiß belohnt. In einem Universitätsarchiv in Cambridge, das eine Reihe internationaler Zeitschriften digitalisiert hatte, stieß ich über einen Wikipedia-Link auf die englische Zusammenfassung eines Artikels in der italienischen Fachzeitschrift *Rivista Teologica*. Im Oktober 1969 hatte ein Theologieprofessor der Päpstlichen Universität Gregoriana, Giovanni Nobile, einen Kommentar über »die kontroversen Hypothesen in Zusammenhang mit einem verschwundenen altertümlichen Manuskript mit der Bezeichnung *Luzifers Evangelium*« verfasst. Nobiles Argumentation lief darauf hinaus, dass die Handschrift, die historischen Quellen zufolge lange vor dem Alten Testament verfasst worden sein sollte – vermutlich zweitausendfünfhundert Jahre vor Christus –, aller Wahrscheinlichkeit nach eine Fiktion war. Die bekannteste Referenz für die Handschrift – die angeblich beim Konzil von Nicäa 325 vernichtet worden war – stammte aus einer weniger bekannten Textsammlung des Athanasius von Alexandria. Er schrieb, dass die ketzerische Schrift, später *Luzifers Evangelium* genannt, unter dem Titel *Prophetien des Lichtengels* verbrannt und die Asche in der Gosse verstreut worden sei. Laut Professor Nobile entsprach die Behauptung, die Kirchenväter hätten in Nicäa alle kontroversen Schriftstücke vernichtet, der Wahrheit, wenngleich die Verbrennung von Texten nirgendwo dokumentiert sei. Die Textsammlung, so Nobile weiter, die Athanasius zugeschrieben wurde, sei also aller Wahrscheinlichkeit nach eine Fälschung aus dem siebten Jahrhundert. Um seine Hypothese, dass es sich bei *Luzifers Evangelium* um ein Falsifikat handelte, zu untermauern, verwies Nobile darauf, dass Symbole wie Triquetra und Melek Taus kaum in viertausendfünfhundert Jahre alten Handschriften anzutreffen sein dürften. Das sah ich anders. Gerade die Hinweise auf Triquetra und Melek Taus legten die Schlussfolgerung verführerisch nahe, dass es sich bei der Kiew-Handschrift um eben jene handelte, deren Existenz Nobile leugnete. Doch selbst Professoren können irren. War es möglich, dass *Luzifers Evangelium* sich in meinem Besitz befand?

4

Obgleich der Artikel 1969 geschrieben worden war, in dem Jahr, in dem ich meine ersten unsicheren Schritte machte, rief ich in der Pontificia Università Gregoriana an und erkundigte mich dort über den Artikelschreiber Giovanni Nobile.

»Wer?«, fragte die Dame in der Telefonzentrale.

»Giovanni Nobile.«

»Noch nie von ihm gehört.«

»Er war Ende der Sechzigerjahre bei Ihnen angestellt.«

Das Lachen war herzlich und schallend.

Ich bat sie, mit der theologischen Fakultät verbunden zu werden. Auch dort war Nobile unbekannt. Ich fragte, ob es möglich wäre, mich mit jemandem zu verbinden, der der Fakultät schon länger angehörte.

Der Mann, der schließlich den Hörer abnahm, beendete noch schnell ein Gespräch mit einer Person, die sich offenbar im selben Raum befand wie er. Der Klang der Stimme ließ mich aufhorchen. Es kam mir vor, als hätte ich sie schon einmal bei einem Vortrag gehört. Jemand lachte, eine Tür fiel ins Schloss. Dann wurde in den Hörer geatmet, und eine Stimme stellte sich als *Professore* Aldo Lombardi vor.

Als ich meinen Namen nannte, wurde er still. So still, dass ich im Hintergrund, auf einer römischen Straße, ein Auto hupen hörte.

»Professor?«

»Entschuldigen Sie. Ich bin nur so überrascht.«

»Überrascht?«

»Dass Sie mich anrufen.«

»Wieso das?«

»Bjørn Beltø. Bjørn Beltø, persönlich.«

Ich bin ein einfaches Gemüt. Es schmeichelte mir, dass er mich kannte.

»In akademischen Kreisen haben Sie nach wie vor einen Namen. Was verschafft mir die Ehre?«

»Ich suche Informationen über einen gewissen Giovanni Nobile, der Ende der Sechzigerjahre Professor an Ihrem Institut war.«

Wieder wurde er still. Vor meinem Küchenfenster krakeelte eine Krähe.

»Professor Lombardi?«

»Es hat schon viele Jahre niemand mehr nach Giovanni Nobile gefragt.«

»Kannten Sie ihn?«

»Nicht sehr gut. Er war eine Ecke älter als ich, war schon Professor, als ich noch studierte.«

»Ist er tot?«

Pause.

»Professor?«

»Das war eine echte Tragödie.«

»Was ist passiert?«

»Eine Tragödie. In jeder Hinsicht. Die Karriere. Seine Tochter.«

»Helfen Sie mir auf die Sprünge, ich weiß nichts darüber.«

»Man sagte, er wäre durchgedreht.«

»In welcher Weise?«

»Es hieß, er wäre von Dämonen besessen gewesen.« Er sagte das mit einem kurzen, humorlosen Lachen.

»Besessen? Von Dämonen?«

»Professor Giovanni Nobile war Dämonologe. Wussten Sie das nicht?«

»Ich wusste, dass er Theologe war. Sein Spezialgebiet war mir nicht bekannt.«

»Wieso fragen Sie nach ihm?«

»Ich bin in Zusammenhang mit einer alten Handschrift auf seinen Namen gestoßen und hatte gehofft, dass er mir vielleicht weiterhelfen könnte.«

»Jetzt machen Sie mich neugierig. Was für eine Handschrift?«

»Im Oktober 1969 hat Nobile einen Artikel in der *Rivista Teologica* veröffentlicht. Darin ging es um einen apokryphen Text mit der Bezeichnung *Luzifers Evangelium.* Seine Argumentation lief darauf hinaus, dass dieser Text nicht existieren könne. Ich meinerseits versuche herauszufinden, ob ich im Besitz eines solchen Exemplars bin.«

Der Professor schnappte hörbar nach Luft.

»Wissen Sie etwas über diesen Text, Professor?«

»Habe ich richtig gehört, Sie besitzen ein Exemplar von *Luzifers Evangelium*?«

»Möglicherweise. Falls es dieses Manuskript überhaupt gibt.« Ich ließ ein trockenes Lachen hören, auf das ich keine Reaktion bekam.

»Beltø, lassen Sie mich Ihnen eine Frage stellen: Könnten Sie, trotz ausgefüllter Arbeitstage, die Zeit erübrigen, mich hier in Rom zu besuchen?«

»In Rom? Ich verstehe nicht ganz?«

»Wir beide haben eine Menge zu bereden.«

»Haben wir das?«

»Unter vier Augen. Vertraulich.«

»Professor Lombardi, wie soll ich sagen … Ich befinde mich momentan in einer misslichen Lage. Mehrere meiner Kollegen wurden ermordet. Ich selber schwebe ebenfalls in Lebensgefahr.«

»Was sagen Sie da? Wegen der Handschrift?«

»Ich vermute es. Deshalb suche ich auch nach einem Ausweg aus dieser Situation.«

»Sie haben meine volle Unterstützung. Die Universität stellt Ihnen selbstverständlich eine Wohnung zur Verfügung. Gratis. Und übernimmt die gesamten Reisekosten. Unter den gegebenen Umständen können wir auch … ein gewisses Maß an Sicherheit garantieren.« Seine Stimme wurde vertraulich. »Wir werden auf Sie aufpassen, Bjørn.«

»Eine Reise nach Rom ist nicht so einfach zu bewerkstelligen.«

»Sie hätten großen Nutzen davon.«

»Aha?«

»Aber ich möchte am Telefon nicht mehr als nötig darüber reden.«

»Ich werde sehen, was sich organisieren lässt.«

»Es ist wichtig. Wichtiger, als Sie es sich vielleicht vorstellen können.«

»In welcher Weise?«

»Sagen Sie, kennen Sie das Bartholomäus-Evangelium?«

»Ich bin kein Theologe.«

»Bartholomäus war einer der zwölf Apostel Jesu. Er wird zwar bei Matthäus, Markus und Lukas und in den Taten der Apostel erwähnt, ansonsten aber schweigt sich die Bibel über ihn aus. Angeblich hat er ein Evangelium geschrieben, doch das ist verloren gegangen. Es finden sich jedoch Auszüge daraus in anderen Schriften aus jener Zeit wieder. Bartholomäus verweist unter anderem auf einen gewissen Salpsan. Kommt Ihnen der Name bekannt vor?«

»In keiner Weise.«

»Salpsan ist Satans Sohn.«

»Ich wusste gar nicht, dass Satan einen Sohn hatte.«

»Genau das ist des Pudels Kern!«

»Hat das was mit Giovanni Nobile oder *Luzifers Evangelium* zu tun?«

»Alles! Nobile war von der Handschrift, diesem heidnischen Evangelium, ebenso besessen wie von … seinen Dämonen.«

»Was ist mit ihm passiert?«

»Er starb.«

»Wie?«

»Die Polizei ging davon aus, dass er ermordet wurde. Oder Selbstmord begangen hat. Er hat mehrere Menschen wegen *Luzifers Evangelium* umgebracht. Das war 1970 einer der großen Kriminalfälle hier in Rom. Die Polizei war damals der Meinung, Nobile und seine Tochter wären ermordet und hinterher irgendwo verscharrt oder ins Meer geworfen worden. Wenn Nobile sich und seine Tochter nicht eigenhändig ins Jenseits befördert hat.«

»Und wie ging es weiter?«

»Gar nicht. Wie sollte es weitergehen? Das ist so lange her. Wir haben versucht zu vergessen. Niemand weiß, was damals tatsächlich geschehen ist, das ist die traurige Wahrheit, Herr Beltø, niemand weiß, was tatsächlich geschah.«

Rom, Mai 1970

Es war zehn vor zwei in der Nacht. Er hätte längst im Bett liegen sollen. Professor Giovanni Nobile biss ein wenig zu fest auf das Mundstück seiner Pfeife und inhalierte genussvoll. Durch den Tabaknebel betrachtete er das weiße Blatt. Seine Zeigefinger lagen wie zwei steife Stäbe auf den runden Tasten der Remington-Schreibmaschine. Dann tippte er so kräftig weiter, dass sich an mehreren Stellen die Buchstaben durch das Papier drückten.

`Die Darstellung des ~~Dämons~~ Baphomet mit dem Ziegenkopf, Flügeln, ~~Frauen~~Brüsten und Hörnern stammt aus Eliphas Levis ~~Werk~~ Dogme et Rituel e la Haute Magie (1854). Aber um den Ursprung der Figur zu finden, müssen wir vermutlich bis zu den ~~ägyptischen und sumerischen~~ Mythen und Religionen des Altertums zurückgehen.`

Ein kühler Lufthauch im Raum ließ ihn aufblicken. Hatte Luciana das Küchenfenster offen gelassen? Er legte die Pfeife in den Aschenbecher und ging in die Küche. Das Fenster war geschlossen. Der Professor schenkte sich ein Glas Milch ein und nahm es mit in sein Arbeitszimmer. Dort blieb er stehen. Der Raum war kälter als der Flur oder die Küche. Er musste mit dem Hausmeister sprechen.

Giovanni setzte sich. Der Stuhl knarrte. Die Glut seiner Pfeife war erloschen. Er ließ sie liegen. Während er einen Schluck Milch trank, überflog er noch einmal, was er kurz zuvor geschrieben hatte. Gut, gut. Seine Fingerkuppen schmerzten. Er beugte sich über die Schreibmaschine.

`Vermutlich ist der Name Baphomet eine altfranzösische Verzerrung von Mahomet (der Prophet Muhammed), dem ~~vorrangigsten~~ Feind der Kreuzfahrer: die Muslime. Baphomet war ebenfalls mit den ~~zahlreichen~~ Konspirationstheorien um die Tempelritter verknüpft. In neuerer Zeit war der Dämon Baphomet eine zentrale Figur im Thelema-Glauben des Okkultisten Aleister Crowley, der`

Ein Geräusch.
Ein Schluchzen?
Er hielt mitten im Satz inne.
Silvana?
Wie eine Vorahnung …

Seine Tochter lag mit geschlossenen Augen da und atmete gleichmäßig, die Arme um ihren heiß geliebten Teddy geschlungen. Hatte sie geträumt? Der Beagle Bella, der immer an ihrem Fußende schlief, hob träge den Kopf. Er legte die Hand auf Silvanas Stirn. Sie schluchzte kurz auf und murmelte »Lo-Lo« im Schlaf. Er setzte sich auf die Bettkante und beruhigte sie. Im Wohnzimmer schlug die Wanduhr zwei Mal. Er küsste sie auf die Wange. Sie rührte sich nicht. Silvana hatte die Augen, die Lippen und die Stupsnase ihrer Mutter. Von ihm hatte sie extrem wenig, sah man einmal von ihrer Sturheit ab.

»*Ti amo*«, flüsterte er ihr ins Ohr, *ich liebe dich*.

Als er aufstand, gab die Matratze etwas nach. Silvana drehte sich auf die Seite und steckte den Daumen in den Mund. Eigentlich hatte sie damit aufgehört. Vor fünf Jahren.

Giovanni schlich aus dem Zimmer, schloss leise die Tür und löschte das Licht im Flur, ehe er sich in sein kühles Arbeitszimmer begab.

X: Der Ritualmord (3)

Juvdal
3.–4. Juni 2009

1

Marie-Élise Monniers Leiche wurde am späten Dienstagabend des 2. Juni in einer Kirchenruine bei Carcassonne gefunden, siebenhundertsiebzig Kilometer von Paris entfernt. Aus diversen Gründen ging die Information erst früh am nächsten Morgen bei der Polizei ein. Die Kirchenruine – eine verfallene Kapelle in einem dichten Waldstück – stand seit dem Krieg leer. Doch jetzt hatte sich jemand Zugang verschafft, dort aufgeräumt, den Altar mit einem weißen Seidentuch bedeckt und laut Polizeibericht nicht weniger als sechsundsechzig Kerzen angezündet.

Marie-Élise Monniers Leiche lag auf dem weißen Seidentuch. Sie war nackt, bis auf einen geflochtenen Blumenkranz im Haar. Die Polizei vor Ort ging anfangs von einem rituellen Sexualdelikt aus, aber die Gerichtsmedizin fand keine Anzeichen dafür, dass Marie-Élise vergewaltigt worden war.

»Selbst im Tod war sie wunderschön. Sie lag friedlich da wie ein Engel.«

Die Stimme am Telefon klang belegt. Marie-Élises Vater musste eine Pause einlegen, um die Fassung wiederzugewinnen.

»Ich habe einige Bilder des Polizeifotografen zu sehen bekommen. Ihr Haar war wie ein Heiligenschein über das Tuch gefächert. Die Arme waren über der Brust verschränkt. Sie sah überirdisch schön aus. Wie eine Göttin. Aber ihre Augen waren nicht geschlossen. Ist das nicht seltsam? Sie hätten doch wenigstens ihre Augen schließen können. In ihrem Blick lag große Trauer, Beltø. Unendlich große Trauer.«

Ich hätte nie gedacht, noch einmal von ihm zu hören. Aber er hatte mich angerufen. Weil ich ihn gebeten hatte, sich zu melden, falls sie wiederauftauchte. Und das war sie. Gewissermaßen.

Vielleicht brauchte er jemanden zum Reden. Vielleicht gab es nicht viele Menschen, die er anrufen konnte.

»Wer tut so etwas?«, sprach er weiter. »Wer tut einer jungen Frau so etwas an?«

»Grausam.«

»Marie-Élise hat sich intensiv mit dem Jenseits beschäftigt. Und jetzt ist sie dort. Was für eine tragische Ironie. Sie ist gerade einmal vierundzwanzig Jahre alt geworden.«

»Mein herzliches Beileid. Ich weiß nicht, was ich sagen soll.«

»Schon als kleines Kind war sie eine Suchende. Ich glaube, das war letztendlich auch der Grund, wieso sie angefangen hat, Theologie zu studieren. Sie war gläubig. Aber nicht im herkömmlichen, kirchlichen Sinn. Regeln und Gebote, Verbote, Dogmen – all das bedeutete ihr nichts. Marie-Élise war der Meinung, die Kirche – die Institution – sei der erbärmliche Versuch der Menschen, den Glauben in ein System zu zwängen. Sie war überzeugt davon, dass es eine größere Wahrheit gab. Eine Wahrheit, die einzufangen weder der Kirche noch der Bibel noch einer anderen Religion oder Glaubensrichtung gelungen war. Ich selber bin ein guter Katholik. Traditionell. Das leugne ich nicht. Marie-Élise und ich hatten viele lebhafte Diskussionen. Aber ich habe ihre Meinung immer respektiert. So wie sie mich respektiert hat.«

»An was hat sie geglaubt?«

Er musste nachdenken, ehe er antwortete. »Sie war Christin in einem gänzlich anderen Sinn, als wir es gewohnt sind. Sie war fasziniert von den Gnostikern, den Katharern, den Manichäisten. Von der Grenze zwischen Gut und Böse, Licht und

Dunkel. Sie glaubte, dass der Raum um uns herum voll von guten Geistern war – Lichtwesen nannte sie sie –, die nicht gebunden waren an irdische Körper. Außerdem glaubte sie an Gegenkräfte. Finstere, böse Geister. Nennen Sie sie meinetwegen Dämonen. Teufel. Satans Handlanger.«

Er wurde still. Ich hörte nur seinen Atem.

»Marie-Élise ist jetzt ein Lichtwesen. Auf den Bildern des Polizeifotografen scheint sie von innen heraus zu leuchten. Selbst im Tod. Sie leuchtet.«

»Wie hat sie ihren Glauben gefunden?«

»Sie hatte zwei Mentoren. Lehrmeister. Eigentlich sollten Sie mit denen sprechen.«

»Wer …?«

»Ich weiß nicht einmal, wie sie heißen. Sie haben übers Internet kommuniziert. Er ist ein alter Mann, soweit ich weiß. Die Frau ist jünger. Marie-Élise war sehr angetan von den beiden.«

»Wohnen sie in Paris?«

»Nein, in Amsterdam.«

Ich dachte an Monique mit ihrer niederländischen E-Mail-Adresse. Und an das Paar in Amsterdam, das Christian Keiser aufzuspüren versucht hatte.

»Glauben Sie, dass sie etwas mit dem … was passiert ist, zu tun haben könnten?«

»Sicher nicht. Marie-Élises Urteilskraft war exemplarisch. Sie ist mehrmals in Amsterdam gewesen, um sie zu besuchen. Nach diesen Treffen war sie immer Feuer und Flamme.«

»Was wissen Sie über diese Menschen?«

»Nicht viel. Sie leben sehr zurückgezogen, mythenumsponnen. Marie-Élise hat ihnen geholfen.«

»Wobei?«

»Gute Frage. Es hatte was mit ihrer Forschung zu tun, mehr weiß ich auch nicht. Sie waren mit einem sehr ausgefallenen Fachgebiet befasst.«

»Inwiefern ausgefallen?«

»Ich nehme das Wort nur ungern in den Mund, aber soweit ich es verstanden habe, waren sie Experten für Satanismus. Denken Sie jetzt bitte nichts Falsches über Marie-Élise oder diese Forscher. Ihr Interesse war ausschließlich akademisch.«

»Welche Rolle hat Marie-Élise bei ihrer Forschung gespielt?«

»Sie war ihr Kontakt zur Außenwelt. Meistens übers Internet. Sie war ein Ass darin.«

»Könnten Sie mir behilflich sein, Kontakt zu diesen Leuten aufzunehmen?«

»Leider nein. Marie-Élise hat die Adressliste in ihrem Handy gelöscht. Und ihr Laptop mit allen E-Mail-Adressen wurde von der Polizei beschlagnahmt.«

Wir redeten noch einige Minuten. Bevor wir auflegten, bat ich ihn, mich anzurufen, falls er etwas Neues erfuhr.

2

Bereits am nächsten Vormittag meldete er sich wieder. Seine Stimme klang dünn, als ob sie jeden Augenblick versagen könnte.

»Es ist etwas passiert. Noch etwas.«

»Was ist passiert, Monsieur Monnier?«

»Es betrifft Marie-Élise.«

»Ja?«

»Und Sie.«

»Mich?«

»Ich habe einen Brief bekommen.«

»Von … den Mördern?«

»Von Marie-Élise. Eine Freundin hat ihn weitergeschickt.«

»Sie müssen den Brief der Polizei übergeben!«

»Das werde ich.«

»Was schreibt sie?«

»Sie sollten ihn lesen.«

»Warum?«

»Sie werden darin erwähnt.«

»Ja? Was steht dort?«

»Nicht am Telefon, auf keinen Fall.«

»Wie soll ich ihn lesen?«

»Können Sie nach Paris kommen?«

Durch das Fenster sah ich einen großen Vogel – einen Adler? Habicht? –, der große Kreise zog, eine Silhouette am Himmel. Plötzlich stieß er auf den Fluss herunter und verschwand aus meinem Blickfeld.

Können Sie nach Paris kommen?

»Beltø?«

Amsterdam … Paris … Carcassonne … Rom …

Ich hielt nach dem Raubvogel Ausschau und dachte: Ich kann mich nicht bis in alle Ewigkeit hier in der Sennhütte verstecken. Auf der Flucht zu sein, macht etwas mit einem. Man wird zur Beute. Jemand, der sich versteckt. Der darauf wartet, gefasst zu werden.

»Es ist nur ein Angebot«, sagte er. »Ich kann den Brief auch gleich der Polizei geben.«

»Nein, nein! Ich muss nur kurz nachdenken.«

Da war der Vogel wieder. Er hatte ein Tier in den Klauen. Ich konnte nicht erkennen, was es war.

Ich dachte: Ich könnte den ganzen Sommer hier wohnen. In der Hütte. In Juvdal. Kristin hätte sicher nichts dagegen. Hier würden sie mich niemals finden.

Oder …

Oder ich konnte etwas unternehmen.

Unternehmen.

Ich könnte angreifen. Aus meinem Versteck hervorkommen. Zum Gegenangriff übergehen.

»Beltø? Hallo?«

Ich folgte dem Raubvogel mit dem Blick, bis er nicht mehr zu sehen war. Er hatte sein Nest irgendwo an einem Felshang über der Baumgrenze. Gut verborgen. Unzugänglich. Wenn ich sowieso nach Paris muss, kann ich ja vorher über Amsterdam fahren und danach weiter nach Carcassonne und Rom. Ich könnte die Menschen aufsuchen, deren Schicksalsfäden auf unterschiedliche Weise mit dem meinen verknüpft waren. Ich konnte etwas tun. Etwas anderes, als mich zu verstecken. Auf der Flucht zu sein, ist ein Geisteszustand. Aus dem man früher oder später ausbrechen muss.

»Selbstverständlich kann ich kommen.«

»Gut.«

»Ich kann noch nicht genau sagen, wann, möglicherweise dauert es ein paar Tage, aber ich komme!«

»Sie waren gestern hier.«

»Wer?«

»Die Polizei.«

»Das liegt wohl in der Natur der Sache.«

»Da hatte ich den Brief noch nicht. Er lag heute Morgen in meinem Briefkasten. Ich …« Er konnte nicht mehr sagen. Am Tag zuvor hatte er so gefestigt gewirkt. Als hätte der Fund der Leiche seiner Tochter ihn in gewisser Weise beruhigt. Jetzt holte die Erkenntnis ihn mit all ihrer trostlosen Gnadenlosigkeit ein. »Die Polizei meinte …«

Wieder war die Wahrheit zu schwer zu ertragen. Er brachte den Satz nicht zu Ende.

»Ich habe jetzt ihre Telefonnummer«, sagte er stattdessen.

»Was für eine Telefonnummer?«

»Von den Leuten, nach denen sie gefragt haben. In Amsterdam. Ich schicke sie Ihnen als SMS, sobald wir aufgelegt haben. Den Namen und die Telefonnummer.«

»Danke. Das wäre mir eine große Hilfe.«

»Beltø?«

»Ja?«

Pause.

»Monsieur Monnier? Sind Sie noch da?«

»Beltø, wissen Sie, warum ich Ihnen den Brief zeigen will?«

»Weil ich dort erwähnt werde?«

»Weil ich hoffe, dass Sie dazu beitragen können, Marie-Élises Mörder zur Rechenschaft zu ziehen.«

Das, dachte ich, ist viel verlangt.

Aus dem einen oder anderen Grund lenkte Marie-Élise meine Gedanken auf Suzanne. Sie war auch viel zu früh gestorben. Zufällig war mein Blick vor ein paar Jahren auf ihre Todesanzeige gefallen. *Statt Blumenschmuck bitten wir um eine Spende für die Krebsgesellschaft*.

Suzanne war das erste Mädchen, das ich geküsst hatte. Ich war sechzehn. Sie war blind.

Rom, Mai 1970

»Giovanni?«

Ihre Stimme schaffte es nicht ganz durch die Membran zwischen Schlaf und Bewusstsein. Im Traum stand er wie schon so oft zuvor von Angesicht zu Angesicht mit Beelzebub: dem Herrn der Fliegen, dem Meister der Dämonen, Luzifers Kommandant und Kaiser der Hölle. Der Atem des Dämons stank nach verwestem Fleisch und verfaultem Fisch. Er hatte seine ledernen Flügel um sich geschlagen, als fröre er, und sah Giovanni spöttisch an. *Was willst du?*, schrie Giovanni. Er war wieder ein Kind, und seine Stimme klang hell, dünn und ängstlich. *Was willst du von mir? Warum verfolgst du mich?* Beelzebub entfaltete seine enormen Flügel, die einen eiskalten Schatten auf Giovanni warfen. *Komm, Kind!*, brüllte der Dämon mit einer Stimme, die Giovanni sich genau so vorgestellt hatte: schroff, hohl und rau.

»Giovanni? Bist du wach?«

In dem gelbgrauen Nebel hinter Beelzebub erkannte er eine Heerschar von verkrüppelten Körpern und Dämonen; Se'irim und Shedim; einige nackt, andere mit Pelz oder Flügeln. Tierisches Gebrüll und grelle Schreie schallten aus dem nach Schwefel stinkenden Nebel zu ihm herüber. Intuitiv spürte er die Nähe von König Baal, Graf Furfur, Marquis Shax und den anderen mächtigen Dämonen. Aber dieses Mal sah er sie nicht. Beelzebub grinste höhnisch: *Suchst du nach jemandem, Giovanni? Nach deiner Mutter vielleicht? Sie ist hier, weißt du, hier bei uns, dein Vater auch. Soll ich sie rufen?* Rangniedrigere Dämonen hockten wie hungrige Geier auf kahlen Ästen und spähten wachsam und gefühllos über die farblose Landschaft.

»Giovanni! Also wirklich! Es ist gleich zehn vor halb!«

Er schlug die Augen auf. Das Morgenlicht schien durch die dünnen Gardinen. Luciana stand an seinem Bett, schön, verführerisch und frisch geduscht.

»Tut mir leid«, grunzte er.

»Komm schon, steh auf!«

»Ich wünsche dir auch einen guten Morgen.«

»Du Langschläfer!«

Er stützte sich auf seinen Ellenbogen. Bella, der etwas rundliche Beagle, lag am Fußende auf seinem Bett. Silvana sang im Bad.

»Du?«, sagte Luciana.

»Hm.«

»Ich habe heute ein Treffen in L'Aquila.«

»Davon hast du gar nichts gesagt.«

»Ich habe es ja auch erst gestern erfahren.«

»Was machst du da?«

»Rate mal.«

Er richtete sich auf und kratzte sich am Bauch und der behaarten Brust. Bella gähnte.

»Ich komme erst spät nach Hause«, sagte Luciana.

»Wie spät?«

»Schwer zu sagen. Spät. Du weißt schon. Aber wir können zusammen frühstücken.«

Sie kochten Tee, deckten den Frühstückstisch und aßen weich gekochte Eier, Marmelade und Käse. Bella lag unter dem Küchentisch und malträtierte einen Gummiknochen, der jedes Mal quietschte, wenn sie hineinbiss. Luciana war schweigsam und abwesend. Silvana strich das weiche Eigelb auf ihren Toast. Wie ihre Mutter war sie schüchtern und zurückhaltend. So anders bin ich ja auch nicht, dachte Giovanni und rührte sich einen Löffel Zucker in den Tee.

»Also, was ist in L'Aquila los?«, fragte er.

»Eine Immobilienüberschreibung.«

»Etwas Spannendes?«

»Nur ein Gewerbegebäude.«

»Nimmst du den Zug?«

»Ich fahre mit Enrico.«

Silvana sah ihre Eltern an. Giovanni lächelte sie an, und sie erwiderte sein Lächeln. Ihr Blick war so erwachsen, sie war so reif für ihr Alter, dabei war sie erst zehn Jahre alt und hatte noch den schmächtigen Körper eines Kindes. Manchmal sagte sie Dinge, die ihn richtiggehend verblüfften. Als wäre sie bereits eine erwachsene Frau. Zwischendurch ertappte Giovanni sich bei dem Gedanken, ob sie besessen sein könnte. Eine dumme, irrationale Furcht, die ihren Ursprung in seiner Forschung und seinen Albträumen hatte. Er war sich dessen natürlich bewusst, aber trotzdem meldete sich dieser Gedanke immer wieder. Silvana lebte in ihrer eigenen Welt, mit ihrem Fantasiefreund Lo-Lo, mit dem sie lange Gespräche führte. Erwachsene Gespräche. Im Grunde genommen müsste er überlegen, ob er mal mit ihr zum Psychiater gehen sollte. Aber Silvana fehlte nichts, nicht auf diese Art und Weise. Wenn es auch dunkle Ecken in ihrer Seele gab, die er nicht verstand. Ihre Stimmung konnte von einer Sekunde zur anderen kippen. Dann war der Blick des kleinen Mädchens plötzlich erfüllt von etwas Undefinierbarem, das ihm Angst machte. Als sähe sie alles, verstünde alles, wüsste alles. Trotzdem. Besessen … wovon? Von wem? Von einem der Dämonen seiner nächtlichen Albträume?

Mach dich nicht lächerlich, Giovanni. Vielleicht sollte er sein Fachgebiet wechseln. Er hatte seine Besessenheit zu seinem Fachgebiet gemacht, und das sagte einiges über seine eigene Psyche aus.

Unten auf der Straße dröhnte ein Moped ohne Auspuff vorbei.

»Und was machst du heute?«, fragte Luciana, ohne ihn anzusehen. Ihr Blick folgte den Wirbeln, die entstanden, als sie ihren Tee umrührte. Er dachte: Warum tut sie so interessiert? »Hast du viele Vorlesungen?«, fuhr sie fort, als er ihr die Antwort schuldig blieb.

»Nur zwei.«

»Im Kühlschrank sind noch Lammkoteletts.«

»Das hört sich gut an. Sollen wir auf dich warten?«

»Nein, esst nur. Es wird spät werden.«

»Ja, das sagtest du.«

Als Giovanni acht Jahre alt war, hatte er Typhus bekommen. Fast eine Woche lang hatte er in dem kleinen Krankenhaus in einem komaähnlichen Schlaf gelegen. Die Ärzte hatten die Eltern darüber unterrichtet, dass ihr Sohn an einer ernsten Variante der Krankheit litt, die im schlimmsten Fall seinen Tod bedeuten könne. Sie hatten an seinem Bett gewacht, bis er wieder gesund war. Vater und Mutter, beide gläubige Katholiken, hatten ihre Gemeinde dazu gebracht, für ihren Sohn zu beten. Als die Gebete nicht helfen wollten und sie fürchteten, ihren Sohn an den Gott zu verlieren, den sie immer angebetet hatten, riefen sie einen Pfarrer, der Orationen gebetet und ihn mit Weihwasser gesegnet hatte. Giovanni hatte nichts von alledem mitbekommen. Sein fiebergeplagtes Hirn hatte ihn in eine Vorstellung der Hölle entführt, die er aus der ersten Reihe verfolgte. Eine Heerschar von Dämonen und Teufeln hatte sich auf ihn gestürzt, ihn gelockt, bedroht, verhöhnt und ausgelacht. Schreiend, brüllend, fauchend und dann wieder einschmeichelnd waren sie durch seine Fieberfantasien gezogen. Noch heute, mehr als dreißig Jahre später, wurde er regelmäßig von denselben Bildern und Lauten heimgesucht, denselben Gerüchen und dem immer wiederkehrenden Gefühl des nahenden Endes. Nachts schreckte er schweißgebadet aus Albträumen auf, die ihm so wirklich und real erschienen wie die schlafende Luciana neben ihm oder der Mond hinter der Gardine. Diese Träume zwangen ihn häufig aus dem Bett und in die Küche, wo er sich eine warme Milch mit Honig machte, während er versuchte, die Wahnvorstellungen aus seinem Kopf zu bekommen. *Das ist Wahnsinn, Giovanni, der reinste Wahnsinn.* Sogar am helllichten Tage kam es vor, dass er Dämonen erblickte, in kurzen Momenten auf der Straße, auf den Fluren der Universität, hinter einem Baum im Park oder in einem Brunnen auf einer von Touristen bevölkerten Piazza. Er hatte sogar schon erwogen, einen Psychiater um Hilfe zu bitten. Aber das ging ihm zu weit. Auch wenn er im psychischen Sinne an Dämonen glaubte, konnte er sie sich nicht als physische Wesen vorstellen. Gleichwohl hatten sie eine obskure Macht über ihn, wie eine Phobie oder ein Fetisch, von der er sich zu befreien versuchte oder die er zumindest verdrängen wollte. Die Fantasien seiner Kindheit waren ihm eingebrannt, als hätte die Krankheit in ihm die Tür zu einer anderen Wirklichkeit aufgestoßen.

»Du solltest dich mal wieder rasieren«, sagte Luciana.

»Findest du?«

»Und dir die Haare schneiden lassen.«

Er fuhr mit den Fingern durch die Haare an seiner Schläfe. Wie sein Vater war er früh ergraut.

»Und du, mein schöner Engel, musst nichts, aber auch gar nichts tun, um perfekt auszusehen.« Er wollte einen Spaß machen, ihr eine barocke Liebeserklärung machen, hörte aber selbst, wie dumm und falsch sein Satz daherkam. Sie lächelte. Wenn es denn ein Lächeln war.

Er hatte Luciana getroffen, als sie achtzehn Jahre alt gewesen war und er zehn Jahre älter. Sie war ein zartgliedriges Mädchen gewesen, das ihn vage an einen Engel erinnert hatte, den er auf einem Gemälde von Botticelli gesehen hatte. Er war viel zu alt für sie gewesen und sie viel zu schön für ihn. Trotzdem hatten sie sich ineinander verliebt und ein Jahr später mit einer romantischen Zeremonie auf Capri geheiratet. Das Gefühl, sie nicht zu verdienen, war nie aus seinem Bewusstsein gewichen. Sie war viel zu schön, viel zu gewandt: Luciana war geschaffen für scharfsinnige Männer mit schnellen Booten und großem Weinkeller. Er hatte schon lange das Gefühl, sie zu langweilen. Sie hatte so viele Träume, von denen er ihr nicht einen einzigen erfüllen konnte. Sie wollte die Welt kennenlernen, wollte malen, ihren Frühstückskaffee auf einer Terrasse mit Blick auf die Côte d'Azur trinken und am Rande eines Pools hinter einer Wand aus Feigenbäumen Liebe machen.

Nach dem Frühstück räumten sie den Tisch ab, ließen den Abwasch aber stehen. Silvana zog sich in ihrem Zimmer an, während sie mit Lo-Lo den bevorstehenden Tag besprach. Giovanni drehte mit Bella rasch eine Runde um den Block. Als er zurückkam, waren die Frauen bereits auf dem Weg aus dem Haus. Luciana brachte Silvana in der Regel zur Schule, ehe sie mit der Straßenbahn in das Maklerbüro fuhr, in dem sie arbeitete.

»Vergiss nicht, ich komme spät«, sagte sie noch einmal, bevor sie mit ihrer Tochter davonhastete.

»Ja, ich weiß«, antwortete Giovanni. »L'Aquila.«

*

Wie jeden Morgen fuhr er mit dem Fahrrad zur Universität, die nur einen Steinwurf von der Piazza Venezia entfernt lag. Luciana sah in seinen Fahrradtouren einen unterdrückten, nie enden wollenden Selbstmordversuch. Doch durch den morgendlichen Stoßverkehr zu radeln, gab ihm paradoxerweise ein Gefühl von Ruhe und Unverletzlichkeit. Für die Strecke bis zur Gregoriana-Universität brauchte er exakt siebzehn Minuten, was in etwa der Zeit entsprach, die seine Auto fahrenden Kollegen brauchten, um in erträglicher Nähe zur Fakultät, den verschiedenen Instituten und Bibliotheken einen Parkplatz zu finden. Die theologische Fakultät, in der Giovanni Nobile arbeitete, war eine der größten der Welt. Hier waren die weltweit führenden Experten für zum Teil sehr spezifische theologische Themen versammelt. Auch er selbst hatte sich – aus schrecklich banalen Gründen, wie er fand – einem seltsamen Nebenschauplatz der Theologie verschrieben: der Dämonologie. Fremden gegenüber stellte er sich als Theologe vor, so blieb ihm besondere Aufmerksamkeit erspart. Doch wenn er ein seltenes Mal sein Fachgebiet verriet, reagierten die Menschen mit grenzenloser Neugier. Und Respekt.

Ein Bus rauschte nur wenige Zentimeter an ihm vorbei. Er schimpfte laut, doch sein Fluch wurde sogleich vom Lärm der Dieselmotoren und dem Sirenengeheul eines sich vorbeidrängelnden Polizeiwagens erstickt.

Die Dämonologie war die Wissenschaft von den Dämonen, eine orthodoxe und zeitweise umstrittene theologische Disziplin. Gab es Dämonen überhaupt? Und was war eigentlich ein Dämon? Ein böser Geist? Ein gefallener Engel? Die simpelste Erklärung, pflegte Giovanni zu sagen, sprach von übernatürlichen Wesen, die weder Götter noch Engel waren. Aber diese Definition war oberflächlich und wertlos. Die Hierarchie der Dämonen umfasste eine ganze Reihe von Gestalten – einige menschenähnlich und körperlich, andere hässliche Geisterwesen. Jahrelang hatte er neben seinen zeitaufwendigen Vorlesungen an einem Forschungsprojekt gearbeitet, das darauf abzielte, die Dämonen zu katalogisieren und ihnen ihre vielfältigen Namen, Eigenschaften und religiösen Abstammungen zuzuordnen. Über die Jahrhunderte waren diesbezüglich diverse Versuche unternommen und die Dämonen nach Typ, Charakter, Jahreszeit und Fähigkeiten klassifiziert worden, Giovanni aber meinte, es müsse möglich sein, all diese unterschiedlichen Eigenschaften in einem Katalog zusammenzufassen.

Es gab Kollegen, die sich von der Dämonologie provoziert sahen. Sie waren der Meinung, in Gottes Reich sei kein Raum für derart verdorbene Geisterwesen, und behaupteten, bei diesen Dämonen handele es sich lediglich um Metaphern und Ausdrücke für die vielfältigen Erscheinungsformen Satans. Die fundamentalistischen oder orthodoxen Christen waren hingegen fest von der Existenz der Dämonen überzeugt. Für sie waren es körperliche Geschöpfe in der Sphäre zwischen unserer physischen Wirklichkeit und dem Jenseits. Giovanni selbst war der Meinung, dass die Tauben auf den Straßen exemplarische Dämonen abgaben.

Vor der theologischen Fakultät kettete er den Vorderreifen seines Fahrrads an ein Heizölrohr, das sowohl der Hausmeister als auch die Ölversorger vergessen hatten. Studenten wie Professoren der Fakultät wussten, dass dies Giovannis persönlicher Fahrradparkplatz war. Auf dem Weg nach oben schloss er sich seinem Kollegen Roberto Faletti an, dem er bei einer Doktorarbeit über Satans Platz in der Theodizee geholfen hatte. Roberto hatte eine kontroverse Theorie zu der Frage entwickelt, ob das Leiden und das Böse in der Welt mit der Allmacht und der Güte Gottes vereinbar seien, und lag folglich in ständigem Streit mit seinen Betreuern wie auch dem Dekan und einigen streitsüchtigen Kardinälen im Vatikan.

Er ging in sein schrecklich beengtes Büro, in dem Bücher- und Papierstapel wie wackelige Stalagmiten in die Höhe wuchsen, und hängte seine Cordjacke auf. Dann zündete er sich die erste Pfeife des Tages an. Luciana und er hatten ein stillschweigendes Abkommen, dass sie ihn nicht bedrängte, mit dem Rauchen aufzuhören, solange er sich darauf beschränkte, es im Institut oder zu Hause in seinem Büro bei geschlossener Tür zu tun. Unten auf der Piazza della Pilotta flanierten die ersten Touristen des Jahres mit ihren Karten, Reiseführern und Fotoapparaten. Er inhalierte und hielt den Rauch in den Lungen. Zwei Touristen liefen durch eine Schar Tauben, die sich wie ein Reißverschluss öffnete und wieder schloss. Neben seiner Schreibmaschine lag der Stapel Zettel mit dem Entwurf für einen Artikel in der *Harvard Theological Review* über seine zehn Thesen bezüglich Satans Platz in der Dämonologie. Er überflog noch einmal die Abschnitte, an denen er gestern Nachmittag kurz vor Feierabend gearbeitet hatte:

Es scheint eine gewisse ~~Unsicherheit, Verwirrung~~ Uneinigkeit darüber zu herrschen, ob Satan, Luzifer und Beelzebub die gleiche Gestalt sind (mit abweichenden Namen und unterschiedlichen religiösen/mythologischen Ursprüngen) oder ob es sich um unterschiedliche Teufelswesen handelt. Die Antwort auf diese Frage hängt unter anderem davon ab, auf welche Quellen man sich bezieht. An dieser Stelle sollte ich daran erinnern, dass das Wort Satan, das Ankläger oder Widersacher bedeutet, lange als generische Bezeichnung eines Teufels benutzt wurde und nicht wirklich ein Eigenname war.*

In ~~König~~ Salomos Testament - von dem wie von vielen anderen Schriften behauptet wird, es stamme aus der Feder des biblischen König Salomo** (was nie dokumentiert wurde und seriös betrachtet als Mythologie bezeichnet werden muss) - wird dem Leser eine Reihe von ~~erschreckenden~~ Dämonen vorgestellt (unter anderem ein Dämon ohne Kopf, der durch seine Brust schaut), die jeweils unterschiedliche (ihrer Natur entsprechend schreckliche) Eigenschaften haben. In Salomos Testament,

* Das Wort Dämon kommt vom griechischen Wort daimon (lateinisch daemon) und bedeutet Geist oder Gottheit.

** Nach jüdischer, christlicher und islamischer Tradition besaß König Salomo einen Ring mit einem Siegel - Salomos Siegel -, der ihm Macht über diese Dämonen gab. Der Ring ist mit verschiedenen magischen Symbolen verziert - u.a. einem Hexagramm, einem Pentagramm und ähnlichen Figuren.

einem pseudoepigrafischen Werk, vermutlich aus der Zeit zwischen 100-400 v. Chr. (das von sich selbst den Anspruch erhebt, auf noch älteren, verlorenen Keilschriftdokumenten zu basieren), wird beschrieben, wie es König Salomo gelingt, eine ganze Schar von Dämonen, angeführt von Beelzebub, zu fangen. Letzterer wird paradoxerweise beauftragt, Salomo zu helfen, den Tempel in Jerusalem zu errichten. In einer Reihe von Gesprächen mit den Dämonen lernt König Salomo sie kennen: Auf diese Weise erfahren wir von ihren Schwächen und wie wir sie unter Kontrolle bekommen können. ~~Salomos Testament fungiert also als eine Art Gebrauchsanweisung, wie man sich der Wut der Dämonen entziehen kann.~~ Das Werk gilt als eine der ältesten bekannten Schriften, in denen die Dämonen benannt und beschrieben werden. Als Salomo die Dämonen bittet, ihren persönlichen Widersacher zu beschreiben, weisen viele auf einen zukünftigen Erlöser hin, was die These untermauert, dass der Text tatsächlich nach und nicht vor Christi Geburt verfasst worden ist (wie er vorgibt).

Interessant an Salomos Testament ist, dass Beelzebul (einer der vielen Alias von Beelzebub), der Prinz der Hölle, als Vorarbeiter für die Dämonen unter Salomos Herrschaft fungiert. Er verrät, dass er einmal der oberste Engel im Himmel gewesen und sein Namen verbunden ist mit Hesperus - dem griechischen Namen für Venus, dem Abendstern im Westen und dem Morgenstern im Osten -, was bedeuten würde, dass Beelzebub und Luzifer ein und dieselbe Figur sind.

Beelzebub ist nach älterer semitischer Tradition identisch mit dem Gott Baal. Nach späterem christlichem Verständnis wird Beelzebub mit Luzifer und anderen niedriger stehenden Dämonen gleichgestellt. Manche betrachten Luzifer als einen der zahlreichen Aspekte des satanischen Dualismus, während andere der Meinung sind, der Lichtbringer Luzifer repräsentiere als Gottes Engel mehr positive Ideale als Satan, die Inkarnation der Teufel des Bösen. Im dreizehnten Jahrhundert rechnete Papst Johannes XXI. aus, dass 133306668 Engel auf Satans Seite waren und damit zu Dämonen wurden, während sich 266613336 Engel weiterhin loyal zu Gott verhielten. Es ist etwas unklar, welche Grundlage der Papst für diese Berechnung und seine folgende Schlussfolgerung herangezogen hat.

Er blickte erst auf den Papierstapel und dann auf die Schreibmaschine. Ja, ja, ja. Er seufzte. Tabakqualm quoll aus seiner Nase. Daran, dachte er missmutig, muss ich wirklich noch arbeiten, bevor ich es an die anspruchsvollen Redakteure der *Harvard Theological Review* schicken kann. Er wollte sich gerade setzen, als das Telefon klingelte. Erst nach dem dritten Klingeln nahm er den Hörer ab, denn er wollte den Eindruck erwecken, beschäftigt zu sein.

»Ja, Nobile.«

»*Professore*! Alter Freund, ich bin es.«

Sofort erkannte er die einschmeichelnde, gutturale Stimme

von Luigi Fiacchini. Das Monster. Eine krumme, schielende Missgeburt, die im rechten Licht betrachtet wie einer der Dämonen aussah, über die Giovanni forschte. Und ein großartiger Zechkumpan. Luigi betrieb ein Antiquariat in einem versteckten Winkel unten an der Via del Governo Vecchio.

»Luigi! Alter Knabe, was kann ich für Sie tun?«

»Eine Menge, Professor, eine Menge. Aber im Augenblick kann ich etwas für Sie tun.«

»Ach ja?« Die Glut in der Pfeife war erloschen, und er brauchte zwei Streichhölzer, um sie wieder zu entfachen.

»Ein Manuskript, Professor …«

»Ja?«

»Sie werden es nicht glauben!«

»Reden Sie schon, Luigi!«

»Es ist wieder geschehen.«

»Luigi! Treiben Sie keine Spielchen mit mir, bitte!«

»In Ägypten. Genau wie die Nag-Hammadi-Schriften.«

»Wie meinen Sie das?«

»Ein Hirte, Giovanni, es ist doch nicht zu fassen! Ein Hirte hat in einer Höhle in der Wüste ein uraltes Manuskript gefunden.«

Ein Kribbeln, wie wenn man zu schnell aufgestanden war, ließ Giovanni nach der Lehne seines Stuhls greifen.

»Giovanni? Sind Sie noch da?«

»Ja, ja, reden Sie weiter.«

»Das Manuskript lag in gewachstes Leder eingeschlagen in einem versiegelten Tonkrug. Ist das nicht fantastisch? Erst die Schriftrollen vom Toten Meer, dann Nag Hammadi und jetzt dies. Was kommt als Nächstes? Das Judas-Evangelium?« Luigi lachte schallend über seinen eigenen Witz.

»Und um was für einen Text handelt es sich?«

»Giovanni, Giovanni, nicht so ungeduldig. Er ist noch nicht übersetzt, geschweige denn gesichtet worden. Mein ägyptischer Kontaktmann, der sich ehrlich gesagt besser mit Kamelen und

Frauen auskennt als mit Sprache, meinte, der Text sei in Keilschrift verfasst worden.«

Giovanni runzelte die Stirn. Keilschrift? Er war lateinische oder griechische Texte gewohnt. Hebräische oder aramäische. Die Keilschrift wurde eigentlich mit noch älteren Kulturen in Verbindung gebracht. Man musste schon gewaltiges Glück haben wie beim Gilgamesch-Epos oder der Enûma Elîsch; bei den meisten Texten handelte es sich um reine Übersichten über irgendeinen langweiligen Handel.

Luigi erkannte, in welche Richtung die Gedanken seines Gesprächspartners gingen. »Warten Sie, mein Freund, warten Sie. Wir reden sicher nicht über eine traurige Bestandsliste irgendeines Warenlagers oder den Bericht eines reisenden Händlers.«

»Nicht? Haben Sie nicht gesagt, der Text sei noch gar nicht gelesen worden?«

»Mein ägyptischer Freund hat mir die beiden Symbole beschrieben, die auf der ersten Seite sind.«

»Ja?«

»Giovanni …«

»Ich höre Ihnen zu.«

»Sitzen Sie? Sonst halten Sie sich fest.«

Giovanni setzte sich brav hinter seinen Schreibtisch. »Seien Sie nicht so melodramatisch. Reden Sie schon! Was ist auf der ersten Seite?«

»Ganz oben über dem Text steht ein Symbol. Eine Art Siegel.«

»Was ist das für ein Symbol?«

»Eine Triquetra.«

Giovanni runzelte die Stirn und legte die Pfeife in den Aschenbecher. Nachdenklich kritzelte er die verflochtenen Bögen auf den Notizblock, der immer aufgeschlagen neben dem Telefon lag.

»Giovanni?«

»Ich denke nach ...«

»Entschuldigen Sie, aber ich dachte, Sie wären neugierig auf den Text.«

»Reden Sie schon!«

»Das andere Symbol ist ein Pfau.«

Das statische Knistern des Telefons erfüllte die Stille.

»Sie wollen mir einen Bären aufbinden, Luigi.«

»Melek Taus.«

Er griff nach seiner Pfeife, nahm einen tiefen Zug und fachte die Glut wieder an.

»Giooooo-vaaaaa-niiii ...«, sang Luigi.

»Triquetra ... Pfau ... Sie meinen, dass es sich um *Luzifers Evangelium* handeln kann?«

»Ist das nicht fantastisch?«

»Das kann doch nicht echt sein?«

»Warum denn nicht?«

»Es muss sich um eine Fälschung handeln. Eine getürkte Version. Vermutlich von irgendeinem dummen Mönch im Mittelalter verfasst und dann in dieser Höhle versteckt, um Idioten wie uns in die Irre zu führen.«

»So sprechen Sie doch für sich, Sie verklemmter Akademiker.«

»Vermutlich haben Sie nie den Artikel gelesen, den ich im letzten Jahr geschrieben habe? In der *Rivista Teologica*.«

»Natürlich habe ich das. Sie meinen, das wäre zu gut, um wahr zu sein?«

»In der Regel ist es das.«

»Nehmen Sie den Auftrag an, Giovanni?«

»Welchen Auftrag?«

»Für einen Professor haben Sie eine verdammt lange Leitung. Mein Gott, ist das denn so schwer zu verstehen?«

»Können Sie nicht einfach sagen, was Sie auf dem Herzen haben, Luigi?«

»Würden Sie nach Luxor reisen, auf meine Kosten selbstverständlich, das Manuskript holen und eine erste Analyse vornehmen?«

»Aber…«

»Giovanni, hören Sie mir zu! Ich habe nicht vor, diesem ägyptischen Eseltreiber das Vermögen zu zahlen, das er verlangt, wenn das Manuskript nicht so echt ist, dass Sie beim Lesen Satans Höllenatem riechen!«

»Was ist mit den ägyptischen Behörden, haben die das Manuskript anerkannt?«

»Die Formalitäten sind alle geregelt.«

»Wen haben Sie bestochen, Luigi?«

»Sie sind witzig, Professor! Sie wissen genauso gut wie ich, dass wir dem Manuskript eher gerecht werden, wenn wir es hierher nach Rom holen, als es den ägyptischen Schwarzmarkthändlern und korrupten Konservatoren zu überlassen, die mit Schleifpapier und stumpfen Scheren darüber herfallen.«

»Ich denke gar nicht daran, ein Manuskript aus dem Land zu schmuggeln, das…«

»Beruhigen Sie sich, Sie Paragraphenreiter! Alle Genehmigungen und Lizenzen sind erteilt.«

»Ich muss das natürlich noch vom Dekan genehmigen lassen…«

»Mein Gott, ihr Akademiker seid ja noch bürokratischer als die städtischen Beamten!«

»…ich gehe aber sicher davon aus, dass ich diese Genehmigung erhalte.«

»Das wäre ja noch schöner.«

»Es liegt schließlich im Interesse der Universität und der Fakultät, dass…«

»Genug, genug, ich habe verstanden. Danke, danke. Wann können Sie los?«

»Wie oft gehen Flieger nach Luxor?«

»Ich habe Ihnen einen Platz in der Abendmaschine nach Kairo reserviert.«

»Sie haben mir bereits ein Ticket bestellt?«

»Zeitig morgen früh fliegen Sie weiter nach Luxor.«

»Luigi …«

»Ich konnte mir doch wohl denken, dass Sie Ja sagen würden, oder?«

»Ich habe noch nicht zugesagt. Ich habe nur gesagt, dass ich die Genehmigung des Dekans brauche. Und ich muss mich um einen Babysitter kümmern, ich bin heute Abend mit Silvana allein. Außerdem muss sich jemand um Bella kümmern. Ich kann natürlich die Nachbarin fragen …«

»Ich hole Sie um fünf Uhr zu Hause ab und fahre Sie zum Flughafen.«

»Um das Geld fürs Taxi zu sparen?«

»Sarkasmus steht Ihnen nicht.«

»Sie wissen, wie groß mein Interesse an diesem Manuskript ist?«

»Ja, um einen Beweis zu erbringen, dass es nicht existiert.«

»Jetzt sind Sie ungerecht! Nur weil ich eine gesunde, akademische Skepsis hege …«

»Oh, entschuldigen Sie, ich werde versuchen, mich korrekter auszudrücken: Es liegt in Ihrem und im Interesse der Universität – aus uneigennützigem, fachlichem Idealismus –, ein derart wichtiges Kulturgut, ein Kulturerbe, vor Vandalen und kommerziellen Händlern zu bewahren«, leierte Luigi wie auswendig gelernt herunter.

»Die Gregoriana-Universität behält sich natürlich das Recht vor mitzubieten, wenn Sie das Manuskript zum Kauf anbieten.«

»Bla bla bla.«

»Luigi!«

»Das wird Sie teuer zu stehen kommen.«

»Ich wusste schon immer, dass in Ihrem Körper nicht eine einzige redliche Zelle vorhanden ist.«

»Mir ist es vollkommen egal, ob das Manuskript bei einem

privaten Sammler oder bei euch Forschern landet. Was eure Gier betrifft, gibt es da keine großen Unterschiede.«

»Sie wissen doch selbst, dass das nicht stimmt. Außerdem haben wir schon oft über dieses Thema diskutiert ...« Er vernahm Luigis schnaubendes Lachen. »... und ich weiß, dass Sie nicht so zynisch sind, wie Sie sich nach außen geben.«

»Glauben Sie doch, was Sie wollen.«

»Klar ist nur, dass Sie Ihr Geld wollen, wie auch immer die Geschichte ausgeht. Vorausgesetzt, das Manuskript ist echt.«

»Natürlich, mein Freund, natürlich.«

*

Die Reise nach Luxor in Ägypten war anstrengend, hektisch und begleitet von einer konstant schwülen Hitze, die sogar für jemanden, der den August in Rom gewohnt war, unerträglich war. Am Dienstag kurz vor zwölf Uhr suchte Giovanni den Antiquar auf. Wie abgesprochen. Aber der Laden war geschlossen. Natürlich. In Ägypten sind Uhrzeiten bestenfalls Anhaltspunkte. Tausende von Fliegen schwirrten durch die Hitze. Er versuchte, sie mit seiner Pfeife zu vertreiben, doch selbst im Schatten eines rostigen Wellblechdaches wirkte der schwere Tabakrauch erstickend. Vierzig Minuten später tauchte der Antiquar in einem Lastwagen auf, der so klapperig war, dass man meinen konnte, er sei schon beim Bau der Cheops-Pyramide zum Einsatz gekommen. Ohne eine Entschuldigung oder ein Wort des Bedauerns stieg er gemeinsam mit einem zahnlosen Mann aus dem Wagen, den eine Aura aus Staub und Dreck umgab. Der Zahnlose erwies sich als der Hirte, der das Manuskript gefunden hatte. Sein Geruch ließ keinen Zweifel daran aufkommen, dass er die Wahrheit sagte. Im Laufe der nächsten Stunde lernte Giovanni, dass in Ägypten alles relativ war. Der Antiquar entpuppte sich als Krämer, der sehr schlecht Englisch sprach und dessen Onkel Verbindungen zu zwielichtigen antiquarischen Kreisen in Kairo hatte. Das Antiquariat war nicht mehr als ein primitiver Schuppen, ein Kramladen, der sich auf alte Küchenutensilien und Gefäße aus der Zeit des Sechstagekrieges spezialisiert hatte. Das Einzige, das vage an eine historische Bibliothek erinnerte, war ein wackeliges Regal mit vergilbten Kochbüchern aus den Fünfzigerjahren. Nicht zu fassen, dachte Giovanni, dass diese Menschen eine der mächtigsten und fortschrittlichsten Kulturen der Geschichte entwickelt hatten.

Mithilfe des Kaufmanns, der als Übersetzer fungierte, erzählte der Hirte, wie er auf der Suche nach seiner Ziege in die Höhle in der Wüste gestiegen war. Doch das, was er weit hinten in der Höhle für seine Ziege gehalten hatte, hatte sich als ein länglicher Tonkrug erwiesen. Er hatte den Krug mit ans Tageslicht genommen und ihn mit fünf wohlgezielten Steinschlägen geöffnet. »Es hätten ja Gold oder Edelsteine drin sein können«, sagte er und lächelte entwaffnend. »Oder ein Dschinn.« Doch gefunden hatte er nur ein in Leder eingeschlagenes Manuskript. Auch ihm war nicht entgangen, dass der Finder der Nag-Hammadi-Texte etwas bekommen hatte, weshalb er sich an einen Antiquar in der Nachbarschaft gewendet hatte – Letzteres sagte er voller Ehrerbietung und nickte dem Kaufmann zu, der seine Worte stolz übersetzte.

»Und jetzt sitzen wir hier«, kommentierte der Kaufmann mit einer Selbstzufriedenheit, die vermuten ließ, dass er sich für das Geld bereits einen Pool bestellt hatte. Luigi und der Kaufmann waren sich vorweg über eine gewisse Summe einig geworden – eine Art Kaution –, damit Giovanni das Dokument mitnehmen und seine Authentizität prüfen konnte. Der Kaufmann überreichte Giovanni das lederne Päckchen mit dem Manuskript, und Giovanni gab ihm das Bündel Geldnoten, das dieser sogleich hingerissen zu zählen begann. Der zahnlose Hirte bekam seinen Anteil, stieß ein paar irre Laute aus und lief mit aus dem Mund hängender Zunge davon. So macht man in Ägypten also Geschäfte, dachte Giovanni.

Sein Rückflug verspätete sich, so dass er den Abend und

die Nacht in Kairo verbringen musste, wo er einen überteuerten Flacon mit einem exklusiven Parfüm für Luciana und eine Horusfigur aus Alabaster für Silvana kaufte.

*

»Bella! Nein!«

Mit der Lupe in der rechten Hand und der nicht angezündeten Pfeife in der linken sah Giovanni von dem Manuskript zu dem Beagle, der draußen auf dem Flur vor seinem Büro auf dem persischen Teppich stand und ihn anbellte. Er musste nur selten laut werden, um seinem Hund die Grenzen aufzuzeigen. In der Regel betrachtete Bella die Welt mit einer beneidenswerten Gelassenheit. Weder die Sirenen der unten vorbeirasenden Einsatzfahrzeuge noch schwere Schritte auf der Treppe oder das Klingeln an der Tür weckten bei ihr irgendwelche Wachinstinkte. Giovanni war das egal. Er brauchte keinen Wachhund. Und er verabscheute Hunde, die bellten.

»Sei jetzt ruhig!«

Bella fletschte die Zähne und sah aus, als wollte sie ihm an die Gurgel gehen. Seltsam, dachte Giovanni, was ist nur mit ihr los? Die Hündin bellte noch einmal halbherzig und rollte sich dann wieder auf dem Teppich zusammen, als wären ihre Batterien am Ende. Nach einem letzten Knurren legte sie den Kopf auf die Vorderläufe.

»Gutes Tier!«

Der Text war in zwei Spalten aufgeteilt, eine mit Keilschrift, die andere mit unbekannten Schriftzeichen. Er kannte keine der beiden Sprachen. Er war aber auch weder Linguist noch Paläograf. Trotzdem war in dem Chaos der Zeichen ein gewisses Muster zu erkennen. Gefesselt von der Symmetrie, betrachtete er die gleichmäßigen Reihen. Fantastisch. Ganz einfach fantastisch. Die Jahrhunderte hatten der Schrift so gut wie gar nicht zugesetzt. Wie war das möglich? Und das Pergament? Wie war es präpariert worden, dass es nach so langer Zeit noch so weich war? Aus Respekt vor dem alten Pergament – es musste sich um eine Tierhaut handeln – unterließ er es, sich seine Pfeife anzuzünden. Er fürchtete, der Rauch könne das Pergament und die Tinte beeinflussen. Draußen im Flur begann Bella wieder unruhig zu werden, sie hob den Kopf und knurrte ihn mit gefletschten Zähnen an. Das sah ihr gar nicht ähnlich.

Er stellte das Radio an. »The Windmills of Your Mind«. Giovanni blieb sitzen und lauschte der Musik – er mochte dieses Lied – und klopfte unbewusst mit dem Fuß den Takt.

*

Gegen Nachmittag verstaute er den Schatz vorsichtig in seinem Rucksack und fuhr mit dem Fahrrad zur Universität. Dort übergab er das Manuskript dem technischen Konservator der Fakultät, Umberto Gialli. Nach einigen unglücklichen Diebstählen vor fünf Jahren – bei denen sowohl eine Abschrift der Vulgata aus dem sechsten Jahrhundert als auch eine Reliquie des Apostel Paulus verschwunden waren – war die technische Abteilung in einen Sicherheitstrakt umgezogen, der durch Wachen, Gitter und Code-Schlösser geschützt war. Umberto hatte sich den ganzen Abend für die Arbeit mit dem Manuskript freigehalten, doch Giovanni war ziemlich sicher, dass sein Kollege auch noch die folgende Nacht damit verbringen würde. Von der technischen Abteilung ging er die Treppe hoch in sein Büro. Er musste noch an dem Vortrag über die Rolle der Vögel in der Dämonologie arbeiten, den er der ornithologischen Vereinigung zugesagt hatte. Hastig überflog er die letzte Seite seines Textes:

In den Büchern Mose werden Gottesabbilder in Form von Vögeln am Himmel verurteilt. Vermutlich war das ein Versuch, die Abgötterei, wie sie von eingewanderten Volksstämmen aus Mesopotamien betrieben wurde, zu begrenzen. Der ~~bekannte~~ Archäologe Layard hat bei der Ausgrabung von Steintafeln in der Nähe von Nimrod mehrere Beispiele heiliger Vögel gefunden, die der babylonischen und assyrischen Religion zuzuordnen sind. Diese Vögel wurden für eine Art von Dämonen gehalten, die eine mystische Macht über die Menschen hatten. Im königlichen Palast im alten Babylon gab es heilige, magische Vogelfiguren aus Gold. Sowohl den Phöniziern als auch den Philistern war die Taube heilig. Es gibt zahlreiche Beispiele für religiöse Vogelkulte.

Folgendes ist besonders interessant: Die Philister verehrten einen Gott der Fruchtbarkeit, den wir als Baal oder Beelzebub kennen. Ba'al Zebûb kann sowohl als »Herr der Fliegen« als auch »als Herr über alles, was fliegen kann« übersetzt werden. Die Israeliten betrachteten Baal als große Bedrohung und Herausforderer Jahwes. Ihre Propheten wandten sich mit aller Schärfe gegen die Abgötterei, und auch ~~noch heute~~ heute noch werden die Vogelgötter Baal und Beelzebub mit Dämonen und Teufelskulten in Verbindung gebracht.

*

Als er von der Arbeit nach Hause kam, saß Luciana auf einem Stuhl im Flur. Sie wirkte angespannt.

»Hast du einen anstrengenden Tag gehabt?«, fragte er.

»Silvana ist von der Schule nicht nach Hause gekommen!«

Giovanni warf einen Blick in die Küche. Seine Tochter hätte vor einer halben Stunde eintreffen sollen. Er versuchte, Luciana zu beruhigen. »Sie kommt bestimmt bald«, wiederholte er mehrmals. Seine Versicherungen perlten an ihr ab. Er holte den Flacon mit dem Parfüm, den er ihr in Kairo gekauft hatte. Bella bellte. Luciana rieb sich einen Tropfen auf die Handballen und schnupperte dreimal daran. »Angenehm«, sagte sie so abwesend, dass er sich fragte, ob sie den Duft überhaupt wahrgenommen hatte.

»Für Silvana habe ich eine Alabasterfigur, die Horus darstellt.«

»Wen?«

»Du weißt schon, den Gott mit dem Falkenkopf.«

»Da wird sie sich freuen.«

»Vielleicht kannst du ja das Parfüm anlegen, bevor wir heute ins Bett gehen?« So nah an einen Flirt war er in den ganzen letzten Monaten nicht mehr herangekommen. Vielleicht war das auch der Grund dafür, dass sie ihn derart verständnislos ansah.

»*Arabian Nights*«, fuhr er fort. »Das Parfüm heißt *Arabian Nights*.«

»Wirklich?«

»Es heißt, es sei von einer Konkubine gemischt worden, die sich Nacht für Nacht die Gunst ihres Sultans sichern wollte.«

»Gunst?«

»Sicher nur ein billiger Verkaufstrick.«

»Was kann mit ihr passiert sein?«

»Liebling, sie hat sich bestimmt nur ein bisschen verspätet.«

»Silvana nicht.«

»Jeder Mensch verspätet sich mal.«

»Auf dem Rückweg von der Schule? Sie ist zehn Jahre alt, Giovanni.«

»Vielleicht hat der Unterricht länger gedauert? Oder sie hat mit einer Klassenkameradin gespielt und die Zeit vergessen?

Vielleicht ist irgendwo ein Unfall passiert, und sie sieht den Rettungssanitätern zu?«

»Ein Unfall, mein Gott!«

»Nicht mit Silvana, sie passt schon auf sich auf. Du kennst sie doch.«

Trotzdem übertrug sich Lucianas Unruhe auch auf ihn. Silvana war ganz einfach nicht der Typ, der die Zeit vergaß. Sie war pflichtbewusst und fast schon selbstaufopfernd gehorsam. Sie kam immer direkt von der Schule nach Hause. Immer.

»Ich kann draußen nach ihr sehen.«

»Ja, würdest du das tun?«

Er pfiff nach Bella, die sich zu fragen schien, ob ein Spaziergang in der Stadt besser war als ein Nickerchen auf dem warmen Teppich. Mühsam rappelte die Hündin sich auf, wedelte ein paarmal mit dem Schwanz und legte sich wieder hin.

*

Er ging die sechs Häuserblocks zur Schule. Alles wirkte normal. Auf jeden Fall war nirgendwo ein Unfall passiert.

Er war so sicher gewesen, sie zu treffen. Hatte sich vorgestellt, wie sie auf ihn zugetanzt kam und ihm sagte, sie habe etwas zu lange in ein Schaufenster geschaut oder dass eine Freundin ein unwiderstehliches Himmel-und-Hölle-Feld auf den Bürgersteig gezeichnet hatte. Irgendeine Erklärung, die im Nachhinein so selbstverständlich und einleuchtend war, dass Luciana und er über ihre Sorge lachen würden. Wo also konnte sie sein? An der Schule angekommen, versuchte er die schweren Türen zu öffnen, aber sie waren verschlossen. Hatten die Lehrer sie unabsichtlich im Klassenzimmer eingeschlossen? Vielleicht steckte sie hinter einer verklemmten Tür auf der Toilette fest. Er klingelte, aber niemand öffnete. Wann gingen die Angestellten im Sekretariat nach Hause? Gab es denn keinen Hausmeister? Einige Minuten lief er vor der Tür auf und ab und hoffte, dass jemand herauskam. Aber es kam niemand.

Auf dem Rückweg ging er durch den Park. Überall waren Kinder, aber keines davon war Silvana.

*

Als er die Tür seiner Wohnung aufschloss, hoffte er, Silvana in der Küche anzutreffen, wo sie gemeinsam mit Luciana und Bella auf ihn wartete.

»Hallo?«, rief er in die Stille. »Silvana?«

Luciana begann zu weinen. Bella leckte seine Hand.

»Kann sie zu einer Freundin gegangen sein?«, fragte Giovanni.

»Welche Freundin?«

»Ich weiß es nicht – sie muss doch Freundinnen haben?«

Luciana starrte ihn mit leerem Blick an. War da ein Vorwurf in ihren Augen zu erkennen? Eine Zehnjährige hat doch Freundinnen? Sie holte die Klassenliste und überflog die Namen. Schließlich hatten sie vier Namen herausgefiltert, die sie kannte. Mit viel Wohlwollen konnte man diese Kinder vielleicht als Silvanas Freunde bezeichnen. Giovanni rief die vier nacheinander an. Er sprach mit zwei Müttern und einem Vater, der mit verständnisvoller und besorgter Stimme erklärte, dass Silvana nicht bei ihnen sei. Bei der vierten Familie ging niemand ans Telefon.

Als anderthalb Stunden vergangen waren, rief er Silvanas Klassenlehrerin an. Sie war nicht zu Hause. Danach versuchte er es im Krankenhaus. Dieser Anruf kam ihm wie Verrat vor, machte er Silvana damit doch von einem lediglich verspäteten Mädchen zu einem vermissten, oder noch schlimmer: verletzten Mädchen. Er wurde vom Empfang in die Ambulanz weitergestellt. Ein Krankenpfleger überprüfte das Verzeichnis der Neuankömmlinge. Mitfühlend sagte er, dass kein zehnjähriges Mädchen eingeliefert worden sei. Seltsamerweise verspürte Giovanni keine Erleichterung. »Rufen Sie die Polizei an«, riet der Pfleger.

Er rief die Polizei an.

»Was tust du, Giovanni?«, fragte Luciana. Ihre Stimme klang dünn und kieksig und regte ihn zu seiner Verwunderung nur noch mehr auf. »Was haben sie gesagt? War sie da?«

»Nein.«

»Und wen rufst du jetzt an?«

»Die Polizei.«

»Mein Gott, die Polizei?«

»Nur zur Sicherheit, Luciana.«

Es klickte mehrere Male – als hätte sich jemand mit Kastagnetten in die Leitung gedrängt –, bevor sich die Polizei meldete.

»Professor Nobile.« Eine kräftige, mündige Stimme. »Wie kann ich Ihnen helfen?«

Es vergingen einige Sekunden, bis er begriff, dass etwas nicht stimmte. Die Polizei konnte nicht sehen, von welchem Anschluss der Anruf kam, und noch weniger, wer der Anrufer war.

»Woher wissen Sie, wer ich bin?«

»Silvana geht es gut.«

Eine Welle der Verwirrung schwappte über ihn hinweg, Furcht, Erleichterung, Angst, alles auf einmal ... *Silvana geht es gut.* Die Polizei hatte Silvana in ihre Obhut genommen. Sie war sicher. In guten Händen. Aber wieso war sie bei der Polizei? Etwas musste mit ihr geschehen sein. Aber was? *Mein Gott, sie ist doch wohl nicht ...* Er schaffte es nicht einmal, den Gedanken zu Ende zu denken. Dieses Wort, dieses Unaussprechliche. Er fingerte an seinem Schlipsknoten herum. Irgendwie war nicht genug Sauerstoff im Raum. *Silvana geht es gut.*

»Was ist mit ihr?«

»Giovanni?« Lucianas Stimme war nur noch ein Wispern.

»Silvana geht es gut, Professor.«

»Es geht ihr gut«, sagte er zu Luciana, die Hand auf der Sprechmuschel.

»Gott sei Dank!«

Er nahm die Hand wieder weg. »Wo ist sie? Wo kann ich sie abholen?«

»Unternehmen Sie nichts, Professor Nobile, nichts!«

»Wie meinen Sie das?«

»Rufen Sie niemanden an, sprechen Sie mit niemandem.«

»Ich verstehe nicht ...«

»Keine Polizei, keine Kollegen, keine Freunde ...«

Keine Polizei.

Trotz der Schwüle und dem Schweiß, der ihm das Hemd auf den Rücken klebte, war ihm kalt. Er zitterte wie im Fieber und musste sich anstrengen, das Gleichgewicht zu halten. *Kontaktieren Sie niemanden. Keine Polizei*. Er versuchte, seinen Atem unter Kontrolle zu bekommen. »Silvana!«, rief er. Es war als Frage gedacht, *Geht es ihr gut?*, kam aber wie ein Schluchzer über seine Lippen.

»Giovanni?« Lucianas Stimme näherte sich der Hysterie. Sie hatte begonnen, an seinem Hemd zu zerren, als wolle sie ihm die Kleider vom Leib reißen. »Was ist passiert, Giovanni? Was ist mit Silvana passiert?«

»Professor Nobile, wenn Sie nicht tun, was wir sagen, werden Sie und Ihre Frau Silvana nie wiedersehen.«

»Aber ...«

»Verhalten Sie sich ruhig. Kein Wort zu niemandem. Und vor allem nicht zur Polizei. Haben Sie den Ernst der Situation erfasst?«

»Giovanni«, schluchzte Luciana.

»Professor Nobile?«

Er rang nach Atem. »Ja ... ja ja ja!«

»Sie hören von uns.«

»Aber Silvana ...«

Der Fremde unterbrach die Verbindung. Das Knistern in der Leitung wurde von einer Serie anderer Klicklaute abgelöst. Kastagnetten, dachte er. Dann war plötzlich eine ungeduldige Stimme in der Leitung: »Ja? Sie haben die Nummer der Polizei gewählt! Was wünschen Sie?« Die Stimme war heller als die vorige.

»Giovanni!« Luciana weinte und klammerte sich an ihn.

»*Signore*, Sie blockieren die Notrufleitung!«

»Tut mir leid.«

»Um was geht es?«

»Tut mir leid.«

Er legte auf, und seine Augen begegneten Lucianas Blick.

XI: Dirk und Monique

Amsterdam
5. Juni 2009

1

Zögernd öffnete sie die Tür und sah mich durch den Türspalt an.

Der gutturale Laut kam tief aus ihrem Innern. Als wäre ein Albino vor der Tür das Erschreckendste, das einer Frau widerfahren konnte.

Durch den Türspalt, geschützt hinter der strammen Sicherheitskette, die unsere beiden Welten voneinander trennte, starrte sie mich mit weit aufgerissenen Augen an.

Hinter uns, auf der Keizersgracht, passierte ein Sightseeing-Boot. Die Fassaden der schmalen, adretten Backsteinhäuser spiegelten sich zitternd auf der Wasseroberfläche.

Sie schien in meinem Alter zu sein, sah aber sehr viel jünger aus. Braune Augen, blondes Haar, bronzener Teint. Dir, dachte ich wie so häufig, wenn ich mich einer attraktiven Frau gegenübersah, könnte ich leicht verfallen. Im Gegenzug schien ich ihr Todesängste einzujagen.

»Guten Tag«, sagte ich in meinem liebenswürdigsten Englisch, das zugegebenermaßen etwas holperig war. »Ich suche Dirk van Rijsewijk.«

Ihre Augen flackerten ängstlich. Sie machte Anstalten, mir die Tür vor der Nase zuzuschlagen.

»Dirk van Rijsewijk?«, wiederholte ich. »Bin ich hier richtig?«

Sie schob eine in Plastik laminierte Nachricht durch den Türspalt. »*Aan de deur wordt niet gekocht. Ga weg!*« Ich war mir nicht ganz sicher, was das hieß. Aber *Ga weg!* hörte sich verdächtig nach *Zieh Leine!* an.

In der SMS von Louis-Ferdinand Monnier stand, dass Marie-Élises niederländischer Kontakt Dirk van Rijsewijk hieß, was mit der E-Mail-Adresse des Web-Profils dieser Monique übereinstimmte: *rijsewijk2000@dds.nl.* In einem internationalen Telefonbuch und im Ortsregister für Amsterdam hatte ich nach van Rijsewijks Adresse gesucht, doch ohne Erfolg, da die Telefonnummer, die Monnier mir gegeben hatte, geheim war. Ich hatte mehrmals versucht anzurufen – erst aus Juvdal, dann von verschiedenen Tankstellen und Rastplätzen zwischen Oslo und Amsterdam –, ohne durchzukommen. Dass ich am Ende dennoch die Postadresse herausgefunden hatte, hatte ich guter alter Detektivarbeit zu verdanken. Nach diversen Anrufen in Fakultäten, Verlagen und in Antiquariaten in Amsterdam, war es mir mithilfe einiger gutmütiger Kollegen gelungen, Dirk van Rijsewijk einzukreisen. Diejenigen, die ihn kannten, beschrieben mir van Rijsewijk als älteren Historiker, der seinen Lebensunterhalt als Fachbuchübersetzer, Sachverständiger für Altertumskunde und Experte für ausgefallene Handschriften verdiente. Angeblich ein kauziger, introvertierter Mensch. Dass er sich darüber hinaus mit dem Studium des Satanismus beschäftigte, war allen, mit denen ich gesprochen hatte, unbekannt. Dirk van Rijsewijk lebte mit seiner sehr viel jüngeren Ehefrau, die zugleich seine persönliche Sekretärin war, in der Keizersgracht. Offensichtlich eben der Frau, die sich in diesem Augenblick zusammenriss, mir nicht die Tür vor der Nase zuzuknallen.

»Bin ich hier richtig bei Dirk van Rijsewijk?«, fragte ich erneut. Sie war so gesprächig wie ein Stein. Vielleicht hörte sie schlecht? Ich sprach lauter. »Dirk van Rijsewijk?«

Ich glaubte Trotz in ihrem Blick aufblitzen zu sehen.

»Ich komme in Zusammenhang mit *Luzifers Evangelium.*«

Sie zuckte zusammen, als hätte ich meinen Arm durch den

Türspalt geschoben und sie geschlagen. Ein paar Passanten warfen mir befremdete Blicke zu. Das Sightseeing-Boot hinter uns nahm Geschwindigkeit auf.

Sie knallte die Tür zu.

Verdutzt blieb ich auf der Treppe stehen und starrte auf die geschlossene Tür. Ich kam mir vor wie ein unwillkommener Hausierer, ein aufdringlicher Missionar, ein abgewiesener Verehrer. Ich schrieb meinen Namen und meine Handynummer auf die Visitenkarte des Hotels, in dem ich wohnte, das *Ambassade Hotel* an der Herengracht. *Gospel of Luzifer* schrieb ich an den oberen Rand der Visitenkarte, ehe ich sie in den Briefkastenschlitz steckte.

2

Noch immer sprachlos und verdutzt über den unfreundlichen Empfang schlenderte ich über die Kanäle in Richtung Hafen. Aus den halb vollen Coffeeshops strömte der Duft süßer Träume. Ich ging in ein Internetcafé und rief meine Mails ab. Hinterher setzte ich mich draußen an einen Tisch und bestellte ein Pils, das ich im Sonnenschein genoss, während ich mir die vorbeispazierenden Frauen anguckte.

Keine von ihnen würdigte mich eines Blickes.

Ich kann nicht behaupten, ein Casanova zu sein. Frauen machen mir, ehrlich gesagt, ein wenig Angst. Nicht, dass ich sie nicht mögen würde. Aber sie sind so intensiv. Verlieben sie sich in einen, wollen sie ihn mit Haut und Haar. Und erwarten umgekehrt das Gleiche. Sie überschütten denjenigen mit Zärtlichkeiten und Liebe, wollen im Kino Hand halten, ihn besitzen und mit ihm zu IKEA fahren.

Die Frauen, die sich mit mir einlassen – Gott weiß, was sie an mir finden –, tun das mehr aus Mitleid als aus Leidenschaft. Sie machen das Licht aus, bevor sie Sex mit mir haben, damit sie sich vorstellen können, ich wäre ein anderer. Meine längste Beziehung hat vier Monate gedauert. Es ist nicht ganz einfach, mit mir zusammenzuleben. Manche Menschen sind für das Alleinsein geschaffen. Keine meiner Affären hat das direkt ausgesprochen, aber sie fanden mich vermutlich schon recht sonderbar. Eigenartig. Es geht um mehr als nur darum, wie man die Zahnpastatube ausdrückt. Ich war schon immer ein Außenseiter. Nicht, weil mich die Gemeinschaft ausgeschlossen hätte, sondern weil ich dort zu Hause bin. Draußen. Ich war derjenige, der alleine über den Schulhof spazierte, der sich vor jedem Sporttag gruselte, und der übrig blieb, wenn die Alphamännchen die Fußballmannschaften wählten. Ich will nicht alles auf meinen Albinismus schieben. Oder auf meine Kurzsichtigkeit. Oder die Nerven. Ich will mich einfach nur nicht aufdrängen, wenn ich nicht erwünscht bin.

Ich trank mein Pils aus, begab mich zurück in mein Hotel und legte mich aufs Bett, während ich darüber nachsann, wie ich an Dirk van Rijsewijk herankommen konnte.

3

»*Meneer* Beltø? Herr Bjørn Beltø?«

Die Stimme eines alten Mannes, erschöpft und kraftlos.

Ich presste das Handy ans Ohr, um ihn besser zu verstehen. »Ja, am Apparat?«

»*Goedemiddag*«, schnarrte er auf Niederländisch, ehe er auf Englisch umschaltete. »Mein Name ist Dirk van Rijsewijk.«

Ich richtete mich auf dem Bett auf. »Wie schön, dass Sie sich melden.«

»Ich vermute, Sie sind der Bjørn Beltø, über den ich in archäologischen Zusammenhängen gelesen habe?«

»Das bin ich.«

»*Goed*. Dachte ich es mir doch. Entschuldigen Sie bitte den etwas brüsken Empfang. Sie ist übertrieben besorgt und misstrauisch gegenüber Fremden. Es kommen viele sehr sonderbare Gestalten an unsere Tür. Sie meint es nur gut. Aber trotzdem. Ich muss mich für sie entschuldigen. Hin und wieder geht sie zu weit.«

»Machen Sie sich deswegen keine Gedanken.«

»Auf der Visitenkarte haben Sie *Luzifers Evangelium* erwähnt. Das war eine kleine Überraschung. Es ist lange her, dass ich das letzte Mal etwas darüber gehört habe.«

»Sie kennen die Handschrift?«

»*Natuurlijk*. Bis zu einem gewissen Grad.«

»Das dachte ich mir.«

»Hängt Ihr Besuch etwa mit den Morden an Christian Keiser, Taras Koroljov und der armen kleinen Marie-Élise Monnier zusammen?«

»Sie sind besser informiert als die Polizei, van Rijsewijk.«

»Und habe ich es richtig verstanden, dass Sie im Besitz einer Version … der Handschrift sind?«

»Möglicherweise. Ich weiß es nicht. Ich bin gerade dabei, das Knäuel zu entwirren. Zu verstehen.«

»Gelingt es mir, Sie zurückzulocken?« In seiner Stimme schwang ein Lachen mit. »Dieses Mal werden Sie garantiert eingelassen.«

4

Etwas verlegen öffnete die stumme Frau die Tür einen Spaltbreit und entfernte die Sicherheitskette.

»Da bin ich wieder!«, sagte ich und lächelte übertrieben freundlich. Das ist meine Art, peinliche Situationen zu überspielen.

In Dirk van Rijsewijks Wohnung einzutreten, war, wie aus der in Sonnenlicht und Fröhlichkeit badenden Wirklichkeit in eine zeitlose, im Dämmerlicht überalterter Glühbirnen schlummernde Bibliothek zu treten. Die Wände im Eingangsbereich waren vom Boden bis unter die Decke mit Büchern bedeckt. Alte, neue, dünne, dicke. Die Luft war gesättigt vom schweren Duft des Papierstaubs, von Einbandleim und Wissen. Das Wohnzimmer, das ich am Ende des Flures erahnte, erschien mir wie der Lagerraum eines überfüllten Antiquariates. Selbst in der winzigen Küche lagen noch Bücher herum.

»Tut mir leid, dass ich Sie bei meinem ersten Besuch so erschreckt habe«, sagte ich. »Und danke, dass Sie meine Karte weitergegeben haben.«

Ohne ein Wort führte sie mich durch den Flur, der unter dem Gewicht all der Bücher einzustürzen drohte, und eine schmale Treppe hinauf, deren Stufen bedenklich knarrten und ächzten.

Ich gebe zu, dass ich mir Dirk van Rijsewijk als einen finsteren Satanisten vorgestellt hatte, als diabolischen Beau mit Silbersträhnen im Haar und spitzen Nägeln, in einem lederbezogenen Ohrensessel, umgeben von schwarzen Kerzen, Katzen und halb nackten Sklavinnen, die nur auf seinen brünstigen Wink warteten.

Die Wirklichkeit war eine andere: Dirk van Rijsewijk lag in einem breiten Bett in einem Schlafzimmer, in dem es nach Kampfer und Krankheit roch. Er war ein schmächtiger, knochiger Mann, geschwächt vom Alter und dem Zahn der Zeit, der unweigerlich an ihm nagte. Seine Augen waren matt, die Haut blass. Durch den grauen Haarflaum schimmerte die Kopfhaut.

Die Gardinen waren zugezogen. Das Nachtschränkchen und der Boden vor dem Bett lagen voller Bücher und Papierstapel.

»Herr Beltø!« Er streckte mir eine knochige Hand entgegen, die an eine Vogelklaue erinnerte. Ich drückte sie. Vorsichtig. Sein Atem roch metallisch.

»Nennen Sie mich Bjørn.«

»Es tut mir leid …«, er beschrieb einen Bogen mit der Hand,

»…aber ich bin nicht ganz auf dem Damm. Die Jahre haben mir meine Gesundheit gestohlen. Aber genug davon. Ich danke Ihnen, dass Sie zurückgekommen sind. *Dank u.*«

»Danke, dass ich kommen durfte.«

»Lassen Sie mich Ihnen zuerst Monique vorstellen.«

Monique…

Der Name von Marie-Élise Monniers Forumsseite…

Überrascht drehte ich mich um und ergriff ihre Hand. Sie war klein und warm. Als ich sie drückte, vielleicht ein wenig fest, schnitt sie eine fast unmerkliche Grimasse. Als wäre sie es nicht gewohnt, berührt zu werden.

»Sie ist stumm. Vermutlich haben Sie sich schon gewundert, weshalb sie so wortkarg ist.«

»Bjørn«, sagte ich. »Beltø. Aber das wissen Sie ja bereits.«

»Sie brauchen nicht so laut sprechen. Sie ist stumm, nicht taub.«

»Entschuldigung.«

»Im Übrigen ist sie weder zurückgeblieben noch begriffsstutzig. Im Gegenteil.« Sein Lachen explodierte in einer Hustenattacke.

Monique zog einen Notizblock aus der Brusttasche ihres Kostüms.

»Tut mir leid! Habe Sie sehr brüsk abgewiesen! *Het spijt me.* Verzeihen Sie«, schrieb sie verblüffend schnell. Ihre Handschrift war gefällig und gut zu lesen. Englisch und Niederländisch wechselten sich ab. Ich wartete auf eine Fortsetzung, die nicht kam.

»Völlig in Ordnung. Machen Sie sich keine Gedanken.«

Sie zog einen Stuhl für mich heran, blieb aber selbst an die Wand gelehnt stehen.

»Und was hat es nun mit diesem teuflischen Evangelium auf sich, das Sie den weiten Weg von Norwegen bis hierher gebracht hat?«, sagte Dirk van Rijsewijk.

Das klang fast wie eine Frage, war aber wohl eher als Einladung gemeint zu erzählen, was ich wusste. Als ich ihm alles gesagt hatte, saß er lange in Gedanken versunken da.

Schließlich sagte er: »*Luzifers Evangelium* hat mein Leben in vielerlei Hinsicht geprägt. Ich will Sie nicht mit meiner Besessenheit strapazieren. Aber mehr als alles andere auf der Welt war es mein Wunsch, alle Mysterien zu lösen, die mit diesem sogenannten Evangelium verknüpft sind. Was würde ich für dieses Wissen geben! Bedauerlicherweise laufen mir die Zeit und meine Gesundheit davon. Voraussichtlich werde ich meine Fragen mit ins Grab nehmen. Habe ich Sie richtig verstanden, Sie glauben, bei dem Text, den Sie aus Kiew mitgebracht haben, handelt es sich um *Luzifers Evangelium*?«

»Eine reine Vermutung. Darum bin ich hier. Ich hoffe, dass Sie mir weiterhelfen können.«

Er bekam eine Hustenattacke. Monique half ihm in eine sitzende Position. Als der Husten sich schließlich wieder beruhigte, richtete sie sein Kissen so, dass er mit dem Rücken am Kopfteil des Bettes lehnte.

»Wie haben Sie uns gefunden?«, fragte er.

Ich erzählte ihnen von dem Internet-Forum. Von Moniques Profil und der E-Mail-Adresse. Von Marie-Élises Brief. Von der SMS mit ihrer Telefonnummer. Und von meiner Telefonrunde.

»Da sieht man es mal wieder. Man kann gar nicht vorsichtig genug sein«, sagte Dirk van Rijsewijk. »Ich will einfach nur meine Ruhe haben. Zurückgezogen leben, für mich. So ist es mir am liebsten. Es gibt so viele Menschen, die …« Er brach den Satz ab. »Arme Marie-Élise. Sie hat uns hier besucht. Mehrmals. Was können Sie uns über den Mord sagen?«

»Vermutlich wurde sie von denselben Menschen ermordet, die auch Keiser und Koroljov umgebracht haben. Zumindest wurde sie auf die gleiche Weise getötet. Ganz offensichtlich besteht da ein Zusammenhang. Ich weiß nur nicht, welcher.«

»Eine echte Tragödie. Und was für eine grausige Tat. Mir ist nie in den Sinn gekommen, dass wir Marie-Élise in Lebensgefahr bringen könnten. Ich fühle mich in hohem Maße mitverantwortlich für ihren Tod. In hohem Maße.«

»Die Mörder …«, fragte ich, »… sind das Satanisten?«

Dirk van Rijsewijk musterte mich eine Weile, ehe er antwortete.

»Satanisten? Was für eine merkwürdige Frage.«

»Wieso merkwürdig? Ist es so abwegig, dass Satanisten *Luzifers Evangelium* hinterherjagen?«

»Was wissen Sie eigentlich über Satanismus?«

»Nicht viel. Teufelsanbeter, die schwarze Messen veranstalten, in denen sie christliche Rituale und Symbole verhöhnen und verzerren. Sie opfern Säuglinge, brennen Kirchen nieder und feiern Sex-Orgien …«

»Sollten Sie woanders als zwischen zwei Buchrücken oder auf der Kinoleinwand auf solche Teufelsanbeter treffen, haben Sie es garantiert nicht mit echten Satanisten zu tun.«

»Und was ist ein echter Satanist?«

Dirk van Rijsewijk setzte sich im Bett zurecht. »Ja, was ist Satanismus? Der Glaube an Satan als Leitfigur des Daseins? Satanismus ist keine eindeutige Religion, mehr ein Konglomerat aus alternativen und divergierenden Glaubensrichtungen. Die Luziferianer bekennen sich eher zu einer Philosophie als zu einer Religion. Sie gehen davon aus, dass Luzifer und Satan unterschiedliche Gottheiten sind und Luzifer der positivere Aspekt Satans ist. Thelema, das 1904 von dem Okkultisten Aleister Crowley initiierte philosophisch-religiöse System, zielt in eine ganz andere Richtung. Die Hauptparole der Thelemiten lautet: Tu, was du willst! Ein Jünger neuerer Zeit war Anton La Vey. Er war Hohepriester der Church of Satan, die er 1966 gründete. La Vey entwickelte einen avancierten Glaubensapparat. In seinen Büchern legte er Gewicht auf Individualismus, Materialismus und Hedonismus. Eins haben nämlich die meisten Satanisten gemein: das Streben nach Weisheit, Wissen und Weiterentwicklung.«

»Und die Anbetung des Bösen.«

»Satanismus handelt nicht vom Bösen. Das ist die Definition der Christen. Im theistischen Satanismus wird Satan wie eine göttliche Kraft verehrt, so wie die Christen Gott verehren. Sie vertreten nur ungleiche Werte. Auch wenn sie Satan anbeten, ehren sie zu allererst das Ich und den Individualismus. Die Christen lieben ihren Nächsten. Die Satanisten lieben sich selbst. Aber jetzt habe ich eine Frage an Sie, Herr Beltø. Wie sind Sie auf Giovanni Nobile gestoßen?«

»Über einen Wikipedia-Link mit einem Verweis auf die Internetseite einer Universität in Oxford. 1969 hat Nobile einen Artikel in der *Rivista Teologica* über *Luzifers Evangelium* geschrieben. Darin bezweifelte er, dass es überhaupt existiert.«

»Aha, verstehe. Den Artikel habe ich auch gelesen. Er konnte störrisch sein, der gute Nobile. Er leugnete die Existenz der Handschrift, bis sie ihm in den Schoß gelegt wurde.«

»Ich habe bei der Universität angerufen und versucht, ihn ausfindig zu machen. Man hat mich mit jemandem verbunden, der ihn kannte.«

»Aldo Lombardi?«

»Woher wissen Sie das?«

»Ich kenne ihn. Ein intelligenter Mann. Aldo hat die Professur für Dämonologie von Giovanni Nobile übernommen.«

»Davon hat er nichts gesagt.«

»Sie sollten mit ihm sprechen. Sie können Aldo vertrauen!«

»Ich bin auf dem Weg nach Rom, um mich mit ihm zu treffen.«

»Gut. *Goed!* So. Was haben Sie sonst noch über *Luzifers Evangelium* herausgefunden?«

»Nicht sehr viel, wenn ich ehrlich sein soll. Soweit ich informiert bin, hat bis zum Jahr 325 ein Text mit dem Titel *Prophe-*

tien des Lichtengels existiert, offensichtlich das Manuskript, das später als *Luzifers Evangelium* bezeichnet wurde.«

»Korrekt.«

»Wenn ich es richtig verstanden habe, sind sich Historiker und Theologen nicht ganz einig, ob die ketzerische Handschrift – so es sie denn überhaupt jemals gab – während des Kirchenkonzils in Nicäa vernichtet wurde.«

»Sie sind auf dem neuesten Stand, wie ich feststelle.«

»Ich habe aber nicht das Gefühl, etwas zu wissen.«

»*Mijn beste man*. Lassen Sie mich Ihnen etwas über die mystische Handschrift mit dem sonderbaren Titel erzählen. Über viele Jahre – seit dem frühen Mittelalter – wurde dieses sogenannte Evangelium unter Theologen und Historikern als Mythos betrachtet. Als Giovanni Nobile 1969 seinen Artikel schrieb, war er der Letzte in einer langen Reihe von Theologen, die der Meinung waren, dass *Luzifers Evangelium* eine reine Fiktion sei, im besten Fall ein Pseudoepigraf, also ein nicht authentischer, erdichteter Bibeltext. Immerhin hatte noch niemand die Handschrift gelesen, geschweige denn zu Gesicht bekommen. Alles, was darüber bekannt war, basierte auf Zitaten und Andeutungen in anderen Schriften. In den Fünfzigerjahren flammte die Debatte wieder auf, nicht zuletzt durch den Fund der Schriftrollen vom Toten Meer. In mehreren jener Schriftrollen fanden sich nämlich Hinweise auf die Handschrift, die in den Jahrhunderten vor und um Jesu Geburt unter dem Namen *Prophetien des Lichtengels* bekannt war. In der historischen Literatur finden sich eine Reihe Verweise darauf. Laut dem fünfbändigen Werk *Adversus Haereses*, verfasst vom Kirchenvater Irenäus von Lyon, der im zweiten Jahrhundert nach Christus lebte, zirkulierte in gnostischen Kreisen eine Abschrift des heidnischen Werkes. Das Original galt bereits damals als mindestens zweitausend Jahre alt, möglicherweise noch älter. Weitere Hinweise finden wir bei dem römischen Historiker Flavius Josephus und in Manethos Werk *Aegypti-*

aca, in dem der Historiker behauptete, die Handschrift läge in einem Heiligtum, einem tragbaren, von Gold überzogenen Schrein, der einen unmittelbar an *de Ark van het Verbond*... wie heißt sie noch gleich... die Bundeslade erinnert!«

»Wieso heißt es *Evangelium*? Ein Evangelium handelt von Jesu Leben und Lehre.«

»So ist es. Der Kirchenvater Johannes Chrysostomos behauptete 398, der Titel wäre von einem heidnischen Kult zur Verspottung der Bibel abgeändert worden.«

»Dann ist der Text satanistisch?«

»Aber nein. Zwei-, dreitausend Jahre vor Christus, als die Handschrift niedergeschrieben worden sein soll, gab es den Satan, wie wir ihn aus der Bibel kennen, noch gar nicht. Man spekulierte, ob in dem vorgeschichtlichen Manuskript vielleicht in etwas zu wohlwollenden Worten die Lebensgeschichte eines gefallenen Engels erzählt wurde. Einem Engel der Finsternis, der sich mit der Zeit in den Satan verwandelt hat, den wir kennen. Gestatten Sie den ketzerischen Gedanken, dass die Rebellion eines nach der Wahrheit suchenden Engels gegen einen selbstverliebten Gott etwas für sich hat! Stellen Sie sich Satan als Held der Geschichte vor – als einen Vorkämpfer, der zu widersprechen wagt und dafür übertrieben hart bestraft wird.«

»Immerhin reden wir über klassische Mythologie. Die alten Göttersagen nimmt doch wohl niemand mehr wörtlich.«

»*Precies*! Es ist nur eine von vielen Theorien. Ein noch erschreckenderes Gerücht erzählt, dass in *Luzifers Evangelium* das präzise Datum für Armageddon steht, das Ende der Welt.«

»Armageddon? Ist das nicht eine christliche Vorstellung?«

»Da haben Sie vollkommen recht. Und das Paradoxe – und für manch einen Erschreckende – daran ist, dass die Handschrift mehrere tausend Jahre älter ist als die christlichen Vorhersagen vom Ende der Welt.«

»Das muss nicht heißen, dass die Weissagung stimmt.«

»Natürlich nicht. *Nee, nee.* Die christlichen Propheten stützen ihre Darstellungen auf alte Mythen und Überlieferungen. Die Vorstellung des Christentums vom Armageddon könnte durchaus aus *Luzifers Evangelium* stammen.«

»Was ist denn nun eigentlich 325 mit der Handschrift beim Konzil von Nicäa passiert?«

»Ein zentrales Anliegen der Bischöfe und Kirchenväter war die Ketzerei, im Grunde nur ein anderer Begriff für Andersdenkende. Das Konzil von Nicäa war eine der ersten Zusammenkünfte, bei der die christliche Kirche als Kollegium auftrat. Die Bischöfe wollten alle Tendenzen abweichender Glaubensrichtungen niederschlagen. Den Arianismus etwa, der die Ansicht vertrat, dass Jesus nicht so göttlich wie Gott selbst war. Auch die Gnostiker mussten bluten. Und ganz nebenbei wurde beschlossen, den alten Text *Prophetien des Lichtengels* zu vernichten. Zu verbrennen. Als symbolische Handlung.«

»Aber dazu kam es nicht?«

»Was genau geschah, weiß keiner so richtig, denn offenbar ist die ganze Handschrift erhalten, zumindest aber Teile davon.«

»Woher wissen Sie das?«

»Ich stütze mich auf Referenzen und Zitate aus Schriften jener Zeit. Im Laufe der Geschichte zirkulierten in unterschiedlichen religiösen Kreisen kurze Fragmente, angeblich Abschriften einzelner Abschnitte. Aber erst 1970 tauchte – angeblich! – ein Teil der Handschrift in Ägypten auf. Leider verschwand er noch im selben Jahr, zusammen mit Giovanni Nobile, der ihn nach Rom geholt hatte, um ihn dort zu untersuchen.«

»Aldo Lombardi zufolge weiß bis heute niemand, wo der Professor oder die Handschrift abgeblieben sind.«

»Ich kenne die Geschichte. *Een tragedie*. Er wurde von extremen religiösen Fundamentalisten umgebracht.« Van Risjewijk richtete sich auf. »Und was haben Sie jetzt vor?«

»Irgendwo muss es eine Erklärung für das alles geben. Die Handschrift. Die Morde. Ich werde weitermachen, bis ich herausgefunden habe, worum es geht. Ich hoffe, Aldo Lombardi kann mir helfen.«

»Aldo ist der Mensch, der vermutlich die meisten Hintergrundinformationen zu *Luzifers Evangelium* hat.« Er hustete. Klirrend, rasselnd. »Bjørn, würden Sie mir einen Dienst erweisen? Darf ich Ihnen ein Angebot machen?«

»Was für ein Angebot?«

»Ich möchte, dass Sie Monique mitnehmen.«

Schwer zu sagen, wer von uns überraschter war. Monique stieß einen Kehllaut aus, setzte sich auf die Bettkante und schrieb hastig etwas auf ihren Block. Dirk schüttelte den Kopf. Sie legte die Hand auf seinen Unterarm und drückte ihn.

»Monique?«, wiederholte ich, als ich meine Fassung wiedererlangt hatte.

»Um mit Ihnen zusammenzuarbeiten.«

»Aber – warum?«

»Sie ist eine hervorragende Hilfe, glauben Sie mir, ich kenne sie!«

»Zusammenarbeiten?«, fragte ich, um Zeit zu gewinnen, und versuchte, das Angebot zu verdauen.

»Als Ihre Helferin, Assistentin, *medwerker*, nennen Sie es, wie Sie wollen.«

Es widerfuhr mir nicht jeden Tag, dass ein älterer Mann mir seine jüngere Ehefrau aufdrängte. Ich wusste nicht, was ich sagen sollte.

»Ich will nach Paris, Carcassonne und Rom«, murmelte ich ausweichend.

»Auch dort kann Monique Ihnen sehr nützlich sein. Sie kennt sich gut aus.«

»Mit dem Auto!«

»Monique ist eine erfahrene Autofahrerin.«

»In einem winzigen 2CV!«

»Beltø … Nehmen Sie sie mit? Ich bitte Sie. Nehmen Sie mein Angebot an?«

Ich schaute von Dirk van Rijsewijk zu Monique, die wieder etwas schrieb. Er las es kommentarlos. Ich wusste nicht, wie ich mich verhalten sollte. Ich arbeite am liebsten alleine. Aber es gereichte Monique auf jeden Fall zu ihrem Vorteil, dass ich von Anfang an von ihr eingenommen war.

»Bjørn?«

»Selbstverständlich«, rutschte es mir heraus. »*Of course.*«

Und so trat Monique in mein Leben.

5

Kleine Jungen, die zu viel Zeit in der betrüblichen Gesellschaft ihrer eigenen Einsamkeit verbringen, tun alles, um die endlosen Minuten der Langeweile zu füllen. Die einen fahren Rad. Andere lesen. Heutzutage geben sie sich Computerspielen und den Verlockungen des Internets hin.

Mich haben Magnete fasziniert.

Magnete haben etwas Magisches, Mystisches. Magnete sind von einem Kraftfeld umgeben, das anzieht und abstößt, uns Menschen nicht unähnlich. Von meinem zehnten Lebensjahr an, bis ich vollkommen unfreiwillig in das Ränkespiel der Pubertät hineingezogen wurde, war ich an meiner Schule der absolute Experte für die physikalischen Gesetze des Magnetismus. Ich konnte unverständliche Gleichungen an die Tafel malen wie $F = qv \times B$ und allen, die es interessierte oder auch nicht, einen Vortrag über die Mysterien des Elektromagnetismus und das Vorkommen natürlicher Magnetitadern halten. Mein Feuereifer stieß bei meinem Naturkundelehrer auf fruchtbaren Boden, genau wie bei ein paar verblendeten Jungs, doch damit war es auch schon getan. Zu Hause, unter meinem Bett, hatte ich ein stetig wachsendes Lager an Magneten, die teilweise kaum noch voneinander zu trennen waren. Dauermagnete, Elektromagnete, Hufeisenmagnete, Kühlschrankmagnete, magnetische Steine und Industriemagnete, die ich aus Lautsprechern, Mikrofonen und Elektromotoren ausgebaut hatte. Später (nicht nur in der Nervenklinik) habe ich viel darüber nachgegrübelt, ob es einen tieferen Sinn für meine Faszination gab, die weit über die Begeisterung hinausreichte, die unsichtbaren Kräfte der Natur zu erkennen und regelrecht zu spüren. Ich habe keine Antwort gefunden und kam zu dem Schluss, dass sinnlose Dinge – wie meine Begeisterung für den Magnetismus – meinem Leben eine Perspektive gaben.

XII: Die Spinne

Paris
6.–7. Juni 2009

1

Ich verließ Amsterdam am nächsten Vormittag und reiste weiter nach Paris, versunken in einem Sumpf unbeantworteter Fragen und unterdrückter Angst, zusammen mit meiner neuen Reisebegleitung Monique, die wie eine Sphinx auf dem Beifahrersitz neben mir saß. Sie hatte Strickzeug mitgenommen, das lange Phasen ihre komplette Aufmerksamkeit in Anspruch nahm. Bis jetzt fand ich es noch ganz angenehm, Gesellschaft im Auto zu haben, aber es wäre einfacher gewesen, wenn sie nicht stumm gewesen wäre. Hin und wieder versuchte ich, eine Art Unterhaltung in Gang zu bringen, aber bei hundert Stundenkilometern war es nicht ganz ungefährlich, ihre Antworten zu lesen. Schneller fuhr mein Auto nicht. Auch nicht auf der Autobahn. Oder bergab. Mit Rückenwind. Bolla ist ein Citroën 2CV, eine Blechdose auf vier Rädern, mit Gummimotor und einem Dach, das ich wie eine Sardinenbüchse aufrollen konnte.

Monique hatte einen Haufen Gepäck dabei. Ich meine: unglaublich viel Gepäck. Wie eine feine Dame, die nicht gerne zu Galadiners, Rockkonzerten, Karneval- oder Schlafanzugpartys eingeladen werden wollte, ohne eine gewisse Auswahl zur Verfügung zu haben. Bolla war nicht übermäßig geräumig, verfügte aber glücklicherweise über eine Rückbank. Dort hatte ich Moniques Feldvorräte an Koffern, Reisetaschen, Beuteln und Tüten verstaut. Zuunterst lag mein Koffer mit ein paar Kleidern zum Wechseln und einer Kulturtasche mit Zahnpasta,

Zahnbürste, Deo und einer Packung Gummis, deren Verfallsdatum wahrscheinlich längst überschritten war.

An einer Tankstelle vor Antwerpen machten wir Rast und setzten uns mit einem Kaffee und einem Käsebaguette an einen Resopal-Tisch, umringt von lärmenden Familien mit kleinen Kindern und übergewichtigen Lastwagenfahrern. Wir zogen viele Blicke auf uns. Monique sah aus wie die hinreißende Gattin eines soignierten Botschafters, wobei ich bestenfalls als dessen Lakai durchging. Auf der Flucht mit der treulosen Frau seines Dienstherren.

Monique schlug den kleinen Notizblock auf, der ihre Stimmbänder ersetzte. »*Waarom een auto?*«, schrieb sie, lachte tonlos und strich den Satz durch, um noch einmal zu schreiben: »Warum ein Auto? Warum nicht mit dem Flugzeug?«

»Weil sie die Passagierlisten überwachen!«

Das klang vollständig paranoid, selbst in meinen Ohren. Monique hakte nicht nach, nickte nur verständnisvoll, als würde sie mitspielen oder wäre bereits Teil meines Wahns geworden, dann wischte sie einen Krümel weg, der an ihrer Oberlippe klebte.

2

Wir erreichten Paris am späten Nachmittag und bekamen die letzten Einzelzimmer in einem heruntergekommenen Hotel in Clichy. Ich parkte zwischen einem BMW und einem koksgrauen Mercedes. Bolla ist rosa mit schwarzen Punkten.

Nach einer Dusche und einer kurzen Ruhepause trafen wir uns an der Rezeption. Monique hatte sich geschminkt, Kinn und Stirn gepudert und Augen und Lippen betont, als hätte sie Angst zu vergessen, wie sie aussah. Ihre von einem silberschimmernden Kleid umschmeichelte Figur und das hochgesteckte

Haar erinnerten mich an einen Filmstar, an deren Namen ich mich nicht erinnerte.

»Ich wusste ja gar nicht, dass Sie schon einen Stab Kammerzofen vorweggeschickt haben«, sagte ich.

Sie streckte mir die Zungenspitze raus.

»Sie sehen blendend aus!« Ich umarmte sie. Sie duftete exklusiv. Ihr Lächeln und ihr Blick hatten etwas Verspieltes.

Wir spazierten in das nächste Restaurant und bekamen einen Tisch für zwei Personen an einem Fenster, das auf die Straße hinausging. Als der Kellner kam und sich erkundigte, ob wir uns entschieden hätten, bestellte Monique Cannelloni. Ich nahm Spaghetti alla chitarra mit gebackenem Gemüse. Ich bin Vegetarier. Als Kind habe ich einmal einen Jäger ein rohes Herz verspeisen sehen. Seitdem ziehe ich Gemüse vor. Der Kellner empfahl uns den Rotwein des Hauses. Er kam mit einer Flasche zurück und schenkte ein. Monique und ich stießen an. Ihr Haar schimmerte im Schein der Deckenlampe.

»Darf ich Sie etwas Persönliches fragen?«, fragte ich.

Sie neigte den Kopf zur Seite und nickte.

»Wie wird man stumm?«

»*Een spin!*«, schrieb sie und sah auf die Wörter, die sie auf Niederländisch geschrieben hatte. »Entschuldigung. Eine Spinne. Giftig. Die europäische schwarze Witwe. Eigentlich relativ harmlos. Aber ich war erst vier Jahre alt. Ein Biss. Allergische Reaktion. Koma. Bin stumm erwacht. Ohne Stimme.«

»O je!«

Ich rede ungern darüber, aber ich hatte schon immer Angst vor Spinnen. Ich weiß, wie lächerlich das ist. Für meine Höhenangst und meine klaustrophobischen Anfälle gibt es wenigstens eine logische Erklärung. Aber für meine Angst vor Spinnen? Mal ehrlich. Wenn ich etwas aus dem Keller holen muss und eine fette Spinne blinzelt mich träge aus der weichen Umarmung ihres Netzes an oder so ein haariges Biest flitzt über den Wohnzimmerboden und verschwindet unter dem Sofa, ist meine hart erkämpfte Selbstbeherrschung augenblicklich zum Teufel.

Sie schrieb: »An was denken Sie?«

»Spinnen.«

»Sie sind dran. Wie wird man Albino?«

»Ganz einfach. Man wird so geboren.«

Sie lachte lautlos. Dann schrieb sie: »*Waarom?* Woran liegt das?«

»Ein genetischer Defekt. Der Körper produziert kein Pigment. Jedenfalls nicht genug.«

Sie legte ihre bronzefarbene neben meine blasse Hand. Ich weiß nicht, wieso. Dann ging es mir auf. Zum Vergleich. Ihre Finger waren lang und schmal. Die Finger einer Musikerin, Pianistin oder Cellistin. An mehreren Fingern steckten exklusive Ringe. Die spitzen Nägel waren rot lackiert. Ich überlegte, wie es sich wohl anfühlte, von ihnen den Rücken zerkratzt zu bekommen.

»Habe ich von meiner Mutter geerbt«, schrieb sie auf ihren Block. Ich dachte, sie meinte die Nägel. Als sie meinen fragenden Blick sah, fügte sie hinzu: »Die Ringe!«

»Die sind wunderschön.«

»Und wieso starren Sie meine Nägel an?«

Diese kribbelige Andeutung eines Lächelns …

»Die Nägel sind auch wunderschön.« Bjørn, der Charmeur. Sie schien meine Gedanken zu lesen und für einen kurzen Augenblick das gleiche Bild wie ich vor Augen zu haben: spitze Nägel, die rote Streifen in meine kreideweiße Rückenhaut kratzen. Sie lächelte, und ich schaute errötend nach draußen auf den vorbeifahrenden Verkehr. Im Fenster sah ich, dass Monique mich betrachtete. Als ich den Blick ihres Spiegelbildes einfing, wandte sie sich ab.

Ich fühle mich häufig von Frauen angezogen, die so alt sind wie ich oder sogar älter. Fragen Sie mich nicht, wieso. Keine Frauen, die sich mit ihrem Alter und dem Verfall abgefunden haben, sondern solche, die sich noch an das Gefühl erinnern, ein junges Mädchen zu sein. Monique war so eine Frau, wenngleich ich fand, dass sie weitaus jünger aussah als ich. Dennoch: eine sinnliche Mischung aus etwas Reifem und Jungem, aus erfahrener Frau und unverdorbenem Mädchen. Das sieht man am Blick. An dem rebellischen und verspielten Aufblitzen der Augen.

»Sie sehen aus wie dreißig«, sagte ich.

Sie drückte meine Hand.

»Das ist mein Ernst!«

»Flirten Sie etwa mit mir?«, schrieb sie. Und dann malte sie, kokett, ein kleines Herz.

Verlegen hob ich das Glas. Wir stießen an. Mich streifte der Gedanke, dass sie mit einem kranken Mann verheiratet war, aber ich schob ihn schnell wieder beiseite.

Ich erzählte ihr das Wenige, was ich über den Mann wusste, mit dem wir am nächsten Tag verabredet waren – Marie-Élise Monniers Vater –, und wie es mir gelungen war, ihn aufzuspüren. Der Mord an Marie-Élise ging Monique sehr nah, also lenkte ich das Gespräch auf die Theorien, die sich um *Luzifers Evangelium* rankten. Wie sich zeigte, wusste Monique eine ganze Menge darüber – nicht nur über den akkadischen Ursprung der Schrift und die Parallelen zu anderen mesopotamischen Werken, sondern auch über die wahrscheinliche Datierung und die verschlungene Reise der Handschrift durch die Geschichte.

»Beeindruckend«, platzte ich heraus.

»Dirk sei Dank«, schrieb sie. »Er ist der Experte!«

»Er muss extrem belesen sein?«

»Gebildet. Klug.«

Aber ein uralter Ehemann und ein verwelkter Liebhaber, dachte ich.

»Was fehlt ihm?«

»Lungenkrebs.«

Nicht nur alt, auch noch todkrank…

Sie blätterte ihren Notizblock um. »Genug von mir! Erzählen Sie! Von sich!«

Ich erzählte von meiner Kindheit in dem Märchenschloss in Grefsen in Oslo, über meine Jugend als Albino in einer Nachbarschaft schöner und angepasster Menschen, die mir, sicher unbeabsichtigt, ständig das Gefühl gaben, nicht dazuzugehören. Ich war die Missgeburt der Nachbarschaft, über die die Kinder herfallen konnten, sobald die Erwachsenen wegschauten. Das seltsame Wesen, das, wie die Nachbarfrauen ihren Gästen sanftmütig lächelnd versichern konnten, voll zurechnungsfähig und nicht im Mindesten zurückgeblieben war. Ich erzählte ihr von meinem Vater, der von einer Felswand in den Tod gestürzt war, und von meiner Mutter, die danach den besten Freund meines Vaters geheiratet hatte. Monique erfuhr alles. Selbst die Aufenthalte in der Nervenklinik vertraute ich ihr an. Ich berichtete ihr von den Ereignissen um den Fund des alten Goldschreins *Shrine of Sacred Secrets* und von dem Spektakel um den Wikingerkönig Olav den Heiligen und die Mumie des ägyptischen Kronprinzen Djehutymos, dem die Nachwelt den Namen Moses gab. Ich stolperte immer wieder über die wunderlichsten Dinge. Während ich fast fünfzehn Minuten ununterbrochen redete, stützte Monique die Ellenbogen auf den Tisch und legte ihr Kinn auf die verschränkten Finger. Ich genoss ihr unverhohlenes Interesse und die bewundernde Aufmerksamkeit. Leider kam irgendwann der Kellner mit unseren Tellern und unterbrach die Vorstellung. Nach dem Essen blieben wir noch sitzen und unterhielten uns, zufrieden und satt, bis die Weinflasche leer war. Dann schlenderten wir zurück zum Hotel. Zwar nicht Hand in Hand, aber immerhin Schulter an Schulter. Der Wein hatte mich in Hochstimmung versetzt und ein klein wenig scharf auf Monique gemacht. Ich hätte schrecklich gern meinen Arm um ihre Schulter gelegt und war fast sicher, dass sie mich nicht zurückgewiesen hätte.

Aber ich tat es nicht. Bjørn, der schüchterne Feigling. Ihr todkranker Mann lief die ganze Zeit als unsichtbarer Anstandswauwau neben uns her. Ich hätte ihn mit dem Kopfkissen ersticken sollen, als ich die Gelegenheit dazu hatte! Ich stellte mir vor, wie sich ihre Hand anfühlte, wenn sie über mein Rückgrat strich und über der Hüfte liegen blieb. Ihre warme Hand mit den spitzen roten Nägeln … Wir gingen langsam, als wollten wir diesen Augenblick beide so lange wie möglich auskosten. Aber vielleicht lag es auch an ihren hochhackigen Schuhen. In der schwülen, blauen Dunkelheit zogen Autos und Spaziergänger wie Schatten aus einer anderen Dimension an uns vorbei, während in meiner Welt nur Monique und ich existierten. Und meine Sehnsucht, sie an mich zu pressen und mir von ihr Hieroglyphen der Wollust in den Rücken ritzen zu lassen. Als wir vor unseren Zimmern stehen blieben, hoffte ich, sie würde mit zu mir kommen; ohne Worte, wie die selbstverständlichste Sache der Welt. Aber natürlich kam sie nicht mit. »*Goede nacht*!«, schrieb sie auf Niederländisch und gab mir einen hastigen Kuss auf die Wange. Und einen kurzen, kaum messbaren Augenblick verhakten sich unsere Blicke in einer stillen Klimax unerfüllter Sinnlichkeit, ehe wir uns der Einsamkeit unserer kalten Betten hingaben.

XIII: Monnier (1)

Louis-Ferdinand Monnier war ein klapperdürres Gespenst. Er lebte in einer beengten Wohnung in einem schiefen Hochhaus, das den Eindruck erweckte, als hätten hier sozialer Wohnungsbau und besoffene Architekten zusammengearbeitet.

Vor dem Wohnblock in Clichy standen zwei Container, randvoll mit Müll, Möbeln, Teppichen, die keinen Meter mehr flogen, Schrotträdern, Waschmaschinen, entseelten Computern, Kleidern und einer toten Katze. Im Treppenhaus stank es nach gekochtem Kohl und Erbrochenem. Der Aufzug war kaputt, weshalb Monique und ich zu Fuß in den fünften Stock hochlaufen mussten. Oben waren wir ziemlich außer Atem. Es gab keine Namensschilder an den Türen, aber er hatte mir gesagt, er wohne »am Fahrstuhl vorbei die dritte Tür rechts«. Ich klopfte, fest. Es verging eine Weile, ehe wir schlurfende Pantoffelschritte und das Klirren der Sicherheitskette hörten. Ein fahles Gesicht schob sich in den Türspalt. Bei unseren Telefonaten hatte ich mir Louis-Ferdinand Monnier als eleganten Gutsherren im Plüschsessel vorgestellt, der seinen Foxhound hinter den Ohren kraulte und seine Tochter vermisste. In Wirklichkeit war sein französischer Akzent das einzig Stilvolle an ihm. Seine Haut war fahl, sein Blick wässrig und leblos. Er schielte. Seine Lippen waren trocken und aufgeplatzt. Die Gesichtszüge wirkten verschoben und nicht ganz symmetrisch, möglicherweise die Nachwehen eines Schlaganfalls. Das schüttere, graue Haar stand wirr vom Kopf ab. Er trug eine karierte Hose mit kaputtem Reißverschluss und ein paar spröde, ausgeleierte Hosenträger über einem Netzhemd mit etlichen Löchern.

»Monsieur Monnier?«

»Oui.«

»Ich bin Bjørn Beltø.«

»Yes, yes, yes …«

»Das hier ist Monique aus Amsterdam.«

»Yes. Oui. Yes, I understand. I see.«

Er schien ihren Namen wiederzuerkennen und den Zusammenhang zu erfassen. Jedenfalls nickte er vor sich hin und öffnete die Tür, um uns in sein Elend zu bitten. Vom Flur mussten wir durch eine enge, schmale Küche, wo sich der Abwasch mehrerer Wochen im Spülbecken stapelte, um in ein ebenso enges, schmales Wohnzimmer zu gelangen. Dafür war an der Aussicht nichts auszusetzen. Louis-Ferdinand Monnier lief auf und ab, als wüsste er nicht, wohin er mit sich sollte.

»Marie-Élise mochte Sie sehr«, sagte er zu Monique.

»Danke. Wir haben sie auch sehr gemocht«, schrieb Monique und hielt ihm ihren Block hin.

Louis-Ferdinand Monnier blickte fragend von Monique zu dem Block.

»Sie ist stumm«, erklärte ich.

»Wenn das so ist«, murmelte er und holte seine Lesebrille. »Stumm?« Er verzog das Gesicht. Es sah ganz so aus, als bräuchte er eine neue Brille, als er Moniques Antwort las. »Ach ja, ach ja.« Er sah Monique und mich an. »Wer sind sie? Sagen Sie es mir! Was sind das für … Unmenschen?«

»Wir wissen es nicht«, räumte ich ein.

»Und warum diese Geheimniskrämerei?«, redete er weiter, jetzt an Monique gewandt. »So viel Angst? Wovor? Ich beginne allmählich zu begreifen, wieso Marie-Élise sich all die Jahre, in denen sie mit Ihnen in Kontakt stand, verfolgt gefühlt hat. Was für ein Hexenwerk betreiben Sie eigentlich?«

»Es tut uns wirklich unendlich leid«, schrieb Monique. »Wir haben zu keiner Zeit damit gerechnet, dass Marie-Élise in Gefahr sein könnte. Das bedauern wir zutiefst.«

Sie hielt den Block hoch, damit Louis-Ferdinand Monnier das Geschriebene lesen konnte.

»Als Sie mich angerufen und gebeten haben zu kommen«, sagte ich, »haben Sie erzählt, Sie hätten einen Brief bekommen?«

»Ich habe Sie nicht gebeten zu kommen. Ich habe Ihnen gesagt, Sie müssten kommen, wenn Sie den Brief lesen wollen, ehe ich ihn der Polizei übergebe.« Sein Kommentar wirkte aufgesetzt, als wollte er mit dem hart erkämpften Selbstbewusstsein die Trauer und seine Gefühle überspielen. »Entschuldigen Sie mich«, sagte er und hastete in die Küche. Kurz darauf kam er mit einem Glas Pulverkaffee und einem Aluminiumkessel mit lauwarmem Wasser zurück. »Marie-Élise war speziell.« Seine Stimme war jetzt sanfter, weicher. »Schon als kleines Mädchen war sie von allem Überirdischen fasziniert. Elfen. Feen. Engel. Götter. Ihr ganzes Leben drehte sich um die Dinge, die sie nicht sehen, aber fühlen konnte. Mit sieben Jahren hat sie ihre Mutter verloren. Vielleicht lag es daran. Es hat mich nicht im Geringsten überrascht, als sie später beschloss, Theologie zu studieren.«

»Was steht in dem Brief, den sie Ihnen geschickt hat?«

Er ging zu der Kommode und zog eine Schublade heraus. Der Brief lag in einem Fotoalbum mit Kinderbildern von Marie-Élise. Ein fröhliches Kind, das im Sand spielt.

XIV: Der Brief (I)

23. Mai 2009

Lieber Papa,

ich sitze im Zug auf dem Weg nach Süden, während ich das hier schreibe. Es regnet. Die glänzende Landschaft vor der beschlagenen Scheibe sieht irgendwie unwirklich aus. Die Passagiere um mich herum schlafen. Papa, ich hoffe inniglich, dass Du diese Zeilen niemals lesen wirst und dass ich diesen Brief in ein paar Monaten hervorholen und verbrennen kann und die letzten Tage nur noch eine Erinnerung sind. Wenn ich meinen Brief zu Ende geschrieben habe und der Zug sein Ziel erreicht hat, werde ich ihn in einen verschlossenen Umschlag – mit Adresse und Briefmarke versehen – an Amélie schicken. Du erinnerst Dich sicher noch an sie aus der Zeit, als wir in Vélizy-Villacoublay gewohnt haben. Falls mir etwas zustößt, soll sie den Brief an Dich schicken. Wenn nicht, werde ich den Brief irgendwann bei ihr abholen und bei einem Glas Wein mit ihr darüber lachen.

Wo fange ich am besten an? Wie Du weißt, unterstütze ich seit einigen Jahren ein Paar in Amsterdam mit Recherchen und Untersuchungen und hin und wieder praktischen Gefälligkeiten und Botengängen. Keine Angst, es geht nicht um Drogen, sondern um alte Bücher, Briefe, Handschriften, Manuskripte. Die beiden sind einfach fantastisch. Sympathisch, klug – und überhaupt. Er heißt Dirk van Rijsewijk, sie Monique. Und wenn Du das hier liest, muss ich Dich bitten, telefonisch Kontakt mit ihnen aufzunehmen (+31 76 522 81 51), um ihnen mitzuteilen, dass mir etwas zugestoßen ist. Ich habe Dirk und Monique über das Internet kennengelernt. Am Anfang habe ich in einem öffentlichen Forum mit

Monique kommuniziert, aber als ich anfing, sie bei ihrer Arbeit zu unterstützen, haben wir unsere E-Mails verschlüsselt geschrieben.
Die Hintergrundgeschichte ist folgende: Anfang diesen Jahres wurde in einer Katakombe in Kiew eine Handschrift entdeckt. Sie wurde aus der Ukraine nach Norwegen geschmuggelt. Vor einigen Tagen bekam ich eine Mail von einem Autor aus Oslo, Christian Keiser. Er war auf der Suche nach Dirk und hatte mitbekommen, dass man Dirk am besten über mich erreicht. Er schrieb, er habe Zugriff auf das Exemplar einer Handschrift, in dem ein Triquetra-Symbol und die Zeichnung eines Pfaus vorkommen. Da er in etlichen von Dirks Artikeln über religiöse Ikonografie auf diese Symbole gestoßen war, wollte er sich ratsuchend an Dirk wenden. Wir mailten einige Male hin und her. Er erwähnte, dass er mit einem Archäologen namens Bjørn Beltø zusammenarbeitete, der mir namentlich bekannt ist, also habe ich die Mails an Dirk weitergeleitet. Dirk war Feuer und Flamme und bat mich, Keiser so bald wie möglich nach Amsterdam einzuladen. Gestern Morgen habe ich versucht, ihn unter seiner Osloer Telefonnummer zu erreichen. Er ging nicht ran. Da war er wahrscheinlich schon tot. Ja, jemand hat ihn umgebracht, Papa! Sein Freund Bjørn Beltø hat ihn tot in seiner Wohnung gefunden. Aber von alldem ahnte ich noch nichts, als ich ihn anrief. Ich war so dumm, meinen Namen und meine Handynummer auf dem Anrufbeantworter zu hinterlassen. Was, wenn die Mörder sich gerade in seiner Wohnung aufhielten und meine Nachricht missverstanden haben? Ich habe versucht, Bjørn Beltø zu erreichen, um ihn zu warnen, aber sein Handy ist ausgeschaltet.
Später am Nachmittag hat Dirk mich angerufen. Durch ihn habe ich erfahren, dass man den Autor Christian Keiser ermordet in seiner Wohnung gefunden hat. Es war äußerst ungewöhnlich, dass Dirk mich anrief – unser Kontakt fand sozusagen ausschließlich übers Internet statt. Er machte sich Sorgen um mich und schlug mir vor, irgendwo anders als zu Hause zu übernachten. Also habe ich Pierre angerufen und bei ihm geschlafen. Was gut war. Nachts ist nämlich in meinem Zimmer eingebrochen worden.

Ich kann mir schon denken, wer das war. Der Hausmeister meinte, das Zimmer sei völlig auf den Kopf gestellt worden. Ich habe noch nicht den Mut gehabt, dorthin zu fahren.
Etwas später klingelte mein Handy. Das waren sie. Die Mörder. Ich bin mir ganz sicher.
Marie-Élise Monnier?, fragte eine Männerstimme mit einem osteuropäischen Akzent.
Ja? Wer ist da?, fragte ich zurück.
Dann hörte ich ein Klicken und ein Piepsen.
Im nächsten Moment war die Stimme wieder da. Wir müssen uns treffen, sagte er. Sie sind im Besitz von etwas, das uns gehört.
Was soll das sein?, fragte ich.
Wann und wo können wir uns treffen?
Ich glaube nicht, dass ich Sie treffen will, habe ich gesagt und das Gespräch beendet. Ein unangenehmer Kerl. Gleich darauf klingelte es wieder. Und wieder habe ich das Gespräch beendet. Als es zum dritten Mal klingelte, habe ich gar nicht mehr geantwortet.
Ich habe die Polizei informiert. Aber die hat mich nicht ernst genommen. Da habe ich beschlossen, Simonetta zu besuchen. Seit zwei Jahren reden wir davon, dass ich mal wieder zu ihr kommen soll. Dabei ist es geblieben. Doch jetzt habe ich einen guten Grund, mein Versprechen in die Tat umzusetzen. Sie wohnt weit genug weg, dass sie mich nicht bei ihr finden werden.
Der Zug ist bald da. Ich habe ein wenig geschlafen. Simonetta habe ich noch nicht erreicht, aber sie kann nicht weit sein. Im schlimmsten Fall miete ich mich in einer Pension ein.
Ich muss jetzt Schluss machen, Papa. Mögest Du diesen Brief niemals lesen!

Liebe Grüße von Deiner Tochter

XV: Monnier (2)

»Simonetta war auf einer Studienfahrt in Barcelona, als Marie-Élise bei ihr Zuflucht suchte«, sagte Louis-Ferdinand Monnier.

Ich gab ihm den Brief zurück, und er faltete ihn zusammen und legte ihn zurück ins Fotoalbum. Erst jetzt bemerkte ich, dass er unter Medikamenten stand, den matten Blick kannte ich aus meiner Zeit in der Nervenklinik.

»Wo wohnt Simonetta?«, schrieb Monique.

»In Carcassonne natürlich. Ich dachte, das wäre klar. Laut Polizeibericht wartete Marie-Élise eine Weile vor Simonettas Wohnung. Danach checkte sie in einem Hotel ein. Das ist das Letzte, was wir von ihr wissen. Niemand, auch nicht die Polizei, weiß, was mit Marie-Élise passiert ist, nachdem sie das Hotel für einen Spaziergang verlassen hat.«

»Ihre Verfolger müssen sie in Carcassonne eingeholt haben«, sagte ich.

»Aber woher wussten sie, wohin sie wollte und wo sie sich aufhielt?«

»Sie haben sie überwacht. Ihr Handy hat wie ein GPS-Sender funktioniert.«

»Wie ist das möglich?«

»In ihrem Brief sprach sie von einer Reihe merkwürdiger Geräusche beim Telefonieren.«

»Ja und?«

»Vermutlich haben Sie per Funk ein Spionageprogramm installiert. Einen sogenannten GPS-Tracker. Sie muss gemerkt haben, dass etwas nicht stimmte. Warum sollte sie Ihnen sonst das Handy geschickt haben?«

»Mein Gott, mein kleines Mädchen. Deshalb hat sie also den Akku herausgenommen. Sie war nicht dumm.«

»Die Mörder werden gefunden werden«, schrieb Monique. »Sie werden ihre Strafe bekommen. Das verspreche ich Ihnen!«

»Wie können Sie so etwas versprechen?«, fragte Monnier aufgebracht und wandte sich an mich. »Warum haben diese Verbrecher mich nicht aufgesucht? Hier? Ich habe das Handy schließlich wieder zusammengesetzt und eingeschaltet! Warum hat es sie nicht hierhergeführt?«

»Weil sie Marie-Élise in Carcassonne gefunden haben, denke ich. Anschließend war das Handy nicht mehr interessant für sie.«

Er sah mit blutunterlaufenen Augen zu mir auf. »Was sind das für Menschen? Die sind doch verrückt!«

»Ich würde Ihnen gerne eine Antwort geben, aber ich weiß nicht mehr als Sie.«

Von: Primus Pilus **Datum:** 08.06.2009 13:43
An: Legatus Legionis
Kopie: Großmeister
Betreff: Bericht: Rom **Code:** S/MIME PKCS7

Dominus!

Dank für die Gebete des Rates und der Gemeinde. Wir sind jetzt in Rom. Laut Bruder Raţ wird Beltø in wenigen Tagen hier erwartet. Beltøs Kontaktmann, Professor Aldo Lombardi, steht unter konstanter Überwachung. Wir holen uns Beltø, sobald wir ihn isoliert haben.

Primus Pilus: Bruder Hărăguş

XVI: Der Tod in der Kapelle

Carcassonne
8. Juni 2009

I

Das Absperrband der Polizei knatterte in der plötzlichen Windböe. Eine Wolke hatte sich vor die Sonne geschoben und warf Schatten auf die Kapelle am Waldrand. Die Tür war zugenagelt. Eine Holzkiste stand an der Wand unter einem Fenster, in dem Glas und Rahmen fehlten. Der Putz blätterte in großen Placken ab, die ausgedehnten Flächen nackter Ziegelsteine wirkten wie Wunden, die nicht verheilen wollten. Bunte Wiesenblumen blühten zwischen den breiten Trampelpfaden, die die Polizei rund um die Kirchenruine ausgetreten hatte.

»Hier ist sie gefunden worden«, sagte Simonetta Le Tellier.

Sie saß auf Bollas linkem Kotflügel. Monique legte ihr tröstend den Arm um die Schulter.

»Ich kannte Marie-Élise seit zwölf Jahren«, erzählte sie weiter, »und ausgerechnet in dem Moment, in dem sie mich wirklich braucht, bin ich nicht da.«

Sie beugte sich nach unten, grub die Finger in den Sand, richtete sich auf und ließ die Körnchen hinabrieseln.

»Was ist das hier für ein Ort?«, fragte ich.

»Kein besonderer. Die Kapelle wurde vom *Santa-Vergine-Maria*-Orden im neunzehnten Jahrhundert errichtet. Ein paar Jahre vor Kriegsbeginn haben sie etwas weiter im Norden eine größere Kirche gebaut. Die Gemeinde hat Türen und Fenster verriegelt und die Kapelle sich selbst überlassen. Dann kam der Krieg. Und so …«, sie machte eine Kopfbewegung in Richtung

Kapelle, »ist alles so geblieben und irgendwie in Vergessenheit geraten.«

»Sehen Sie irgendeinen Grund, weshalb Marie-Élise gerade hier gefunden worden ist?«

Sie nahm noch eine Handvoll Sand auf und schüttelte den Kopf. Der Wind wehte ihr die Sandkörner aus den Fingern.

»Sie waren in Barcelona?«, schrieb Monique.

»Ein Arbeitsstipendium. Ich war gemeinsam mit ein paar Kollegen dort und habe zehn Tage lang Gaudis Architektur studiert. Ich hatte keine Ahnung, dass Marie-Élise kommen wollte, bis ich zu Hause den Anrufbeantworter abhörte. Wenn ich im Ausland bin, benutze ich nie mein Handy. Als ich wieder hier war, habe ich versucht, sie anzurufen. Ich dachte natürlich, dass sie längst wieder in Paris ist. Aber dann ging ihr Vater ans Telefon. Sie hatte ihm das Handy geschickt. Mit der Post. Verstehen Sie das? Warum schickt man seinem Vater sein Handy?«

»Sie hat gemerkt, dass sie verfolgt wurde.«

»Und was hat das mit ihrem Handy zu tun?«

»Sie haben sie über ihr Handy überwacht. Marie-Élise hat zu Recht angenommen, dass die Verfolger das Interesse an ihrem Handy verlieren würden, sobald sie sie hatten. Außerdem wohnt ihr Vater in einem Hochhaus in einer dicht besiedelten Vorstadt. Da kommt man nicht weit, nicht mal mit einem GPS-Tracker.«

Monique schrieb: »Da war es aber schon zu spät! Sie wussten, dass sie hier war.«

Simonetta legte den Kopf in den Nacken und blickte in die Kronen der Bäume, die rings um die Kapelle wuchsen. »Sie müssen sie irgendwo in der Gegend festgehalten haben. Weiß Gott, wo. Sie ist nicht… missbraucht worden. Nicht auf… diese Weise. Auch wenn sie viele andere schreckliche Dinge mit ihr gemacht haben.«

»Wer hat sie gefunden?«

»Ein Pärchen, das die Kapelle als geheimen Treffpunkt genutzt hat.« Sie lächelte schüchtern durch die Tränen.

Ich betrachtete die Kirchenruine und das im Wind flatternde Absperrband. Die Kapelle lag malerisch am Rand einer Lichtung.

»Schon vor fünftausend Jahren haben hier Menschen gelebt«, sagte Simonetta, als sie sich wieder gefangen hatte. »Das hört sich lang an, nicht wahr, fünftausend Jahre? Dabei ist es eigentlich nichts. Schon vor fünfzigtausend Jahren lebten hier unten im Süden Frankreichs Homo sapiens und Neandertaler Seite an Seite. Dann ist der Neandertaler ausgestorben, der Homo sapiens blieb.«

Ich wartete auf eine Fortsetzung, die nicht kam. Simonetta starrte gedankenverloren zum Wald.

»Zuerst hatte niemand eine Ahnung, wer sie sein könnte. Sie war ja nicht von hier. Aber dann hat sie jemand mit der Vermisstenmeldung aus Paris in Verbindung gebracht. Mein Lebensgefährte ist Polizist. Er wusste, dass ich ihre Freundin war, und so hat man mich gebeten, hierher zum Tatort zu kommen, um sie zu identifizieren.«

»Ich weiß, dass das hart ist, aber könnten Sie uns beschreiben, was genau sie gesehen haben?«

Sie seufzte.

»Ich frage, weil ich erst kürzlich etwas Ähnliches erlebt habe.«

Simonetta sah mich überrascht an.

»Ein guter Freund, ein Kollege«, erklärte ich. »Ich habe ihn gefunden.« Pause. »Nackt.«

Simonetta ließ meinen Blick nicht los. Wir spürten wohl beide, dass wir eine Art Schicksalsgemeinschaft waren, verbunden durch den Tod unserer Freunde.

»Das war total verrückt. Vollkommen gestört. Sie lag auf dem Altar. Nackt. Die Arme über der Brust gekreuzt, einzig mit einem geflochtenen Blumenkranz im Haar. Sie hatten sie auf ein Seidentuch gelegt. Um den Altar herum hatten sie den Müll entfernt und die Kirche mit Kerzen geschmückt, die alle heruntergebrannt waren.« Sie schloss die Augen. Dann riss sie sie wieder auf, als wollte sie die Bilder verjagen, die sich ihr aufdrängten. »Gestört, verstehen Sie, was ich meine? Richtig krank.«

2

Ich mag alles, was alt ist. Die Vergangenheit sagt uns etwas über unsere Herkunft und vielleicht auch über das Ziel unserer Reise.

Die Festungsstadt Carcassonne ist ein Stück Mittelalter, das sich an der Vergangenheit festklammert. Mitten in der Stadt thront eine Burg mit Turm und doppelten Mauern. Vor achthundert Jahren bevölkerte die christliche Sekte der Katharer diese südfranzösische Region. Tausende von ihnen wurden von der katholischen Kirche ausgerottet. Einige meinen, die Massaker seien dem Kampf um die großen landwirtschaftlichen Nutzflächen geschuldet. Andere halten die religiösen Differenzen für den auslösenden Faktor. Für die Katholiken waren die Katharer Ungläubige. Außerdem kursierten Gerüchte, die Katharer versteckten den Heiligen Gral.

Der gelangweilte Portier des Hotels, in dem Monique und ich abstiegen, schien an gar nichts zu glauben. Ganz sicher nicht an Geheimnisse aus der Vergangenheit. Er hatte eine dünne Schicht Mascara aufgelegt und leere Zimmer im Überfluss. Nach der langen Fahrt und dem Treffen mit Simonetta an der Kapelle gingen Monique und ich duschen. Anschließend wollten wir uns etwas ausruhen. Jeder in seinem Zimmer. Leider.

3

Abends trafen wir Simonetta und ihren Polizeifreund François Sardou oben an der Burg.

Der Abend war lau, unzählige kleine Mücken schwirrten umher. Von einem Markt schallten die hektischen Töne eines Blasorchesters zu uns hoch. Überall hing grausiger Grillgeruch in der Luft, als würde in jedem Restaurant Fleisch gebraten.

François Sardou war nicht wohl in seiner Haut, als er mit uns sprach. Er war ein loyaler Polizeibeamter und hielt beständig nach Kollegen oder bekannten Gesichtern Ausschau, die ihm später die unangenehme Frage stellen könnten, wer wir waren und warum er mit uns geredet hatte. Aber seine Liebe zu Simonetta war stärker als seine Loyalität der Polizei gegenüber. Sie hatte ihn gebeten, uns zu treffen, und diesen Wunsch hatte er ihr nicht abschlagen können.

Wir setzten uns auf eine etwas abseits gelegene Bank, die dicht an der Mauer hinter ein paar Bäumen stand. Mit der Zeit entspannte er sich etwas und erzählte schließlich, dass die Ermittlungen noch nicht viel ergeben hätten, weder über Marie-Élise Monnier noch über ihre Mörder. »Nicht viel«, war im Grunde genommen eine Übertreibung. Anhand von Zeugenaussagen und Überwachungskameras wussten die Ermittler, dass Marie-Élise am Nachmittag des 23. Mai im Bahnhof von Carcassonne aus dem Zug gestiegen war. Ohne Gepäck. Noch im Bahnhof hatte sie ein kleines Päckchen aufgegeben. Hier konnte ich den Ermittlungen ein Detail hinzufügen: Vermutlich enthielt dieses Päckchen ihr Handy. Vor dem Bahnhof kaufte sie ein Baguette, das sie auf dem Weg zu Simonettas Wohnung aß. Laut einer Nachbarin, die sonst nicht darauf achtete, wer im Haus ein und aus ging, hatte sie geklingelt und danach eine ganze Weile im Hausflur gewartet. Ein anderer Nachbar, der sich um Simonettas Post kümmerte, teilte ihr schließlich mit, dass ihre Freundin im Ausland sei. Danach war Marie-Élise durch die Straßen geschlendert und hatte schließlich in einem günstigen Hotel, dem *Au Royal* am Boulevard Jean Jaurès, eingecheckt. Nachdem sie ein paar Stunden in ihrem Zimmer verbracht hatte, gab sie den Schlüssel an der Rezeption ab, bekam einen Stadtplan ausgehändigt und ging in die Stadt, um ein paar Kleinigkeiten zu besorgen. Danach war sie nie wieder gesehen worden.

4

Der Notruf des Pärchens, das die Leiche Marie-Élise Monniers entdeckt hatte, ging am Morgen des 3. Juni bei der Polizei ein. Gefunden hatten die zwei sie am Abend zuvor. Aus diversen Gründen – der Schock über den grausamen Fund, die Furcht, in einen Kriminalfall hineingezogen zu werden, und ein eifersüchtiger Ehemann – hatten sie mit der Meldung gezögert.

»Wir haben sofort erkannt, dass das kein simpler Mord war«, sagte François Sardou. »Alles deutete darauf hin, dass wir es mit einem Ritual zu tun hatten, einem genau geplanten Menschenopfer. Sie lag auf einem Seidentuch auf dem Altar der Kapelle. Die Mörder hatten sich die Mühe gemacht, ihr einen Kranz Blumen in die Haare zu flechten. Sechsundsechzig Kerzen waren entzündet worden. Das Grauenvollste aber haben wir erst nach der Obduktion erfahren.«

»Sag es!«, drängte Simonetta leise.

»Aus Rücksicht auf die Ermittlungen und die Reaktionen der Öffentlichkeit mussten wir bestimmte Ergebnisse zurückhalten. Ich kann in echte Schwierigkeiten geraten, wenn das publik wird.«

»Wir werden nichts sagen. Wir stellen unsere eigenen Ermittlungen an, wir sind keine Journalisten.«

»Die Obduktion hat ein paar bizarre Details ergeben …«

Mir dämmerte langsam, auf was er anspielte.

»Die Leiche lag mit überkreuzten Armen auf dem Altar. Beide Hände waren zu Fäusten geballt, doch als der Gerichtsmediziner die rechte Hand öffnete, fand er ein …«

»Ein Amulett.«

François Sardou sah mich überrascht an.

»Aus Bronze«, fuhr ich fort. »Mit einem Pentagramm und einer Triquetra.«

»Mit wem haben Sie gesprochen?«

»Wir haben mit niemandem gesprochen. Ein norwegischer Freund von mir und ein Kollege in der Ukraine wurden ebenfalls getötet. Auf die gleiche Weise. Ich würde Ihnen raten, Kontakt mit der Polizei in Oslo und Kiew aufzunehmen.«

»Wir hatten bereits Kontakt zu Interpol.« Er zögerte. »Aber da ist noch etwas. Etwas noch Grausameres.«

Dieses Mal ließ ich ihn selbst abschließen: »In der Leiche war kein Tropfen Blut mehr.«

5

Wir luden Simonetta und François zum Essen ein, aber er hatte Angst, mit uns gesehen zu werden, und lehnte dankend ab. In einer Seitenstraße nahmen Monique und ich an einem Tisch vor einem türkischen Restaurant Platz. Bei zwei Portionen Mercimek Köfte mit Fladenbrot und Hauswein diskutierten wir das weitere Vorgehen. Wir waren uns einig darüber, als Nächstes nach Rom zu fahren, über die Côte d'Azur und Genua, das in etwa auf halber Strecke lag. Monique schlug vor, dort zu übernachten. Von Genua aus waren es noch gute fünf Stunden Fahrt über italienische Autobahnen nach Rom, wo uns der Theologieprofessor Aldo Lombardi erwartete.

Nach dem Essen gingen wir auf den Markt und hörten eine

Weile dem Blasorchester zu, bevor wir vor den falschen Tönen Reißaus nahmen.

Von meinem Hotelzimmer rief ich Thrainn in Island an. Sie arbeiteten noch immer an dem Text, waren inzwischen aber noch verwirrter als zu Beginn ihrer Arbeit. Ich versicherte mich, dass man den vier, fünf Forschern, die ihn unterstützten, vertrauen konnte und dass sie das Manuskript jeden Abend ordentlich in dem soliden Gewölbekeller einschlossen. Anschließend rief ich Kommissar Henrichsen in Oslo an. Er schien sehr erleichtert darüber zu sein, meine Stimme zu hören. Als hätte er förmlich damit gerechnet, über meinen Tod informiert zu werden. Sie hatten mittlerweile den Leihwagen aufgespürt, den die Mörder benutzt hatten. Das ausgebrannte Autowrack war in einem Steinbruch in Ammerud gefunden worden. Die Ausweise und Kreditkarten, mit denen sie den Lexus gemietet hatten, waren gefälscht gewesen.

Wie so oft konnte ich nicht schlafen.

Ich lag da und dachte an Papa. Ich denke viel an ihn, wenn ich nicht schlafen kann, stelle mir vor, was aus ihm geworden wäre, wenn die Eifersucht ihm nicht den Verstand geraubt und mich nicht vaterlos gemacht hätte. Was ging ihm durch den Kopf, als er abstürzte? An was denkt man, wenn man weiß, dass man stirbt? Ich fragte mich, ob ich ein anderer Mensch geworden wäre, wenn Papa nicht gestorben wäre. Vielleicht. Vermutlich. Aber eigentlich spielt das keine Rolle. Nicht einmal für mich.

XVII: Satan

Rom
10. Juni 2009

I

»Satan lebt!«

Ein leise flackerndes Licht entbrannte in Professor Aldo Lombardis nussbraunen Augen; das verhexte Licht, das man aus den Blicken der Besessenen, der unermüdlichen Lehrmeister der Akademien und Universitäten kannte.

Ich rutschte unruhig auf meinem Stuhl hin und her. Monique räusperte sich.

»Glaubt man an Gott«, fuhr er fort, »ist Satan eine unumgängliche Konsequenz. Die Harmonie unseres Seins ist abhängig von der Balance, dem Vorhandensein gleich starker Kräfte. Die ersten Bausteine des Universums waren Materie und Antimaterie. Licht und Dunkel. Wärme und Kälte. So gesehen stellen Gott und Satan zwei notwendige Gegenpole dar. Gut versus Böse. Das theologische Paradoxon aber ist, dass Gott – ja, wer sonst? – Satan erschaffen hat.« Er lachte fast tonlos. »Meine Freunde, ich sehe, dass ich Ihnen Angst einjage. Entspannen Sie sich, bleiben Sie ruhig, ich bin einfach immer nur mit Herz und Seele dabei!«

Sein Büro war hell und beseelt, als hätte es über viele Jahre die tiefschürfenden Gedanken seiner zahlreichen Besitzer absorbiert und diese nie wieder losgelassen. Auf einem Archivschrank gurgelte eine Kaffeemaschine. Der Schreibtisch bog sich unter Stapeln von Manuskripten. Abhandlungen türmten sich schief übereinander, Lehrbücher lehnten schräg an der Wand. Wo auch immer auf der Welt man sich befindet – die

Büros der Wissenschaftler gleichen sich wie ein Ei dem anderen. Die Kaffeemaschine gab ein lang gezogenes Fauchen von sich, als wollte sie sich in die Hände des Herrn überantworten. Aldo Lombardi nahm die Kanne und schenkte mir und sich in weißen Plastikbechern ein, dann stellte er die Kanne wieder auf die Wärmeplatte. Monique wollte nichts.

»Es freut mich, dass Sie den Weg zu mir gefunden haben. Sie beide. Ich weiß, ich habe Sie schrecklich unter Druck gesetzt, Bjørn. Aber es ist wichtig. Das werden Sie verstehen. Sehr wichtig.« Er wandte sich an Monique. Sein Blick wurde sanft. »Monique …« Er nahm ihre Hände in die seinen, als wäre er ein um seine Schäfchen besorgter Pfarrer, und wiederholte ihren Namen tonlos wie für sich selbst. Dann ließ er ihre Hände los und sagte plötzlich: »Jetzt schießen Sie schon los! Wie geht es Dirk?«

Sie nickte, und der Ausdruck ihres Gesichts schien sagen zu wollen *Danke gut*, was eine ausgewachsene Lüge war. In diesem Moment wurde mir bewusst, dass weder sie noch Dirk wollten, dass jemand über den Ernst seiner Krankheit Bescheid wusste.

»Gut, gut.« Als er sich wieder mir zuwandte, bemerkte ich das Hörgerät in seinem rechten Ohr. Ich dachte mir meinen Teil. Ein halb blinder Albino, eine Stumme und ein schwerhöriger Professor. Wir waren wirklich eine beeindruckende Truppe.

»Dirk und ich hatten über die Jahre eine rege Korrespondenz«, erklärte er. »Unsere Forschungsgebiete überschneiden sich mitunter.«

Automatisch erhob ich meine Stimme: »Ja, das hat er erzählt.«

»Dirk ist ein großartiger Mann.«

»Es war mir eine große Freude und Hilfe, ihn getroffen zu haben.«

»Dann hat er Ihnen vielleicht auch erzählt, dass ich Giovanni Nobiles Professur übernommen habe?«

»Ja, das hat er erwähnt.«

»Das war aber erst lange nach Nobiles Verschwinden. Die Professur war lange Jahre nicht besetzt. Man hoffte wohl, er würde zurückkommen.«

Unten auf der Straße startete ein Lastwagen, vom Flur her waren aufgeregte Stimmen zu hören. Ich trank einen Schluck Kaffee und dachte, dass so wohl auch die geteerten Balken der Sennhütte in Juvdal schmecken würden, sollte ich an ihnen lecken.

»Leider habe ich Giovanni Nobile nie persönlich kennengelernt«, fuhr er fort. »Der Altersunterschied war zu groß. Ich war noch Student, als der *professore* hier arbeitete. Ich war in einigen seiner Vorlesungen und wollte ihn eigentlich fragen, ob er meine Diplomarbeit betreut. Ich ging darin der Frage nach, wie das Werk *Malleus Maleficarum*, das Standardwerk über Hexen, in der Zeit von 1500 – 1850 das Verständnis der weiblichen Sexualität geprägt hat. Aber – wie Sie ja wissen – kam es leider nie dazu. Giovanni Nobile verschwand, und ich landete bei einem halsstarrigen Betreuer mit Mundgeruch und einem ungesunden Interesse für Studienanfängerinnen. Ich wurde nach Nobiles Verschwinden sogar von der Polizei verhört, weil man in seinem Büro einige meiner Briefe gefunden hatte. Aber natürlich konnte ich den Beamten nicht helfen.«

Mit Widerwillen nippte ich an meinem Becher.

»Ich weiß nicht, ob Nobile wirklich vermisst wurde. Vermutlich nicht. Er war ein verschlossener Mann, jemand, der sich eher bedeckt hielt. Und nach all den schrecklichen Geschehnissen … nun, die meisten haben ganz einfach nicht mehr über ihn geredet. Aber wer ihn persönlich gekannt hatte, mochte und respektierte ihn. Ich denke, viele seiner Studenten und Kollegen haben sich irgendwie vor ihm gefürchtet. Ja, gefürchtet! Vermutlich wegen der Dämonen, mit denen er sich in fachlicher Hinsicht umgab. Sein Fachgebiet war ziemlich umstritten. Sogar mehr als das. Besonders unter den gläubigen

Katholiken hier in Italien, in Rom, an der päpstlichen Universität.«

Es klopfte an der Tür. Ein Mann mit einer zu großen Brille steckte den Kopf herein und entschuldigte sich sogleich, als er sah, dass der Professor im Gespräch war. Aldo Lombardi rief ihn zurück: »Vittorio! Kommen Sie rein! Erinnern Sie sich an unser Gespräch über Bjørn Beltø aus Norwegen? Den Archäologen? Hier ist er. Bjørn, das ist Vittorio Tasso, der Semiotiker, einer meiner geschätzten Kollegen.«

Ich nutzte die Gelegenheit, um meinen Plastikbecher mit Kaffee beiseitezustellen und zu vergessen. Wir begrüßten uns per Handschlag und tauschten ein paar Höflichkeiten aus. Er hatte einen meiner Artikel in der *Archaeology* gelesen, in dem ich mich kritisch mit der Deutung der Semiotiker über den Gebrauch von Zeichen und Symbolen bei den Wikingern ausgelassen hatte. Als er ging, versuchte ich, den Gesprächsfaden wieder aufzunehmen: »Was ist mit Giovanni Nobile passiert?«

»Ja, was ist geschehen?«, wiederholte Aldo Lombardi. »Ich pflege gemeinhin zu sagen, dass er besessen wurde. Er bekam diese uralte, heidnische Schrift in die Hände – *Prophetien des Lichtengels* oder *Luzifers Evangelium*, wie es auch genannt wird – und ist darüber verrückt geworden.« Sein Blick suchte meinen. »Aber was ist geschehen? Was ist wirklich vorgefallen? Ich glaube, das weiß niemand wirklich. Wir stellen uns diese Frage noch immer, ohne dass jemand eine Antwort geben könnte. Wir wissen nur, dass viele Menschen starben und Giovanni und seine Tochter verschwanden.«

Aldo Lombardi schüttelte den Kopf.

»Sie sind gestorben? Alle beide?«, fragte ich.

»Vermutlich taten sie ihren letzten Atemzug in Ketten gefesselt irgendwo am Grunde des tyrrhenischen Meeres oder in einem Betonsockel einer der vielen Autobahnbrücken, die in der damaligen Zeit gebaut wurden. Eine Tragödie, nichts weiter. Und das Seltsame …«, er zögerte, suchte nach Worten, »… das Seltsame ist, dass Vieles von dem, was jetzt passiert, an die Geschehnisse von damals erinnert. Wieder taucht dieses Manuskript wie aus dem Nichts auf. Die gleiche Sekte… die Morde…«

»Sekte? Wollen Sie damit sagen, dass Sie wissen, wer hinter den Morden steht?«

»Nicht wer. Ich weiß allerdings etwas über die Sekte, die damit zu tun hat. Aber wir gehen zu schnell vor. Ich werde auf all das noch zu sprechen kommen.«

»Warten Sie! Wollen Sie damit sagen, dass die Sekte, die in die Morde an Giovanni Nobile und seiner Tochter im Jahre 1970 verwickelt war, dieselbe ist, die auch heute Jagd auf das Manuskript macht?«

»Alles andere ist unwahrscheinlich.«

»Vierzig Jahre später?«

»Bjørn, das Manuskript ist mehr als viertausend Jahre alt. Vierzig Jahre sind da nichts.«

»Was ist 1970 mit dem Manuskript passiert?«

»Es ist mit Giovanni Nobile verschwunden.«

»Aber das kann unmöglich das Manuskript sein, das in den Klauen der Mumie in Kiew gefunden wurde!«

»Eine andere Version? Eine Abschrift? Ein anderer Teil? Das wissen wir erst, wenn wir gesehen haben, was Sie gefunden haben. Haben Sie das Manuskript dabei?«

»Natürlich nicht.«

»Oder eine Kopie?«

»Leider nein.«

Er sah mich abwartend an. Der Anflug eines Lächelns umspielte seine Lippen, als zweifelte er an meinen Worten.

»Bjørn Beltø, glauben Sie an Gott?«

»Nein.«

»Und was ist mit Ihnen, Monique?«

Sie nickte. Dann schrieb sie: »Ich glaube nicht. Ich weiß.« Sie unterstrich das Wort »weiß«. »Es gibt Gott und seine Engel. Und auch Satan und seine Dämonen gibt es. So ist es.«

»Kommen Sie, meine Freunde«, sagte Aldo Lombardi. Er stand auf und stopfte einen Stapel Papiere in eine speckige Ledermappe. »So!« Er zog sich einen grauen Mantel an und setzte einen eleganten Borsalino-Hut auf, der an einem Haken zwischen der Zimmerecke und dem Bücherregal hing. »Dieses Büro ist viel zu eng und warm.«

2

»Die meisten Menschen – Christen oder nicht – haben ein verzerrtes Bild von Satan«, sagte Aldo Lombardi und legte seinen Hut auf den Schoß.

Wir saßen auf einer Bank in einem stilleren Teil des Vatikans mit Blick auf die Kuppel des Petersdoms, Aldo Lombardi mit seiner Ledertasche links, Monique in der Mitte, ich rechts. Aus den von kleinen Vögeln belagerten Bäumen zwitscherte es lautstark. Die Laubkronen warfen kühle Schatten. Touristen spazierten gemächlich an uns vorbei; einige mit entrücktem Blick, andere in Kontemplation versunken, als wären sie endlich am Ziel ihrer inneren Pilgerreise angekommen.

»Satans Funktion in der Bibel ist es nicht, uns zu strafen oder Angst zu machen«, fuhr er fort. »Das kam erst später auf, im Mittelalter, als die Kirche aus dem gefallenen Engel mit den gebrochenen Flügeln und dem verblassten Glorienschein ein tierisches Ungeheuer mit Hörnern und einem buschigen Schwanz machte. Bis dahin war Satan immer Gottes Instrument gewesen. Ehe die Kirchenväter und Priester Satan zum Fürsten des Bösen machten, hatte er eine klar definierte, von Gott gegebene Funktion: Er sollte die Menschen prüfen und ihren Glauben auf die Probe stellen. Nur diejenigen, die die Kraft Jesu Christi in ihren Herzen tragen, sind in der Lage, den verführerischen Versprechungen des gefallenen Engels zu widerstehen.«

»Und wir bodenständigen Sterblichen tun unser Bestes«, sagte ich in einem Ton, der Aldo Lombardi signalisieren sollte, dass er bedrohlich nah an einer Erweckungspredigt vorbeischrappte. Vertane Liebesmüh. Monique war bereits erlöst, und ich war ein hoffnungsloser Fall.

»Satan ist ebenso Teil von Gott wie der Rest der Schöpfung. Sehen Sie sich um! Genau genommen befinden wir uns in diesem Moment weder in Italien noch in Rom, wir sind im Vatikan. Und im gleichen Maße, wie der Vatikanstaat unabhängig von und zugleich integrativer Bestandteil der Gesellschaft auf der anderen Seite der Mauer ist, ist Satan ohne Gott undenkbar. Wenn die Enge meines Büros meine Gedanken verdunkelt und mir das Arbeiten unmöglich macht, komme ich hierher. Hier, in der Gegenwart des Herrn, bekommen meine Gedanken Sauerstoff. Satan …«, sagte er nachdenklich, »ist in meinen Augen eine der faszinierendsten Gestalten der Theologie.«

»Einst ein Engel«, schrieb Monique.

»Nicht nur ein Engel, ein Erzengel sogar … der aus dem Himmel verstoßen wurde! Hiob spricht von ihm als einem Sohn Gottes, Mitglied des göttlichen Gerichts.«

»Höllenfürst«, schrieb Monique.

»Im Lauf der Zeit, ja. Weder in der Bibel noch in der Religionsgeschichte wurde Satan je als endgültig definierte Figur dargestellt. Im Gegenteil. Als Herrscher der Hölle entwickelte sich Satan nur schrittweise.«

»Über viele Jahrhunderte«, merkte ich an.

»Man muss nur die Bibel lesen. In den Büchern Mose wird Satan gar nicht erwähnt. Das Konzept Satan existierte noch nicht.«

»Werden Schlange und Satan nicht gleichgesetzt?«

»Eine spätere Interpretation.«

»Woher stammt dann das Teufelskonzept?«

»Die einen sehen in Satan eine theologische Notwendigkeit als Gegengewicht zum barmherzigen Gott. Andere finden Satans Ursprung in allen möglichen Religionen und Mythen. Die Juden im Exil kamen mit der Lehre des iranischen Propheten Zarathustra in Berührung, dem Zoroastrismus, in der es auch einen Teufel gab – die Wurzel des Bösen –, Angra Mainyu genannt. Diese personifizierte Teufelsgestalt wurde mit babylonischen Königen und Abgöttern und alten Geistermythen vermischt und formte unsere Satansvorstellung. Im Ersten Buch der Chronik wird Satan erstmals als Repräsentant des Bösen genannt, als er David anstachelt, eine Volkszählung zu machen. Die berühmte Schriftstelle bei Jesaja über den babylonischen König wurde bereits in den ersten Jahrhunderten nach Christus so gedeutet, dass es darin um den Teufel ging.« Er reichte mir ein Blatt aus seiner Mappe.

*Das Totenreich drunten erzittert vor dir, wenn du nun kommst. Es schreckt auf vor dir die Toten, alle Gewaltigen der Welt, und lässt alle Könige der Völker von ihren Thronen aufstehen, dass sie alle anheben und zu dir sagen: Auch du bist schwach geworden wie wir, und es geht dir wie uns. Deine Pracht ist herunter zu den Toten gefahren samt dem Klang deiner Harfen. Gewürm wird dein Bett sein und Würmer deine Decke. Wie bist du vom Himmel gefallen, du schöner Morgenstern! Wie wurdest du zu Boden geschlagen, der du alle Völker niederschlugst!**

»Das ist nur eines von vielen Beispielen, wie sich das Bild von Satan und der Hölle über unterschiedliche Bibelstellen und Deutungen entwickelt hat. Hier noch ein anderes Beispiel.«

Und es entbrannte ein Krieg im Himmel; Michael und seine Engel nahmen den Kampf gegen den Drachen auf. Auch der Drache und seine Engel kämpften, doch sie konnten nicht

* Jesaja 14, 9–12

*standhalten, und ihr Platz fand sich nicht mehr im Himmel. Und der große Drache, die alte Schlange, wurde hinuntergeworfen. Er heißt Teufel und Satan, der alle Welt verführt. Er wurde auf die Erde geworfen, und mit ihm wurden seine Engel dorthin geworfen.**

Monique hielt uns ihren Block hin. »Ist Satan vorrangig eine christliche Vorstellung?«

»Keineswegs. Dämonen und böse Geister beschäftigten jüdische Schriftgelehrte in den Jahrhunderten zwischen dem Alten und dem Neuen Testament und haben zweifellos die Satansdarstellungen in der christlichen Bibel geprägt. Alte Mythen und primitive Vorstellungen von bösen Geistern verschmolzen mit den weitaus komplexeren Bildern jener Zeit von einer konkreten Teufelsgestalt. Aber Sie haben natürlich recht, dass das Christentum Satan einen wichtigen Platz einräumt. Beachten Sie, wie diabolisch Satan im christlichen Neuen Testament dargestellt wird. In der Offenbarung des Johannes begegnen wir einem Satan von apokalyptischem Kaliber. Satan wurde mit der Zeit immer böser und hässlicher. Das Ganze kulminierte in den Jahrhunderten nach der Vollendung und Kanonisierung der Bibel. Im Mittelalter übernimmt Satan die Rolle der Schreckensversion vom Fürsten des Bösen, der auf der Erde und in der Hölle über eine Heerschar von Dämonen regiert.«

»*Luzifers Evangelium* ist aber älter als all diese Schriften«, gab ich zu bedenken.

»Und eben aus diesem Grund ist das Manuskript so wichtig für das Verständnis von Satan. Vermutlich hat es die frühesten Satan-Mythen mit geformt.«

»Gibt es wirklich Gläubige, die wegen so einer Seitenspur der Theologie einen Mord begehen? Es geht um eine Handschrift. Einen Text! Das sind nur Worte! Worte!«

* Offenbarung des Johannes 12, 7-9

»Worte sind mächtig.«

»So mächtig, dass Fundamentalisten dafür unschuldige Menschen umbringen? Das will nicht in meinen Kopf, wirklich nicht.«

»Ein bedauerlicher Zug vieler Religionen ist, dass sie manche Menschen zu dem Irrglauben verleiten, im Namen ihres Gottes zu handeln. Denken Sie an christliche Kreuzritter. Moslemische Dschihadisten. Jüdische Zionisten. Die Geschichte ist voller Menschen, die überzeugt sind, in Gottes Namen zu handeln, und eigenmächtig in die Schöpfung eingreifen.«

»Aber – verstehe ich Sie recht, dass Sie zwischen *Luzifers Evangelium* und Satan einen direkten Zusammenhang sehen? Obgleich der Text etliche tausend Jahre vor Satans Einzug in das Bewusstsein von Propheten, Priestern und Gläubigen geschrieben wurde?«

Aldo Lombardi schien sich zu amüsieren. Sein Gesicht legte sich in Falten. Augenbrauen und Nasenhaaren täte es gut, gestutzt zu werden. Er erinnerte mich an einen alten Lehrer an der halb vergessenen Dorfschule meiner Kindheit.

»Bjørn, Sie glauben nicht an Gott. Sie sind nicht religiös. Für Sie gibt es nur das, was Sie sehen und begreifen können. Sie sind nicht offen für die Mysterien des Lebens. Wie soll es mir da gelingen, Sie nicht nur von der Existenz eines Gottes und eines Teufels und ihrem ewigen Kampf gegeneinander zu überzeugen, sondern von etwas viel Erschütternderem, das Ihr gesamtes Weltbild auf den Kopf stellen wird? Habe ich eine Chance, Ihre Skepsis Gott und seinen Wesen gegenüber auch nur einen Millimeter weit aufzulösen?«

»Probieren Sie es.«

Monique hustete lautlos in ihre Hand.

»Das, was ich zu sagen habe, Bjørn, wollen Sie eigentlich gar nicht wissen. Wenn meine schlimmsten Befürchtungen sich als richtig erweisen, sind die drei Morde nur der Anfang.« Er blickte zur Kuppel des Petersdoms. »Das würde unsere gesamte Weltordnung erschüttern. Verstehen Sie?«

»Wollen Sie sagen, dass *Luzifers Evangelium* eine Apokalypse ist?«

»Wir haben Grund zu der Annahme, dass *Luzifers Evangelium*, wie die Heilige Bibel, eine Offenbarung beinhaltet, eine Prophezeiung, die …«

Er presste plötzlich die Hand auf das linke Ohr, als hätte er Ohrenschmerzen. Ich hörte Stimmen in seinem Hörgerät.

»Wo?«, platzte er heraus. Wieder Stimmen. »Code Rot!«, rief er. »Drei Objekte in der Viale Centro del Bosco observiert!«

»Was reden Sie da?«

»Kommen Sie! Schnell!«

Er zog Monique und mich hinter sich her den Weg entlang. Ein Stück hinter uns hörten wir ein Auto beschleunigen und gleich darauf quietschende Bremsen. Ich drehte mich um, aber die Sicht war von ein paar Bäumen verstellt. Laute Rufe ertönten, Schreie, das Zuschlagen von Autotüren.

»Kommen Sie, kommen Sie!«, drängte Aldo Lombardi und scheuchte uns weiter durch den Park.

Rom, Mai 1970

Das Schlimmste war die totale Machtlosigkeit. Nichts zu wissen. Nichts tun zu können.

Giovanni hatte seine Pfeife angezündet, obwohl er zusammen mit Luciana im Wohnzimmer saß. Sie schien es noch nicht einmal zu merken. Luciana wollte unbedingt die Polizei verständigen, sie hatte aber auch nicht den Ernst und die Drohung in der Stimme des Mannes gehört. *Wenn Sie nicht tun, was wir sagen, Professor Nobile, werden Sie und Ihre Frau Silvana nie wiedersehen.* Die Stimme hatte nicht den geringsten Zweifel daran gelassen, dass die Warnung wörtlich zu nehmen war. Trotzdem widerstrebte es ihm zutiefst, nicht die Polizei zu alarmieren. Da war er ihrer Meinung. Immerhin hatte die Polizei mit solchen Situationen mehr Erfahrung als sie. Aber man konnte nicht vorsichtig genug sein. Wenn ein unerfahrener oder übereifriger Kommissar mit dem Fall betraut wurde, wurde Silvana womöglich das Opfer von Inkompetenz und Ehrgeiz.

»Ich finde, wir sollten anrufen«, sagt Luciana.

»Hast du nicht gehört, was ich gesagt habe?«

»Trotzdem.«

»Das Risiko ist zu groß.«

»Und was sollen wir sonst machen?«

»Warten.«

»*Warten?*«

»Warten!«

»Worauf?«

»Dass sie sich melden.«

»Warten … Und was geschieht, wenn sie sich melden, Giovanni?«

»Dann hören wir uns an, was sie zu sagen haben.«

»Und was haben wir ihnen zu bieten?«

Er versuchte, das Gefühl beiseitezuschieben, dass Luciana ihm Vorwürfe machte. Weswegen? *Stell dich nicht dümmer an, als du bist, Giovanni.* Wegen seiner Untätigkeit. Initiativlosigkeit. Feigheit. *Was hätte Vater getan?*, dachte er. *Was hätte Enrico getan?*

»Wir wissen noch nicht, was sie wollen.«

»Glaubst du nicht, dass sie Geld haben wollen?«

»Geld?«

»Was sonst?«

»Warum um alles auf der Welt entführen die *Silvana*, wenn sie es auf Geld abgesehen haben?«

»Weil sie denken, dass wir reich sind, vielleicht?«

»Sie wissen, wie wir heißen. Sie kennen unsere Telefonnummer. Dann wissen sie auch, wo wir wohnen. Sie wissen, auf welche Schule Silvana geht, und sicher auch, was wir arbeiten. Sie wissen sehr genau, dass wir nicht reich sind.«

»Also warum …«

»Ich weiß es nicht!«

Sie zuckte zusammen.

»Entschuldige. Ich wollte nicht … Entschuldige. Aber ich weiß es wirklich nicht. Ich weiß auch nicht mehr als du. Und ich verstehe genauso wenig.«

»Mein Gott! Giovanni! Glaubst du, es ist einer meiner Klienten?«

»Was meinst du?«

»Jemand, der unzufrieden mit einem Immobilienkauf ist?«

»Und der deswegen Silvana kidnappt?«

»Glaubst du das, Giovanni? Könnte es ein unzufriedener Klient sein, der sich auf diese Art rächen will?«

»Natürlich nicht.«

»Es kommt immer wieder vor, dass jemand ein Haus verkauft oder kauft und hinterher stinksauer ist.«

»Schon, aber das kann ja wohl kaum ein Grund sein, die Tochter der Maklerin zu entführen.«

Bella kam angetrottet und legte ihren Kopf auf Giovannis Beine. Er kraulte sie hinter dem Ohr. Luciana holte sich ein Glas Wasser. Das Telefon klingelte. Beide sprangen auf und sahen sich an.

»Giovanni …«

»Ja?«

»Willst du nicht rangehen?«

Er nahm den Hörer ab. »Ja, Nobile.«

»Giovanni, Umberto hier. Störe ich?«

»Umberto?«

»Ja, Umberto!«

»Ja?«

»Umberto Gialli! Erkennst du meine Stimme nicht?«

»Tut mir leid, Umberto, natürlich, ich war mit den Gedanken woanders. Habe gerade auf dem Sofa gelegen und ein Nickerchen gemacht. Und ich erwarte einen Anruf.«

»Tut mir leid, wenn ich dich geweckt habe. Ich wollte dich nur auf dem Laufenden halten, wenn das in Ordnung ist?«

»Natürlich. Auf dem Laufenden?«

»Ich habe die Handschrift ausgepackt und eine erste Untersuchung vorgenommen. Sie ist in einem hervorragenden Zustand.«

»Gut.«

»Die Versiegelung und die Lagerung hätten nicht besser sein können. Das Material wirkt wie neu. Aber ich gehe nicht davon aus, dass es sich um eine Fälschung handelt.«

»Schön zu hören, Umberto.«

»Ist was nicht in Ordnung?«

»Nein, nein. Ich bin nur noch etwas benommen. Schlaftrunken.«

»Hast du schon darauf angestoßen?«
»Angestoßen?«
»Ja? Und ein bisschen gefeiert? Das hast du dir verdient.«
»Nein, nein. Gar nicht.«
»Du klingst so merkwürdig.«
»Wie gesagt, ich habe geschlafen.«
»Hast du mit *dottore* Rossi gesprochen?«
Dr. theol. Salvatore Rossi war der Dekan der Fakultät.
»Nein? Wieso?«
»Er ist gekommen, kurz nachdem du gegangen bist.«
»Wegen der Handschrift?«
»Er wollte etwas mit dir bereden.«
»Aha?«
»Er hat gesagt, dass er dich anrufen will.«
»Weshalb?«
»Wegen der Handschrift, natürlich. Hat er sich noch nicht gemeldet?«
»Nein.«
»Dabei konnte er es eben gar nicht abwarten, dich anzurufen. Lieber jetzt als gleich.«
»Dann wird er sich wohl bald melden.«
»Kommst du morgen vorbei?«
»Vorbei?«
»Ja?«
»Ich weiß nicht … morgen … wenn ich es schaffe … Kann sein, dass ich verreisen muss …«
»Schon gut. Hat das was mit der Handschrift zu tun?«
»Nein, nein. Oder doch. Ja.«
»Na gut, ich will dich nicht weiter aufhalten, Giovanni, du hast sicher ein Menge zu tun.«
»Danke für deinen Anruf.«
»Komm vorbei, sobald du zurück bist.«
»Natürlich, als Erstes.«
»Wir sehen uns, Giovanni.«

Als er auflegte, starrte Luciana ihn mit großen Augen an. »Wusste er etwas?«

»Umberto?« Er versuchte, sich vorzustellen, wie sich das Gespräch in Lucianas Ohren angehört haben musste. »Er hat wegen der Handschrift angerufen.«

»Welcher Handschrift?«

»Die ich aus Ägypten geholt habe.«

»Mein Gott, Giovanni. Was machen wir, was sollen wir tun?«

Er brachte die Pfeife wieder zum Glühen. »Wir warten. Das werden wir tun.«

»Warten, worauf?«

»Dass sie sich melden, das habe ich doch schon gesagt.«

»Nicht in diesem Ton, bitte.«

»Entschuldige. Aber versuch doch zu verstehen.«

»Verstehen? Was?«

»Silvana ist für sie uninteressant, wenn sie kein Lösegeld bekommen. Sie werden sich melden.«

»O Gott, Giovanni, stell dir vor …« Sie brachte den Satz nicht zu Ende.

»Was meinst du?«

»Sie ist erst zehn Jahre. Zehn Jahre!«

»Ich glaube nicht, dass es um – so etwas geht.«

»Bist du sicher?«

»Sie wollen Geld.«

»Ja. Geld.«

»Sie müssen Kontakt aufnehmen. Außerdem hat er gesagt, dass wir von ihnen hören werden.«

»Wann?«

»Das weiß ich nicht – es tut mir leid, aber ich weiß wirklich nicht mehr, als ich dir erzählt habe. Wir melden uns, hat er gesagt.«

»Aber wie lange müssen wir warten?«

»Das weiß ich auch nicht.«

»Die können sich doch denken, dass wir hier sitzen und… *warten*!«

»Sie rufen sicher bald an.«

Er stand auf und ging ans Fenster. Der Verkehr kam nur ruckweise voran. Die Normalität des Alltags war befremdlich. Verletzend. Ein junges Paar spazierte Arm in Arm den Bürgersteig entlang und lachte über etwas. Wie konnten sie lachen? Ein Motorroller schlängelte sich zwischen den Autokolonnen hindurch. Fußgänger hasteten unter dem Fenster vorbei über die Straße. Autos bremsten und hupten. Alles war wie immer. Aber Silvana war weg, entführt. Der Kontrast zwischen dem Alltäglichen und der Tragödie, die sie getroffen hatte, machte ihn gereizt, rastlos, ängstlich. Bella kam angetrottet und kratzte ihn mit der Pfote am Hosenbein. Sein Blick folgte einem Polizeimotorrad, das sich einen Weg durch den Verkehr bahnte. Im Treppenhaus ging eine Tür. *Keiner von denen weiß, dass Silvana verschwunden ist.* Er legte die Pfeife auf das Fensterbrett.

»Möchtest du etwas trinken?«, fragte er.

»Trinken?«

»Ein Glas Wein, vielleicht?«

»Nein, danke.«

»Einen Drink?«

»Ich habe keinen Durst.«

»Für die Nerven, dachte ich.«

»Nein, danke.«

»Entschuldige, vielleicht ist es auch dumm.«

Sie sah zu ihm hoch.

»Kann es etwas mit der Handschrift zu tun haben?«

Dieser offensichtliche Gedanke hatte ihn nicht einmal gestreift.

»Giovanni?«

»Du meinst *Luzifers Evangelium*?«

»Ja. Hast du meine Frage nicht gehört?«

»Ich denke nach.«

»Und zu welchem Ergebnis kommst du?«

»So viel ist sie nicht wert. Natürlich könnte sie ein wenig Geld bringen, falls Luigi den richtigen Käufer findet, aber … Nein. Das wäre absurd. Ich habe noch nie gehört, dass jemand ein Kind entführt, um Lösegeld in Form einer Antiquität oder eines Kulturschatzes zu erpressen.«

»Aber die Möglichkeit besteht?«

»Natürlich besteht die Möglichkeit. Aber das ist doch völlig – absurd!«

»Warum?«

»Weil es unmöglich ist, so ein Kleinod auf dem Markt zu Geld zu machen.«

»Wo ist die Handschrift?«

»In der Universität.«

»In deinem Büro?«

»Bei Umberto. Darum hat er angerufen.«

»Du musst sie ihnen geben.«

»Die Handschrift?«

»Wenn es das ist, was sie wollen. Hörst du, was ich sage?«

»Natürlich! Glaubst du, ich bringe Silvanas Leben wegen eines alten Manuskripts in Gefahr?«

Der Vorwurf kränkte ihn.

»Tut mir leid, Giovanni. Natürlich nicht, das weiß ich doch. Ich habe es nicht so gemeint. Verzeih mir.«

Er trat zu ihr und zog sie an sich.

»Ich habe solche Angst«, flüsterte sie.

»Ich auch.«

*

Er ging in die Küche und schenkte sich ein Glas Wasser ein. Eine Kakerlake verschwand unter dem Spülschrank. Er aß ein paar Rosinen, ehe er das Glas ausspülte und zurück in den Küchenschrank stellte. Bella gähnte, als wollte sie einen Basketball verschlucken. Er ging ins Arbeitszimmer, um seine Gedanken zu ordnen. Ganz oben auf dem Stapel auf seinem Schreibtisch lag – wie eine unheilschwangere Zauberformel – eine seiner alten Dämonen-Listen. Er hatte vorgehabt, sie zu aktualisieren und die Dämonen den verschiedenen Religionen zuzuordnen. In dieser Liste hatte er, gestützt auf die *Clavicula Salomonis*, siebzig von ihnen in eine hierarchische Ordnung gebracht. Ohne das Hirn einzuschalten, glitt sein Blick über die Zeilen, die ihm vor ein paar Tagen noch so wichtig gewesen waren, ihm nun aber vollkommen bedeutungslos und akademisch absurd erschienen:

= DÄMONEN-VERZEICHNIS =
Basierend auf der Clavicula Salomonis mit Referenzen auf die Clavis Salomonis und die Pseudomonarchia Daemonum

Von Giovanni Nobile
Rom, Juni 1969

Laut Dämonenkatalog Clavicula Salomonis* aus dem siebzehnten Jahrhundert - der seinerseits auf dem noch älteren Werk Clavis Salomonis** zu basieren scheint - sind die Dämonen hierarchisch aufgeteilt in Könige, Prinzen, Herzöge, Grafen, Marquis, Präsidenten und einen Ritter (Furcas).

Das Werk Pseudomonarchia Daemonum (Die Hierarchie der Dämonen) wurde vor der Clavicula Salomonis herausgegeben und zum ersten Mal als Anhang in dem Werk De praestigiis daemonum*** (1577) des holländischen Okkultisten und Dämonologen Johann Weyer veröffentlicht.

* Das Werk ist auch unter dem Namen Lemegeton bekannt. Es ist (aller Voraussicht nach falsch) spekuliert worden, dass sowohl die Clavicula Salomonis als auch die Clavis Salomonis vom biblischen König Salomon verfasst wurden.

** Übersetzt bedeutet der Titel Salomons Schlüssel, während Clavicula Salomonis oft unter der Bezeichnung Salomons kleinerer Schlüssel rangiert.

*** Weyer verweist auf ein Quellendokument mit dem Namen Liber officiorum spirituum, seu Liber dictus Empto. Salomonis, de principibus et regibus daemoniorum.

Beide Bücher beinhalten autoritative Listen über bekannte Dämonen - achtundsechzig in der Pseudomonarchia Daemonum und zweiundsiebzig in der Clavicula Salomonis*, des Weiteren geben beide Bücher darüber Auskunft, wann und wie man die Dämonen heraufbeschwören kann. Diese Grimoire - Schwarzbücher - waren unter anderem vom muslimischen Mysthizismus und dem jüdischen Kabbalismus** beeinflusst. Die Dämonen gruppieren sich wie folgt (die Rangfolge der Hierarchie steht in Klammern):

KÖNIGE:

Berith (28)	Naberius (24)	Bael (1)
Astaroth (2)	Ronove (27)*	Paimon (9)
Focalor (41)	Forneus (39)	Beleth (13)
Vepar (42)	Marchosias (35)	Purson (20)
Uvall (47)	Asmodeus (32)	Crocell (49)
Phenex (37)	Vine (45)*	Alloces (52)
Sabnock (43)	Balam (51)	Murmur (54)*
Shax (44)	Belial (68)	Gremory (56)
Orias (59)	Zagan (61)*	Vapula (60)

* Die Dämonen Vassago, Seere, Dantalion und Andromalius sind ausgelassen worden.

** Einer der Übersetzer der modernen Versionen ist der britische Okkultist Aleister Crowley (1875-1947). Eines der einflussreichsten Werke für die Kabbala und die jüdische Mystik ist die Zohar, die in ihren theologischen, theosophischen, mythischen, mystischen und kosmogonischen Kommentaren zu den Büchern Mose Themen wie die Natur Gottes, das Wesen der Seele, die Herkunft der Universums, die Sünde, die Erlösung und die Theodizee thematisiert. In der jüdischen Tradition werden auch Werke wie Talmud (mit Gemara und Mischna), Halakhá, Haggada schel Pesach, Tosefta, Moré Nevukhim, Pirke Avot, Schulchan Aruch und Tanya genannt.

Andras (63)	Flauros (64)	Andrealphus (65)
Amdusias (67)	Dantalion (71)	Cimejes (66)
Decarabia (69)		

PRINZEN:

Vassago (3)	Sitri (12)	Gaap (33)*
Stolas (36)	Orobas (55)	Seere (70)

HERZÖGE:

Agares (2)	Valefar (6)	Barbatos (8)
Gusion (11)	Eligos (15)	Zepar (16)
Bathin (18)	Sallos (19)	Aim (23)
Bune (26)		

GRAFEN:

Botis (17)*	Morax (21)*	Ipos (22)*
Glasya-Labolas (25)*	Furfur (34)	Halphas (38)
Raum (40)	Bifrons (46)	Adromalius (72)

MARQUIS:

Samigina (4)	Amon (7)	Leraje (14)

PRÄSIDENTEN:

Marbas (5)	Buer (10)	Foras (31)
Malphas (39)	Haagenti (48)	Caim (53)
Ose (57)	Amy (58)	Volac (62)

RITTER:

Furcas (50)

* Vine rangiert auch als Herzog, Zagan, Gaap, Botis, Morax und Glasya-Labolas als Präsidenten, Murmur und Ronove als Grafen und Ipos als Prinz.

In einem plötzlichen Wutanfall knüllte er die Zettel zusammen und schleuderte sie an die Wand. Dann stand er so abrupt auf, dass ihm schwarz vor Augen wurde. Als er sich wieder gefangen hatte, ging er zurück zu Luciana ins Wohnzimmer. Er setzte sich. Ein paar Sekunden lang folgte er dem Gang des Sekundenzeigers über das Zifferblatt der alten Standuhr. Luciana atmete schwer. Die Geräusche der Straße hallten durch das Fenster zu ihnen herein. So verging die Zeit. Er fragte sich, wie es Silvana jetzt ging. Weinte sie? War sie gefesselt? Hatten sie sie bereits getötet und irgendwo an einer verlassenen Landstraße in einen Straßengraben geworfen? Lag sie blass und tot zwischen zerbrochenen Bierflaschen und leeren Farbeimern?

Luciana ging auf die Toilette. Sein Blick folgte einer Fliege, die unter der Decke hin und her schwirrte. Das Uhrwerk der alten Standuhr rasselte und klickte. Luciana zog auf der Toilette ab und kam wieder. Er zündete sich eine Pfeife an und vergaß sie dann, bis sie in seiner Hand erkaltet war.

»Wie ist es denn in L'Aquila gelaufen?«, fragte er.

Sie sah ihn verständnislos an.

»Du hattest doch Montag in L'Aquila zu tun?«

»Spielt das eine Rolle?«

»Ich versuche nur, etwas zu sagen, damit die Zeit vergeht.«

»Es ist alles wie geplant gelaufen.«

»Gut. Gut zu hören. Bist du mit Enrico gefahren?«

Wieder sah sie ihn an. Etwas in ihrem Blick …

»Ja. Das hatte ich dir doch gesagt.«

»Ein netter Mann.«

»Ja.«

»Attraktiv.«

»Ja.«

»Magst du ihn?«

»Er ist mein Chef.«

»Ja, aber magst du ihn?«

»Natürlich mag ich ihn.«
»Verstehe.«
»Was verstehst du, Giovanni?«
»Nichts, das war nur so dahergesagt.«
Pause.
»Können wir nicht über Silvana reden?«, bat sie.
»Natürlich.«
Sie sahen einander an und schwiegen.

*

Beten war nicht sein Ding. Als Kind hatte er noch jeden Abend gebetet. Er wusste nicht, wann oder warum er damit aufgehört hatte. Vielleicht weil es ihm so sinnlos erschienen war. Wie sollte Gott – Gott persönlich – es schaffen, alle Gebete anzuhören? Und warum sollte er sich darum kümmern? Hatte er den Menschen nicht einen freien Willen gegeben? Warum sollte Gott in das Elend des Daseins eingreifen, nur weil einige seiner jämmerlichen Geschöpfe die Hände falteten und ihn um Hilfe anflehten?

Gebete, dachte Giovanni, sind die Notrufe der Verzweifelten.

Und jetzt, dachte er, jetzt brauche ich Gott.

Er sah zu Luciana hinüber. Einen Moment lang überlegte er, ob er sie bitten sollte, mit ihm zu beten. Für Silvana. Aber der Gedanke erstarb gleich wieder. Luciana war nicht sonderlich religiös. Als sie sich kennengelernt hatten, war sie noch jeden Sonntag in die Kirche gegangen. Aber mit den Jahren war ihr der Glaube abhandengekommen. Auf jeden Fall die Glut. Wenn er sie jetzt bitten würde, mit ihm zu beten, würde sie ihn nur verständnislos anschauen. Dessen war er sich sicher. Sie wirkte so stark, obwohl sie geweint hatte. Als hätte sie all die Kraft in sich versammelt, die ihm fehlte. Ich will nicht, dass sie mich beten sieht, dachte er. Sie würde das für ein Zeichen von Schwäche halten. Von Erbärmlichkeit. Schließlich betete er sonst auch nicht, sondern wandte sich erst jetzt, in der Stunde der größten Verzweiflung, an Gott, um bei ihm Hilfe zu suchen. Wie pathetisch! Nein. Er wollte Luciana nicht einbeziehen. Er hatte genug mit seinem schlechten Gewissen zu kämpfen. Er wollte nicht, dass sie ihn sah, wenn er betete. Er ging auf die Toilette und schloss die Tür hinter sich. Dann lehnte er sich mit dem Rücken an die Wand und sah sich selbst in dem ovalen Spiegel. Sein Gesicht war gelblich grau. Es erstaunte ihn, dass ihm plötzlich die Worte eines Gebetes einfielen, das seine Mutter ihn als Kind gelehrt hatte. *Gott Vater, Sohn und Heil'ger Geist, hilf, dass mein Glaub dich preise* ... Ein Schluchzer entrang sich seiner Kehle. Er drehte den Wasserhahn an, damit Luciana sein Weinen nicht hörte.

... mein Fleisch dem Geist Gehorsam leiste, des Glaubens Frucht beweise ... Er taumelte zur Toilette, fiel auf die Knie, klappte den Deckel herunter und legte die Ellenbogen darauf. Dann faltete er die Hände. *Gott Vater, Sohn und Heil'ger Geist ... lieber, lieber Gott ... Ich weiß, ich habe nicht das Recht, dich um Hilfe zu bitten ... Ich bin deiner Gnade nicht wert ... aber erhöre mich, lieber Gott, Silvana zuliebe, lieber, lieber Gott, nicht für mich, sondern für Silvana ... Sie ist doch noch ein Kind, ein unschuldiges Kind ... Strafe nicht sie für meine Eitelkeit und meinen Stolz ... Lasse meine Schwäche nicht auf Silvana abfärben ... Lieber Gott, zeig Gnade für unsere kleine Silvana ...*

»Giovanni?«

Luciana stand in der Tür.

Er riss die verflochtenen Finger auseinander, als hätte sie ihn auf frischer Tat bei etwas Obszönem erwischt, blieb aber knien.

»Giovanni?«

Sie sah ihn entsetzt an.

»Ich ... ich ...«

»Was ... was machst du da?«

Er erkannte ihre Stimme nicht wieder.

»Mir ... mir ist plötzlich übel geworden.«

Irgendwo im Haus ging eine Toilettenspülung. Es rauschte in den Rohren.

»Ich musste … mich übergeben.«

»Betest du?«

Wasser lief durch die Rohre.

»Luciana, ich … ich …«

Er kam nicht weiter.

»Betest du, Giovanni?«

»Ja.«

»Zu Gott?«

Er sah sie an. *Zu Gott?* Was für eine Frage. Zu wem denn sonst? Mein Gott, was für eine dumme Frage. *Verdammt, Luciana, was glaubst du denn, zu wem ich bete? Denkst du etwa, ich bete meine kleinen Teufelswesen an, um Silvana zu helfen? Dass ich die Heerschar von Geistern und Dämonen zu uns rufe?* Er sagte nichts.

»Betest du zu Gott?«

Pause.

»Ja.«

Sie begann zu weinen.

Er rappelte sich auf und umarmte sie.

»Ich weiß nicht, was ich sagen soll, Luciana. Was ich tun soll!«

»Wir werden Silvana nie zurückbekommen, oder?«

»Natürlich bekommen wir sie zurück!«

»Deshalb betest du zu Gott. Du weißt, dass sie nie wieder nach Hause zurückkehren wird!«

Er wusste nicht, was er antworten sollte.

*

Als Giovanni in die Küche ging, um sich einen Kaffee zu kochen, saß Luciana am Küchentisch. Sie hielt einen großen Keramikbecher mit Tee in der Hand, trank aber nicht. Sie erwiderte weder seinen Blick, noch sagte sie etwas. Eine Fliege flog immer wieder gegen das Küchenfenster. Sie stand auf und ging mit ihrem Becher ins Wohnzimmer. Als der Kaffee fertig war, goss er sich eine Tasse ein und setzte sich auf den Platz, auf dem Luciana gesessen hatte. Die Sitzfläche war noch warm. Er tauchte einen Zuckerwürfel in den Kaffee und saugte ihn zwischen den Lippen aus. War es richtig, nicht die Polizei einzuschalten? Er dachte daran, wie befreiend es wäre, alles in die professionellen Hände von Menschen zu legen, die sich mit Entführungen auskannten. Die wussten, was man sagen durfte und was nicht. Welche Worte man Geiselnehmern gegenüber vermeiden musste und die erkannten, ob es sich um leere Drohungen handelte, mit denen die Täter nur Angst schürten, oder um todernste Botschaften. Er durfte nicht davon ausgehen, dass alles nur ein Bluff war, dafür war das Risiko viel zu groß. Es ging um Silvanas Leben! Hätten sie doch nur Geld gefordert! Dann wäre er jetzt ruhiger. Zu so einer Forderung konnte man sich irgendwie verhalten. Das war etwas Handfestes. Normale Verbrecher gingen immer den Weg des geringsten Widerstandes. Aber Silvanas Entführer schienen keine normalen Verbrecher zu sein. Sie wollten kein Geld. Sie hatten bislang gar keine Forderungen gestellt. Warum nicht? Worauf hatten sie es abgesehen? Konnte es tatsächlich um das Manuskript gehen? War es möglich, dass dieses alte Dokument so wertvoll war? Wohl kaum. Oder ging es nicht um das Manuskript selbst, sondern um seinen Inhalt? War es eine Art Schatzkarte? Ein Wegweiser zu einer religiösen Reliquie? Zum Leichnam Jesu oder dem Kreuz? Zum Heiligen Gral? Aber dafür war das Manuskript doch zu alt. *Die Bundeslade? Sei kein Idiot, Giovanni!*

Aber selbst wenn das Manuskript die Lage der Schatzkammer des Königs von Babylon beschrieben hätte, war wenig wahrscheinlich, dass der Text die Grabräuber auf direktem Weg mehrere tausend Jahre in die Vergangenheit führte. Mehrere tausend Jahre! Die Tatsache, dass Giovanni nicht verstand, auf was die Entführer es abgesehen hatten, machte sie in seinen

Augen noch gefährlicher, noch unberechenbarer. Ginge es um Geld, hätten sie Silvana nicht entführt. Ging es aber tatsächlich um *Luzifers Evangelium* – ein praktisch unleserliches Dokument aus der Frühzeit –, was zum Henker wollten sie dann damit? Nicht einmal auf dem illegalen Sammlermarkt konnte der Wert so hoch sein, dass jemand dafür ein unschuldiges, zehnjähriges Mädchen entführte. Giovanni konnte keinen Zusammenhang erkennen. Trotz allem. Der Kaffee war so stark, dass er ihm im Hals brannte. Er musste aufstoßen. Es war bald sieben Uhr. Giovanni kippte den Rest des Kaffees ins Spülbecken und wusch seine Tasse mit warmem Wasser aus. Dann trat er ans Küchenfenster und öffnete es. Die Fliege verschwand. Der Sommer ist da, dachte er. Beugte er sich weit genug nach links und streckte den Kopf etwas aus dem Fenster, konnte er ein kleines Stückchen des Petersdoms sehen. Der Makler hatte darauf besonderes Gewicht gelegt, als sie den Kauf der Wohnung erwogen hatten. Giovanni hatte nie überprüft, ob es stimmte. Es war ihm auch egal. Manchmal, dachte er, ist es besser im Glauben zu leben, als mit der Wahrheit konfrontiert zu werden.

XVIII: Die Verfolger

Rom
10. Juni 2009

I

Ein Auto – ein Allradfahrzeug mit getönten Scheiben – wartete am Tor an der Piazza di Santa Marta auf uns. Aldo Lombardi schob uns eilig auf den Rücksitz und ließ sich dann vorn neben den Fahrer fallen. »Schnell, schnell!«, rief er. Der Fahrer ließ den Motor aufheulen und setzte auf die Straße zurück, wo er hastig bremste, in den ersten Gang schaltete und auf der Via Aurelia beschleunigte. Ich wollte Aldo Lombardi fragen, was eigentlich los war, aber er presste die Hand auf sein Hörgerät und bat mich, leise zu sein. »Später, später«, sagte er immer wieder. Wir fuhren gleich über mehrere rote Ampeln durch Trastevere, bevor wir den Tiber parallel zur Bahnlinie überquerten und dann durch ein Netz enger Altstadtstraßen rasten.

»Werden wir verfolgt?«, rief ich. Weder Aldo noch der Fahrer antworteten. Meine Hände zitterten so stark, dass ich mich an der Kopfstütze vor mir festklammern musste. Monique starrte blass aus dem Fenster; sie hatte sich in sich selbst zurückgezogen, die Tür verriegelt und eine Kommode unter die Klinke geschoben. Ich wagte nicht, auf den Tacho zu schauen. Wir donnerten über die Piazzale Ostiense, fuhren weiter über die Viale Aventino, passierten den Circus Maximus und kamen an der Rückseite des Kolosseums raus. Erst auf der Via dei Fori Imperiale ging der Fahrer etwas vom Gas.

Schließlich atmete ich tief durch. »Professor Lombardi? Was geht hier vor?«, fragte ich.

Er drehte sich um und sah mir in die Augen. »*Sie* sind es.«

»Woher sollen die wissen, wo ich mich befinde?«

»Sie wissen es.«

»Woher?«

»Später, Bjørn, später.«

Auf der Piazza Venezia kamen uns zwei Polizeimotorräder entgegen. Ich dachte, dass sie etwas spät kamen, um unsere halsbrecherische Jagd durch den Stadtverkehr zu beenden, aber sie signalisierten uns, dass sie uns auf unserem weiteren Weg eskortieren wollten.

»Woher wussten Sie, dass uns jemand in den Vatikan gefolgt ist?«, fragte ich.

»Sie sind wiedererkannt worden, jedenfalls einige von ihnen.«

»Von wem?«

»Später, Bjørn.«

»Dann wissen Sie, wer das ist?«

»Nur zur Hälfte.«

»Und woher kam dieses Auto?«

»Das stand bereit.«

»Ich dachte, wir wären einfach Ihrer Eingebung gefolgt und in den Vatikangarten hinuntergegangen. Und Sie hatten da *ganz zufällig* einen Wagen stehen?«

»Wir haben befürchtet, dass so etwas geschehen könnte.«

»Wir? Wer wir?«

Er nahm das Hörgerät aus dem Ohr. Dann fischte er ein Minimikrofon mit Sender aus der Brusttasche. »Wir wollten kein Risiko eingehen.«

»Mit wem kommunizieren Sie überhaupt?«

»Später, Bjørn, über all das müssen wir später noch reden.«

Die zwei Polizeimotorräder zogen uns hinter sich her durch den dichten Stadtverkehr.

2

Wer sich der Liebe aussetzt, sagen die Brasilianer, setzt sich dem Leiden aus. Ich muss tief in meinem Herzen Brasilianer sein.

Ich habe in meinem Leben ein paar Frauen geliebt. Nicht alle haben meine Liebe erwidert. Während meines Archäologiestudiums war ich schrecklich verliebt in meine Professorin, Grethe. Sie war eine von Papas Kolleginnen. Sollte sie jemals auch nur einen Anflug von Hingabe für mich empfunden haben, hat sie das gut verborgen. Ich war bei ihr, als sie starb. Viele Jahre später.

Ich habe mich schon oft gefragt, ob es Grethe war, die diese gestörte Neigung zu reiferen Frauen ausgelöst hat. Oder hat sie nur in eine bereits schwelende Glut geblasen? Mariann. Nina. Karine. Vibeke. Charlotte. Diane. Beatriz. Hinter jedem dieser Namen verbirgt sich ein Gesicht, ein Duft, ein wenig Zärtlichkeit. Monique …

Diane war viel jünger als ich. Die Ausnahme. Ich habe sie in London kennengelernt. Wir waren ein paar Wochen zusammen. Das ist jetzt bald zehn Jahre her. Aber noch immer bin ich nicht über sie hinweggekommen.

3

Später – wir waren in der Wohnung, die Aldo Lombardi uns zur Verfügung gestellt hatte – versammelten wir uns in dem großen Wohnzimmer am Esstisch. Monique setzte Kaffeewasser auf, während ich die Tassen und Teller holte. Aldo Lombardi führte ein endloses Telefonat, hielt dabei aber die Hand vor den Mund, so dass ich nicht hören konnte, was gesprochen wurde. Außerdem spreche ich kein Italienisch.

Ich trank Kaffee und versuchte, meine Nerven zu beruhigen. Monique hatte ihr Strickzeug herausgeholt. Auf dem Geländer des französischen Balkons gurrte eine Taube. Ich trat an das geöffnete Fenster, und die Taube flatterte davon. Unten auf der Straße standen das Allradfahrzeug und zwei weitere Autos, sie hatten halb auf dem Bürgersteig geparkt. Durch die Spiegelungen auf der Scheibe erkannte ich die Gesichter. Aldo Lombardi kam zu mir und blickte über die Dächer der Stadt. Zwischen seinen Händen hielt er eine Tasse Kaffee, als fröre er.

»Was sind das für Leute?«, fragte ich und nickte in Richtung der geparkten Wagen.

»Haben Sie keine Angst, die sind auf unserer Seite.«

»Aber *wer* sind sie?«

»Sie passen auf uns auf.«

Professor Aldo Lombardi nahm die Tasse mit zurück zum Esstisch, an dem Monique sich einen Kräutertee aufbrühte. Ich blieb, den Rücken der Stadt zugewandt, stehen und lehnte mich ans Geländer. Hinter mir, auf dem offenen Platz unten auf der Straße, flog eine Schar Tauben auf. Monique trank Tee, ohne einen von uns eines Blickes zu würdigen. Das Sinnlose, Unverständliche der ganzen Situation lähmte mich. Die Menschen, die Christian Keiser, Taras Koroljov, Marie-Élise Monnier und Gott weiß wen noch ermordet hatten, hatten es allem Anschein nach geschafft, mich hier in Rom aufzuspüren. Und Aldo Lombardi hatte ebenso offensichtlich Verbindung zu einer Gruppe von Sicherheitsleuten, die mich überwachten und auf mich aufpassten. Beides kam mir mehr als absurd vor. Professor Lombardi war ein Theologieprofessor, ein friedliebender Erforscher der Worte und Gedanken.

Oder war das alles nur in Szene gesetzt worden, um mich zu täuschen? Stand Aldo Lombardi hinter einem gut inszenierten Schauspiel, dessen einziges Ziel es war, mich zu überzeugen, er stünde auf unserer Seite?

»Warum ist denen so viel daran gelegen, sich *Luzifers Evan-*

gelium unter den Nagel zu reißen?«, fragte ich. »Sie haben etwas von Prophezeiungen gesagt … einer Sekte …«

»Ich schlage vor, dass wir darauf später eingehen. Sie sind aufgewühlt und verunsichert. Das verstehe ich gut. Aber alles, was hier momentan geschieht, lässt sich erklären.« Er trank einen Schluck Kaffee und stellte die Tasse auf den Tisch. »Jetzt beruhigen wir uns erst einmal, auf dass Sie all das, was wir besprochen haben und auch die heutigen Geschehnisse verdauen können. Vielleicht hilft Ihnen ein kleines Nickerchen, wenn Sie bei dieser Hitze schlafen können? Danach werde ich Ihnen, soweit es in meiner Macht steht, die Hintergründe der Ereignisse der letzten Wochen und auch des heutigen Tages erläutern.«

4

Bevor ich mich hinlegte, rief ich Thrainn in Island an. Er erzählte mir, das Manuskript sei bis auf Weiteres auf Eis gelegt worden, weil in der Nähe von Skálholt eine bisher unbekannte Version der Njåls Saga gefunden worden war, die alle Ressourcen des Instituts in Anspruch nahm.

Danach telefonierte ich mit Kommissar Henrichsen in Oslo. Zum ersten Mal klang der Polizist optimistisch. Mit einem Computerprogramm des Sicherheitsdienstes waren die Hotelregister der Region Oslo und die Passagierlisten der Fluggesellschaften abgeglichen worden – und es war ihnen gelungen, dabei zehn Männer zu identifizieren, die mit drei unterschiedlichen Fluggesellschaften am Mittwoch den 20. Mai nach Oslo gekommen waren. Diese Männer hatten in fünf verschiedenen Hotels übernachtet und Norwegen am Sonntag den 7. Juni und Montag den 8. Juni wieder verlassen – zwei mit SAS nach Kopenhagen, vier mit British Airways nach London und weitere vier mit der Lufthansa nach München. Abgesehen von ihrem

Reisemuster war diesen Männern gemein, dass sie mit falschen Identitäten eingereist waren und sich ihre Spur nach der Ankunft an ihren jeweiligen Bestimmungsorten verlor. »Damit haben wir auf jeden Fall etwas, womit wir arbeiten können«, sagte Henrichsen. *Womit wir arbeiten können* war sein Mantra geworden, eine Illusion des Fortschritts. Er wollte einfach nicht erkennen, dass jeder kleine Schritt nach vorn ihn nur noch tiefer in die Verwirrung beförderte.

Als ich langsam eindämmerte, träumte ich wieder von der fremdartigen Landschaft und der großen Sonne. Der Traum dauerte nur wenige Sekunden. Aber die seltsame Atmosphäre vibrierte in meinem Körper nach, als Monique mich eine Stunde später vorsichtig weckte.

XIX: Satans Sohn

I

Die Abendsonne versank hinter den Silhouetten der römischen Dächer und Kirchenkuppeln, als Aldo Lombardi, Monique und ich uns wieder um den runden Esstisch im Wohnzimmer versammelten. Monique hatte Kreuzworträtsel gelöst, in einer Zeitschrift, die sie von zu Hause mitgebracht hatte. Die Ereignisse des Tages waren so unwirklich wie ein Traum oder etwas, das man in einem Film gesehen hatte. Eine Taube – wahrscheinlich dieselbe wie vorhin – trippelte über das Geländer des französischen Balkons. Der Professor war unterwegs gewesen, um Kaffee zu besorgen. Monique zog ihren Kräutertee vor.

Nachdem Aldo Lombardi sich ein paarmal geräuspert hatte, begann er zu erzählen.

»Für einen Nichtgläubigen wie Sie, Bjørn, müssen die religiösen Dimensionen des Daseins sinnlos erscheinen. Das kann ich verstehen. Aber der Glaube an Gott – und an Satan – basiert auf der Überzeugung von Millionen von Menschen und das über Tausende von Jahren. Propheten, Priester und Philosophen haben nach einem Gottesverständnis gesucht, das wir Christen – und was das betrifft, auch die Juden und Muslime – heute als Fundament unseres Glaubens betrachten.«

»So wie die Wikinger Odin und die Griechen Zeus verstanden haben.«

»Glaube ist die Anerkennung von Gottes Existenz. Die Religionen setzen das Ganze in ein System. Glaube ist eine innere Flamme, eine Überzeugung. Um das, was ich Ihnen jetzt erzählen werde, zu verstehen, müssen Sie versuchen, sich in den Gemütszustand eines glaubenden Menschen zu versetzen. Tun Sie so, wenigstens für eine kurze Zeitspanne, als glaubten Sie, dass Gott existiert und der allmächtige Herrscher des Universums ist. Versuchen Sie, sich vorzustellen, dass Gott sich mit guten Helfern umgibt, mit Engeln, und dass einer dieser Engel sich gegen seinen Herren aufgelehnt hat und die Dunkelheit der Seligkeit vorzieht.«

Ich blies in meinen Kaffee, der immer noch so heiß war, dass man sich die Lippen daran verbrannte. Monique hatte sich zurückgelehnt, sie hörte strickend zu und warf dabei nicht einen Blick auf die zwei eifrig klappernden Nadeln.

»Vor zweitausend Jahren geschah das Wunder, dass Gottes Sohn auf die Welt kam«, verkündete Aldo Lombardi. »Sie wissen beide, welche Bedeutung Jesus Christus hatte. Die Worte und Taten, die er im Laufe seiner begrenzten Zeit auf dieser Erde mit uns teilte, leben weiter in uns und mit uns. Er gab uns eine neue Weltordnung, eine neue Religion, eine neue Möglichkeit, die alten Religionen zu verstehen.«

Aldo Lombardi klang wie ein Missionar, der einen Zweifler auf den rechten Weg bringen wollte.

»Die Bibel handelt von Gott und dem Weg des Lichts. Satan und seine Dämonen sind Statisten in der Schrift des Lichts und der Barmherzigkeit. Sie sind ein Maßstab für das Böse und für Gottes Barmherzigkeit. Aber dass Satan und den gefallenen Engeln kein zentraler Platz in der Bibel eingeräumt wird, bedeutet nicht, dass es nicht andere Propheten gibt, die Satans Geschichte und Botschaft niedergeschrieben haben. Mit der gleichen Gewissenhaftigkeit wie die Verfasser und Propheten der Bibel hat eine Legion von Boten der Finsternis die Geschichte des Bösen niedergeschrieben, Satans Botschaft, die Verherrlichung der Finsternis. Diese Schriftrollen wurden wohlweislich versteckt, weil die Priester die ketzerischen Texte zerstört hätten, wenn sie sie in die Finger bekommen hätten. So wie es in frühesten Zeiten verschiedene Versionen und Exemplare der Bibel gab – mehr oder weniger präzise Abschriften früherer Texte oder mündlicher Überlieferungen –, lagen auch zahlreiche Versionen satanischer Texte vor. Aber eine nach der anderen wurde aufgespürt und vernichtet. Als die Kirchenväter die Schriften der Bibel in einem autoritativen Kanon zusammenfassten, existierte nur noch ein einziges Exemplar jenes Textes, der heute unter dem Namen *Luzifers Evangelium* bekannt ist.«

Ich schaute zu Monique, die ihre Stellung wechselte, ohne meinen Blick zu erwidern.

»Aber wieso sollte ausgerechnet ein Text wie *Luzifers Evangelium* in unserer heutigen Zeit ernst genommen werden?«, fragte ich. »Was ist so gefährlich daran?«

»Manch einer mag sagen, eine satanische Bibel ist per se gefährlich, weil sie radikalen und verlorenen Seelen einen Fokus oder eine Richtung gibt, eine eindeutige, den Egoismus verherrlichende Botschaft, den sie über die Nächstenliebe stellt, das Böse über das Gute, die Finsternis über das Licht. Was wären das Judentum und das Christentum ohne die Bibel? Oder der Islam ohne den Koran?«

»Ich ahne ein *Aber*?«

»Wir wissen über *Luzifers Evangelium* nur, dass der Kodex aus unterschiedlichen Elementen besteht; Textpassagen, Allegorien und Fabeln, Lobgesänge, Weissagungen und Offenbarungen. Darüber hinaus enthält er magische und für uns unverständliche Symbole, in denen sich aber möglicherweise die Antworten auf viele Fragen des Lebens und des Mysteriums des Todes verbergen. Es wurde sogar ein Kalender in die Symbole hineininterpretiert. Sagt Ihnen der Mythos um die Jahreszahl 2012 etwas?«

Wie ein Schulmädchen streckte Monique die Hand in die Luft und schrieb etwas auf ihren Block. »Das Ende der Welt.«

»Auf Texten und alten Weissagungen basierend – von biblischen Prophezeiungen bis zu Überlieferungen aus der Maya-Kultur – wird in diesem Jahr etwas Epochales geschehen. Aber was? Die einen nennen es Armageddon, andere Weltuntergang oder Auferstehung Jesu.«

»Eine neue Erkenntnis«, schrieb Monique.

»Nach dem legendarischen Maya-Kalender wird in diesem Jahr ein neuer Zyklus eingeleitet, eine größere Abwandlung der Weltordnung. Manche sagen voraus, dass die magnetischen Pole ihre Plätze tauschen, andere, dass die Erdkugel sich in die entgegengesetzte Richtung drehen wird. Oder dass der Planet Nibiru, der dreitausendsechshunderteinundsechzig Jahre für die Umrundung der Sonne braucht, scharf an der Erde vorbeischrappt. Vielleicht öffnet sich auch eine Passage zwischen parallelen Dimensionen. Kurz und gut, das Jahr 2012 ist ein magisches Jahr, und Fantasten der unterschiedlichsten Sorte wetteifern darum, die abgedrehtesten Theorien und fantasievollsten Prophezeiungen in Umlauf zu bringen.«

»Und *Luzifers Evangelium* beinhaltet eine weitere Theorie?«

»In einer Schrift des Kirchenhistorikers Sozomenos aus dem fünften Jahrhundert wird aus einer dreihundert Jahre alten Abschrift des Kodexes zitiert. In einer Passage wird auf ein Ereignis hingewiesen, das sich in 1 647 000 Tagen zutragen soll. Also in unserer Gegenwart.«

»Und was soll passieren – in unserer Zeit?«

»Im Neuen Testament finden wir eine ähnliche – wenn auch allegorischere – Darstellung, in der Offenbarung des Johannes:

*Wer Verstand hat, der deute die Zahl des Tieres! Denn es ist die Zahl eines Menschen, und seine Zahl ist 666.**

666 ist eine mystische Zahl. Mit der Zeit hat sich eine regelrechte Pseudowissenschaft um die Interpretation dieser Zahl

* Offenbarung des Johannes, Kap. 13, Vers 18

entwickelt. Lesen Sie, was unser Freund Giovanni Nobile in einem seiner Texte geschrieben hat.«

Er reichte mir ein maschinengeschriebenes Blatt in einer Klarsichthülle.

Viele glauben, die Zahl des Tieres in Johannes' Offenbarung - 666 - sei ein Zahlencode für den verhassten Kaiser Nero. Die Symbolik um die 666 gründet sich vermutlich auf eine Missdeutung der babylonischen Keilschrift. Die Babylonier schrieben zur Verschlüsselung des Namens ihres Gottes Marduk die heilige Zahl 3661:

Die Juden im babylonischen Exil haben die Zahl falsch gelesen. Als ihnen bewusst wurde, dass die drei Keile für den Gott der Babylonier standen, den Feind der Juden, übersetzten sie die Zeichen in die Zahl 666. Sie wussten nichts über babylonische Mathematik und vermischten die Zahlen mit ihren eigenen hebräischen Zeichen. Anstelle der 3661 lasen die Juden eine 666. Aber die Keilschriftzeichen bedeuteten nicht 666. Die mesopotamische Mathematik wurde im Sexagesimalsystem dargestellt (einem Stellenwertsystem zur Basis 60), und da Gleitkommazahlen durch Kommata getrennt markiert wurden, musste 1, 1, 1 als 3661 gelesen werden. Der erste Keil des Positionssystems stand für die Zahl 3600, der zweite Keil für 60, der dritte für 1. So wurde der heimliche Zahlencode für den babylonischen Gott Mar-

```
duk, 3661, in die Zahl des Tieres in der
Offenbarung uminterpretiert: 666. Und so hat
die avancierte babylonische Mathematik die
jüdische und christliche Mythologie beein-
flusst.
```

»Wenn ich auch die Mathematik nicht ganz verstehe, so doch zumindest das Prinzip.« Ich gab dem Professor das Blatt zurück.

»In den alten Schriften steht, dass *der Fürst mit einer Menschenhure einen Sohn zeugen wird, und dieser Prinz wird ein mächtiger Herrscher über alle Länder und Reiche der Welt werden.*«

»Satan soll einen Sohn mit einer Frau zeugen? Einer Hure? *Luzifers Evangelium* enthält die Prophezeiung, dass Satan – im Jahr 2012 – eine Prostituierte schwängert, die seinen Sohn gebiert, damit er die Herrschaft über die Welt übernimmt?«

»So steht es geschrieben. Eine Verspottung der unbefleckten Empfängnis Marias. Gehen wir einmal davon aus, dass der Text zweitausendfünfhundert Jahre vor Christus geschrieben wurde. Ich sage nicht, dass die Prophezeiung richtig ist, ich zitiere nur daraus. Bis 2012 sind es keine drei Jahre mehr. Wir können nicht ausschließen, dass diejenigen, die kaltblütig morden, um die Handschrift in die Hände zu bekommen, ein religiöses Motiv haben. Sie brauchen den Text, um die Prophezeiung zu erfüllen.«

Ich sah zu Monique, wollte wissen, wie sie reagierte. Ihre ganze Konzentration war auf ihr Strickzeug gerichtet.

»Millionen von Menschen sind überzeugt, dass Jesus Christus wiederauferstehen wird, um die Lebenden und die Toten zu richten«, sagte ich. »Warum sollte es da weniger wahrscheinlich sein, dass auch Satans Sohn, der Antichrist, zurückkehren wird?«

»Wo haben Sie die Handschrift, Bjørn?«

Die Frage war verzeihlich und nachvollziehbar. Als Theologe und Forscher wollte Aldo Lombardi natürlich diese alte und sensationelle Handschrift untersuchen. Dennoch löste die Summe aller Dinge – sein Eifer, mich nach Rom zu locken, die Security-Leute, die überall bereitstanden, all die Erklärungen und Behauptungen – ein gewisses Misstrauen gegenüber seinen Motiven aus.

»Die Handschrift ist in Sicherheit.«

»Sie müssen die Handschrift unbedingt jemandem anvertrauen, der sie konservieren und deuten kann. Aber das wissen Sie natürlich selbst am besten. Ich kann verstehen, dass Sie das Manuskript wie Ihren Augapfel hüten und nicht jedem x-Beliebigen überlassen wollen.«

Er versuchte erfolglos, seinen verbissenen Eifer zu unterdrücken. Draußen, irgendwo in dem Wald aus Kirchturmspitzen, Türmen und Kapellen, hörte ich, seltsamerweise, eine Kirchenglocke, die nur einen Schlag tat. Ich spürte das Flirren Roms, den ungeduldigen Verkehr, die begeisterten Touristen, das werbende Gurren der Tauben, die Gebete der Priester, Mönche und Nonnen und die Liebesseufzer hinter heruntergelassenen Jalousien.

»Könnten Sie«, sagte er geduldig, »mir die Gunst erweisen, wenigstens in Erwägung zu ziehen, dass ich möglicherweise recht habe? Und falls Sie zu dem Schluss kommen sollten, dass ich kein religiöser Fanatiker bin und Satans Sohn tatsächlich 2012 in die Welt zurückkehrt, um all das Gute zu vernichten, das Jesus auf unserer Erde gesät hat, wäre es da nicht in aller Interesse, ja selbst im Interesse der Atheisten, ihn aufzuhalten und dieses Teufelswerk zu verhindern?«

Er versuchte, mich in sein rhetorisches Spinnennetz einzuwickeln, weshalb ich ihm nicht antwortete. Aber ich begegnete seinem Blick und hielt ihm stand.

»Erinnern Sie sich, als wir von dem verloren gegangenen Bartholomäus-Evangelium gesprochen haben?«, fragte er. »Bartholomäus war einer der zwölf Jünger Jesu und benennt zehn Dämonen: Chalkatura, Charut, Duth, Graphathas, Hoethra, Melioth, Mermeoth, Nephonos und Onomatath. Aber der zehnte – Salpsan – ist der spannendste. Er ist der Einzige, der in der neutestamentarischen apokryphen Schrift – *Bartholomäus' Fragen* – namentlich als Satans Sohn erwähnt wird.« Er schob ein Papier über den Tisch.

> *Und ich [Satan] weckte meinen Sohn Salpsan und fragte ihn um Rat, wie ich den Mann betrügen konnte, der geschehen ließ, dass ich aus dem Himmel verstoßen wurde.**

»Bjørn«, sagte Aldo Lombardi. »Es liegt in Ihrer Macht, zu verhindern, dass Satans Sohn zurückkommt.«

Wie alle Verrückten mit einer Vision von ungeahnten Dimensionen war Aldo Lombardi so von der Prophezeiung in der Handschrift besessen, dass er in keiner Weise den Wahnsinn in seiner verzerrten Sicht einsah.

»Ich bin nur ein unbedeutendes Instrument im Kampf für Jesus Christus«, sagte er. »Aber ich stehe für etwas Größeres, an der Seite all jener, die mit allen Mitteln den Antichrist aufhalten wollen. Wir sind eine Gruppe von Geistlichen, Gläubigen, Mönchen, Theologen. *Gute Menschen, Bjørn, gute Menschen!*, die sich zum Ziel gesetzt haben, Satans Absichten zu vereiteln. Um Satan aufzuhalten – um seine Helfer aus Fleisch und Blut daran zu hindern, die Hure zu finden, von der er abhängig ist, um sein Projekt zu vollenden und seinen Sohn zu zeugen –, müssen wir seine Pläne kennen. Und dafür müssen wir die Prophezeiungen kennen. In ihrer Gesamtheit.«

Zwischen den Zeilen schwangen unausgesprochene Hallelujas mit.

* Aus *Bartholomäus' Fragen*. Auszüge aus den verloren gegangenen Texten liegen in Griechisch und Latein vor und geben Gespräche zwischen Jesus und den Aposteln wieder.

»Wir müssen diese Handschrift haben, Bjørn. So wie das Alte Testament die Ankunft Christi vorhergesagt hat, zeigt uns *Luzifers Evangelium* den Weg zu Satans Sohn. Nur wenn wir jedes Detail der Prophezeiung kennen, können wir ihre Erfüllung verhindern. Satans Jünger brauchen die Handschrift, um den Willen des Fürsten der Finsternis auszuführen. So wie unser Herr die Jungfrau Maria brauchte, ist Satan abhängig von wohlgesinnten Helfern auf der Erde. Wir kämpfen für etwas, an das wir glauben. Ich bin sicher, dass Sie, mehr als jeder andere, Verständnis dafür haben. Wir warten seit vielen Jahren, dass *Luzifers Evangelium* endlich wiederauftaucht. Wir haben ein systematisches Kontaktnetz zu Dekanen und Professoren in den Fakultäten führender Universitäten geknüpft, zu Forschungsinstituten und Museen auf der ganzen Welt. Und so erfuhren wir, nach und nach, von dem Fund des Konservators Taras Koroljov. Paradoxerweise nicht vom Pechersk-Lavra-Museum, sondern über einen Kontakt an der Universität in Oslo.«

Er sah mich an.

»Da habe ich angefangen, Sie anzurufen.«

2

Ich saß da wie gelähmt und starrte den Professor an.

Während ich noch versuchte, die Behauptungen über Satans Sohn zu verdauen, ging mir allmählich auf, dass der geheimnisvolle Anrufer, der mich seit meiner Heimkehr aus Kiew terrorisiert hatte und damit selbst noch fortfuhr, nachdem die Polizei mein Handy beschlagnahmt hatte, Aldo Lombardi war.

Deshalb war mir die Stimme so bekannt vorgekommen! Ich hatte sie nur nicht richtig zuordnen können.

»Sie sehen überrascht aus? Jetzt stellen Sie sich mal meine Überraschung vor, als *Sie* eines Tages bei *mir* anriefen und nach Giovanni Nobile fragten!«

Ich wollte ihm sagen, dass ich ihn gar nicht angerufen hatte, sondern von der Zentrale zu ihm durchgestellt worden war, weil er mir eventuell etwas über Nobile sagen konnte. Aber mein Herz hämmerte derart wild, dass meine Stimme versagt hätte.

Monique hatte ihr Strickzeug auf dem Schoß abgelegt und beobachtete uns interessiert.

»Wie haben Sie erfahren, dass ich im Besitz der Handschrift bin?«, fragte ich schließlich.

»Einer unserer Kontakte hat uns einen Tipp gegeben, nachdem Sie aus Kiew zurück waren.«

»Trygve Arntzen!«

Reine Vermutung, aber Lombardis Gesichtsausdruck verriet mir, dass ich ins Schwarze getroffen hatte.

»Wir geben grundsätzlich nicht die Identität unserer Informanten preis.«

Am Árni-Magnússon-Institut habt ihr offensichtlich keinen Informanten, dachte ich zufrieden. Darum hatten sie auch nicht mitbekommen, dass ich in Island gewesen war.

Monique nahm ihren Notizblock, als wollte sie eine Frage notieren, doch sie schrieb kein Wort. Dafür musterte sie Professor Lombardi misstrauisch. Als ich sie ansah, schlug sie die Augen nieder.

»Sie müssen erschöpft sein«, sagte der Professor. »Gönnen wir uns ein wenig Nachtruhe. Morgen werden wir unsere Unterhaltung weiterführen.«

Weder Monique noch ich wünschten ihm eine gute Nacht.

Professor Aldo Lombardi verabschiedete sich, formal und steif, setzte seinen Borsalino auf den Kopf und verließ uns.

Ich weiß nicht, wieso ich mir immer wieder die Mühe mache, Menschen zu vertrauen. Vielleicht liegt das am Verrat meiner Mutter. Oder an dem meines Vaters. Meine Kindheit kommt mir vor wie ein Jammertal der Verlogenheit. Aber möglicherweise verzerre ich in meiner Erinnerung auch einiges, das will ich nicht ausschließen.

3

»Sie trauen ihm nicht?«, schrieb Monique auf ihren Notizblock.

»Und Sie?«

Wir waren vom Esstisch zur Sitzgruppe umgezogen. Ich hatte mir ein Glas Rotwein eingeschenkt. Das Küchenfenster und die Fensterflügel zu dem französischen Balkon standen offen. Eine angenehme Brise strich durch die Wohnung.

Ich nahm ihr den Notizblock und den Stift weg und schrieb: »Ich glaube, die Wohnung wird abgehört.«

Sie sah sich um, biss sich auf die Oberlippe und zog die Schultern hoch.

»Diese Sekte ....«, schrieb sie und ließ den zwei Worten eine lange Reihe vielsagender Punkte folgen.

»Als der Professor mich das erste Mal angerufen hat, anonym, war ich überzeugt, er wäre einer von denen«, schrieb ich.

Das bloße Zu-Papier-Bringen des vagen Verdachts konkretisierte meine Unruhe.

»Das Ganze birgt eine absurde Form von Logik«, fuhr ich fort. »Er spielt die Rolle unseres Beschützers. Dabei könnte er in Wirklichkeit sehr wohl einer von denen sein.«

»Aldo? Niemals!«, schrieb Monique.

»Die ganze Geschichte von Giovanni Nobile könnte eine Erfindung sein, um mich in Aldo Lombardis Netz zu locken.«

Sie bewegte den Stift nicht.

»Trotzdem kann ich mir nicht vorstellen, dass ein Mann wie Aldo Lombardi drei Morde auf dem Gewissen haben soll«, schrieb ich.

»Unmöglich! Er hat nichts damit zu tun!«, antwortete sie.

»Aber irgendetwas stimmt hier nicht. Absolut nicht.«

Ich stand auf, trat an den französischen Balkon und schaute über die Dächer von Rom. Am Himmel blinkte ein Flugzeug. Monique stellte sich neben mich. Schweigend standen wir in dem offenen Fenster.

»Ich denke trotzdem, es wäre das Gescheiteste, wenn wir verschwinden«, schrieb ich auf ihren Notizblock. »Sicherheitshalber.«

»Wohin?«

»Einfach nur weg! Bis wir hundertprozentig sicher sind, wem wir trauen können.«

»Lassen Sie uns warten!«, schrieb sie. »Abwarten, was passiert!«

Ich schüttelte den Kopf.

»Was haben Sie vor?«

»Zuerst muss ich Bolla aus dem Parkhaus holen. Dann fahren wir aus der Stadt und suchen ein Hotel«, schrieb ich.

»Das Gebäude wird überwacht!«

»Ich weiß. Sehen Sie den Lieferwagen dort unten? Den mit den verdunkelten Scheiben? Der steht da schon, seit wir gekommen sind.« Ich nickte zu einem Gerät in einer Zimmerecke unter der Decke. »Ein Sensor! Der auf Bewegungen und Körperwärme reagiert.«

»Sie merken sofort, wenn wir die Wohnung verlassen.«

»Darum bleiben Sie hier. Bis ich zurückkomme und Sie hole«, schrieb ich.

Sie umfasste mein Handgelenk, um mich zurückzuhalten. Ich versuchte, sie zu beruhigen, aber sie schüttelte energisch den Kopf und hielt mich fest. Ich befreite mich aus ihrem Griff und schrieb: »Keine Angst. Alles wird gut. Ich komme zurück. Haben Sie das Fenster im Treppenhaus gesehen, in der zweiten Etage? Von dort kann man auf einen Mauersims klettern, der zu einer Feuerleiter führt. Von dem Innenhof gelangt man in eine der Seitenstraßen. Sie können unmöglich das ganze Viertel überwachen.«

Sie schüttelte noch immer den Kopf.

»Ich schicke Ihnen eine SMS, sobald ich Bolla geholt habe und auf dem Weg hierher bin. Ich sammele Sie auf der Straße ein. Nicht vor dem Haus! Sie müssen auch aus dem Fenster klettern, über den Sims bis zur Leiter, und in der Seitenstraße auf mich warten!« Ich malte einen grinsenden Smiley.

»Ich geh jetzt mal schlafen«, sagte ich laut und gähnte übertrieben deutlich.

Auf Moniques Block schrieb ich: »Bis zum Parkhaus sind es etwa zwanzig bis dreißig Minuten. Ich sollte also ungefähr in einer Dreiviertelstunde zurück sein, maximal einer Stunde. Behalten Sie das Handy im Auge! Wir sehen uns bald wieder!«

»Bjørn!«, formte sie mit den Lippen.

In ihrem Blick spiegelten sich alle erdenklichen fürchterlichen Dinge wider, die passieren konnten.

4

Ich schlich aus der Wohnung und die Treppe hinunter. In der zweiten Etage löste ich den Haken des Fensters, das in den Hinterhof ging. Die Scharniere quietschten, als ich es aufzog. Glücklicherweise war der Hinterhof leer bis auf eine Katze, die auf einem Stapel Autoreifen saß und mich beobachtete. Ich musste an Sir Francis denken.

Ich kletterte raus auf den sehr schmalen Sims und schob die Fingerspitzen in eine Mauerfuge über meinem Kopf. Auf diese Weise konnte ich mir einreden, etwas zu haben, woran ich mich festhalten konnte. Konzentriert starrte ich auf den Putz vor meiner Nasenspitze. Sobald ich den Kopf auch nur einen Millimeter zur Seite drehte, würde ich in den Abgrund gezogen werden. Okay, ein Fall von höchstens drei, vier Metern. Aber hoch genug für einen Feigling mit Höhenangst und Anflügen von Drehschwindel.

Schritt für Schritt, Herzschlag für Herzschlag, balancierte ich von dem Fenster weg zur Feuerleiter. Ehrlich gesagt, so schrecklich schmal war der Sims auch wieder nicht, dreißig Zentimeter, mindestens. Nur leider fühlte er sich nicht so an.

Die Leiter knarrte ganz fürchterlich, als ich hinunterkletterte. Ich hielt nach Gesichtern hinter den Fenstern Ausschau, es war aber niemand zu sehen.

Selbst die Katze war weg.

Aus dem stillen Viertel begab ich mich eilig zu der stark befahrenen Hauptstraße. Der Verkehr verlieh der Welt den Anschein von Normalität. Ich lief in Richtung der Tiefgarage, in der ich Bolla abgestellt hatte. In den Cafés auf den Bürgersteigen saßen Römer und Touristen und tranken Caffè latte und Wein. Rom erwachte langsam zum Nachtleben.

Im Eingangsbereich des Parkhauses bezahlte ich mein Ticket, dann begab ich mich ins dritte Untergeschoss. Bolla wartete in ihrer rosa gepunkteten Pracht, wo ich sie abgestellt hatte, eingeklemmt zwischen einem Fiesta und einem Hiace. Für den Bruchteil einer Sekunde dachte ich, ich hätte den Autoschlüssel in der Wohnung vergessen und müsste noch einmal zurück, aber dann entdeckte ich ihn glücklicherweise in meiner Tasche.

5

Das Echo meiner Schritte hallte hohl von den Betonwänden wider. Gibt es etwas Verlasseneres als ein menschenleeres Parkhaus?

Als ich im Halbdunkel nach dem Schlüsselloch tastete, hörte ich die Schiebetür des Lieferwagens aufgehen, der neben mir parkte. Ich hatte nicht einmal Zeit, mir Sorgen zu machen, trat stattdessen einen Schritt zur Seite, als mich jemand von hinten anrempelte. »Entschuldigung«, sagte ich automatisch. Ich fühlte den Arm, der sich um mich legte, drehte mich zur Seite, konnte aber nicht sehen, wer dort stand. Ich rief um Hilfe. Schlug in die Luft. Versuchte panisch, mich zu wehren. Sie waren stärker als ich. Trotzdem gelang es mir in meiner Verzweiflung, mich loszureißen. Weiter um Hilfe schreiend, rannte ich zwischen den Autos hindurch, aber es war spätabends, niemand war hier. Ich hörte ihre Schritte und sah ihre Schatten auf den Betonwänden. »*Opri!*«, rief jemand in einer mir fremden Sprache.

Als Jugendlicher brauchte ich für sechzig Meter elf Komma drei Sekunden. Meine Beine waren schwer wie Blei. Genau so fühlte ich mich in diesem Moment. Ich rannte weg, so schnell ich konnte, aber sie waren direkt hinter mir. Wenn jetzt ein Auto käme, wäre das meine Rettung. Vielleicht. Ich lief zu der Spiralauffahrt.

Ein Mann trat aus dem Nichts heraus und versperrte mir den Fluchtweg. Ich prallte mit voller Wucht gegen ihn. Gleich darauf stürzten sie sich auf mich. Jemand packte mich von hinten. Brüllend versuchte ich, mich zu befreien. Ich rammte meinen Ellbogen in einen Bauch und schlug wild um mich. Nützen tat es mir nicht. Sie waren in der Überzahl, und sie waren stärker. Eine Hand presste einen feuchten Lappen auf mein Gesicht. Es roch streng. Ein scharfer Schmerz schoss in meine Nebenhöhlen, bohrte sich wie Stacheldraht in meinen Schädel und meine Lungen. Ich registrierte gerade noch, dass mich jemand auffing, als ich zu Boden sackte.

XX: Die Mönche

I

O Salutaris Hostia quae caeli pandis ostium ...

Ich hatte kein Gespür dafür, wie viel Zeit vergangen war, als ich, wie aus unendlicher Ferne, vom Ende des Universums zurückkehrend, den gregorianischen Gesang hörte.

Bella premunt hostilia, da robur, fer auxilium ...

Der monotone Singsang drang in mein Bewusstsein und rief Traumbilder von Mönchen in weiten Kutten in von der Zeit vergessenen Klöstern hervor. Ich sah Hunderte von gesichtslosen Mönchen an einem Bett vorbeiziehen, in dem ich selbst lag, nackt und frierend, inmitten einer verlassenen Kathedrale, durch deren bunte Glasfenster das Licht auf mich fiel.

Uni trinoque Domino sot sempiterna gloria, qui vitam sine termino ...

Langsam verebbte der mehrstimmige Gesang.

Nobis donet in patria ...

Ich stöhnte. Die Kopfschmerzen ließen mein Hirn anschwellen. Auf jeden Fall fühlte es sich so an. Alles drehte sich, mir war übel, und ich fror. Kurz, ich fühlte mich hundsmiserabel. Es brannte in Nase und Hals, und bei jedem Atemzug füllten sich meine Lungen mit ätzender Säure. Ich hustete. Meine Übelkeit wurde noch durch einen süßlich aufdringlichen Duft verstärkt, den ich erst nach einer ganzen Weile einordnen konnte. Weihrauch. Als ich die Augen zu öffnen versuchte, straffte sich ein glühender Stahldraht in meinem Kopf. Für ein paar Sekunden oder Minuten verschwand ich erneut in wohliger Bewusstlosigkeit. Als ich wieder zu mir kam, war noch immer der monotone Sprechgesang zu hören … *Audi, benigne Conditor, Nostras preces cum fletibus* … Endlich gelang es mir, die Augen zu öffnen, aber ich konnte den Blick nicht scharf stellen. Die Konturen der Männer, die in einem Kreis um mich herum standen, verschwammen und lösten sich auf. Ich versuchte zu begreifen, wo ich war und was geschehen war. Ich wusste noch, dass ich mich in Rom befand, nicht aber, warum ich hier war. Auch an Monique erinnerte ich mich, nur nicht daran, wer sie war.

Dann, auf einen Schlag, war alles wieder da, alles.

Aldo Lombardi. Die Wohnung. Mein Fluchtversuch. Die Menschen in der Tiefgarage.

Wo bin ich? Ich blinzelte mehrmals kräftig und schnell mit den Augen, aber es nützte nichts. Ich sah weder scharf, noch verstand ich. War Aldo Lombardi hier? War er einer von denen? Was war mit Monique geschehen? War auch sie verschleppt worden?

»Monique?«

Die Frage explodierte in einem Funkenregen aus Schmerzen.

Sehr, sehr langsam begannen meine Augen scharf zu stellen. Neun Männer standen im Kreis um mich herum. Ich erkannte keinen von ihnen. Sie trugen graue Kutten, hatten die Augen halb geschlossen und sprachen das seltsam leiernde Gebet oder was immer das war.

»Wer sind Sie?« *We … s … sih.* Meine Zunge war noch nicht wirklich einsatzbereit.

Der Raum war groß, fast eine Halle, mit hoher, gewölbter Decke und Wandnischen mit Fresken.

Ich versuchte, mich auf die Ellenbogen zu stützen, und stellte fest, dass ich gefesselt war. Erst jetzt bemerkte ich, dass ich keine Kleider anhatte. Splitternackt lag ich da. Meine weiße Haut wirkte auf dem weißen Laken zart und durchsichtig.

Nackt.

Nackt wie Christian Keiser. Wie Taras Koroljov. Wie Marie-Élise Monnier.

Nackt und an ein Lager mit weißen Laken gefesselt.

Entsetzt begann ich an den seidenen Fesseln zu zerren. Ein gutturales Jammern kam über meine Lippen.

2

Plötzlich erstarb das leiernde Gebet der Männer. In der unvermittelten Stille empfand ich meine Situation als noch entsetzlicher. Die Männer traten einen Schritt zurück, ich hörte, dass eine Tür geöffnet wurde, und sah unscharf einen Mann den Raum betreten.

»Herr Beltø.«

Selbst aus diesen zwei kurzen Worten war ein gewisser Akzent herauszuhören. Er trat in mein Blickfeld, und meine Augen stellten ihn scharf. Er war Mitte sechzig, vielleicht älter. Haare und Bart waren silbergrau und gepflegt. Die hellbraunen Augen funkelten kalt.

»Herr Beltø …«

Aus seinem Mund klang mein Name wie eine Drohung. *Herr Beltø …* Er presste die Fingerkuppen aneinander. Seine Nägel waren lang und spitz. Ungeniert glitt sein Blick über meinen nackten Körper. Die anderen Männer standen schweigend und regungslos um uns herum. Ihre Blicke waren nach oben gerichtet, ins Leere, weg von mir, weg von dem Mann, der den Raum betreten hatte.

Er trat einen Schritt näher.

»Wer sind Sie?«, fragte ich, um ihn auf Distanz zu halten. Es hätte mich nicht überrascht, wenn er sich als Satan persönlich vorgestellt hätte.

»Ich bin der Primus Pilus meines Heiligen Ordens.«

»Was bitte?«

»Sie haben mich verstanden.«

»Ich habe keine Ahnung, wovon Sie reden.«

»Hat man Ihnen nicht gesagt, wer wir sind?«

Mit dem spitzen Zeigefingernagel zeichnete er einen Strich von meiner Kehle bis zu meinem Nabel. Die brennende Berührung kam mir fast obszön vor, barbarisch, als hätte er mich mit einer einzigen Bewegung aufgeschlitzt und meine Eingeweide bloßgelegt.

Er schloss die Augen. »*In nomine Magna Dei Nostri Satanas.*«

Die Männer im Kreis wiederholten seine Worte. Sie waren völlig ausdruckslos und glichen sich in ihrer Uniformität wie Kadetten.

Der Primus Pilus legte seine Hand auf meine Brust, direkt über dem Herzen, als wollte er sich vergewissern, dass es schlug. Sie fühlte sich kalt, fast metallisch an. Als er seine Nägel in meine Haut bohrte, wimmerte ich vor Schmerz und Angst. Hatte er vor, mir mit bloßen Händen das klopfende Herz aus der Brust zu reißen?

»*Ki'q Melek Taus r'jyarh wh'fagh zhasa phr-tga nyena phragn'glu.*« Er schob seine Hand nach unten und ließ sie nur wenige Zentimeter über meinem Geschlecht auf meinem Bauch liegen. Als er sie schließlich von meinem Körper nahm, hatte ich das Gefühl, von einer schweren Last befreit worden zu sein.

»Sie wissen, was wir wollen.«

Seine Stimme klang weder bedrohlich noch fordernd. Er konstatierte lediglich eine Tatsache.

Fast hätte ich lachen müssen. Was sollte ich antworten? Natürlich war mir klar, dass er das Manuskript meinte. Aber würden sie mich freilassen, wenn ich ihnen mitteilte, dass sie das Manuskript in einem Gewölbekeller in Island finden konnten – oder würden sie mich trotzdem töten? Wie sollte ich meine Worte wählen? Wie erkauft man sich das Leben von religiösen Fanatikern?

»Warum bin ich gefesselt worden? Warum bin ich nackt?«, fragte ich, um überhaupt etwas zu sagen, bevor das Unausweichliche geschah.

»So ist es Brauch.«

»Welcher Brauch?«

»Den die Ältesten verkündet haben. Wo ist das Manuskript?«

»An einem sicheren Ort.«

»Wo?«

»Sie töten mich, wenn ich es Ihnen sage.«

In der Pause, die folgte, hörte ich seinen rauen Atem. »Sie glauben vielleicht, schweigen zu können.« Er sprach langsam und geduldig wie mit einem widerspenstigen Kind. »Dabei wissen Sie, wozu wir in der Lage sind und was wir mit den anderen getan haben, die ebenso starrköpfig waren wie Sie. Warum glauben Sie, uns widerstehen zu können?«

»Sie haben bereits drei Menschen getötet. Mindestens. Und Sie haben vor, auch mich zu töten – egal, was ich Ihnen sage oder auch nicht!« Meine Stimme versagte für einen Augenblick. »Glauben Sie, ich werde Ihnen verraten, wo das Manuskript ist, damit Sie mich dann ausbluten lassen? Wenn Sie mich töten, finden Sie das Manuskript nie.«

»Lassen Sie mich Ihnen etwas erklären ... Unsere Vorgänger, die mutigen Mönche, die sich den Geboten und Lügen der Kirche widersetzten, machten in ihrem Kampf gegen die Übermacht der Katholiken zahlreiche wichtige Entdeckungen. Eine dieser Entdeckungen betrifft die Magie des Blutes.«

Er nickte den Männern im Kreis zu. Einer von ihnen begann, mich von Kopf bis Fuß mit einem Schwamm und parfümiertem Wasser zu waschen. Ein anderer holte eine Holzkiste, in der sich ein großer, länglicher Krug befand. Ausreichend groß für fünf Liter Blut. Ein dritter brachte ein silbernes Tablett. Auf rotem Samt lagen kleine Messer, Skalpelle und Instrumente.

»Wir möchten vermeiden, auch nur einen Tropfen Blut zu verschütten«, sagte der Mann, der sich Primus Pilus nannte. »Mit diesen Werkzeugen können wir einen menschlichen Körper in nur wenigen Minuten ausbluten lassen. Es steht aber auch in unserer Macht, diesen Prozess um Stunden oder Tage zu verlängern.«

Der alt wirkende Krug war dekoriert mit fremdartigen Symbolen und Zeichnungen von hässlichen Wesen.

Die Männer schoben den Krug über meinen rechten Unterarm und banden ihn mit einer Kordel am Ellenbogen fest. Dann spannten sie zwei weitere Bänder um mein Handgelenk. All meine Versuche, mich zur Wehr zu setzen, nützten nichts. Durch einen Schlitz im Krug konnten sie ein Messer einführen und mithilfe dreier Rädchen an der Außenseite des Kruges regulieren, wie straff die Bänder gespannt waren.

»Beltø, wir können das Ganze schnell und praktisch schmerzfrei hinter uns bringen. Oder aber die Qual auf viele Stunde ausdehnen. Ich frage Sie zum letzten Mal: Wo haben Sie das Manuskript versteckt?«

3

Mit der Zeit ist es wie mit dem Wein: Beides weiß man erst dann wirklich zu schätzen, wenn man nicht mehr viel davon hat.

Es passiert etwas mit einem, wenn man weiß, dass man sterben wird. Einige ziehen ein schnelles Ende vor, kein langes Leiden, kurzen Prozess.

Ich selbst klammerte mich ans Leben, solange es nur ging.

»Wenn ich sterbe«, jammerte ich, »ist das Manuskript für immer verloren!«

»Sie werden reden. Alle reden. Früher oder später reden alle.«

»Ich nicht!«

»Bjørn Beltø. Sie sind nur ein Mensch.«

Er nickte einem Mann zu, der aus dem Kreis trat. Als er näher kam, sah ich, dass er kaum über dreißig sein konnte. Seine Nase war außergewöhnlich groß. Er packte meinen linken Arm und drückte mir etwas in die Hand. Ein Amulett. Ein Bronzeamulett mit einem Pentagramm auf der einen und einer Triquetra auf der anderen Seite. Wie aus Reflex schloss ich meine Finger darum.

Der Mann, der sich Primus Pilus nannte, wiederholte das Gebet in einer Sprache, die ich nicht verstand: *»N'kgna th ki'g Melek Taus r'jyarh fer'gryp'h-nza ke'ru phragn'glu.«*

Die Männer stimmten wieder ihren monotonen Gesang an.

»O Salutaris Hostia quae caeli pandis ostium…«

Dann fielen sie auf die Knie und begannen zu beten.

Aus einem Holzschächtelchen nahm der Primus Pilus ein Skalpell mit einer gekrümmten Klinge.

Ich winselte.

»Mister Beltø?«, sagte er halb fragend, als wollte er sich versichern, dass ich bereit war.

»Nein, nicht!«

Er führte das Skalpell in einen der Schlitze im Krug.

»Nein!«, schrie ich. »Nicht!«

Ich spürte die scharfe Klinge auf der Haut.

»Neineineinein!«

Er hob den Kopf und sagte: »Ave, Satanas!«

Rom, Mai 1970

Giovanni ging ins Wohnzimmer und schaltete den Fernseher ein, um die Abendnachrichten zu sehen. Er wusste nicht, ob er das aus alter Gewohnheit tat oder um die unerträgliche Stille zwischen Luciana und ihm zu durchbrechen. Sie hatte keinen Schluck von ihrem Tee getrunken. Im Fernsehen brachten sie eine Reportage über Thor Heyerdahl, der mit der *Ra2* auf dem Weg über den Atlantik war. Giovanni bekam nicht mit, was der Norweger beweisen wollte. Dann folgte ein unverständlicher Beitrag über die stockenden Polizeiermittlungen bezüglich der Bombenanschläge in Rom und Mailand im vergangenen Jahr. Er schaltete ab, als sie über Politik zu reden begannen. Luciana saß still und reglos da. Er ging in sein Arbeitszimmer und blätterte ein paar Papiere durch, ohne sie zu lesen. Als er wieder ins Wohnzimmer kam, hatte Luciana sich eine Zigarette angezündet.

»Du rauchst?«

Sie sah auf und stieß den Qualm aus. Seit über zehn Jahren hatte sie keine Zigarette mehr angefasst.

»Ich brauche das jetzt. Tut mir leid.«

»Im Wohnzimmer?«

»Jetzt nicht, Giovanni, jetzt nicht. Entschuldige bitte.«

»Und woher kommen die Zigaretten?«

»Vom Kiosk.«

Sie inhalierte, hielt den Rauch in den Lungen und schloss die Augen. Ihre Handtasche lag geöffnet auf dem Sofa. Sie hatte Zigaretten in ihrer Handtasche? Rauchte sie heimlich im

Büro? Sie hatte sich aus dem Küchenschrank einen Aschenbecher geholt.

»Willst du etwas trinken?«, fragte er.

Sie atmete den Rauch durch Mund und Nase aus.

»Wein? Oder ein Glas Wasser?«

»Nein, danke.«

Mit der Zungenspitze befeuchtete sie ihre Lippen, bevor sie einen neuen Zug nahm.

Plötzlich sah er vor seinem inneren Auge ein Bild: Luciana in Enricos Bett, nackt, erschöpft von der Liebe. Lächelnd, halb schlafend in Enricos Arm. Mit einer Zigarette zwischen den Lippen.

Deshalb hatte sie Zigaretten in ihrer Tasche. Natürlich! Für die Zigarette danach.

»Warum siehst du mich so an?«, fragte sie.

»Oder ein bisschen Obst?«

»Nein, danke.«

Draußen auf dem Flur streckte sich Bella und winselte.

»Was ist, Giovanni?«

»Warum fragst du?«

»Warum kannst du es nicht einfach sagen?«

»Was sagen?«

Das Telefon klingelte. Luciana zuckte zusammen. Sie sah zu Giovanni, der den Hörer abnahm.

Es war Enrico.

Giovanni reichte ihr den Hörer. Sie drückte die Zigarette fest im Aschenbecher aus und sagte, dass es jetzt nicht passe, Silvana sei krank und sie wisse nicht, ob sie morgen zur Arbeit kommen könne. Dann verabschiedete sie sich und legte auf.

»Das war aber ein kurzes Gespräch«, sagte Giovanni.

»Ich will die Leitung nicht blockieren.«

»Nein, schon klar.«

»Was, wenn *die* anrufen?«

*

Der große Zeiger der Standuhr tickte unerbittlich weiter. Luciana saß mit geschlossenen Augen da. Giovanni fragte sich, ob sie schlief. Er nahm wahr, wie streng er roch, und wäre gerne unter die Dusche gegangen, fürchtete aber, dass sie gerade dann anriefen. Luciana würde es niemals schaffen, mit ihnen zu reden. Sie hatte die Hände gefaltet. Betete sie? Er wurde einfach nicht schlau aus Lucianas Beziehung zu Gott.

Er lehnte sich auf dem Sofa zurück und hörte sie schwer durch die Nase atmen. Er selbst bekam nicht genug Luft, wenn er durch die Nase atmete. Er dachte an Silvana – *mein liebes, kleines Mädchen* – und merkte nicht, dass er einschlief.

*

Beide schraken auf, als es an der Tür klingelte. Giovanni blickte auf die Uhr. Es war Mitternacht. Luciana zupfte sich die Haare zurecht. *Mein Gott, Luciana, es spielt doch keine Rolle, wie du aussiehst!* Giovanni war schlaftrunken und orientierungslos. Er blieb sitzen und blinzelte mit den Augen, bis es ein weiteres Mal klingelte. Lange, eindringlich.

»Giovanni!«, flüsterte Luciana.

Er taumelte in den Flur und blickte durch den Türspion. Vier Männer. Zwei im fortgeschrittenen Alter, zwei weitere etwas jünger. Distinguiert, soigniert. Alle in Anzügen.

Das waren sie.

Natürlich hätten es auch Polizisten in Zivil sein können, trotzdem zweifelte er keine Sekunde daran, dass das die Entführer waren.

Er schloss auf und öffnete die Tür.

»*Buona sera*, Professor Nobile«, sagte der Älteste der Männer.

»*Buona sera*«, wiederholte er mechanisch.

»Ich vermute, Sie wissen, wer wir sind«, sagte der Mann, den Giovanni für den Anführer hielt. Er sprach Italienisch mit Akzent.

Er ließ sie eintreten.

Luciana stand in der Wohnzimmertür, die Hände vor der Brust verschränkt. Ihr Gesicht war verzerrt. »Was ... was haben Sie ... mit ihr gemacht?«, jammerte sie. »Mit Silvana? Was haben Sie ihr angetan?«

»Luciana ...«, sagte Giovanni halb beschwichtigend, halb flehend.

»Erlauben Sie, dass wir uns erst vorstellen«, sagte der Anführer. »Diese zwei Herren ...«, er deutete auf die beiden jüngeren, kräftigen Männer, »tragen den Titel *Ritter dritten Grades*.« Er nickte in Richtung seines Nebenmannes: »Primus Pilus. Ich selbst bin der demütige Großmeister unseres Ordens.«

Primus Pilus? Großmeister?, dachte Giovanni.

»Wo ist sie?«, fragte Luciana etwas zu schrill. »Wo ist Silvana? Was haben Sie mit ihr gemacht?«

Der Großmeister richtete nur kurz seinen Blick auf sie.

»Dazu kommen wir noch«, sagte der Primus Pilus. »Es ist ihr nichts geschehen.«

Giovanni holte Stühle aus dem Esszimmer, damit sich alle ins Wohnzimmer setzen konnten.

Der Großmeister und der Primus Pilus nahmen Platz. Die beiden kräftigen jungen Männer blieben stehen, setzten sich aber, als der Großmeister ihnen nickend ein Zeichen gab.

»Ich habe der Polizei nichts gesagt«, sagte Giovanni.

»Das wissen wir«, sagte der Primus Pilus.

»Was wollen Sie?«

»Zuerst sollen Sie wissen«, sagte der Großmeister, »dass es Silvana gut geht.«

Giovanni beugte sich plötzlich auf seinem Stuhl vor. Die zwei Muskelmänner taten es ihm nach. »Gut?«, platzte er hervor. »Was meinen Sie mit gut?«

»*Perché?*«, fragte Luciana. »Mein Gott, sie ist ein kleines Mädchen, sie ist erst zehn Jahre alt, warum?«

»Es gibt für alles einen Grund«, sagte der Primus Pilus.

»Sie haben es auf das Manuskript abgesehen, nicht wahr?«,

fragte Giovanni. »Es geht um *Luzifers Evangelium*, oder? Ist es das?«

»Eine einleuchtende Schlussfolgerung, Professor Nobile.«

»Aber mein Gott, hätten Sie nicht einfach danach fragen können?«

»Hätten Sie es uns denn gegeben?«

»Natürlich nicht. Aber Sie hätten *mich* bedrohen können. Nicht meine Tochter! Mich! Sie glauben gar nicht, was ich alles zu tun bereit wäre, wenn man mir eine Pistole an die Schläfe hält!«

»Wo ist das Manuskript?«

»Ich habe es nicht mehr.«

»Natürlich nicht«, sagte der Primus Pilus misstrauisch.

Der Großmeister nickte den beiden jungen Männern zu, worauf sie in Giovannis Arbeitszimmer gingen. Giovanni konnte sie von seinem Platz aus nicht sehen, hörte sie aber seine Unterlagen durchwühlen. Sie zogen Schubladen heraus, öffneten Schranktüren und warfen Papier auf den Boden.

»Wenn ich es Ihnen doch sage, das Manuskript ist nicht hier!«, rief Giovanni.

»Wollen Sie wirklich das Leben Ihrer Tochter für eine Handschrift riskieren?«, fragte der Großmeister.

»Giovanni!«, schluchzte Luciana.

»Natürlich nicht. Ich sage die Wahrheit. Ich habe das Manuskript nicht hier bei mir zu Hause. Es ist in der Universität! Natürlich ist Silvana mir wichtiger! Was glauben Sie denn?«

Die Augen des Großmeisters flackerten kurz.

»Als Sie aus Ägypten gekommen sind, haben Sie das Manuskript mit zu sich genommen, nicht wahr?«

»Ja, aber jetzt ist es in der Universität.«

»Die Fahrradtour«, flüsterte der Primus Pilus dem Großmeister zu.

Der Großmeister starrte Giovanni ungläubig an. »Sie wollen doch wohl nicht behaupten, dass Sie mit *Luzifers Evangelium* im Rucksack durch Rom geradelt sind?« Die Frage klang fast wie eine Zurechtweisung.

»Doch«, erwiderte Giovanni etwas kleinlaut.

»Hier ist nichts«, rief einer der Männer aus dem Büro.

»Sucht weiter!«, antwortete der Großmeister. Dann richtete er seinen Blick auf Giovanni. »Sie sind Professor! Theologe! Sie wissen doch, dass man alles, was heilig ist, mit Andacht und größtem Respekt behandeln muss. In einem Rucksack? Und wenn man Sie angefahren hätte? Haben Sie denn gar keinen Respekt vor ...«

Der Primus Pilus legte seine Hand auf den Unterarm des Großmeisters.

Giovanni atmete schwer. Der Mann hatte recht. Es war verantwortungslos gewesen, das Fahrrad zu nehmen.

»Wo ist Silvana?«

»Silvana ist bei uns«, erklärte der Primus Pilus.

»Warum?«

»So steht es geschrieben«, sagte der Großmeister.

»Geschrieben? Wo?«

»Professor Nobile«, sagte der Primus Pilus, »ein herausragender Akademiker wie Sie kennt doch wohl die Bedeutung von Ritualen, von Traditionen – das sind die roten Fäden, die sich durch die Glaubensgeschichte ziehen.«

»Ich verstehe nicht ...«

»In einer alten Weissagung heißt es: *Es wird der Tag kommen, an dem die jungfräuliche Unschuld im Sarg ruht und Luzifers strahlender Glanz ...*«

»Im Sarg?«, schrie Luciana.

»Rituale sind heilig«, sagte der Großmeister.

»Was für ein Sarg?«, flehte Luciana ihn an. »Was meinen Sie mit *Sarg*?«

»Mit den Ritualen achten und ehren wir die Vergangenheit.«

»In Rom wurden Vestalinnen, die der Unkeuschheit verdächtigt wurden, in einer Höhle mit Wasser und Brot eingemauert, aus der die Göttin Vesta sie retten konnte, falls sie unschuldig waren«, sagte der Primus Pilus.

»Als Theologe wissen Sie, Professor Nobile, dass St. Kastulus im Jahre 286 lebendig im Sand der Via Labicana begraben wurde«, sagte der Großmeister. »Wie der christliche Märtyrer St. Vitalis lebendig bei Mailand begraben wurde.«

»Lebendig begraben?«, jammerte Luciana.

»Was haben Sie mit Silvana gemacht?«, fragte er.

»Nicht nur christliche Märtyrer wurden solchen Ritualen unterzogen«, sagte der Primus Pilus. »Fateh und Zorawar, die beiden jüngsten Söhne von Gobind Singh, dem Guru der Sikh, wurden in eine Mauer eingemauert, als sie sich weigerten, zum Islam überzutreten.«

»Gott im Himmel, Sie haben sie doch wohl nicht lebendig begraben!«, rief Giovanni.

Luciana schrie auf.

Wie Flaschengeister materialisierten sich die beiden Muskelmänner im Wohnzimmer. Mit einer Handbewegung signalisierte der Großmeister ihnen, ruhig zu bleiben.

»Natürlich nicht. Bitte, beruhigen Sie sich.« Er hob nicht einmal die Stimme. »Das Ritual ist rein symbolisch.«

»Wie … symbolisch? Wie meinen Sie das … symbolisch?«

»Nicht so laut, Nobile. Wir wollen doch nicht Ihre Nachbarn stören, nicht zu dieser Tageszeit.«

Giovanni begann zu weinen.

»Wer sind Sie? Ich flehe Sie an, sie ist doch noch ein Kind! Was sind Sie nur für Menschen!«

Der Großmeister und der Primus Pilus seufzten, als wären sie es langsam leid.

»Silvana geht es gut«, sagte der Großmeister noch einmal.

»Sagen Sie, dass Sie sie nicht begraben haben! Bei lebendigem Leib!«

»Wenn Sie wollen. Sie ist nicht lebendig begraben worden«, sagte der Primus Pilus.

»Unser Ritual zieht symbolisch eine Verbindungslinie in die Vergangenheit«, sagte der Großmeister. Der Primus Pilus nickte. »Unser Orden ist beinahe so alt wie die katholische Kirche. Im Gegensatz zu den Katholiken haben wir nicht so großes Gewese um uns gemacht. Und wir sind nicht so zahlreich. Aber unsere Wurzeln gehen auf denselben Glauben zurück.«

Giovanni hatte sich die Tränen abgewischt und sich wieder einigermaßen gefangen.

»Sind Sie Satanisten?«

»Ganz sicher nicht.«

»Die Wurzeln unserer Kirche reichen deutlich weiter in die Tiefe«, sagte der Primus Pilus.

Ein Gedanke meldete sich in Giovannis Kopf. »Sie gehören zum Orden der Drăculsângeer!«

Der Großmeister und der Primus Pilus blickten auf. Keiner von beiden antwortete.

»Egal, an was für gestörten Zwangsvorstellungen Sie leiden«, sagte Giovanni, »Sie müssen doch erkennen, dass Sie nicht einfach ein unschuldiges Mädchen entführen können.«

»Niemand hier auf Gottes Erden ist unschuldig, Professor Nobile. Ihre Tochter wurde, wie wir alle, in ein Schicksal geboren, das niemand außer Gott, Satan und *costhul* beeinflussen kann.«

»Mit allem Respekt – das ist deterministischer Blödsinn!«

»Sie ist ein Teil unserer heiligen Gemeinschaft, Professor. So steht es geschrieben.«

»Das ist Wahnsinn. Hören Sie sich doch selbst mal zu. Bitte … das ist doch verrückt!«

»Verrückt, Professor Nobile? Die Bibel ist noch immer der Leitfaden für Millionen von Menschen. Warum sollen *unsere* heiligen Schriften dann Wahnsinn sein?«

»Es wurden Hunderte, ja Tausende von Prophezeiungen in der Antike und der Frühgeschichte gemacht. Die haben heute alle keine Gültigkeit mehr! Die Bibel ist nicht nur ein Produkt ihrer eigentlichen Verfasser, sondern auch der Menschen, die sie in den letzten zweitausend Jahren gedeutet haben.«

»So spricht ein wahrer Christ.«

»Ihr Verhalten ist nicht in Ordnung.«

»Als Professor haben Sie natürlich recht mit Ihrer Auffassung. Doch im Gegensatz zu den christlichen Missionaren haben wir unseren Glauben und unsere Bibeldeutung niemandem aufgezwungen, sondern nur denen nahegebracht, die aus Überzeugung zu uns gekommen sind.«

»Das können Sie doch nicht ernst meinen.«

»Ich erwarte nicht von Ihnen, dass Sie uns glauben oder unseren Schriften folgen. Ich erkläre Ihnen nur den Hintergrund von Silvanas Schicksal und ihre Rolle in diesem ...«

»Das ist doch Wahnsinn, Wahnsinn ...«

»Professor!«

»Was wollen Sie?«

»Ist das nicht klar? Wir wollen *Luzifers Evangelium.*«

»Das können Sie kriegen.«

»Ihre Bereitschaft zur Zusammenarbeit würden wir sehr begrüßen.«

»Sobald Silvana sicher und unverletzt wieder hier ist, bekommen Sie es.«

»Ganz so einfach ist es leider nicht. Wir zweifeln nicht daran, dass Sie das Beste für Ihre Tochter wollen, uns ist aber auch klar, dass Sie – oder vielleicht Ihre Frau – die Polizei und die Behörden einschalten werden. Das können wir nicht zulassen. Sie verstehen sicher, dass wir uns vor einer solchen Einmischung verwahren müssen.«

»Wir haben der Polizei nichts gesagt.«

»Noch nicht.«

»Wir wollen nur Silvana.«

»Lassen Sie uns gehen und das Manuskript holen. Dann finden wir eine Lösung.«

»Wir können es nicht einfach holen.«

»Warum nicht?«

»Ich habe es zur Analyse und Konservierung an die Technische Abteilung übergeben. Zu dieser Abteilung habe ich keinen Zutritt. Das ist eine Sicherheitsmaßnahme, die ...«

»Wir sind mit den Sicherheitsmaßnahmen vertraut.«

»Morgen früh um neun Uhr ist wieder jemand da. Da kann ich es holen.«

»Wir kommen mit Ihnen.«

»Das geht nicht. Das würde Misstrauen wecken. Ich muss es allein holen, allein. Selbst *das* ist gegen die Vorschriften.«

»Warum?«

»Wenn ein Artefakt der Konservierung übergeben worden ist, können wir es nicht nach eigenem Gutdünken wieder zurückfordern. Es gibt Regeln, festgelegte Prozeduren. Aber das kriege ich hin. Ich werde eine Ausrede finden, ich kenne den Konservator.«

Der Großmeister und der Primus Pilus sahen ihn an. Schließlich nickten sie.

»Wir sind uns doch wohl darüber einig, dass es zu Ihrem – und nicht zuletzt zu Silvanas – Bestem ist, wenn Sie mit uns zusammenarbeiten«, sagte der Großmeister.

»Natürlich!«

»Wenn Sie oder Ihre Frau auch nur ein Wort von den Geschehnissen weitergeben – an die Polizei, Verwandte, Freunde, Behörden –, stirbt Silvana.«

Ein Schluchzen kam über Lucianas Lippen.

»Wir werden sie nicht töten. Wir werden sie dort zurücklassen, wo sie sich jetzt befindet. Im Sarg. Verstehen Sie?«

»Sarg?«

»Haben Sie mich verstanden?«

»Das haben wir. Was für ein Sarg?«

»Ich betone das nur, um Ihnen klarzumachen, dass Sie keine voreiligen Schritte unternehmen sollten. Das ist ein Spiel zwischen Ihnen und uns. Mit Silvanas Leben als Einsatz.«

Niemand sagte etwas.

»Mein Gott!«, stöhnte Luciana. »Sie können doch nicht ...«

Die vier standen auf.

»Wir melden uns morgen Vormittag. Dann besprechen wir, wie und wann Sie uns das Manuskript übergeben.«

»Und wo und wann wir Silvana zurückbekommen«, fügte Giovanni hinzu.

»Versuchen Sie, ein bisschen zu schlafen«, sagte der Primus Pilus. »Man handelt weniger irrational, wenn man ausgeschlafen ist.«

Die Männer verließen die Wohnung und schlossen die Tür hinter sich. Über Lucianas leises Schluchzen hinweg hörte Giovanni ihre Schritte auf der Treppe. Dann fiel unten die Haustür ins Schloss.

*

Ein Sarg ...

Er war nicht in der Lage, sich auszuziehen und hinzulegen. Also blieb er auf dem Sofa sitzen. Er zitterte. Verzweifelt suchte er nach einer glaubwürdigen Erklärung für Umberto Gialli, damit dieser ihm die Handschrift wieder aushändigte. Luciana ging ins Bad und drehte die Dusche auf. Er lauschte dem Plätschern des Wassers und dem Rauschen des Verkehrs unten auf der Straße.

Als Giovannis Vater in seinem Alter war, unmittelbar vor dem Krieg, hatte er sich dem Zwangsdienst beim faschistischen *Corpo Truppe Volontarie* entzogen, indem er sich einer kommunistischen Untergrundgruppe angeschlossen hatte. Den ganzen Krieg hindurch hatte sein Vater an lebensgefährlichen Sabotageaktionen teilgenommen. Giovanni hatte erst viele Jahre später ganz beiläufig davon erfahren, als man ihm die Gründe für das Alkoholproblem seines Vaters erläutert hatte. Als der Alte starb und Giovanni den Nachlass durchging, entdeckte er eine Beretta und ein paar vergilbte Blätter mit Chiffreschlüsseln. Was, dachte er, hätte Vater getan, wenn ich entführt worden wäre und er Besuch von den Entführern bekommen hätte? Hätte er ruhig mit ihnen geredet? Hätte er geweint? Ihnen gedroht? Oder hätte er sie erschossen?

Was hätte Vater getan?
Was soll ich machen?
Was kann ich machen?

*

Als er wach wurde, war es still in der Wohnung. Dann hatte Luciana sich wohl doch schlafen gelegt. Er starrte an die Zimmerdecke und stellte sich den Sternenhimmel vor. Wie es wohl wäre, Raumfahrer zu sein .... Wie hieß der Film noch gleich, den er letzten Sommer gesehen hatte? Viermal. Nein, fünfmal! *2001: Odyssee im Weltraum*. Luciana hatte ihn nicht begleitet. Nicht ein einziges Mal. Er war selbst ganz erstaunt gewesen, dass er, dessen ganzes Denken sich um Altertum und Metaphysik drehte, sich derart für Zukunft und Technik hatte begeistern können. 2001 ... bis dahin waren es noch über dreißig Jahre. Wie würde die Welt dann aussehen? Vielleicht haben wir bis dahin ja den Weltraum erobert, dachte er. Es war noch nicht einmal ein Jahr her, dass Neil Armstrong seinen Fuß auf den Mond gesetzt hatte. *One small step* ... Er hatte das Ereignis in der Live-Übertragung verfolgt. Was konnte der Mensch in dreißig Jahren nicht alles erreichen? Dann schlief er wieder ein. Als er das nächste Mal die Augen aufschlug, nahm er eine Bewegung in der Zimmerecke wahr. »Hallo?«, murmelte er. Es war eiskalt im Raum. Waren die vier Männer wieder da? Der beißende Geruch von verdorbenem Fleisch erfüllte das Wohnzimmer. *Habe ich vergessen, den Abfall runterzubringen?* »Wer bist du?«, fragte er. Die Gestalt, die viel größer als ein Mensch war, stand reglos da. *Ein Schatten, mehr nicht, oder ich träume noch.* In der Dunkelheit schimmerte die riesige Silhouette verschwommen vor der hellen Tapete. Die Gestalt gab einen sirrenden Laut von sich wie eine Hochspannungsleitung, nur tiefer; ein Laut, den man eher spürte als hörte. *Ich träume, das ist nicht real, ich träume nur, dass ich wach bin.* Er hörte die gleichmäßigen Schläge der großen Glocke und das dumpfe Rauschen des nächtlichen Verkehrs. *Kann man Geräusche und Gerüche träumen?* Er schaute wieder zu den diffusen Umrissen des Wesens. Selbst im Traum fühlte sich Giovanni eingeschüchtert und der Anwesenheit des Riesen nicht würdig. *Ich bin nur ein jämmerlicher Mensch unter Milliarden von jämmerlichen Menschen.*

Erst jetzt erkannte Giovanni zu den Füßen des Riesen zwei winzige Wesen. Eins sah wie eine Elfe aus, das andere wie ein Dämon. *Es geht ihr gut*, sagte die Elfe. *Gut? Sie leidet!* Der Dämon lachte. *Sie lebt*, sagte die Elfe, *aber Sie müssen sie holen, Herr Nobile, Sie müssen Silvana holen!* Der Dämon grinste. *Wenn Sie sie finden*. Giovanni sah Silvanas Gesicht in der Dunkelheit, schweißnass und bleich, mit geröteten Augen. »Wo ist sie?«, murmelte er. Die Elfe und der Dämon fingen an zu lachen. »Sagt mir, wo sie ist!« *Sie liegt in einem Sarg! In einer Kirche!*, riefen die Elfe und der Dämon gleichzeitig. *Holen Sie sie!*, flehte die Elfe. *Bitte.* Der Dämon lachte schallend. Für einen kurzen Augenblick änderte das Sirren die Frequenz. Die Elfe und der Dämon wimmerten und verstummten. Giovanni sah das Krankenzimmer vor seinem inneren Auge und die Eltern, die an seinem Bett saßen und über ihn wachten. Um sie herum, nicht sichtbar für das menschliche Auge, wimmelte es von Dämonen, die über den Boden krochen, sich über das Bett hangelten und von der Decke hingen. Giovanni blickte auf und ahnte zwei funkelnde Augen. Er schlug den Blick nieder. *Beelzebub? Bist du das? Bist du das, Beelzebub?* Der Schatten des Wesens verschmolz mit der Dunkelheit, und das dumpfe Sirren verstummte. Er schaute nach der Elfe und dem Dämon. Sie waren fort, und auch der Gestank des faulen Fleisches löste sich auf. *Dann war es nur ein Traum. Eine Fantasie*. Er versuchte, wach zu werden. *Das ist nicht real, Giovanni, das alles spielt sich nur in deinem Kopf ab, das ist nicht real.* Die alte Standuhr tickte gleichmäßig, ein helles Tick, gefolgt von einem etwas dunkleren Tack.

*

Um fünf Uhr wachte Giovanni auf. Er duschte, trank eine Tasse Tee und radelte zur gewohnten Zeit los, fest davon überzeugt, dass er beschattet wurde. Er schloss das Rad an der Heizölleitung vor der Universität an und ging kurz in seinem Büro vorbei, ehe er die Sicherheitskontrolle passierte und bei Umberto Gialli klopfte.

»Giovanni? Ich dachte, du wolltest verreisen?«

»Später. Vielleicht. Es ist etwas dazwischengekommen …«

»So kann es gehen. Kann ich dir irgendwie helfen?«

»Ich müsste mir die Handschrift mal ausleihen, Umberto.«

»Die Handschrift ausleihen?«

»Nur für ein paar Stunden.«

Umbertos Augenbrauen formten ein Dach.

»Ich bin im *Codex Sinaiticus* auf eine Stelle gestoßen, bei der es sich um einen Hinweis oder eine Abschrift eines Abschnittes aus *Luzifers Evangelium* handeln könnte.«

Die Lüge entbehrte jeder Grundlage, aber Umberto war kein Theologe.

»Das klingt spannend, Giovanni, aber ich fürchte, ich muss dich enttäuschen.«

»Wieso?«

»Also, wenn ich sie hätte, würde ich dir die Handschrift selbstverständlich geben.«

»Wo ist sie?«

»Nicht mehr hier.«

»Was sagst du da?«

»Genau das wollte ich dir gestern Abend erklären. Aber du warst völlig neben der Spur, wenn ich ehrlich sein darf.«

»Was wolltest du mir erklären?«

»Dekan Rossi hat die Handschrift beschlagnahmt.«

»Er hat *Luzifers Evangelium* beschlagnahmt? Warum?«

»Darüber redest du am besten mit ihm selbst.«

»Hat er dir denn keinen Grund genannt?«

»Es ging um irgendwelche Formalitäten.«

Formalitäten … Das klang ganz nach Rossi, in der Tat. Giovanni bedankte sich bei Umberto und eilte zurück zur Sicherheitskontrolle. Ungeduldig ließ er die Leibesvisitation über sich ergehen, ehe er im Stechschritt die Treppe hinauf bis ans Ende des Korridors zum Büro des Dekans der Fakultät lief.

Dekan Salvator Rossi hängte gerade Mantel und Hut im Vorzimmer auf, als Giovanni hereingestürmt kam.

»Ah, Nobile, gut! Ich wollte Sie gerade anrufen. Wir haben ein Problem.«

Sie gingen in sein Büro. Sowohl die Ausmaße des Raumes als auch dessen Möblierung ließen keinen Zweifel daran, dass Rossi der Chef war und damit auch nicht hinterm Berg hielt.

»Ein Problem, *dottore*?«

»Nobile, ich weiß um Ihr gutes Verhältnis zu diesem Antiquar, Luigi Fiacchini.«

»Was heißt *gut* …«

»Als Sie Ihre Reise unternommen haben, um die Handschrift zu holen, habe ich mir erlaubt, das ägyptische Amt für Kultur- und Denkmalpflege anzurufen.«

Ein eisiger Schauer rieselte Giovannis Rückgrat herunter.

»Es ist alles in Ordnung, Dekan.« Die Stimme klang fremd und quäkend. »Die Lizenzen, Ausfuhrpapiere. Alles vorhanden, unterschrieben und abgestempelt.«

»*Professore* …«

»Ich habe extra Kopien von den Urkunden gemacht, für den Fall formeller Komplikationen.«

»Ich zweifele nicht daran, dass Sie in gutem Glauben gehandelt haben, Professor. Leider ist Luigi Fiacchini nicht die zuverlässigste Person.«

»Er ist ein Krämer, das schon, aber er hat mir nie einen Anlass gegeben, ihm zu misstrauen.«

»Man hat mich gestern gegen acht Uhr aus Ägypten zurückgerufen. Die Dokumente sind entweder gefälscht oder das Resultat einer Bestechung.«

»Gefälscht? Aber …«

»Die Behörde für Kulturerbe und die ägyptische Polizei haben bereits Ermittlungen eingeleitet.«

»Ermittlungen? Gegen mich?«

»Glücklicherweise ist es mir gelungen, einen Skandal abzuwenden. Zwei Vertreter des Ägyptischen Museums in Kairo treffen heute mit dem Nachmittagsflug in Rom ein, um die Handschrift zurück nach Ägypten zu bringen. Sie sind bereit, einen Strich unter die Angelegenheit zu ziehen, da wir aus eigener Initiative zur Aufklärung beigetragen haben, bevor ein Schaden entstehen konnte.«

Der Dekan lächelte, offensichtlich zufrieden mit seinem heldenhaften Einsatz.

»Aber …«, Giovannis Atem ging schwer, »das ist doch nicht meine oder unsere Handschrift. Sie gehört Luigi Fiacchini.«

»Falsch. Sie gehört den Ägyptern.«

»*Dottore.* Darf ich Sie erinnern, dass ich – mit Ihrer Genehmigung – als fachkundiger Agent für Fiacchini gehandelt habe?«

»In gutem Glauben, Nobile, es ist wichtig, dass wir daran festhalten, die ganze Zeit über in gutem Glauben gehandelt zu haben. Dass wir uns von falschen Urkunden haben täuschen lassen, kann man uns schwerlich anlasten.«

»Genau genommen ist das aber doch ein Konflikt zwischen Luigi Fiacchini und den ägyptischen Behörden! Wir müssen die Universität außen vorhalten.«

»Ein richtiger Gedanke, Nobile.«

»Hören Sie! Ich werde die Handschrift persönlich zu Luigi Fiacchini bringen, damit die Ägypter sie bei ihm abholen können.«

»Die Ägypter sehen das anders. Die Handschrift wurde von einem Vertreter der Vatikanischen Pontificia Università Gregoriana aus dem Land ausgeführt, nämlich von Ihnen, *professore*. Darum sind wir dafür verantwortlich, bis sich die Handschrift wieder sicher in ihrer Obhut befindet. Erst dann werden sie sich mit Fiacchini beschäftigen. Sie haben angedeutet, dass Fiacchini schon früher in Transaktionen verwickelt war, die jetzt einer genaueren Untersuchung unterzogen werden.«

»Aber ...«

»Schauen Sie nicht so bestürzt. Für uns oder für Sie persönlich wird das keine Konsequenzen haben. Ich habe den Ägyptern versichert, dass Sie ein ehrenwerter und seriöser Forscher sind, der von einem Vertreter des – sagen wir mal eher kommerziellen – Bereichs der Branche über den Tisch gezogen wurde.«

»Mein Gott.«

»Entspannen Sie sich, Professor Nobile, immer mit der Ruhe. Sie haben meine volle Unterstützung und Rückendeckung. Es wird Ihrem *curriculum vitae* nicht schaden.«

»Ich ...«

»Machen Sie sich keine Gedanken. Natürlich werden Sie mit unmittelbarer Wirkung Ihren Kontakt und Ihre Zusammenarbeit mit Luigi Fiacchini beenden. Ich habe diesem Burschen, ehrlich gesagt, nie recht über den Weg getraut.«

»Ich habe den Ägyptern in seinem Auftrag einen ziemlich hohen Vorschuss bezahlt.«

»Das ist sein Problem.«

»Wenn er weder die Handschrift noch das Geld bekommt, wird er mich und die Universität zur Verantwortung ziehen.«

»Das soll er nur versuchen. Ha! Das soll er nur versuchen!«

»Er kann ziemlich skrupellos sein.«

»Falls er Streit sucht, schlagen Sie ihm vor, Sie und mich und seine Heiligkeit Papst Paul VI. gleich mit anzuzeigen!«

Giovanni legte die Hände vors Gesicht. Ihm war schlecht.

Es fehlte nicht viel, und er hätte sich auf dem persischen Teppich des Dekans erbrochen.

»Nehmen Sie sich das doch nicht so zu Herzen, Professor, ich weiß, dass Sie unschuldig sind und keinerlei Verantwortung dafür tragen. Desto höher schätze ich die Ernsthaftigkeit, mit der Sie an die Sache herangehen.«

»Herrgott, o mein Gott.«

»Unser Herrgott hat uns glücklicherweise allen beigestanden.«

»Wo befindet sie sich?«

»Die Handschrift? Keine Sorge. Ich habe sie persönlich in meinen Tresor gelegt...« Er zeigte mit einem Nicken in Richtung eines feuerfesten Schwab-Sicherheitsschrankes mit Zahlenschloss. »Dort wird sie liegen, bis die ägyptischen Kollegen sie abholen.«

»Oh, mein Gott.«

»Professor, ich bitte Sie. Wie ich schon sagte, es wird sich bestens um die Angelegenheit gekümmert. Sie haben nichts zu befürchten.«

Giovanni schloss die Augen und versuchte, sich zu sammeln. Der Dekan lehnte sich mit selbstgefälliger Miene auf seinem Bürostuhl zurück.

»Ich weiß, dass es Ihnen merkwürdig vorkommen muss«, sagte Giovanni, und wieder bekam seine Stimme diesen gequetschten Unterton, als stiegen Luftblasen in seiner Kehle auf, »aber ich würde das Manuskript gerne noch einmal ausleihen, und sei es nur für ein paar Minuten.«

»Tut mir leid.«

»Ich würde gerne etwas nachschauen, etwas, das für mich von entscheidender Bedeutung ist.«

Der Dekan schüttelte entschieden den Kopf. »Bedaure, Professor. Mir ist klar, dass die Handschrift interessant ist...«

»*Dottore*!«

»...und dass sie viel für Sie bedeutet. Ich würde Sie mehr als gerne an dem Text forschen lassen, aber...«

»Es geht nur um ein Detail, es würde nicht mehr als eine halbe Minute dauern …«

»Wissen Sie, Nobile, ich erkenne mich in Ihnen wieder. Dieser Feuereifer, den Dingen auf den Grund zu gehen! Aber in diesem Fall müssen wir so tun, als hätten wir dieses Manuskript nie zu Gesicht bekommen. Es hat sich nie in unserem Besitz befunden. Wir können nicht in etwas blättern, das nicht existiert.«

»Aber …«

»Hören Sie! Wenn wir den Ägyptern die Handschrift ausgehändigt haben, können Sie sich um ein Reisestipendium bewerben und den Text in Kairo studieren.«

»Herr Dekan …«

»Tut mir leid, Professor Nobile. In diesem Fall bin ich nicht nur prinzipienfest, sondern unerbittlich.«

»Ich flehe Sie an.«

»Nein! *Luzifers Evangelium* bleibt in meinem Tresor, bis die Ägypter es holen.«

*

Giovanni ging zurück in sein eigenes Büro. Was hatte er dort verloren? Er starrte den Papierstapel für die *Harvard Theological Review* an, er starrte das Fenster an, das das bleiche Morgenlicht einrahmte, und heftete seinen Blick dann auf die Wand, lange. Er erwog, Luigi anzurufen, verwarf den Gedanken aber wieder. Stattdessen rief er zu Hause an, um zu hören, ob sich die Entführer gemeldet hatten. Luciana nahm nicht ab. Um die Zeit totzuschlagen und seine Gedanken zu sortieren, nahm er sich ein paar Nachschlagewerke und Aufsätze vor, die sich neben seiner Schreibmaschine stapelten. Er verschaffte sich einen kurzen Überblick über belegte historische und theologische Fakten über die Drăculsângeer, in der Hoffnung, einen Schwachpunkt zu entdecken, den er ausnutzen konnte. Aber er fand nichts. Und dabei sah er die ganze Zeit Silvana vor sich.

Mein Gott. Was stellen sie mit ihr an?

Wieder rief er zu Hause an. Niemand antwortete.

Er schloss das Büro ab, ging die Treppe hinunter und fuhr mit dem Rad heimwärts. Der Verkehr war wahnsinnig. Luciana war nicht zu Hause. Er ging von Raum zu Raum und suchte nach ihr, als hätte sie sich versteckt und wartete nur darauf, von ihm entdeckt zu werden.

Haben sie Luciana nun auch noch entführt? Wie konnte ich nur so unvorsichtig, so unbedacht sein? Blödsinn, sie haben sie nicht entführt. Sie haben Silvana. Sie brauchen Luciana nicht.

Enrico!, dachte er.

Sie ist bei Enrico. Eine plötzliche Gewissheit. Enrico … Er wollte nicht anrufen. Enricos Telefonnummer stand in dem Telefonregister in der Schublade unter dem Telefon. Aber die Nummer zu wählen und nach seiner Frau zu fragen – und sie womöglich an den Hörer zu bekommen –, das wäre zu viel für ihn.

Er ließ sich in den Plüschsessel fallen. Die Handschrift … *Herrgott. Oh, mein Gott.* Was sollte er ihnen sagen, wenn sie anriefen? Wie würden sie reagieren? *Wir werden sie dort lassen, wo sie sich befindet. In dem Sarg.* Er erhob sich, griff nach dem Aschenbecher auf dem Tisch und schleuderte ihn gegen die Wand. Ein feiner Aschestaubschleier glitzerte in den Sonnenstrahlen.

Der Sarg …

Ein Schluchzen. Verletzt und verzweifelt. Woher kam das Geräusch? Von ihm selbst? *Ich handele wie ein verwundetes Tier. Ich denke nicht rational. Wie ein angeschossenes Tier, das seinen Jägern zu entkommen versucht. Denk nach, Giovanni! Denk nach!*

Das Telefon klingelte.

Im ersten Augenblick war er wie gelähmt. Dann rannte er zum Telefon und riss den Hörer von der Gabel. »Ja?«

»Professor Nobile.« Die Stimme des Großmeisters. »Haben Sie beschafft, was wir vereinbart haben?«

Sein rasselnder Atem und sein rasender Herzschlag machten es ihm unmöglich zu antworten.

»Professor Nobile?«

»Wir – haben – ein – Problem.«

Die Worte kamen kurzatmig und abgehackt, verwaschen, seine Stimme klang weinerlich und panisch.

»Ein Problem welcher Art?«

»Mein Übergeordneter an der Fakultät, Dekan Dr. theol. Salvatore Rossi, hat die Handschrift beschlagnahmt.«

»Wieso?«

»Augenscheinlich hat Luigi Fiacchini, der das Antiquariat unten in der …«

»Wir kennen Luigi! Weiter!«

»Luigi hat entweder die Ausfuhrlizenzen gefälscht oder irgendwelche ägyptischen Beamten bestochen …«

»Natürlich hat er das! Kommen Sie zum Punkt!«

»*Dottore* Rossi hat die ägyptischen Behörden gewarnt. Sie sind auf dem Weg von Kairo hierher, um die Handschrift abzuholen.«

»Wo befindet sich die Handschrift?«

»In Rossis Tresor.«

Pause.

»Professor Nobile. Lassen Sie uns offen miteinander reden. Sollten Sie bluffen und versuchen, die Handschrift für sich zu behalten …«

»Sie müssen mir glauben! Ich werde doch nicht das Leben meiner Tochter aufs Spiel setzen!«

»Wenn Sie nicht versuchen, uns zu hintergehen, und das Maunskript tatsächlich in einem Tresor liegt, in Erwartung, vom ägyptischen Amt für Kultur- und Denkmalpflege abgeholt zu werden …«

»Ja! Das ist die Wahrheit!«

»… dann bleibt Ihnen nur eine Möglichkeit, wenn Sie Ihre Tochter lebend wiedersehen wollen.«

»Ja?«

»Beschaffen Sie uns die Handschrift!«

»Ich *kann* nicht.«

»Sie hören nicht zu.«

»Wie ich eben sagte, liegt sie …«

»Professor Nobile, hören Sie zu, was ich sage! Beschaffen Sie uns den Text! Es ist mir vollkommen egal, wo er jetzt ist. Es ist mir vollkommen egal, wie Sie es anstellen. Aber sehen Sie zu, dass wir die Handschrift bekommen!«

»Ich …«

»Ich will nicht unrealistisch sein, Sie haben einen Tag Zeit.«

»Das ist unmöglich!«

»Um sechzehn Uhr rufe ich Sie wieder an, um Zeit und Ort für die Übergabe zu vereinbaren.«

»Er hat das Manuskript in seinem Tresor eingeschlossen!«

»Sechzehn Uhr. Verstanden? Dann sollte die Handschrift in Ihrem Besitz sein, Professor.«

»Hören Sie …«

»Punkt sechzehn Uhr!«

»Ich kenne die Zahlenkombination nicht!«

»Wir bekommen alles mit, was Sie unternehmen. Sollten Sie die Polizei einschalten, Ihren Vorgesetzten, die Behörden oder wen auch immer, betrachten wir das als Vertragsbruch. Die Konsequenzen sind Ihnen bekannt!«

»Ich kann nicht …«

»Vier Uhr, Professor.«

Der Großmeister legte auf.

Zweiter Teil

Die sieben Siegel

Und ich sah in der rechten Hand dessen, der auf dem
Thron saß, ein Buch, innen und außen beschrieben,
versiegelt mit sieben Siegeln. Und ich sah einen starken Engel,
der rief mit lauter Stimme: Wer ist würdig,
das Buch zu öffnen und seine Siegel aufzubrechen?

Offenbarung des Johannes

Elí, Elí, lemá sabaktáni?
Mein Gott, mein Gott, warum hast du mich verlassen?

Matthäus-Evangelium

Vorhergehendes Titelblatt: Die Offenbarung des Johannes wird auch die Apokalypse genannt, weil sie von der Endzeit und dem Untergang der Welt handelt. Traditionsgemäß wird die Verfasserschaft dem Evangelisten Johannes zugeschrieben (vermutlich einer der zwölf Apostel Jesu). Es ist aber unklar, wer die Offenbarung des Johannes wirklich verfasst hat. Der Text wird auf die Zeit 68–96 n. Chr. datiert.

Rom, Mai 1970

LIEBER GOTT IM HIMMEL, HILF MIR! ICH WILL HIER NICHT SEIN! ICH WILL NACH HAUSE ZU MAMA UND PAPA! UND ZU BELLA. LIEBER, LIEBER GOTT, LASS MICH NICHT STERBEN!

*

Wer sind diese Leute? Warum haben sie mich ausgezogen und mich nackt in diesen Steinsarg gelegt? Die sind doch verrückt. Wollen sie, dass ich sterbe?

*

Sie haben draußen vor der Schule auf mich gewartet. Zu viert. Vier Männer in einem schwarzen Mercedes. Die Sonne glitzerte auf dem Stern auf der Motorhaube. Deshalb weiß ich, dass es ein Mercedes war. Das Auto parkte mit laufendem Motor auf dem Bürgersteig. Geh schnell vorbei!, drängelte Lo-Lo, als ich mich ihm näherte. Als hätte er gewusst, wer sie sind. Ich ging an dem Mercedes vorbei. Zwei der Männer stiegen aus. Silvana?, fragten sie. Dabei haben sie doch wohl gewusst, wer ich bin. Ja, sagte ich. Sie sagten, Mama und Papa hätten sie geschickt, um mich abzuholen. Du darfst ihnen nicht trauen, sagte Lo-Lo. Eigentlich wollte ich nicht mit ihnen gehen. Mama und Papa haben immer gesagt, dass ich nicht mit Fremden gehen darf. Aber sie haben mich einfach auf die Rückbank geschoben und sind losgefahren. Wohin fahren wir?, fragte ich und versuchte, ihnen nicht zu zeigen, wie ängstlich ich war. Nicht weit, antworteten sie. Ich fragte, wer sie seien. Sie antworteten nicht. Ich hatte Angst. Aber vielleicht sagten sie ja die Wahrheit, vielleicht hatten Mama und Papa sie ja wirklich geschickt. Wir fuhren durch die Stadt. Irgendwann kannte ich mich nicht mehr aus. Wir bogen auf eine Autobahn, die wir aber schon bald wieder verließen. Wir kamen durch eine menschenleere Vorstadt. Dann ging es an ein paar Feldern vorbei. Nicht weinen, sagte der Mann rechts neben mir. Er hörte sich nett an. Wohin fahren wir?, fragte ich. Wir sind bald da, antwortete der Mann mit der freundlichen Stimme. Die anderen Männer sagten nichts. Sie saßen einfach nur da und starrten nach vorn. Nach einer langen Fahrt hielten wir vor einem Schloss. Oder etwas, das wie ein Schloss aussah. Als sie mich aussteigen ließen und ich mich umschauen konnte, erkannte ich, dass es ein Kloster war, mit einer Kapelle und einem Friedhof, um den sich eine hohe Mauer zog. Eine Treppe führte zum Eingang. Über der Tür konnte ich die Worte Monastero *und* Signore *und* Santo *und die Jahreszahl* 1871 *lesen. Da standen noch viel mehr Worte, aber mehr konnte ich nicht erkennen. Es musste lange her sein, seit hier Mönche gelebt hatten. Die Fenster waren zerbrochen, und im Vorgarten wuchsen Unkraut und kleine Bäume zwischen den Pflastersteinen. Mir war, als hörte ich Mönche singen. Vielleicht habe ich sie aber auch nur in meinem Kopf gehört. Die Männer führten mich über eine breite Treppe ins Kloster hinein. Auf dem Boden war überall Staub und Sand. Ein Deckenbalken war gebrochen, so dass man den Himmel sehen konnte. Jemand hatte die Ziegel zur Seite geschoben, die heruntergefallen und auf dem Boden zersplittert waren. Ein riesiges Kreuz lehnte verkehrt herum an der Wand. Im Schatten der Wände standen Statuen, wahrscheinlich von Menschen aus der Bibel. Auf jeden Fall habe ich Moses und Jesus und die Jungfrau Maria wiedererkannt. Ich ging mit den vier Männern aus dem Auto durch das Kloster. Der Mann mit der freundlichen Stimme führte mich. Wir gelangten in die Kapelle. In der Mitte des Raumes stand auf einem hohen Sockel eine Art steinerner Sarg. Die Seitenwände und der Deckel waren mit Blumenranken und Figuren aus der Hölle verziert. Dämonen und Teufel. Solche, wie Papa sie studiert. Spitze Gesichter mit langen Zungen und leeren Augen. Die Männer stellten sich im Kreis um den Sarg und begannen zu singen. Wie Mönche. Vielleicht waren sie ja welche. Der Mann mit der freundlichen Stimme drückte meine Hand. Als sie mit dem Singen fertig waren, kniete einer der Männer vor dem Sarg nieder. Ich glaube, er hat gebetet, aber ich konnte nicht hören, was er sagte. Als er fertig war, senkten alle Männer die Köpfe und murmelten etwas im Chor, aber auch das habe ich nicht verstanden. Dann wandten sich alle mir zu. Vier Männer kamen auf mich zu. Der Mann mit der freundlichen Stimme drückte wieder meine Hand. Ich begann zu weinen. Während zwei mich festhielten, rissen die anderen mir die Kleider vom Leib. Ich hatte Angst, und mir war so unwohl. Ich schrie, versuchte, um mich zu schlagen, aber sie waren viel stärker als ich. Als ich nackt war, trugen sie mich durch die Kapelle. Ich konnte mich nicht losreißen, schrie nach Mama und Papa. Aber niemand hörte mich. Nur die fremden Männer. Dann zwangen sie mich, in den kalten Steinsarg zu klettern. Als sie den Deckel daraufschoben, rieselte Staub in den Sarg. Ich hustete und versuchte, zu schreien, aber Staub und Angst schnürten mir die Kehle zu. Alles war dunkel.*

Mit geballten Fäusten schlage ich gegen die Innenseiten des Sargs. Ich trete gegen den Deckel. Ich habe so wenig Platz, es ist so eng. Wenn ich versuche, mich aufzurichten, stoße ich mir den Kopf an dem steinernen Deckel. Alles ist hart und schwer. Mein Herz schlägt zu schnell. Ich huste. Schlage um mich und schürfe mir die Haut ab. Ich schnappe nach Luft. Hier drin ist nicht genug Luft, sagt Lo-Lo. Ich habe von Kindern gelesen, die gestorben sind, weil sie sich in alten Kühlschränken versteckt haben und die Tür von innen nicht mehr öffnen konnten. Ich versuche, langsam und tief zu atmen. Da spart man doch Luft, oder? Es ist nicht so leicht. Ich fühle mich kurzatmig. Wir brauchen Sauerstoff zum Atmen, das weiß ich aus einem Biologiebuch in der Schule. Die Luft im Sarg ist warm und feucht. Mein Herz schlägt und schlägt, klopf, klopf, klopf. Die Innenseiten des Sarges riechen genauso wie die Baustelle, auf die Mama und Papa mich vor ein paar Monaten mitgenommen haben. Ich weiß nicht, ob das der Zement oder Kalk oder etwas anderes ist. Mama verkauft Häuser und Wohnungen. Meistens haben da vorher schon Leute gewohnt. Aber manchmal baut die Firma, in der Mama arbeitet, auch ganz neue Häuser, die sie dann verkaufen, glaube ich. Auf jeden Fall riecht es hier genauso. Wie auf einer Baustelle.

Ich muss pinkeln. Du darfst nicht in den Sarg pinkeln, sagt Lo-Lo streng.

*

Sie haben einen dünnen Gummischlauch durch ein Loch oben im Sarg geschoben. Durch diesen Schlauch kommt Luft. Ich spüre das auf der Haut meines Oberarms, durch die Zugluft habe ich dort Gänsehaut. Ich halte die Innenseite meiner Hand in den Luftstrom. So kann ich den Schlauch finden. Ich drehe mich auf die Seite und weiter auf den Bauch. Dann hebe ich den Kopf, so dass mir die Luft direkt ins Gesicht bläst. Ich öffne den Mund weit und sauge die Luft ein. DANKE, LIEBER GOTT, FÜR DIE LUFT, VIELEN, VIELEN DANK, LIEBER GOTT!

Es war nicht Gott, der den Schlauch hereingeschoben hat, sagt Lo-Lo. Er ist immer so undankbar.

Schließlich fühle ich mich wie ein aufgeblasener Ballon. Ich bin kurz davor zu platzen. Ich sacke zusammen und drehe mich wieder auf den Rücken. Denke an Mama und Papa. Sie haben sicher schreckliche Angst um mich. LIEBER GOTT, STEH MAMA UND PAPA BEI, DAMIT SIE NICHT SOLCHE ANGST HABEN, SIE GLAUBEN BESTIMMT, DASS ICH TOT BIN. IN JESU NAMEN, AMEN. Papa hat bestimmt die Polizei angerufen. Vielleicht ist die Wohnung jetzt voller Polizisten. Vielleicht ist ein Bild von mir in der Zeitung. Bestimmt hat jemand die Männer gesehen, die mich mitgenommen haben. Vielleicht hat sich ja auch jemand die Autonummer notiert. Ob die Polizei das Kloster schon umstellt hat? Hoffentlich erzählen die Männer dann auch, wo sie mich versteckt haben. Es ist ja nicht sicher, dass die Polizei in diesen Sarg guckt. Was, wenn sie alle festnehmen und wieder fahren, ohne nachzusehen, ob ich hier bin?

*

Ich kann es nicht mehr lange halten und kneife die Schenkel zusammen. Es brennt im Bauch und zwischen den Beinen. Ich will nicht pinkeln. Ich will nicht in meinem eigenen Urin liegen. Bäh. Ich beiße die Zähne zusammen und presse die Knie gegeneinander.

*

Papa studiert Dämonen. Ich verstehe einfach nicht, warum. Ich habe Angst vor ihnen. Engel sind mir viel lieber. Die sind nett. Dämonen sind einfach nur böse. Lo-Lo sagt, die Welt sei voller Dämonen. Wir Menschen können sie nicht sehen, wenn sie nicht gesehen werden wollen. In der Regel wollen sie nicht gesehen werden.

Ich habe Durst. Seltsam, dass ich Durst habe und gleichzeitig pinkeln muss. Beides auf einmal. Mein Mund ist trocken. Die Zunge klebt am Gaumen. Ich denke an eiskaltes Wasser. An den Trinkbrunnen auf dem Schulhof. Coca Cola mit Eiswürfeln. Die kriege ich sonntags immer zum Mittagessen.

Bei jedem Schlucken klickt es trocken in meinem Hals. Hunger habe ich keinen. Aber mir ist übel. Ich frage mich, wann sie mir zu essen und zu trinken geben.

Sie werden dich nicht freilassen, sagt Lo-Lo.

Sei doch ruhig, sage ich.

*

Zu guter Letzt halte ich es nicht mehr aus. Ich muss so dringend pinkeln, dass ich mich fast übergeben muss. Und dann denke ich, dass ich hier vielleicht noch Stunden liege und ohnehin keine Chance habe, so lange einzuhalten. Mein Körper wird schlaff, und ohne, dass ich es will, lasse ich es einfach laufen. Wie peinlich, sagt Lo-Lo. Die Männer werden es sicher merken, wenn sie den Sarg öffnen. Ich spüre, wie ich im Dunkeln rot werde.

Lo-Lo ist ein Geist. Vor langer, langer Zeit war er eine Elfe in einem Reich, das von einer Königin, die Suhlivan hieß, und einem bösen Zauberer namens Zach-Mahl regiert wurde. Das behauptet er jedenfalls selbst von sich. Suhlivan und Zach-Mahl haben den König mit einem Belladonna-Extrakt umgebracht. Hunderte von Jahren wohnte Lo-Lo in einem grünen Eichenwald unter den Bergen. Er sagt, er habe Felder bestellt, Viehzucht betrieben und in die Sterne geschaut. Damals hieß er Lowïndûlar-cahn-Loshwëêmin. In einem blaugrünen Kolk und einem Wasserfall fischte er Karpfen, die er mit dem Gemüse aus seinem Garten aß. Als er siebenhundertdreiundfünfzig Jahre alt war, starb er an einem vergifteten Bonbon, das ihm Zach-Mahl geschickt hatte. Er hat nie verstanden, was er falsch gemacht oder was den Zauberer erzürnt hat. Danach lebte er unter Geistern. In dem Jahr, in dem ich geboren wurde, wurde er vom Erzengel Michael auf die Erde gerufen und als mein Schutzengel eingesetzt. All das hat er mir erzählt. Ich weiß nicht, ob ich ihm glauben kann. Er redet so viel. Außerdem ist er etwas seltsam. Es ist schwer zu glauben, dass er siebenhundertdreiundfünfzig Jahre gelebt hat, bevor er starb. So klug ist er dann auch wieder nicht. Großmutter war alt und klug. Aber Lo-Lo hört sich noch immer wie ein Kind an. Ich nenne ihn bloß Lo-Lo. Man kann ja auch nicht einfach Lowïndûlar-cahn-Loshwëêmin heißen. Das geht doch nicht. Also wirklich nicht.

Mama und Papa sagen, ich hätte Lo-Lo erfunden.

Sie behaupten, dass es ihn nur in meinem Kopf gibt.

Lass sie das ruhig glauben, sagt Lo-Lo.

Sie können ihn nicht sehen oder hören. Auch nicht, wenn er direkt neben mir steht und lauthals eines dieser Volkslieder singt, die in seinem Elfenland so beliebt waren. Sie sehen direkt durch ihn hindurch. Seine Stimme erreicht ihre Ohren nicht. Wenn er neben mir im Bett liegt und Mama und Papa kommen, um mir gute Nacht zu sagen, setzen sie sich manchmal sogar auf ihn drauf. Er liegt dann mucksmäuschenstill da und verdreht die Augen.

Bist du ein Engel, Lo-Lo?, habe ich ihn einmal gefragt.

Das wäre schön.

Also, was bist du?

Ich bin wohl nur ein Geist.

Aber du hast doch gesagt, du wärest mein Schutzengel?

Ein Schutzengel ist kein richtiger Engel, Silvana.

Was ist der Unterschied zwischen einem Geist und einem Engel?

Gottes Nähe.

Wie meinst du das?

Er schwieg ziemlich lange. Für Lo-Lo war das eher untypisch. Schließlich sagte er: Denk nicht daran, Silvana, mach dir darüber keine Gedanken, hörst du?

Warum nicht?

Wenn du erwachsen bist, wirst du es verstehen.

Was verstehen?

Ich würde es dir ja gerne sagen, aber ich sollte das nicht tun.

*

LIEBER GOTT, HILF MIR HIER RAUS! LIEBER GOTT, LASS DAS ALLES NUR EINEN ALBTRAUM SEIN, LASS MICH AUFWACHEN UND FESTSTELLEN, DASS ICH NUR GETRÄUMT HABE, BITTE, GOTT. IN JESU NAMEN, AMEN.

Silvana, flüstert Lo-Lo, du musst aufwachen!

Starre ins Dunkel. Ringe nach Atem. Durst. So ein schrecklicher Durst.

Du darfst nicht zu tief schlafen, meine kleine Freundin.

Warum nicht?

Du hast Fieber und Krämpfe. Schlaf nicht ein.

Bin so müde.

Versuch, dich wach zu halten.

Meine Lungen sind voller Staub.

Es ist nicht genug Luft im Sarg, sagt Lo-Lo. Er schmiegt sich an mich und flüstert mir meinen Namen tröstend ins Ohr.

Ich wimmere, mir bricht der Schweiß aus. Nicht genug Luft. Ich sterbe. Ich sterbe, Mama und Papa, warum holt ihr mich nicht? Wollt ihr, dass ich sterbe?

Mein Körper zittert und bebt.

Ich kann mich nicht mehr wach halten.

Lo-Lo: Wach auf, kleine Freundin.

Ich kann nicht mehr.

Ich schlafe.

Ich träume.

Ich wache auf.

Ich schlage die Augen auf.

Der Dämon sitzt – gebeugt und verkrüppelt – am Fußende des Sarges. Er starrt mich an. Ein schimmerndes grelles Licht geht von ihm aus. Deshalb kann ich ihn im Dunkeln sehen. Seine Arme sind Knochen. Der haarlose Kopf ist spitz und die Haut so dünn, dass ich den Schädel durchschimmern sehe. Ich schreie.

Seine Augen verlöschen. Nur sein Geruch ist immer noch da.

Lo-Lo!, schreie ich. Lo-Lo antwortet nicht.

Ich schreie und schreie.

I: CC

Rom
11.–12. Juni 2009

1

Wer lange genug gen Osten reist, immer dem Sonnenaufgang entgegen, wird das schicksalsschwere Gefühl kennen, einen Tag seines Lebens verloren zu haben. Nichts – keine Logik, kein Argument, kein gründliches Studium von Kalendern oder Almanachen – kann einem das beklemmende Gefühl nehmen, dass einem Zeit gestohlen wurde und man ein Stück zwischen Vergangenheit und Zukunft verpasst hat.

Millimeterweise öffnete ich die Augen. Meine Augenlider waren tonnenschwer.

Ein paar Minuten lag ich reglos und still da, wie nach einer ausgiebigen und feuchtfröhlichen Sauftour, die im schwarzen Schlund des Vergessens endete. So stellte ich es mir vor, auf einer Bahre hinter einer viereckigen Tür im Kühlraum einer Leichenhalle zu erwachen.

Fakt: Ich lebte. Das war ja schon mal was. Ich befand mich nicht im Krankenhaus. Oder in der Pathologie. Ich lag in einem Bett. War nicht festgebunden. Also war ich kein Gefangener mehr. Auf meinem Unterarm klebte ein Pflaster.

Frage: Was war geschehen? Wo war ich? Wo waren der Primus Pilus und die anderen Irren?

War die Entführung möglicherweise nur inszeniert worden, um mich in Todesangst zu versetzen? In dem Fall war die Vorstellung ein voller Erfolg gewesen. Applaus und trampelnder Beifall. Aber ich hatte nicht verraten, wo sich die Handschrift befand. Oder doch? Ich versuchte, mich zu erinnern, kniff die

Augen zusammen und konzentrierte mich. Ich erinnerte mich an den grauhaarigen Mann, der sich Primus Pilus nannte, an die Mönche in ihren grauen Kutten. Ich erinnerte mich, wie sie einen großen, länglichen Krug über meinen Arm gezogen hatten. Und dann waren da noch die chirurgischen Instrumente in dem Holzschächtelchen gewesen.

Und danach? Nichts.

2

»Blendgranate und Gas.«

Eine Männerstimme. Amerikaner.

Ich ließ den Kopf zur Seite fallen, sah aber niemanden.

»BZ-91«, redete er weiter. »Ein K.o.-Gas auf der Basis von Skopolamin und Morphin. 2005 von der CIA entwickelt. Extrem effektiv. Schaltet Sie im Laufe einer halben Sekunde aus. Sie haben Sie so gut wie gar nicht mit dem Skalpell angeritzt.«

Ich versuchte, mich in dem Bett aufzurichten, um zu sehen, wer sprach, aber ich war nicht dazu in der Lage. Mit einem Stöhnen fiel ich zurück aufs Kissen.

»Die Kopfschmerzen und leichten Lähmungserscheinungen können bis zu fünfzehn Stunden nach dem Einatmen anhalten. Tut mir leid. Die Alternative wäre eine bewaffnete Aktion gewesen. Heikel. Ich bin kein Anhänger von bewaffneten Aktionen, wissen Sie. Dabei sterben Leute. Man hat so viel aufzuräumen. Da ziehe ich Blendgranaten oder Gas bei Weitem vor. In ein paar Stunden werden Sie wieder auf den Beinen sein.«

Schwere Schritte. Ein Hauch von Old Spice. Eine diffuse Silhouette schob sich in mein Blickfeld. Ich kniff die Augen zusammen, um den Blick schärfer zu stellen. Er setzte sich auf den Stuhl neben dem Bett.

»Wir verfügen über eine operative Kommandoeinheit. Eine Sondereinsatztruppe der Navy SEALs. Die haben Sie befreit.

Sie waren nie wirklich in Gefahr. Auch wenn es Ihnen so erschienen sein mag. Das bedauere ich. Wir observieren diese Mönche schon seit einiger Zeit.«

Diese Mönche …

Die Silhouette gehörte zu einem großen schlanken Mann Mitte fünfzig mit einem ansprechenden Äußeren und einer ausgeprägten Hakennase.

»Wer sind Sie?« Meine Stimme klang wie knirschender Kies.

»Mein Name ist Carl Collins. Die meisten nennen mich CC. Für Sie relevant ist zu diesem Zeitpunkt einzig und allein, dass ich nur Ihr Bestes will.«

Aus Gründen, die Psychologen besser erklären können als ich, hege ich eine grundsätzliche Skepsis Leuten gegenüber, die behaupten, nur mein Bestes zu wollen.

»Die Wohnung, in der Sie und Monique untergebracht waren, wurde überwacht. Genau wie Sie es vermutet haben. Nicht nur mit Bewegungs- und Wärmemeldern, sondern auch mit versteckten Kameras und Mikrofonen. Als wir sahen, dass Sie anfingen, schriftlich mit Monique zu kommunizieren, war uns klar, dass Sie uns auf die Schliche gekommen waren. Wir sind Ihnen ins Parkhaus gefolgt. Aber die operative Einheit war leider noch nicht zum Eingriff bereit, als sie übermannt wurden. Tut mir aufrichtig leid, dass es so weit kommen musste. Aber wie gesagt, wir hatten die Situation voll unter Kontrolle.«

»Wo ist Monique?«

»Hier. Wir haben sie aus der Wohnung geholt, sobald Sie aus dem Fenster im Treppenaufgang geklettert waren.«

»Was haben Sie mit ihr gemacht?«

»Gar nichts. Sie missverstehen mich. Ich bin auf Ihrer Seite.«

»Das behaupten alle …«

»Wir haben Kriminalkommissar Henrichsen in Oslo über die Ereignisse in Kenntnis gesetzt. Sie müssen sich keine Gedanken machen.«

»Sie kennen Henrichsen?«

»Wir sind halt auf dem Laufenden. Sie sehen groggy aus, Bjørn. Ruhen Sie sich ein paar Stunden aus. Wir haben eine Menge zu besprechen.«

CC verschwand durch die Tür. Ich in der Dunkelheit.

3

Das Erste, was mein Bewusstsein streifte, war ein merkwürdiger Laut. *Klick klick. Klick klick. Klick klick.* Ich versuchte, die Augen zu öffnen. Aus einem chemischen Schlaf aufzuwachen, ist, wie sich in einem Moorbad an die Oberfläche zu kämpfen. Ich versuchte, die Klicklaute einzuordnen. Als ich schließlich die Augenlider aufzwang – erst das rechte, dann das linke –, erkannte ich die vagen Umrisse von Monique. Sie saß auf dem Stuhl neben dem Bett und strickte. Das Klicken kam von ihren Stricknadeln.

»Guten Morgen«, krächzte ich.

Sie legte das Strickzeug beiseite. Selbst in meinem Zustand schlaftrunkener Geistesverwirrung entging es meiner Aufmerksamkeit nicht, dass ich praktisch nackt in diesem Bett lag. In einem geschlossenen Raum. Zusammen mit Monique.

»Geht es Ihnen gut?«, fragte ich.

Sie nickte. »Und Ihnen?«, schrieb sie.

»Mir ist schwindelig. Und schlecht. Wer sind die?«

»Unsere Freunde.«

Monique half mir aus dem Bett und in das kleine Bad, dann nahm sie wieder ihr Strickzeug. Ich spritzte mir kaltes Wasser ins Gesicht und zog mich an. Ich fühlte mich wie Treibgut im Kielwasser eines Vollrausches aus Cognac und Rohypnol. Als ich zurück ins Zimmer kam, hatte CC sich zu Monique gesellt.

»Bjørn!«, rief er, als wären wir alte Freunde. »Sie sehen schon viel frischer aus.«

»Seien Sie nicht albern. Ich weiß genau, wie ich aussehe.«

Mit einem von Gas, Schlaf und einem ziemlich angekratzten Selbstbewusstsein verschleierten Blick versuchte ich, ihm direkt in die Augen zu schauen. Wenn ich sehr müde bin oder betrunken – oder wenn die Ärzte in der Psychiatrie mir ein paar zu viele von den rosa Pillen gegeben hatten –, neige ich zum Schielen. Meine dicken Brillengläser verschlimmern das Elend nur noch. Das Schielen ist also nicht sonderlich vorteilhaft für mich.

4

Sich mit schönen Dingen zu umgeben, hat nicht nur etwas mit Eitelkeit zu tun. Es könnte genauso gut der Versuch sein, Harmonie im Dasein zu schaffen, eine Art *Feng Shui* der Seele. Die Suche nach der Ruhe im Schönen.

Professor Aldo Lombardi sah aus, als hätte er diese Ruhe gefunden. Er erwartete uns in einem prunkvollen Raum mit Samttapeten, barocken Malereien und Kronleuchtern.

Heuchler.

»Wie geht es Ihnen?«, fragte er, aufgesetzt besorgt, als ich in den Raum taumelte.

Ich hätte ihm am liebsten eine geklebt. Aber dazu war ich viel zu schwach.

Aldo Lombardi räusperte sich bedauernd. »Es tut mir leid, dass ich Sie, in gewisser Weise, hinters Licht geführt habe. Ich habe an keiner Stelle gelogen, das möchte ich betonen. Aber ich habe Ihnen auch nicht die volle Wahrheit gesagt.«

Die alten Ledersessel knarrten, als wir uns setzten. Eine Haushälterin brachte ein Tablett mit Kaffee und Tee herein. Klirrend richtete sie Tassen und Teller auf einer Glasplatte an, die auf versilberten, schnörkeligen Beinen ruhte. Sie schenkte Monique Tee ein, CC, Aldo und mir Kaffee.

»Wer sind Sie?«, fragte ich, als sie die Tür hinter sich geschlossen hatte. Meine Stimme zitterte. Das irritierte mich. »Was haben Sie mit uns vor?«

»Ich verstehe Ihr Misstrauen gut«, sagte CC. »Sie fürchten verständlicherweise, dass wir hinter den Entführungen und Morden stehen.«

»Der Gedanke hat mich durchaus gestreift.«

»Es gibt zwei Gruppierungen, die hinter *Luzifers Evangelium* her sind. Zwei vollkommen unterschiedliche Gruppierungen. Aldo und ich repräsentieren die eine. Die andere Gruppierung – die Mönche – ist eine religiöse Sekte, die sich Drăculsângeer nennt. Der Name bedeutet so viel wie ›Blut des Drachen‹.«

»*Luzifers Evangelium* ist einer von vielen Texten, der ihrem Glauben zugrunde liegt«, erklärte Aldo Lombardi. »Das Problem ist nur, dass die Drăculsângeer – wie alle anderen – die Schrift falsch gedeutet haben.«

»Ein religiöser Orden? Der mordet?«, schrieb Monique und hielt den Block hoch, damit alle es lesen konnten.

»Ein Paradoxon«, sagte Aldo Lombardi. »Oder? Ein ebenso großes Paradoxon wie die Kreuzzüge im Mittelalter und die Inquisition. Oder der islamische Dschihad und die Selbstmordattentäter. Die Bibel ist voll von Beispielen, wie man zur Erlangung eines höheren Ziels sein Leben opfern kann. Die Drăculsângeer sind genau wie die Jesuiten der Ansicht, dass der Zweck die Mittel heiligt. Sie vertreten Gottes und Satans Interessen auf der Erde.«

»Satans Interessen?«

»Sie verehren Luzifer«, sagte CC. »Sie als Extremisten zu betiteln, ist nicht zu hart formuliert. Diese Mönche sind Fanatiker, die in jeglicher Hinsicht in der Vergangenheit leben.«

»Und wer sind dann Sie? *The good guys*?«

»Wir sind Forscher«, sagte CC. »Wissenschaftler. Wir gehören einer großen Forschungsorganisation an, die den Codenamen *The Lucifer Project* trägt.«

»*The – what*?«

»Das Luzifer-Projekt. Die Projektgruppe setzt sich aus führenden Experten unterschiedlicher Forschungsbereiche zusammen: Archäologen, Historiker, Theologen, Paläografen, Anthropologen, Philosophen, Linguisten, Physiker, Astronomen, Biologen, Mathematiker, Soziologen, Psychologen, um nur einige zu nennen …«

Ich suchte Aldo Lombardis Blick. »Und Ihre Rolle?«

»Ich bin einer der Theologen des Projektes.«

»Alles, was Sie über Satan gesagt haben …«

»… ist wahr. Satans Sohn wird in *Luzifers Evangelium* tatsächlich nicht explizit erwähnt. Aber genau das glauben die Drăculsângeer. Glauben! Was das betrifft, haben sie den alten Text falsch gedeutet. Sie haben ihre eigene Interpretation in die Weissagungen hineingelesen. So wie Priester hin und wieder die Bibel fehlinterpretieren oder Imame den Koran.«

»Und die Drăculsângeer sind so besessen davon, die Handschrift in ihren Besitz zu bringen«, sagte CC, »um Satans Sohn auf die Welt zu helfen.«

»Alles, was ich Ihnen über den Antichrist erzählt habe«, fuhr Aldo Lombardi fort, »basiert auf der Glaubensvorstellung der Drăculsângeer. So wie die Bibel voller Fehler steckt – die sich beim Abschreiben, Übersetzen und falschen Auslegungen der Handschriften eingeschlichen haben –, waren auch die griechischen und lateinischen Übersetzungen von *Luzifers Evangelium* gelinde gesagt unpräzise.«

»Woher wissen Sie, was in dem Evangelium steht, wenn Sie es nie gelesen haben?«

»Wir kennen große Teile davon«, sagte CC. »Und wir haben Texte gelesen, die darauf verweisen. Trotzdem brauchen wir die vollständige Handschrift.«

»Darum unsere Bitte an Sie«, sagte Aldo Lombardi. »Überlassen Sie uns *Luzifers Evangelium*, weil wir es auf die richtige Weise lesen können.«

»Was passiert mit mir und Monique, wenn wir uns weigern?«

»Passieren?« CC lachte leise. »Sie scheinen keine sehr hohe Meinung von uns zu haben.«

»Ich will nach Hause! Darf ich nach Hause fahren?«

»Es steht Ihnen selbstverständlich frei, nach Hause zu fahren. Sie sind kein Gefangener. Aber wir hoffen, dass Sie sich dazu entscheiden zu bleiben.«

»Wieso sollte ich bleiben?«

»Weil Sie mehr wissen wollen. Weil Sie wie wir neugierig sind, wohin die Handschrift uns führen wird.«

CC schenkte Aldo Lombardi und mir Kaffee nach. Moniques Teebecher war noch immer halb voll.

»Wo sind die Mönche jetzt?«, fragte ich.

»In sicherer Verwahrung.«

»Was heißt das?«

»In unserer Obhut.«

»Ich möchte mit ihnen sprechen.«

»Sie wollen aber mit niemandem sprechen.«

»Lassen Sie mich ihnen wenigstens in die Augen schauen.«

»Warum?«

»Sie wollten mich umbringen.«

»Ja und?«

»Wären Sie nicht gekommen, hätten sie mich geschächtet. Ich finde, ich habe ein Recht, sie noch einmal zu sehen.«

CC sah zu Aldo Lombardi, der den Kopf schüttelte.

»Ich weiß nicht …« CC zögerte.

»Wenn ich es recht verstehe, gibt es zwei Alternativen: Entweder lassen Sie mich nach Hause fahren – aber dann können Sie die Handschrift vergessen –, oder wir arbeiten zusammen.«

»Okay. Sie sollen sie treffen. Morgen. Aber glauben Sie nicht, dass sie mit Ihnen reden werden.«

»Wir werden sehen. Und jetzt erzählen Sie mir, worum es eigentlich geht. Was ist *Luzifers Evangelium*? Wie ist es in Kiew gelandet?«

»Nicht so schnell, Bjørn. Ihre Fragen verlangen ausführliche

Antworten. Lassen Sie es mich Ihnen erklären ... 1995 machten einige Archäologen unter der Leitung des Amerikaners Joseph van der Welt in Zusammenhang mit den Ausgrabungsarbeiten eines christlichen, spanischen Klosters, das im fünften Jahrhundert zerstört wurde, als die Römer die Herrschaft über Iberia verloren, einen Fund. Sie exkavierten einen Papyrustext, den *Codex Hispania*, der *Luzifers Evangelium* und das Konzil in Nicäa behandelte. *The Lucifer Project* wurde sofort hinzugezogen. Der *Codex Hispania* enthielt wichtige Hinweise, die uns halfen, unsere systematische und zielgerichtete Jagd auf den dritten Teil von *Luzifers Evangelium* auszuweiten. Den Teil, der in Ihrem Besitz ist.«

»Ist die Handschrift aus Kiew nicht komplett?«

»*Luzifers Evangelium* als Gesamttext gibt es schon seit tausendsiebenhundert Jahren nicht mehr. 325 beim Konzil von Nicäa wurde die Handschrift in drei Teile aufgeteilt. Die Version aus Kiew ist der letzte davon.«

»Ich verstehe.« Das war wie üblich eine Übertreibung. »Lassen Sie mich Ihnen eine Frage stellen: Die Museen und Archive der Welt sind voll von apokryphen Schriften mit Weissagungen und Prophezeiungen. Wieso investieren Sie so viele Ressourcen, um einen Text zu finden, von dem noch nie jemand gehört hat? Dass eine religiöse Sekte an eine Prophezeiung über Satans Sohn glaubt, reicht mir als Grund nicht aus.«

»Sie sind ein aufmerksamer Beobachter, Bjørn. Und Sie hegen ein gesundes Maß an Skepsis. Sie haben recht. Dem Ganzen liegt etwas anderes, noch Sensationelleres zugrunde.«

Mit einem feierlichen Gesichtsausdruck reichte CC mir eine Aktenmappe.

»Lesen Sie diesen Bericht. Dort finden Sie eine Menge Hintergrundfakten.«

II: Der Bericht

Bericht über den Codex Hispania
Von Dr. William Goldman und Dr. Lawrence Schwartz
Geheim – 15. Januar 1996

1 – *Luzifers Evangelium*

Luzifers Evangelium (Codex Lucem Ferre) befand sich unter den Schätzen, die im Jahr 70 aus dem Zweiten Tempel in Jerusalem geraubt wurden. Die Handschrift wurde lange als magisch, ketzerisch und okkult betrachtet. In christlicher Zeit bekam die Handschrift den griechischen Beinamen Σατανά Διθήκ – *Satana Diathiki* (kirchengriech.: Satans Testament/Pakt), der in der Faszination der ersten Jahrhunderte für christliche Evangelien verzerrt wurde zu Κατ' Εωσφόρον Ευαγγέλιον – *Luzifers Evangelium*.

2 – Codex Hispania

2.1 – Der Fund

Dieser Bericht behandelt die Handschrift *Codex Hispania*, eine Papyrus-Schriftrolle, die 1995 in einem Tonkrug am Rand der Ausgrabungsstätte um die Ruinen des Paulus-Klosters in Spanien gefunden wurde. Der *Codex Hispania* wurde von einer amerikanischen Forschergruppe entdeckt – unter der Leitung des Archäologen Joseph van der Welt von *The Cotsen In-*

stitute of Archaeology at the University of California, Los Angeles (UCLA) – und wirft ein neues Licht auf den sehr viel älteren Text *Luzifers Evangelium*.

2.2 – Datierung

Basierend auf der Karbon-Datierung der Schriftrolle setzen wir die Entstehung des Papyrus um 400 v.Chr. an (+/- 50 Jahre), was die eigene Datierung des Schreibers bestätigen würde (375 v. Chr.).

2.3 – Sprache/Übersetzung

Der Text der Schriftrolle ist in koptischer Sprache* verfasst und wurde von Professor Christopher Watt übersetzt.

2.4 – Kurze zusammenfassende Inhaltswiedergabe und Relevanz

Der *Codex Hispania* gibt vor, die authentische Wiedergabe – Verfasser ist der Mönch Potheinos – eines Ereignisses auf dem Kirchenkonzil in Nicäa im Jahr 325 zu sein:

Ich, Potheinos der Schreiber – Potheinos aus Theben und Alexandria; ein wahrer Christ; getauft und gesegnet – schwöre, dass diese Wiedergabe des Ereignisses in Nicäa der Wahrheit entspricht, wie sie mir bekannt ist.

Gemeinsam mit zwei anderen Mönchen – Nicasius und Jacob – wurde Potheinos beauftragt, den ketzerischen Text zu vernichten, der als *Luzifers Evangelium* bekannt war. Die drei Mönche flohen einige Tage später aus Nicäa – mit der Handschrift.

* Die koptische Sprache war vom 2. bis zum 13. Jahrhundert die dominante Schrift- und Alltagssprache in Ägypten.

Der *Codex Hispania* ist aus mehreren Gründen wichtig. Vorrangig wegen der vielen Zitate aus *Luzifers Evangelium*, die uns einen Einblick in Inhalt, Form und Natur der Handschrift gewähren. Der *Codex Hispania* liefert darüber hinaus entscheidende neue Erkenntnisse, was mit *Luzifers Evangelium* geschehen ist.

3 – Das Konzil von Nicäa

3.1 – Historische Fakten zum Konzil

Viele Mythen und falsche Vorstellungen ranken sich um das erste Kirchenkonzil von Nicäa* in Kleinasien 325. Zum Beispiel: Das Konzil führte das Christentum nicht durch eine einfache Mehrheit ein, es wurde weder der Kanon der christlichen Bibel anerkannt noch dass die Frau eine Seele hat.

Kaiser Konstantin versammelte die führenden Bischöfe der Christenheit beim Konzil von Nicäa. Ein Ziel war unter anderem, den theologischen Streit um den Arianismus beizulegen – das Verhältnis zwischen dem Vater und dem Sohn**. Zugleich ging es dem Kaiser zweifellos auch darum, die Macht und Einheit des Kaiserreichs mit Hilfe und Unterstützung der Kirche zu konsolidieren.

Die Anzahl der Teilnehmer ist nicht eindeutig belegt. Kaiser Konstantin lud 1800 Bischöfe ein. Tatsächlich anwesend bei dem Konzil waren vermutlich 250 Bischöfe. Das Konzil wurde am 20. Mai 325 eröffnet und dauerte zwei Monate.

* Nicäa/Nicaea in der Türkei heißt heute İznik.

** Der Arianismus postuliert, dass Jesus, da er von Gott erschaffen wurde, nicht genauso göttlich sein kann wie der Vater. Das Konzil von Nicäa wies diese Sichtweise ab und legte den Grundstein für die Doktrin über die Heilige Dreieinigkeit. Kaiser Konstantin unterstützte die Arianer, die überstimmt wurden.

Ein wichtiges Ergebnis des Konzils war das nicäische Glaubensbekenntnis*. Es wurde ebenfalls beschlossen, wann das Fest zur Auferstehung Jesu** stattfinden sollte. Wichtig war auch die Tatsache, dass das Konzil von Nicäa das erste formelle Treffen war, bei der eine repräsentative Auswahl an Vertretern für den christlichen Glauben und die unterschiedlichen Meinungen und christlichen Glaubensrichtungen zusammengekommen war, um in religiösen Streitfragen eine Einigung zu erlangen.***

Das Konzil von Nicäa verknüpfte die Macht der Kirche mit der weltlichen Macht. Somit schaffte das Konzil das Fundament für die Symbiose der christlichen Kirche mit der Staatsmacht.

3.2 – Konzil über *Luzifers Evangelium*

Ein verbreiteter Mythos ist, dass während des Konzils apokryphe Texte verbrannt wurden. Eine solche Zensur ist nicht in historischen Quellen dokumentiert.

Jedoch: Laut Potheinos beschloss ein engagierter Kreis von Bischöfen, *Luzifers Evangelium* sei zu vernichten. Eine Theorie lautet, dass die Handschrift Formulierungen enthielt, von denen man befürchtete, sie könnten die vorherrschende antiarianische Stimmung unter den Bischöfen kippen. Da Potheinos einem Bischof diente, der die umstrittene arianische Sichtweise Kaiser Konstantins und seines Landsmannes Arius nicht teilte, kann diese Behauptung nicht ohne Weiteres ad acta ge-

* »Ich glaube an einen Gott, den allmächtigen Vater, der Himmel und Erde erschaffen hat« usw.

** Ostern fällt auf den ersten Sonntag nach dem ersten Vollmond im Anschluss an die Frühjahrs-Tag-und-Nachtgleiche.

*** Das Apostelkonzil – oder Konzil von Jerusalem im Jahr 50 – wird nicht als so repräsentativ angesehen.

legt werden. Plausibel ist, dass die angeblich satanischen Inhalte des Textes den Beschluss über die Vernichtung provoziert haben. Eine dritte Theorie, die sich auf eine Passage aus der *Kirchengeschichte* Bischof Eusebius'* bezieht, geht davon aus, dass die Handschrift magische Formeln enthielt, die bei Missbrauch Satan herbeirufen könnten. *Luzifers Evangelium* wird in keiner bekannten autoritativen Quelle des Konzils erwähnt. Laut Eusebius wurde der Beschluss zur Verbrennung geheim gehalten, und nur wenige Bischöfe waren daran beteiligt. Drei Mönche – Potheinos, Nicasius und Jacob – bekamen den Auftrag, den Text zu verbrennen. Keiner von ihnen war offizieller Abgesandter, sondern Gehilfe ihrer jeweiligen Bischöfe. Über die Auftraggeber schreibt Potheinos:

Sie kamen im Schutz der Dunkelheit. Spät am Abend klopften sie an meine Tür. Drei Männer, die ich aus dem Palast wiedererkannte, traten ein und sagten, sie kämen in einer heiligen Angelegenheit: Ich, Potheinos von Theben und Alexandria, sei einer der Auserwählten.

3.3 – Ungehorsam der Mönche

Die drei jungen Mönche übernahmen den Auftrag, die ketzerische Schrift zu vernichten. Aber kurz darauf änderten sie offenbar ihre Meinung. Potheinos schreibt:

Doch wir wunderten uns. Mit welchem Recht sollten wir, für immer und ewig, einen Text vernichten, den wir gar nicht gelesen und zu verstehen versucht hatten? Mit welchem Recht sollten wir Worte dem Feuer übergeben, die andere als heilig ansahen?

* Eusebius von Caesarea (ca. 250–340), Bischof, der häufig als Vater der Kirchengeschichte bezeichnet wird.

Die drei kamen also überein, den Text zu retten. Die Begründung ist nicht eindeutig formuliert – außer einer generellen Ehrfurcht vor einer alten und heiligen Schrift –, aber es besteht Anlass zur Annahme, dass die drei (angeführt von Nicasius) ihren Auftrag untereinander diskutierten (angespornt von Kräften, die bestrebt waren, den Text vor der Vernichtung zu bewahren). Das Fehlen ideologischer Begründungen für den Ungehorsam lässt uns nicht ausschließen, dass sie bestochen wurden.

Bestechung wäre eine naheliegende Erklärung, da die drei Mönche durch ihr Handeln auch mit ihren Vorgesetzten – den Bischöfen – brachen und damit ihre Stellung und ihr Auskommen verloren. Eine große Geldsumme hätte ihnen die Grundlage für ein neues Leben gegeben.

Die Motivation – ideologischer, religiöser, prinzipieller oder wirtschaftlicher Natur – spielt im Nachhinein eine weniger wichtige Rolle. Potheinos schreibt:

Die Handschrift war in drei Teile geteilt. Und wir waren drei. So wurden wir – und die Schrift – ein Zerrbild der Heiligen Dreifaltigkeit, die das Konzil beschließen wollte, einer und drei zugleich.

Sie vereinbarten, sich in Theben wiederzutreffen und die drei Teile der Handschrift der Bibliothek in Alexandria zu übergeben. Aber da sie fürchteten, verfolgt zu werden, wählten sie unterschiedliche Reiserouten.

4 – Die drei Mönche

4.1 – Potheinos

Potheinos wurde um 300 in einer christlichen (koptischen)* Familie in der Nähe von Theben geboren:

Meine Vorgesetzten betrachteten mich stets als aufgeweckten, gelehrigen, frommen und tugendhaften Schüler; darum wurde ich schon als junger Knabe in ein Kloster geschickt, um dort unter kundiger Anleitung mein Wissen über unseren Herren Jesus Christus zu nähren, ihm zu dienen und ihn zu ehren, wie der Apostel Markus es gepredigt hat.

Im Alter von 20 Jahren wurde Potheinos nach Alexandria im Norden Ägyptens geschickt. Dort diente der Mönch unter dem Papst von Alexandria** als Diener oder persönlicher Gehilfe.

Potheinos, der den ersten Teil von *Luzifers Evangelium* aus Nicäa bei sich hatte, floh über Landstraßen nach Byzanz***, von wo er mit einem Handelsschiff zurück nach Alexandria fuhr. Über die Überfahrt schreibt er:

* Die koptische Kirche in Ägypten gehört zu einer der frühesten organisierten Glaubensgemeinschaften der Christenheit. Die Kirche wurde um das Jahr 42 vom Evangelisten Markus gestiftet, wenige Jahre nach Jesu Kreuzigung.

** Alexander von Alexandria, Ägypten (Papst von Alexandria 313–326). Der Papst von Alexandria ist das oberste Haupt der koptisch-orthodoxen Kirche und der Nachfolger des Apostels Markus wie der katholische Papst der Nachfolger des Apostels Petrus ist.

*** Die Stadt erhielt 330 den Namen Konstantinopel nach Kaiser Konstantin, der fünf Jahre zuvor das Konzil von Nicäa einberufen hatte und nun die Hauptstadt des Römerreiches hierher verlegte. Der heutige Name der Stadt, Istanbul, stammt aus dem Jahr 1930.

Unser Herr, der voller Gnade auf unser Tun herabschaute, begünstigte uns auf der gesamten Fahrt mit gutem Fahrtwind. Wir machten einen kurzen Zwischenhalt in Kreta, um Waren an Bord zu nehmen. Der Kapitän stellte keine Fragen und schien mir abzunehmen, dass ich ein Pilger auf der Heimreise war.

In Ägypten tauchte Potheinos in einem namentlich nicht benannten Wüstenkloster unweit von Theben unter. Dort wartete er mehrere Jahre vergeblich auf seine beiden Mönchsbrüder:

Geduldig ließ ich die Tage wie Sand durch meine Finger rieseln, aber ich sah weder Nicasius noch Jacob jemals wieder, und ich habe nie erfahren, was ihnen zugestoßen ist; meine Trauer war groß.

Potheinos versteckte die Handschrift (Teil eins von *Luzifers Evangelium*) in einer Höhle in der Wüste:

Tief im Herzen der Wüste, in der Gewalt der Sonne, zwischen Skorpionen und Sand, in einem rostroten Felsgürtel, liegen einige versteckte Höhlen, von denen höchstens ein paar Hirten wissen. Dort, in einem versiegelten Krug aus bestem Ton, werde ich die Schriftrolle verstecken und der Zeit übergeben in der Hoffnung, dass sie von Menschen gefunden wird, die verständiger sind als meine Zeitgenossen.

Am Ende seines Lebens zog Potheinos aus unbekannten Gründen nach Spanien und diente dort im Paulus-Kloster. Dort schrieb er den *Codex Hispania*, um den es in diesem Bericht geht.

Teil eins von *Luzifers Evangelium*, den Potheinos aus Nicäa mitgebracht hat, wurde 1969/70 von einem ägyptischen Hirten gefunden und im Mai 1970 dem italienischen Theologen Giovanni

Nobile von einem Schwarzmarkthändler ausgehändigt, der mit einem italienischen Antiquitätenhändler zusammenarbeitete.

4.2 – Nicasius

Nicasius ist unbekannter Herkunft, und wir wissen nicht, welchem Bischof er diente. Potheinos schreibt:

Aus den fernen Reichen im Westen, hinter den Bergen und Flüssen, kam mein Bruder Nicasius mit seinem Herrn, dem Bischof, angeritten, und ich wusste, dass er mein Freund war.

Name und Ortsangaben könnten ein Hinweis sein, dass er – ähnlich wie sein Namensvetter, der spätere Heilige St. Nicasius, der offizieller Abgesandter des Konzils war – aus Gallien* stammte. Wir können davon ausgehen, dass er älter war als Potheinos (der Nicasius sowohl als »klugen Ratgeber« und später als »älteren Bruder« bezeichnet). Etliche von Potheinos' Verweisen auf Nicasius …

… wie ich auf seine weisen Worte hörte …
… seine kraftvolle und überzeugende Rede …
… Nicasius sah Licht, wo wir anderen Finsternis sahen …

… haben uns zu der Überlegung veranlasst, ob es möglicherweise Nicasius war, der die beiden anderen Mönche überredete, die Handschrift vor der Vernichtung zu retten. Wir wissen nicht, was mit Nicasius geschah. Potheinos schreibt:

Ich drückte Nicasius' Hand, wünschte ihm Glück und sah ihn nie wieder.

* Frankreich

Wir gehen davon aus, dass Nicasius' Teil zwei der Handschrift der Gründung des Drăculsângeer-Ordens zugrunde lag. Basierend auf dem Text in Teil zwei von *Luzifers Evangelium* entwickelten die Drăculsângeer eine Religion des Jüngsten Gerichts in der Überzeugung, dass zwei Götter – ein Gott des Lichtes, repräsentiert durch Jesus Christus, und ein Gott der Finsternis, repräsentiert durch Satans Sohn oder den Antichrist – in physischer Gestalt auf die Erde zurückkehren und einen Kampf einleiten werden, der im Armageddon und der Erlösung der Seelen endet.

4.3 – Jacob

Über Jacob wissen wir nur wenig, er war ein Mönch aus Syrien. Potheinos bezeichnet ihn als »Bruder«. Wir wissen nicht, welchem Bischof er gedient hat, wann er geboren wurde oder gestorben ist. Potheinos schreibt:

Jacob war sein Name; ein ehrlicher und gewissenhafter Diener seines Bischofs.

Der Mönch Jacob wollte über Byzanz und Athen nach Alexandria reisen. Sein Ende ist unbekannt.

5 – Zusatz 17. Mai 2009:

Der Rat hat Information über einen Handschriftenfund in Kiew erhalten, der Licht auf das Schicksal des Mönches Jacob werfen könnte. Sollte sich herausstellen, dass es sich bei dem Text, der sich momentan im Besitz des norwegischen Archäologen Bjørn Beltø befindet, um den dritten Teil von Luzifers Evangelium handelt, leiten wir daraus folgende Hypothese ab:

Der Mönch Jacob muss die Handschrift in oder in der Nähe von Konstantinopel verloren haben. Vielleicht wurde er von Soldaten aufgehalten, die unter Kaiser Konstantin ihren Dienst taten, oder von Wegelagerern überfallen. Die Handschrift könnte aber auch den Weg in die Bibliothek der Regenten des oströmischen, später byzantinischen Reiches, gefunden haben.

Nach der Schlacht von Stiklestad 1030 floh der spätere norwegische Wikingerkönig Harald Hardråde* nach Gardarike und später nach Miklagard***. Dort stand er in Diensten des Kaisers von Byzanz.**

Der Kaiser hatte eine eigene Abteilung normannischer Söldner**. Harald Hardråde stand sieben Jahre am Warägerhof in Diensten und wurde zum Oberbefehlshaber der Abteilung ernannt. Als er schließlich Byzanz verließ, war er unermesslich reich. Sein Vermögen stammte nicht allein von den Plünderungszügen nach Afrika unter seiner Führung, auch im Kaiserpalast***** hatte er sich große Teile seines Vermögens angeeignet. Wir vermuten daher, dass er – bewusst oder lieber noch unbewusst – den dritten Teil von Luzifers Evangelium mit nach Norwegen gebracht hat.**

* König Harald Hardråde (Harald der Harte, 1015–1066, König von Norwegen 1046–1066, als er in der Schlacht bei Stamford Bridge fiel) war der Halbbruder des norwegischen Christianisierungskönigs Olav »der Heilige« Haraldsson (995–1030).

** Die altnordische Bezeichnung »Gardarike« umfasst das Gebiet um die russische Stadt Novgorod und die ukrainische Stadt Kiew.

*** Konstantinopel / Istanbul

**** Væringjar. Diese Praxis war so verbreitet, dass die Söldner in ihren Heimatländern einen eigenen Namen bekamen: Waräger.

***** Unter Berufung auf byzantinischen Brauch konnten die Gardisten sich mit den Reichtümern des Palastes versorgen, wenn ein Kaiser starb. Im Laufe von Haralds Dienstzeit starben nicht weniger als drei Kaiser.

Harald war ein enger Freund des Großfürsten Jaroslav* von Kiew und heiratete dessen Tochter. Eine Möglichkeit wäre, dass er die Handschrift in Kiew gelassen hat, weil es dort mehr Schriftgelehrte als in seiner Heimat Norwegen gab. Diese Hypothese wird durch die Tatsache bestärkt, dass Harald Hardråde künftig die Triquetra als sein Zeichen benutzte. Die Triquetra ist ein Symbol, das auch in der Handschrift vorkommt.**

Wenn unsere Hypothesen stimmen, befindet sich die Version in der Obhut des norwegischen Archäologen Bjørn Beltø. Es wurden Maßnahmen in die Wege geleitet, dem Rat den Zugang zu dieser Version zu sichern.

* Jaroslav I. (978–1054) – mit dem Beinamen »der Weise« – regierte das Kiew-Reich in den Jahren 1019–1054 als Großfürst.

** Elisabeth von Kiew (geb. zw. 1021 und 1023), später Königin Ellisiv, verheiratet mit Harald Hardråde von 1043–1066.

III: Archivum Secretum

Rom
12.–14. Juni 2009

1

Der Lesesaal des *Archivum Secretum Apostolicum Vaticanum*, dem geheimen Archiv des Vatikan, sah ein bisschen aus wie eine Kirche, die viel lieber eine Bibliothek gewesen wäre. Von der Kelleretage bis hinauf in den zweiten Stock des gewölbeartigen Saales ragten Regale auf. In der Mitte saßen die Forscher hinter Stapeln von Dokumenten und alten Büchern mit gerissenen und aufgesprungenen Buchrücken, übernächtigt, der Zeit entrückt, verloren in vergessenen Mysterien. Das Vatikanarchiv beinhaltete sämtliche Dokumente, Pergamente, Briefe und Bücher, die die katholische Kirche über beinahe zweitausend Jahre zusammengetragen hatte.

Das Gespräch mit CC und Aldo Lombardi, der Bericht über den *Codex Hispania* und das seltsame Schicksal der drei Teile, aus denen *Luzifers Evangelium* bestehen sollte, hatten meine Neugier geweckt. CC und Aldo Lombardi hatten sich zurückgezogen, nachdem sie mir die Informationen gegeben hatten, die sie für nötig erachteten. Als ich das Gebäude verließ, ertönte kein Alarm, keine Wachen hielten mich zurück. Ich glaube nicht einmal, dass mir jemand folgte, aber das lässt sich nicht mit Sicherheit sagen.

Als ich vor ein paar Jahren das isländische Manuskript *Codex Snorri* untersuchte, machte ich die Bekanntschaft von Tomaso Rosselini, einem Angestellten des Vatikanarchivs. Nach diesem Mann fragte ich, als ich zum Eingang kam. Ein paar Minuten später kam er nach draußen, um mich abzuholen. Nach der obligatorischen Eröffnung mit gespielter Wiedersehensfreude und herzlichem Händeschütteln erklärte ich ihm mein Anliegen. Er half mir, einen freien Platz zu finden, und kam dann mit einem Rollwagen voller Bücher, Abhandlungen und Dokumente zurück, die alle irgendwie mit den Drăculsângeern zu tun hatten.

In der *Encyclopedia of World Religions and Sects* habe ich gelesen, dass dieser Mönchsorden seinen Hauptsitz in den rumänischen Karpaten hat. Ihr Pendant zum Papst der römisch-katholischen Kirche, der Dominus, sitzt einem Rat von zwölf Bischöfen vor, die sich »die Ältesten« nennen. Heutzutage verwenden die Drăculsângeer römische militärische Titel. Wie Legatus, den Oberkommandierenden der Legionen, oder General. Die operativen Einheiten der Drăculsângeer werden Contubernium genannt, wie die acht bis zehn Mann starken Untergruppen des römischen Heeres, die jeweils in einem Zelt wohnten. Diese Gruppen werden angeführt vom Primus Pilus, dem ranghöchsten Centurio. Als ich die Stapel fast durchgeblättert hatte, hielt ich plötzlich eine maschinengeschriebene Notiz von Giovanni Nobile in Händen. Wie war dieser Zettel im Vatikanarchiv gelandet?

= KURZE EINFÜHRUNG ZU DEN DRĂCULSÂNGEERN =
Von Giovanni Nobile
Rom, Mai 1970

Der Ursprung der Sekte der Drăculsângeer liegt im Nahen Osten und reicht zurück ins vierte Jahrhundert. Es handelt sich um eine Verschmelzung unterschiedlichster Religionsströmungen wie dem gnostischen, christlichen, manichäistischen und yezidischen Synchretismus. Auf die gleiche Weise wie die Drusen ihr Gedankengut aus verschiedenen Religionen und Philosophien bezogen, waren auch die Drăculsângeer von verschiedenen Glaubensrichtungen beeinflusst. Die Sekte fasste in Zentraleuropa im sechsten Jahrhundert Fuß, verschwand dann aber nach und nach wieder aus der Geschichte. Es ist unbekannt, ob die Drăculsângeer in den Untergrund gingen oder ihre Anhänger verloren. Im elften Jahrhundert tauchte die Sekte dann aber parallel mit den Katharern wieder auf und florierte im vierzehnten Jahrhundert besonders in den Regionen des heutigen Rumäniens, Ungarns und Russlands. Die Sekte betet Luzifer als ihre wichtigste Gottheit an, repräsentiert durch den Pfau Melek Taus. Die Sekte entsprang dem manichäistischen Glauben an ein Reich aus Licht und Harmonie - repräsentiert durch die Seele - und ein Reich aus Dunkelheit und Unfrieden - repräsentiert durch den Körper. Der Prophet der Manichäisten, Mani, lebte im zweiten Jahrhundert in Babylon und betrachtete sich als einen Nachfolger von Propheten wie Buddha, Zarathustra und Jesus.

Das Bild, das die Drăculsângeer von Luzifer/ Satan haben, ist weit komplexer als in modernen Teufelskulten wie zum Beispiel bei LaVey. Wie die Gnostiker und Katharer glauben die Drăculsângeer, dass die Welt von einem Demiurg erschaffen wurde, einer auf einer unteren Stufe stehenden Gottheit. Aber während die Katharer und Gnostiker daran zweifeln, dass es sich bei diesem Demiurgen um Satan handelt, glauben die Drăculsângeer, dass der Demiurg die dunkle, also böse Seite der Dreieinigkeit ist. Wohl bemerkt nicht der christlichen Dreieinigkeit. Ihr heiliges Symbol, die Triquetra, symbolisiert Gott, Satan und eine Kraft, die sie als costhul bezeichnen und die das Göttliche und das Satanische, die beiden Gegenpole des Universums, miteinander verbindet. Sie glauben, dass Gott und Satan ein Teil der Kraft costhul sind – und damit ein universelles Ganzes. Auf die gleiche Weise wie die Christen den Vater, den Sohn und den Heiligen Geist als Einheit und nicht als Dreiheit betrachten, beten die Drăculsângeer Gott, Satan und costhul als gleichwertig an. Doch weil Juden, Christen und Muslime ausschließlich die göttlichen (hellen) Kräfte anbeten, versucht die Sekte, die Balance in ihrem costhulschen Universum aufrechtzuhalten und zu stärken, indem sie in erster Linie Satan und die dunklen Kräfte anbetet. Ihre Anhänger glauben an Gott, für sie ist Gott aber nur ein Drittel ihrer göttlichen Einheit. Die morbiden Praktiken und Riten der Sekte – die Blutopfer, Weihrauch und Nacktheit umfassen – gehen auf die primitive Vorstellung zurück, dass es zwischen den Menschen und den Göttern eine Verbindung gibt. Der Weihrauch hat dabei die gleiche Symbolik wie in der römisch-katholischen Kirche. Bereits seit der Antike sind die Gläubigen der Ansicht, der Weihrauch heilige Orte und

Handlungen. Wie eine symbolische Opferung trägt der Weihrauch die Gebete zu Gott. Schon in den Büchern Mose wird Gottes Wohlbehagen über den Weihrauch erwähnt. Die Nacktheit hängt mit dem Streben der Menschen nach Reinheit zusammen, nach dem Grundlegenden, Ursprünglichen. Auch Adam und Eva waren bis zum Sündenfall nackt. Die Drăculsângeer entkleiden ihre Opfer, weil sie glauben, dass diese nach ihrem Tod den Weg zu Gott antreten, und zwar so, wie sie erschaffen wurden, nackt und rein.

Ich blieb eine Weile sitzen und dachte über die Tatsache nach, dass eben der Mann, der so leidenschaftslos den Extremismus dieser Sekte geschildert hatte, ein Opfer derselben geworden war. Und dass es ihren Anhängern um ein Haar gelungen wäre, auch mich ausbluten zu lassen.

Ich blätterte in der Abhandlung *Blut und Heiligkeit: Anthropologie und Metaphysik**, in der erklärt wurde, auf welche Weise die Drăculsângeer ihre Blutopfer als heilige Handlung betrachteten. Indem sie Körper und Blut trennten, war die Opferung für sie eine Reinigung von Körper und Seele. Diese Gedanken hatten auch den rumänischen Fürsten Vlad Țepeş beeinflusst, der Bram Stoker zu seinem Buch *Dracula* inspirierte, und die Gräfin Elisabeth Báthory, die Hunderte von Jungfrauen tötete, um in ihrem Blut zu baden. Die Vorstellung von der heiligen, wundertätigen Kraft des Blutes ist weder neu noch ungewöhnlich. Wie der Verfasser aufzeigt, trinken viele Christen ganz selbstverständlich bei jedem Abendmahl das Blut Christi. Für die Zeugen Jehovas ist das Blut so heilig, dass viele eher sterben würden, als sich einer medizinischen Bluttransfusion zu

* Eberhard-Karls-Universität Tübingen, 1974

unterziehen. In einer Passage über die Wahrheitsdroge Sodium penthotal entdeckte ich eine kuriose Referenz zu der Annahme der Drăculsângeer, dass Blutverlust einen medizinischen Kurzschluss in der Hirnrinde auslöst, was heißt, dass ein Sterbender nicht mehr in der Lage ist zu lügen. Ebenso merkwürdig war auch die Kopie einer Nachricht aus der *International Herald Tribune* vom 20. November 2007:

> **Kommandoangriff auf Mönchskloster**
>
> SFÂNTU GHEORGHE, Romania, Nov. 20. (Reuters).
> Das Mönchskloster Sfânt sânge, Hauptsitz der religiösen Sekte der Drăculsângeer, war, wie von rumänischen Behörden gemeldet, am Mittwoch letzter Woche Ziel eines kommandoartigen Überfalls. Das Kloster liegt 30 bis 40 Kilometer entfernt von der Stadt Sfântu Gheorghe in den Karpaten im rumänischen Transsilvanien.
> Die Sekte hat versucht, die Geschehnisse zu vertuschen, und weigert sich, mit der lokalen Polizei zusammenzuarbeiten.
> Es ist unklar, wer das Kloster angegriffen hat und welches Ziel die Angreifer verfolgt haben. Angeblich ist niemand verletzt worden. Laut Zeugenaussagen sollen gegen 2.30 Uhr in der Nacht 20 bis 25 paramilitärische Kommandosoldaten in Tarnanzügen in das Kloster eingedrungen sein und es bereits wenige Minuten später wieder verlassen haben.
> Laut unbestätigter Aussagen haben die Soldaten eine Reliquie von religiösem und historischem Wert gestohlen. Niemand im Kloster ist bereit, sich zu den Vorfällen zu äußern.

Ich glaubte, etwa eine halbe Stunde in der Bibliothek gesessen und gelesen zu haben, aber als ich aufblickte, stellte ich fest, dass bereits zweieinhalb Stunden vergangen waren. Außerdem sah ich direkt vor mir ein bekanntes Gesicht. Der Mann war ebenso überrascht wie ich, allerdings wusste ich nicht gleich, wo ich ihn einordnen sollte. Erst als er die Brille abnahm, erkannte ich Vittorio Tasso, den Semiotiker, den ich in Aldo Lombardis Büro getroffen hatte. Er schien über unsere Begegnung nicht übermäßig erfreut zu sein, als wären wir alte Kollegen, die in einer zwielichtigen Oben-Ohne-Bar aufeinanderstießen. Wir wechselten ein paar Worte, bevor er weitermusste – er suchte ein Christogramm auf einem Schild, der einmal dem ostgotischen König Theoderich dem Großen gehört haben sollte. Ich selbst gab die Bücher ab, die ich mir ausgeliehen hatte, und ging langsam zurück zum Parkhaus. Auf dem Weg rief ich von einem Münzfernsprecher Kommissar Curt Henrichsen an. Er bestätigte, über die Entführung und die Rettungsaktion informiert worden zu sein. Und dass zehn Männer, die alle unter dem Verdacht standen, an den drei Morden beteiligt gewesen zu sein, verhaftet worden waren.

»Was geht da eigentlich vor, Beltø?«, fragte er. Ich antwortete der Wahrheit entsprechend, dass ich keine Ahnung hätte.

Schaudernd hastete ich durch das Parkhaus und schloss meinen Wagen auf. Dieses Mal warteten keine Irren auf mich. Weder Mönche noch Parkhauswächter. Langsam fuhr ich durch die Straßen von Rom. CC hatte mir die Erlaubnis erteilt, Bolla im Hinterhof zu parken. Monique und ich waren um halb acht bei ihm zum Essen eingeladen.

2

Man kann der Gefangene von jemandem sein, ohne dass man es merkt. Viele Hausfrauen werden mir da recht geben. Es wird einem erst bewusst, wenn man die Flügel entfalten und seine Freiheit auskosten will und die gestutzten Federn entdeckt.

Nach einem hervorragenden vegetarischen Essen mit Wein,

Kaffee und Cognac zogen Monique und ich uns in unsere Zimmer zurück. CC hatte noch etwas in der Botschaft zu erledigen und fuhr mit Aldo. Einen Moment lang erwog ich, die Flasche Wein aus dem Barschrank zu nehmen und bei Monique anzuklopfen. Man weiß ja nie, was geschehen kann. Ich öffnete den Schrank und schloss die Hand um die Flasche – ein *Accordini Amarone della Valpolicella Classico Acinatica* aus dem Jahre 2005 –, doch als meine Finger das Glas berührten, verließ mich der Mut. Ich legte mich in meinen Kleidern aufs Bett und starrte an die Decke. Wie würde Monique reagieren, wenn ich plötzlich mit einer Flasche, zwei Gläsern und einem dummen Grinsen in ihrer Tür stände? Vermutlich hätte sie mich verständnisvoll wieder auf mein Zimmer zurückgeschickt. Oder zum Trost ein Glas mit mir getrunken. Ich lenkte mich ab, indem ich noch einmal im Kopf durchging, was ich heute gelesen hatte. Ich musste gestehen, dass mich das Mysterium zunehmend faszinierte und dass ich, wenn auch widerwillig und zögernd, mehr und mehr in seinen Bann gezogen wurde. Etwas später – angestachelt von dem Gedanken, mit ihr allein in einem Zimmer zu sein – nahm ich all meinen Mut zusammen und ging mit der Flasche und zwei Gläsern zu ihr. Durch das Schlüsselloch sah ich, dass noch Licht bei ihr brannte. Ich klopfte. Sie öffnete sofort und sah mich überrascht an. Als hätte sie jemand anderen erwartet, nur mich nicht. Ein Abgrund aus Verlegenheit tat sich vor mir auf, als ich die Hand mit der Flasche und den Gläsern hob. »Ich dachte, wir könnten noch einen Schluck trinken. Um die Nerven zu beruhigen. Sie wissen schon … oder passt es nicht?«

Erst jetzt bemerkte ich, dass sie ihren Mantel trug. Hinter ihr standen gepackte Koffer.

»Süß von Ihnen … süß von dir!«, schrieb sie. »Leider kann ich nicht. Ich muss gleich los. Dachte, es wäre der Chauffeur.«

»Wohin willst du denn?«, fragte ich enttäuscht und zugleich froh darüber, dass sie mich endlich duzte.

»Nach Hause.«

Die Weinflasche und die Gläser wurden mit einem Mal bleischwer in meinen Händen. Nach Hause … Ohne sich von mir zu verabschieden. »Dirk«, schrieb sie. »Es geht ihm schlechter. Ich muss bei ihm sein. Ich hoffe, du verstehst das.«

»Kommst du zurück?«

Sie sah mich mit einem schwer zu deutenden Gesichtsausdruck an.

Meine Augen wurden feucht. Da stand ich mit einer Flasche Wein und zwei Gläsern auf der Schwelle zum Zimmer der Frau, die ich zu verführen gehofft hatte oder von der ich gerne verführt worden wäre, und wurde nicht nur abgewiesen, sondern verlassen. Ich fühlte mich grenzenlos gedemütigt.

Monique legte den Kopf auf die Seite, als verstünde sie. »Es tut mir leid, Bjørn«, schrieb sie. »Wirklich! Aber ich muss nach Hause!«

Ich wollte ihr so viel sagen. Zum Beispiel, dass ich mich in sie verliebt hatte und sie unfassbar schön war. Aber wie sagt man so etwas einer Frau, die nach Hause zu ihrem sterbenden Mann will? Und die in mir vermutlich nicht mehr als einen ziemlich uninteressanten Kerl sah?

»Nun …«, ich hatte mir vorgenommen, ihr eine gute Reise zu wünschen, vielleicht mit einem lockeren Lachen, aber ich spürte, dass meine Stimme versagen würde, und schwieg deshalb lieber.

Ich hatte geglaubt, ja gehofft, dass sie mich weiter durch dieses Abenteuer begleiten würde, bis wir dem Mysterium auf den Grund gegangen waren. Aber wie gewöhnlich hatte ich mir wieder alles nur eingebildet. Mein einziger Trost war ihr Lächeln, das voller Wärme und Zärtlichkeit war. Dann hörte ich hinter uns eine Tür gehen. Der Fahrer war gekommen.

»Gibt es so spät noch einen Flug?«, fragte ich, um etwas zu sagen, bei dem meine Stimme mich nicht verließ.

»CC stellt mir seinen Privatjet zur Verfügung«, schrieb sie.

»Klar.« Ich hatte nicht einmal geahnt, dass er ein Privatflugzeug hatte. »Du, danke für alles.« So etwas hätte ich sagen wollen, doch meine Stimme bröckelte bei den letzten Worten.

Sie streichelte mir über die Wange.

Um meine glänzenden Augen zu verstecken und ihr nicht zu zeigen, dass ich rot wurde, drängte ich mich an ihr vorbei, stellte Weinflasche und Gläser auf die Kommode und half dem Fahrer mit ihrem Gepäck. Als alles im Auto verstaut war, umarmten wir uns. Sie duftete gut. Chanel No. 5.

»*Vaarwel,* Bjørn Beltø«, schrieb sie auf ihren Block. Ich war mir nicht sicher, ob das ein endgültiger Abschied oder ein Auf Wiedersehen war.

3

Als sie fuhren, blieb ich draußen auf der breiten Treppe stehen und sah dem Auto nach, bis es vom Verkehr geschluckt wurde. Es regnete leicht. Ich ging die Treppe hinunter auf den Bürgersteig. Ein Lastwagen donnerte vorbei. Eine Gruppe Fußgänger kam um die Ecke gebogen und drängte mich zurück auf die erste Treppenstufe. Einer plötzlichen Eingebung folgend, schlenderte ich dieser Glocke aus fremden Lauten, Worten und Regenschirmen hinterher. Einige Minuten später befand ich mich auf der Piazza Navona. Die Gruppe löste sich auf, als wären wir in ein Feld magnetischer Gegenpole geraten. Ich manövrierte mich zwischen den zahlreichen Liebespaaren hindurch, die die Brunnen umringten, und lief langsam zum Corso Vittorio Emanuele II. Ich hatte fast die Piazza Venezia erreicht, als ein langer, schwarzer Wagen schräg vor mir auf dem Bürgersteig hielt. Die hinteren Fenster glitten nach unten.

»Machen Sie einen Spaziergang?«, fragte CC.

»Genau. Und Sie? Verfolgen Sie mich?«

»Ganz und gar nicht. Ich komme gerade von der Botschaft.

Man war so nett, mir anzubieten, mich nach Hause zu fahren. Da habe ich Sie am Straßenrand bemerkt.«

Ich unterließ es, ihn auf den gewaltigen Umweg hinzuweisen.

»Monique ist abgereist.«

»Ich weiß. Dirk. Er hat jetzt nicht mehr lang, der arme Mann. Wollen Sie mitfahren?«

»Muss ich?«

»Natürlich müssen Sie nicht.«

Ich stieg ein und setzte mich neben ihn. Ich war nass geworden. Keiner von uns sagte auf dem Rückweg ein Wort.

IV: Die Mönchszellen

I

Die zehn Mönche waren in zehn Einzelzellen in einem stillgelegten Gefängnistrakt untergebracht, den die italienischen Behörden CC zur Verfügung gestellt hatten.

Die Straße vor dem Gefängnis war abgesperrt worden und wurde von bewaffneten *Carabinieri*, der Gefängnispolizei und von städtischen Polizeibeamten bewacht. Über dem Viertel kreiste ein Militärhubschrauber. Der Chauffeur, CC und ich mussten unsere Ausweise und einen abgestempelten Passierschein vorzeigen, bevor die Wachen den Wagen durchwinkten.

Im Hinterhof wartete ein weiteres Kontingent bewaffneter Sicherheitskräfte.

»Die Bereitschaftstruppe«, sagte CC, als wäre es die natürlichste Sache der Welt. »Falls jemand eine Befreiungsaktion wagen sollte.«

Die Zellen lagen in einer Reihe hintereinander an einem langen Korridor, in dem der Putz von den Wänden blätterte. Durch schmale Fensterschlitze fiel Sonnenlicht herein. Es roch schwach nach altem Urin, Schimmel und Putzmittel.

Ein Wachmann schloss die erste Tür auf, das grau gestrichene Metall markiert mit einer großen 1. Ich erkannte den jungen Mönch mit der großen Nase wieder. Er saß auf seiner Pritsche und war an die Wand gekettet. Sie hatten ihm die dunkle Kutte abgenommen und gegen einen steifen, grauen Gefängnisanzug eingetauscht.

Als wir die Zelle betraten, schaute er auf, wandte den Blick aber sofort wieder ab, als er sah, wer wir waren. Ich versuchte, ein Gespräch in Gang zu bringen, aber er sah mich nicht einmal an. Am Ende gab ich es auf. Wir begaben uns zur nächsten Zelle.

Wo sich die Prozedur wiederholte.

Ein kurzer Blick. Kein Wort.

Ausdruckslos sperrten die Wachmänner eine Tür nach der anderen auf. Zwei große Schlüssel mussten in jedem Schloss herumgedreht werden, bevor die Tür geöffnet werden konnte.

Keiner wollte etwas sagen. Keiner hatte dem Mann, den sie zu töten versucht hatten, etwas mitzuteilen.

2

In der letzten Zelle, der Nummer zehn, saß der distinguierte Herr, der sich Primus Pilus nannte. Er nickte vor sich hin, als CC und ich in die Zelle traten. Als hätte er uns erwartet.

»Sie unterliegen der Schweigepflicht.« Sein Akzent war deutlicher, als ich es in Erinnerung hatte. »Nicht einmal unter Folter würden sie etwas sagen.«

»Wie wäre es mit Blutabzapfen?«, fragte ich keck. Immerhin war er an die Wand gekettet.

»Ich habe ein paar Informationen zum weiteren Prozedere«, sagte CC. Er klang formell und emotionslos, als würde er bei einer Hauseigentümerversammlung die Liste mit den Anträgen vorlesen. »Sie werden in eines der Länder ausgeliefert werden, in denen die Morde stattgefunden haben. Eine harte juristische Nuss. Drei Morde in drei verschiedenen Ländern. Wenn alle Länder auf Ihrer Auslieferung bestehen, wird das EU-Organ Eurojust bei der Entscheidung behilflich sein müssen, welches Land für die Strafverfolgung zuständig ist. Aller Voraussicht nach werden Sie kollektiv der Mittäterschaft des vorsätzlichen Mordes angeklagt werden. Ohne konkrete Beweise wird nur schwer nachzuweisen sein, wer von Ihnen die Morde ausgeführt hat. Aber das alles kommt erst dann zum Tragen, wenn *wir* mit Ihnen fertig sind. Sie haben eine Menge zu verantworten. Aber keine Sorge. Wir haben etwas humanere Verhörmethoden als Sie und werden keinen Tropfen Blut vergießen. Wir bringen die Leute auf andere Weise zum Sprechen. Mithilfe von ein bisschen Chemie.«

Als hätte er gar nicht zugehört, strich sich der Mann mit den Fingern über den silbergrauen Bart. Seine Handgelenke waren mit Klebeband umwickelt, die langen, spitzen Fingernägel gekürzt und abgefeilt. Vielleicht befürchteten die Wachleute, er könnte sie sonst als Waffe einsetzen. Was der Wahrheit recht nahe kam.

»Was wollen Sie hier?«, fragte er an mich gewandt. Sein Anzug raschelte, als er sich bewegte.

»Sie wollten mich umbringen. Ich finde, ich habe ein gewisses Anrecht darauf, die Gründe dafür zu erfahren.«

»Ich dachte, die wären Ihnen klar?«

»Ich habe verstanden, dass Sie die Handschrift haben wollen. Aber ich verstehe nicht, wieso ein Menschenleben so wenig bedeutet.«

»Wir Menschen leben allein dank der Gnade der Götter.«

»Sie sind Mönche, keine Götter. Sie können doch nicht darüber bestimmen, wer leben darf und wer nicht.«

»Wir sind das Instrument der Götter.«

»Mit uneingeschränkten Vollmachten?«

»Sie verurteilen uns, weil Sie nichts wissen. Wenn wir sterben, gehen wir ins *costhul* ein – die universelle Gemeinschaft, die immer da war und ewig bestehen wird. Das Leben auf dieser Erde ist nur ein unbedeutender Augenblick in dieser Unendlichkeit.«

»Und dieses Wissen gibt Ihnen das Recht zu töten?«

»Was bedeutet ein Menschenleben? Ein Menschenleben ist kurz. *Costhul* währt ewig.«

»Sagt wer? Gott?«

»Niemand kennt Gott. Die Juden nicht. Die Christen nicht. Die Muslime nicht. Wir nicht. Gott ist zu groß, um verstanden zu werden. Wir Menschen sind nicht in der Lage, das Göttliche zu verstehen. Das können nicht einmal die Propheten und Priester. Aber wenn wir eins werden mit *costhul* und den Göttern, kann jeder Einzelne von uns über alle Welten des Himmels herrschen. *Hârga-më-giddô-dôm* wird uns von den Ketten des irdischen Lebens befreien. Erst wenn am Tage des Jüngsten Gerichts die Schöpfung zerschlagen wird, werden wir alle eins. Mit der Finsternis. Mit dem Licht. Mit *costhul.*«

»Sie sind doch nicht ganz bei Trost.«

»Lesen Sie unsere heilige Botschaft!«

»Was für eine Botschaft?«

Er schwieg. Demonstrativ.

Ich stellte ihm noch ein paar Fragen, aber es schien, als hätte jemand – vielleicht Luzifer oder sein Verstand – ihn abgeschaltet. Auch gut. Sein Blick verlor sich in einer Dimension, zu der weder CC noch ich Zugang hatten. Glücklicherweise.

Nach einigen Minuten verließen wir die Zelle. Bevor die Tür zufiel, zog er meinen Blick auf sich und sagte: *»In nomine Magna Dei Nostri Satanas …«*

Die zufallende Tür schnitt den Rest ab.

3

Wir gingen nach draußen auf den Innenhof und setzten uns in den Wagen. CC war nachdenklich.

»Merkwürdig. Der Mönch hat ein paar Worte gesagt, die mir vor Kurzem untergekommen sind. *Hârga-më-giddô-dôm.*«

»Klingt ein bisschen wie Armageddon. Ist damit ein Ort gemeint? Der Ort, an dem die entscheidende Schlacht zwischen Gott und Satan stattfinden wird?«

»Auf dem Megiddo-Berg in der Jesreel-Ebene in Israel. Dort, prophezeit die Bibel, wird die Endschlacht zwischen dem auferstandenen Jesus und dem Antichrist entschieden.«

»Wo ist Ihnen dieses Wort untergekommen?«

»Wir haben eine vielversprechende Spur verfolgt, die Aldo Lombardi in einem der Texte von Papst Gregorius Dialogus entdeckt hat. Er verwies auf eine heidnische Wandinschrift in den Katakomben von Rom.«

Das mit den Religionen habe ich nie wirklich kapiert.

Ich kann verstehen, dass man glaubt. Das ist der Ausdruck einer Sehnsucht nach etwas Größerem, etwas Unverständlichem, nach einer Richtung. Einem Sinn. Mir liegt Karma näher. Alles, was man tut oder unterlässt, ist vom persönlichen Schicksal vorherbestimmt. Die Summe aller Handlungen bestimmt das nächste Leben. Man erntet, was man sät. Ganz simpel und völlig okay. Aus dem Kreislauf der Wiedergeburt auszubrechen, ist Nirwana.

Das mit dem Nirwana hab ich auch nie wirklich verstanden.

Buddha hat das Nirwana als den perfekten Sinneszustand von höchstem Glück, innerer Ruhe und Harmonie beschrieben. Weit entfernt von dem, wie sich mein Leben im Moment gestaltete.

V: Die Katakombe

I

Und seht, vom Himmel herab, umkränzt vom Strahlenglanz der Flammen, wird Satan, der Fürst der Finsternis, als ein mehrköpfiges Ungeheuer mit zahllosen Hörnern erscheinen; und an seiner Seite, zu seiner linken Hand, ist sein eingeborener Sohn, der Sohn des Tieres, und zusammen werden sie herrschen über alle Welten des Himmelsraumes, bis hârga-më-giddô-dôm die Schöpfung zerschlägt und Satan und seine Dämonen und alle Seelen der Erde wieder eins werden mit den Engeln des Herrn und JHVE.

Im schwachen Lichtkegel der Taschenlampe warf Carl Collins' Zeigefinger einen langen Schatten, als er langsam, Wort für Wort, Zeile für Zeile, über die Mauer mit der verblassten Wandinschrift zwischen einer Triquetra und einem Christogramm kratzte, die irgendwann wohl einmal ockerrot gewesen waren.

Seine Stimme war gedämpft, kaum mehr als ein Flüstern, als er den alten Text übersetzte. Er richtete sich auf und stieß mit dem Kopf gegen die Decke.

»Der Bau der Katakomben wurde im zweiten Jahrhundert nach Christus begonnen, aber diese Inschrift wird auf das Ende des vierten Jahrhunderts datiert«, erklärte CC. »Wie Sie sehen, enthält der Text klare Referenzen zur Offenbarung des Johannes, zu christlichen Dogmen und den Worten des Drăculsângeer-Mönches.«

In dem enormen Netz aus Tunneln und niedrigen Gängen der Katakomben war die Luft kühl und feucht. Ein fast unmerklicher Luftzug trug einen leichten Duft von Erde mit sich.

Hier, vor den alten Stadtmauern Roms, wurden Tausende verstorbene Römer und christliche Märtyrer bestattet. In Höhlen, Nischen und kunstvollen Grabmälern wurden sie zur letzten Ruhe gebettet und der Zeit überlassen. Schmale, steile Treppen führten immer tiefer in den Untergrund. In einigen Bereichen der Katakomben lagen Tausende Schädel und Knochenreste – zur morbiden Freude der Touristen, die täglich durch diese Korridore des Todes strömten.

»Der Text und die Symbole ergeben keinen logischen Sinn«, fuhr CC fort und strich sich mit den Fingern durchs Haar. »Was hat die Triquetra hier zu suchen? Und was ein Christogramm, das Symbol für Jesus Christus? Und beachten Sie die Formulierung *vom Himmel herab*. Wäre es nicht naheliegender gewesen, *aus der Hölle herauf* zu schreiben? In keinem biblischen Text kommt Satan *vom Himmel herab* – mal abgesehen von der unseligen Geschichte, in der Luzifer mit seinen aufmüpfigen Mitläufern aus dem Himmel geworfen wird. Und wieder spielt der Schreiber mit Johannes' Offenbarung – *als ein mehrköpfiges Ungeheuer mit zahllosen Hörnern* – und wird geradezu höhnisch, wenn er Satans Sohn, den er als *eingeboren* bezeichnet, zur linken Seite Satans platziert. *Hârga-më-giddô-dôm* bedeutet Jüngstes Gericht. Das ist kein christlicher Text, das ist Blasphemie!«

Das Schattenspiel in CCs Gesicht ließ ihn wie einen der Teufel aussehen, über die er so engagiert redete. Ein fernes Geräusch – wie ein kollektives Stöhnen der dahingeschiedenen Seelen in den Katakomben – ließ mich zusammenzucken. CC schien es nicht zu hören. Er sah sich noch einmal die Inschrift an, die er gerade übersetzt hatte, die Augen konzentriert zusammengekniffen.

»Haben Sie das gehört?«, fragte ich.
»Was?«
»Das Geräusch?«
»Nein.«
»Wie ein Stöhnen.«
»Haben Sie Angst, Beltø?«
Ich hatte tatsächlich Angst. Von meiner Klaustrophobie ganz zu schweigen. Immerhin befanden wir uns in einer unterirdischen Grabkammer, die rein theoretisch jeden Augenblick einstürzen konnte. Auch wenn die Katakomben, das musste ich einräumen, zweitausend Jahre unbeschadet überstanden hatten.
»Ich habe ein Geräusch gehört.«
Im Schein der Taschenlampe sah ich, dass CC grinste.

Der Fahrer, der uns hierhergefahren hatte, wartete auf dem Platz vor der Basilika St. Sebastian, die über den ältesten römischen Grabmälern der Katakomben errichtet worden war.
Sowohl CC als auch ich nickten auf der Fahrt zurück zur Via Veneto ein.

2

»Vor unserem nächsten Treffen«, hatte CC auf einen Post-it-Zettel geschrieben, »möchte ich gerne, dass Sie das hier lesen.«
Der selbstklebende Zettel zierte einen Stapel vergilbter Blätter:

=== KURZE ÜBERLEGUNGEN ZUR HÖLLE ===
Von Giovanni Nobile
Rom, November 1968

Die meisten Religionen stellen sich die Hölle als einen metaphysischen oder wirklichen Ort vor, in dem die Toten landen, wenn sie nicht in die Seligkeit aufgenommen werden. Das italienische Wort inferno leitet sich vom lateinischen infernus ab (was unter/unterirdisch bedeutet). Das englische hell ist auf das altenglische hel/helle zurückzuführen und auf das altnordische hel (das auf Helheim verweist, ein unterirdisches Totenreich). Für die meisten Menschen ist die Hölle eine geistige Vorstellung und im schlimmsten Fall eine religiöse Vorahnung oder Furcht. Die Kirche und die Priester nutzten vom Mittelalter bis in die Mitte des zwanzigsten Jahrhunderts die Hölle als effektives Drohmittel, um Gläubige und Ungläubige zu religiösem Gehorsam zu zwingen.

Aber war die Hölle zu irgendeinem Zeitpunkt ein physischer Ort - und nicht nur eine religiös-mythologische Vorstellung? Ziehen wir eine Verbindungslinie von der Hölle und dem Hades zurück nach Gehenna und Scheol, gar bis zurück ins babylonische Irkalla, sehen wir neben vielen gemeinsamen Nennern, dass die Unterwelt sich physisch unter der Erdoberfläche befindet. Bereits im neunzehnten Jahrhundert zog der französische Okkultist Jacques Auguste Simon Collin de Plancy eine Linie zwischen Nergal und der Hölle. Der Prophet Jesaja schreibt: Hinunter ins Totenreich fuhrest du, zur tiefsten Grube. Er setzt das Totenreich mit einer Grube gleich. Auch in der babylonischen Mythologie kommen die Toten in einer unterirdischen Grube zusammen. Diese gigantische unterirdische Grotte wurde Irkalla genannt.

Religiöse Höllenvorstellungen haben ihre Wurzeln in althebräischen Mythologien wie der sumerischen, akkadischen und babylonischen. Die frühesten Totenreiche hatten nichts mit Hitze und Flammen zu tun, im Gegenteil, die Hölle war kalt, steinig und dunkel. In Irkalla (Ir-Kalla/Irkalia/Arali/Kigal/Gizal) herrschten der Todesgott Nergal* (ein Vorläufer von Satan/Luzifer) und seine Göttin Ereschkigal.

Irkalla weist mehrere Übereinstimmungen mit dem hebräischen Totenreich Scheol auf. Scheol steht in vielen Zusammenhängen gleichrangig neben der Hölle und dem griechisch-mythologischen Totenreich Hades, auch wenn diese Totenreiche nicht notwendigerweise vergleichbar sind. Gehenna wiederum ist die hebräische Entsprechung der christlichen Hölle (und nicht das Gleiche wie Scheol). Ursprünglich war Gehenna eine Müllhalde vor den Toren von Jerusalem (im Tal von Ge-Hinnom, wo früher zu Ehren des Gottes Molok Kinderopfer dargebracht wurden). Was also sind die Übereinstimmungen – und Unterschiede – von der Hölle und den Totenreichen Hades, Gehenna, Scheol und auch

* Im zweiten Buch der Könige, Kap. 17, Vers 30, wird Nergal mit seinem richtigen Namen genannt.

für den frühen Vorläufer des Totenreiches Irkalla?

Meine Hypothese lautet, dass Irkalla eine Totenstadt ist. Ich glaube, dokumentieren zu können, dass die Hölle und die entsprechenden Totenreiche einem höchst physischen und reellen Ort entspringen: einer Grotte, in der die Babylonier ihre Toten zur Ruhe gebettet haben, nicht unähnlich der Praxis der Römer mit ihren Katakomben. Im Folgenden möchte ich auf das klassische Verständnis und neuere Interpretationen eingehen...

Ich legte den Stapel beseite.

Mir war schon klar, was CC im Schilde führte. Er wollte mich weich klopfen, den Grund bereiten für seine aberwitzige Vorstellung von der Hölle. So leicht kriegte er mich nicht dran. Giovanni Nobiles vierzig Jahre alte Auslegungen erschütterten weder meinen logischen Menschenverstand noch meinen Blick auf die Wirklichkeit.

3

»Sagen Sie«, sagte ich, meinen Blick auf CC gerichtet, als dieser sich gerade eine dicke schwarze Zigarre anzündete, die mich an eine überreife Banane erinnerte. »Wollen Sie mich etwa davon überzeugen, dass Satans Sohn demnächst auf die Welt kommt?«

»Wie kommen Sie denn darauf?«

CC schmatzte und saugte wie ein Säugling an der Zigarre, um die Tabakblätter zum Glühen zu bringen. Wir waren alleine in seinem relativ kleinen Büro. Das Fenster ging zum Hinterhof. Zwischen zwei hohen Bücherregalen hing eine Weltkarte, in der unzählige bunte Stecknadeln steckten. Auf einem Poster vom Sternenhimmel waren eine Handvoll Sterne durch gelbe Linien miteinander verbunden. Es gibt keine Grenzen dafür, welche Motive man in den Sternen erkennen kann. Nicht weiter verwunderlich. Verstreut man Tausende von Punkten auf einer großen Leinwand, kann man diese mit einer Linie zu jedem nur erdenklichen Bild verbinden.

Ich war verwirrt. In meinem Kopf schwirrten mehrere Entwürfe paralleler Hypothesen. Hypothese A zum Beispiel (zu Ehren Beltøs), die nur hier und da Hypothese B tangierte (von der Beltø auf jeden Fall ferngehalten werden musste), und eine obskure Variante C, die neben A und B noch weitere beinhaltete.

»Also gut, Bjørn«, fuhr CC fort und stieß den Rauch wie ein Drache, den man lieber nicht provozierte, durch die Nase aus. »Ich habe sehr wohl registriert, dass Sie sich nicht einfach täuschen lassen. Weder von alten Professoren noch von noch älteren Wandinschriften. Aber darf ich Sie daran erinnern, dass Sie es waren, der auf den Ausflug in die Katakomben bestanden hat?«

»Wegen der Mönche! Aber wieso haben Sie mir Giovanni Nobiles Betrachtungen über die Hölle gegeben?«

»Damit Sie einen möglichst breiten Überblick über seine Vorstellungswelt bekommen.« Er inhalierte eine Gewitterwolke Zigarrenrauch und stieß sie in kurzen Stößen wieder aus. »Es wäre doch denkbar, Bjørn Beltø, dass auch Sie noch etwas lernen können.«

»Dabei wäre es aber sehr hilfreich, wenn ich verstehen würde, was um mich herum passiert.«

»Was genau verstehen Sie nicht?«

»Zum Beispiel die Tatsache, dass Sie behaupten, Vertreter einer Forschergruppe zu sein, dabei aber über eine operative Kommandoeinheit verfügen, die stark an eine paramilitärische Elitetruppe erinnert.«

»Das *ist* eine Elitetruppe. Dem Luzifer-Projekt stehen nicht nur eine Militäreinheit zur Verfügung, sondern auch Agenten und die modernste Nachrichtenausrüstung, die es gibt. All das hat seinen Grund. Ohne die Kommandoeinheit und die geheime Technologie hätten wir Sie niemals befreien können. Die wenigsten von uns …«, CC streckte beide Hände mit einem entwaffnenden Lachen von sich, »…würden eine physische Konfrontation mit wem auch immer unbeschadet überstehen. Wir sind Forscher, keine Kämpfer.«

Etwas in seinem Blick verriet mir, dass CC niemals irgendetwas ausgewichen war.

»Wieso können Sie mir nicht sagen, was wir suchen oder auf was dieses Mysterium hinausläuft? Ich will mehr wissen!«

»Hier und jetzt ist entscheidend, dass es Menschen gibt – ziemlich viele Menschen –, die an die Prophezeiung von Satans Sohn glauben. Sie *glauben*, Bjørn! Und sie sind bereit, sehr weit zu gehen, damit diese Prophezeiung sich erfüllt. Sie warten auf Satan und seinen Sohn! So wie die gesamte Christenheit seit zweitausend Jahren auf Jesu Rückkehr wartet. Aber all das ist eine Sackgasse, verglichen mit den Theorien und Hypothesen, mit denen wir uns seit einer Reihe von Jahren beschäftigen.« CC schmauchte an der Zigarre. »Ich muss Sie warnen: Die Theorien sind komplex und für Außenstehende wenig glaubwürdig.«

»Und streng geheim?«

»Sie sollen Ihre Antworten bekommen.« Die Glut der Zigarre fraß sich langsam nach innen durch. »Wir haben drei Hypothesen, die auf unserer Kenntnis der ersten beiden Teile von *Luzifers Evangelium* basieren und den Referenzen in anderen Schriften auf den dritten Teil.«

»Moment, Moment. Haben Sie gerade gesagt, Sie seien im Besitz der ersten beiden Teile?«

»Ja. Daraus haben wir nie einen Hehl gemacht.«

»Die sind doch verloren gegangen? Ich dachte, sie wären verschwunden?«

»Zu ihrer Zeit, ja.«

»Aber jetzt sind sie wiederaufgetaucht?«

»Wir sind im Besitz von Teil eins und zwei von *Luzifers Evangelium*. Und Sie, guter Mann, haben den dritten.«

»Teil eins war Giovanni Nobiles Exemplar ...«

»Der technische Konservator der Universität hat einen Fotoneudruck erstellt.«

»Und Teil zwei ...«

»... haben wir aus dem Kloster der Drăculsângeer geholt.«

Mir fiel das Nachrichtentelegramm ein, das mir im Geheimarchiv des Vatikans untergekommen war. »Das waren *Sie*? Sie haben die Handschrift aus dem Kloster gestohlen?«

»Ja.« CC sah mich an, geheuchelt nachsichtig. »Bjørn. Wir haben es einer Bande religiöser Fundamentalisten entwendet, die ungefähr das gleiche Ehrgefühl und die gleiche Weltanschauung vertritt wie Al Quaida. Das ist so, als würde man einem Einbrecher die Brechstange wegnehmen. Oder einem Virus-Programmierer den Computer.«

»Was sollen die Drăculsângeer dann überhaupt mit meiner Handschrift anfangen, wenn ihnen der zweite Teil abhandengekommen ist?«

»Wir können wohl davon ausgehen, dass sie Kopien angefertigt haben.«

»Das heißt also, Sie kennen die beiden ersten Teile?«

»Ja. Und als wir Teil eins und zwei zum ersten Mal zusammenhängend gelesen haben, konnten wir sehen, wie komplex und verwickelt alles ist. Und wie abhängig wir von Teil drei sind, um dem Ganzen einen Sinn zu geben. Der lesbare Text in der linken Spalte, das ist so eine Sache. Eine prophetische und mythologische Apokalypse inklusive der Biografie des Verfassers. Aber die Symbole und Zeichen in der rechten Spalte können nicht auf diese Weise gelesen werden. Sie ergeben ohne den dritten Teil keinen Sinn. Wir glauben, sie müssen vertikal gelesen werden, nicht seitenweise, sondern jede Reihe durchgängig von der ersten bis zur letzten Seite. Von unserem aktuellen Wissensstand ausgehend haben wir drei Haupthypothesen entwickelt, die wir verfolgen. Ob eine der Hypothesen richtig ist, wissen wir erst …«, er musterte mich, ehe er fortfuhr, »wenn Sie uns den dritten Teil ausgehändigt haben.«

Während ich darüber nachdachte, ob sein *wenn* zeitlich oder optional gemeint war, zog er den Zigarrenrauch tief in die Lungen.

VI: Orion

»Sie halten doch etwas zurück, CC. Was wollen Sie mir nicht sagen?«

Mitternacht. Wir saßen auf der schmalen Terrasse vor dem Wohnzimmer. Unten auf der Straße war es still. Ab und zu fuhr ein Auto oder ein Motorroller vorbei. CC hatte eine Flasche Piemont-Wein und zwei Gläser geholt. Ich hatte ihm von meiner Kindheit erzählt und von meinen Abenteuern überall in der Welt.

»Erlauben Sie mir, Ihre Frage mit einer Gegenfrage zu beantworten: Warum vertrauen Sie mir nicht?«

Wir lächelten. Über einander. Über uns. Jeder für sich.

»Sie geben die Wahrheit nur in winzigen, erzwungenen Portiönchen preis«, sagte ich. »Tun alles, was in Ihrer Macht steht, um sich nicht in die Karten blicken zu lassen. Sie geben vor, mich einzubeziehen, speisen mich aber nur mir Unwesentlichem ab. Was verbergen Sie vor mir? Was für ein Geheimnis wollen Sie nicht mit mir teilen?«

»Ein Geheimnis ist kein Geheimnis mehr, wenn man es verrät.«

»Vielleicht würden Sie ja feststellen, dass ich kooperationswilliger bin, wenn Sie mich wirklich mit einbeziehen. Ich bin Archäologe, CC. Es ist mein Job, neugierig zu sein. Ich will immer alles wissen. Sie müssen offen zu mir sein.«

»Ich höre, was Sie sagen.«

»Sie wissen alles über mich, aber ich weiß nichts über Sie.

Sie haben einen Doktorgrad in Astrophysik von der Universität Stanford. Und Sie sind der administrierende Direktor des Luzifer-Projekts. Viel mehr weiß ich nicht über Sie.«

»In vielerlei Hinsicht bin ich wie Sie, Bjørn. Ich bin jemand, der Dinge bewegt.«

Der Weißwein schimmerte silbern. Ein Käfer schwirrte um die Terrassenlampe über uns, bevor er gegen das Glas stieß und mit einem trockenen Knacken zu Boden stürzte.

»Sind Sie verheiratet?«, fragte ich.

Die Frage überraschte ihn. Genau das hatte ich beabsichtigt. Eine Weile starrte er stumm vor sich hin, ehe er antwortete:

»Ich war es mal. Ich habe meine Jugendliebe geheiratet, Sue, wir waren damals beide neunzehn Jahre alt. Zu diesem Zeitpunkt waren wir schon fünf Jahre zusammen. Rührend, oder? Sie blieb in Kansas, als ich nach Kalifornien gegangen bin, um zu studieren. Es kam, wie es kommen musste. Als ich schließlich meinen Doktor hatte, waren wir geschieden. Sue hat wieder geheiratet und zwei Kinder mit einem Kerl bekommen, der noch heute ein Eisenwarengeschäft in Fort Scott betreibt. Er ist Vorsitzender der Kirchengemeinde, Freimaurer und Präsident der städtischen Handelskammer. Charlie. Charlie Mancroft. Ein kerniger Mann.« Er hob das Glas und sah mich durch den Wein hindurch an. Sein Auge wirkte vergrößert und verzerrt. »Das Verrückte ist, Bjørn – und das ist geradezu pathetisch banal –, dass ich nie über diese Frau hinweggekommen bin. Ist das nicht erbärmlich? Sie ist mittlerweile Großmutter. Ich habe sie seit fünfundzwanzig Jahren nicht mehr gesehen. Natürlich gab es andere Frauen. Aber … ach, Sie wissen schon, wie das ist.«

Ich wusste nur zu gut, wie das war.

»Dann sind Sie aus Kansas?«

»Mein Bruder bewirtschaftet noch heute den Hof, den mein Ururgroßvater 1856 gegründet hat.« Er senkte die Lider. »Kansas … Ein typischeres Bauernland gibt es in den USA nicht. Abends ging ich immer gerne raus ins Dunkle. Vermutlich wurde damals mein Interesse für die Astronomie geweckt. Ich konnte stundenlang draußen im Weizenfeld sitzen und in den klaren Himmel starren. Was für ein Anblick das war! Für die meisten ist der Blick in den Himmel durch viel zu viel Streulicht unmöglich geworden. Die Lichter der Stadt, der Höfe, der Autos – die Welt ist verunreinigt mit *Licht*. Aber in den Fünfzigern in Kansas – ich sage Ihnen, da gab es noch Dunkelheit, Mann! Manchmal hatte ich das Gefühl, die Sterne wären zum Greifen nah.«

»Sind Sie oft zu Hause in Kansas?«

»Ich war seit fünfundzwanzig Jahren nicht mehr dort. Seit Vaters Tod.« Er sah zu mir herüber. »Warum wollen Sie das alles wissen?«

»Um Sie besser kennenzulernen.«

»Warum glauben Sie nur die ganze Zeit, dass ich Sie täuschen will?«

»Weil das Ihr Job ist.«

»Warum sollte *ich* Ihnen vertrauen, Bjørn?«

»Ich habe nicht darum gebeten, mir zu vertrauen.«

Stille.

»Sie sagen mir nichts«, bedrängte ich ihn weiter.

»Nicht? Ich finde, dass ich Ihnen ziemlich viel erzähle.«

»Ich will mehr wissen!«

»Lassen Sie mich Ihnen so viel sagen: Wir verfolgen drei Hauptspuren, um *Luzifers Evangelium* zu verstehen. Und Sie wissen inzwischen bereits mehr als die meisten Mitarbeiter des Projekts ...«

»Was für Spuren? Ich weiß nur von einer – der Theorie von Satans Sohn.«

»Diese Theorie hängt mit einer der Spuren zusammen, ja.«

»Wie?«

»Dazu kommen wir noch.«

»Da haben wir es wieder. Sie behaupten, mir viel zu erzählen. In Wahrheit sagen Sie mir gar nichts.«

Ein paar Minuten lang saßen wir schweigend da.

»Wo wohnen Sie?«, fragte ich.

»Wo ich wohne? Tja, eine gute Frage. Mein Haus – um es mal so zu sagen – liegt außerhalb von Washington D.C. Aber ich bin viel auf Reisen. Rom. London. Houston. Stanford. Mein Haus ist vielleicht der Ort, an dem ich mich ein klein bisschen mehr aufhalte als an allen anderen Orten.«

»Wo wir wohnen, sagt eine ganze Menge über uns Menschen aus. Ich selbst wohne in einem Hochhaus in Oslo. Das ist mein Zuhause. Eine Dreizimmerwohnung in einem Hochhaus.«

»Und jetzt sind wir hier. In der Ewigen Stadt.«

Wir hoben unsere Gläser und starrten in die Nacht. Ganz hinten auf der Zunge und oben unter dem Gaumen entfalteten sich die Aromen des Piemont.

CC deutete zum Himmel. »Sehen Sie die Sternenkonstellation über den Häusern dort? Orion. Der Name stammt vermutlich aus dem Akkadischen: Uru-anna, himmlisches Licht. Das Sternbild entstand vor gut siebenhundertfünfzigtausend Jahren und wird noch ebenso lange sichtbar bleiben, ehe es verlöscht. Nicht weil die Sterne verschwinden, sondern weil sich ihre Position zur Erde ändert. Das Sternbild des Orion ist das stabilste Sternbild der Weltgeschichte, und die Menschheit ist erst zweihunderttausend Jahre alt. Orion war für uns schon immer da. Dabei ist das Sternbild des Orion genau wie alle anderen Sternbilder eine bloße Illusion. Eine mentale Vorstellung, die auf der unterschiedlichen Lichtstärke und Position der verschiedenen Sterne in Bezug zu einem zufälligen Punkt im Weltraum beruht: der Erde. Warum sage ich Ihnen das? Nicht weil ich Astronom bin, sondern weil der Orion eine fantastische Eigenschaft hat. Dieses Sternbild zeigt uns, dass nichts so ist, wie man denkt. Die Sternbilder. Die Menschen, die Ihnen auf Ihrem Lebensweg begegnen. Nichts ist so, wie man denkt. Auch ich nicht. Sie sehen nur einen Teil von mir. Wie Sie mir nur einen Teil von sich zeigen. Es ist wichtig, Bjørn, dass wir hin und wieder den Mut haben, jemandem zu vertrauen. Dass wir nicht alles voneinander wissen und manches für uns behalten, bedeutet nicht notwendigerweise, dass wir etwas zu verbergen haben.«

Um nicht desinteressiert zu wirken, blieb ich sitzen und betrachtete den Orion. Oder ich tat zumindest so. Meine Augen sind nicht die besten. Der Sternenhimmel stellt sich mir in etwa so dar wie Nebel.

Was wissen Sie, Carl Collins? Und welche Erkenntnisse wollen Sie nicht mit mir teilen?

CC leerte sein Weinglas. »Gute Nacht, Bjørn. Denken Sie über unser Gespräch nach. Okay? Nicht nur meinetwegen. Auch Ihretwegen. Es ist wichtig, Menschen zu vertrauen.«

Rom, Mai 1970

Erst nachts, nach ein Uhr, kam Luciana wieder nach Hause und warf Giovanni einen fragenden Blick zu – *irgendwelche Neuigkeiten*? Er schüttelte den Kopf. Luciana hängte ihren Mantel auf und kam ins Wohnzimmer. Sie sah aus, als hätte sie frisch geduscht. Doch noch durch den Duft von Shampoo, Seife und Parfüm ahnte er den Geruch von Rasierwasser und Zigaretten. Oder bildete er sich das alles nur ein? Vielleicht hatte sie ja geduscht, bevor sie aufgebrochen war, und unterwegs nur jemanden umarmt. Zum Beispiel Enrico. Warum sollte sie ihren Chef nicht einmal umarmen? Er sah ein, dass er ungerecht war und irrational dachte. Aber das Misstrauen war da. Jeder Mann einer schönen, jungen Frau hat wohl mitunter mit solchen Anflügen von Eifersucht zu kämpfen.

»Wo bist du gewesen?«

»Draußen.«

»Draußen …«

»Ich habe es in der Wohnung nicht mehr ausgehalten.«

»Die hätten wieder anrufen können.«

»Ich konnte einfach nicht mehr, Giovanni.«

»Hm, das verstehe ich.«

»Ich konnte nicht hier sitzen und nur darauf warten, dass dieses verdammte Telefon klingelt.«

Aber ich muss es können, dachte er.

»Seltsam, dich fluchen zu hören, Luciana.«

»Findest du? Findest du wirklich?«

»Entschuldige, ist nicht so gemeint.«

»Jemand hat mir meine Tochter weggenommen! Giovanni! Verdammt! Wirst du denn nie wütend? Verdammt noch mal! Scheiße, scheiße, scheiße!« Sie begann zu weinen. »Entschuldige, ich …«

Er versuchte, sie zu trösten, und sie beruhigte sich etwas.

»Wo bist du … gewesen?« Er versuchte, natürlich zu klingen, alltäglich.

»Ich war … im Büro.«

Die Pause war nicht länger als eine Zehntelsekunde gewesen, trotzdem hatte er sie wahrgenommen.

Im Büro …

»Drei Stunden?«

Sie begegnete seinem Blick; nicht jetzt, flehten ihre Augen, nicht jetzt, bitte.

»Du hast ihnen doch nichts von Silvana gesagt?«

»Natürlich nicht.«

»Wie läuft es mit Enrico?«

Wieder dieser Blick.

»Er … alles in Ordnung. Warum fragst du?«

»Ich interessiere mich für alles, was dich angeht, weißt du.«

Sie sah ihn an, sichtlich verunsichert über die Zweideutigkeit seines Satzes.

»Ich tauge nicht als Mann, oder?« Er hob ihr Kinn mit dem Zeigefinger an und sah ihr direkt in die Augen, als könne sein Blick all das erklären, was in seinem Inneren rumorte. »Sag es, wie es ist, Luciana. Du findest, dass ich mich nicht wie ein richtiger Mann verhalte.«

»Giovanni, du machst mir Angst.«

»Ich bin nicht viel wert.«

»Warum sagst du so etwas?«

»Du findest, dass ich anders mit der Situation hätte umgehen sollen, nicht wahr?«

»Das stimmt nicht.«

Der Anflug von Wut und Selbstmitleid war schon wieder vorbei. Er ging in die Küche und trank ein Glas Wasser.

»Hast du das Manuskript bekommen?«, fragte sie, als er ins Wohnzimmer zurückkam.

»Nein.«

Er erzählte ihr, was geschehen war, und Luciana begann wieder zu weinen.

VII: Blutgebet

Rom
14. Juni 2009

1

Wie die weißen, verkrüppelten Wachsfinger in einer Geisterbahn badeten die nackten Mönche in Blut und Sonnenlicht.

Der Tod kommt immer überraschend. Zwei Scheinwerfer auf der Autobahn. Eine eisige Kralle, die sich um das Herz legt. Eine platzende Ader, die Klinge eines Messers, eine Flamme, eine Geschwulst. Sogar den unheilbar Kranken, der Wochen und Monate darauf gewartet hat, erlöst zu werden, und der seine Lieben um sich versammelt hat – flüsternd, wartend –, trifft der Tod plötzlich. *Jetzt? Jetzt schon?* So ist es.

Aber das hier …? »Mein Gott«, stöhnte CC.

Überall war Blut. Auf dem Boden. An den Wänden. Sogar an der Decke. Die Morgensonne flutete durch die länglichen Zellenfenster hoch oben an der Wand und spielte mit den Reflexen des Blutes, das in dunkelroten Mustern angetrocknet war.

Ich musste mich abwenden. Nach Atem ringend stützte ich mich mit beiden Händen an die Wand, kniff die Augen zu und konzentrierte mich darauf, meinen Brechreiz zu unterdrücken. War das wirklich geschehen?

Die Stimme von CC: »Was um alles in der Welt ist hier passiert?«

Die Stimme des Wachhabenden: »Wir verstehen es auch nicht!«

»Die Hauptpulsader?«

»Aufgerissen und durchtrennt.«

Ein Massaker, ein Blutbad.

Ich dachte: Ist wirklich so viel Blut in einem menschlichen Körper? Fünf Liter… Dass fünf Liter Blut so eine Schweinerei anrichten können!

Alle, die sich vor Blut ekeln, denken an die Farbe, die Konsistenz und das Wissen, dass Blut in den Körper gehört und außerhalb davon nichts zu suchen hat. Die wenigsten denken an den Geruch. Den strengen, metallischen Gestank. Ich bin extrem geruchsempfindlich und hatte das Blut bereits gerochen, bevor die Tür zum Zellengang geöffnet worden war. Die ganze Zeit über versuchte ich, durch den Mund zu atmen.

Neun der Leichen lagen auf ihren Pritschen. Sie sahen aus, als ob sie schliefen. Einige hatten die Arme vor der Brust verschränkt. Einer von ihnen lag mit weit geöffnetem Mund da, wie in einem lautlosen Schrei erstarrt. Ein anderer blickte leer vor sich in die Luft. Sie waren noch immer alle angekettet. Ihre Gefangenenkleider hatten sie zerrissen und in eine Ecke geworfen.

2

»Alle Türen waren vorschriftsmäßig verschlossen, als die Toten heute Morgen bei der Essensausgabe um halb acht gefunden wurden«, versicherte der Wachhabende.

Wir waren in den Aufsichtsraum am Ende des Zellenganges gegangen. Selbst hier stank es noch nach Blut.

»Können Sie sich gegenseitig getötet haben?«, fragte ich.

»Die Türen waren von außen verschlossen. Mit zwei Schlüsseln.«

»Und wenn es einem von ihnen gelungen ist, sich die Schlüssel zu beschaffen?«

»Unmöglich!«

»Und wenn doch?«

»Es gibt in den Zellen keine Waffen, keine Messer, nicht einmal eine Rasierklinge.«

»Wie stark war die Wache heute Nacht?«

»Drei Sechsergruppen. Achtzehn bewaffnete Männer. Zwei auf dem Zellengang. Vier im Wachraum. Sechs im Hinterhof und sechs weitere draußen auf der Straße.«

»Ist es denkbar, dass sich jemand an all diesen Wachen vorbeischleichen, in die Zellen eindringen, die Mönche töten und dann die Türen von außen wieder verschließen konnte, bevor er verschwunden ist?«

»Nein.«

»Das heißt dann aber doch, dass die Wachen damit zu tun haben müssen.«

»Niemals! Das sind handverlesene Leute, loyal und absolut glaubwürdig.«

»Berufssoldaten?«

»Die besten.«

»Jeder Söldner ist bestechlich …«

»Meine Männer nicht!«

»… wenn der Preis nur hoch genug ist.«

»Diese Beleidigung habe ich nicht gehört.«

»Sind sie verhört worden?«

»Natürlich. Alle, die heute Nacht Wache hatten, sind noch auf ihren Posten. Hätten sie etwas mit den Morden zu tun, wären sie längst verschwunden.«

»Außer sie sind geblieben, um den Verdacht von sich abzulenken.«

»Sie sind wirklich übertrieben misstrauisch, Beltø.«

»Wann sind die Männer gestorben?«

»Nach der vorläufigen Aussage des Arztes starben alle zwischen fünf und halb sechs heute Morgen.«

»Bei Sonnenaufgang«, sagte CC. »Zu diesem Zeitpunkt richten die Drăculsângeer auch ihre Opfer hin. Wenn der Morgen dämmert, bei Sonnenaufgang, dem Übergang von der Nacht zum Tag.«

3

In dem Gewimmel von Wachen, Ärzten und Polizeiermittlern gab es eine Person, die mir auffiel. Ein dicker Mann mit schütteren Haaren, weißem Hemd und einem blauen Schlips mit Monogramm. Trotz seiner Körperfülle, der dünnen Haare und der Schweißringe unter den Achseln erinnerte er an einen kleinen, schelmischen Jungen, der gerade erst wieder sein Baumhaus erklommen hatte, um den nächsten Streich in der Nachbarschaft auszuhecken.

»Mark!«, rief CC.

Mark war kurzatmig und bewegte sich ruckartig, er sah aus wie eine Figur auf einem Schmalfilm, der sich im Projektor verhakt hatte. Als er sich umdrehte und CC durch die fettigen Gläser seiner Brille entdeckte, ging ein Strahlen über sein rundliches, joviales Gesicht. Das Massaker schien ihm nicht sonderlich nahezugehen.

»Das ist Bjørn«, sagte CC. »Bjørn Beltø.«

»Ah, der Archäologe! Der Mann mit dem Manuskript!« Mark erwiderte meinen Blick mit einem überschäumenden Lächeln und schüttelte meine Hand. »Marcus Vanderleyden III. Die meisten nennen mich Mark. Mir soll es recht sein. Mein Großvater wurde nach Marcus Aurelius benannt. Nur damit das geklärt ist. Sie wissen schon, Kaiser Marcus Aurelius Antoninus Augustus!« Er proklamierte den Namen so laut und deutlich, dass er die müden Blicke einiger Wachen auf sich zog. »Das mit dem III. dürfen Sie nicht mir anlasten. Mein Vater war ein Snob. Der einzige Grund, weshalb ich nach meinem Großvater und Vater benannt wurde, ist die Tatsache, dass er immer schon davon geträumt hatte, mal einen Sohn mit Namen Marcus Vanderleyden *the fucking* III. zu haben. Wie ein König oder so. Sie hatten gehofft, ich würde die Bank übernehmen, doch dann habe ich den ganzen verfluchten, vornehmen

Stammbaum von seinen ach so feinen Wurzeln bis zu seiner aristokratischen Krone erschüttert und internationale Politik studiert. Jetzt arbeite ich in der staatlichen Verwaltung. Der Schock sitzt ihnen noch immer in den Knochen. So, jetzt kennen Sie kurz und knapp schon meine ganze Lebensgeschichte.«

»Was machen Sie hier?«, fragte ich.

»Hier? Hier im Gefängnis oder in Rom?«

»Mark gehört zu meinem Stab«, sagte CC. »Er …«

CC wurde durch einen Ruf unterbrochen. »Mr. Collins?« Der Wachhabende rief CC in die Zelle des Primus Pilus.

»Nun, was machen Sie hier im Gefängnis?«

»Gute Frage. Verdammt gute Frage. Was tue ich hier eigentlich?« Er blieb stehen und dachte nach, als hätte ich mit dieser Frage ein existentielles Mysterium angesprochen. Dann schien er sich wieder zu fangen. »Kommen Sie, ich muss Ihnen etwas zeigen.«

Er zog mich hinter sich her in die erste Zelle.

Der Mönch mit der großen Nase lag wie friedlich schlafend in einer Lache aus getrocknetem Blut. Nackt. Blutverschmiert. Blass. Er wirkte künstlich. Als wäre sein Körper durch den einer Puppe ersetzt worden.

All das Blut an den Zellenwänden und die brutalen Eindrücke überwältigten mich derart, dass ich das Wort an der Wand erst bemerkte, als ich Marks Blick folgte.

Jemand hatte mit Blut eine Triquetra an die Wand gemalt und dann mit großen Buchstaben etwas geschrieben:

SFÅNT

Furcht und Ekel durchrieselten mich.

Wer hatte dieses Wort geschrieben? Der Mönch vor seinem Tod? Oder der Mörder?

»Solche Worte stehen in allen Zellen«, sagte Mark.

»Was für Worte?«

»Ich weiß es nicht. Unterschiedliche.«

»Und was bedeuten sie?«

»Wir haben noch keinen Überblick. Wir müssen sie übersetzen lassen. Vermutlich ist es Rumänisch. Die Mönche haben mit ihrem eigenen Blut eine Botschaft verfasst, bevor sie gestorben sind.«

»Warum?«

»Für die Drăculsângeer ist alles, was mit Blut geschrieben wird, eine sakrale Botschaft. Blut ist heilig. Indem sie mit dem Blut mehrerer sterbender Menschen eine Botschaft verfassen, erhalten ihre Gebete mehr Kraft. Wie das gemeinsame Gebet einer Gemeinde angeblich auch mehr Gewicht vor Gott hat. Kommen Sie!«

In der nächsten Zelle lag ein Mönch mit dem Gesicht zur Tür, als wollte er um nichts in der Welt die Reaktionen derjenigen verpassen, die den Raum betraten. Sein Gesicht war in einer aberwitzigen Grimasse erstarrt, die Augen weit aufgerissen, die Lippen gefletscht, so dass die Zähne zu sehen waren. An die Wand hatte er geschrieben:

SÂNGE

Von den Buchstaben und dem Zeichen war das Blut in dunkelroten Streifen nach unten geflossen.

»Ziemlich makaber, was?«, murmelte Mark.

»Erst *sfânt* und dann *sânge*. Ihr Kloster heißt doch Sfânt sânge.«

»Stimmt. Ich glaube, das bedeutet so viel wie Heiliges Blut.«

Nur die Zelle des Primus Pilus war gesperrt, während die Ermittler arbeiteten. Mark und ich gingen von einer zur anderen und notierten uns die unterschiedlichen Worte. Schließlich hatten wir folgende Liste zusammengetragen – wobei jedes Wort von einer Triquetra gefolgt wurde:

SFÂNT SÂNGE MAESTRU SATANA
DORMI CADAVRU PIRAMIDĂ TREZI
HÂRGA-MË-GÏDDÔ-DÔM

»Was sagen Ihnen diese Worte?«, fragte Mark.

»Ich verstehe nicht viel mehr als *Heiliges Blut*. Vermutlich Satana für Satan. Und Hârga-më-gïddô-dôm könnte so etwas wie Armageddon heißen.«

Warum gerade diese Worte – das sind doch sinnlose Phrasen?, dachte ich. Warum haben sie nicht geschrieben, wer sie getötet hat? Der Gedanke machte plötzlich einer unglaublichen Erkenntnis Platz. Angewidert ging mir auf, was geschehen war, und ich blickte zu Mark.

»Sie verstehen vermutlich auch, was passiert ist?«

»Verstehen Sie es?«

»Ich glaube ja.«

»Wir beide sollten miteinander reden. Können Sie mich in ein paar Stunden in der Botschaft treffen?«

»In der Botschaft.«

»Ja, da arbeite ich.«

»Sie sind Diplomat?«

»Ich sage Ihnen lieber gleich die Wahrheit: Ich arbeite bei der CIA.«

4

»Bjørn ...«

Wenn es überhaupt möglich ist, einen Ruf als zögerlich zu bezeichnen, dann war das, was ich jetzt hörte, ein zögerlicher

Ruf. CC stand vor der Zelle des Primus Pilus. Seine Stimme klang seltsam. Als hätte er schlechte Nachrichten, die er mir am liebsten nicht erzählen würde. Er winkte mich zu sich, fasste mich sanft am Arm und führte mich in die Zelle.

Die kataleptische Totenstarre ist eins der unangenehmsten Phänomene in der Rechtsmedizin. Stirbt ein Mensch unter extremer physischer oder gefühlsmäßiger Belastung, kann sein Körper schlagartig erstarren, so dass er auch im Tode in dieser verzerrten Positur verbleibt.

Der Primus Pilus war der Einzige der zehn Mönche, der nicht auf der Pritsche lag. Stattdessen kniete er im Gebet.

Er war nackt, kniend und betend gestorben und in dieser Haltung erstarrt. Sein Gesicht war nach oben gerichtet, als hielte er nach dem Gott oder Teufel Ausschau, dem er sein Leben gewidmet hatte. Die Knie waren auf den Boden gestemmt, die Ellenbogen auf die Matratze. Seine Hände mit den langen Fingern waren gegeneinandergepresst. Sein Mund stand halb offen. Wenn ich mein Ohr dicht vor seine Lippen halte, dachte ich, höre ich vielleicht noch das Echo seines letzten Gebets …

An der Wand, fast bedeckt vom willkürlichen Muster seines Blutes, entdeckte ich eine Triquetra und sechs Worte auf der beigefarbenen Wand.

CC legte seinen Arm um meine Schulter. Wie ein Vater.

Ich las die Worte:

BJØRN BELTØ!
MANUSCRIS!
ACUM!

AVE SATANAS!

VIII: Das Jüngste Gericht

I

Einem Reptil nicht unähnlich – mit Augen, die in alle Richtungen schauen konnten – saß Marcus Vanderleyden III. in einem Glaskasten, der an ein Terrarium erinnerte. Ein Wachmann hatte mich von der Rezeption der Botschaft zu Marcus' Glaskäfig in der offenen Bürolandschaft begleitet. Wir begrüßten uns mit Handschlag. »Ich habe die Übersetzung bekommen«, sagte er und stellte mir einen Stuhl hin.

»Was steht dort?«

»So, wie die Worte an der Wand standen, machen sie nicht wirklich Sinn. Laut Übersetzer ergeben sie keinen Satz, stehen in keinem grammatischen Zusammenhang. Der Übersetzer geht davon aus, dass sie unabhängig voneinander geschrieben wurden. Trotzdem … Wenn wir die Worte in einer chronologischen und logischen Reihenfolge anordnen und von der Grammatik einmal absehen, kommt mit etwas gutem Willen eine Botschaft heraus, die etwa folgendermaßen lauten könnte: *Heiliges Blut! Der Meister Satan schläft einer Leiche gleich in der Pyramide und erwacht am Tag des Jüngsten Gerichts. Bjørn Beltø! Die Handschrift! Jetzt! Heil dir, Satan.*«

Ich brauchte ein paar Sekunden, um das Gehörte zu verdauen. Selbst übersetzt ergab die Botschaft keinen rechten Sinn. Satan schläft einer Leiche gleich? In welcher Pyramide?

»Wieso wird mein Name genannt?«

»Ein Aufruf. Sie haben die Handschrift. Und die wollen sie haben! Jetzt! Mit Satans Hilfe!«

»Wozu soll das gut sein, dass sie meinen Namen schreiben? Mit Blut? Auf die Wand?«

»Eine heilige Botschaft mit Blut geschrieben, ruft Satan herbei. Sie fordern Sie auf, ihnen die Handschrift zu überlassen. Das ist die Magie des Blutes, Bjørn. Ein Gebet an Satan.«

Es klang lächerlich. Und ziemlich erschreckend. Jeder, dessen Name einmal von einem sterbenden Satanisten mit Blut an eine Wand geschrieben wurde, wird verstehen, was ich meine.

»Wirkt es schon?«, fragte er und grinste schief. »Falls Sie schon etwas merken … und sei es nur ein bisschen … sollten Sie die Handschrift so schnell wie möglich CC geben.«

»Arbeiten Sie für ihn?«

»*Yes Sir*! Streng genommen bin ich bei der CIA angestellt. Aber die letzten Jahre war ich an *The Lucifer Project* beteiligt.« Mark krümmte die Finger wie Klauen und schnitt eine diabolische Fratze. »Offiziell leite ich hier in der Botschaft die Abteilung für geopolitische Analyse. Aber inzwischen arbeite ich Vollzeit für CC. Ursprünglich saß ich in Langley und war für die Überwachung von Al Quaidas Nachrichten im Internet zuständig.«

»Dann sind Sie also … Geheimagent?«

Mark lachte. »Wie Sie sehen«, er tätschelte sich den Bauch, »bin ich kein typischer Agent. Ich arbeite nicht im Außendienst. Ich bin Bürokrat. Schreibtischanalytiker. Einer, der Dokumente und Berichte liest, um neue Berichte zu verfassen. Bjørn, spielen wir ein wenig Pingpong. Was halten Sie von der Botschaft, die die Mönche an die Wände geschrieben haben?«

»Der Primus Pilus muss von dem bevorstehenden Massaker gewusst haben. Er hat die Botschaft angedeutet, als CC und ich ihn gestern in seiner Zelle aufgesucht haben. Sowohl der Massenmord als auch die Botschaft waren im Voraus geplant.«

»Interessant. Sie sagen, Sie wüssten, wie die Morde begangen wurden?«

»Selbstverständlich. Aber ich möchte meinen Verdacht zuerst CC mitteilen. Dann kann er entscheiden, ob er ihn an die CIA weitergeben will oder nicht.«

Mark setzte sich bequemer in seinem Schreibtischstuhl zurecht, der unter der Gewichtsverlagerung knarrte.

»Ich möchte Ihnen ein wenig von der Arbeit erzählen, die wir hier betreiben. Im Gegenzug dürfen Sie jederzeit Informationen beisteuern, die mir fehlen. Ich weiß, dass Aldo und CC Ihnen von der Prophezeiung Satans Sohn und den Antichrist betreffend erzählt haben. Eine spannende Sache. Wenn auch wenig glaubwürdig. *Rosemarys Baby* in Reinkultur. *Der Exorzist. Omen.*«

»Was hat ein CIA-Analytiker mit dem Spezialgebiet Al Quaida mit einer theologischen Theorie über Satans Sohn zu tun?«

»Lassen Sie uns die Perspektive erweitern. Der Glaube an Satan, an Dämonen und böse Geister ist in gewissen religiösen und insbesondere fundamentalistischen Kreisen verbreitet. Trotz aller Vorbehalte steht auch etwas darüber in der Bibel, dem Koran und in anderen religiösen Texten. Entschließt sich ein gläubiger Mensch, die Heilige Schrift wörtlich zu nehmen, wie es viele tun, muss es als notwendige Konsequenz auch den Teufel und seine Dämonen geben. In einzelnen Sekten und Glaubensgemeinschaften ist die Sehnsucht nach der Endzeit, dem Armageddon, tief verankert. Eschatologie. Die Lehre vom Weltuntergang.«

»In der altnordischen Mythologie spricht man vom Ragnarök«, schob ich ein. »Dort gingen Götter und Riesen – böse Kämpfer – aufeinander los.«

»Ragnarök ist mit dem christlichen Armageddon verwandt – der Vorstellung vom endgültigen Kampf zwischen Gott und Satan. Keine kleine Kabbelei. Lesen Sie Johannes' Offenbarung! Das reinste Inferno aus Hagel, Feuer, Blut, Blitz und Donner, Tod und Zerstörung. Sterne fallen vom Himmel! Da geht es wirklich ab! Religiöse Fanatiker nehmen den Text wortwörtlich – nicht als Allegorie. In vielen Religionen – nicht zuletzt im Christentum und im Islam – ist der Tag des Jüngsten Gerichts ein zentrales Fundament ihres Glaubens. Ohne das Jüngste Gericht würde das Dasein in der Luft hängen und ohne Sinn und Ziel sein. Das Jüngste Gericht ist, paradoxerweise, das ultimative Ziel der Religion.«

»Und was hat das mit *Luzifers Evangelium* zu tun?«

»Die Drăculsângeer glauben, dass *Luzifers Evangelium* nicht nur die Jahreszahl für das Jüngste Gericht angibt, sondern darüber hinaus auch noch den Verlauf. Was man dafür braucht, sozusagen. Eine Art eschatologische Gebrauchsanleitung. Das Problem ist bloß, dass wesentliche Details nur im dritten Teil vorkommen, den Sie besitzen, und nicht in Teil eins und zwei. Eine Formulierung im ersten Teil lautet zum Beispiel: In 1647000 Tagen wird die Erde nach *hârga-më-giddô-dôm* wiederauferstehen. Wie ist eine solche Weissagung zu verstehen? 1647000 Tage, das ist eine recht präzise Zeitangabe. *Luzifers Evangelium* wurde vor viertausendfünfhundert Jahren niedergeschrieben. Das bedeutet, dass sich die Zeitangabe der Prophezeiung auf unsere heutige Zeit bezieht. Es kann sozusagen jeden Augenblick so weit sein. Morgen? 2012? Spätestens im Jahr 2024? Und was genau ist dieses *hârga-më-giddô-dôm*? Ist Armageddon das Resultat eines Atomkrieges im Nahen Osten? Welche Länder werden involviert sein? Iran? Irak? Pakistan? Israel? Wird ein terroristischer Anschlag den Dritten Weltkrieg auslösen? Solche und ähnliche Fragen und vagen Deutungsversuche könnte der Text beantworten. Das ist einer der Gründe, weshalb die CIA zur Jagd auf die altertümliche Handschrift hinzugezogen wurde.«

Bevor ich eine Frage einflechten konnte, hatte er bereits wieder das Wort ergriffen.

»Die Drăculsângeer haben den Text im Namen Satans gelesen und sind mehr als bereit, uns zur Endzeit zu verhelfen. In dem Kloster in den Karpaten haben sie nicht nur den Saal hergerichtet, in dem Satan die Hure schwängern soll, sondern auch einen Geburtsraum und ein bezauberndes Kinderzimmer, in dem der Satansbraten aufwachsen soll. Wenn es nur das wäre. Die Drăculsângeer haben wir trotz allem einigermaßen im Blick.«

»Hängen da noch andere mit drin?«

»Eine mit Al Quaida rivalisierende Extremistengruppe nennt sich ›Yawn al'Qijamah‹, was Jüngstes Gericht bedeutet. Oberhaupt der Gruppe ist ein fanatischer islamistischer Dschihadist mit enormen finanziellen Ressourcen. Ähnlich wie die Drăculsângeer haben seine schreibkundigen Anhänger zahlreiche Textpassagen gefunden, die sie dahingehend deuten, dass Allah den Beistand der Rechtgläubigen braucht, um das Jüngste Gericht einzuberufen.«

»Nicht sonderlich überraschend. Vom Islam gibt es etwa so viele Deutungen wie Mullahs.«

»Es gibt noch mehr Verbindungslinien. Im fünften Jahrhundert schufen die Drăculsăngeer den Begriff *sanctus bellum*, heiliger Krieg, der eine Parallele im islamischen Dschihad hat. Jetzt haben diese beide extremen Gruppierungen, die Drăculsăngeer und Yawn al'Qijamah, sich gefunden. Höllische Kooperationspartner, sozusagen! Sie sind überzeugt, dass das Jüngste Gericht nicht einfach irgendwann stattfindet, aus einer Laune der Götter heraus. Sie wollen die Prophezeiung erfüllen. Im Auftrag der Götter.«

»Wie? Mithilfe von Terroranschlägen?«

»Das ist wahrscheinlich. Aber welches ausgesuchte Ziel für einen Terroranschlag könnte einen Weltkrieg auslösen? Ein Bombenanschlag auf den Felsendom? Das UN-Hauptquartier? Eine Ölplattform? Bei der Verleihung des Friedensnobelpreises in Oslo? Bei einer Sportveranstaltung wie den Olympischen Spielen, der Fußball-WM oder dem Superbowl? Ein chemischer oder radioaktiver Angriff auf eine westliche Großstadt? Eine *dirty bomb* auf New York?«

Ein paar endlose Sekunden sah ich eine Grausamkeit nach der anderen an meinem inneren Auge vorbeiziehen. Mark sagte keinen Ton.

»Sie sind plötzlich so still«, stellte er fest.

»Mir geht etwas durch den Kopf.«

»Was?«

»Alles, was sie mir da erzählen, muss doch streng geheim sein. *Top secret.*«

»Selbstverständlich.«

»Und trotzdem vertrauen Sie mir diese Geheimnisse an. Einfach so. Warum?«

Mark sah mich erstaunt an. »Weil CC mich darum gebeten hat.«

2

»Haben Sie Mark gebeten, sich mit mir zu treffen?«

CC sah mich mit erschöpftem Blick an und seufzte müde. Er hatte die Jalousien seines Büros heruntergelassen. Das grelle Vormittagslicht wurde durch die Schummerbeleuchtung einer Schreibtischlampe ersetzt.

»Ja«, antwortete er. »Etwas nicht in Ordnung?«

»Wieso haben Sie mir nicht gesagt, dass Sie das Treffen arrangiert haben?«

Er lachte leise. »Glauben Sie, Sie hätten sich hinter meinem Rücken mit Mark treffen können? Und dass er Ihnen Geheimnisse anvertraut, ohne dass ich etwas davon weiß?«

Durch die Wand hörte ich ein Handy piepsen, endlos. CC sah blass und müde aus. Viel zu lange hatte ich CC als möglichen Widersacher und potentiellen Feind betrachtet, der nur darauf aus war, mich hinters Licht zu führen und mir die Handschrift abzuluchsen. Was, wenn mein Misstrauen nur meinen pathologischen Neurosen entsprang? Hatte ich zu irgendeinem Zeitpunkt den Gedanken zugelassen, CC könne möglicherweise ein ehrlicher und aufrichtiger Mensch sein?

»Sie sehen erschöpft aus«, sagte ich.

»Danke für Ihr Mitgefühl. Alles in Ordnung.«

»Ich weiß, wie die Mönche gestorben sind.«

»Wirklich?«

»Sie wissen es doch sicher auch längst?«

»Das Ergebnis der Obduktionen dürfte jeden Augenblick eintreffen. Wie sieht Ihre Theorie aus?«

»Selbstmord.«

»Das glaube ich auch. Die Frage ist nur, wie sie es bewerkstelligt haben.«

Jemand klopfte so fest gegen die Tür, dass man meinen konnte, er wollte sie einschlagen. Mit der bloßen Faust.

»Treten Sie ein, Dick!«, rief CC.

Der Sicherheitschef des Luzifer-Projekts hieß Dick Stone und machte seinem Namen alle Ehre. Er war so breitschultrig und muskelbepackt, dass ich mir Sorgen machte, die Türöffnung könnte zu eng für ihn sein und Herr Stone würde den Rahmen und Teile der Wand mitreißen.

»Was wissen wir?«, fragte CC.

»Selbstmord.«

»Wie?«

»Mit den Zähnen.«

»Mit den Zähnen?«

»Sie haben sich die Pulsadern am Handgelenk aufgebissen.«

»Gegenseitig?«

»Nein, jeder sich selbst.«

Stille.

Ich schüttelte mich und versuchte, die Bilder beiseitezuschieben, die sich mir aufdrängten.

»Um Himmels willen …«, sagte CC.

»Ist es möglich, sich selber totzubeißen?«, sagte ich.

Dick Stone stand reglos da, als ginge ihn die Frage nichts an.

»Sie haben sich geopfert«, sagte CC. »Als Märtyrer. *Sanctus bellum*. Sie haben sich für die Seligkeit geopfert.«

»*Sir?*«, sagte Dick ungeduldig, als könnte er es gar nicht erwarten, zurück in den Obduktionssaal zu kommen, um die Verletzungen genauer in Augenschein zu nehmen.

Nachdem Dick uns verlassen hatte, saß ich da und musterte CC. Am Ende platzte ich mit der Vermutung heraus, die schon in mir rumorte, seit CC und ich in der Zelle des Primus Pilus gewesen waren.

»Die Botschaft der Mönche sagt Ihnen etwas, stimmt's? Mehr als Sie zugeben.«

CC zog die Schultern mit aufgesetzt gleichgültiger Miene hoch. Inzwischen konnte ich ihn einigermaßen einschätzen.

»Für mich ist die Botschaft unverständlich. Satan, der einer Leiche gleich in einer Pyramide schläft und zum Jüngsten Gericht erwacht. Aber Sie wissen, was das bedeutet. Sie wissen etwas, CC, ich sehe es Ihnen an. Sie wissen, worauf das Ganze abzielt.«

»Ich kann auch nur raten und Vermutungen anstellen.«

»Sie haben mir erzählt, Sie hätten drei Hypothesen, den Inhalt von *Luzifers Evangelium* betreffend. Drei Hypothesen. Drei Teile. Drei Mönche. Immer wieder die Drei. Sie haben mich durch Mark in eine Hypothese einweihen lassen. Was ist mit den beiden anderen?«

»Haben Sie doch Geduld, Bjørn.«

»CC, Sie wollen die Handschrift. Aber Sie verraten mir nichts. Ich kann mindestens so stur sein wie Sie.«

»Wie wahr, wie wahr.«

»Ich sitze auf der Handschrift, Sie auf den Geheimnissen. Wenn Sie das wollen, was ich habe, müssen Sie mir etwas dafür geben. Erzählen Sie mir alles, was Sie wissen!«

Durch die Glasbausteine meiner Brille können meine rot schimmernden Augen sehr insistierend aussehen.

»Bjørn …«

Wie der väterliche Seufzer aus tiefstem Herzen über den obstinaten Sohn.

»Ich kann auch nach Hause fahren, wissen Sie!«

»Seien Sie nicht so starrköpfig.«

»Ich will wissen, worauf die anderen beiden Hypothesen abzielen!«

CC sah mich durchdringend an. »Diese Hypothesen werden in England untersucht, nicht hier in Rom.«

»Dann lassen Sie uns aufbrechen!«

»Nach England?«

»Selbstverständlich.«

»Bjørn, das geht nicht …«

Aber natürlich ging es.

Bolla blieb im Hinterhof stehen, und CC und ich flogen in der Gulfstream vom Leonardo-da-Vinci-Flughafen nach Heathrow.

Rom, Mai 1970

Jeder Mensch kommt irgendwann – wenn der Druck nur ausreichend lange anhält – an einen Punkt, an dem es genug ist, dachte er.

Giovanni ging ins Bad, kniete sich vor die Toilettenschüssel und erbrach sich. Es tat gut. Als er wieder auf den Beinen stand, fühlte er, wie ihm Speichel vom Mundwinkel herunterlief. Der Hahn kreischte, als er das Kaltwasser aufdrehte. Es war lauwarm. Er ließ es in die Hände laufen und wusch sich mehrmals das Gesicht. Dann betrachtete er sich selbst im Spiegel. *Du siehst aus wie eine Leiche, Giovanni.* Sein Gesicht war aufgedunsen, bleichgrau. *Ich muss mich rasieren.* Er begegnete seinem Blick. Trank einen Schluck Wasser, das nach Chlor schmeckte, gurgelte und spuckte aus. Dann putzte er die Zähne mit viel Zahnpasta. Hinterher schäumte er sich das Gesicht ein und rasierte sich mit der Klinge.

Als Silvana anderthalb Wochen alt war, wenige Tage nachdem Luciana mit ihr nach Hause gekommen war, wurde sie krank. Ihre Haut wurde fahl und kalt. Sie wollte keine Muttermilch trinken. Giovanni erinnerte sich an seine bodenlose Angst, sie könnte ihnen wegsterben. Sie hatten sie in Decken gewickelt und waren direkt in die Klinik gefahren, wo sie untersucht wurde. Die Ärzte hatten ihr Zuckerlösung gegeben und sie ein paar Tage zur Kontrolle dabehalten. Ihr Appetit und ihre frische Hautfarbe kehrten zurück. Aber sie hatten niemals erfahren, was ihr gefehlt hatte.

Ist es möglich, sein Kind zu verlieren, dachte er, und hinterher wieder ein Mensch zu werden?

Ein Sarg …

Noch einmal füllte er die Hände mit Wasser und spritzte es sich ins Gesicht. Mit unsicheren Schritten ging er in sein Arbeitszimmer, warf die Tür hinter sich zu, lehnte sich mit dem Rücken gegen das Türblatt und schloss die Augen. Er brauchte einen Hauch von Normalität. Von Alltag. Die Arbeit. Angstfreie Gedanken ohne die Befürchtungen, was sie Silvana antun könnten.

Er setzte sich hinter den Schreibtisch und nahm sich die Dämonen-Liste vor, die er zusammengeknüllt und in seiner Verbitterung gegen die Wand geworfen hatte. So gut es ging, strich er die ärgsten Falten glatt und legte das Blatt auf die Schreibunterlage. Dann zog er die untere Schublade heraus und blätterte sich zu einem Stapel mit maschinengeschriebenen Listen durch, die er in Verbindung mit seinen Studien erstellt hatte. Er liebte es, Listen anzufertigen; man konnte es fast schon als fixe Idee bezeichnen. Listen setzten die Dinge in ein System, brachten Ordnung in sein Chaos. Wie viele Tage hatte er darauf verwendet, Informationen über Dämonen zu sammeln und diese irrwitzigen Listen zusammenzustellen? Jede Religion hatte ihren eigenen Katalog solcher Dämonen. Stundenlang konnte er über den Zusammenfassungen der teuflischen Heerscharen brüten. Jeder einzelne Dämon hatte eine spezielle Funktion, ein besonderes Merkmal, eine eigene, höchst persönliche Folterkammer. Einigen Dämonen war es gelungen, sich in die Mythologie unterschiedlicher Religionen einzuschleichen. Auf der alten Remington-Schreibmaschine, die er von seinem Großvater geerbt hatte, hatte er geschrieben:

=== DÄMONENKATALOG ===
von Giovanni Nobile
Rom, März 1969

Die Liste ist nicht komplett und nicht auf unterschiedliche Schreibung gleicher Namen hin korrigiert (Samyaza taucht z.B. als Semyazza/Shemyazaz auf, und Kôkabîêl ist eine Namensvariante von Kokb'ael usw.) Lilith repräsentiert eine Gruppe weiblicher Geister, genannt lilû/lilitû. Pazuzu und Lamshtu repräsentieren Dämonengötter.

BEISPIELE FÜR
MULTIMYTHOLOGISCHE DÄMONE

Abraxas	Baal	Belial	Leviathan
Asmodai	Baphomet	Incubus	Lix Tetrax
Azazel	Beelzebub	Lilith	Succubus

BEISPIELE FÜR DÄMONEN
IN CHRISTLICHER MYTHOLOGIE

Aamon	Cimejes	Rofocale	Salloss
Abaddon	Crocell	Malphas	Scox
Abalam	Crone	Marax	Shanda
Agares	Eligos	Marbas	Shax
Agramon	Elekscha	Moloch	Stolas
Alastor	Focalor	Murmur	Thammuz
Alloces	Foras	Naphula	Valefar
Amaymon	Furcas	Obizoth	Vapula
Balam	Furfur	Oray	Vine
Barbas	Gremory	Oriax	Volac
Bathin	Gusion	Orobas	Vual

Beleth	Halphas	Paimon	Xaphan
Berith	Haures	Phenex	Zagan
Botis	Ithea	Procell	
Bune	Kulak	Raum	
Caim	Leraje	Sabnock	

BEISPIELE FÜR DÄMONEN IN DER JÜDISCHEN MYTHOLOGIE

AAf	Dumah	Naamah	Samael
Agiel	Kokb'ael	Ornias	Semyazza
Asb'el	Lilim	Oulotep	Tannin
Behemoth	Lilu	Penemue	Yeqon
Danjal	Mastema	Rumjal	Ziz

BEISPIELE FÜR DÄMONEN IM ISLAM

AAd-Dajjal	Iblis	Schaitan	Tsabar
Al-A'war	Maswath	Thubar	Zalnabur

BEISPIELE FÜR DÄMONEN IN REGIONALEN RELIGIONEN

AAllu	Apep	Labasu	Schezmu
Ammut	Asag	Mot	Telal
Anat	Dagon	Nergal	Utukku
Anzu	Humbaba	Pazuzu	

BEISPIELE AUS DEM BUCH DER WÄCHTER (Anführer für zweihundert gefallene Engel)

Samyaza	Râmîêl	Armârôs	Satarêl
Arâkîba	Dânêl	Batârêl	Tûrêl
Râmêêl	Êzêqêêl	Anânêl	Jômjâêl

```
Kôkabîêl    Barâqîjâl Zaqîêl    Sariêl
Tâmîêl      Asâêl     Samsâpêêl
```

Sein Blick glitt über die Liste. *Pazuzu. Nergal.* Herrgott. Wie sinnlos ihm das alles vorkam! So verdammt sinnlos! War *dies* die Normalität? *Abraxas. Samyaza. Baphomet.* Sein Alltag? *Crocell. Êzêqêêl.* Seine Arbeit? *Barâqîjâl. AAd-Dajjal.* Spiegelte diese irrsinnige Liste tatsächlich sein Fachgebiet wider? *Al-A'war. Xaphan.* Wie war es möglich, dass er sich von dieser Bande teuflischer Schurken hatte fesseln lassen? Nicht nur fesseln – sie waren der Grundstein seiner Karriere, seiner Forschung, seiner Studien. Wie war das nur möglich?

Samsâpêêl. Jômjâêl. Kôkabîêl.

Beelzebub. Luzifer. Satan.

El. Elohim. JHVH. Jahwe. Jehova. Herr. Unser Herr. Gott.

Gott…

Jetzt, in Silvanas Abwesenheit, sah er ein, wie unnütz dieses verfluchte Fach war. Silvana ist wirklich, dachte er. Sie bedeutet etwas. Aber Gott? War Gott wirklicher als jeder einzelne dieser Dämonen? Diese lächerlichen Kreaturen, diese hässlichen Monster, diese Zerrbilder menschlicher Bosheit. Namen. Alles nur Namen. Er konnte andere Listen schreiben. Mit anderen Namen. *Zeus. Osiris. Odin. Apollo. Bellona. Amon-Ra. Ptah. Baccus. Thor. Pan. Poseidon. Cupido. Aschtoreth. Isis. Jupiter. Anubis. Balder. Nebo. Loke. Aphrodite. Ahijah. Frøya. Hades. Njord. Muullil. Frigg. Venus.* Die Liste ausgestorbener Götter war endlos. Während Gott lebendig war wie nie? Allmächtig und selbstzufrieden. Er, der vor dreitausend Jahren alle Konkurrenten aus dem Feld geschlagen hatte. *Du sollst keine anderen Götter haben neben mir!* Na dann. Verstanden. Theologie, dachte er bitter, ist das Studium des Nichts. *Nichts!* Das Erforschen der Schriften, Gedanken, Auslegungen, Reflexionen anderer. Die Systematisierung religiöser Vorstellungen und Hirngespinste. Die Systematisierung des Aberglaubens. Ein ewiger Kreislauf. Eine

Wissenschaft, die auf der Vermutung basierte, dass Götter und Engel tatsächlich existierten. Kräfte, die niemals nachgewiesen wurden oder untersucht werden konnten. Wissenschaft? War es eine Wissenschaft, Texte und Gedanken über Götter und Teufel, Engel und Dämonen, Propheten und Evangelisten, Visionen und Offenbarungen zu untersuchen? *Was, wenn es Gott gar nicht gibt?*, dachte er. Was bleibt dann noch von der Theologie? Wenn Gott ein Hirngespinst ist, eine Sehnsucht, dann ist die Theologie nichts weiter als das Studium des abergläubischen Irrsinns des Menschen. Der Gedanke bereitete ihm Unbehagen. Der Schreibtischstuhl begann zu schwanken. *Denk an etwas anderes, Giovanni* … Aber an was? *Etwas anderes*. Er dachte: Mein Gott, warum bist du so weit weg von mir? Wieso hilfst du mir nicht, wenn ich dir meine Not klage? Ich rufe dich am Tag, Gott – du antwortest mir nicht –, ich rufe dich in der Nacht – und ich finde keine Ruhe. Er starrte vor sich in die Luft. Er musste etwas tun. Eingreifen. Gott, sah er jetzt ein, würde nichts unternehmen, um Silvana zu retten. *Musste Silvana, die arme, unschuldige Silvana, wegen einer Handschrift sterben? Einer verdammten Handschrift?* Was konnte er tun? *Was zum Teufel kann ich tun?* Er spürte, wie seine Angst und das Ohnmachtsgefühl allmählich seinem Zorn wichen. Wie wertvoll *Luzifers Evangelium* auch sein mochte, wie bedeutend für eine verrückte religiöse Sekte, egal, welche Informationen darin enthalten sein mochten – nichts war wichtiger als Silvana. Also, was konnte er tun? Nichts. Oder doch? Sollte er hilflos hinter seinem Schreibtisch sitzen bleiben und tatenlos auf das Unausweichliche warten? Sollte er – konnte er – den Dekan zwingen, den Tresor zu öffnen? Aber wie? Die Sicherheitskräfte würden ihn aufhalten, ehe er den Ausgang erreicht hatte.

Verdammt, ich kann überhaupt nichts tun!

Oder doch?

Was hätte Vater getan?

Hätte er …

Er drehte den Bürostuhl um und sah aus dem Fenster. Er fühlte seinen Herzschlag. *Du bist jetzt einer der Gottlosen, Giovanni.*

Ein Bekenntnis.

Ein Wendepunkt.

Gottlos.

Er ließ sich das Wort auf der Zunge zergehen. Gottlos. Was hatte Jesus am Kreuz gerufen? *Elí, Elí, lemá sabaktáni?* Auch ich habe Gott verloren, dachte er. Er hatte seinem Herrn vertraut. Zu welchem Nutzen? Zu welchem Preis?

Lass Gott Silvana retten, wenn Er sie liebt. Lass Gott mich aufhalten, wenn Er mich liebt.

Giovanni erhob sich, bedächtig, und ging zu dem Schrank, in dem er die Pistole aufbewahrte, die sein Vater während des Krieges benutzt hatte: eine halb automatische 9 mm Beretta M 1934. Als er den Klebestreifen der unbenutzten Schachtel mit .380 ACP-Patronen abriss, fühlte er sich von Dunkelheit eingehüllt. Er nahm das Magazin heraus und lud die Waffe. Ans Kreuz genagelt, hatte selbst der Erlöser genug gehabt. Davon, wie er umhergestoßen und herumkommandiert wurde. Verhöhnt. Schikaniert. Er hatte genug von Gottes Launen. Mit lauter Stimme hatte Jesus gerufen: *Elí, Elí, lemá sabaktáni?*

Jetzt, dachte Giovanni. Jetzt bin auch ich an dem Punkt angelangt, an dem ich genug habe.

Von: Primus Pilus **Datum:** 15.06.2009 12:32
An: Legatus Legionis
Kopie: Großmeister
Betreff: Bericht: London **Code:** S/MIME PKCS7

Dominus!

Im Namen des Fürsten danke ich für das Vertrauen, das mir erwiesen wurde, als mir die Position des Primus Pilus übertragen wurde. Wir sind bereit zum Einsatz, um den Auftrag unserer tapferen Glaubensbrüder auszuführen, den Märtyrern des *sanctus bellum*, Friede sei mit ihnen. Laut Aussage von Bruder Raţ hält Beltø sich in London auf. Dominus, dieses Mal werden wir Erfolg haben. Wir halten das Hauptquartier unter ständiger Beobachtung. Weder Collins noch Beltø werden observiert. Laut Bruder Raţ hat das Luzifer-Projekt Niederlassungen in Hampstead, Windsor, Salisbury, Oxford und Cambridge. Ich schlage vor, dass wir sämtliche Orte überwachen, wofür wir die Einheit allerdings aufteilen müssten. Ich bitte deshalb um Erlaubnis für ein solches Vorgehen und warte die weiteren Befehle des Rates ab.

Primus Pilus: Bruder Cheresteşiu

IX: Armageddon

Windsor
15. Juni 2009

I

Eine Sternschnuppe schoss über den Himmel. Ferne Galaxien und Sterne schimmerten im Dunkel des Universums. Schwach funkelnd zerfloss die Milchstraße zu einem diffusen Band aus Nebel.

»Schön, nicht wahr?«, fragte CC hingerissen. »Wie wäre es mit einem Satelliten?« Den Kopf in den Nacken gelegt und die Hände auf die Hüften gestützt, folgte er der Bahn eines Kometen durch den Weltraum. Ich selbst lag zurückgelehnt auf einem weichen Liegestuhl und wohnte dem Angriff eines schwarzen Lochs auf das nächstgelegene Sonnensystem bei.

»Gerne, wenn es nicht zu viel Aufwand ist.«

»Geoff? Einen Satelliten, bitte!«

Zehn Sekunden später schwebte ein Kommunikationssatellit in unser Blickfeld und trieb langsam und grazil an uns vorbei, während das Sonnenlicht auf seiner spiegelblanken Oberfläche reflektiert wurde.

»Wie Sie verstehen werden, Bjørn, können wir …«

CC verstummte plötzlich. Im Hintergrund, in der Tiefe des Weltraums, wurde ein Quasar sichtbar.

»Geoff? Was hat das zu bedeuten? Geoff!«

Der Quasar näherte sich mit majestätischer Würde. Ich zog den Hals ein. Als er bei unserem Sonnensystem angelangt war, geschah, was geschehen musste: Der Quasar explodierte in einem blendenden und vollkommen lautlosen Lichtblitz, der das

Sonnensystem und den umliegenden Bereich des Universums im Laufe einer Zehntelsekunde auslöschte.

»Ooops«, murmelte eine Stimme. »Tut mir leid«, sagte Geoff.

»Ein Quasar?«, platzte Dr. Ian Maxwell hervor. Er hatte während der ganzen Zeit im Dunkeln hinter CC an der Wand gelehnt, trat jetzt aber vor wie ein Gott, der aufgefordert war, das kosmische Chaos zu beseitigen. »Entschuldigen Sie«, sagte er zu uns, »einen Augenblick. Geoff? *Geoff!* Verdammt, wo kam dieser Quasar her?«

Dr. Maxwell war wissenschaftlicher Direktor des Windsor Astronomical Institute. Rote Haare, Sommersprossen, eine runde Brille und ein Pflaster auf der Stirn. Auf dem Flug von Rom hierher hatte CC mir erzählt, welches Ansehen Dr. Maxwell in Astronomenkreisen genoss.

Im gleichen Moment ging das Licht an. »*Sorry, sorry, sorry*«, kam es wie ein Mühlrad voller Entschuldigungen. Ein Kopf – Geoff – tauchte hinter der Hightechkonsole des Planetariums auf, die in der Mitte des Raumes in einer Vertiefung platziert war. »*Sorry*! Ich habe bis spät in der Nacht mit dieser Quasar-Explosion gearbeitet. Irgendwie muss ich den ganzen Film kopiert und versehentlich in die Mappe für unser Sonnensystem gelegt haben. Wirklich dumm!«

»Geoff«, sagte Dr. Maxwell mit erzwungener Geduld, »Sie wissen ebenso gut wie ich, dass ein Quasar in unserem Teil des Universums …«

»Ja, ja, ich weiß«, unterbrach Geoff ihn. »Es tut mir leid, ich werde das File sofort löschen.«

CC blinzelte mir gutmütig zu. »Unser Planetarium kann Bilder und Animationen wiedergeben, die normale Planetarien wie die Heimkinos der Achtziger wirken lassen.« Er setzte sich neben mich auf den äußersten Rand des Stuhls. »Wie Sie wissen, kann *Luzifers Evangelium* auf sehr unterschiedliche Weise gelesen werden. Dr. Maxwell ist zuständig für eine der Hypothesen. Ian? Übernehmen Sie?«

Der jugendliche Rotschopf trat zu uns.

»Unser Ansatz bei der Erforschung des Textes basiert auf einer Theorie, die sich bis weit in den Weltraum erstreckt. Wir reden noch immer vom Tag des Jüngsten Gerichts, dem Tag der Entscheidung. Es gibt ein paar Formulierungen in *Luzifers Evangelium*, die auf eine Kollision der Erde mit einem Asteroiden hindeuten könnten.«

2

Ein paar Sekunden herrschte Stille.

»Bjørn?«, fragte CC.

Im Gegensatz zu anderen Menschen können Albinos nicht blass werden. Ich weiß nicht, wohin all mein Blut in diesem Moment verschwunden war, im Hirn war es jedenfalls nicht mehr. Ich konnte keinen klaren Gedanken fassen. Ich drehte die Handflächen nach oben, um zu signalisieren, dass mein Herz noch immer schlug und ich bloß ein bisschen Zeit brauchte.

»Wieso«, fragte ich schließlich, »kommen Sie auf etwas so Konkretes wie einen Asteroiden?«

»Das hängt wieder mit Zweideutigkeiten zusammen und ihrer Deutung, weil der Verfasser in einer Sprache geschrieben hat, die er nicht wirklich beherrschte«, sagte CC.

An der Kuppeldecke tauchte folgender Text auf:

WENN IN 1 647 000 TAGEN DIE ERDE
WIEDERAUFERSTEHT,
NACH HÂRGA-MË-GÏDDÔ-DÔM,
WENN DAS HIMMELSOBJEKT AUF DIE ERDE
TRIFFT,
WIRD EINE NEUE ZEIT ANBRECHEN, IN DER
NICHTS AUF DER ERDE SO SEIN WIRD, WIE ES
WAR

»Aus *Luzifers Evangelium* Teil eins«, sagte CC. »Dieser Teil wurde 1970 in einer Höhle in Ägypten gefunden und von Professor Giovanni Nobile nach Italien gebracht. Hârga-më-gïddôdôm ist uns früher ja schon mal untergekommen. Der Tag des Jüngsten Gerichts. Das akkadische Wort für *auferstehen* könnte man ebenso gut mit *aufblühen* oder *erwachen* übersetzen.«

»Und der Rest?«

»Das Wort *Himmelsobjekt* ist ziemlich diffus, das akkadische Original spricht bloß von *etwas, das es im Himmel gibt* oder *etwas, das aus dem Himmel kommt.* Man kann das als Komet oder Asteroid deuten oder natürlich als Gottheit. Nuancen und Definitionen gehen in Übersetzungen leicht verloren. Diese Formulierungen sind aus der bilderreichen, metaphorischen akkadischen Sprache in eine moderne, geschraubte Sprache übersetzt worden. Was können wir also daraus ableiten? Ist das große Ding im Himmel ein Asteroid oder ein Gott?«

Ich sagte nichts. Keinen Ton. Als uns die Stille zu erdrücken drohte, ergriff CC das Wort:

»Die astronomische Spur hängt mit der Jüngstes-Gericht-Theorie zusammen. Kein Armageddon ausgelöst von den Menschen, sondern eine Naturkatastrophe von apokalyptischen Ausmaßen.«

»Ein Asteroid«, wiederholte Dr. Maxwell. »Wenn die Erde von einem ausreichend großen Himmelskörper getroffen wird, sind die Konsequenzen katastrophal. Das kann das Ende der Zivilisation bedeuten.«

»Warum sollten wir heute – im Jahr 2009 – Rücksicht auf jahrtausendealte astronomische Prophezeiungen nehmen?«, fragte ich.

»Unsere Vorväter waren ausgezeichnete Astronomen«, sagte Dr. Maxwell. »Die Astronomie zählt zu den ersten Wissenschaften der Menschheit und führte weiter zu Philosophie, Mathematik, Physik und Chemie. Ja, und auch zu den Religionen, aber das ist eine andere Sache.«

»Die Frage ist gut«, sagte CC. »Warum Zeit, Kraft und Geld für eine Hypothese aus einem Manuskript aufwenden, das aus einer Zeit stammt, in der es noch nicht einmal Ferngläser gab? Dr. Maxwell?«

»Die Kurzversion lautet: Die Astronomen der Frühzeit könnten die Bahn eines Kometen oder Asteroiden notiert und dabei so exakte Orts- und Zeitangaben gemacht haben, dass wir diese Daten nutzen könnten, um die Bahn des Himmelskörpers zu berechnen. Also auch den Zeitpunkt, wann er auf die Erde treffen wird. Diese Bahnen könnten aus *Luzifers Evangelium* Teil drei hervorgehen.« Dr. Maxwell drückte auf den Knopf einer Fernbedienung, die aussah, als könne man damit einen Jumbojet fernsteuern. Das Licht wurde gedimmt, und wieder kam oben unter der Kuppel das Universum zum Vorschein. »Es gibt die verschiedensten Meteoriten, Asteroiden und Kometen. Die Meteoriten sind die kleinsten. Die meisten von ihnen sind kaum größer als ein Sandkorn oder kleiner Stein, die größten haben einen Durchmesser von bis zu zehn Metern.«

Unter der Decke des Planetariums leuchtete ein Meteoritenschauer auf, der Feuer fing, verglühte und zu Staub wurde.

»Asteroiden sind Felsblöcke, die von der Schwerkraft unseres Sonnensystems eingefangen worden sind«, fuhr Dr. Maxwell fort. »Bei den größten handelt es sich um mehrere hundert Kilometer breite Steinmassen.«

Ein Asteroid kam angeschwebt; eine unebene, gigantische Felsmasse, die durch den Weltraum trieb.

»Einige Asteroiden kreuzen die Bahn der Erde um die Sonne«, sagte CC. »Und einige wenige von ihnen kommen der Erde dabei so nah, dass sie ein Risiko darstellen.«

»Die Kometen«, sagte Dr. Maxwell, »sind noch spektakulärer.« Mit der Fernbedienung rief er einen Kometen mit einem Schweif aus Staub und Gas herbei. »Kometen und Asteroide sind sehr unterschiedlich, von der Erde aus betrachtet ist der offensichtlichste Unterschied der Schweif des Kometen.«

Das Bild des Universums flimmerte und wurde von einem anderen ersetzt, das fast so aussah wie das erste.

»So«, sagte Dr. Maxwell, »sah der Weltraum vor zweitausendzweihundertfünfzig Jahren über China aus. Sehen Sie den Kometen oben rechts? Der Halleysche Komet, wie er von chinesischen Astronomen beobachtet wurde. Zuletzt hat er uns im Jahr 1986 passiert. Das nächste Mal kommt er 2061.«

Das Bild unter der Kuppel änderte sich, wie beim Umschalten eines Fernsehers, und ein neuer Komet kam zum Vorschein.

»Während der Halleysche Komet gut vorhersagbar ist, tauchen andere Kometen völlig überraschend auf. Hale-Bopp wurde 1995 entdeckt. Er wird im Jahr 4377 erneut auftauchen. Der Hyakutake-Komet passierte uns im Jahr 1996. Er wird in etwa hunderttausend Jahren wieder bei uns erwartet.«

»Wie groß ist das Risiko, dass die Erde getroffen wird?«, fragte ich.

Mit der Fernbedienung klickte Dr. Maxwell sich zu einer Animation der Planetenbahnen im Sonnensystem, auf der auch die kreuzenden Bahnen der Asteroiden und Kometen eingezeichnet waren. »Wir kennen etwa fünftausendfünfhundert erdnahe Asteroiden und ungefähr viertausend Kometen, die um die Sonne kreisen.«

»Ungefährliche Meteoriten treffen uns ständig«, sagte CC. »Etwa alle tausend Jahre wird die Erde von größeren Objekten getroffen wie dem, das 1908 in Tunguska in Russland einschlug. Erst in diesem März passierte uns ein solcher Asteroid in nur sechzigtausend Kilometern Entfernung.«

»Und in der Zukunft?«

»Der größte Risikoasteroid, den wir kennen, trägt den Namen 2007 VK184. Er passiert oder trifft die Erde 2048. Das Problem sind aber nicht die Asteroiden oder Kometen, die wir kennen. Das Problem sind all jene, die wir nicht kennen. Und vor diesen könnte uns *Luzifers Evangelium* vielleicht warnen.«

»Und zu welchem Zweck? Kann man eine solche Kollision denn irgendwie verhindern?«

»Natürlich«, sagte Dr. Maxwell. »Aber dazu brauchen wir Zeit. Zeit, die entsprechenden Maßnahmen zu planen und zu berechnen. Alles hängt von der Größe des Asteroiden ab. Wir können ihn mit atomaren Waffen sprengen, wir können ihn anschieben, damit er seine Bahn ändert. Aber allein die Vorbereitungen für eine solche Rettungsaktion würden Jahre in Anspruch nehmen. Deshalb müssen wir wissen, *wann* wir mit einem Besuch rechnen müssen.«

»Und deshalb«, sagte CC, »brauchen wir die komplette Version des Luzifer-Evangeliums.«

3

Ich starrte nach oben in den Weltraum, der sich unter der Kuppel über mir wölbte. Einer Eingebung folgend – einer Neugier, die mich seit Kindertagen begleitet hatte –, fragte ich: »Glauben Sie, dass es da oben Leben gibt?«

»Leben?«, fragten CC und Dr. Maxwell beinahe gleichzeitig.

»Ja. Intelligentes Leben?«

»Na klar!«, sagte Dr. Maxwell.

»Sicher«, erwiderte auch CC.

»Die Astronomen auf der ganzen Welt suchen mit allen ihnen zur Verfügung stehenden Mitteln nach intelligentem Leben«, sagte Dr. Maxwell. »Schon 1960 starteten Astronomen an der Cornell-Universität mithilfe von Radioteleskopen die Suche nach Signalen in der Umgebung der Sterne Tau Ceti und Epsilon Eridani. Eine lange Reihe von SETI-Projekten – Search for Extraterrestrial Intelligence – wurde in den folgenden Jahren gestartet.«

»Es ist viel wahrscheinlicher, dass es da draußen intelligentes Leben gibt, als dass es keines gibt«, sagte CC. »Allein in einem kleinen Bereich der Milchstraße haben Astronomen an die vierhundert Exoplaneten ausgemacht, also Planeten, die um eine Sonne kreisen. Im März dieses Jahres schoss die NASA die Weltraumsonde *Kepler* mit einem Teleskop und einem Lichtphotometer ins All, um die Suche nach weiteren solchen Planeten zu erleichtern. Im Universum gibt es Billionen von Exoplaneten.«

Dr. Maxwell übernahm: »Die Drake-Gleichung wurde in den Sechzigerjahren von dem Astronom Frank Drake entwickelt, um die Wahrscheinlichkeit für Leben in unserer eigenen Galaxie zu bestimmen. Ja, nicht bloß Leben, sondern intelligentes Leben. Die Zahlen sind überwältigend … Geoff!«, rief er. »Kannst du mal die Drake-Gleichung laden?«

Der Sternenhimmel unter der Decke wurde durch eine Formel ersetzt:

$$N = N^* \times f_p \times n_e \times f_l \times f_i \times f_c \times L$$

»Ich werde nicht auf die Details eingehen …«

»Das ist mir ganz recht.«

»… sondern mich damit begnügen, Ihnen zu erklären, dass N für die Chance steht, dass sich in einem Sternensystem intelligentes Leben entwickelt. N ist somit die Funktion verschiedener astronomischer Parameter wie die Anzahl Sterne innerhalb eines Planetensystems, die Anzahl Planeten, die potentiell primitives oder intelligentes Leben ermöglichen würden und so weiter.«

»Und die Schlussfolgerung?«

»Die Schlussfolgerung ist unumstritten: Es wäre absurd anzunehmen, dass die Erde der einzige Planet der Milchstraße ist, auf dem es intelligentes Leben gibt.«

Rom, Mai 1970

Giovanni lehnte sich an einen Laternenpfahl und wartete. Mit seinem Filzhut und der grauen Baumwolljacke sah er wie einer der arbeitslosen Akademiker aus, die sich häufig in der Nähe der Universität herumtrieben, als warteten sie auf eine frei werdende Professur. Sein Fahrrad hatte er in einer Seitengasse abgestellt, die so schmal war, dass ihm kein Auto dorthin folgen konnte. Die Sonnenbrille verbarg seine Augen, die aufmerksam alles und jeden beobachteten. Eins der repräsentativen Fahrzeuge der Universität, ein Fiat 2300, fuhr auf den Bürgersteig vor dem Haupteingang und hielt mit laufendem Motor. Giovanni riss sich von dem Laternenpfahl los und schlenderte zum Eingang. Dekan Salvatore Rossi kam, gefolgt von den zwei Ägyptern, aus dem Haus. Einer der beiden trug einen schwarzen Lederaktenkoffer. Rossi sagte etwas, worüber die beiden Ägypter lachen mussten. Giovanni näherte sich langsam. Als der uniformierte Chauffeur Rossi und die Ägypter erblickte, stieg er aus und öffnete die Tür im Fond. Der Dekan hatte sein Bestes gegeben, seine beiden Gäste zu hofieren und den peinlichen Zwischenfall zu überspielen. Giovanni hörte, dass er etwas vom Flughafen Fiumicino sagte. »*No problem*«, sagte einer der Ägypter, »*we have plenty of time.*« Giovanni trat vor sie. Rossi und die Ägypter blieben stehen.

»Gentlemen«, sagte Giovanni und umklammerte in der Manteltasche den Schaft der Pistole, »ich bedauere es, Sie darum bitten zu müssen, mir den Koffer mit dem Manuskript zu übergeben.«

»Professor Nobile?«, sagte Rossi verwirrt.

»Das Manuskript!«, wiederholte Giovanni.

»Diese beiden Herren sind die Repräsentanten des Museums in Kairo«, erklärte der Dekan, als hätte Giovanni die Situation missverstanden.

»Aus Gründen, die ich Ihnen erst später erklären kann, bin ich leider gezwungen, Sie um das Manuskript zu bitten.«

»Machen Sie sich nicht lächerlich.«

Er zog die Pistole aus der Tasche.

Die Ägypter wichen einen Schritt zurück.

»Professor!«, platzte der Dekan heraus.

»Es tut mir wirklich leid.«

»Sind Sie denn verrückt geworden?«

»Ich muss Sie um das Manuskript bitten!«

Die zwei Ägypter wechselten ein paar Worte auf Arabisch.

»*I am very sorry*«, sagte der Dekan zu den Ägyptern. Dann wandte er sich leise und empört an Giovanni: »In Gottes Namen, Professor Nobile, was tun Sie da?«

»Ich kann es Ihnen jetzt nicht erklären. Aber ich muss das Manuskript haben!«

»Was für ein Unsinn!«

»Es geht um Leben und Tod!«

»Legen Sie die Pistole weg!«

»Ich meine es ernst.«

»Reißen Sie sich zusammen, Professor Nobile! Ich muss doch bitten!«

Giovanni richtete die Pistole auf den Ägypter mit dem Aktenkoffer. Erschrocken wich dieser eine Stufe nach oben aus.

»*The manuscript!*«, rief Giovanni und fuchtelte mit der Pistole herum.

Einige Passanten, die die Waffe bemerkten, rannten weg.

»Professor! Giovanni! Nobile!«, sagte der Dekan scharf und betonte jede einzelne Silbe.

Giovanni ging auf den Ägypter mit dem Aktenkoffer zu. Der verängstigte Mann stellte den Koffer auf die Treppe und hob beide Arme. Giovanni griff nach dem Koffer, doch der zweite Ägypter schloss seine Finger ebenfalls um den Griff. Sie zerrten an dem Koffer herum. Der Ägypter versuchte, mit der freien Hand Giovanni die Pistole zu entreißen. Giovanni zog die Hand zurück, und der Ägypter zerrte an seinem Ärmel.

»Lassen Sie los!«, schrie Giovanni auf Italienisch.

Der Ägypter schlug nach ihm.

Der Schuss löste sich, als seine Faust Giovanni an der Schulter traf. Die Touristen auf der Piazza della Pilotta schrien auf, und der Ägypter ließ den Koffer los. Es stank scharf nach Pulver. Erst glaubte Giovanni, der Schuss sei in die Luft gegangen. *Doch weit gefehlt!* Der Ägypter taumelte über die Treppe nach unten. Dann setzte er sich auf eine Stufe. Giovanni registrierte ein Loch im Blazer des Ägypters, etwas unterhalb der linken Schulter. Blut sickerte daraus hervor und tropfte auf seine graue Hose. Der Ägypter krümmte sich stöhnend zusammen. Auf der Treppenstufe bildete sich bereits eine Blutlache.

»Das wollte ich nicht«, stammelte Giovanni.

Es schien, als wären alle Passanten auf der Piazza della Pilotta erstarrt, bevor sie, wie auf ein unsichtbares Signal hin, zu rennen begannen. Der verletzte Ägypter kippte auf die Seite. »Stoppen Sie die Blutung!«, sagte Giovanni zu dem anderen Ägypter. Dann wurde ihm bewusst, dass er Italienisch gesprochen hatte. Dekan Rossi schlich rückwärts die Treppe hoch und hielt abwehrend die Hände vor sich. Der Fahrer des Fiats hatte längst Reißaus genommen und stürmte über die Piazza davon. Giovanni ging die Treppe runter, legte den Aktenkoffer auf den Rücksitz des Fiats, warf die Tür zu, lief um das Auto herum und setzte sich hinters Steuer. Durch das geöffnete Fenster hörte er die erste Polizeisirene. Er legte den ersten Gang ein und trat das Gaspedal durch. Der Motor heulte auf, doch der Fiat setzte sich nur langsam in Bewegung. Es roch nach verschmortem Gummi. Die Handbremse war noch angezogen. Er löste sie, und der Wagen schoss über die Piazza. Auf der Via dei Lucchesi gab Giovanni richtig Gas und bog dann in die Via della Dataria ein. Rom war voller Sirenen. Als er auf die Via Nazionale kam, sah er gleich mehrere Polizei- und Krankenwagen. Aber natürlich wussten sie noch nichts von seinem Fluchtfahrzeug.

Und wenn die Kidnapper ihn verfolgten, hatte er sie längst abgeschüttelt. Nicht weit von seiner Wohnung entfernt parkte er den Fiat hinter einem Müllcontainer in einer verschlafenen Seitenstraße. Er ließ den Motor laufen. Mit etwas Glück würde ein Autodieb zugreifen und die Polizei verwirren. Er lief zurück zur Hauptstraße und öffnete die Tür seines Tabakhändlers. Der Mann hieß Giovanni, wie er selbst, und allein diese Tatsache war ihm Grund genug gewesen, sich nicht nur zu Nobiles festem Lieferanten frischen Pfeifentabaks, sondern auch zu seinem Vertrauten und Freund auszurufen. Die Türglocke klingelte eifrig. Der Tabakhändler, der auf den ersten Blick nicht größer als einen Meter zwanzig, dafür aber ebenso breit wirkte, saß auf einem Schemel hinter dem Ladentresen.

»Giovanni!«, sagte Giovanni.

»Giovanni!«, sagte Giovanni.

Das war ihr ganz persönlicher Spaß.

»Wie Sie aussehen!«, sagte der Tabakhändler und deutete auf Jacke und Hut.

»Sie müssen mir helfen«, sagte der Professor.

»Stets zu Diensten!«

»Ich meine das ernst. Ich bin von Ihnen abhängig.«

»Umso mehr freut es mich, Ihnen zu Diensten sein zu können.«

»Es geht um Silvana, sie ist in Lebensgefahr. Und ich mache keine Witze.«

Das Gesicht des Tabakhändlers mit dem grauen Schnurrbart, den buschigen Augenbrauen, der Kartoffelnase und den tiefen Poren wurde ernst. »Ist dem kleinen Engel etwas passiert?« Er war einer der wenigen Fremden, von denen Silvana sich verwöhnen ließ.

Er reichte Giovanni den Aktenkoffer. »Können Sie auf den aufpassen, bis ich komme und ihn abhole?«

»Natürlich, mein Freund, natürlich.«

Der Tabakhändler nahm den Koffer entgegen.

»Am besten verstecken Sie ihn.«

Der Tabakhändler ging in ein Hinterzimmer und schob den Koffer in einen Schrank.

»Geben Sie diesen Koffer niemandem außer mir.«

»Ehrensache.«

»Auch nicht der Polizei.«

Der Tabakhändler zog eine Augenbraue leicht hoch.

»Ich erkläre es Ihnen später. Ich vertraue Ihnen!«

»Das können Sie auch.«

Giovanni verließ den Tabakladen durch die Hintertür, überquerte den Hinterhof und ging durch den Keller, dann trat er nur wenige Straßen von seinem Haus entfernt auf eine Seitenstraße. Er zog sich die Hutkrempe in die Augen und hastete weiter. Vermutlich überwachten *sie* den Eingang seines Hauses, doch er konnte niemanden entdecken. Vielleicht hatten sie eine der Wohnungen in der Straße angemietet und beobachteten ihn versteckt durch eine Gardine. Er ging ins Haus und stürmte mit großen Schritten die Treppe hoch. Es war fünf vor vier.

*

Luciana war nicht zu Hause. *Hat diese Frau denn kein Schamgefühl?* Dafür wartete auf dem Küchentisch ein Zettel auf ihn: *Bin unterwegs! L.* Er trat ans Wohnzimmerfenster und sah nach draußen auf die Straße. Die Polizei konnte nicht mehr weit entfernt sein. Er hörte eine Sirene. *Ruft an!*, dachte er. *Ruft jetzt an!* Die Sirene kam näher. Dann erstarb sie plötzlich. Ein Polizeiwagen bog um die Ecke und blieb vor dem Eingang stehen. Ruft verdammt noch mal an!

Das Telefon klingelte exakt um sechzehn Uhr. Er riss den Hörer von der Gabel. »Ich habe jetzt keine Zeit zu sprechen. Die Polizei ist auf dem Weg zu mir in die Wohnung. Kommen Sie zum oberen Ende der Spanischen Treppe. In einer halben Stunde!« Er legte im selben Moment auf, in dem die Polizei bei ihm klingelte und an die Tür klopfte. »Polizei! Aufmachen!«, riefen mehrere Stimmen. Er öffnete das Fenster zum Hinterhof und kletterte auf das schmale Dach. Von dem kleinen Balkon seines Nachbarn stieg er auf die Feuerleiter und war bereits unten im Hof, als er hörte, wie die Polizei oben in seiner Wohnung die Tür aufbrach. Er schlüpfte in den Tordurchgang und gelangte von dort in eine Seitenstraße. Niemand wartete auf ihn.

*

Als der schwarze Mercedes angerollt kam, stand er versteckt hinter ein paar geparkten Autos im Schatten der Jungfrau-Maria-Säule auf der Piazza Trinità dei Monti gegenüber der Spanischen Treppe. Er erkannte sie sofort. Der Großmeister saß auf dem Beifahrersitz. Einer der jungen Muskelprotze fuhr den Wagen. Sie rollten so langsam vorbei, dass es ihm gelang, die Tür im Fond zu öffnen und sich während der Fahrt auf die Rückbank zu schieben, wo bereits der Primus Pilus und der andere Muskelmann saßen. Niemand sagte ein Wort. Der Fahrer beschleunigte. Silvana war wie erwartet nicht im Auto. Trotzdem hatte er sich Hoffnungen gemacht.

»Ich sehe, Sie kommen mit leeren Händen, Professor Nobile«, sagte der Großmeister.

»Ich bin nicht dumm. Wo ist Silvana?«

Sie fuhren schweigend weiter.

»Sie sind tatsächlich handgreiflich geworden, Professor. Wir sind beeindruckt. Wir haben es eben in den Nachrichten gehört. Das hätte ich Ihnen nicht zugetraut.«

»Was?«

»Dass Sie zum Mörder werden.«

»Ist er tot?«

»Sein Leben war nicht mehr zu retten. Der Blutverlust, wissen Sie. Der menschliche Körper ist zerbrechlich. Er ist nicht dafür geschaffen, von Kugeln durchlöchert zu werden.«

Giovanni fühlte sich leer, versuchte, das Gehörte nicht an sich ranzulassen. Noch nicht. Nicht bevor Silvana gerettet war. Trotzdem … *ich habe einen Menschen getötet. Ich bin ein Verbrecher. Ein Mörder.*

»Sie werden von der Polizei gesucht. Aber das wissen Sie sicher.«

»Ich wollte ihn nicht erschießen. Das war ein Unfall.«

»Sparen Sie sich Ihre Entschuldigungen für den Richter.«

Sie fuhren auf einen Parkplatz.

»Also, was machen wir?«, fragte der Großmeister.

»Ich bekomme Silvana, Sie das Manuskript.«

»Ich gestehe, dass ich Sie nicht für dumm halte, Professor. Ich hatte nur gehofft, Sie würden auch mir diesen Respekt erweisen.«

»In einer Sache können Sie sich sicher sein: Wenn die Polizei mich observieren würde, hätte sie mich längst festgenommen.«

Draußen auf der Straße fuhr ein Polizeimotorrad mit Sirenen vorbei.

»Ich schlage Folgendes vor«, sagte Giovanni. »Wir fahren jetzt und holen Silvana. Sie sind ohnehin in der Überzahl. Mit Silvana im Auto holen wir dann gemeinsam das Manuskript.«

Die zwei vorn im Wagen wechselten Blicke. Der Großmeister nickte.

»Einverstanden. Aber lassen Sie mich unterstreichen, dass

wir sowohl Sie als auch Ihre Tochter bei der geringsten Unregelmäßigkeit töten werden. Haben Sie die Warnung verstanden?«

»Natürlich. Das Einzige, was für mich von Bedeutung ist, ist Silvana. Sobald ich sehe, dass sie unverletzt ist, werde ich Sie zum Manuskript führen.«

Der Großmeister warf dem Fahrer einen Blick zu. Als hätten sie diese Möglichkeit bereits erwogen, diskutiert und vorbereitet, dachte Giovanni beunruhigt.

X: Der Bibelcode

Oxford
15. Juni 2009

I

Das Handschriftenlabor von *The Lucifer Project* war in einem bescheidenen Backsteingebäude neben einem Park am Rand des Universitätsgeländes in Oxford untergebracht. Ich war gerädert und müde von der Fahrt von Windsor hierher, als CC von der ruhigen Straße abbog und vor einem niedrigen Gebäude parkte, das wie eine aufgepeppte Trafostation aussah. Schmale Fenster, eigentlich nur Schlitze, hoch oben an der Fassade. Ein hässlicher Stacheldrahtzaun trennte einen Bereich mit Lüftungsrohren an der Seite des Gebäudes ab. Die Eingangstür war aus Stahl.

Ein Summer gewährte uns den Zutritt in eine Rezeption mit sage und schreibe zwei Sicherheitsschleusen, von wo aus wir mit dem Fahrstuhl ins dritte Kellergeschoss fuhren. Dort erwartete uns die Forschungsleiterin des Handschriftenlabors, Dr. Alice Gordon, vor ihrem Büro. Ich schätzte sie auf Anfang vierzig. »Auch wenn Sie mich nicht kennen, weiß ich doch viel über Sie«, sagte sie, als wir uns die Hände schüttelten.

»Alice hat viel Erfahrung mit alten Handschriften«, erklärte CC. »Sie hat mit allem gearbeitet, was Rang und Namen hat, von den Qumran-Schriftrollen und der Nag-Hammadi-Bibliothek bis zum Judas-Evangelium.«

Dr. Gordon führte uns durch einen Flur in ein leeres Auditorium, das sich zwei weitere Etagen nach unten neigte. CC und ich suchten uns einen Platz in der Mitte des Saals. Die Klappsitze waren weich und bequem, wie in einem luxuriösen

Kino. Dr. Gordon dimmte das Licht, ehe sie das Podium betrat, wo automatisch eine große Leinwand heruntergefahren wurde.

»Carl Collins hat mich gebeten, Ihnen eine kurze Einführung in unsere Arbeit im Handschriftenlabor und in die Hypothese zu geben, an der wir hier arbeiten. Es ist übrigens das erste Mal, dass wir einem Außenstehenden Einblick in unsere Forschung gewähren.«

Ein Projektor warf ein Bild von *Luzifers Evangelium* auf die Leinwand, aber nicht von dem Teil, der sich in meinem Besitz befand.

»Das Titelblatt von Teil eins des Textes, den wir als *Luzifers Evangelium* bezeichnen. Auch wenn die Handschrift auf den ersten Blick wie ein beliebiger vorchristlicher Text aussieht, unterscheidet sie sich markant von ähnlich alten Schriften. Der akkadische Text in der linken Spalte handelt, grob vereinfacht, vom Leben eines Ausländers in Babylon.«

»Ein Jude im Exil?«

Dr. Gordon schüttelte den Kopf. »Er hatte eine weite Reise hinter sich, als er sich schließlich in seiner neuen Wahlheimat niederließ und über die Menschen und Kulturen in Mesopotamien und dem Nahen Osten zu schreiben begann. Seine Ausführungen sind eingebettet in prophetische und apokalyptische Visionen mythologischen und religiösen Charakters.«

Mit einem roten Laserstrahl zeigte sie auf die rechte Spalte mit den unverständlichen Symbolen.

»Wir wissen nicht, wie wir diese Zeichen lesen oder deuten sollen. Wir können nicht das Geringste aus ihnen ableiten. Ohne die komplette Handschrift bleibt es wie der Versuch, eine Gleichung zu lösen, von der ein Drittel fehlt. Wir können lediglich feststellen, dass es sich um keine uns bekannte Sprache handelt. Für was stehen die Zeichen? Die Buchstaben? Zahlen? Symbole? Sind das Piktogramme? Ideografische Zeichen, wie im Chinesischen? Ein phonetisches Alphabet? Wenn wir uns nicht noch allgemeinere Fragen stellen müssen:

Wie muss das Ganze gelesen werden? Wir haben ein paar vage Vermutungen, aber ohne den vollständigen Text sind und bleiben es Vermutungen. Eine Hypothese lautet, dass die Symbole Zahlen oder etwas zwischen Buchstaben und Zahlen darstellen – eine bisher unbekannte Form von text- und nicht zahlenbasierter Mathematik.«

»Es weist nämlich einiges darauf hin, dass der Verfasser von *Luzifers Evangelium* über beachtliche mathematische Kenntnisse verfügte«, schob CC ein.

Auf der Leinwand wurde das Bild der Handschrift von dem Foto einer Tontafel abgelöst.

»Die Mathematik ist eine alte Wissenschaft«, sagte Dr. Gordon. »Zu den ältesten mathematischen Schriftstücken, die uns bekannt sind, gehört eine fast viertausend Jahre alte babylonische Tontafel, die den Namen Plimton 322 trägt. Die Babylonier haben das alte sumerische Sexagesimalsystem angewandt – mit dem Wert sechzig als Basiszahl –, das wir heute noch in Resten in Winkel- oder Zeitangaben finden.«

Ein neues Bild – die Nahaufnahme der Symbole in der rechten Spalte – erschien auf der Leinwand. Dr. Gordon zeigte mit dem Laserpunkt auf ein paar Zeichen.

»Wir haben auch mit dem Gedanken gespielt, dass es sich bei den Symbolen um einen verschlüsselten Text handelt. Aber nicht einmal unsere leistungsstärksten Computer oder Dechiffrierungsprogramme können diesem Text einen logischen Sinn abtrotzen.«

»Unsere interessanteste Theorie«, sagte CC, »hängt in gewisser Weise mit der Hypothese zusammen, die in dem 1997 erschienenen Buch *Der Bibel Code* aufgestellt wird. Geschrieben hat es ein amerikanischer Journalist, Michael Drosnin, basierend auf den Arbeiten des israelischen Mathematikprofessors Eliyahu Rips von der hebräischen Universität in Jerusalem.«

»In dem Buch kommt Drosnin – mithilfe diverser von Rips

erarbeiteter Tabellen – zu dem Ergebnis, dass die fünf Mosebücher einen geheimen Code mit versteckten Prophezeiungen enthalten«, sagte Dr. Gordon. »Grundlage für Rips' Versuche ist der originale hebräische Thora-Text. Ohne Zwischenräume und Satzzeichen wird die gigantische Textmenge in einer endlosen Buchstabenreihe auf eine Computermatrix übertragen – ein Kästchengitter, gefüllt mit Zeichen. Danach wird der Text durch den Computer gejagt. Nach einer bestimmten mathematischen Systematik wird eine festgelegte Anzahl Zeichen entfernt. Zum Beispiel entfernt der Rechner zehn Zeichen, lässt eins stehen, entfernt wieder zehn Zeichen, lässt eins stehen. Oder er entfernt jedes siebte oder dreizehnte Zeichen. Und so weiter. Bis er durch den gesamten Text ist. Die angeblichen Prophezeiungen werden lesbar, wenn wir – waagerecht, senkrecht oder diagonal – die in dem Kästchengitter verbliebenen Zeichen lesen.«

»Es ist wirklich unglaublich, welche Botschaften Drosnin und Rips in den Mosebüchern gefunden haben«, sagte CC. »In vielen Fällen haben diese Bezug zu gegenwärtigen Ereignissen – etwa dem Mord an Kennedy und dem Aufschlag des Shoemaker-Levys-Kometen auf dem Jupiter.«

»Mathematiker und Statistiker bezeichnen Rips' Methode als völligen Unsinn«, sagte Dr. Gordon. »Sie behaupten, entsprechende Botschaften auch in *Krieg und Frieden* und *Moby Dick* nachweisen zu können.«

»Deswegen ist es nicht weniger fesselnd zu lesen, welche Vorhersagen sie entschlüsselt haben«, sagte CC. »Selbst der israelische Geheimdienst Mossad hat sich für die Theorie interessiert.«

»Der Autor des Buches reiste 1994 nach Israel, um den damals regierenden Ministerpräsidenten Rabin zu warnen«, sagte Dr. Gordon und klickte einen Text auf die Leinwand. »In einem Brief an Rabin schrieb Drosnin:

*Ein israelischer Mathematiker entdeckte einen in der Bibel verborgenen Code, der allem Anschein nach Einzelheiten von Ereignissen enthüllt, die Jahrtausende nach der Niederschrift der Bibel eintrafen. Ich teile Ihnen dies mit, weil Ihr Name an der Stelle, wo er in der Bibel in verschlüsselter Form komplett auftaucht – also Jitzhak Rabin –, von den Worten ›Mörder, der morden wird‹ gekreuzt wird.**«

»Weder Mossad noch Rabin haben die Warnung ernst genommen«, sagte CC. »Wir wissen, wie es ausging. Rabin wurde ein Jahr später erschossen.«

»Da entdeckten Rips und Drosnin ein weiteres beunruhigendes Detail: Rabins Name wird in dem alttestamentarischen Text vom Namen des Mörders gekreuzt – Yigal Amir«, sagte Dr. Gordon. »Drosnin stellt in seinem Buch die Frage, ob sich in der Johannes-Offenbarung ein Hinweis auf diesen *Bibelcode* findet.«

Sie klickte zu einem neuen Text weiter.

*Und ich sah in der rechten Hand dessen, der auf dem Thron saß, ein Buch, innen und außen beschrieben, versiegelt mit sieben Siegeln. Und ich sah einen starken Engel, der rief mit lauter Stimme: »Wer ist würdig, das Buch zu öffnen und seine Siegel aufzubrechen?« Aber niemand, weder im Himmel noch auf Erden noch unter der Erde, konnte das Buch aufmachen und hineinsehen.***

»Oder beim Propheten Daniel im Alten Testament«, ergänzte CC.

* *Der Bibel Code*, Kap. 1: Brief von Michael Drosnin an Jitzhak Rabin mit Datum 1. September 1994

** Offenbarung des Johannes, Kap. 5, Vers 1–4

*Und du, Daniel, verbirg diese Worte und versiegele dies Buch bis auf die letzte Zeit.**

»Was sind das für versteckte Botschaften und Buchrollen, auf die die Propheten hinweisen?«, fragte CC. »Drosnin spekuliert, ob diese heimlichen Botschaften, versteckt in einem versiegelten Buch oder einer Buchrolle, auf einen unbekannten, in der Bibel verborgenen Code hinweisen. Er überlegt, ob unsere heutigen Computerkenntnisse der Schlüssel sind, um das Siegel aufzubrechen. Enthält möglicherweise *Luzifers Evangelium* den Schlüssel, den wir suchen, um die versteckten Botschaften in der Bibel zu lesen?«

»Wie konnten die Propheten, die die Mosebücher geschrieben haben, auch nur im Entferntesten ahnen, was mehrere tausend Jahre später geschieht?«, fragte ich.

CC zuckte mit den Schultern. »Wenn es Gott gibt, weiß er alles. Und damit meine ich *alles.*«

»Und wenn es Gott nicht gibt?«

Dr. Gordon sprang mit einem wirksamen Ablenkungsmanöver ein. »Um all diese Hypothesen zu überprüfen, hat das Luzifer-Projekt so viele verschiedene Spezialisten zusammengebracht.«

2

Nach der Einführung im Auditorium wurden wir noch eine Etage weiter nach unten geführt. Nach drei Stahltüren mit Codeschlössern und Fingerabdrucklesern und einer Tür, die so dick war, als schütze sie die amerikanischen Goldreserven von Fort Knox, und die sich erst öffnen ließ, nachdem Dr. Gordon zwei unendlich lange Zahlencodes eingetippt und ihr Gesicht

* Der Prophet Daniel, Kap. 12, Vers 4

vor einen Iris-Scanner gehalten hatte, standen wir in einem Gewölbe mit schwarzen Wänden und gedämpfter Beleuchtung. In der Mitte des Raumes befanden sich drei Metallsockel. Jeder von ihnen war etwa einen Meter hoch und trug eine Kuppel aus getöntem Glas.

Wir traten in das Gewölbe. Ein Sensor begann zu blinken und ticken.

»Das ist der Temperaturalarm«, erklärte Dr. Gordon. »Unsere Körper verändern die konstante Temperatur und Luftfeuchtigkeit hier drinnen. Die Anlage braucht ein paar Sekunden, um sich auf unsere Anwesenheit einzustellen.«

Das Ticken verstummte.

»Selbst das Licht ist spezialkalibiriert«, sagte Dr. Gordon.

Unter den Glasglocken von zwei der drei Sockel lagen Handschriften. Das dritte Glas war leer.

»*Luzifers Evangelium* Teil eins und zwei«, sagte ich.

»Berühren Sie die Glasglocken«, sagte Dr. Gordon.

Ich sah CC fragend an, der mir auffordernd zunickte, und legte meine Hand an das Glas.

Im Laufe einer halben Sekunde wurden die drei Sockel von dem Unterdruck in den Schächten im Boden verschluckt, während zeitgleich Stahlluken die Öffnungen verschlossen, die beim Abtauchen der Sockel entstanden waren. Ein Metallgatter fiel herunter und versperrte den Ausgang. Der Hauptzugang glitt zu. Durch die Alarmsirene hörte ich das mahlende Geräusch des Motors, mit dem die Gewölbetür verriegelt wurde. Dr. Gordon öffnete eine Konsole an der Wand und gab einen Code ein. Der Alarm verstummte und klang als grelles Echo in meinen Ohren nach. Dann fuhr das Metallgitter wieder hoch, die Gewölbetür glitt auf, und die drei Sockel kamen aus ihren Schächten gefahren und rasteten in ihrer ursprünglichen Position ein.

Ich betrachtete die erste Seite der Handschrift unter der Glasglocke des mittleren Sockels, es war der zweite Teil von

Luzifers Evangelium. Selbst durch das dicke Sicherheitsglas konnte ich erkennen, dass das Pergament aus dem gleichen Material war wie der dritte Teil. Weich, zeitlos.

»Wissen Sie, wie das Pergament präpariert wurde?«, fragte ich.

»Wir arbeiten noch an der Analyse«, sagte Dr. Gordon hastig.

»Aber Sie haben doch sicher eine Vermutung?«

Ihr Blick wanderte hilfesuchend zu CC, der sagte: »Unser Hauptaugenmerk galt bislang dem Inhalt. Wir haben weder sonderlich Gewicht auf die Qualität des Pergaments noch auf die Präparationstechnik gelegt.«

»Haben Sie die Handschrift datiert?«

»Ausgehend vom Inhalt ziehen wir den Schluss, dass …«

»Ich meine, ob Sie eine C-14-Datierung des Pergamentes vorgenommen haben?«

Dr. Gordon und CC tauschten Blicke. »Das war nicht erfolgreich.«

»Ist das nicht merkwürdig?«

»Doch. Das ist es.«

Wieder diese Blicke.

Von: Primus Pilus **Datum:** 15.06.2009 18:22
An: Legatus Legionis
Kopie: Großmeister
Betreff: Bericht: Oxford **Code:** S/MIME PKCS7

Dominus!

Bjørn Beltø wurde in Oxford lokalisiert. Die Bewachung der Amerikaner um alle Lokalitäten, die von B. Beltø und C. Collins aufgesucht werden, wurde verstärkt. Wir müssen uns zuerst einen Überblick über die Sicherheitsvorkehrungen verschaffen, ehe wir Beltø dort rausholen.

Primus Pilus: Bruder Cherestesju

XI: Die Bitte

Oxford
15.–16. Juni 2009

1

Ich hatte geglaubt, wir würden nach London zurückfahren, aber CC wollte, dass wir in Oxford übernachteten. Wenige Wohnblocks vom Handschriftenlabor entfernt stand der Projektleitung ein herrschaftliches Haus mit mehreren Wohnungen und Suiten zur Verfügung. CC quartierte sich in einer Dreizimmerwohnung im ersten Stock ein, ich bekam eine Suite im zweiten Stock.

Von einer neu eingerichteten Hotmail-Adresse schickte ich eine Mail an Thrainn, um mich zu vergewissern, dass mit ihm und der Handschrift alles in Ordnung war. Danach schrieb ich an Kriminalkommissar Henrichsen, teilte ihm meinen Aufenthaltsort mit und brachte ihn auf den neuesten Stand der Ereignisse. Er antwortete unmittelbar. Die norwegische Polizei, schrieb er, wäre bereits gestern Vormittag von italienischen Kollegen über die Entwicklungen in Italien informiert worden. Ein italienischer Polizeibericht war ihm im Laufe der nächsten Wochen zugesagt worden. Bis auf Weiteres wurden die Ermittlungen im Mordfall Christian Keiser deshalb auf Eis gelegt. Es schien, als hätten sich die Schuldigen der Strafe entzogen, schrieb Henrichsen lakonisch. Oder sich selbst bestraft, dachte ich.

Nachdem ich mich ausgeloggt hatte, löschte ich den Verlauf im Browser und die temporären Dateien. Sicherheitshalber.

Als ich eine Dreiviertelstunde später nach unten ins Wohnzimmer kam, sah ich Monique an einem Glas Sherry nippen, während CC sie über die Geschehnisse der letzten Tage informierte.

»Monique!«, platzte ich in unverhohlener Freude heraus.

»BJØRN!!!«, schrieb sie mit koketten Großbuchstaben auf ihren Block.

Die Freude, sie wiederzusehen, überwältigte mich derart, dass ich sie am liebsten an mich gedrückt und ihr Gesicht mit feuchten Welpenküssen bedeckt hätte. Stattdessen begnügte ich mich mit einer leichten Umarmung, bevor ich das Gesicht in mitfühlende Falten legte und sie fragte, wie es Dirk ging.

»Nicht so gut.«

»Hat sich sein Zustand verschlechtert?«

Bereits als ich die Frage stellte, war mir klar, wie die Antwort lauten würde. Monique nickte. Sie sah mich an, als ob sie zögerte, mehr zu sagen.

»Sagen Sie es ruhig«, sagte CC und korrigierte sich selbst: »Schreiben, meine ich.«

»Dirk will mit dir reden.«

»Dirk? Worüber?«

»Das weißt du.«

Monique hatte einen Laptop mit integrierter Webcam dabei, den sie auf dem Tisch vor uns aufbaute. Sie loggte sich bei MSN ein, klickte Dirk mit einem Doppelklick in der Kontaktliste an und öffnete ein Gesprächsfenster. Sie stellten die Verbindung her. Ich sah eine Hand, die an der Kamera herumfummelte, bis sie richtig eingestellt war. Dann hörte ich Dirks raue Stimme. »So.« Die Wand hinter seinem Bett erschien auf dem Computerbildschirm. Er justierte die Kamera, bis sein ausgemergeltes Gesicht in der Mitte des Bildes war. Das Gesicht eines Sterbenden.

»Hallo, Monique, meine Liebe.«

Monique hauchte einen Kuss in seine Richtung.

»Hallo, Bjørn. Auch dies ist eine Möglichkeit der Begegnung. Neumodische Technologie! Hallo, Carl.«

»Dirk!«, begrüßte CC ihn.

Kannten sie sich?

Dirk räusperte sich hustend. »Danke, dass Sie mir Ihr Ohr leihen wollen, Bjørn.«

»Das wäre ja noch schöner.«

»Wie Sie wissen, bin ich krank.«

»Ja, ich weiß, Dirk.«

»Nächstes Jahr würde ich achtzig werden. Stellen Sie sich das vor. Aber für mich wird es kein nächstes Jahr mehr geben. Ohne allzu sentimental oder selbstmitleidig klingen zu wollen, Bjørn, aber jeder Tag könnte mein letzter sein. So ist das. Ich habe mich mit dem Gedanken versöhnt. Wir müssen alle sterben. Früher oder später ist jeder von uns an der Reihe. Das Leben ist nur ein Hinauszögern des Unausweichlichen. Ich fürchte mich nicht davor.«

Keiner von uns sagte etwas. Monique hatte angefangen zu weinen und schniefte leise.

»*Verdorie*«, sprach Dirk weiter. »Ich wollte nicht so schwermütig und melodramatisch daherkommen, und jetzt habe ich es doch getan.«

»Ist schon in Ordnung, Dirk«, sagte CC. »Machen Sie sich deswegen keine Gedanken. Sie wollten Bjørn etwas sagen?«

»Manche Menschen haben das Glück, eine Mission im Leben zu haben. Ein Ziel. Einen Sinn. Für mich war das *Luzifers Evangelium*. Bjørn, ich kann verstehen, dass Sie zögern, es aus den Händen zu geben. Sie sind misstrauisch. Und das sollten Sie auch sein.«

Ich konnte nichts sagen. Um ehrlich zu sein, war ich gerührt. Dirk war immerhin ein sterbender Mann.

»Ich habe eine Bitte an Sie, Bjørn.«

Ich begegnete seinem Blick auf dem Bildschirm.

»Ich möchte Sie bitten, CC die Handschrift auszuhändigen. Carl Collins. Diesem Mann können Sie vertrauen.«

In mir löste sich ein schwerer Felsbrocken und stürzte einen Abgrund hinunter. Eine Erkenntnis. Ein Einsehen.

Gib CC *die Handschrift.*

Carl Collins …

Dem Mann kannst du vertrauen …

Dirk … CC …

Es war einleuchtend, dass sie sich kannten. Offenbar schon ewig.

Wenn Dirk mit CC in einer Mannschaft spielte, bedeutete das dann nicht auch, dass Monique auf ihrer Seite war? Ich blieb sitzen und ging in mich. Versuchte zu verstehen. Sah zu Monique hinüber. Sie erwiderte meinen Blick.

»Sie kennen sich?«, fragte ich halb an Dirk, halb an CC gewandt.

»Gewissermaßen«, sagte Dirk.

CC sagte nichts.

Auch Monique schwieg.

Gewissermaßen.

Dirks Worte beinhalteten so viel. Es gab eine Verbindung zwischen Dirk und CC – und damit auch zu Monique.

Monique legte ihre Hand auf meine. Ich zog meine Hand weg.

»Bjørn«, sagte Dirk, nicht einmal ahnend, welches Gefühlschaos sein Satz – *Diesem Mann können Sie vertrauen* – bei mir ausgelöst hatte. »Wir kennen uns noch nicht lange genug, als dass ich irgendein Recht hätte, Sie zu bitten, uns die Handschrift um *meinetwillen* auszuhändigen. Und doch ist es genau das, was ich jetzt tue. Glauben Sie mir, ich würde Sie anflehen, wenn das helfen würde. Ich würde mich aus meinem Bett rollen, auf die Knie fallen und Sie anflehen … wenn ich glauben würde, dass Sie sich von der Bitte eines Sterbenden erweichen ließen. Aber ich weiß, wie hartnäckig Sie sein können, Bjørn. Manch einer würde es wahrscheinlich stur nennen.«

Letzteres sagte er mit einem entwaffnenden Lächeln. Er hatte natürlich recht.

»Vor vielen Jahren, in einer anderen Zeit, einer anderen Welt, war ich genau wie Sie«, nahm Dirk den Faden wieder auf. »Ehrgeizig, wissbegierig, selbstbewusst. Ich verstehe Ihr Zögern sehr gut. Und dennoch bitte ich Sie inständig. Ich habe mein Leben *Luzifers Evangelium* geweiht, und ich würde das Rätsel so gerne gelöst sehen, bevor ich sterbe. Ich würde so gerne wissen…«

Stille.

»Ich möchte Ihnen einen Tauschhandel vorschlagen, wenn Sie so wollen«, sagte Dirk. »Ich kann Ihnen erzählen, wieso Giovanni Nobile, der italienische Dämonologe, so irrational gehandelt hat, wie es scheint. Die Informationen könnten nützlich für Sie sein. Als Gegenleistung erfüllen Sie meinen innigsten Wunsch.« Dirk wartete meine Antwort nicht ab. »Ich werde Ihnen das Geheimnis auch so erzählen. Wie Sie wissen, sagt man, er wäre verrückt geworden. Er hat vier Menschen erschossen. Danach verschwand er mit *Luzifers Evangelium*. Das ist das Wenige, was man weiß. Merkwürdigerweise scheint sich niemand je gefragt zu haben, wieso er das tat. *Warum, Bjørn*? Warum verwandelt *Luzifers Evangelium* den besonnenen Theologen Giovanni Nobile in einen Mörder? Wieso tötete er vier Menschen? Weshalb war die Handschrift so wichtig für ihn? Niemand hat bisher diese Frage gestellt. Dabei liegt sie doch auf der Hand. *Warum*? Polizei, Medien, Öffentlichkeit – alle haben nur danach gefragt, *was* passiert ist. Wie? Wann? Aber keiner hat nach dem *Warum* gefragt.«

»Warum?«

Dirks Atem klang wie ein Herbstwind, der mit vertrockneten Blättern spielte.

»Sie haben sicher mitbekommen, dass Giovanni Nobiles Tochter mit ihm verschwand. Sie hieß Silvana. Ein reizendes kleines Mädchen. Zehn Jahre alt. Silvana Nobile… Was niemand weiß, Bjørn, ist, dass sie von religiösen Fanatikern entführt wurde.«

«Drăculsângeer?«

«Selbstverständlich.«

«Wegen der Handschrift?«

»Um Giovanni Nobile zu erpressen, ihnen das Manuskript auszuhändigen.«

»Haben sie es bekommen?«

»Nein.«

»Was ist mit der Tochter passiert?«

»Sie haben sie vor der Schule entführt und in einem Sarg versteckt, einem Sarkophag, in einer verlassenen Kapelle in einem stillgelegten Kloster am Stadtrand von Rom.«

»Was sagen Sie da? Ein zehnjähriges Mädchen? *In einem Sarg?*«Wie konnte man nur so etwas tun? Selbst wenn man ein Drăculsângeer war?

»Was ist mit ihr passiert? Sagen Sie nicht, dass sie in dem Sarg gestorben ist.«

Dirk sprach weiter, als hätte er die Frage gar nicht gehört.

»Für den Drăculsângeer-Orden war das Ganze eine sehr eigenwillige religiöse Zeremonie, die Vollziehung uralter Prophezeiungen. Ihr Glaube hat sie blind gemacht. Rücksichtslos.«

Ich wandte den Blick vom Bildschirm ab und sah CC an, der mich mit ausdrucksloser Miene betrachtete.

»Ich glaube, ich bin nicht in der Lage, mir das volle Ausmaß der Grausamkeit einer solchen Tat vorzustellen«, sagte ich.

»In einem Sarg …«, wiederholte Dirk.

»Aber was ist mit ihr passiert? Wollen Sie mir nicht sagen, wie das Ganze für sie ausgegangen ist?« Mein Mund war trocken. »Ist das Mädchen in dem Sarg gestorben? Was ist aus Giovanni Nobile geworden?«

Durch das Netzwerk von Kabeln zwischen Amsterdam und London sah er mich mit dem hohlen Blick eines Sterbenden an.

»Darüber«, sagte Dirk van Rijsewijk mit einem röchelnden Seufzer, »erzählt die Geschichte nichts.«

2

»Monique, ich muss dir eine Frage stellen.«

CC hatte uns verlassen. Er war zum Sicherheitschef gerufen worden. Monique und ich waren allein im Wohnzimmer. Sie nahm ihren Block und den Stift und sah mich fragend an.

»Habe ich das richtig verstanden«, fragte ich. »CC und Dirk kennen sich?«

»Ja«, schrieb sie mit zittrigen Buchstaben.

»Heißt das, dass du CC und Aldo Lombardi schon von früher kennst?«

»Flüchtig.«

»Was war deine Rolle?«

»Vertraust du mir nicht?«

»Warum hat Dirk dich gebeten, mich zu begleiten?«

»Es ist ihm nicht leichtgefallen, mich fortzuschicken.«

»Aber er wollte, dass du in meiner Nähe bist.«

»Weil er weiß, dass du der Schlüssel bist.«

»Und deshalb war er bereit, dich zu benutzen?«

»Dirk kennt deinen Ruf.«

»Aber … warum?«

»Es gibt eine Sache, die ihn am Leben hält: Und das ist die Hoffnung, es irgendwann zu erfahren!«

»Was zu erfahren?«

»Ob es das wert war. Das alles.«

»Ob was was wert war?«

»Seine Studien, die Entbehrungen, all die Arbeit. Jahraus, jahrein. Mein Gott! Ich hasse dieses Manuskript!« Ihr Ausbruch kam völlig überraschend. Die Buchstaben wurden größer, die Spitze der Miene bohrte sich ins Papier. »Dirk kann jeden Moment sterben …«, fuhr sie fort. Der Stift stockte.

»Und aus Rücksicht auf Dirks Seelenfrieden willst du, dass ich ihnen das Manuskript gebe?«

»Sie …«, schrieb sie, strich das Wort dann aber wieder durch, bevor sie erneut ansetzte: »Wir sind keine Verbrecher. Wir wollen das Beste. Wir alle. Vertrau uns. Vertrau Dirk. CC. Mir.«

Die Mine des Stiftes schwebte ein paar Millimeter über dem Papier, bevor sie fortfuhr:

»Wo ist das Manuskript?«

3

Als CC zurückkam, berichtete er, dass vier Männer in einem Lieferwagen observiert worden seien, der unweit des Hauses verdächtig am Straßenrand geparkt habe. Als sich zwei der Wachmänner dem Wagen genähert hatten, war dieser in eine seitlich abzweigende Sackgasse gefahren, wo er durch einen Müllwagen mit einer Reifenpanne blockiert worden war. Einer der Männer im Wagen hatte auf CCs Wachmänner geschossen. Als kurz darauf die Polizei eintraf, hatten sich alle vier Männer in den Kopf geschossen. Mit demselben Revolver. Einer nach dem anderen.

Alle vier hatten ein Bronzeamulett um den Hals getragen, auf dessen Vorder- und Rückseite eine Triquetra und ein Pentagramm geprägt waren.

4

Monique fuhr am nächsten Morgen zurück zu Dirk.

Ich weiß nicht, ob sie es aus Angst tat, er könne sterben, wenn sie nicht bei ihm war, oder weil ihre Auftraggeber eingesehen hatten, dass es kein Vorteil mehr war, sie an meiner Seite zu belassen.

Oder weil sie mich nicht mehr sehen wollte.

Sie stand mit Mantel und Koffer in der Halle, als ich aus meinem Zimmer nach unten zum Frühstück kam.

Déjà vu.

Ich betrachtete sie ein paar Sekunden, ehe sie mich erblickte. Sie nickte, als wollte sie mir damit still bestätigen, dass sie sowohl mich als auch die Jagd nach *Luzifers Evangelium* aufgab. Ich ging wortlos zu ihr und umarmte sie.

»Ich muss nach Hause«, schrieb sie.

»Verstehe.«

»Dirk.«

CC kam ins Haus. »Das Auto steht bereit. Guten Morgen, Bjørn.«

Er trug ihr den Koffer nach draußen.

»Seid ihr sicher in Amsterdam?«, fragte ich. »Dirk und du?«

Sie nickte.

»Noch eine Sache«, schrieb sie. »Egal, was du über mich denkst: Ich werde immer deine Freundin sein. Immer. Du bist mir nicht gleichgültig.«

Ich hielt inne.

»Du misstraust den Menschen zu schnell, Bjørn. Immer du gegen den Rest der Welt. Wenn es die Möglichkeit gibt, etwas falsch zu verstehen – eine Absicht oder ein Motiv –, entscheidest du dich immer für das Negativste. Die Welt besteht aber nicht nur aus Gegnern und Feinden. Wir haben keine bösen Absichten. Denk darüber nach.«

Es war der längste Text, den ich sie jemals hatte schreiben sehen.

Als sie meinem Blick begegnete, standen ihr Tränen in den Augen. Mir auch.

»Vielleicht solltest du bald damit anfangen, den Menschen um dich herum zu vertrauen, Bjørn Beltø.«

Sie lächelte traurig und reichte mir die Hand. Ich drückte sie. Sie fühlte sich klein und zerbrechlich an.

»*Goodbye*«, sagte ich.

Alles, was einem im Leben wichtig ist, ist vergänglich. Schönheit. Liebe. Hingabe. Nichts währt ewig.

Noch lange, nachdem Monique durch die Tür und damit aus meinem Leben getreten war, stand ich da und dachte über die Worte nach, die sie auf ihren kleinen, linierten Block geschrieben hatte.

Vielleicht solltest du bald damit anfangen, den Menschen um dich herum zu vertrauen, Bjørn Beltø.

5

»Sie sind ein harter Brocken«, sagte CC.

»Ich weiß. Das wurde mir schon öfter nachgesagt.«

Wir saßen jeder mit einem Glas Cognac in der Hand im Wohnzimmer. Zehn Stunden waren vergangen, seit Monique abgereist war. Ich vermisste sie. Das Wissen, dass sie mich hinters Licht geführt und ich sie verletzt hatte, bedrückte mich.

Ich bekam ihre Worte nicht aus dem Kopf. *Vielleicht solltest du bald damit anfangen, den Menschen um dich herum zu vertrauen, Bjørn Beltø.*

»Woran denken Sie?«, fragte CC.

»Warum haben Sie mir nicht alles gesagt, was Sie über *Luzifers Evangelium* wissen?«

»Ich unterliege der Schweigepflicht. Vieles von dem, was ich weiß, darf ich Ihnen nicht erzählen, ohne mich strafbar zu machen.«

»Aber Sie haben doch schon etwas erzählt.«

»Im Nachrichtendienst gibt es den Begriff des stufenweisen Protokolls.«

»Und der bedeutet?«

»Sagen Sie nie mehr als unbedingt erforderlich. Geben Sie Informationen an Dritte immer nur Stück für Stück preis. Keine Informationen, wenn diese nicht nötig sind. Halten Sie immer etwas zurück, um für weitere Verhandlungen noch etwas in der Hand zu haben.«

»Vertrauen Sie mir?«

»Natürlich. Ich vertraue Ihnen. Es ist nicht immer leicht, mit Ihnen umzugehen, insbesondere wenn Sie Ihre Launen haben, was ja häufig vorkommt, aber ich mag Sie.«

»Sollen wir ganz ehrlich zueinander sein?«

»Gerne.«

»Wird das Luzifer-Projekt von der CIA geleitet?«

»Ja und nein. Eigentlich nein. Im Grunde sind wir unabhängig. Aber damit die Öffentlichkeit keinen Einblick in unsere Finanzen erhält, werden wir über die CIA finanziert. Natürlich setzen wir sie fortlaufend ins Bild. Unsere wichtigste Verbindung zur CIA besteht darin, dass wir ihren kompletten Apparat nutzen können – also ihre Technologie, ihren Stab und ihre Agenten. *Executive Order* vom Präsidenten der USA.«

»Wem erstatten Sie Bericht?«

»Einer ziemlich exklusiven Gruppe.«

»Wem?«

»Das ist nun wirklich *top secret.*«

»Wieso sollte ich Ihnen weiterhelfen, wenn Sie mir nichts anbieten?«

»Es muss Ihnen genügen, wenn ich sage, dass die Gruppe vom Präsidenten geleitet wird.«

»Wegen eines mehrere Tausend Jahre alten Manuskripts?«

»Wegen der Implikationen und des Inhalts dieses Manuskripts.«

»Ich gewinne langsam den Eindruck, unser guter alter Satan spielt keineswegs die Hauptrolle.«

»Nur indirekt.«

»Wie viel von dem, was Sie mir erzählt haben, sind Lügen oder Geschichten, die vom Kern der Wahrheit ablenken?«

»Sie verstehen das falsch. Wir haben an keiner Stelle gelogen. Unsere Theorien sind reell. Allerdings verwenden wir nicht so viel Arbeit und Ressourcen auf vage Annahmen, die abgeleitet sind aus einem jahrtausendealten Text. Aber gelogen haben wir nicht.«

»Trotzdem geben Sie zu, dass Sie viel mehr wissen, als Sie mir mitgeteilt haben.«

»Ja.«

»Dann räumen Sie ein, dass Sie mir Informationen vorenthalten?«

»Ja.«

»Und es stimmt, dass Sie das Manuskript brauchen, das ich versteckt habe, um zum Ziel zu gelangen?«

»Ja. Wir wissen eine Menge aus den beiden Versionen, die wir besitzen, aber ohne den dritten Teil kommen wir nicht weiter.«

»Dann befinden wir uns also in einer Situation, die in Ihrer Sprache als *deadlock* bezeichnet wird?«

»Bjørn. Ich möchte Ihnen ein Angebot machen. Ihnen eine Frage stellen, über die ich lange nachgedacht habe. Erwägen Sie sie gründlich, bevor Sie antworten.«

»Was für ein Angebot?«

»Könnten Sie sich vorstellen, sich uns anzuschließen?«

»Uns? Wem uns?«

»Dem Luzifer-Projekt.«

Sein Antrag machte mich sprachlos. Auf diesen Gedanken wäre ich nie gekommen. Seit ich CC kennengelernt hatte, hegte ich eine gewisse Skepsis, einen vielleicht unbegründeten Verdacht gegenüber ihm und seinem Projekt. Ich weiß, dass ich manchmal ein schrecklicher Dickkopf bin. Sollte ich, Bjørn Beltø, Dozent der Archäologie, ein nervenschwaches Männlein aus dem kleinen Norwegen, Mitglied einer streng geheimen, akademischen Vereinigung werden, die Zugang zu den fortschrittlichsten Technologien und paramilitärischen Ressourcen hatte?

Der Gedanken war absurd … anziehend … verlockend …

»Was sagen Sie, Bjørn?«

»Wenn Sie das Ihren Vorgesetzten vorschlagen, lachen die sich kaputt.«

»Sagen Sie das nicht. Der Rat des Luzifer-Projekts – der einstimmig alle neuen Mitglieder annehmen muss – hat grünes Licht für Ihre Einbindung gegeben. Ihr Hintergrund, Ihre Erfahrung und nicht zuletzt Ihre fachliche Integrität haben schlicht und einfach für Sie gesprochen.«

»Ganz zu schweigen davon, dass ich im Besitz des Manuskripts bin, von dem Sie abhängig sind.«

»Natürlich.«

Ich musste es mir selbst eingestehen, das Angebot schmeichelte mir. Sie wollten mich haben. Ich sollte Teil einer exklusiven, streng geheimen Forschungsgruppe werden. Ich war willkommen im Team.

»Sie haben den Rat bereits befragt?«

»Die Formalitäten sind geregelt. Es fehlt nur noch Ihre Unterschrift unter dem Stillschweigeabkommen und der Loyalitätserklärung. Sie würden direkt unter mir rangieren. Auch die Sicherheitsabklärungen durch NMS, PST und CIA sind bereits erfolgt. Sie würden mein persönlicher Mitarbeiter werden, Bjørn.«

Der Gedanke, Teil dieses Projekts zu werden, stieß eine Tür in meinem Kopf auf. Eine Tür, von deren Existenz ich nichts geahnt hatte – und von der ich nicht wusste, wohin sie führte.

»Wenn Sie sich entscheiden sollten, sich uns anzuschließen und Teil des Teams zu werden, kann ich Ihnen mehr erzählen, viel mehr.«

Teil des Teams …

»Ich kann einen guten Archäologen gebrauchen … auch

wenn ich schon einen Haufen tüchtiger Archäologen für die eigentlichen Ausgrabungen habe. Aber mir fehlt ein persönlicher Berater, eine rechte Hand, die mir hilft.«

»Welche Ausgrabung?«

»Oh …«, sagte CC entzückt und lehnte sich zurück, »… die sensationellste archäologische Ausgrabung der Welt – eine Ausgrabung, die Carters Fund von Tutanchamun vollständig in den Schatten stellen wird. Eine Ausgrabung, Bjørn, die eine neue Weltordnung einleiten wird.«

6

Die Behauptung klang derart unglaubwürdig und so übertrieben pompös, dass mir klar war, dass er jedes Wort exakt so meinte, wie er es sagte.

»Auf was wollen Sie hinaus, CC?«

»Bjørn Beltø, wollen Sie Ihren Spaten, Ihre Pinsel und Ihren verfluchten Dickschädel mitnehmen und gemeinsam mit mir nach etwas Fantastischem suchen?«

»Würden Sie dann ganz mit der Sprache herausrücken? Ich meine, wenn ich Ja sage – sagen Sie mir dann alles?«

»Früher oder später«, brummte er amüsiert. »Stufenweises Protokoll.«

»Und Sie machen sich nicht über mich lustig, CC?«

»Nein, Bjørn, ich versuche nicht, Sie zu täuschen. Wo ist das Manuskript?«

»Moment, Moment. Ich muss das erst für mich klarstellen. Wenn ich Ihnen das Manuskript überlasse, werde ich in das Luzifer-Projekt aufgenommen?«

»Korrekt.«

»Und werde an der archäologischen Ausgrabung beteiligt?«

»Korrekt.«

»Und Sie werden keine Informationen mehr zurückhalten?«

»Mit Voranschreiten des Projektes werden Sie alles erfahren.«

Ich schluckte. Schwer. Mein Herz klopfte. Hart.

»Was sagen Sie?«, drängelte er. »Haben wir eine Vereinbarung?«

Ich dachte an Christian Keiser. An Taras Koroljov. An Marie-Élise Monnier. Daran, was ich diesen Menschen schuldig war.

Ich konnte weiter schweigen, weiter meinen kleinen, privaten Krieg führen, um die Handschrift zu schützen. Bjørn, der unermüdliche Ritter.

Oder ich konnte beginnen, Menschen zu vertrauen.

Und weiterkommen.

Vielleicht solltest du bald damit anfangen, den Menschen um dich herum zu vertrauen, Bjørn Beltø.

Ich hatte die Wahl, Teil einer Gemeinschaft zu werden. Ich konnte mich freiwillig und mit frischem Enthusiasmus der Menschheit anschließen.

»Bjørn?«

Ich begegnete seinem Blick und holte tief Luft, bevor ich antwortete: »Das Manuskript ist auf Island.«

7

Das Eingeständnis löste ein Gefühl der Erleichterung in mir aus, der Unabwendbarkeit und der Neugier auf all das, was nun vor mir lag. Ich dachte, ich würde es bereuen. Sofort. Aber nein. Ich hatte das Gefühl, das Richtige getan zu haben.

CCs ehrliche Überraschung zeigte mir, dass Island nicht auf seinem Plan gestanden hatte. Gleichzeitig sprachen auch Erleichterung, Freude und Befriedigung aus seinem Gesicht.

»Island?«, wiederholte er.

»In Reykjavik. Es ist sicher verwahrt.«

»Wie sicher?«

»In einem brandsicheren Gewölbe.«

Ich sah, wie es in seinem Kopf arbeitete. »Natürlich«, platzte es dann aus ihm heraus. »Im Árni-Magnússon-Institut?«

»Es sind nur wenige Forscher involviert. Menschen, denen ich voll und ganz vertraue.«

»Wann holen wir es, Bjørn?«

»Wann immer Sie wollen.«

»Ich werde die Piloten bitten, die Maschine für morgen früh klarzumachen.«

8

»So«, sagte ich gespannt und spürte, dass das Blut bereits schneller durch meine Adern pulsierte, »jetzt sind Sie an der Reihe. Wie lautet das Geheimnis?«

CC zögerte, genau wie ich, als steckte die Wahrheit auch bei ihm im tiefsten Inneren. Ich weiß aus eigener Erfahrung, wie schwierig es ist, ein Geheimnis preiszugeben, das man lange bewahrt hat.

»Das Geheimnis«, sagte er, »ist umfassend und komplex.«

»Stufenweises Protokoll …«

»Lassen Sie uns mit der ersten Entdeckung anfangen. Der Grundvoraussetzung, um überhaupt weiterzukommen.«

Er zog einen Papierausdruck einer Seite von *Luzifers Evangelium* aus seiner Innentasche.

»Sehen Sie sich die Zeichen in der rechten Spalte an, die scheinbar unleserlichen Symbole.«

»Scheinbar unleserlich?«

»Früher war niemand in der Lage, diesen Text zu deuten. Erst im letzten Jahrhundert erreichte unsere Zivilisation ein technisches Niveau, das es uns ermöglichte zu ergründen, was wir vor uns hatten.«

»Wie das?«

»Ich weiß, dass das unglaubwürdig klingt. Aber die Zeichen auf der rechten Seite des Manuskripts können am besten als Quellcode eines primitiven Computerprogramms beschrieben werden.«

»In einem Manuskript, das mehrere tausend Jahre alt ist?«

»Das primitive Programm gibt ganz präzise die Punkte eines Koordinatensystems an. Aber ohne die Zahlenwerte aller drei Manuskriptteile können wir mit der Suche nicht beginnen.«

»Mit der Suche nach was?«

Er zögerte mit der Antwort. Vermutlich erkannte er selbst, wie absurd das alles klang: »Bjørn. Wir suchen nach den Ruinen des Turms zu Babel.«

»Das biblische Bauwerk, das Gott zerstört hat?«

»Moses hatte einen Hang zu Übertreibungen. Der Turm ist ganz von allein eingestürzt.«

»Ich dachte immer, der Turm zu Babel wäre reine Mythologie.«

»Nicht, wenn man der Bibel glaubt.«

»Glaubt man der Bibel, ist die Erde sechstausend Jahre alt.«

»Wie so vieles andere in der Bibel ist der Turm zu Babel ein Symbol, das für viel mehr steht als einfach nur für einen Turm. In der Bibel symbolisiert der Turm zu Babel das Streben der Menschen nach dem Himmelreich. Als ihnen der Zugang bei der Erlösung verwehrt wurde, haben sie einfach einen Turm gebaut, um selber hinaufzusteigen. Das erzürnte Gott. Er zerschmetterte den Turm und strafte die Menschen mit den verschiedenen Sprachen. Schwierige, unverständliche Sprachen.«

»Wie Deutsch.«

»Wie Sie aber wissen, hat alle Mythologie Wurzeln in einer vergessenen Wahrheit. Die hängenden Gärten von Babylon gab es sehr wohl – eines der sieben Weltwunder der Antike. Das, wonach wir suchen, ist aber nicht die biblische

Version des Turms zu Babel. Gottes Fingerabdruck wird auf den Steinen der Ruine nicht zu finden sein. Wir suchen nach den Resten eines höchst wahrhaftigen und physisch greifbaren Bauwerks, das vor vielen tausend Jahren in Babylon errichtet worden ist.«

»Ein Turm, der sich bis in den Himmel erstreckte?«

»Diejenigen, die die Bibel geschrieben haben, mussten ihre Botschaften schon ein bisschen ausschmücken, um die Leute zu erreichen. Sie mussten übertreiben. Was das angeht, waren sie nicht die Einzigen. Im Laufe der Geschichte ist der Turm auf sehr unterschiedliche, sehr fantasievolle Weise beschrieben worden. Übertreibungen finden sich in jeder Religion und in jeder mythologischen Darstellung. So zum Beispiel die Höhe des Turms. Und dass er mit Gold, Silber und Edelsteinen geschmückt gewesen sein soll. Der griechische Historiker Herodot – der Vater der Historiografie – beschreibt einen Turm mit acht Etagen, der auf einem Fundament von zweihundert Quadratmetern errichtet worden sein soll. Die acht Etagen bestanden aus immer kleiner werdenden übereinanderstehenden Türmen. An der Außenseite wand sich eine spiralförmige Treppe oder ein Weg nach oben zu dem Altar auf der Spitze des Turmes. Doch, es gab in Babylon ein hohen, prachtvollen Turm, aber er wurde nicht von Gott zerstört. Vermutlich hat einfach der Zahn der Zeit an ihm genagt.«

»Wie alt wurde er?«

»Wir wissen nicht, wann der Turm zu Babel gebaut worden ist. Und auch nicht, wann er einstürzte. Aber es ist immer die Rede von den ältesten Zeiten. Wenn es der Turm zu Babel war, den Herodot beschrieb, kann es der Zikkurat von Etemenanki gewesen sein, ein Turm, der zu Ehren des Gottes Marduk errichtet worden ist.«

»Was beabsichtigte man mit diesem Turm?«

»Ausgehend von Tradition und Bauweise, nehmen wir an, dass der Turm zu Babel ein Zikkurat war, ein pyramidenartiger

Tempelturm mit Terrassen und Treppen. Die Babylonier stellten sich vor, dass die Götter in diese Türme einzogen, um den Menschen nah zu sein. Die Aufgabe der Priester war es, für das Wohlbefinden der Götter zu sorgen. Nur sie hatten Zugang zum Innern des Fundamentes.«

»Und niemand weiß, wer diesen Turm erbauen ließ?«

»Da können wir wieder nur spekulieren. Auch wenn es nicht explizit in der Bibel steht, geht man davon aus, dass Nimrod der Bauherr dieses Turms war. Bereits im Jahre 94 erwähnte der jüdische Historiker Flavius Josefus in seinem Geschichtswerk *Antiquitates Judaicae*, dass Nimrod einen Turm erbauen ließ, der Gott provoziert hat. Laut Moses war Nimrod der Erste, der nach der Sintflut ein großes Reich gegründet hat. Sie wissen doch, wer Nimrod war?«

»Im Augenblick nicht.«

»Nimrod war der Urenkel von Noah.«

Als ich nicht reagierte, fügte er hinzu:

»Noah! Der mit der Arche.«

»Ich weiß, wer Noah ist. Was aber nur meine Vermutung bestätigt, dass das alles bloße Mythologie ist.«

»Da irren Sie sich, Bjørn. In gar nicht so ferner Zeit werden Sie feststellen, wie sehr Sie sich irren. Außerdem suchen wir gar nicht nach dem eigentlichen Turm. Sondern nach dem, was sich darin befindet.«

Wieder spürte ich die Neugier in mir auflodern. Den Drang zu verstehen, zu wissen.

»Was soll dort sein?«

»Noch nicht, Bjørn.«

»Stufenweises Protokoll?«

»Stufenweises Protokoll.«

»Sie wollen also die Ruinen des Turms zu Babel mithilfe eines Computerprogramms finden, das vor mehreren tausend Jahren geschrieben worden ist …«

»*Wir*, Bjørn, *wir* werden die Ruinen des Turms zu Babel mithilfe eines Computerprogramms finden, das mehrere tausend Jahre alt ist. Und das«, fügte CC mit tiefem Seufzen hinzu, »ist nur der Anfang.«

XII: Gottes Pforte

Reykjavik – Oxford
17.–24. Juni 2009

I

Am folgenden Tag, einem Mittwoch, flogen CC und ich nach Island. Mit uns in der Gulfstream waren zwei Leibwachen – Doug und Duncan von den Navy SEALs. Keiner von den beiden sprach ein Wort.

Thrainn holte uns am Flughafen ab. Doug und Duncan fuhren in dem Geleitwagen der amerikanischen Botschaft mit. In einem Ford Bronco kutschierte Thrainn uns durch die unfruchtbare, windgepeitschte Landschaft zwischen Kefklavik und Reykjavik. Hellauf begeistert erzählte er von den Originaltexten, die in einem Sarkophag auf Skálholt entdeckt worden waren. Die isländischen Archäologen waren nicht nur auf verloren geglaubte Texte wie die *Gunnars saga* oder die ältere *Njåls saga* gestoßen – zwei von vielen Handschriften, die im dreizehnten Jahrhundert zur *Njåls saga* zusammengefasst wurden –, sondern darüber hinaus noch auf eine lange Reihe unbekannter Schriften, die ein ganz neues Licht auf die Entstehung des isländischen Nationalschatzes warfen.

Im Árni-Magnússon-Institut führte Thrainn uns die Wendeltreppe hinunter in das Handschriftengewölbe im Keller. Hinter einer schweren Stahltür mit Zahlenschloss wurden die schriftlichen Zeugnisse der Geschichte des Nordens und die ältesten Handschriften Islands aufbewahrt.

Die Handschrift, die ich ihm einen Monat zuvor anvertraut hatte, war in einer Pappschachtel mit der Aufschrift *Einars Þáttr Skúlasonar* versteckt, die zwischen den Originalen der

Egils saga und der *Eirik Raudes saga* eingeordnet worden war. Thrainn öffnete die flache Pappschachtel und schlug das schützende Seidenpapier zur Seite.

Luzifers Evangelium.

»Habt ihr Neues herausgefunden?«, fragte Thrainn.

»Nicht viel«, antwortete ich ausweichend. Stufenweises Protokoll …

»Wie ihr wisst«, er sah unsicher von CC zu mir, »haben wir das Material analysiert.«

»Tatsächlich?«, sagte CC, leicht ungehalten.

»Wir sind die ganze Zeit davon ausgegangen, dass es sich um Pergament handelt. Präparierte Tierhaut. Aber das ist nicht richtig.«

»Was ist es dann?«, fragte ich.

»Vermutlich stimmt das nicht, aber unser Chemiker behauptet, es handele sich um einen synthetischen Stoff.«

»Synthetisch?«, kam CC mir zuvor.

»Wie gesagt, irgendetwas muss bei der Analyse schiefgelaufen sein. Wir verstehen nur nicht, an welcher Stelle der Fehler aufgetreten ist.«

Er klappte das Seidenpapier zurück über die Handschrift und schloss die Pappschachtel. »Danke für die Leihgabe«, sagte er und überreichte mir die Schachtel. Er schien froh zu sein, das Manuskript loszuwerden.

2

Wir kehrten noch am selben Nachmittag nach England zurück. Ein Helikopter flog uns direkt von Heathrow in das Handschriftenlabor nach Oxford.

Der Mitarbeiterstab des Labors – drei Paläografen, ein Mathematiker, ein Experte für Codierungen, ein Linguist, zwei Geografen, ein Semiotiker und ein Historiker – erwartete uns bereits ungeduldig und voller Eifer, als wir Dr. Gordon den Text überreichten.

Es war ein feierlicher, zeremonieller Augenblick. Zum ersten Mal seit dem Konzil von Nicäa vor eintausendsiebenhundert Jahren waren die drei Teile der Handschrift – *Luzifers Evangelium* – wieder in einem Codex vereint.

Die Fachleute standen vor einer, wie wir glaubten, gewaltigen Aufgabe: Sie mussten den uralten und unverständlichen Symbolen einen Sinn abringen.

3

Es war ein regnerischer Abend, als Dr. Alice Gordon CC anrief und ihn bat, unmittelbar ins Handschriftenlabor in Oxford zu kommen.

Sie hatten den Code geknackt.

»Genau, wie wir gedacht haben«, sagte Dr. Gordon zu CC, als sie uns an der Sicherheitsschleuse in Empfang nahm. Sie war kurzatmig, hatte rote Wangen und zerzaustes Haar, als käme sie direkt von einem Schäferstündchen. »Mit dem dritten Teil der Handschrift war die Entschlüsselung überraschend einfach. Es hat sich alles zusammengefügt.«

Verzückt und vor Müdigkeit überdreht kichernd führte Dr. Gordon uns zum Fahrstuhl und in das unterirdische Auditorium. Auf der kurzen Strecke vom Auto zum Eingang waren CC und ich bis auf die Knochen nass geworden. Während wir uns das Wasser von den Kleidern wischten, schaltete sie die audiovisuelle Anlage ein und dimmte die Beleuchtung. Mit einem summenden Geräusch fuhr die Leinwand herunter. Dr. Gordon projizierte ein Bild darauf.

Die Erdkugel.

»Es ist uns gelungen«, erklärte sie, »ein altes Koordinatensystem in moderne Breiten- und Längengrade zu übersetzen.«

Sie schien noch immer nicht fassen zu können, dass sie es wirklich geschafft hatten.

»Glückwunsch!«, sagte CC.

»Wie ist das möglich?«, fragte ich.

CC gab Dr. Gordon ein Zeichen, dass sie weitererzählen sollte.

»Ich weiß nicht, wie weit wir ins Detail gehen sollen ...«, begann sie und sah von mir zu CC.

»Nicht jetzt«, sagte CC.

»... aber wie Sie ja sicher wissen, teilen die modernen Breiten- und Längengrade die Erdkugel in vertikale und horizontale Linien auf: Grade, Minuten und Sekunden.«

In einer hastigen Animation wurde die Erdkugel auf der Leinwand von waagerechten und senkrechten Linien überzogen, die unser modernes Koordinatensystem illustrierten.

»Wenn die Anzahl der Dezimalstellen präzise und lang genug ist, können wir eine Position mit verblüffender Genauigkeit angeben. Der nördliche Polarkreis zum Beispiel verläuft auf 66°33'39" nördlicher Breite parallel zum Äquator. Rechtwinkelig zu den Breitengraden finden wir die Längengrade oder den Meridian. Der sogenannte Nullmeridian verläuft durch ein Observatorium im Londoner Stadtteil Greenwich. Aber natürlich ist das nur eine von vielen Möglichkeiten, die Erdoberfläche einzuteilen. Die Babylonier hatten eine andere.«

»Können Sie uns nicht einfach sagen, was Sie entdeckt haben?«, fragte ich eifrig.

»Das babylonische Koordinatensystem, wie es im Altertum entwickelt wurde und das der Dechiffrierung zugrunde liegt, basiert auf demselben grundlegenden Gedanken wie das System, das wir heute benutzen. Waagerechte und senkrechte Linien, die auf der Zahl sechzig basieren. Trotzdem sind die Systemunterschiede so groß, dass ...«

»Wie lautet das Ergebnis?«, fragte CC.

Ihr Blick und die winzige Pause, die eintrat, verrieten, dass

Dr. Gordon wenig Verständnis für unsere Ungeduld hatte und sich anstrengen musste, ihre Verärgerung im Zaum zu halten.

»Wie Sie wollen! Übersetzt in unsere modernen Koordinaten gibt *Luzifers Evangelium* folgende Position an …«

Eine Reihe Zahlen und Zeichen erschienen auf der Leinwand. Dr. Gordon las jede Zahl laut vor.

»32°29'34N 44°08'23Ø.«

»Und das ist wo?«, fragte ich.

Dr. Gordon drückte auf die Fernbedienung. Auf der Leinwand zoomte die Karte den Nahen Osten heran … Irak … Bagdad … al-Hilla …

Und blieb stehen.

Al-Hilla. Irak.

»Begreifen Sie jetzt?«, fragte CC.

»Ja«, sagte ich atemlos. Aber eigentlich begriff ich gar nichts.

4

Al-Hilla ist den wenigsten Menschen bekannt. Die Stadt liegt hundert Kilometer südlich von Bagdad und war lange das Zentrum der islamischen Lehre. Dorthin wurde der Prophet Hesekiel ins Exil verschleppt und später begraben. Aber al-Hilla hatte vor Tausenden von Jahren einen ganz anderen Namen.

Einen mystischen, mythenumwobenen Namen.

Babylon.

Der legendäre Stadtstaat zwischen Euphrat und Tigris in Mesopotamien. Die Wiege der Zivilisation.

»Es ist beeindruckend, dass die Babylonier über ein Wissen verfügten, dass es ihnen ermöglichte, derart präzise Positionsangaben zu machen«, sagte Dr. Gordon mit der typischen lexikalischen Distanz eines Schreibtischforschers, der sich niemals in der Wirklichkeit bewegt, der er auf den Grund gehen will.

»Wie können uns die Koordinaten von Nutzen sein?«, fragte

ich. »Es erscheint mir doch ziemlich einleuchtend, dass der Turm zu Babel in Babylon lag. Und dass al-Hilla auf den Ruinen des alten Babylons gebaut wurde, ist ebenfalls bekannt.«

»Das zu untersuchende Gebiet ist gigantisch groß.«

»Die Koordinaten treffen nicht exakt auf al-Hilla«, erklärte Dr. Gordon. »Sie zeigen auf einen Punkt, der genau auf der Grenze zwischen der Wüste und der fruchtbaren Landschaft entlang des Euphrat liegt.«

»Und dort«, sagte CC, »stand der Turm zu Babel.«

»Da ist dem guten Moses – oder wer auch immer das erste Buch Mose geschrieben hat – wohl einiges durcheinandergeraten, als er den Mythos von der Zerstörung des Turms zu Babel beschrieb«, sagte Dr. Gordon und betätigte die Fernbedienung. Auf der Leinwand war zu lesen:

Babylon
Babilu
Bāb-ilû
ל בב
Babel
Balbal

»Babylon ist der griechische Name für Babilu – oder Bāb-ilû auf Akkadisch. Auf Hebräisch wird es ל בב geschrieben, was mit unseren Buchstaben zu *babel* wird. Das Wort ähnelt dem hebräischen Verb *balbal*, was so viel wie *verwirren* bedeutet. So entstand der Mythos, dass Gott die Menschen verwirrt hat, indem er ihnen unterschiedliche Sprachen gab. Im ersten Mosebuch im Alten Testament steht geschrieben:

Wohlauf, lasst uns eine Stadt und einen Turm bauen, dessen Spitze bis an den Himmel reiche, damit wir uns einen Namen machen; denn wir werden sonst zerstreut in alle Länder. Da *fuhr der Herr hernieder, dass er sähe die Stadt und den Turm, die die Menschenkinder bauten. Und der Herr sprach: Siehe, es ist einerlei Volk und einerlei Sprache unter ihnen allen, und dies ist der Anfang ihres Tuns; nun wird ihnen nichts mehr verwehrt werden können von allem, was sie sich vorgenommen haben zu tun. Wohlauf, lasst uns herniederfahren und dort ihre Sprache verwirren, dass keiner des andern Sprache verstehe! So zerstreute sie der Herr von dort in alle Länder, dass sie aufhören mussten, die Stadt zu bauen. Dafür heißt ihr Name Babel, weil der Herr daselbst verwirrt hat aller Länder Sprache und sie von dort verstreut hat in alle Länder.**

»So«, sagte Dr. Gordon, »lautet der alttestamentarische Mythos über den Turm zu Babel. Das Problem ist, dass der ursprüngliche Name *Bāb-ilû* nicht die akkadische Variante von *Balbal* ist, wie der Bibelschreiber glaubte. *Bāb-ilû* bedeutet auf akkadisch etwas ganz anderes als *verwirren*. Die tatsächliche Bedeutung hätte der Ausgangspunkt für eine noch viel spannendere biblische Geschichte werden können.«

»Was meinen Sie?«

»*Bāb-ilû*«, sagte sie, »bedeutet *Pforte Gottes*.«

Die Pforte zu Gottes Reich.

* 1. Buch Mose, Kap. 11, Vers 4–9

Dritter Teil

Die Söhne Gottes

Zu der Zeit und auch später noch, als die Gottessöhne zu den Menschentöchtern eingingen und sie ihnen Kinder gebaren, wurden daraus die Riesen auf Erden.
Das sind die Helden der Vorzeit, die hochberühmten.

1. Buch Mose, Kap. 6, Vers 4

Weh aber der Erde und dem Meer! Denn der Teufel ist zu euch hinuntergekommen und hat großen Zorn …

Offenbarung des Johannes, Kap. 12, Vers 12

Titelblatt vorige Seite: Die fünf Mosebücher wurden voraussichtlich in einer Periode von fünfhundert Jahren von einer Reihe verschiedener Autoren verfasst. Nach der theologischen JEDP-Hypothese wird die Entstehung der Mosebücher dem Jahwisten (950 v. Chr.), dem Elohisten (800 v. Chr.), dem Deuteronomisten (620 v. Chr.) und der Priestergrundschrift (um 550 v. Chr.) zugeschrieben.

Rom, Mai 1970

Der Dämon ist weg.
Wo ist er?, frage ich.
Wer?, flüstert Lo-Lo.
Der Dämon.
Welcher Dämon?
Der hier war.
Hier sind nur du und ich.
Ich habe ihn gesehen.
Du träumst.
Ich war wach.
Du fantasierst.
Dann bist auch du eine Fantasie!
Nichts von dem, was du erlebst, ist wirklich.
Du willst mich nur trösten.
Du bist nicht gesund.
Mir fehlt nichts.
Du bist ausgetrocknet. Verwirrt. Armes kleines Mädchen.
Sie sagen, dass es dich auch nicht gibt, weißt du.
Wer sagt das?
Mama. Papa. Sie behaupten, du bist eine Fantasie.
Vielleicht haben sie ja recht, antwortet Lo-Lo.

Ich friere nicht, trotzdem drehe ich mich auf die Seite und ziehe die Knie an die Brust, schlinge beide Arme um die Beine.

Draußen, weit weg, hinter den dicken Steinwänden des Sarges, höre ich den Gesang der Mönche. Ich drücke mein Ohr an die Steinwand: In nomine Magna Dei ostri Satanas. Introibo ad altare Domini Inferi. Ave, Satanas!

*

Kurz bevor Großmutter gestorben ist, haben wir sie im Krankenhaus besucht. Mama hat gesagt, sie liegt im Koma. Dabei sah sie aus, als würde sie schlafen. Ihr Kopf sah auf dem großen Kissen so klein aus. Ihr Mund stand offen. Sie machte komische Geräusche. Als wollte sie uns etwas sagen. Als bekäme sie nur schlecht Luft. Ich nahm ihre Hand. Drückte sie. Ihre Hand rührte sich nicht. Wahrscheinlich hat sie gar nicht gemerkt, dass wir bei ihr waren.

*

Mein Kopf tut weh. Wenn ich die Augen aufmache, flimmert die Dunkelheit. Selbst wenn ich ausgestreckt auf dem Rücken liege, ist mir schwindelig. Ich rolle hin und her, hin und her, muss mich übergeben. LIEBER GOTT, GIB MIR WAS ZU TRINKEN! Mein Mund wird immer trockener. Die Zunge ist geschwollen.

Als sie den schweren Sargdeckel beiseiteschieben, explodiert die Welt in einem Blitz aus Licht. Ich muss die Augen zukneifen. Das Licht tut so weh.

Gierig schlürfe ich die frische Luft. Versuche, mich aufzurichten, aber mir ist so schwindelig.

Ist es vorbei? Kann ich jetzt gehen?

Ganz ruhig, Silvana, sagt der Mann mit der freundlichen Stimme.

Er hält mir ein Glas Wasser und einen Teller mit einem trockenen Keks und einer kleinen Tomate hin. Ich trinke das Wasser und bitte um mehr.

Später, sagt er.

Kann ich jetzt gehen?

Noch nicht, Silvana.

Ich versuche, mich über den Rand zu ziehen.

Bald, Silvana, bald.

Ich fange an zu weinen.

Ich will nicht länger hier sein!, schreie ich.

*

Sie drücken mich zurück in den Sarg, zurück in die Dunkelheit, und schieben den Steindeckel an seinen Platz.

I: Babylon-II

al-Hilla, Irak
23.–27. August 2009

1

In einer gewaltigen Staubwolke hob der Apache von der Helikopterbasis auf dem provisorischen Flughafen ab. Mit klappernden Rotorblättern tauchte der Hubschrauber in das grelle Gegenlicht. In der Ferne – fast unsichtbar in den Staubwolken, die sie aufwirbelten – sah ich eine Kolonne tarnfarbener Jeeps, Humvees und M1 Abrams-Kampfpanzer, die am Rand des Ausgrabungsareals patrouillierten. Der Wüstenwind trug stechende Sandpartikel mit sich, die sich wie Schorf auf unsere Haut klebten und in großen Placken abgekratzt werden mussten. Ich beschattete die Augen mit dem Unterarm vor der intensiven Sonneneinstrahlung. Der Himmel war wolkenlos, die Hitze unerträglich. Unter der Khakikleidung, den Handschuhen und dem um den Kopf geschlungenen Turban, die meine kreideweiße Haut schützen sollten, war ich schweißgebadet. Vor ein paar Stunden lag die Temperatur bereits bei fünfundvierzig Grad. Im Schatten! Der Horizont flimmerte im Hitzedunst. So, dachte ich, muss es in der Hölle sein.

Luzifers Evangelium befand sich im Gewölbe des Handschriftenlabors in Oxford. CC meinte, dass es dort am sichersten wäre. Er hatte die Sicherheitsvorkehrungen verstärkt, falls die Drăculsângeer einen Überfall wagen sollten.

Um die Mönche zu verwirren – die wir den ganzen Sommer über als vage, flüchtige Schatten an der Peripherie unseres Seins geahnt hatten –, hatte CC vorgegaukelt, die Handschrift in das Lager im Irak mitgenommen zu haben. Unmittelbar vor der Plattform, auf der ich im Schutz eines schräg gespannten Sonnensegels saß, scharte sich eine Gruppe Archäologen und Ingenieure um Winkelmessgeräte und Höhenmesser. Ein amerikanischer und ein italienischer Archäologe diskutierten mit großen Gesten. Die Männer, die für das enorme Rasternetz des Ausgrabungsfeldes Schnüre von Punkt zu Punkt spannten, machten wütende Gesten in Richtung des Helikopters – einer SuperCobra –, der über das Ausgrabungsgelände fegte, über uns in der Luft stehen blieb und Sand aufpeitschte, der einem den Atem nahm. Einer der Piloten öffnete die Tür und schoss ein paar Fotos, ehe der Helikopter weiter zum Landeplatz flog und in der Mitte des Kreises mit dem großen H landete. Ein gepanzerter Humvee, der hinter der Terminalbaracke gewartet hatte, fuhr vor. Vom Co-Pilotenplatz sprang eine Gestalt auf den Boden und lief vornübergebeugt unter den rotierenden Rotorblättern zu dem Humvee. Der SuperCobra hob ab, während der Humvee in Richtung des militärischen Feldbüros fuhr, vor dem auf einer hohen Fahnenstange die amerikanische Flagge wehte.

Ich nahm die Sonnenbrille ab, die ich in al-Hilla gekauft hatte, und ließ den Blick über die Ausgrabungsstätte schweifen, die den Spitznamen Babylon-II bekommen hatte. Irgendwo im Erdreich unter uns hofften wir auf die Überreste des Turms zu Babel zu stoßen.

Die amerikanischen Soldaten, die auf uns aufpassten und die archäologische Feldarbeit überwachten, hatten in null Komma nichts ein Militärlager und eine Igelstellung um das gesamte Ausgrabungsterritorium errichtet. Die Eingangspartie war durch hohe Stacheldrahtzäune, Stahltore und Sicherheitsschleusen gesichert. Wie ein Gefängnis, dessen vorderstes Ziel es war, niemanden reinzulassen. Schräg gestellte Stahlbalken und anderthalb Meter hohe Betonblöcke ragten rund um das Lager aus dem Boden. Der äußere Zaun war vier Meter hoch und aus Stacheldraht, der innere nur zwei Meter, aber er führte

Strom. Gerüchte machten die Runde, dass der zehn Meter breite Gürtel zwischen innerem und äußerem Zaun vermint war. Nachts badete die ganze Umgebung in Flutlicht, mit dem Ergebnis, dass Myriaden seltsamster Insekten und Kriechtiere angelockt wurden. Die unheimlichsten – die Kamelspinnen – waren so groß wie Tischtennisschläger. Dass sie streng genommen nicht zur Familie der Spinnen gehörten, tröstete mich wenig.

Die Zivilisten waren in einem Barackendorf untergebracht, das etwas abseits des Militärlagers und der gemeinsamen Kommandozentrale lag. Mein Zimmer war ein Schlauch und so klein, dass es mehr an eine Besenkammer erinnerte. Feldbett. Tisch. Stuhl. Ein Aluminiumschrank. Zum Glück hatte die Verwaltungschefin Carolyn Olsson mir ein Einzelzimmer zugeteilt. In den meisten Butzen standen Etagenbetten.

2

»Ist es nicht unglaublich«, sagte CC am ersten Abend, als wir auf der Plattform vor dem Büro der Ausgrabungsleitung unterm Sternenhimmel saßen, »dass wir jetzt hier im sagenumwobenen Babylon sind?«

Sobald die Sonne unterging, kühlte die Wüstenluft rapide ab. Und mit der Dunkelheit kamen die Insekten und fremden Gerüche. Von der Siedlung und den Äckern östlich von uns zog der Gestank von vergammeltem Kohl und Kloake herüber.

Ich spähte in die Dunkelheit und dachte daran, wie geschichtsträchtig die Gegend war, in der wir uns befanden. Die Sumerer. Das akkadische Reich. Babylonien. Assyrien. Die Könige Nebukadnezar …

»Ja, unglaublich. CC? Können Sie mir erklären, wie die Babylonier es fertiggebracht haben, die Erdkugel in Breiten- und Längengrade aufzuteilen?«

Ich kann nicht sagen, wie oft ich versucht hatte, CC zu entlocken, wie es den Babyloniern mehrere tausend Jahre vor unserer Zeit gelungen war, einen primitiven Quellencode und ein Koordinatensystem zu entwickeln, das wir im Jahr 2009 deuten konnten.

»Darauf werden wir später zurückkommen«, antwortete CC. Diesen Satz wiederholte er häufig. Stufenweises Protokoll …

Obgleich ich jetzt Teil des Projektes war und zum inneren Kreis gehörte, hielt CC weiter Informationen zurück. Mit einer gleichbleibenden Gelassenheit, die ich längst als aufgesetzt durchschaut hatte, versuchte er, die Anwesenheit des Militärs schönzureden. Mir war natürlich klar, dass die Zustände im Irak eine militärische Bewachung notwendig machten. In einer Gegend in Erde zu graben, die für viele historisch und heilig war, war ohne Frage riskant. Mit einem Lastwagen voller Sprengstoff könnte man uns auf einen Schlag ausradieren und einen billigen Propagandasieg für irakische Rebellen einfahren.

Doch selbst die Wahrheit ist häufig nur ein Sammelsurium unvollständiger Dinge und Fragmente.

In dem Lager war eine komplette Militärbrigade stationiert. Mehrere tausend Soldaten, um eine archäologische Ausgrabung zu bewachen?

II: Der Turm zu Babel

I

Eine Ausgrabung in der Wüste ist eine ununterbrochene Prüfung aus Staub und Sand – nicht zu vergessen die Hitze, bei der man sich in Anflügen von Selbstmitleid schnell einmal einbildet, man sei im Begriff zu verdampfen und zerflösse zu einer Pfütze aus flüssigem Fett, Wasserdampf und geplatzten Träumen.

Obwohl wir uns in einer Wüste befanden, war es zu keiner Zeit still. Große Bulldozer fütterten den konstanten Strom der Lastwagen mit den gesiebten Sandmassen, die die Arbeiter und Archäologen hinterließen. Helikopter kreisten über der Ausgrabungsstätte. Schwere, dröhnende Dieselaggregate sorgten für Strom. Der Fachleiter der Archäologen hatte die Aufsicht über die Tiefbaumaschinen, die Bulldozer und die Grabungsteams, die das Grobmaterial entfernten. Nur wenn wir etwas entdeckten, das näher untersucht werden musste, kamen die Archäologen mit ihren Kellen und Pinseln und ihrer verbissenen Geduld zum Einsatz. Mithilfe von Nivellierungsmessern, Theodoliten, Satellitenfotos, Computerprogrammen und Winkelmessern hatten wir das große, unebene Wüstengebiet in ein Raster unterteilt, das wir Quadratmeter für Quadratmeter untersuchten. Auch mit den präzisen Koordinaten der Babylonier war eine hochtechnologische Ausrüstung nötig, um die eigentliche Ruine des Turms zu finden. Aus dem Flugzeug und mit mobilen Sonden scannten wir den Boden mit Lasern. Ein Nachrichtensatellit machte gestochen scharfe

Fotos und Infrarotbilder. Diese Satellitenbilder wurden dann im Computer mit den seismischen und geomagnetischen Messungen korreliert. Das Resultat waren dreidimensionale Bilder mit verblüffender Tiefe und beeindruckender Detailgenauigkeit. Der Chefarchäologe und sein Team hatten schnell Interesse an einer großen, unterirdischen Struktur gefasst, die vierhundert Meter nördlich von uns lag. Sie hatte drei spitze Winkel und konnte mit einer gehörigen Portion Wohlwollen als eine Art Grundmauer gedeutet werden. Ich war überzeugt, dass es sich um einen unterirdischen Felsriegel handelte. Die Geologen und die Ergebnisse der Bohrungen gaben mir recht. Ich selbst war mehr an einer Anhöhe in der Landschaft interessiert, die nur fünfzig Meter nördlich vom Camp lag. Der Chefarchäologe und der leitende Geologe hielten diese wiederum für natürlich und wenig interessant. Mich erinnerte sie an einen nordischen Grabhügel, wie wir ihn im Rogaland ausgegraben hatten. Wir suchten zwar nicht nach Grabhügeln, aber ein guter Archäologe vertraut auf seine Eingebungen und muss die Landschaft lesen können.

»Diese Erhebung im Gelände, das sind die Reste des eingestürzten Turms«, behauptete ich. »Die quadratische Struktur in den unterirdischen Sedimenten muss das Fundament des Zikkurats sein.«

»Das da«, entgegnete der Chefarchäologe und erntete ein anerkennendes Lachen des Geologen, »ist ein Steinhaufen.«

»Solche Erhebungen passen nicht in die Landschaft.«

»Sehen Sie sich doch um, hier sind überall Hügel.«

»Der da sieht aber anders aus.«

Blicke. Verstecktes Grinsen. Augenverdrehen. All das war ich gewohnt.

Der Chefarchäologe musste mir widerstrebend recht geben, als wir die 3D-Bilder und die Ergebnisse des Georadars bekamen, das hochfrequente Radarsignale in den Boden sandte. Auch die Ergebnisse des Magnetometers, das magnetische Änderungen als Folge menschlicher Aktivität maß, und der Piezocone-Test, der den elektrischen Widerstand analysierte, belegten, dass sich unter der Erde eine viereckige Struktur von mehreren hundert Quadratmetern Ausdehnung befand.

»Der Turm zu Babel«, sagte ich – nicht wenig stolz – zu CC.

Der Chefarchäologe war weder nachtragend noch rachsüchtig. Mit frischem Eifer und meinem wohlwollenden Beistand machte er Pläne für die Ausgrabung der Anhöhe. Um Zeit zu sparen und möglichst effektiv zu arbeiten, teilten wir die Archäologen und Ausgrabungsteams in drei Gruppen ein: Eine Gruppe erhielt die Verantwortung für die Grobarbeiten, eine für die Grabung der Schächte und die dritte für die Feinarbeiten und Erd- und Sandanalysen.

Vorsichtig gruben wir uns in die Tiefe. Meter für Meter. Stunde um Stunde.

Zwei Tage lang wurde rund um die Uhr ohne Unterbrechung gegraben. In der Wüstenhitze am Tag und in der Kälte der Nacht.

Schließlich fanden wir, wonach wir suchten:

Eine Grundmauer.

Eine Grundmauer, die so solide und hoch war, dass alle Zweifel ausgeräumt waren.

Wir hatten den Turm zu Babel gefunden.

2

Um zu dem freigelegten Teil des Fundaments zu gelangen, mussten wir über vier schräg stehende Aluminiumleitern, die an einem Gerüst im Schacht befestigt waren, in die Tiefe steigen. Unten war die Luft glühend heiß und schrecklich staubig. Überall auf dem Boden lagen Gebäudereste und Tonscherben, zwischen denen aufgeschreckte Skorpione herumhuschten.

Über einen riesigen Gummischlauch wurde kühle Luft zu den bedauernswerten Arbeitern geblasen, die unten graben mussten. Als CC, der Chefarchäologe, der Chefingenieur und ich auf dem Grund des Schachtes ankamen, hatte das Grabungsteam bereits einige Meter des Fundaments freigelegt. Die Grundmauer bestand aus riesigen, quadratischen Steinblöcken, die mit beeindruckender Präzision zugehauen und eingepasst worden waren. Was bemerkenswert war, denn solche Steine gab es in dieser Region nicht.

CC schlug mit der flachen Hand gegen die Wand. »Solide Arbeit!«

»Merkwürdig«, sagte der Chefarchäologe. »Im ersten Mosebuch wurde der Turm zu Babel aus gebrannten Ziegeln erbaut, die durch Erdharz miteinander verbunden waren.«

»Ich würde nicht ohne Weiteres auf Moses baufachliches Wissen bauen«, sagte ich.

»Aber in der damaligen Zeit hat man so gebaut«, beharrte der Chefarchäologe.

»Unglaublich«, sagte CC. »Wie nahtlos diese Blöcke aneinandergefügt sind.«

Ich fuhr mit den Fingerkuppen über die Oberfläche der Grundmauer. Man hätte annehmen sollen, der gesamte Turm hätte sich längst aufgelöst und mit dem Erdreich vermischt. Ich hatte mir die ganze Zeit vorgestellt, dass das, wonach wir suchten – was auch immer es war –, in Sedimenten aus Sand, Erde und Steinen begraben lag. Aber dieses Fundament war hart wie Granit.

Mit den Nägeln versuchte ich, am Rand etwas abzukratzen – vergeblich.

Ich weiß nicht, was den Ausschlag gab, dass mir plötzlich klar wurde, was wir da in Wahrheit vor uns hatten. Vielleicht war es der absurde Verdacht, der in mir aufgekeimt war, um was CC ein solches Geheimnis machte. Vielleicht waren es die Erinnerungen an ein Seminar über die Bautechniken der Antike, an dem ich 2003 in der Türkei teilgenommen hatte. Vielleicht aber auch nur reine Intuition.

»Das sind keine Steine«, sagte ich.

»Wie meinen Sie das?«, fragte CC.

»Natürlich sind das Steine«, sagte der Chefingenieur.

»Was soll das denn sonst sein?«, fragte der Chefarchäologe.

»Die Babylonier, die diesen Turm gebaut haben, hatten zwei Möglichkeiten«, erklärte ich. »Sie konnten diese riesigen Steinblöcke aus dem nächstgelegenen Steinbruch herbeischaffen. Aber der ist viele hundert Kilometer entfernt. In der Hitze der Wüste. Eine unerträgliche Qual. Oder sie konnten das Fundament für den Turm an Ort und Stelle errichten. Für welche Variante hätten Sie sich entschieden?«

»Es geht doch nicht darum, was wir getan hätten«, sagte der Chefingenieur, »sondern um die Frage, welche Ausrüstung und Technologie ihnen zur Verfügung stand.«

»Was versuchen Sie uns zu sagen, Bjørn?«, fragte CC.

»Diese Steinblöcke wurden gegossen.«

»Gegossen?«, platzte der Chefingenieur hervor.

»Gegossen«, wiederholte ich. »Sie sind aus Beton.«

CC und der Chefingenieur sahen mich überrascht an.

Der Chefarchäologe fuhr mit der Hand über die Oberfläche der Grundmauer. »Ein interessanter Gedanke. Aber so einen Beton gab es damals noch nicht.«

»Sie hatten weder die Kenntnis noch die Ausrüstung, um einen derartigen Superbeton herzustellen«, sagte der Chefingenieur. »Der damalige Zement war eher jämmerlich. Alles andere als solide. Und nicht von Bestand. Wenn das hier Beton ist, weist die Qualität und Härte auf eine Technologie hin, um die wir sie heute noch beneiden können.«

»Sie vergessen, wie fortschrittlich die antiken Kulturen teilweise waren«, sagte ich. »Die Babylonier, Ägypter und Römer verstanden sich sehr wohl auf das Gießen von Steinen. Viele ihrer Gebäude stehen heute noch.«

»Als Ruinen«, sagte der Chefarchäologe.

»Moment, Moment«, sagte der Chefingenieur. Jetzt war der Fachmann in ihm erwacht, der einen übereifrigen Archäologen in die Schranken weisen musste. »Wenn das hier Beton ist…«, er klopfte gegen das Fundament, »wie erklären Sie dann, dass er noch nach viertausendfünfhundert Jahren steinhart ist?«

»Ich denke, darauf kann Ihnen CC eine Antwort geben.«

CC streckte beide Arme abwehrend von sich. »Keine Ahnung. Aber Bjørn hat da etwas Interessantes gesagt. Wie sollten sie es bewältigt haben, die Steine hierherzuschaffen?«

Wieder fuhr ich mit den Fingerkuppen über die Oberfläche.

»Beton!«, sagte ich.

»Das lässt sich schnell herausfinden«, sagte CC zum Chefingenieur.

»Machen Sie eine Materialanalyse…«

»Also wirklich, CC!«, sagte der Chefingenieur.

»…danach graben wir weiter. Irgendwo muss es in dieser Grundmauer ja einen Eingang geben.«

Von: Primus Pilus **Datum:** 27.08.2009 14:42
An: Legatus Legionis
Kopie: Großmeister
Betreff: Bericht: al-Hilla/Babylon-II **Code:** S/MIME PKCS7

Dominus!

Als neu ernannter Primus Pilus bin ich wie geplant in dem Lager angekommen, das die Amerikaner in ihrer Dummheit als Babylon-II bezeichnen. Obgleich ich allein bin, hoffe ich, mehr Erfolg als meine Vorgänger zu haben. Dominus, in meinem ersten Bericht kann ich mitteilen, dass bei den heutigen Ausgrabungen das Fundament des Zikkurats freigelegt wurde, das die Archäologen für die Reste des Turms zu Babel halten. Die meisten Forscher glauben, das eigentliche Ziel der Ausgrabungen sei ebendieser Turm, aber in Wahrheit zielt die Suche auf etwas anderes ab.

Ein Gedanke: Kann es sein, dass sich die irdischen Überreste unseres Herrn Luzifer im Zikkurat befinden? Hat Luzifer – wie Jesus Christus – menschliche Gestalt angenommen, oder ist er in den Körper eines Menschen eingedrungen, den sein Geist im Augenblick des Todes wieder verlassen hat?

Dominus, könnte der Turm zu Babel Luzifers letzte Ruhestätte sein? Kann Bāb-ilû der Turm sein, auf den unser Prophet in seinem Bericht, Kapitel 14, Vers 52 hinweist?

Die Arbeitsbedingungen im Camp sind nicht einfach. Um kein Misstrauen zu wecken, erledige ich pflichtbewusst alle zeitaufwendigen Aufgaben, die mir von meinen Vorgesetzten anvertraut werden. Dass ich allein, ohne die Unterstützung meiner tapferen Brüder, operieren muss, macht meinen heiligen Auftrag zu einer noch größeren Herausforderung. Soweit ich es in der Hand habe, werde ich unseren Orden nicht enttäuschen. Ich habe Grund zu der Annahme, dass sich das Manuskript in einem Safe im Feldbüro befindet (Wenn nicht in Collins' oder Beltøs Zimmer).

Ave, Satanas!

Primus Pilus: Bruder Raț

III: Der Verdacht

AL-HILLA
28.–29. AUGUST 2009

I

»Ich komme von einem Treffen mit dem Sicherheitschef«, sagte CC. »Er befürchtet, dass die Ausgrabung unterwandert worden ist.«

Er hatte gerade an die Tür meines Zimmers geklopft, in dem ich auf dem Bett lag und las, sich einen Stuhl genommen und rittlings darauf Platz genommen, mit der Lehne zu mir. Ich nutzte den Umschlag als Lesezeichen und legte den Roman auf das Schränkchen neben dem Bett.

»Warum glaubt er das?«

»Jemand hat ohne Ermächtigung im sensitiven Bereich unseres Computersystems herumgeschnüffelt.«

»Wer?«

»Unbekannt.«

»Ich dachte, jeder der hier ist, hätte eine Sicherheitsüberprüfung über sich ergehen lassen müssen?«

»Nicht nur das – jeder Anwesende ist von einem vertrauenswürdigen Mitarbeiter des *Lucifer Project* empfohlen worden.«

»Wie wurde der Zugriff auf die Daten bemerkt?«

»Das System ist in unterschiedliche Sicherheitsstufen unterteilt. Wer Zugriff auf welches Niveau hat, hängt vom Ergebnis der Sicherheitsüberprüfung und seiner Funktion ab. Die Linguisten können die Files der Archäologen nicht öffnen und umgekehrt. Die Ingenieure haben Zugang zu Informationen, die die Biologen nichts angehen, und so weiter. Man kann sich mit seinem eigenen User-Namen und seinem persönlichen

Passwort einloggen oder als Teil einer Nutzergruppe mit einem gemeinsamen Passwort. Dann hat man allerdings lediglich Zugriff auf generelle Files wie Dienstpläne, Kontaktinformationen und so weiter, nicht aber auf die gesicherten Files. Nur diejenigen mit der höchsten Sicherheitsstufe wissen, wonach wir wirklich suchen. Für die meisten, die hier arbeiten, ist es schon Erfolg genug, dass wir den Turm zu Babel ausgegraben haben.«

»Und wonach suchen wir *wirklich*?«

CC fuhr fort, als hätte er meine Frage nicht gehört:

»Worüber wir niemanden informiert haben, ist, dass der Sicherheitsstab routinemäßig alle Log-ins und den gesamten Verkehr im Intranet überprüft. Und dabei ist aufgefallen, dass jemand, der sich als Gruppenmitglied eingeloggt hat, systematisch mithilfe einer sogenannten *brute force attack* versucht hat, sich Zugriff auf das nächsthöhere Sicherheitsniveau zu verschaffen.«

»Und das bedeutet?«

»Dass er mit allen möglichen Zeichenkombinationen probiert hat, das Passwort zu finden.«

»Hört sich ziemlich unmöglich an.«

»Das hängt vom Passwort ab. Und von den technischen Hilfsmitteln, die einem zur Verfügung stehen. Natürlich ist es ihm nicht gelungen, den Code zu knacken. Aber der Sicherheitsstab konnte mit Sicherheit sagen, dass der Zugriffsversuch mithilfe eines ziemlich avancierten Passwortgenerators erfolgt ist. Das Ding hat die Speicherkapazität einer Raumfähre und stellt selbst noch die führendsten zivilen Cracker-Maschinen – wie EFF DES oder COPACOBANA – in den Schatten. Im Laufe der dreizehn Minuten, die dieser Zugriffsversuch lief, hat die Maschine mehrere Milliarden Zeichenkombinationen getestet.«

»Welcher Gruppe gehörte diese Person an?«

»Der Forschungsgruppe.«

»Wie viele Verdächtige gibt es da?«

»Zwischen hundertfünfundzwanzig und hundertfünfzig.«

»Gibt es einen speziellen Verdacht?«

»Nein. Immerhin reden wir von dem gesamten Forschungsteam – Archäologen und Historiker, Theologen und Linguisten … aus den unterschiedlichsten Ländern und Fachgebieten.«

»Und einer von denen ist ein Maulwurf.«

»Streng genommen wissen wir nicht einmal das. Es deutet aber vieles darauf hin, leider. Hätte er nicht diese Cracker-Maschine benutzt, könnte man das Ganze mit etwas gutem Willen noch auf die ausgeprägte Neugier einer Person schieben. Aber die Maschine, die diesen Angriff ausgeführt hat, kostet einige Millionen, und da ist es klar, dass er im Auftrag von irgendjemandem gearbeitet hat. Jemandem mit großen Ressourcen. Ein Nachrichtendienst zum Beispiel.«

»Oder ein Drăculsângeer, dem es gelungen ist, das Ausgrabungsteam zu unterwandern.«

»Oder ein Drăculsângeer …«

2

Was ist ein Leben anderes als eine lange Aneinanderreihung von Zufällen und Ereignissen?

Viele Jahre, nachdem mein Freund Eskil die Nervenklinik aufgrund einer geöffneten Pulsschlagader verlassen hatte, wurde mir klar, dass der Dämon, der seinen Körper und seine Seele heimgesucht hatte – Pazuzu – derselbe war, der auch das vom Teufel besessene Mädchen Regan in *Der Exorzist* gequält hatte. Niemand, der diesen Horrorstreifen gesehen hat, wird die Bilder jemals wieder vergessen. Ich selbst habe ihn mit fünfzehn als Video gesehen. Er ist mir bis heute im Gedächtnis geblieben. Manchmal, wenn ich versuchte, Eskil zu beruhigen, bevor die Pfleger wieder mit ihrem chemischen Trost ankamen, erkannte ich den Blick des Dämons tief in Eskils panischen Augen. Aber auch ich war nicht wirklich gesund.

Es heißt, die Furcht sei das größere Übel als das, wovor man sich fürchtet. Ich selbst fürchte die nicht sichtbaren Zusammenhänge des Lebens, die für niemanden sichtbaren Schicksalsfäden, in die wir uns, ohne es zu wissen, verstricken. Wie Pazuzu. Hatte Eskil den Film gesehen? Das Buch gelesen? Oder war es reiner Zufall?

Pazuzu stammte von hier. Aus Mesopotamien. Ich befand mich jetzt in seiner Heimat. In seinem Reich. Es war, als stünde ich vor einem alten Feind. Einem Feind, dessen Bild ich einmal im Blick meines Freundes gesehen hatte.

3

Noch durch die Wand und über das Rauschen der Ventilatoren hinweg hörte ich aufgeregte Stimmen.

Ich saß im Feldbüro, hatte den Stuhl nach hinten gekippt und die Füße auf den Besprechungstisch gelegt, während ich den letzten Ausgrabungsbericht las. Mittags, wenn wir gegessen hatten und kurz gebrieft worden waren, suchte ich gerne im gekühlten Feldbüro vor der sengenden Wüstenhitze Zuflucht. Weil CC und die anderen Fachleiter dann die Ausgrabungen und die anderen Arbeiten inspizierten, hatte ich in der Regel eine halbe Stunde in dem klimatisierten Raum für mich allein.

Der Chefingenieur kam, gefolgt von einem Schwall Hitze, ins Büro gestürmt.

»Sie hatten verflucht noch mal recht!«, platzte er heraus und wedelte mit dem Bericht der Ingenieure und Chemiker in der Luft, die das Material der Blöcke analysiert hatten, aus denen die Grundmauer errichtet worden war.

»Beton?«

»Das ist doch unglaublich! Das Material besteht aus einer

bisher unbekannten Zementart, Sand, Steinstaub, Asche, Kies, Keramikkugeln, Glas, Faser, Gips, Kalk und anderen Stoffen, die wir noch nicht analysiert haben.« Der Ton seiner Stimme ließ deutlich erkennen, dass er seinen eigenen Worten nicht traute. »Die Zusammensetzung erinnert an nichts Vergleichbares aus der Antike oder der Frühgeschichte. Das Material ist zehnmal härter als der beste heute bekannte Beton.«

Er legte einen Bericht mit zahlreichen Tabellen, Kurven und Maßeinheiten wie MegaPascal und C-Wert für Druck- und Abriebswiderstand auf den Tisch. Ziemlich unverständlich, aber die Resultate hatten die Experten beeindruckt.

»Die Mischung führt nach dem Trocknen zu einem Beton«, fuhr er fort, »der so beständig und hart ist, dass er sogar den derzeit teuersten und besten Industriebeton übertrifft. Nicht einmal auf Ölbohrplattformen oder bei Brückenbauten findet man Vergleichbares.«

»Warum ist der Turm dann eingestürzt?«

»Nur das Fundament war aus diesem Superbeton. Boden, Wände, Decke. Der eigentliche Turm, der auf dem Fundament errichtet wurde, war aus höchst vergänglichen Materialien.« Der Chefingenieur warf einen Blick in seinen Bericht. »Das ist vollkommen unerklärlich.«

VI: Der Ritualmord (4)

I

Carolyn Olsson wurde abends um halb zehn vermisst gemeldet.

Ich kannte sie nicht. Ich hatte sie einmal begrüßt, aber das war im Juli gewesen, als ich CC dabei geholfen hatte, die Pläne für die archäologische Ausgrabung zu machen, und dann später noch einmal, als ich im Camp angekommen war und Zimmer und Zugangskarte ausgeliefert bekommen hatte.

Carolyn stammte ursprünglich aus Amerika, war aber mit einem Briten verheiratet und wohnte in Liverpool. Sie arbeitete als Verwaltungschefin und war CCs rechte Hand für die Organisation, Logistik und alle praktischen Dinge.

Carolyn hatte sozusagen die Verantwortung für alles, angefangen von den Lohnzahlungen bis hin zur Essensbestellung.

Als sie nicht zur Verwaltungssitzung erschien, die jeden Abend abgehalten wurde, und auch nicht an ihr Handy ging, begannen ihre Kollegen nach ihr zu suchen. Carolyn war niemand, der eine Sitzung vergaß.

Sie war weder in ihrem Zimmer noch in der Kantine, den Freizeiträumen oder in ihrem Büro. Sie hatte das Camp aber auch nicht verlassen. Jeder, der kam oder ging, wurde elektronisch registriert.

Nach einer guten halben Stunde wurden CC und der Sicherheitschef Dick Stone informiert.

Der Sicherheitsstab und eine Gruppe Soldaten aus dem

militärischen Teil des Lagers durchsuchten alle Räume des Wohnkomplexes und der Gemeinschaftsbereiche.

Carolyn Olsson war nirgends zu finden.

2

Eine Stunde später wurde sie gefunden.

Sie lag in einer Baracke am Rand des Camps in der nordöstlichen Ecke, wo die endlose Wüste begann. Die Baracke war übrig, nachdem der Zaun fertig war.

Zwei Soldaten, die ausgesandt worden waren, um zu überprüfen, ob sie sich vielleicht doch wider Erwarten in der Wüste innerhalb der Umzäunung verlaufen haben könnte, hatten sie durch einen bloßen Zufall entdeckt. Nichts hatte darauf hingedeutet, dass jemand in der Baracke Schutz gesucht hatte. Trotzdem hatten die Männer, einer Eingebung folgend, den Wagen angehalten und nachgeschaut.

CC lehnte mit der Schulter am Türrahmen, als ich angerannt kam. Als er mich erblickte, richtete er sich auf. Er sah blass aus und erschüttert, was nicht verwunderlich war, arbeitete er doch schon seit vielen Jahren mit Carolyn zusammen.

Sie?, fragte ich mit den Augen.

Er nickte nur.

3

Carolyn Olsson war tot.

Ermordet.

Sie lag nackt auf einem Feldbett in der Baracke.

Ihre Arme waren vor der Brust verschränkt. In der Hand hielt sie ein Bronzeamulett, das Dick Stone ihr in diesem Moment aus den Fingern wand.

»Keine Leichenstarre.«

Er zeigte CC und mir das Amulett.

Selbst aus der Entfernung erkannte ich es wieder. CC nahm den Sicherheitschef und mich auf die Seite.

»Was wissen wir?«

»Vorläufig nicht viel«, sagte Dick Stone. »Sie ist noch nicht lange tot.«

»Todesursache?«

»Wir müssen sie erst obduzieren, um genauere Aussagen machen zu können. Kein Zeichen äußerer Gewalt.«

»Ist sie ausgeblutet?«, fragte ich.

»Das wissen wir noch nicht.«

»Warum Carolyn?«, fragte CC. »Ausgerechnet Carolyn.«

»Sie kannte den Code für den Safe im Feldbüro. Und das Passwort der höchsten Sicherheitsstufe der digitalen Daten.«

»Kann sie etwas verraten haben?«

»Der Safe ist bereits geöffnet und durchsucht worden. Wir wissen aber nicht, wonach da gesucht worden ist.«

»Nach dem Manuskript«, sagte ich.

»Das ist doch in England«, sagte CC.

»Aber das wissen nur wir«, sagte der Sicherheitschef. »Der innerste Kreis.«

»Was tun wir?«

»Wir haben erst einmal den Server abgekoppelt und sind aktuell dabei, für alle neue Passwörter zu generieren.«

»Ich sollte jetzt ihren Mann anrufen«, sagte CC. »Ihren Witwer.«

Rom, Mai 1970

Angst.

Will nicht sterben.

Höre meinen Atem. Es ist, als gehörte er jemand anderem. Kurze, abgehackte Hickser. Nicht mein Atem. Rasselnd.

Keine Luft.

Angst.

Ich schlage gegen die Seitenwand, trete gegen den Deckel. Bin so schlapp. Kraftlos.

Schiebe den Mund ganz nah an den Gummischlauch, der Luft in den Sarg bläst. Atme tief ein. Aber es wird nicht besser.

Draußen, vor dem Sarg, höre ich die Geräusche der Unterwelt – Schreien und Lachen, Heulen und Klatschen. Jemand singt.

Aber vielleicht träume ich das auch nur. Hoffentlich.

Das ist alles so unwirklich.

*

Silvana, flüstert Lo-Lo.

Mühsam öffne ich die Augen.

Er liegt neben mir. Nur wenige Zentimeter von meinem Gesicht entfernt. Lieber, guter, bester Lo-Lo.

Silvana, flüstert er. Er sieht besorgt aus. So habe ich ihn noch nie gesehen. Lo-Lo ist fast immer fröhlich. Aber jetzt ist er traurig.

Lo-Lo, versuche ich zu flüstern. Es gelingt mir nicht. Kommen keine Worte. Klingt, als wäre mir ein Stück Fleisch im Hals stecken geblieben. Mein Atem klingt wie bei Großmutter. In der Nacht, nachdem wir sie besucht hatten, ist sie gestorben. Als Mama mich am nächsten Morgen weckte, sagte sie, dass es Großmutter gut ginge. Kann sie jetzt atmen?, habe ich gefragt. Bei Gott können alle atmen, sagte Mama. Da wusste ich, dass Großmutter tot war.

V: Der Triangel

al-Hilla
30. August 2009

I

Das Ausgrabungsteam hatte stundenlang Steine und Sand geschaufelt, seit sechs Uhr in der Früh, als sie endlich die Tür freilegen konnten. Es geschah an einem Sonntag.

Die imposante Eingangspartie war vier Meter breit und drei Meter hoch. Die Blätter der zweiflügeligen Tür waren aus einer Metalllegierung mit diagonalen Streben, deren Zwischenräume mit Beton ausgegossen waren. In das Metall und den Beton beider Türblätter war in jede Ecke ein Symbol geprägt, das ich kannte: ein Triangel mit einem Kreis, der Sonne.

Der Osiris-Triangel.

Was kurios war, denn der Osiris-Triangel war ein ägyptisches, kein babylonisches Symbol.

Die Tür war nicht mit Scharnieren befestigt. Die Ingenieure vermuteten, dass die Türblätter eventuell zu den Seiten weggeschoben werden mussten. Offensichtlich steckten sie oben und unten in Steuerschienen, die am Boden und an der Decke in den Beton eingelassen waren. Die Tür ließ sich keinen Millimeter bewegen. Stundenlang suchten die Ingenieure nach einem Schließmechanismus, mit dem sie sich öffnen ließ. Sie wurden aber nicht fündig. Da die Tür weder Handgriff noch Schloss hatte, jedenfalls nicht außen, nahmen die Ingenieure schließlich an, dass sie nur von innen zu öffnen und zu schließen war. Das wiederum hätte bedeutet, dass jemand sich selbst dort eingeschlossen haben musste – im vollen Bewusstsein der offensichtlichen Konsequenz. Wenn nicht irgendwo eine Öffnung freigelassen worden war, die man im Nachhinein verschlossen hatte, was jedoch nicht sehr wahrscheinlich war.

Eine Durchleuchtung der Tür mithilfe militärischer Spezialausrüstung – CC sagte etwas von optischen und Infrarotsignalen, Neutronenstrahlung und Ultraschall – enthüllte ein mechanisches Meisterwerk aus Zahnrädern, Riegeln, Bolzen und Metallhaken, die um solide Metallstangen griffen.

»Wie sollen wir das aufkriegen?«, fragte CC.

»Wir haben keine Wahl«, sagte der Chefingenieur. In seiner Stimme schwang etwas Eifriges, fast Animalisches mit. »Das Schloss und die Türblätter sind solide wie ein Tresorgewölbe. Wenn wir da reinwollen, müssen wir Gewalt anwenden.«

»Welcher Art?«

»Wir könnten die Türblätter mithilfe einer Hebemaschine aushebeln. Einer Hydraulikpresse. Oder wir legen den Schließmechanismus frei, indem wir die Türblätter mit Schweißbrennern, Laserschneidern und Superdrillbohrern sprengen.«

Ich konnte das Testosteron förmlich riechen, das sich aus seinen Poren presste.

»Was ist eigentlich mit euch Ingenieuren los, dass es euch solche Freude bereitet, alles Schöne zu zerstören?«, sagte ich halb im Scherz, halb im Ernst. Ich sah bereits vor mir, wie die Türen der Hydraulikpresse in einer Kakophonie jammernder, durchdringender, kratzender, kreischender Seufzer nachgaben. »Diese Tür ist ein Kulturdenkmal«, fuhr ich fort. »Sehen Sie nur, wie wunderschön sie ist! Die können wir nicht einfach zerstören. Wir müssen sie für die Nachwelt bewahren!«

»Haben Sie den Schlüssel?«

»Ja, den habe ich.«

»Da bin ich ja mal gespannt.«

Ich wandte mich an CC. »Ich habe eine Idee, wie wir das Schloss öffnen könnten.«

»Wirklich?«

»Wir sind ganz Ohr«, sagte der Chefingenieur.

»Der Osiris-Triangel auf der Tür symbolisiert die drei ägyptischen Götter Osiris, seine Frau Isis und seinen Sohn Horus. Der Osiris-Triangel ist an zwei Stellen in der Welt bekannt: als Wandmalereien und Reliefs überall in Ägypten und als Felszeichnungen in der Nähe der griechischen Präfektur Magnesia. Aus Magnesia bezogen ägyptische Gelehrte ihre magischen Steine.«

»Magische Steine?«, fragte der Chefingenieur.

»Heute kennen wir diese Steine unter einem völlig anderen Namen: Magnet. Das Wort entstammt dem griechischen magnítis líthos, was *Stein aus Magnesia* heißt. Dort gibt es natürliche Vorkommen von Magnetit, Magneteisenstein.«

»Ist das typisches Archäologenwissen?«, fragte CC.

»Haben Sie als Junge nie mit Magneten gespielt?«

»Und was hat das Ganze mit uns zu tun?«, fragte der Chefingenieur ungeduldig.

»Im Altertum war der Osiris-Triangel ein Symbol für den Magnetismus. Verstehen Sie jetzt?«

»Nein«, sagten der Chefingenieur und CC im Chor.

»Sehen Sie sich die Tür an. Der Osiris-Triangel. Drei metallene Felder auf jedem Türblatt. Für Eingeweihte ist das Symbol ein Schlüssel.«

»Inwiefern?«, fragte CC.

»Indem man auf jede der Flächen einen kräftigen Magneten legt, mitten in die drei Sonnen, stellt man ein Magnetfeld her, einen Stromkreis, der das Schloss öffnet.«

Irgendwo drüben im Militärlager startete ein Lastwagen.

Der Chefingenieur lächelte mitleidig. »Interessante Theorie, Beltø. Wirklich interessant. Es sprechen leider nur ein paar entscheidende Argumente dagegen: Das Magnetschloss wurde 1989 patentiert. Ein solches Schloss besteht aus einem Elektromagneten und einer Armatur, die von Strom abhängig ist. Ich bin zwar kein Archäologe, habe aber trotzdem mitbekommen, dass dieser Tempelturm viertausendfünfhundert Jahre alt sein soll.«

»Sie dürfen nicht zulassen, dass diese prachtvolle Tür zerstört wird«, sagte ich zu CC.

Ich wusste, wie CC darauf drängte, ins Innere des Turmsockels zu gelangen, darum rechnete ich keine Sekunde damit, dass er auf mich hören würde. Aber genau das tat er. »Bjørn hat recht«, sagte er. »Die Tür ist ein wertvolles Kulturdenkmal. Ich möchte sie nicht zerstören, bevor wir nicht alle Möglichkeiten ausgeschöpft haben.«

2

CC und ich hatten das Feldbüro fast erreicht, als der Sicherheitschef Dick Stone uns einholte. Wir schlossen die Tür zu dem angenehm kühlen Raum auf und nahmen jeder eine Flasche Bier aus dem Kühlschrank. Selbst der Sicherheitschef war einem kalten Budweiser nicht abgeneigt.

»Wie ist der Status?«, fragte CC nach dem ersten Schluck.

»Carolyn ist nicht ausgeblutet.«

»Wenigstens etwas.«

»Der Mörder wird kaum seine rituelle Ausrüstung mit ins Lager gebracht haben.«

»Todesursache?«

»Eine Überdosis. Ein Cocktail narkotischer Arzneimittel. Temazepam, Tranqipam und Flunitrazepam. Sodium Pentothal.«

»Das Wahrheitsserum.«

»Zumindest ist sie ohne Schmerzen gestorben«, sagte Dick Stone. »Sie hat sich sozusagen in den Tod geschlafen.«

»Und der Teufel, der das getan hat?«, fragte CC. »Ist der schon gefunden?«

»Die Ermittlungen laufen auf Hochtouren. Wir hoffen, ihn bald eingekreist zu haben. Leider steht ihm erstklassige Technologie zur Verfügung. Wir haben noch nicht herausgefunden, wie er seine Spuren verwischt. Aber genau das tut er. Wir müssen noch fünfzig Personen überprüfen, die kein ausreichendes Alibi haben. Aber das hat nichts zu sagen. Der eine hat geschlafen. Ein anderer alleine gearbeitet. Wir gehen sämtliche Zeugenaussagen und Alibis durch und checken alles doppelt und dreifach, um uns einen grafischen, chronologischen Datenüberblick zu verschaffen, anhand dessen wir sehen können, wo sich die potentiellen Täter zu jeder Sekunde aufgehalten haben. Das gilt im Übrigen auch für Sie, meine Herren, ohne dass Sie etwas anderes daraus schließen müssen, als dass wir gründliche Arbeit leisten.«

»Was, wenn er oder sie abgehauen sind?«, fragte ich.

»Unmöglich. Seit dem Mord hat niemand das Lager verlassen.«

»Das heißt, der Mörder weilt noch unter uns«, stellte CC fest.

»Nicht nur das. Der Betreffende kommuniziert unterdessen per E-Mail mit irgendwem außerhalb des Lagers.«

»Was schreibt er?«

»Die E-Mails sind nicht lesbar, er hat die Texte verschlüsselt – umgewandelt in einen elektronischen Code, den ausschließlich der Empfänger dechiffrieren kann –, gesendet von einem Laptop oder Satellitentelefon. Wir haben rausgefunden, *dass* die Mails aus dem Lager abgeschickt werden, aber nicht, *was* drinsteht. Meine Leute durchsuchen gerade alle Einzel- und Doppelzimmer, um die Ausrüstung aufzuspüren. Vermutlich ist sie gut versteckt. Das kann eine Weile dauern.«

»Wir haben keine Zeit!«

»Das entbehrt nicht einer gewissen Ironie«, bemerkte ich. »Mönche einer jahrtausendealten religiösen Sekte kommunizieren über verschlüsselte Mails per Computer …«

»Dass ihr Glaube und ihr Gedankengut uralt sind, muss noch lange nicht bedeuten, dass es um ihre Methoden und Techniken ebenso steht«, sagte Dick Stone.

»Also, was tun wir?«, sagte CC. »Sollen wir die Grabungsarbeiten einstellen, bis ihr ihn geschnappt habt?«

»Wir haben die Bewachung und Sicherheitsvorkehrungen verstärkt. Es kann nicht lange dauern, bis wir ihn haben.«

»Sie meinen also, wir sollen weitermachen.«

»Die Arbeiten einzustellen und damit den Zeitplan zu gefährden, würde weder die Ermittlungen voranbringen noch die Sicherheit erhöhen.«

»Was meinen Sie, Bjørn?«

»Wenn wir alternativ nur in unseren Zimmern hocken und darauf warten können, dass das Sicherheitsteam den Maulwurf entlarvt, arbeite ich lieber weiter. Er oder sie werden ja wohl kaum so dreist sein, am helllichten Tag eine große Gruppe anzugreifen.«

3

Nachdem Dick Stone uns verlassen hatte, beschloss ich, CC herauszufordern. Ich holte noch eine Dose Bier aus dem Kühlschrank und öffnete sie.

»Ich glaube, ich weiß, was sich in dem Zikkurat befindet.«

»Ach ja?« Eine Saite seiner Stimme vibrierte.

Ich hatte ziemlich intensiv darüber nachgedacht. Sehr intensiv, um genau zu sein. Seit Juni versuchte ich zu ergründen, was die Dinge zu bedeuten hatten, die CC mir erzählt hatte. Und nicht erzählt hatte.

Ich trank einen Schluck Bier und rülpste hinter vorgehaltener Hand.

Meine Idee stammte eigentlich aus einem Buch von H.G. Wells, das ich als Teenager gelesen hatte. Mit sechzehn, siebzehn Jahren hatte ich alles verschlungen, was auch nur entfernt mit Science-Fiction zu tun hatte. Ähnlich wie Jules Verne war Wells ein bemerkenswert vorausschauender Autor gewesen. Als hätte er – ja, als hätten sie beide die Gabe besessen, in die Zukunft zu schauen.

»Und was soll das sein?«, fragte CC.

Die Theorie war so absurd, dass sie schon an Wahnsinn grenzte. Trotzdem wohnte ihr eine gewisse Logik inne. In einem viereckigen Universum muss man sich trauen, in Kreisen zu denken. Es musste schon etwas ziemlich Sensationelles dahinterstehen, um zu erklären, was CC alles in die Wege leitete. Und was er alles zu verbergen versuchte. Und nun hatte ich endlich sein Geheimnis gelüftet. Glaubte ich.

»Eine Zeitmaschine.«

CC sah mich an, als hätte ich ihm gerade anvertraut, dass ich in meiner Freizeit mit einem Kescher Feen fing, sie mit Äther betäubte und mit Nadeln an eine Pinnwand heftete.

»Hm«, sagte er nur. Sein Blick flackerte wie eine Kompassnadel, die sich für keine Richtung entscheiden konnte.

»Habe ich recht?«

Kein Ton. Nur dieser … *Blick.*

»Eine Zeitmaschine würde alles erklären!«, fuhr ich fort. »Die Computermatrix in *Luzifers Evangelium*. Die Koordinaten, die die Position angeben. Alle Weissagungen über die Zukunft, die Prophezeiungen. Den Bibelcode. Das synthetische Material, auf das der Text geschrieben wurde. Den Superbeton. Das Magnetschloss. Das wahnsinnige Interesse der amerikanischen Behörden. Die vielen Ressourcen, die in das Luzifer-Projekt investiert wurden.«

»Eine Zeitmaschine …«

Keine Reaktion. Er sah aus wie sein eigenes Hologramm.

»Ihr wisst, dass irgendjemand – irgendwann in der Zukunft – rückwärts in der Zeit gereist ist. In die Vergangenheit. Mit einer Zeitmaschine. Und dort, im Turm zu Babel, eine Botschaft für euch hinterlegt hat.«

Er hörte gar nicht auf, mich anzustarren.

»Technisch müsste das doch irgendwann möglich sein«, sagte

ich. »Wenn man zum Mond fliegen kann, wird man doch wohl auch irgendwann durch die Zeit reisen können.«

»Ich muss schon sagen, Bjørn!«

Das war alles, was er sagte.

Ich muss schon sagen, Bjørn!

Und mit diesen Worten stand er auf, lächelnd, und holte sich ein Bier.

Von: Primus Pilus **Datum:** 30.08.2009 19:13
An: Legatus Legionis
CC: Großmeister
Betreff: Bericht: al-Hilla/Babylon-II **Code:** S/MIME PKCS7

Dominus!

Sobald es ihnen gelingt, die Türen zu öffnen, werden sich die Fachleiter der unterschiedlichen Forschungsteams in das Zikkurat begeben. Ich gehöre nicht dazu.

Der Totengott der Babylonier, Nergal, ist nicht nur der Gott über Flammen und Licht, sondern auch eine Art Dämon. Luzifer? Deshalb frage ich mich, ob Babels Turm die irdische Pforte ist, die ins Totenreich führt, eine Verbindung zwischen dem irdischen und dem jenseitigen Leben. Dominus, natürlich weiß ich, dass das Totenreich – ob wir es nun Unterwelt, Hölle, Scheol, Gehenna, Irkalla, Hades, Kurnugia nennen – sich nicht physisch unter dem alten Babylon befindet. Aber die alten Babylonier waren religiöse Menschen mit magischen Kräften. Für sie war der Tod nicht der einzige Weg ins Jenseits. Auch die Lebenden konnten ins Totenreich gelangen und wieder zu den Lebenden zurückkehren. Ich glaube, dass die Babylonier, weise, wie sie waren, die Verbindung zwischen unserer Welt und dem Totenreich gefunden haben. Außerdem glaube ich, dass der Eingang zum Reich der Toten – die Pforte der Götter, Bāb-ilû – hier ist, unter dem Zikkurat. Die Beurteilung dieser Gedanken überlasse ich, ergebenst, den Ältesten.

Ich habe meinen Auftrag nicht vergessen. Heute Nacht werde ich bei Bjørn Beltø und Carl Collins nach der Handschrift suchen.

Primus Pilus: Bruder Raţ

VI: Gas

al-Hilla
30. August – 1. September 2009

1

Ich kam spät ins Bett.

Wir verwendeten einige Stunden darauf, eine Firma ausfindig zu machen, die uns die Spezialmagnete liefern konnte, die wir brauchten. CC und ich hatten eine Besprechung mit dem Chefingenieur und dem Chefarchäologen und danach mit Sicherheitschef Dick Stone und seinen engsten Mitarbeitern. Auf dem Weg zu den Baracken bombardierte ich CC mit meinen Fragen und selbst gegebenen Antworten. Wie üblich – und wie ich – war er störrisch, schrullig und stumm. CC weigerte sich rundweg, meine Theorie über die Zeitmaschine mit mir zu diskutieren. »Interessante Hypothese« kam einer Bestätigung oder Ablehnung noch am nächsten.

Ich schlief nach wenigen Minuten ein. In den zwei, drei Stunden, die ich schlief, träumte ich von gesichtslosen Mönchen in einer vernebelten Heidelandschaft, als plötzlich die Scharniere meiner Tür quietschten.

Ich war schlagartig wach und schlug die Augen auf. Es war dunkel. Ich kann einen Feueralarm verschlafen. Und vom Summen einer Mücke aufwachen.

Das Mondlicht bohrte sich durch den Spalt zwischen Jalousie und Fensterrahmen. Ich lag auf dem Rücken, das Gesicht nach oben gewandt.

Etwas Glänzendes – vielleicht meine Armbanduhr – reflektierte an der Decke.

Ich befand mich in einem Zustand zwischen schläfriger Verwirrtheit und Angst.

War da jemand an der Tür?

Ich hätte abschließen sollen. Aber das war nicht möglich. Keine der Innentüren in den Baracken war mit Schloss und Schlüssel ausgestattet.

In der Natur gibt es zwei Überlebenstaktiken: Entweder man geht zum Gegenangriff über, oder man stellt sich tot.

Ich gehöre eher zu denen, die sich tot stellen.

Wäre ich kräftiger gewesen, mutiger und kaltblütiger, und hätte meine Brille nicht einen halben Meter entfernt auf dem Tisch gelegen, hätte ich mich vielleicht – *vielleicht!* – aus dem Bett gewälzt und über den Boden gerollt, wäre auf die Beine gesprungen und hätte dem Mönch, der allem Anschein nach in der Türöffnung stand und danach strebte, meinem Körper Blut abzuzapfen, mit meiner Ferse den Kiefer zertrümmert.

Aber ich bin nicht kräftig. Ich bin nicht mutig. Kaltblütig schon gar nicht. Und sonderlich gut im Kickboxen oder Neutralisieren von Gegnern war ich nie.

Also blieb ich liegen. Steif vor Schreck. In der Hoffnung, dass das, was mich geweckt hatte, einem Missverständnis geschuldet war. Falsches Zimmer. So was in der Art.

Ich hörte etwas vorbeihuschen.

Hörte ein Sausen …

Ein Zischen …

Und dann

nichts.

2

»Lillebjørn!«

Papas Stimme. Ich bin zwölf Jahre alt. Ganz oben in der Felswand kann ich ihn sehen. Es sieht aus, als würde er am Felsen kleben. Grüne und blaue Seile sind mit seinem Körper verbunden wie Stromkabel.

»Lillebjørn!«

Die Stimme ist hartnäckig.

Mama schlägt mir ins Gesicht. Als ob ich etwas Schlimmes getan hätte.

»Lillebjørn!«

Mit einer blitzschnellen Bewegung, die niemals endet, dreht Papa sich um und macht sich von den Seilen los. Wie ein Vogel, oder vielleicht wie ein Engel, breitet er seine Flügel aus und schwebt.

Mama klebt mir noch eine.

»Lillebjørn!«, ruft Papa.

Seine Flügel klatschen zusammen.

Er fällt.

Auf die Geröllhalde.

»Lillebjørn!«, ruft Papa.

Dabei ist er doch tot.

3

»Bjørn!«

Nach Luft schnappend reiße ich die Augen auf. Ich kann nichts sehen. Nur eine Silhouette im Nebel.

Die Mönche? Ich blinzelte. CC. Er saß auf meiner Bettkante.

»Bjørn! Sind Sie wach, Bjørn?«

Ich tastete nach meiner Brille.

Hinter CC und Dick Stone standen vier Muskelpakete aus dem Sicherheitsteam und pressten sich Taschentücher vor Nase und Mund.

»Bjørn!«, rief CC zum zigsten Mal.

»Was ist los?«, fragte ich. Zumindest wollte ich das sagen. Die Worte, die aus meinem Mund quollen, klangen aber eher nach: *A… ai… oos?* Meine Zunge, wie der Rest des Körpers, fühlte sich gelähmt und leblos an. Als wäre mein Zahnarzt mit der Betäubungsspritze Amok gelaufen.

»Mich haben sie auch erwischt«, sagte CC. Er sah tatsächlich nicht sehr frisch aus.

»Wer? Was ist los?« *Er?… As… is… os?*

»Irgendein betäubendes Gas. Mich haben sie vor zehn Minuten geweckt. Mein Raum wurde durchsucht. Ihrer wahrscheinlich auch. Aber sie haben nicht gefunden, wonach sie gesucht haben.«

»Die Handschrift.« Heraus kam *Hankri.*

4

CC und ich brauchten den ganzen nächsten Tag, um wieder auf die Beine zu kommen. Unglaublich, welch medizinische Wunder eine heiße Dusche, das eine oder andere Aspirin, zehn Liter eiskaltes Wasser und eine Menge Schlaf ausrichten können.

Unterdessen liefen die Ermittlungen des Sicherheitsteams auf vollen Touren. Mehrere von Dick Stones handverlesenen, engsten Mitarbeitern kamen vom FBI oder Secret Service. Der Mord und der Gasüberfall wurden taktisch und technisch überprüft, Fingerabdrücke und DNA-Proben sichergestellt. Alibis wurden abgefragt und potentielle Zeugen verhört.

Keiner hatte etwas gesehen. Niemand hatte etwas gehört.

Die Magnete, die CC geordert hatte, kamen mit einem Flieger am frühen Abend. Weder er noch ich waren in der Verfassung, sie auszuprobieren.

VII: Hölle

I

Die zehn bewaffneten Soldaten, die auf uns aufpassten, hoben sich als Silhouetten vor der flimmernden Sonne und der farblosen Tiefe des Himmels ab.

Wir waren fünfzehn Personen, CC und mich mitgerechnet, die anwesend sein durften, als wir den Versuch unternahmen, die Tür mithilfe der Magnete zu öffnen. Die Ingenieure nannten unser Vorgehen *Beltøs magische Methode*. Ihr Sarkasmus war mehr als deutlich herauszuhören.

»Bereit?«, fragte CC. Er wirkte nervös. Angespannt. Das war untypisch für ihn.

»Natürlich.«

Mit den Augen folgte ich einer Natter, die sich zwischen den Steinen entlangschlängelte. Ich zog CC etwas zur Seite.

»Jetzt können Sie mir doch wohl sagen, was wir da drinnen finden werden?«

»Wollen wir nicht erst die Tür öffnen?«

»CC!«

»Ich will, dass Sie es mit eigenen Augen sehen.«

»Liege ich mit meiner Vermutung denn richtig? Handelt es sich um eine Zeitmaschine?«

Die Natter verschwand in einem Spalt im Boden.

»Liege ich richtig, CC? Ist es so?«

Er zögerte.

»CC«, drängelte ich.

»Ich höre Sie, keine Sorge.«

»Sie wissen, was uns hinter diesen geschlossenen Türen erwartet. Sie *wissen* es!«

»Ja. Das heißt – mit Sicherheit kann ich es nicht sagen. Aber ich habe eine begründete Vermutung.«

»Steht da drin eine Zeitmaschine?«

»Nein.«

Ich sah ihn an. Belog er mich? Stufenweises Protokoll?

»Leider«, fuhr er fort. »Aber eine wirklich gute Idee, das muss ich Ihnen lassen. Ich verstehe auch, warum Sie fragen. Aber … nein.«

Die Antwort enttäuschte mich. Da war ich so zufrieden gewesen, ihn durchschaut zu haben, und jetzt sollte das alles nicht stimmen?

»Nicht? Keine Zeitmaschine?«

»Nein.«

»Und was glauben Sie dann, da drinnen zu finden? Einen Gott?«

»Das«, sagte CC, »ist in der Tat nicht weit von der Wahrheit entfernt.«

2

Der Versuch, die Tür zu öffnen, begann um Punkt zehn Uhr.

Mit verkrampftem Lächeln befahl der Chefingenieur seinen Leuten, die sechs kräftigen Magnete zu holen, die aus ihren Spezialbehältern genommen und zu den Türen getragen wurden.

»Gehören irgendwelche speziellen Rituale dazu, *master* Beltø?«, fragte der Chefingenieur. Ein paar seiner Mitarbeiter lächelten. »Ein magisches Tänzchen, vielleicht?«

»Ich vermute, dass Sie sich mit Voodoo auskennen?«

»Es reicht, Männer!«, sagte CC. »Fangen Sie an.«

Der erste Magnet schlug so hart im Symbol der Sonne gegen

die Stahltür, dass sich der unvorsichtige Kerl, der ihn in den Händen hielt, zwei Finger verstauchte und zum Doc musste.

»Jetzt gehen wir aber bitte etwas vorsichtiger vor«, ermahnte der Chefingenieur die anderen. »Wir haben alle Zeit der Welt.«

Ich glaube, die Kraft der Magnete hatte ihn ebenso überrascht wie alle anderen.

Vorsichtig platzierte einer der Ingenieure die restlichen Magnete auf den Symbolen. Einen nach dem anderen.

Jeder Magnet wurde von dem Metall mit einem scharfen Knall angezogen, was meine Theorie noch bestätigte.

Beltøs magische Methode.

Zu guter Letzt waren drei Magnete am rechten Türblatt befestigt, die anderen drei am linken.

»Sesam, öffne dich«, murmelte einer der Ingenieure.

Nichts geschah.

Leises amüsiertes Lachen.

Irgendwo bellte ein Hund.

Nichts. Absolut nichts.

Das Besondere an Theorien ist, dass sie einem – rein theoretisch – höchst logisch erscheinen. Auf der gedanklichen Ebene. Dort, wo sie hingehören.

Ich hatte das starke Bedürfnis, die Arme um mich zu schlagen, als wäre mir kalt. Oder zu verschwinden. In einem Erdloch, einem Spalt im Boden.

CC seufzte. Ich weiß nicht, ob aus Rücksicht auf mich, aus eigener Enttäuschung oder aus beiden Gründen.

Der Chefarchäologe sagte: »Na ja, einen Versuch war es wert.«

»Finden Sie?«, fragte der Chefingenieur. »Wirklich?«

»Die Idee war gut.«

Wieder amüsierten sich ein paar der Ingenieure auf meine Kosten.

»Ja, ja, ja«, sagte der Chefingenieur an CC gewendet. »Sollen wir noch einen Versuch unternehmen?«

»Einen neuen Versuch?«, fragte CC abwesend.

»Mit einer Hebemaschine?«

CC zögerte.

»Uns bleibt wohl keine andere Wahl.«

Im gleichen Moment war ein klagendes Knirschen zu hören.

Alle drehten sich zur Tür.

Langsam, unendlich langsam begannen sich die Türflügel zu öffnen.

Beltøs magische Methode.

CC lächelte.

Ich lächelte.

Der Chefingenieur stand mit offenem Mund da.

»Verdammt!«, platzte er heraus. »Wie ist das möglich?«

Zentimeter für Zentimeter schoben sich die Blätter zur Seite.

»Solange es funktioniert…«, sagte CC lakonisch.

»Magnetschlösser funktionieren so nicht!«, rechtfertigte sich der Chefingenieur und wich meinem Blick aus. »Was für ein Mechanismus öffnet diese Türflügel? Sind da Gegengewichte im Spiel?«

Jetzt sah er mich an. Als wüsste ich eine Antwort. Ich breitete die Arme aus. Ich habe viele Ideen, aber nur selten Antworten.

»Ist es so?«, fuhr er fort. »Haben die Magnete einen Schließmechanismus ausgelöst, der wiederum ein inneres Gegengewicht gelöst hat? Aber wie kann so etwas auch noch nach viertausendfünfhundert Jahren funktionieren?«

»Magie?«, schlug ich vor.

CC winkte einen Mann herbei, der einen Schutzanzug und eine Gasmaske trug und eine Taschenlampe in der Hand hielt. Wie ein Astronaut ging er mit unsicheren Schritten ins Dunkel, um die Luftqualität mit einem tragbaren Messgerät zu analysieren. Er registrierte weder giftige Gase noch Bakterien in der eingeschlossenen Luft. Zur Sicherheit wurden zwei flexible Plastikröhren, die an zwei Gebläse gekoppelt waren, in das Innere des Fundaments gezogen, um kühle, frische Luft hineinzublasen.

3

Die Halle war viel größer, als ich sie mir vorgestellt hatte. Von der Tür aus führte eine Rampe vier, fünf Meter nach unten. Die Decke, auf der einmal der Überbau des Zikkurats gestanden hatte, wurde von vier massiven Säulenreihen getragen.

Auf den ersten Blick erschien die Halle enttäuschend leer, einem verwaisten Parkhaus gleich. Grau. Nackt. Ich hatte mir eine übervolle Schatzkammer vorgestellt. Gold, Statuen, Kisten voller funkelnder Edelsteine, vergoldete Götterfiguren und mythologische Reliefs.

Aber alles war grau und farblos.

Langsam gingen wir über die lang gezogene, breite Rampe nach unten. Unsere Schutzanzüge raschelten. Die Arbeiter, die vor uns hineingeschickt worden waren, hatten hohe Stative aufgebaut und darauf Scheinwerfer montiert. Vor dem Ende der Plastikröhren sahen wir Staub und Sand aufwirbeln. An den Wänden – teils verborgen durch die Schatten der Säulen – waren Erker und Seitenkammern zu erahnen. Obgleich die Scheinwerfer große Teile der Halle mit Flutlicht erhellten, mussten wir unsere Taschenlampen einschalten, um in die Seitenkammern sehen zu können. Vieles war mit Tüchern oder geflochtenen Matten abgedeckt und aus der Entfernung nicht richtig zu erkennen.

Am Ende der großen Halle fiel das Licht der Taschenlampen und Scheinwerfer auf ein steinernes Portal. Doch erst als wir näher kamen, erkannten wir, dass sich der kunstvoll zugehauene Bogen über eine Treppe wölbte, die weiter nach unten führte.

Zwei hohe Steinstatuen, die beide bedrohliche, dämonische

Engel darstellten, bewachten die Treppe. Die Statuen waren drei, vier Meter hoch, dürr und knochig und beugten sich leicht nach vorn. Die Sockel, auf denen sie standen, waren voller Inschriften.

»Stopp!«, befahl CC und rief seine Chefpaläografin zu sich. Gemeinsam hockten sie sich vor die Steinsockel und leuchteten mit den Lampen auf die Inschriften.

»Akkadische Keilschrift«, stellte die Paläografin fest.

»Was steht da?«

»Ich brauche Zeit, um den ganzen Text zu übersetzen und zu deuten. Aber ganz oben steht …«, sie kniff die Augen zusammen, »… *Irkalla* …«

»Irkalla!«, wiederholte CC.

»… *bewacht vom … Engel des Lichts.*«

»Engel des Lichts … Luzifer«, sagte CC so leise, dass ich ihn gerade noch verstehen konnte.

4

Aus der kohlrabenschwarzen Tiefe strömte ein kalter, feuchter Luftzug nach oben, der einen schwachen, süßlich abgestandenen Geruch mit sich brachte.

Die breite Steintreppe führte nach unten zu einem Steinplateau vor einer enormen Grotte, aus der wir einen unterirdischen Fluss hörten.

»Ein unterirdischer Arm des Euphrat«, sagte CC.

Der Teil der Höhle, den wir von dem Plateau aus einsehen konnten, fiel leicht ab. Sie musste mindestens hundert Meter tief und zwanzig bis dreißig Meter hoch sein. In der unterirdischen Halle erblickte ich ein paar spitze Felsformationen und Vorsprünge. Die Strahlen unserer Taschenlampen durchzuckten das Dunkel. In der feuchten Luft beschlug meine Brille, so dass ich nicht scharf sehen konnte.

»Mein Gott«, murmelte CC.

Ich richtete meine Taschenlampe auf die Formation, die CC anleuchtete, erkannte aber nicht, was ich da sah. Bäume? Versteinerte Zweige?

»Skelette!«, sagte CC.

Erst nachdem CC die Worte ausgesprochen hatte und meine Augen und mein Hirn die Eindrücke zu verarbeiten vermochten, registrierte ich sie.

Die Höhle war voller menschlicher Skelette.

Tausende von Skeletten.

Sie lagen auf dem Boden, auf den Steinen, in den Nischen, auf Plateaus und Absätzen. Einige lehnten an der Wand, andere waren zu Knochenhaufen zusammengefallen. Es waren so viele Skelette, das sie wie graue Steinformationen mit der Wand verschmolzen.

»Was ist das hier für ein Ort?«, flüsterte ich.

»Ob Sie es glauben oder nicht, Bjørn, aber jetzt befinden Sie sich in der Hölle.«

Ich sah ihn an. Er lachte nicht. Er erwiderte meinen Blick nicht.

»In der Hölle?«

»Erinnern Sie sich an das Dokument von Professor Giovanni Nobile über die unterschiedlichen Vorstellungen der Hölle, das ich Ihnen zu lesen gegeben habe? Er glaubte, beweisen zu können, dass unser jüdisch-christliches Höllenbild aus einem Nekropol in einer babylonischen Höhle stammt. Und da wären wir!«

»Das erinnert aber gar nicht an die Hölle.«

»Natürlich nicht. Es hat Jahrtausende gedauert, um aus einem babylonischen Höhlengrab Satans flimmerndes Inferno zu machen.«

Ich sah mich um.

In der Hölle …

»Wie«, sagte CC, und dieses Mal klang in seiner Stimme wieder der Schalk mit, »fühlt es sich an, in der Hölle zu sein?«

Ich ließ meinen Blick über die spitzen Felsvorsprünge und Absätze schweifen und über die Berge von Skeletten, die steinfarbene Knochenhaufen bildeten.

Sollte dieser unterirdische Grabplatz, diese natürlich entstandene babylonische Katakombe, tatsächlich die Quelle der mittelalterlichen Höllenbilder sein?

Fehlten nur die Flammen. Und natürlich Satan. Luzifer, der Fürst der Finsternis, samt Beelzebub und all den anderen Dämonen. Und die Schreie der Abermillionen verlorener Seelen.

Mit offen stehendem Mund starrte ich in die Dunkelheit. Und dann begann ich zu lachen. Eine seltsame Reaktion. Immerhin war ich in der Hölle gelandet. Es fühlte sich aber alles so unwirklich an. So unfassbar. »Jeder Mensch trägt seine persönliche Hölle in sich«, schrieb der römische Autor Vergil. Ich selbst schleppe mich gleich an mehreren ab. Meine persönliche kleine Hölle. Sie wurde mit den Jahren nicht erträglicher. Nichts wird mit den Jahren erträglicher. Als meine Nerven um sich schlugen und sich verknoteten, gab es keinen Ort mehr, an dem ich Trost finden konnte. Nur das Dunkel und die Stille.

Wie hier.

In der Hölle.

Abrupt drehte ich mich um und lief die Steintreppe hoch.

»Bjørn?«, rief CC mir nach. Aber ich blieb erst stehen, als ich wieder oben in der großen Halle war. Ich rang nach Luft, wurde eins mit meinen Atemzügen, mit meiner Angst.

Als ich die Schritte der anderen auf der Treppe hörte, trat ich in die Schatten. Mit der Taschenlampe leuchtete ich in die dunkelsten Ecken und ging weiter und weiter in die Halle hinein. Der Boden war mit einer dicken Schicht Staub, Grus und Sand bedeckt. Gespannt blickte ich in jede Seitenkammer, an der ich vorbeikam.

Eine von ihnen – sie lag ganz in der Mitte – war von einem Steinbogen umrahmt. Ich verlangsamte meine Schritte und leuchtete in die Kammer.

Und blieb stehen.

Zuerst glaubte ich, ich sähe wegen der Schatten und dem Lichtstrahl der Taschenlampe nicht richtig. Dass meine Augen und mein Hirn mir einen Streich spielten.

Dann wurde mir voller Schrecken klar, was ich entdeckt hatte.

Taumelnd wich ich ein paar Meter zurück.

Ich hörte die Schritte der anderen, die sich von hinten näherten; das schleifende, knirschende Geräusch von Gummisohlen auf Grus, Sand und Steinstaub.

Nichts – nichts in all dem Wahnsinn, den ich in den letzten Monaten durchgemacht hatte – hatte mich auf das vorbereitet, was ich jetzt mit weit aufgerissenen Augen anstarrte.

Rom, Mai 1970

Als sie durch die engen Gassen von Trastevere fuhren, wurden die Wolken immer dichter, bald war der Himmel bedrohlich grauschwarz. Die Wolken sehen wie dreckige Baumwolle aus, dachte Giovanni. Sie überquerten den Tiber, fuhren durchs Zentrum und kamen auf die Ringstraße, aber noch öffneten sich die Schleusen des Himmels nicht. Dann bogen sie in Richtung Neapel ab. Bei San Cesareo machte die Polizei eine Geschwindigkeitskontrolle, sie wurden aber nicht angehalten. Es war nicht viel los. Giovanni, der eingeklemmt zwischen dem Primus Pilus und der Autotür saß, betrachtete den Hinterkopf des Fahrers und den roten Würfel, der baumelnd am Rückspiegel hing. Am Horizont zuckten die ersten Blitze. Giovanni dachte, dass das Wetterleuchten wie die Mündungsflammen großer Kanonen aussah. Dann hörte er den fernen, rollenden Donner. Nach ein paar Kilometern bogen sie auf eine Straße ab, die in einem Bogen zurück nach Rom führte. Sie überprüfen, ob uns jemand folgt, dachte Giovanni. Hohe Bäume säumten über einen Kilometer lang die kleine Straße. Giovanni stellte sich vor, dass diese Allee einmal zu einem Herrenhaus geführt hatte, das längst abgerissen worden war. Niemand im Auto sagte etwas. Sie fuhren an Bauernhöfen mit alten, verrosteten Traktoren und der einen oder anderen Pferdekutsche vorbei, die wie Hinterlassenschaften aus einer längst vergangenen Zeit aussahen. Giovanni dachte an Silvana. Er dachte an den Ägypter und an Dekan Rossi. Und an Luciana. Enrico. Er dachte daran, wie sein Leben im Laufe nur weniger Stunden in Schutt und Asche gefallen war. Das Einzige, was jetzt noch etwas bedeutete, war, Silvana zu retten. Alles andere war unwichtig. Der Mord. Seine Ehe. Das Manuskript. Um all das musste er sich später kümmern. Wenn Silvana in Sicherheit war. Sie kamen durch ein kleines Dorf mit engen Gassen. Vor einem Haus spielten ein paar Jungen Fußball. Sie schauten dem Auto mit leeren Blicken nach. Als der Wagen den menschenleeren Dorfplatz überquerte, sah Giovanni kurz die Kirche, deren Türen offen standen. Er erblickte das Kreuz mit Jesus, dem Erlöser. Heimlich faltete er die Hände: *Mein Gott. Lieber Gott. Vergib mir. Vergib mir, dass ich gezweifelt habe. Vergib mir, dass ich geglaubt habe, du hättest mich verlassen. Kannst du mir vergeben? Lass Silvana nichts zustoßen. Sie ist doch noch ein Kind. Gott im Himmel, wir brauchen dich mehr als jemals zuvor! Hilf uns! Hilf Silvana! Erhöre mein Gebet, o Herr! In Jesu Namen, Amen.* Sie fuhren weiter in nordöstlicher Richtung. Diese Strecke kannte Giovanni nicht. Der Himmel wurde immer dunkler.

»Das Kloster, zu dem wir fahren«, sagte der Großmeister, und seine Worte kamen so unerwartet, dass Giovanni zusammenzuckte, »wurde im Mittelalter erbaut. 1423. Die Mönche haben es während des Krieges verlassen. 1942. Wobei das Wort *verlassen* eigentlich nicht korrekt ist. Der gesamte Orden wurde von den Faschisten massakriert. Wie Ihnen sicher bekannt ist, Professor, existierte eine labile Machtbalance zwischen der katholischen Kirche und der faschistischen Bewegung. Der *Santa-Vergine-Maria*-Orden stand für eine religiöse Ideologie, die Mussolinis Grundidee bedrohte. Im Nachhinein hat es niemand gewagt, etwas mit der Klosteranlage zu machen – die Katholiken unterließen es aus Pietät, die lokalen Behörden aus Rücksicht auf den Staat und die Wähler und der Staat aus Furcht davor, einen Konflikt mit dem etwas moderateren Nonnen-Orden *Santa Vergine Maria* loszutreten.«

»Was um alles in der Welt hat Silvana damit zu tun?«

»*Santa Vergine Maria* war eine der Gemeinden in Rom, die engen Kontakt zu unserem eigenen Orden pflegten.«

Giovanni hatte keine Ahnung gehabt, dass die Drăculsângeer Verbindungen zu italienischen Orden oder Mönchsklostern hatten. Er war immer davon ausgegangen, die Drăculsângeer seien eine unbedeutende Bewegung ohne besondere Unterstützung. Dass ein bekannter Orden wie der *Santa-Vergine-Maria*-Orden Verbindungen zu ihnen hatte, erschreckte ihn. Welche anderen Gemeinden oder Sekten hatten sich im Verborgenen von extremistischen Fundamentalisten wie den Drăculsângeern inspirieren und unterstützen lassen? Und warum? Wer unterstützte sie heute? Manche Menschen, dachte er, sind nicht ganz bei Verstand.

Sie fuhren weiter in das graue Dunkel hinein.

VIII: Das Skelett

al-Hilla
1. September 2009

Das Skelett lag auf einem Altar aus rotem Granit. Vier Steinsäulen in Form geflochtener Blumenranken zierten die Ecken des Steinsockels und rundeten die ansonsten scharfen Kanten ab. Die vorstehenden Ornamente waren mit Reliefs und Inschriften dekoriert, die in den Stein geritzt waren.

Der Schädel war etwas zur Seite gekippt, so dass es aussah, als sähe der Tote uns an. Seine Augäpfel waren zu zwei Kugeln eingeschrumpft. Das dünne Leichentuch, mit dem man ihn abgedeckt hatte, war längst zerfallen und lag in einzelnen dünnen Fasern unter den Knochen. Haarreste, fein wie Flaum, umrahmten den Schädel. Große Teile des Skeletts waren noch immer von Haut und Muskeln überzogen. Auch einige der inneren Organe waren bewahrt. Die merkwürdig kleinen Zähne des Leichnams erinnerten an Milchzähne. Er musste im Sterben die Hände auf der Brust gefaltet haben, denn seine rechte Hand balancierte auf den gebogenen Rippen. Am Mittelfinger trug er einen goldenen, mit Edelsteinen besetzten Ring. Die kräftigen, schwarzen Nägel sahen aus wie die Klauen eines Raubtiers. Der linke Unterarm und die Hand waren zwischen die Rippen gerutscht. Um den Hals trug er eine Kette mit einem Anhänger in Form einer Triquetra.

Aber nichts von alledem beeindruckte mich wirklich. Nicht in diesem Moment.

Das Unfassbare, das Verblüffende, das, was uns allen den Atem raubte, war die Größe des Toten.

Er musste zu Lebzeiten deutlich über vier Meter groß gewesen sein.

Ein Riese, ein Titan.

Alles an ihm – Beine, Schenkel, Arme, Rückgrat – war lang und ungelenk. Der Schädel war groß und rund. Das Gesicht des Armen musste reichlich entstellt ausgesehen haben, dachte ich.

»Mein Gott«, flüsterte ich vor mich hin. Meine Stimme und mein Atem zitterten.

CC trat dicht an die Überreste des Wesens heran und studierte es genau, ohne es zu berühren. Hinter uns hatten sich die anderen in einem schweigenden Halbkreis versammelt.

»Was stimmte mit ihm nicht?«, fragte ich. »Warum war er so riesig?«

CC studierte den Schädel, bevor er sich mir zuwandte.

»Das«, sagte er, »ist ein Nephilim.«

Zum ersten Mal hörte ich ein Zittern in CCs Stimme.

»Ein Nephilim?«, platzte ich heraus. »Ein biblischer Riese?«

CC drehte sich zu uns um.

»Freunde, Kollegen«, sagte er feierlich und räusperte sich mehrmals. »Dieses Skelett entstammt der Rasse der legendären Riesen, die laut Altem Testament vor der Sintflut unter uns lebten.«

Rom, Mai 1970

Der Atem rasselt und stockt. Der ganze Körper zittert.
Jetzt stirbst du, Silvana.
Das Seltsame ist, dass es mir beinahe egal ist.
Ich kann nicht mehr.

IX: Die Nephilim

al-Hilla
1. September 2009

Die Abendsonne schwemmte in einer Gezeitenwelle aus Licht durch das rechteckige Portal des Tempelturms, während die Wüstenhitze sich gegen die Wände presste. Die Geräusche von außen – Generatoren, Bulldozer, Lastwagen – waren kaum zu hören und verschmolzen zu einem fernen, gedämpften Ton.

CC fasste mich vorsichtig am Oberarm. »Wollen wir gehen, Bjørn?«

Ich war durstig und schweißnass und aufgewühlt und sehnte mich nach der kühlen Luft im Feldbüro.

»Ja.«

Gemeinsam traten wir in das blendende silberweiße Licht.

Während sich die Archäologen und Techniker an die Untersuchung und Sicherung der sterblichen Überreste des Riesen machten, zogen CC und ich uns ins Büro zurück. Die Klimaanlage hatte die Raumtemperatur auf zweiundzwanzig Grad heruntergeregelt. Ich ließ mich, immer noch schwitzend, auf einen der Stühle am Besprechungstisch fallen und faltete die Hände, damit sie aufhörten zu zittern.

»Ein wenig Wasser, Bjørn?«

»Ja, bitte.«

Er schenkte Wasser ein, stellte das Glas vor mir auf den Tisch und nahm eine abgegriffene Bibel von dem Regalbrett über dem Schreibtisch. Ich trank das Glas in einem Schluck halb leer.

»Lassen Sie uns die Dinge ein wenig in eine Perspektive rücken«, sagte CC. »Der größte Mensch – Robert Pershing Wadlow – war zweihundertzweiundsiebzig Zentimeter groß, als er 1940 starb.«

»Aber dieser Bursche bringt es locker auf vier bis fünf Meter!«

»Ja. Der ist etwas ganz anderes.«

»Ein Nephilim?«

»Ein Riese. Das biblische Wort Nephilim kommt aus dem Hebräischen oder Aramäischen. Sprachforscher diskutieren noch immer, ob das Wort schlicht und einfach *Riese* oder *Die andere zu Fall bringen* bedeutet.«

Er befeuchtete seinen Zeigefinger und blätterte sich bis zu der Stelle in den Mosebüchern vor, die er suchte.

*Als aber die Menschen sich zu mehren begannen auf Erden und ihnen Töchter geboren wurden, da sahen die Gottessöhne, wie schön die Töchter der Menschen waren, und nahmen sich zu Frauen, welche sie wollten. […] Zu der Zeit und auch später noch, als die Gottessöhne zu den Töchtern der Menschen eingingen und sie ihnen Kinder gebaren, wurden daraus die Riesen auf Erden. Das sind die Helden der Vorzeit, die hochberühmten.**

»In den meisten Kulturen gibt es Mythen über Riesen. In Norwegen habt ihr Jötuns und Trolle. Die Griechen haben Titanen und Giganten. Im Hinduismus werden sie Daitya genannt. Im Alten Testament lesen wir von dem Amoritenkönig Og – dem Letzten der Refaiten, einem Geschlecht von Riesen. Offenbar überlebte Og die Sintflut, indem er sich an Noahs Arche klammerte. Es scheint ihm gut ergangen zu sein, immerhin ist er um die dreitausend Jahre alt geworden. Im fünften Buch Mose steht etwas über Og:

* 1. Buch Mose, Kap. 6, Vers 1–2, 4

*Siehe, in Rabbat-Ammon ist sein steinerner Sarg, neun Ellen lang und vier Ellen breit nach gewöhnlicher Elle.**

Der Sarg war viereinhalb Meter lang – ganz schön üppig, selbst für einen König.«

Er blätterte weiter im Alten Testament.

*Wir sahen dort auch Riesen, Enaks Söhne aus dem Geschlecht der Riesen, und wir waren in unseren Augen wie Heuschrecken und waren es auch in ihren Augen.***

»Wer waren diese Riesen – die Nephilim?«, fragte ich.

»Sagen Sie es mir. Sie lebten jedenfalls lange. Wenn wir der Mythologie glauben wollen, waren sie nicht nur riesig, sondern wurden auch uralt. So gesehen weisen sie eine gewisse Ähnlichkeit mit den ersten Menschen der Bibel auf. Adam wurde neunhundertdreißig Jahre alt, Noah neunhundertfünfzig Jahre, Methusalem neunhundertneunundsechzig Jahre, Jared neunhundertzweiundsechzig Jahre, Seth neunhundertzwölf. Hinweise auf Nephilim finden sich auch in Henochs Buch, einem prophetischen Text, der nicht ins Alte Testament aufgenommen wurde:

*Sie wurden aber schwanger und gebaren riesige Giganten […] Als aber die Menschen sie nicht mehr ernähren konnten, wandten sich die Riesen gegen sie und fraßen sie auf, und die Menschen begannen sich an den Vögeln, Tieren, Reptilien und Fischen zu versündigen, das Fleisch voneinander aufzufressen, und tranken das Blut.****

* 5. Buch Mose, Kap. 3, Vers 11
** 4. Buch Mose, Kap. 13, Vers 33
*** Henochs Buch, Buch 1, Kap. 7, Vers 1–6

Teil sechs von Henochs Buch heißt *Buch der Riesen* und hat wesentlich zur Entwicklung des Manichäismus des Propheten Mani beigetragen, dem die Drăculsângeer wiederum einen großen Teil ihres Gedankenguts entnommen haben. In Henochs Buch steht geschrieben, wie ein Riese namens Ogias gegen einen Drachen kämpft. Im Talmud wird Ogias im selben Atemzug wie Gilgamesch genannt. Sehen Sie, wie alles zusammenhängt? In der babylonischen Version des Talmud wird auf den gleichen Riesen verwiesen, hier heißt er Ohia, Vater der Brüder Sihon und Og, die wir im ersten Buch Mose wiederfinden. Ohia war der Sohn Samyazas, einer der gefallenen Engel, der eine Menschenfrau geschwängert hat. Interessanterweise ist Samyaza laut christlicher Tradition gleich Satan.«

»Aber wer waren sie?«, wiederholte ich. »Woher kamen sie?«

»Die Antwort hängt davon ab, wen Sie fragen. In der aramäischen Übersetzung und Auslegung des Alten Testaments, dem Targum, sind die Nephilim Nachkommen gefallener Engel, die mit Menschenfrauen Kinder gezeugt haben. Eine andere Meinung lautet, dass die Nephilim von den jüdischen Göttern abstammen, die angebetet wurden, bis der Schöpfergott Jahwe sie aus dem Weg räumte. Nach dieser Hypothese wurden diese Details aus den Mosebüchern gestrichen, da sie dem Projekt nicht dienlich waren – das Volk im Glauben an einen allmächtigen Gott zu versammeln. Nach den Texten, die Archäologen in der frühantiken Stadt Ugarit in Syrien gefunden haben, die unter anderem auch Listen der damaligen Götter umfassten, hatte Gott siebzig Söhne, von denen jeder einen Stamm anführte.«

»Dann waren die Riesen, die Nephilim, also Nachkommen von Gott?«

»Nicht von Gott! Von Satan!«

»Haben Sie nicht gerade gesagt …«

»Alte Mythen werden oft mit anderen Mythen vermischt. Die gewöhnlichste Theorie ist die, dass die Nephilim Nachkommen gefallener Engel sind, die sie zusammen mit Menschenfrauen gezeugt haben.«

»Ich wusste gar nicht, dass Engel an Sex interessiert sind.«

»Zu Noahs Zeiten haben viele Engel Gott verlassen, um Sex mit Frauen zu haben. Die Engel erschienen den Frauen in Menschengestalt, machten sich unwiderstehlich. Aber die Kinder, die die Engel mit den Menschenfrauen bekamen, waren Missgeburten. Nephilim. Gewalttätige, übermenschliche, bösartige Riesen. Die Nephilim wurden von der Sintflut ausgerottet. Die gefallenen Engel aber retteten sich, indem sie sich in Geister verwandelten, doch für diese Geister blieb die Himmelspforte verschlossen. Also haben sie bei Satan Zuflucht gesucht. Und diese Geschöpfe bezeichnen wir von da an als Dämonen.«

Sein Handy klingelte. Er hatte sich Neil Armstrongs berühmte Worte als Klingelton heruntergeladen. *That's one small step for a man, one giant leap for mankind.* Viele Jahre haben Querulanten diskutiert, ob Armstrong das »a« vor »man« wirklich ausgesprochen hat – oder ob er es vergessen hatte oder es in der schlechten Übertragung einfach untergegangen war.

CC hörte zu. Stellte ein paar Fragen. »Fantastisch!«, murmelte er mehrmals. Als er das Handy mit einer Fingerfertigkeit, die einem Illusionisten alle Ehre gemacht hätte, zuklappte, entspannte sich sein Gesicht in einem jungenhaften Lächeln. »Es wurde noch eine weitere Handschrift gefunden. Sie lag in einem Silberschrein in einer der Nischen des Tempelturms. Ein ganzer Stapel Texte in akkadischer Keilschrift. Der Nephilim hat uns noch eine Botschaft hinterlassen.«

X: Die Kupferrolle

I

In meiner Fantasie sehe ich ihn vor mir, durstig und gehetzt, wie er die Augen mit seinem Unterarm vor der sengenden Sonne zu beschatten versucht. Der Wind ist warm und trocken. Hoch über ihm, fast nicht zu sehen vor dem blanken Himmel, schwebt ein Falke. Der Hirtenjunge Muhammed edh-Dhib wirft einen Stein in die Höhle, um eine Ziege herauszujagen, die sich in der Dunkelheit verirrt hat.

Das Geräusch eines zerbrechenden Kruges …

Möglicherweise hieß er ganz anders als Muhammed edh-Dhib. Es gibt viele Varianten der Geschichte.

In den Jahren, nachdem der Junge unbeabsichtigt den Krug in der Höhle zerschlagen hatte, wurden noch viele weitere Tonkrüge in den verborgenen Höhlen und Grotten rund um Qumran am Toten Meer entdeckt. In ihnen befanden sich, versiegelt für die Nachwelt, an die tausend alte Handschriften. Einige auf Papyrus, andere auf Pergament.

Die zweitausend Jahre alten Texte waren die reinste Schatzkammer für Forscher. Die Texte auf den Papyrusbögen und den Tierhäuten, die über einen Zeitraum von dreihundert Jahren von der jüdischen Sekte der Essäer niedergeschrieben wurden, bestätigten die Bibel entweder oder rückten diese in ein neues Licht.

Etliche Schriftstücke stammten aus dem Alten Testament. Einige Schriftrollen enthielten Bibelkommentare und religiöse Betrachtungen. Archäologen, Theologen und andere Forscher fanden Ermahnungen und Auslegungen zu Glaubensfragen, Disziplin und gesellschaftlichen Verhältnissen. Regelsammlungen. Eine Kopie der Zehn Gebote. Eine Kriegsrolle: *Der Krieg zwischen den Söhnen des Lichts und den Söhnen der Finsternis.* Bei einem Teil der Rollen handelte es sich um apokryphe Schriften, die nicht in den Bibelkanon aufgenommen worden waren. Eine davon war Henochs Buch.

Die Textsammlung, über die Muhammed edh-Dhib an jenem Tag 1947 stolperte, ist der Welt unter einem bestimmten Namen bekannt.

»Die Qumran-Rollen!«, rief CC.

Die Fingerknöchel auf die Platte des Konferenztisches gestützt, beugte er sich zu mir herüber, als wollte er den gesamten alten Text mit einem Blick in mich einbrennen.

»Können Sie sich etwas Fesselnderes vorstellen, Bjørn? Tausend alte Texte! Der Fund der Qumran-Rollen war aufsehenerregend. Eine Weltsensation! Für Gläubige und Nicht-Gläubige. Für Historiker, Archäologen, Paläografen. Aber allem voran für die Theologen. Dieser Fund weckte ein ganz neues Interesse für die Archäologie und die Theologie und ermöglichte einen Neuanfang. Außerdem enthielt die Sammlung etwas noch Erstaunlicheres als alte Texte auf Papyrus oder Tierhäuten. Etwas sehr Erstaunliches. Sagt Ihnen 3Q15 etwas?«

»Hört sich nach einem Roboter aus *Star Wars* an.«

»Mitten zwischen den alten Pergamenten und Papyri, in der dritten Höhle von Qumran, lag etwas ganz Spezielles.«

CC nahm einen Aktenordner aus einer Schublade seines Schreibtisches und schob theatralisch ein Bild zu mir herüber.

»Komischerweise hat kaum jemand etwas von 3Q15 gehört.«

Der Gegenstand auf dem Foto sah aus wie eine alte platt geklopfte Blechbüchse.

»Was soll das sein?«, fragte ich. »Alteisen?«

»3Q15 besagt, dass es sich um die fünfzehnte Handschrift handelt, die in Höhle Nummer drei in Qumran gefunden wurde. Der Fund war in jeder Hinsicht außergewöhnlich. Die meisten Texte der Schriftrollen vom Toten Meer waren auf Papyrus oder Pergament geschrieben. 3Q15 auf Metall. Der Text war in eine dünne Schicht gehämmertes Kupfer gemeißelt, das mit ein Prozent Zinn vermischt war.«

»Wieso haben sie auf *Metall* geschrieben?«

»Weil der Text überdauern sollte. Lange. Papyrus und Pergament überleben mehrere hundert Jahre, unter günstigen Lagerbedingungen auch Tausende von Jahren. Doch ritzt man etwas in Metall, ist es für die Ewigkeit.«

»Für die Ewigkeit, na ... Was stand denn drauf?«

»Da das Metall aufgerollt und korrodiert war, musste es aufgeschnitten werden, um überhaupt an den Inhalt heranzukommen. Im Gegensatz zu den meisten anderen Schriftrollen ist der Text auf der Kupferrolle weder biblisch noch religiös. Man fand dort eine lange *Schatzliste* von über sechzig Schätzen mit genauer Angabe der Verstecke. Sechsundzwanzig Tonnen Gold. Fünfundsechzig Tonnen Silber. Einzigartige, versteckte Handschriften. Der Text beschrieb die Wertsachen bis ins kleinste Detail. Hören Sie ...« Er räusperte sich und zitierte einen Abschnitt aus dem Gedächtnis:

*»In der Ruine von Horebbah in der Ebene Achor, unter den Stufen, die nach Osten führen, rund vierzig Fuß, liegt eine Silbertruhe, die siebzehn Talente wiegt.**

Es folgen drei griechische Buchstaben, KEN, die den Forschern heute noch Rätsel aufgeben. Dann geht der Text weiter:

* Die Gewichtseinheit *Talent* variierte zwischen 20 und 60 Kilo, abhängig davon, was gewogen wurde.

*In der Grabkammer im dritten Abschnitt der Steine liegen einhundert Goldbarren. Neunhundert Talente werden von den Schichten zur oberen Öffnung verdeckt, am Grund der großen Zisterne auf dem Hofplatz innerhalb des Säulenganges.**«

»Wurde je einer dieser Schätze gefunden?«

»Viele meinen, die Schätze wären frei erfunden – und die Kupferrolle eine Räuberpistole. Die Forscher sind sich bis heute nicht einig, ob es sich bei der Kupferrolle um eine Schatzkarte oder kompletten Nonsens handelt. Aber warum um alles in der Welt sollten irgendwelche Spaßvögel aus dem Altertum so viel Zeit, Kraft und Ressourcen auf solchen Unsinn und solche Spielereien verwenden? Zuerst einmal hätten sie das Metall herstellen und in dünne Scheiben auswalzen müssen, um dann einen Text von tausendfünfhundert Worten einzumeißeln, Millimeter für Millimeter. Und das alles bloß, um Archäologen der Nachwelt an der Nase rumzuführen?«

»Den Spaß gönne ich ihnen.«

»Ein Detail an den Kupferrollen verwirrt die Fachleute, insbesondere die Linguisten und Paläografen, nämlich die unbeholfene Sprache und Orthografie. Die Sprachforscher haben über dreißig Schreibfehler gezählt. Wie kommt das? Die Schreiber jener Zeit waren Schriftgelehrte. Manche meinen, dass der Text möglicherweise von einem ausländischen Schreiber kopiert wurde, der der Sprache nicht mächtig war. Oder vielleicht musste es auch sehr schnell gehen, da der Ausbruch des jüdisch-römischen Krieges im Jahr 66 unmittelbar bevorstand. Später spekulierte man, ob die Kupferrolle womöglich ein Wegweiser zu den einzigartigen religiösen Schätzen des Ersten und Zweiten Tempels in Jerusalem war. In diesem Fall geht es nicht um Gold und Silber, Edelsteine und wertvolle Handschriften, sondern um die Bundeslade oder die Steintafeln mit

* Übersetzt von der englischen Übersetzung des hebräischen Originals.

den Zehn Geboten. Dabei hat niemand begriffen, was die Kupferrolle tatsächlich war. Weder die Archäologen noch die Historiker. Genauso wenig die Theologen und Paläografen. Meine Vorgänger vom Luzifer-Projekt dahingegen schon.«

»Und was war sie nun in Wirklichkeit?«

»Verborgen in der Beschreibung der Schätze hat man etwas ganz anderes entdeckt: eine Chiffre. Einen Code.«

2

»Die Kupferrolle 3Q15 wurde 1952 gefunden«, sagte CC. »Aber erst in den Sechzigerjahren lagen erste offizielle Übersetzungen vor. Tatsache ist, dass unsere Leute – amerikanische und israelische Archäologen, Linguisten, Paläografen und andere Experten – bereits im Jahr des Fundes eine vorläufige Übersetzung angefertigt haben. Und der entscheidende Punkt ist, dass es ihnen gelang, den Code zu knacken.«

»Wie lautete die Botschaft?«

»In der Kupferrolle werden vierundsechzig unterirdische Verstecke aufgelistet, alle im Bereich des heutigen Israel, in denen tonnenweise Gold- und Silberschätze eingelagert wurden. Aber der geheime Code enthüllte etwas ganz anderes, nämlich den Fundort einer Bronzerolle. Die Essäer stellten die Kupferrolle her, um den verschlüsselten Hinweis auf das Versteck der Bronzerolle zu tarnen.«

»Die sie aufgespürt haben?«

»Ja.«

»Und was stand darin?«

CC nahm das Tempo zurück. »Die Bronzerolle enthielt einen weiteren Hinweis. Auf eine andere Höhle. Hinter einer künstlichen Wand in einer Grotte in Qumran hatten die Essäer eine Silberrolle versteckt. Aber damit nicht genug: Die Silberrolle enthielt das Triquetra-Zeichen und die Umrisse des

Pfaues Melek Taus. Verstehen Sie, wieso wir Zusammenhänge erkennen, wo andere nur Chaos und Verwirrung sehen?«

3

»Sie müssen wissen, Bjørn, dass weder der Fund der Bronzerolle noch der Silberrolle öffentlich bekannt wurden. Weniger als hundert Personen wissen von ihrer Existenz. Sie sind jetzt einer davon.«

Die ganzen Handschriften und Metallrollen begannen mich allmählich zu verwirren. »Welche Art von Information beinhaltet die Silberrolle?«, fragte ich. »Noch einen Code? Eine weitere Anleitung?«

»Die Silberrolle enthält eine epische und mythologische Erzählung. Die Sprache, Akkadisch, ist holperig und unbeholfen. Aber dafür gibt es eine Erklärung. Der Schreiber der Silberrolle hatte eine andere Muttersprache als die dort lebenden Babylonier. Um es vorsichtig auszudrücken: Er hat sich die Sprache seiner neuen Heimat mühsam angeeignet. Er wollte, dass das, was er schrieb, gelesen und verstanden wurde, auch noch in tausend Jahren. Es ist der Silberrolle zu verdanken, dass unsere Gruppe – *The Lucifer Project* – 1952 eingesetzt wurde.«

CC lächelte verschmitzt. Ich begriff, dass wir uns schließlich und endlich dem Kern und der Lösung der Rätsel um *Luzifers Evangelium* näherten.

»Die Silberrolle hat einen wahnwitzigen Aktionismus ausgelöst«, fuhr er fort. »Eine ganze Reihe von Ausschüssen wurde ins Leben gerufen – viele ahnten noch nicht einmal, worauf ihre Arbeit eigentlich abzielte. Sie wurden zur Bearbeitung einzelner Aufgaben eingesetzt, ohne zu wissen, zu welchem Zweck. Eine Einheit, die in unmittelbarer Folge der Silberrolle eingesetzt wurde, ist nach wie vor ein beliebtes Objekt für Konspirationstheoretiker auf der ganzen Welt. Die Einheit war dem Luzifer-Projekt direkt unterstellt. Aber das wussten die Mitarbeiter nicht. Sie glaubten, dem Verteidigungsminister zu rapportieren, der im Grunde genommen auch nicht wusste, worum es ging. Nach außen hin wurde das Projekt von der eher ablehnenden und verständnislosen amerikanischen Luftwaffe geleitet, der überhaupt nicht klar war, wieso ausgerechnet sie diesen eher kuriosen Teil der Arbeit leiten sollte. Aber das brauchte sie auch nicht zu wissen. Es ging ausschließlich darum, dass die Teams einfach nur Informationen für uns sammelten.«

»1952? Reden wir über das *Project Blue Book*?«

»Ja«, sagte CC vornehm und musterte seine makellosen Fingernägel.

»Reden wir von derselben Sache? Den Analysen der US Air Force zur Wahrscheinlichkeit von UFOs?«

CC überließ seine Nägel wieder sich selbst und sah mich an.

»Das *Blue-Book*-Projekt hat 12 618 UFO-Sichtungen analysiert. Flugzeuge. Wetterballons. Kugelblitze. Meteorologische Phänomene. Offiziell wurde das *Blue-Book*-Projekt ins Leben gerufen, um alle Sichtungen nicht identifizierter, fliegender Objekte zu untersuchen, die in dieser Zeit gemeldet wurden. Die *Blue-Book*-Kommission sollte offiziell untersuchen, ob diese UFOs in irgendeiner Weise eine Bedrohung für die USA darstellten. Aber das war nur Fassade, ein Ablenkungsmanöver. Der topgeheime Hintergrund für das ganze Projekt war der Fund der Silberrolle.«

Rom, Mai 1970

Aus.

Ich kann nicht mehr.

Kann nicht mehr atmen.

Lo-Lo ist stumm. Das macht mir Angst. Warum ist Lo-Lo so still?

Lo-Lo?, frage ich.

Schhh, flüstert Lo-Lo und nimmt meine Hand in seine, drückt sie vorsichtig.

Kann den Druck nicht erwidern.

Lo-Lo, muss ich jetzt sterben?

Er antwortet nicht, drückt nur meine Hand.

Lo-Lo?

Kleine Freundin, wispert Lo-Lo und streicht mir über die Stirn, du musst stark sein. Für deine Mama. Für deinen Papa. Meinetwegen.

Müde.

Jetzt nicht schlafen.

Bin so müde.

XI: Oûäh

al-Hilla
1. September 2009

»Die Silberrolle«, sagte CC, »wurde hier in Mesopotamien geschrieben, in Babylon, vor mehr als viertausendfünfhundert Jahren.«

Von draußen dröhnten die Geräusche der Grabungsarbeiten herein: Bulldozer, Hämmern, Rufe und das Knattern der Helikopter auf der Basis.

»Erklären Sie mir, wie ein mythologischer Text dazu führen kann, dass viertausendfünfhundert Jahre später das *Project Blue Book* und *The Lucifer Project* ins Leben gerufen werden.«

CC presste seine Handflächen gegeneinander, bevor er fortfuhr: »Lassen Sie uns zuerst festhalten, dass es auffallende Ähnlichkeiten zwischen den alten sumerischen und babylonischen Mythen und dem aufkeimenden Judentum gab. In den Büchern Mose finden wir eine ganze Reihe der babylonischen Mythen. Nehmen Sie zum Beispiel das Gilgamesch-Epos. Die sogenannte Standardversion dieses Epos' wurde …«

»… 1849 von dem Archäologen Austen Henry Layard gefunden«, übernahm ich. Als Archäologe weiß man so etwas. »In den Ruinen der Bibliothek von König Aschurbanipal in der antiken Stadt Ninive – in der Nähe des heutigen Mosul im Irak. Er entdeckte dort mehr als tausend Tontafeln mit alten Mythen und Götterepen. Im Gilgamesch-Epos erfahren wir etwas von einer Flut und davon, dass ein Ehepaar dank der Gnade der Götter überlebt hat – diese Geschichte hat verblüffende Ähnlichkeit mit der biblischen Sintflut.«

»Mehr als verblüffend. Der Held im besagtem Epos trifft, wie im Garten Eden, eine listige Schlange, die nicht nur Gilgamesch, dem König von Uruk, die Quelle des ewigen Lebens raubt, sondern der gesamten Menschheit. Im Epos lesen wir, wie Enkidu – ein Freund von Gilgamesch – aus Lehm geschaffen wird, genau wie Adam. Beide werden nach dem Bild Gottes erschaffen. Auf seiner Suche nach dem ewigen Leben trifft Gilgamesch einen Mann namens Utnapischtim, den einzigen Menschen, der das ewige Leben besitzt. Sein Gott hatte Utnapischtim geraten, eine Arche zu bauen und seine Familie sowie ›allerlei beseelten Samen‹ verheerende mitzunehmen. Dann ließ Gott eine Sintflut über die Menschheit kommen. Sogar die Geschichte von Hiob, der von Satan gefoltert wird, findet sich auf Akkadisch wieder, und zwar in dem mesopotamischen Gedicht *Ludlul bēl nēmeqi*. In diesem Gedicht muss der Vorläufer von Hiob exakt die gleiche Qual über sich ergehen lassen.«

»Auch der babylonische Schöpfungsmythos Enuma Elisch hat auffällige Ähnlichkeit mit den späteren Religionen«, warf ich ein. »Sowohl in der Enuma Elisch als auch in der Bibel entstehen das Universum und die Geschöpfe, indem ein Gott Stück für Stück Himmel und Erde, Licht und Dunkel, Wasser, Meere und trockenes Land, Flora und Fauna und die Menschen erschafft. Und in beiden Versionen muss sich Gott nach der Schöpfung ausruhen. Aber nichts davon ist neu, CC. Die Sumerer und Babylonier hatten viele Götter und Mythen, deren Abbilder wir in späteren Religionen wiederfinden.«

»Interessant, dass Sie gerade jetzt den Enuma-Elisch-Mythos erwähnen.«

Aus seiner Mappe holte CC einen Zettel, den er zu mir über den Tisch schob:

Wenn ihr vom Himmel herabsteigt zur [Versammlung],
sei dort euer Ruheplatz vor der Versammlung.

*Ich will seinen Namen Babylon nennen, »die Häuser der großen Götter«.**

»Das alttestamentarische Verständnis der Erde, des Himmels und des Meeres«, sagte CC, »hat viele Ähnlichkeiten mit der Enuma Elisch. Streng genommen war die Enuma Elisch keine Schöpfungsgeschichte, sondern der literarische Versuch, den Gott Marduk über alle anderen mesopotamischen Götter zu heben.«

»Eine klare Parallele zu den Büchern Mose, die zwei-, dreihundert Jahre später begonnen wurden. Aber wo die Enuma Elisch Marduk als den wichtigsten Gott hervorhebt, gehen die Bücher Mose noch einen Schritt weiter und machen Gott zu dem einzig wahren Gott. Nicht dem wichtigsten – dem einzigen! Dem Allmächtigen!«

»Die Versionen auf Layards Tontafeln stammen aus einer Zeit rund siebenhundert Jahre vor Christus, andere Versionen sind fünfhundert bis siebenhundert Jahre älter. Die Mythologie stammt also aus der gleichen Zeit wie die Mythologie des Judentums. Sind diese Übereinstimmungen ein Zufall? Der Gott Adapa, der später unter dem Namen Oannes bekannter wurde, lehrte die Menschheit die Weisheit. Er brachte den Menschen bei, sich eine Zivilisation zu schaffen. Und Marduk? Er regierte über die fünfzig großen sumerischen Götter. Ihre Funktionen – wie zum Beispiel der Schutz der Städte – erinnern auffällig an die Aufgaben der christlichen Heiligen.«

Ich war ungeduldig, wollte endlich wissen, auf was CC hinauswollte.

»Wollen Sie damit sagen, die offenbare Tatsache, dass die Mythen und Weltreligionen einen gemeinsamen Ursprung haben, erklärt das Interesse an *Luzifers Evangelium* und der Silberrolle?«

* Enuma Elisch, fünfte Tafel, Keilschrift-Zeile 127–129

»Die Erklärung ist viel einfacher.« CC sah mich an und legte den Kopf fragend auf die Seite, als ob ich – der Taugenichts, der Heide – selbst darauf kommen könnte. »Und sie hängt mit dem Schreiber der Silberrolle zusammen.«

»Und wer hat die Silberrolle geschrieben?«

»Ein Fremder, der vor mehr als fünftausend Jahren nach Mesopotamien gekommen ist. Er kam gemeinsam mit einer Gruppe Landsleute. Es müssen an die zweihundert gewesen sein. Sie waren anders. Und sie wurden wie Götter aufgenommen.«

»Zugereiste Nephilim?«, spaßte ich.

»Weil sie so groß waren, bildeten sie die Grundlage für die spätere mythologische Darstellung der Nephilim.«

»Der Mann, der den Text auf der Silberrolle verfasst hat – ist das der, dessen Skelett wir gefunden haben?«

»So ist es.«

»Und wer war er?«

»Sein Name war Oûâh. Und er kam aus dem Weltraum.«

Rom, Mai 1970

Hoch oben, am Ende eines Tunnels, scheint ein Licht. Es ist so hell, dass ich meine Augen nicht darauf richten kann.

Lo-Lo, flüstere ich, wenn es dich nicht nur in meinem Kopf gibt, was ist das für ein Licht?

Welches Licht?, fragt Lo-Lo.

Das helle Licht dort.

Kleine Freundin, du liegst in einem finsteren Sarg und hast die Augen geschlossen.

Du siehst das Licht nicht?

Nein.

Und die Engel? Siehst du die auch nicht?

XII: Unglaube

al-Hilla
1. September 2009

Wenn der Wahnsinn einen umkreist, gibt es viele Orte, an denen man sich verstecken kann. Manche flüchten sich ins Lachen. Andere fahren in den sicheren Hafen der Ablehnung und Leugnung ein. Wieder andere stecken sich die Finger in die Ohren und sagen so laut sie können LALALALALA-LALALA, damit sie alles übertönen und nichts hören müssen. Wir sind so beschaffen, jedenfalls einige von uns. Ich, zum Beispiel. Wir gehen den Dingen aus dem Weg, von denen wir nichts wissen wollen. Ich starrte CC an und suchte nach einem Anzeichen, einer winzigen Geste, dass er mich auf den Arm nehmen wollte, sich einen Witz erlaubte. Aber in seiner ernsten Miene war keine Regung, in seinen Augen kein Schalk zu erkennen. CCs Blick war vollkommen ausdruckslos. Er wartete darauf, dass die Worte bei mir ankamen, eines nach dem anderen, und in meinem Bewusstsein detonierten.

Sein Name war Oûâh. Und er kam aus dem Weltraum.

Als ich klein war und die Gruppe blutrünstiger Piranhas, die unter dem trügerischen Namen Klassenkameraden rangierten, mich auf dem Schulhof quälten, mich Bleichgesicht oder Rotauge riefen und mich mit ihren Blicken und frisch gespitzten Bleistiften aufzuspießen versuchten, bin ich immer zu Frau Ulrichsen geflüchtet, der netten, rundlichen Hauswirtschaftslehrerin, die in den Pausen stets die Aufsicht führte. Im Schutz von Frau Ulrichsens formidablem Gravitationsfeld und ihrer überragenden Oberweite fühlte ich mich sicher vor dem

Schwarm der *Pygocentrus piraya*, der nach mir schnappte und sich ein leckeres Frühstück versprach. Viele Jahre später, als ich wie üblich allein in meinem Büro aß, blätterte ich durch eine Zeitung und entdeckte einen Artikel über Frau Ulrichsen. Ich weiß noch, dass ich wie erstarrt mit halb geöffnetem Mund und meiner Scheibe Brot in der Hand dasaß. Fünfzehn Jahre lang war Frau Ulrichsen von ihren Lehrerkollegen gemobbt worden. Jetzt hatte sie die Schule verklagt.

Die Methoden ihrer Kollegen waren natürlich deutlich subtiler gewesen als die meiner Klassenkameraden, das Resultat aber war das Gleiche. Frau Ulrichsen war – genau wie ich – eine Ausgestoßene gewesen. Eine, die nicht zur Gemeinschaft gehörte. Sie wurde mit Schweigen gestraft, mit Blicken, mit Abweisung und kalten Repliken. Frau Ulrichsen hatte deshalb in der Einsamkeit des überfüllten Schulhofs Zuflucht gesucht. Mit ihrer matronenartigen Fülle marschierte sie in einer festgelegten Route vom Trinkbrunnen zum Regendach und von dort zur Laterne und rettete auf ihrer langsamen Reise die Verlierer – wie mich – aus den Klauen der gierigen Meute. Ich war nie auch nur auf die Idee gekommen, dass auch sie ein Opfer sein könnte. Jetzt denke ich immer an Frau Ulrichsen, wenn etwas nicht so war, wie es schien; wenn ich etwas Unausgesprochenes erahnte, etwas, das zwischen den Zeilen vibrierte.

Sein Name war Oûäh. Und er kam aus dem Weltraum.

Seit meinem allerersten, neugierigen Blick auf das Luzifer-Evangelium wie auch während der langen Jagd nach des Rätsels Lösung hatte ich die Anwesenheit von etwas anderem gespürt, etwas ganz anderem, das zu fassen ich nicht in der Lage gewesen war.

Etwas wie Oûäh …

Gleichzeitig war CCs Erklärung wie ein Faustschlag in die Magengrube. Der Schlag nahm mir die Luft. Wie die brutale Feststellung des Arztes, dass man an einer lebensbedrohlichen

Krankheit leidet. Man will das nicht hören, will die Zeit zurückdrehen.

Oûäh aus dem Weltraum …

Ich dachte an Frau Ulrichsen. Sie war auf den Schulhof geflüchtet.

Ich selbst hatte keinen Ort, an den ich entfliehen konnte.

Rom, Mai 1970

Sie fuhren mehrere hundert Meter an einer verfallenen Mauer entlang, die nur teilweise den Blick auf einen Weinberg versperrte, der früher einmal zu einem Gut oder einem Kloster gehört haben musste, jetzt aber von einem Bauern aus der Nachbarschaft gepflegt wurde. Hier und da war die Mauer in sich zusammengefallen. Unkraut, Mimosen und Efeu wuchsen am Graben vor der Klostermauer, an der die Menschen über die Jahre ihren Müll abgeladen hatten. Rostige Tonnen, Traktorreifen, große Plastikkanister, Paletten, Autobatterien, Paraffinkanister, in die Jahre gekommene Radios, Weinballons und eine löcherige Badewanne. Das Auto wirbelte eine Staubwolke auf, die die Vegetation an der alten Landstraße wie Puder überzog. Ein Traktor mit Anhänger stand weit draußen auf einem Feld. Darüber flog ein Schwarm Stare. Gleich, dachte Giovanni, fängt es zu regnen an. Sein Kopf kippte nach vorn, als der Fahrer plötzlich bremste und einem Schlagloch auswich. Über der Mauer zwischen den Bäumen sah er den Turm einer Kirche.

»Das«, sagte der Großmeister, »ist das *Santa-Vergine-Maria*-Kloster.«

Giovanni erinnerte sich an einen Olivenhain, in dem er als Junge ein paar Herbstwochen lang gearbeitet hatte. Noch immer waren ihm die Gerüche präsent, der spezielle Duft der sonnengereiften Oliven, die trockene Erde, die Blätter und Insekten. Nach einiger Zeit hatte er richtiggehend Respekt vor den alten Bäumen verspürt, ihrer von den Klauen der Jahrhunderte aufgerissenen Rinde. Im Schatten der Olivenbäume hatte der junge Giovanni zum ersten Mal über die Zeit und das Leben nachgedacht. Schon damals war ihm bewusst geworden, dass die Zeit keine Linie war, an der das Leben entlanglief. Ein Uhrwerk misst nicht die Zeit, dachte Giovanni, es unterteilt sie in winzige Bruchstücke und schafft Ordnung.

Sie bogen in den Klosterhof ein. Der schmiedeeiserne Zaun hatte sich an vielen Stellen dem Zahn der Zeit gebeugt. In der Mitte des Platzes stand ein ausgetrockneter Brunnen. Der muntere Cherub, der das Becken mit Wasser hätte füllen sollen, war mit einer Patina aus Vogeldreck, Moos und Vergessen überzogen. Für einen kurzen Moment sah Giovanni den Platz so vor sich, wie er früher einmal ausgesehen haben musste: Mönche hasteten zur Vesper, Tauben gurrten, im Brunnen plätscherte Wasser.

Der Mercedes hielt vor der Treppe, die zum Eingang führte.

»Da wären wir«, sagte der Großmeister.

Einen Moment lang saßen alle still da, als vermöchte niemand aus dem Wagen zu steigen.

»Sollen wir?«

Sie stiegen aus und betraten die Klosterruine.

XIII: Das Unbekannte

AL-HILLA
1. SEPTEMBER 2009

»Oûäh?«

Ich versuchte, den Namen so auszusprechen, wie CC es getan hatte.

CC sah mich wie ein Vater an, der seinen verlorenen Sohn wieder aufnimmt. Voller echtem Mitgefühl.

Das Absurde anzuerkennen, erschüttert das Fundament, auf dem man sein Leben aufgebaut hat. Niemand ist auf das Unfassbare, das Unbekannte vorbereitet.

»Oûäh aus dem Weltraum?«

Meine Stimme verriet, wie ich mich fühlte.

CC trat an das Spülbecken, goss mir ein weiteres Glas Wasser ein und reichte es mir ohne ein Wort. Ich trank gierig.

»Sie meinen vielleicht, dass ich Ihre Reaktion nicht verstehe«, sagte er. »Aber das tue ich.«

Ich stellte das Glas ab und wischte mir den Mund ab.

»Als ich das erste Mal davon gehört habe, bin ich wütend aus dem Besprechungsraum gestürmt. Ich war überzeugt davon, dass meine Kollegen mich aufziehen wollten.«

Ich wusste immer noch nicht, was ich sagen sollte.

»Unsere Weltanschauung basiert auf der Vermutung, dass wir Erdenbewohner allein im Universum sind. Einzigartig. Geschöpfe Gottes.« Er machte eine kurze Pause. »Eine ziemlich arrogante Vorstellung, wenn ich Ihnen meine ehrliche Meinung sagen darf. Allein in der Milchstraße gibt es hundert Milliarden Sterne. Und die Milchstraße ist nur eine von Billionen von Galaxien. Und da sind wir so naiv, uns einzubilden, wir wären allein in diesem unfassbar großen Universum?«

Ich sagte nichts, schüttelte nur den Kopf. Ich versuchte, hundert Millionen Sterne mit Billionen von Galaxien zu multiplizieren, aber das wurden mir zu viele Nullen.

»Dass uns etwas unfassbar erscheint«, sagte CC, »bedeutet nur, dass unser Hirn mit aller Macht zu verstehen versucht. Wie wahrscheinlich wäre einem römischen Soldaten oder einem Bauern im achtzehnten Jahrhundert ein Astronaut auf dem Mond erschienen? Weltweit live übertragen im Fernsehen? Würde ein Steinzeitmann ein Handy verstehen? Könnte sich ein Pharisäer zu Jesu Zeiten einen Computer oder eine Atombombe vorstellen? Sie lebten in einer anderen Zeit, mögen Sie vielleicht denken. Wie wir in einer anderen Zeit leben. Genau wie der Steinzeitmensch sind Sie und ich gefangen in der begrenzten Vorstellungskraft unserer Zeit.«

Ich trank den Rest Wasser, während CC fortfuhr: »Wir Menschen machen leicht den Fehler, alles auf Basis unseres Wissens und unserer Erfahrungen zu beurteilen. Wir glauben, die Endstation der Entwicklung zu sein. Wir können uns keine Technologie vorstellen, die nicht auf dem aufbaut, was wir heute schon verstehen können. Sie und ich, Bjørn, sind wie zwei Höhlenmenschen, die die Mysterien der Quantenphysik verstehen sollen.«

»Ich kann akzeptieren, dass es Lebewesen auf anderen Planeten gibt. Aber warum sollten sie die Erde besucht haben?«

»Genau! Die Herausforderung sind die Distanzen. Der Weltraum ist so unfassbar groß. Der Stern Proxima Centauri liegt gute vier Lichtjahre entfernt, Tau Ceti zwölf. Und das sind die nächsten.«

»Und wie sind sie dann hierhergekommen?«

»Wir haben ihr Raumfahrzeug nicht gefunden. Wir können also nur raten. Unser Problem ist, dass wir zu primitiv sind. Verglichen mit Oûäh sind selbst unsere renommiertesten Astronomen und Physiker halb nackte Dschungeljäger, die eine Laserwaffe zu verstehen versuchen. Zukunftskonzepte wie *Nuclear pulse propulsion*, Fusionsraketen oder laserangetriebene Lichtsegel reichen nicht aus. Die sind zu langsam. Wir müssen komplett anders denken. Die Rede ist von Begriffen wie Tachyonen – die es streng genommen gar nicht gibt –, Tachyonfeldern und Tachyonkondensierung. Supraleitungen, *bosonic string theory*, Quantenfeldtheorie, *gauge theory*.«

»Äh …«

»Ich werde nicht einmal versuchen, Ihnen das zu erklären, Bjørn. Wir bewegen uns auf einem Gebiet, das selbst für die Physiker noch reichlich abstrakt ist. Gesunde Vernunft hat in der Quantenphysik nicht viel verloren. Um zwischen den Sternen zu reisen, brauchen wir ein neues kosmologisches Modell. Wir müssen uns von den Begrenzungen befreien, die Zeit und Raum, Lichtgeschwindigkeit und Naturgesetze, wie wir sie kennen, vorgeben.«

»Ich kann mich von gar nichts befreien.«

»Wir müssen anders denken. Die Abkürzungen zwischen den Dimensionen suchen. Die Wurmlöcher, die Raum und Zeit verbinden. Die Tunnel zwischen den Multiversen. Die Physiker glauben, dass es parallele Universen geben kann, Seite an Seite mit dem unsrigen. Alle sind beim Big Bang vor vierzehn Millionen Jahren entstanden. Alle haben sich parallel zueinander entwickelt. Und in jedem dieser Universen, Bjørn, gibt es ein Echo von Ihnen und mir.«

Von: Primus Pilus **Datum:** 01.09.2009 20:55
An: Legatus Legionis
Kopie: Großmeister
Betreff: Bericht: al-Hilla /Babylon II **Code:** S/MIME PKCS7

Dominus!

Voller Demut danke ich für die Auszeichnung und die Seligsprechung in Luzifers Namen. Viele Jahre meines Lebens habe ich unserer Bruderschaft gewidmet. Sanctus bellum war für mich immer der ehrenvollste Auftrag des Ordens. Natürlich, Dominus, stehe ich dem Orden zur Verfügung!

Primus Pilus: Bruder Raț

XIV: Die Fremden

al-Hilla
1. September 2009

1

CC holte sich ein Bier aus dem Kühlschrank und sah mich fragend an. Ich schüttelte den Kopf. Mir schwirrte der Schädel so schon genug.

»Wenn die Erde von Außerirdischen besucht wurde«, sagte ich, »muss es dafür doch Beweise geben?«

»Sie meinen – über Oûäh hinaus?«

»Irgendetwas werden sie ja wohl zurückgelassen haben?«

Die Bierdose schäumte über, als er sie öffnete. Er lachte kurz.

»Andere Leute haben sehr viel unglaublichere Geschichten von Stippvisiten prähistorischer Astronauten auf der Erde vorgelegt, wissen Sie. Immanuel Velikovsky verfolgte biblische Geschichten und Mythen bis zu einem Zusammenstoß von Erde, Venus und Mars in vorgeschichtlicher Zeit zurück. Zecharia Sitchin vermutete einen unbekannten Planeten in unserem Sonnensystem, Niburu, der von einer hoch entwickelten Zivilisation bevölkert ist, die der Erde jedes Mal, wenn sie nah genug ist, einen Besuch abstattet. David Icke behauptet, die Erde würde von der Babylonischen Bruderschaft gelenkt – einer Rasse menschenähnlicher Reptilien unter der Führung von Elisabeth II., George W. Bush und Kris Kristofferson. Der bekannteste Astroarchäologe von ihnen allen aber ist der Schweizer Erich von Däniken. Buch auf Buch argumentiert er, dass die Erde im Altertum von außerirdischen Wesen besucht wurde – und dass überall auf der Welt archäologische Beweise dafür zu finden sind. Das Problem ist nur, dass die Außerirdischen seit vier-, fünftausend Jahren nicht mehr hier gewesen sind. Um Spuren zu finden, die sie hinterlassen haben, müssen wir zwischen den Zeilen der Mythen und Religionen suchen. In den Glaubensüberlieferungen leben die Zeugnisse dieser mystischen Himmelsgötter weiter.«

»In Form von Allegorien?«

»Ja. Mythen. Gleichnissen. Visionen. Offenbarungen. Selbst in der Bibel findet sich die Schilderung eines Raumfahrzeuges, das direkt vor den Augen eines begeisterten Propheten landet, der glaubte, eine religiöse Vision zu haben.«

Er schob ein dicht bedrucktes Blatt über den Tisch.

»Diese Offenbarung steht bei Hesekiel im Alten Testament. Machen Sie ein Experiment: Lesen Sie den Text mit heutigem Blick. Dann wird Ihnen auffallen, dass Hesekiel die Raumfahrer mit fremdartiger Ausrüstung beschreibt und die Flammen und das Dröhnen der Bremsmotoren eines Landungsfahrzeuges. Sie werden Hinweise auf Metall, Glas, Mechanik, Elektronik, Energieentladungen finden.«

Und siehe, es kam ein ungestümer Wind von Norden her, eine mächtige Wolke und loderndes Feuer, und Glanz war rings um sie her, und mitten im Feuer war es wie blinkendes Kupfer. Und mitten darin war etwas wie vier Gestalten.

Und in der Mitte zwischen den Gestalten sah es aus, wie wenn feurige Kohlen brennen, und wie Fackeln, die zwischen den Gestalten hin und her fuhren. Das Feuer leuchtete, und aus dem Feuer kamen Blitze. Und die Gestalten liefen hin und her, dass es aussah wie Blitze. Als ich die Gestalten sah, siehe, da stand je ein Rad auf der Erde bei den vier Gestalten. Die Räder waren anzuschauen wie Kryolith und waren alle vier gleich, und sie waren so gemacht, dass ein Rad im andern war.

Und wenn die Gestalten gingen, so gingen auch die Räder mit, und wenn die Gestalten sich von der Erde abhoben, so hoben die Räder sich auch empor.

Aber über den Häuptern der Gestalten war es wie eine Himmelsfeste, wie ein Kristall, unheimlich anzusehen, oben über ihren Häuptern ausgebreitet, dass unter der Feste ihre Flügel gerade ausgestreckt waren, einer an dem anderen; und mit zwei Flügeln bedeckten sie ihren Leib. Und wenn sie gingen, hörte ich ihre Flügel rauschen wie große Wasser, wie die Stimme des Allmächtigen, ein Getöse wie in einem Heerlager. Wenn sie aber stillstanden, ließen sie die Flügel herabhängen.

*Und über der Feste, die über ihrem Haupt war, sah es aus wie ein Saphir, einem Thron gleich, und auf dem Thron saß einer, der aussah wie ein Mensch. Und ich sah, und es war wie ein blinkendes Kupfer aufwärts von dem, was aussah wie seine Hüften, wie Feuer mit einem Ring um sich herum. Und abwärts von dem, was wie seine Hüften aussah, erblickte ich etwas wie Feuer und Glanz ringsherum.**

»Wie sollen wir das deuten?«, fragte CC. »Als eine religiöse Vision, als ekstatischen, religiösen Wachtraum? Als göttliche Offenbarung? Oder als die Beschreibung der Ankunft einer Landefähre von einem Mutterschiff, das die Erde umkreist? Es gibt eine Reihe ähnlicher Schilderungen in der Mythologie. Hesekiel war nicht der Einzige, der Raumfahrern begegnet ist. Im Gilgamesch-Epos wird Enkidu von *Adlerschwingen* über die Erde getragen. Henoch ist in das Raumschiff eingestiegen. In *Henochs Buch* schildert er seine Begegnung mit Astronauten, die er für Engel hält, und liefert die allererste Beschreibung der Erde aus der Vogelperspektive.«

* Hesekiel, Kap. 1, Vers 4–27 (gekürzt)

2

»Diejenigen, die an Paläokontakt glauben – Besuch aus dem Weltraum im Altertum –, verweisen auf alles: von den Höhlenmalereien astronautenähnlicher Wesen bis zur Perfektion der Pyramiden«, sagte CC. »Das sind im besten Fall Indizien, in der Regel aber nur gut gemeinte Interpretationen, eine Folge von Missverständnissen.«

»Was für Indizien?«

»Ach, Sie wissen schon. Stonehenge. Die Pyramiden von Gizeh. Die Nazca-Linien in Peru. Der Azteken-Kalender. Die Mathematik der Maya. Die Astronomie der Chinesen. Die Bagdad-Batterie. Der Antikythera-Mechanismus, ein fast zweitausend Jahre altes mechanisches Gerät, das als der erste analoge Computer der Welt gilt. Die Liste ist lang, sehr lang. Aber alles hängt von der Interpretation ab. Niemandem ist es bisher gelungen, die Indizien an etwas Konkretes zu knüpfen. Bis jetzt. In unserem Fall geht es nicht um Vermutungen. Wir *haben* die Beweise! Wir haben Objekte vorliegen, die nachweislich nicht-irdischen Ursprungs sind. Und jetzt haben wir, hol mich der Teufel, auch noch einen Leichnam.«

Ich füllte meine Lungen mit Luft und atmete langsam aus.

»Ich verstehe Ihre Skepsis, Bjørn. Aber ich *weiß*, dass Oûâh von einem anderen Planeten kommt. Ich bin kein Fanatiker. Ich habe noch nicht einmal etwas für Science-Fiction übrig. Ich habe keine dieser Fernsehserien gesehen, *Star Trek, Babylon 5, Akte X* und wie sie alle heißen. Ich erzähle Ihnen das, weil ich es *weiß*. Weil ich die ganze Geschichte kenne. Die Vorgeschichte, wenn Sie so wollen.«

3

CC trank ein paar Schlucke Bier, bevor er sich an den Tisch setzte.

»Kehren wir zurück zum Fund der Qumran-Rollen 1947 und der Silberrolle 1952. Die Silberrolle erzählt in klaren Worten die Geschichte eines Astronauten von einem anderen Stern. Signiert war der Text mit Oûäh. In der Silberrolle erzählt Oûäh, wo er und sein Volk herkommen und was sie hier auf der Erde vorgefunden haben. Seine Formulierungen – geprägt von der Symbolik und dem Wortschatz der Priester, die ihn die Sprache gelehrt haben – sind häufig verwirrend zweideutig. Diejenigen, die im Laufe der Jahre in der Lage waren, die Silberrolle zu entziffern und zu lesen, haben den Bericht nicht als Worte eines außerirdischen Astronauten verstanden. Sie haben darin die Geschichte eines gefallenen Engels gesehen und Oûäh mit Satan gleichgesetzt. Nicht weiter verwunderlich. In der Silberrolle bezeichnet er sich selbst und seine Astronauten abwechselnd als ›*die wir im Himmel wohnten*‹ und ›*die wir aus dem Himmel verwiesen wurden*‹. Vermutlich die unbeholfene Art auszudrücken, dass sie im Auftrag ihres Heimatplaneten ausgesandt worden waren. Formulierungen wie ›*wir mit Flügeln, die vom Himmel gefallen sind*‹ sind typisch. Unklar und schlecht formuliert. Als Oûäh den Begriff *Flügel* verwendete, dachte er an Fliegen – in einem Raumschiff. Aber diejenigen, die die Formulierung gelesen haben, verstanden sie wörtlich. Engel, die vom Himmel gefallen waren. Der Text gab sprachlich nicht viel her, war voller unbeholfener Formulierungen und klang, als wäre er von einem Kind verfasst worden. Oder von jemandem, der gerade eine Sprache gelernt hatte, ohne die Syntax oder die raffinierteren Kniffe der Grammatik durchschaut zu haben. Genau das war ja auch der Fall. Oûäh hatte die Sprache des Landes gelernt. Akkadisch. Eine Sprache mit einer komplizierten Grammatik. Können Sie sich die Probleme vorstellen, die es mit sich bringt, die Sprache eines fremden Planeten zu lernen? Die Phonetik. Alle Schriftzeichen. Die Grammatik. Die Rechtschreibung.«

»Ich hatte große Schwierigkeiten mit Deutsch.«

»Über sich selbst schrieb er, dass er *aus dem Himmelsmeer* käme. Damit meinte er den Weltraum. Der Text ist voll von solchen Zweideutigkeiten und merkwürdigen Formulierungen. Darum kann er auch auf unterschiedliche Weise gelesen werden. Selbst als religiöse Prophetie oder Apokalypse. So wie auch Nostradamus auf hunderterlei Weise gelesen werden kann. Immerhin war der Text von einem Geschöpf geschrieben worden, das es gewohnt war, sich anders als wir Menschen auszudrücken oder zu denken. Wenn Oûäh sich selbst als *einen Himmelsgott, der wie ein Flammenstern vom Himmel fiel* beschreibt, dürfen wir ihn nicht buchstäblich verstehen. Er griff auf das bildhafte Vokabular der Priester zurück, die ihn die Sprache gelehrt hatten und wie einen Gott verehrten. Eigentlich macht es Oûäh gleich menschlicher – wenn man diese Bezeichnung für ihn denn verwenden kann –, dass er mit der Sprache kämpfte. Jedenfalls ist so nachvollziehbar, wieso er sich der allegorischen Formulierungen der Priesterschaft bediente.«

»Unfassbar ...«

»Eine bemerkenswerte Geschichte, ja«, fuhr CC fort. »Oûäh erzählt von zweihundert Raumfahrern – Engeln –, die ihren Heimatplaneten verlassen hatten und auf der Erde gelandet waren. Wenngleich sie viele menschliche Züge aufwiesen – karbonbasierte Lebewesen mit zwei Armen, zwei Beinen, einem Kopf mit Augen, Nase und Mund –, unterschieden sie sich genetisch doch deutlich von uns Menschen. Sie wurden doppelt so groß und lebten viel länger. Menschen haben eine potentielle Lebenserwartung von bis zu hundert Jahren. Oûähs Volk konnte mehrere tausend Jahre alt werden.«

»Wie ist das möglich?«

»Wenn wir die Antwort auf diese Frage gefunden haben, können wir möglicherweise Methoden entwickeln, unser eigenes Leben zu verlängern.«

»Aber eine Theorie werden Sie doch haben?«

»Die Biologen werden nach einer Erklärung in Oûähs DNA suchen. Natürlich haben sie ihre Vermutungen. Selbstreparierende DNA. Das Vorhandensein eines völlig anderen Typs von Enzymen, Antioxidantien und freien Sauerstoffradikalen. Etwas, das den Stoffwechsel beeinflusst, den Puls senkt, aber gleichzeitig die notwendige Blutversorgung des Herzens und des Gehirns gewährleistet. Selbsterneuerbare Mitochondrien. Etwas, das selbstreinigend auf die gesamte Biologie des Organismus wirkt. Theoretisch gibt es viele Möglichkeiten, ein Leben zu verlängern. Oûähs Rasse war von Natur aus so beschaffen.«

»Mehrere tausend Jahre alt zu werden?«

»Seine sterblichen Überreste sind verblüffend gut erhalten. Irgendetwas scheint den Alterungsprozess und die Zersetzung zu bremsen. Sie haben es ja mit eigenen Augen gesehen.«

»Wenn ich ehrlich sein soll, ich finde, dass er ziemlich ungemütlich aussah.«

»Ich glaube, wir hätten ihn gemocht, Bjørn. Obwohl er so groß und anders war.«

4

»Wieso hat er diese Texte überhaupt geschrieben?«

»Wir glauben, dass Oûäh und sein Volk uns helfen und ihr Wissen mit uns teilen wollten. Technologisch war Oûähs Zivilisation den Menschen um Zehntausende von Jahren voraus. Ich denke, sie haben sehr frühzeitig erkannt, dass die Menschen viel zu primitiv waren, als dass sie im Tausch gegen ihr Wissen irgendetwas Nützliches zurückbekommen hätten. Das Wissen, das er von seinem Planeten mitgebracht hatte, war zu hoch für uns. Trotzdem wollte er, dass die Nachwelt erfuhr, dass sie hier gewesen waren. Darum sorgte Oûäh dafür, dass er selbst – und alle Spuren, die zu ihm führten – so lange verborgen blieb, bis die Menschheit ein Niveau erreicht hatte und reif genug war, ihn zu verstehen und richtig zu interpretieren. Über die Dinge hinaus, die Oûäh im Turm zu Babel hinterließ, schrieb er zwei Texte – die Goldrolle und die Silberrolle –, die dafür sorgen sollten, dass sein Versteck irgendwann gefunden wurde und wir dann verstanden, wer er war. Aber erst, wenn wir reif dafür waren.«

»Halt, warten Sie. Die Goldrolle? Die haben Sie bisher noch gar nicht erwähnt.«

»Die Goldrolle ist leider verloren gegangen. Sie wurde, wie der Name schon sagt, auf reinem Gold geschrieben. Dort gibt er die exakte Position des Turms zu Babel an, in Form einer Reihe von Koordinaten, die wie geometrische und mathematische Angaben angeordnet sind. Aber wie Sie wissen, waren diese Informationen für die Menschen damals bis in unsere heutige Zeit nicht zu gebrauchen. Erst als wir Zugriff auf den kompletten Text und die gesamte Formelreihe hatten, ist es Dr. Gordon und ihrem Team gelungen, die Codes zu dechiffrieren, die wir brauchten, um die Koordinaten des Turms zu Babel zu finden.«

»Silberrolle … Goldrolle … Und was ist dann *Luzifers Evangelium*?«

»Ich weiß, es hört sich seltsam an, aber *Luzifers Evangelium* lässt sich am besten als Sicherheitskopie beschreiben. Natürlich nicht im computertechnischen Sinn, aber der akkadische Text in der linken Spalte ist beispielsweise eine Abschrift der Silberrolle. Während die Symbole und Zeichen in der rechten Spalte die entsprechende Abschrift der Goldrolle sind. *Luzifers Evangelium* wurde auf einem außerirdischen Stoff geschrieben, der nicht zerfällt oder sich auflöst. Eine zusätzliche Vorsichtsmaßnahme von Oûäh, falls dem Originaltext etwas zustoßen sollte. Und genau so war es ja.«

»Und wo hat er das alles versteckt?«

»Die Goldrolle und die Silberrolle hatte er in einem soliden Gewölbe versteckt.«

»Und trotzdem sind sie entdeckt worden.«

»Das Gewölbe, das er bauen ließ, war zu seiner Zeit das solideste und uneinnehmbarste Versteck, das es gab. Und heute noch gibt. Sie haben es selbst gesehen. Mit Ihren eigenen Augen.«

»Wo? Wann?«

»Versetzen Sie sich einmal in Oûâhs Lage. Er ist allein, in einem Tempelturm in Babylon, Tag für Tag, Nacht für Nacht, und schreibt an seiner Überlieferung für die Nachwelt. Alle anderen, die mit ihm zusammen gekommen sind, sind tot. Er wird wie ein Gott verehrt. Aber er weiß, dass alles vergänglich ist. Neue Herrscher zerstören oft alles, was ihre Vorgänger aufgebaut haben. Er kennt die Natur des Menschen. Darum sichert er sich ab. Der Tempelturm, in dem er lebt, wurde hermetisch gegen Grabräuber versiegelt. Sie wissen ja selbst, wie wir die Pforte geöffnet haben. Primitive Grabräuber hätten keine Chance gehabt. Oûâh sah voraus, dass der Turm, der auf dem soliden Fundament stand, in dem er seine Wohnstatt hatte, früher oder später einstürzen würde und damit die Versiegelung des Versteckes noch verstärken würde. Aber wenn er zu gut versteckt war, würden er und das, was er zu hinterlassen hatte, niemals gefunden werden. Darum sah er sich nach einem Versteck im Ausland um, wo er die Hinweise platzieren konnte, also die Goldrolle und die Silberrolle. Er suchte ein solides Bauwerk, das Jahrtausende überleben würde, etwas, das so spektakulär war, dass es für die Nachwelt niemals an Faszination verlieren würde. Auf diese Weise, überlegte Oûâh, würden die Menschen irgendwann das Versteck entdecken – hoffentlich in einem Stadium der Zivilisationsentwicklung, in dem sie verstanden, was sie vor sich hatten. Den Rest können Sie sich sicher selber zusammenreimen.«

»Nein.«

»Denken Sie nach. Welche Zivilisation war die mächtigste und stärkste zu Oûähs Zeit?«

»Ungefähr 2500 vor Christus? Na ja … Ägypten?«

»Genau.«

»Die Pyramiden von Gizeh? Die große Cheops-Pyramide?«

»Ganz richtig. Eine große Pyramide war der ideale Platz für Oûähs Vorhaben. Er reiste auf eigene Faust nach Ägypten und überredete den Pharao Cheops – oder Khufu, wie er auf Ägyptisch hieß –, das monumentale Bauwerk zu errichten und es als sein eigenes Grabmal auszugeben. Die Pyramide ist nie ein Grabmal gewesen, sie war ein Gewölbe. Oûähs Gewölbe.«

»Großzügig von dem großen König …«

»Für den Pharao war Oûäh kein außerirdischer Astronaut, er war ein Gott! Und wenn Gott an die Tür klopft und um Hilfe bittet, hätte selbst der Heide Bjørn mit Freuden geholfen, um sich so einen Platz in der Seligkeit zu sichern, nicht wahr? Wie auch immer, König Cheops zögerte keine Sekunde und baute die Pyramide, wie Oûäh ihn gebeten hatte.«

»Und dort hat Oûäh seine Schriftrollen versteckt?

»Oûäh brauchte drei Kammern. Die Hauptkammer, von der Nachwelt auch Königsgruft genannt, lag im Zentrum der Pyramide. Von der Königsgruft weisen zwei Schächte auf den Riesenstern Zeta Orionis in Orions Gürtel und auf Alpha Draconis, den ehemaligen Polarstern Thuban im Sternbild des Drachen. Eine unserer Hypothesen ist, dass einer der Schächte zu Oûähs Sonnensystem zeigt. In die Königskammer, in einen steinernen Sarkophag, legte er die Goldrolle. Sie lag in einem goldverkleideten Sarg aus Akazienholz. Der Sarg wurde in den Sarkophag gelegt, in der schon eine hundertdreißig Zentimeter lange und achtundsiebzig Zentimeter breite und hohe Kiste lag. Übrigens sind das genau die Maße, die die Bibel für die Bundeslade angibt.«

Ich verkniff mir jeden Kommentar.

»Die Silberrolle wurde in der Königinnenkammer versteckt. Noch heute sind Ägyptologen sich nicht einig – um nicht zu sagen ahnungslos –, was der eigentliche Zweck dieser Kammer war. Und dann war da noch die Sicherheitskopie, Oûähs persönlicher USB-Stick. *Luzifers Evangelium.* Die Abschrift der Gold- und der Silberrolle. Die hat er in einer fast dreißig Meter unter der Erde liegenden Kammer versteckt. Doch dann geschah das Undenkbare. Grabräubern gelang es, die zahlreichen Sicherheitssysteme zu überwinden, die den Zugang zu den Kammern blockierten. Oûäh hatte geglaubt, der heilige Status der Pyramide und die Steinmassen, hinter denen die Eingänge zu den Kammern verborgen lagen, würden die Handschriften vor Räubern schützen. Aber dem war nicht so. Ägyptische Grabräuber sind gerissen und durch nichts abzuschrecken. Irgendwann im Mittleren Reich wurden die Schätze der Pyramide geraubt. Die Goldrolle verschwand aus der Geschichte. Wir können nur vermuten, was geschah. Die Grabräuber, denen der Text nichts sagte, haben das Gold wahrscheinlich in Stücke geschnitten und es portionsweise verkauft. Den anderen Dingen erging es besser. Der Akazienholzsarg tauchte ohne Goldverkleidung bei König Salomo wieder auf, in seinem legendären Tempel in Jerusalem. Das Gleiche geschah mit der Silberrolle und *Luzifers Evangelium.*«

CC ging zum Fenster und schaute nach draußen, ehe er weitersprach:

»Als die Römer im Jahr 70 den Zweiten Tempel zerstörten, stahlen sie eine Menge Schätze und heilige Gegenstände. Aber in einer wundersamen Allianz zwischen der Priesterschaft und den Essäern wurde die Silberrolle beiseitegeschafft und in der Höhle versteckt, in der unsere Archäologen sie 1952 ausgegraben haben.«

»Ist ihnen jemals in den Sinn gekommen, dass es sich bei der Silberrolle um eine Fälschung handeln könnte?«

»Natürlich! Was glauben Sie wohl, wie die Ersten, die sie gelesen haben, reagiert haben? Anfangs zielte das ganze Projekt darauf ab, den Beweis zu erbringen, dass Oûâh eine Fantasiegestalt war und die Silberrolle ein altertümlicher Bluff.«

»Was hat sie vom Gegenteil überzeugt?«

»Oûâh hat außerirdische Materialien hinterlassen. Das Material, auf dem *Luzifers Evangelium* geschrieben ist, zum Beispiel. Es erinnert auf den ersten Blick an Tierhäute, ist aber – wie Ihre isländischen Freunde herausgefunden haben – ein synthetischer Stoff. In dem Schrein mit der Silberrolle lag außerdem etwas Organisches – ein Blatt –, das auch nicht irdischen Ursprungs war. Frisch und rot. Wie auch immer für die Ewigkeit konserviert. Biologen, Chemiker und andere Wissenschaftler forschen seit fast sechzig Jahren an diesem Blatt, es ist bis heute nicht verwelkt.«

5

Ich wollte gerade fragen, wie es angehen konnte, dass das Blatt nicht verwelkt war, als die Tür des Büros aufflog. Dick Stone füllte die Türöffnung aus.

»Wir haben ihn!«

Hinter ihm, in dem Spalt zwischen dem rechtwinkligen Türrahmen und den Konturen seines Körpers, lag die dunkle Wüste.

»Ist er gefasst?«, fragte CC.

»Noch nicht.« Der Sicherheitschef schloss die Tür hinter sich. »Er ist nicht in seinem Zimmer. Er kann aber nicht weit sein. Meine Leute sind unterwegs und suchen nach ihm.«

»Wer ist es?«

»Ein Mann, der noch nicht einmal auf der Liste der Verdächtigen stand«, sagte Stone und setzte sich an den Tisch. »Professor Aldo Lombardi hat sich für ihn verbürgt.«

Als er die Reaktion in meinem Gesicht sah, hob er abwehrend die Hände.

»Der Professor ist über jeden Verdacht erhaben. Ich habe vor wenigen Minuten mit ihm telefoniert. Ihm kann kein Vorwurf gemacht werden. Er ist mindestens ebenso entsetzt wie Sie. Lombardi hat diesen Mann unterstützt, ihm zu seiner Anstellung an der Gregoriana-Universität verholfen, lange bevor er selber ins Luzifer-Projekt aufgenommen wurde.«

»Wer?«, wiederholte CC seine Frage.

»Ein Italiener. Vittorio Tasso. Einer der Semiotiker.«

Es versetzte mir einen Stich. Ich kannte Vittorio Tasso. Ich war ihm bei meinem ersten Besuch bei Professor Lombardi und später noch einmal im Geheimarchiv des Vatikans begegnet. Hier im Lager war er eher für sich geblieben – in der Kantine, in den Gemeinschaftsräumen – und hatte nur selten ein Wort mit einem von uns gewechselt. Ich hatte ein paarmal versucht, ein Gespräch mit ihm anzuleiern, aber er wirkte wenig interessiert.

»Das ist wirklich bedauerlich«, sagte Stone. »Tasso war Professor Lombardis Protegé.«

»Dann war er der Maulwurf der Drăculsângeer«, sagte CC nachdenklich. »Darum hatten sie einen so guten Überblick. Sie wussten jederzeit, wo wir waren. Was wir dachten. Durch Vittorio Tasso ist Aldo Lombardi, unabsichtlich und ohne sein Wissen, zum Informanten der Drăculsângeer geworden.«

»Zur Zeit klopfen wir gemeinsam mit dem italienischen Geheimdienst seinen Hintergrund ab. Laut Professor Lombardi wurde Vittorio Tasso 1998 an der Gregoriana-Universität angestellt. Davor hatte er bereits mehrere Jahre mit den besten Referenzen an der Universität von Bologna gearbeitet und davor wiederum an der Universität von Turin. Seinen Doktorgrad hat er in Cambridge erworben.«

»Wann ist er Drăculsângeer geworden?«, fragte ich.

»Wahrscheinlich war er es die ganze Zeit. Wir vermuten, dass er ein sogenannter Schläfer war. Laut Ausweispapieren wurde er in Brescia geboren. Aber seine Papiere – Geburtsurkunde, Taufbescheinigung, Schulzeugnisse aus der Grundschule – sind allesamt gefälscht. Wir haben das beim Einwohnermeldeamt und bei der Schulverwaltung überprüft. Wir stoßen erstmals auf eine Spur von Vittorio Tasso in einem offiziellen italienischen Register, als er an der Universität von Turin aufgenommen wird. Die Aufnahme basiert auf falschen Dokumenten. Offenbar haben sie dort keinen Grund gesehen, seinen Hintergrund zu überprüfen. Wir untersuchen, ob er ursprünglich aus Rumänien kommt, wo sich der Hauptsitz der Drăculsângeer befindet …«

6

»Beeindruckend!«

Vittorio Tasso war ein kleiner Mann – untersetzt, unauffällig – mit schütterem Haar und einer altmodischen Brille, die ihn wie einen alternden Intellektuellen aussehen ließ. Er stand in der Tür zwischen Büro und Flur und machte alles andere als einen intellektuellen Eindruck. Keiner von uns hatte ihn kommen hören.

»Aufstehen! Alle!«

Seine Stimme war zu nasal und dünn für die natürliche Autorität, die seinem Doktorgrad, seinem wissenschaftlichen *curriculum vitae* und der Glock angemessen gewesen wäre, mit der er auf uns zielte.

Trotzdem standen wir auf. Der Sicherheitschef trat einen Schritt zur Seite.

»Bleiben Sie stehen!«

»Vittorio …«, sagte CC.

»Nein! Sprechen Sie mich mit meinem richtigen Namen an: Bruder Raț.«

»Bruder Raț …«, wiederholte CC. »Wie Sie wollen. Sie sind vermutlich ein gläubiger Drăculsângeer?«

»Ich wurde schon im Alter von dreizehn Jahren zum Drăculsângeer-Mönch geweiht. Zuvor hatte ich zehn Jahre im Sfânt-Kloster gelebt. Die Mönche haben mich erzogen.«

»Sie wollen die Handschrift?«

»Selbstverständlich.«

»Da muss ich Sie leider enttäuschen.«

»Wo ist sie?«

»Die Handschrift ist nicht im Lager.«

»Wollen Sie mich für dumm verkaufen?«

»Bruder Raț, die Handschrift diente nur einem Zweck: Sie musste uns zeigen, wo wir den Turm zu Babel finden. Was wollen Sie damit? Die Prophezeiung, die Sie im dritten Teil zu finden hoffen, existiert nicht. Dort steht kein Wort über Gott, Satan und *costhul.* Sie haben den Text falsch gedeutet. Hören Sie mich an! Ihr …«

»Wo ist die Handschrift?«

»An einem sicheren Ort. Weder Sie noch Ihre Ordensbrüder werden sie jemals bekommen.«

Bruder Raț machte einen Schritt in den Raum hinein.

»Wir werden folgendermaßen vorgehen. Zuerst erschieße ich Beltø. Danach den Sicherheitschef. Und zum Schluss schieße ich Ihnen in beide Knie. Und dann in den Bauch. Ein Bauchschuss soll die unangenehmste und schmerzvollste Weise zu sterben sein. Früher oder später werden Sie mir sicher verraten, wo sie ist.«

Er richtete den Blick und seine Waffe auf mich.

Ich bin eine Memme. Die Angst vor dem Schmerz und die Aussicht auf einen jähen, frühzeitigen Tod machten mir weiche Knie. Ich griff nach der Stuhllehne, um nicht umzukippen.

»Nun, wird's bald?«, sagte Bruder Raț zu CC.

CC erwiderte etwas in der Art, dass er ihm natürlich mitteilen würde, wo sich die Handschrift befände – wenn ihm *derart* daran gelegen wäre. Meine Ohren rauschten so laut, dass ich nicht genau mitbekam, was er sagte. Noch ein paar Sekunden, und ich würde die Besinnung verlieren. Wenn er mich nicht vorher erschoss.

»Wo?«, rief Bruder Raţ so laut, dass seine Stimme überschnappte.

Erst jetzt bemerkte ich die zwei roten Punkte, die auf Bruder Raţs Stirn tanzten. Ich dachte, ich hätte Halluzinationen.

»Wo?«, schrie er wieder.

»Also, ich werde es Ihnen sagen …«, setzte CC an.

Die Scharfschützen hatten, wie ich später erfuhr, auf der Ladefläche eines Lastwagens in Bereitschaft gelegen, der vor dem Feldbüro geparkt war. Über ein Mikrofon, das der Sicherheitschef am Körper getragen hatte, hatten sie jedes Wort gehört.

»Tasso muss klar gewesen sein, dass er bald entlarvt werden würde, und Sie waren folgerichtig sein Ziel«, erklärte der Sicherheitschef, als das Ganze vorbei war. »Wir haben alles vorausgesehen. Den Schritt zur Seite habe ich gemacht, um den Scharfschützen freie Sicht und Schusslinie zu geben.«

Als sich die beiden Laserpunkte auf Bruder Raţs glänzender Stirn fanden, explodierte zuerst das Fenster und dann der Kopf des Mönches. Es war kein schöner Anblick. Ich werde immer noch von den Bildern heimgesucht. Ich selbst hatte mich in einem Scherbenregen zu Boden geworfen. Aber da war bereits alles vorbei gewesen. Das, was von Bruder Raţ noch übrig war, badete in dem Blut, das ihm so heilig war.

Rom, Mai 1970

Licht.

Starkes, helles Licht.

Und Luft.

Ich schluchze auf, huste, schnappe nach Luft.

Luft …

Lege meinen Unterarm über die Augen. Jammere, huste.

Sie legen den Deckel des Sargs auf den Boden. Das Licht sticht in meinen Augen. Sie heben mich aus dem Sarg. Doch etwas von mir bleibt darin zurück. Im Sarg. Sie waschen mich. Sie ziehen mich an. Der Mann mit der freundlichen Stimme gibt mir einen trockenen Keks und ein Glas Saft.

*

Silvana saß auf einem Stuhl in dem großen, leeren Refektorium des Klosters, der Ranzen lag neben ihr auf dem Boden. Ihre Bluse hing an ihrem mageren Körper, ihr Gesicht war bleich.

Giovanni brach in Tränen aus. »Silvana!«

Als sie seine Stimme hörte, blickte sie auf. Ein vorsichtiges Lächeln. Aber sie stand nicht auf. Sie warf sich nicht in seine Arme. Sie blieb, etwas schräg, auf dem Stuhl sitzen.

Was haben sie mit ihr gemacht?

»Silvana, mein kleines Mädchen!«

*

Papa …

Sehe ihn im Gegenlicht.

Papa?

Papa ist gekommen, um mich zu holen. Oder es ist jemand, der wie Papa aussieht. Jemand, der Papas Körper angezogen hat und der mich mit Papas Augen ansieht.

Lo-Lo ist weg. Er verschwindet ständig.

Silvana!, sagt Papa.

*

Er lief zu ihr und hob sie hoch. Sie legte ihre Arme schlaff um seinen Hals. »Silvana, Silvana, Silvana«, schluchzte er in ihr strähniges Haar.

*

Er hebt mich aus dem Stuhl. Seine Stimme kommt von weither: Silvana, Silvana, Silvana …

Ich versuche zu lächeln. Ist das wirklich mein Papa? Wo ist Mama? Wo ist Bella?

Er riecht wie Papa.

*

»Wie geht es dir, mein kleiner Liebling?«

Sie schluchzte.

»Papa ist gekommen, um dich zu holen. Mama wartet zu Hause. Sie hat sich solche Sorgen gemacht. Jetzt wird alles gut.«

Sie klammerte sich an ihn.

Er hörte ihren Atem, kurze, stockende Luftstöße.

»Es ist vorbei, meine Süße.«

Er setzte sie wieder auf den Stuhl und hielt ihr Gesicht in seinen Händen. *Mein Gott, was haben sie nur mit ihr gemacht?* Ihr Blick war abwesend und apathisch. Er streichelte ihr über die klamme Stirn. Wütend drehte er sich zu der Gruppe Männer um, die hinter ihm stand.

»Was haben Sie mit ihr gemacht?«

Der Großmeister trat einen Schritt vor. »Sie hat nicht übermäßig leiden müssen, Professor Nobile.«

»Sehen Sie sie an!«

»Sie braucht nur ein paar Tage frische Luft.«

»Frische Luft?«

»Es ist ihr nichts zugestoßen.«

»In Gottes Namen, hätten Sie sie nicht in einem Zimmer einsperren können? In einer Wohnung? Warum … das hier?«

Der Großmeister breitete langsam die Arme aus. »Weil es so geschrieben steht.«

»Geschrieben? Wo?«

»In der Heiligen Schrift.«

»In der Bibel steht nichts, *kein Wort,* über eine solche Ungeheuerlichkeit! Kein Wort!«

»Professor Nobile, es gibt mehr heilige Schriften als nur die Bibel. Das sollten Sie als Theologe eigentlich wissen.«

»Wissen Sie, was Sie sind? Sie sind doch verrückt! Verrückt! Mein Gott, verstehen Sie denn nicht …«

Silvana zupfte am Ärmel seiner Jacke.

»Die Menschen müssen sich ihren Göttern unterordnen und sie anbeten«, sagte der Großmeister.

»Götter! Ach was? Götter? Wer sind denn eigentlich Ihre Götter?«

*

Papa …

Er ist wütend. Auf die Männer.

Papa, sei nicht wütend.

*

Als sie zurück nach Rom fuhren, begann es endlich zu regnen.

Silvana saß auf seinem Schoß. Der Großmeister und die beiden Muskelmänner waren mit im Auto. Ein anderer Mercedes mit zwei weiteren Männern folgte ihnen. Der Wolkenbruch fegte seinen wehenden Schleier über die Landschaft. Regentropfen trommelten aufs Dach und auf den Asphalt. Das einschläfernde Hin und Her der Scheibenwischer erinnerte ihn an das Metronom zu Hause bei der Klavierlehrerin, zu der er bis zu seinem zwölften Lebensjahr gegangen war.

Der Nachmittagsverkehr in Richtung Rom wurde lichter, dafür kamen ihnen immer mehr Fahrzeuge entgegen. Giovanni fragte sich, wie viele Jahre er würde absitzen müssen. Dass Silvana gekidnappt worden war, verschaffte ihm sicher mildernde Umstände. Trotzdem gab ihm das nicht das Recht, einen unschuldigen Ägypter zu erschießen. Auch wenn es im Grunde genommen ein Unfall gewesen war. Er hatte nicht vorgehabt zu schießen. Aber natürlich hätte er die Waffe gar nicht erst mitnehmen dürfen. Auf jeden Fall nicht geladen. Mord im Affekt, wenn es gut lief. Geplanter, vorsätzlicher Mord, wenn sie ihm misstrauten, im schlimmsten Fall. Schließlich hatte er den alten Revolver herausgesucht, ihn geladen, war damit zur Universität gefahren und hatte dem Dekan und den Ägyptern aufgelauert. Eine wirkliche Affekttat war es damit nicht – nicht im juristischen Sinne –, auch wenn er nicht hatte schießen wollen. Aber das mussten sie ihm doch glauben? Wie viele Jahre hatte er zu erwarten? Zehn? Oder mehr? Er hatte sich nie sonderlich für Strafrecht interessiert. Verbrecher, hatte er bisher gedacht, verdienten ihre Strafe. Und jetzt war er einer von ihnen.

Silvana und Luciana würden schon zurechtkommen. Sein armes, kleines Mädchen hatte jetzt einen Mörder als Vater. Ob sie das traumatische Erlebnis im Sarg überwinden würde? Er hoffte von ganzem Herzen, dass die Geschehnisse sie nicht seelisch zerstört hatten. Was richtet es im Gemüt eines Kindes an, in einem Sarg eingesperrt zu sein? Er wusste es nicht. Wie so vieles. Sie würden professionelle Hilfe in Anspruch nehmen müssen. Das war klar. Dennoch blieb die Frage, ob Silvana bleibende Schäden davongetragen hatte. Das würden sie erst im Laufe der Zeit erkennen. Arme kleine Silvana …

Und wie würde Luciana reagieren? Seine schöne Luciana. Sie, die es nicht einmal ertragen konnte, wenn er einen Fisch ausnahm. Dann überkam ihn die schmerzhafte Erkenntnis, dass Luciana wahrscheinlich mit Silvana fortziehen würde. Zu Enrico? Vielleicht. Nein, so weit würde sie nicht gehen. Trotz alledem. In einer Sache aber war er sich sicher: Luciana würde nicht auf ihn warten, während er im Gefängnis seine Strafe absaß. So innig war ihre Liebe nicht. Sie war eine Frau, die verwöhnt werden wollte, geliebt, angebetet. Zehn Jahre ohne die Hingabe eines Mannes … Niemals.

Natürlich würde ihm gekündigt werden. Dekan Salvatore Rossi hatte den Mord schließlich mit eigenen Augen gesehen. Vermutlich würde er der Hauptzeuge der Anklage sein. Ausgerechnet der Pedant Rossi … Theoretisch könnte er seine Forschung im Gefängnis fortsetzen. Ob er nun in einer engen Zelle oder in einem engen Büro hockte, machte eigentlich keinen Unterschied. Aber selbstverständlich war das unmöglich. Die Universität würde sich niemals bereit erklären, einen verurteilten Mörder als Professor für Theologie wirken zu lassen. Nicht einmal als Dämonologen. Alles war verloren. Das wurde ihm schlagartig klar. Luciana. Die Arbeit. Seine Studien. Das Leben. Alles.

Als sie sich der Ringstraße näherten, fragte der Großmeister, wohin sie fahren sollten.

»Fahren Sie zu mir nach Hause«, antwortete Giovanni.

»Das hätten Sie wohl gerne! Direkt in die Arme der Polizei?«

»Sie können ein paar Straßen vorher parken. Ich zeige Ihnen den Weg.«

*

Sie parkten vier, fünf Straßen vor dem Mietshaus, in dem er wohnte. Silvana an der Hand, führte Giovanni sie über eine Parallelstraße und durch ein paar enge Gassen, in denen Fahrräder, Motorroller und übervolle Mülleimer standen, aus denen es nach faulen Früchten stank.

»Gleich gehen wir nach Hause, Silvana«, sagte er. »Nach Hause zu Mama und Bella!«

Silvana reagierte nicht. Unweit des Eingangs von Giovannis Tabakladen kamen sie auf die Hauptstraße. Wie gewöhnlich waren keine Kunden im Geschäft. Der Tabakhändler freute sich, als er Giovanni und Silvana erblickte.

»Mein Engel!«, rief er erleichtert.

Silvana lächelte vage.

»Giovanni!«, sagte Giovanni.

»Giovanni!«, sagte Giovanni.

»Ist alles in Ordnung?«

Der Tabakhändler blickte beunruhigt auf die Männer in den Anzügen, die in seinen kleinen Laden getreten waren.

»Ich brauche den Aktenkoffer.«

Der Tabakhändler zögerte einen Augenblick und musterte die Fremden.

»Sind Sie sicher, Giovanni?«

»Ja, danke für Ihre Hilfe! Geben Sie mir jetzt den Koffer. Es ist alles in Ordnung.«

Der Tabakhändler verschwand im Hinterzimmer, wo sie ihn herumkramen hörten. Dann kam er mit dem Koffer zurück und reichte ihn Giovanni.

»Aufmachen!«, kommandierte der Großmeister.

Giovanni öffnete den ledernen Aktenkoffer. Das Manuskript lag in Leder eingeschlagen in einem Pappumschlag.

»Danke«, sagte der Großmeister.

Dann gab er einem der Muskelmänner ein Zeichen, der eine Pistole zückte und dem Tabakhändler zwischen die Augen schoss. Er fiel schwer, erst gegen das Regal mit den Zigarillos, dann seitlich auf den Boden, wo er unter Hunderten von Zigarren begraben wurde. Ein gurgelnder Laut kam über seine Lippen.

»Tut mir leid, Professor Nobile.« Die Stimme des Großmeisters war gefühllos. »Keine Zeugen, keine Überlebenden. Das verstehen Sie sicher. Ich habe Ihre Zusammenarbeit geschätzt. Aber so muss es sein. Tut mir leid.«

Natürlich, dachte Giovanni, jetzt brauchen sie uns ja nicht mehr. Weder mich noch Silvana. Sie haben bekommen, was sie wollten, und werden mich und Silvana erschießen, damit es keine Zeugen gibt. Und dann werden sie mir die Waffe in die Hand drücken. Dem durchgedrehten Professor, dem Wahnsinnigen, der von den Dämonen besessen war, die er erforscht hat, und der schließlich wegen einer simplen, alten Handschrift einen Ägypter, den Tabakhändler und am Ende auch noch seine kleine Tochter und sich selbst erschossen hat. Natürlich.

Giovanni schob Silvana hinter sich und drückte sie an den Tresen. Seine Hand schloss sich um den Schaft der Waffe, die noch immer in seiner rechten Jackentasche steckte. Sie gingen wahrscheinlich davon aus, dass er sich davon getrennt hatte. Ein armseliger Professor, ein ungefährlicher Akademiker. Er hatte überhaupt nicht daran gedacht, dass er die Pistole noch bei sich hatte.

Durch die Jackentasche schoss er dem Großmeister in die Brust und dem Muskelmann in den Kopf. Sie stürzten zu Boden. Dann erschoss er den Einzigen der verbliebenen Männer, der zur Waffe griff. Die beiden anderen schienen unbewaffnet zu sein. Sie standen reglos da, wie gelähmt, ehe sie die Hände in die Höhe nahmen.

»Auf den Boden!«, schrie Giovanni.

Sie warfen sich hin.

»Liegen bleiben!«

Er begegnete dem Blick des Großmeisters. Blutiger Schaum

quoll aus seinem Mundwinkel. Er versuchte, etwas zu sagen, aber seine Worte waren nicht zu verstehen.

»Silvana«, sagte Giovanni. »Komm, mein Schatz!«

Er nahm die Aktentasche mit dem Manuskript, ergriff Silvanas Hand und zog sie hinter sich her aus ihrem Leben.

XV: Monique

al-Hilla
2. September 2009

I

Als die Sonne über der Wüste aufging, schien nichts von alledem geschehen zu sein.

Ich wachte wie immer um sechs Uhr morgens von dem Wecksignal im benachbarten Militärlager auf, taumelte die Treppe nach unten und ging an der Latrine vorbei zu dem großen, gemeinsamen Duschraum. CC rasierte sich gerade.

»Alles in Ordnung?«, fragte er.

»Ich kriege die Bilder nicht aus dem Kopf.«

»Ich weiß, wie es Ihnen geht. Wir können nachher ein Gespräch mit dem Arzt des Camps führen. Debriefing. Angeblich hilft das.«

Die Forscher arbeiteten in drei Schichten, von denen die erste um fünf Uhr morgens begann. Jeder Quadratmeter des Zikkurats wurde fotografiert, mit Videokameras gefilmt, aufgezeichnet und beschrieben. Über den Überresten von Oûâh war ein Plastikzelt errichtet worden. Überdies hatte man Teile der Halle abgesperrt, damit die Biologen ungestört ihre Analysen vornehmen konnten. Im Feldlabor wurde alles klassifiziert und katalogisiert, was der Grabkammer entnommen wurde. Hier herrschte rund um die Uhr Aktivität. Nach der Registrierung wurden die Gegenstände in Aluminiumkästen gepackt und mit passend zum Artefakt in Form gegossenem Schaumgummi gesichert. Die Aluminiumkästen kamen in Spezialcontainer, um zur gründlicheren Analyse in die USA geflogen zu werden.

Vor dem Eingang des Lagers war ein regelrechtes Medienzentrum aus dem Boden geschossen. Viele der großen Fernsehanstalten hatten ihre Kriegskorrespondenten und Übertragungswagen aus Bagdad abgezogen. Trotz der fetten Zeitungsschlagzeilen und der langen Fernsehreportagen über den Turm zu Babel war nicht ein Wort über Oûâh an die Öffentlichkeit gelangt. CC hatte große Angst davor, dass der Fund bekannt werden könnte. Eine solche Neuigkeit, meinte er, müsse der Welt mit angemessener Pietät mitgeteilt werden. Es war angedacht, dass der amerikanische Präsident die UN-Vollversammlung in einer weltweit live übertragenen Rede informierte.

Die Journalisten siedelten die Entdeckung des Turms zu Babel irgendwo zwischen einer historischen Kuriosität und einer militärpolitischen Verwicklung an. Keiner von ihnen verstand, was wir eigentlich machten. Aber das war – alles in allem betrachtet – unwichtig.

2

Ich war auf dem Weg aus der Messe zum Feldbüro, als ich sie sah. Sie war am Parkplatz abgesetzt worden und ging, eingehüllt in eine Staubwolke, zu Fuß über den schmalen Weg zu den Baracken.

Monique.

Als sie mich entdeckte, blieb sie stehen. Der Wind griff in ihre Haare. Sie waren nicht mehr blond. Sie waren pechschwarz.

»Monique!«, sagte ich, als sie nah genug war.

Ihre Augen waren geschwollen, rot und glasig. Ich verstand, dass weit entfernt in Amsterdam Dirk van Rijsewijk aufgehört hatte, um jeden Atemzug zu kämpfen.

Ich umarmte sie. »Mein Beileid«, flüsterte ich. Sie drückte meinen Oberarm. »Danke«, formte sie mit den Lippen. Unbeholfen legte ich meinen Arm um ihre Hüfte und versuchte, sie zu trösten. Sie nahm ihren Block heraus. »Ich habe bei ihm gesessen, als er eingeschlafen ist«, schrieb sie. Ihr Blick war mir unangenehm. Es sah aus, als wollte sie noch mehr schreiben. Sie zögerte. Etwas – ein Gedanke, eine Unsicherheit – hielt ihren Stift fest. Dann schrieb sie: »Ich habe Durst.«

3

»Ich muss dir etwas erzählen«, schrieb Monique.

Wir hatten uns mit zwei Gläsern amerikanischer Limonade mit Eiswürfeln auf die Plattform gesetzt. Ich hatte zwei Ventilatoren geholt, einen für Monique und den anderen für mich. Der Luftstrom ließ die Blätter ihres Blocks flattern.

Irgendwo tief in mir drin hoffte ich, sie würde schreiben, dass sie mich liebte. Dass sie gemeinsam mit mir alt werden wollte, dass sie jetzt frei war und ihren Gefühlen folgen konnte. Ihren Gefühlen zu mir. Irgendetwas in dieser Richtung. Bjørn, der Romantiker.

»Ich weiß, dass du enttäuscht warst«, schrieb sie. »Tu nicht so, als würdest du mich nicht verstehen. Du fühlst dich von mir betrogen.«

Konnte ich das leugnen? Sie hatte mich betrogen. War die ganze Zeit auf CCs Seite gewesen.

»Ich konnte nichts sagen. Nicht zu dem Zeitpunkt«, schrieb sie. »Aber jetzt ist Dirk nicht mehr da ... er hat darauf bestanden. Die ganze Zeit. Er war richtiggehend monoman, was unsere Anonymität anging.« Sie sah mich fragend an. »Weißt du es wirklich nicht?«

Ich hatte keine Ahnung, wovon sie redete.

Zehn, fünfzehn Sekunden lang kritzelte sie planlos auf ihrem Block herum. Dann schrieb sie: »Wer war Dirk?«

»Dirk war dein Mann.«

Sie zuckte zusammen.

»Mein Mann? Wie kommst du denn darauf?«

Ihr Gesichtsausdruck zeigte offene, unverfälschte Verblüffung. Sie spielte mir nichts vor.

»Das … davon bin ich immer ausgegangen. Vermutlich hat mir das mal jemand gesagt. Wart ihr denn nicht verheiratet?«

»Verheiratet? Nie! Das ist doch absurd!«

Sie schüttelte lange den Kopf.

»Ich habe dir nie Grund zu einer solchen Annahme gegeben.«

»Tut mir leid. Ich habe das so aufgefasst. Ich muss da etwas missverstanden haben.«

Wieder zögerte sie, bevor sie schrieb: »Frag dich doch mal, warum Dirk und ich im Verborgenen gelebt haben.«

»Weil ihr ein diskretes, zurückgezogenes Leben führen wolltet?«

»Lieber, guter, dummer Bjørn.«

Der Luftstrom des Ventilators lief mir wie ein Schauer über den Rücken.

»Dirk van Rijsewijk war kein Niederländer«, schrieb sie. »Er war Italiener. Sein wirklicher Name war Giovanni Nobile.«

4

Giovanni Nobile …

Der Dämonologe. Der italienische Theologe.

»Ich dachte, Giovanni Nobile wäre ermordet worden?«

»Ja, das sollten alle glauben.«

Ich sah sie an.

Und dann verstand ich. Schließlich doch.

Endlich. Dummer, dummer Bjørn.

Ich betrachtete ihr hübsches Gesicht, den goldenen Glanz ihrer Haut, die braunen Augen.

»Du bist seine Tochter.«

Sie nickte.

»Du warst nie seine Frau. Du bist Giovanni Nobiles Tochter.«

Nicken.

»Du bist Silvana.«

Sie nickte weiter.

»Ja«, schrieb sie, »ich bin Silvana Nobile.«

5

Und dann begann sie zu erzählen.

Sie schrieb, lange, und ich las ihre Geschichte mit glänzenden Augen.

Ich las über den Tag, an dem sie vor der Schule gekidnappt und in den Sarg gelegt wurde. Ich las über die endlosen Stunden, die sie eingesperrt gewesen war.

»In diesem Sarg habe ich meine Sprache verloren«, schrieb sie. »Die Ärzte können sich das nicht erklären. Papa hat mich zu diversen Spezialisten gebracht, aber meine Stimme ist in diesem Sarg geblieben. Auch wenn das keinen Sinn macht. Du musst das nicht verstehen. Die Worte kommen einfach nicht mehr aus mir heraus. Die Spinne war eine Notlüge. Der Sarg hat mich stumm gemacht. Der Sarg!«

Wir sahen einander an. Ich spürte den Luftstrom und roch den schwachen Duft von Chanel No. 5.

»Papa und ich sind geflohen. Erst weg aus Rom. Vor der Polizei. Vor den Mönchen. Alle waren sie hinter ihm her. Die Polizei, die Sekte, die Universität, der Antiquar Luigi. Ein paar Wochen lang waren wir in Grado. Dann in Triest. Papa hatte Kontakte. Menschen, denen er vertraute. Sie haben uns geholfen und uns neue Identitäten verschafft. Falsche Pässe und Papiere. Irgendwann haben wir dann die Identität von Leuten angenommen, die gerade gestorben waren. Niederländer. In Amsterdam hat sich Papa mithilfe eines Kollegens neu etabliert.«

»Und deine Mutter?«

Ein schmerzhafter Zug umspielte ihren Mund.

»Sie kam nach Ortobello. Heimlich. Aber es war zu viel für sie. Ich kann das nicht erklären. Sie ertrug die Vorstellung nicht, ein Leben auf der Flucht zu führen. Vielleicht stimmte auch nicht alles zwischen Papa und ihr. Ich weiß es nicht.«

»Aber sie ließ dich mit deinem Vater ziehen?«

»Sie wollte, dass ich zurück mit ihr nach Rom ging, aber Papa sagte Nein. Er meinte, es sei dort nicht sicher genug für mich.«

»Verständlich.«

»Mama sagte, sie würde nachkommen. Wenn sich alles beruhigt hätte. Aber dazu ist es nie gekommen.«

»Was ist passiert?«

Sie starrte vor sich in die Luft. Lange. Als müsste sie tief in sich gehen, um die Antwort formulieren zu können.

»Papa wurde von den italienischen Behörden für tot erklärt. Viele Jahre später. Mama hat wieder geheiratet. Ihren Chef. Enrico. Sie hat zwei Söhne mit ihm, aber ich habe meine Halbbrüder nie kennengelernt. Sie glauben, dass ich gemeinsam mit Papa gestorben bin.«

Ich dachte an meine Mutter und an meinen Halbbruder. Moniques Schicksal und meins waren durch ein dünnes Band miteinander verknüpft.

»Ich habe Mama vor ihrem Tod noch fünfmal getroffen«, schrieb sie.

»Wie hat das Luzifer-Projekt euch in Amsterdam aufgespürt?«

»Es war umgekehrt. Papa hat sie gefunden. Er hat nie damit aufgehört, das Luzifer-Evangelium zu erforschen, und er hat alles verfolgt. Alle fachlichen Diskussionen. Hat Zeitschriften gelesen und schließlich nach einigen Jahren erkannt, dass sowohl die Drăculsângeer als auch eine internationale Forschergruppe auf der Jagd nach dem Manuskript waren. Er hat falsche Spuren gelegt und CC zu sich gelockt.« Sie blätterte um. »Als er sicher war, dass er ihm vertrauen konnte, hat Papa ihn in unsere Situation eingeweiht und ihm das Manuskript gegeben, das er seit 1970 bewacht hatte. Er wurde Mitarbeiter der Forschungsgruppe. Genau wie du. Er war eine entscheidende Ressource, auch das genau wie du.«

Sie öffnete ihre Tasche und nahm einen Umschlag heraus, den sie mir reichte.

»Von Papa. Ich musste seine alte Schreibmaschine vom Dachboden holen. Ich wollte ihm meinen Laptop leihen, aber nein, nur die Remington war ihm gut genug. Die hat Mama mir geschickt, gemeinsam mit seiner Plattensammlung und meinen Spielsachen, als sie aus unserer Wohnung in Rom ausgezogen ist.«

Ihr Stift stockte.

»Einen Tag nachdem er diesen Brief geschrieben hat, ist Papa gestorben.«

XVI: Der Brief (2)

Amsterdam
30. August 2009

Bester Bjørn Beltø,

mein junger, standhafter Freund. Ich möchte Sie um Entschuldigung bitten. Nachdem Silvana Ihnen erklärt hat, wie alles zusammenhängt, hoffe ich auf Ihr Verständnis und Ihre Nachsicht. Die für mich allerdings zu spät kommen wird. Wenn Silvana Ihnen diesen Brief überreicht, bin ich tot.

Ich bitte Sie von Mann zu Mann, kein doppeltes Spiel mit Silvana zu treiben. Ich weiß, dass sie Sie sehr schätzt. Wie ich auch. Ich erkenne mich in Ihnen wieder. Ich würde es Ihnen hoch anrechnen, wenn Sie ein wenig ein Auge auf meine Tochter haben könnten. Jetzt, wo ich nicht mehr bin, ist sie ganz allein auf der Welt.

Ich habe mein Leben dem Luzifer-Evangelium gewidmet. Ich wollte es einfach verstehen. Seit ich das Manuskript 1970 zum ersten Mal in der Hand hielt, hat der Text mich in seinen Bann gezogen. Dieses Evangelium hat mein Leben bestimmt. Ich will Ihnen etwas anvertrauen: Als Carl Collins mich anrief und erzählte, dass ihr Oûäh gefunden habt, bin ich in Tränen ausgebrochen. Normalerweise habe ich nicht nah am Wasser gebaut.

Ich verspüre das Bedürfnis, Ihnen als eine letzte, unbedeutende Geste noch etwas zu erklären, die Dinge in einen Zusammenhang zu bringen.

Sie fragen sich sicher, wie Oûäh und der Mythos Satan zusammenhängen? Luzifers Evangelium birgt die Erklärung für alle Missverständnisse und Fehlinterpretationen in sich, die im Laufe der Geschichte entstanden sind.

Als die Handschrift nach der Zerstörung des Zweiten Tempels im Jahr 70 auftauchte, wurde sie als magisch und ketzerisch abgestempelt. Die unverständlichen Teile des Textes wurden als okkult abgetan. Die verständlichen, lesbaren, in Akkadisch geschriebenen Teile wurden falsch interpretiert. Die Priester und Schriftgelehrten lasen die Referenzen und Allegorien als Anspielungen auf gefallene Engel, den Krieg zwischen den Söhnen des Lichtes und der Finsternis und Luzifers Verbannung aus dem Himmel. Wie Sie sich denken können, war die Schrift voll von Allegorien, die mit der Entwicklung des Christentums einen neuen Resonanzboden fanden.

Alle Mythen über Luzifer, der wie eine Fackel vom Himmel fällt, über Satan, über die Nephilim, über Engel und Dämonen - all das entspringt der Begegnung des Menschen mit Oûäh und seinem Volk. Wesen, die weitestgehend aussahen wie wir, die aber so viel größer, mächtiger, klüger und älter waren. Verwundert es da, dass die Menschen sie für Götter hielten?

In jener Zeit war das Konzept Engel noch nicht erfunden - zumindest nicht im christlichen Verständnis dieses halb göttlichen Geisterwesens. Als die Priester zu seinem Lobpreis ein Abbild von Oûäh anfertigten - eine beflügelte Gottheit, die vom Himmel herabflog -, entschieden sie sich für ein Symbol, das für sie den schönsten und edelsten aller Vögel darstellte, den sie sich denken konnten: den Pfau. Melek Taus. Der erste Engel.

Wie charakteristisch für die Natur des Menschen, dass wir diese Engel - angeführt von Priestern und Propheten - später zu Teufeln und Dämonen machten.

Der Mythologie zufolge konnte Satan in seiner Auflehnung gegen Gott ein Drittel der himmlischen Engel hinter sich versammeln. Zweihundert Raumfahrer kamen aus dem Weltraum, dem Himmel, zu uns auf die Erde. Welches Unrecht haben wir ihnen widerfahren lassen, indem wir sie zu Teufeln und Dämonen machten! Sie waren gekommen, um uns zu helfen. Sie waren unsere Freunde. Unsere Lehrmeister. Sie bildeten uns in Landwirtschaft aus, in Staatenbildung, Astronomie und Mathematik – ja, in allem, was eine Zivilisation braucht, um sich zu entwickeln.

Sie verwandelten uns von primitiven Stammesnomaden in zivilisierte, denkende Menschen. Sie formten die Menschheit, lehrten uns, eine Zivilisation zu organisieren.

Und was war der Dank? Wir unterstellten ihnen Bösartigkeit. Sahen sie als Bedrohung. Als etwas Gefährliches. Wir verwandelten sie in Dämonen, in Handlanger des Bösen. Wir missverstanden sie auf übelste Weise. Ist es nicht typisch für uns Menschen, immer nur das Schlechteste im anderen zu sehen?

Jemand sollte ihre verlorene Ehre wiederherstellen. Sie haben es verdient. Bjørn Beltø, ich möchte Sie ergebenst dazu auffordern: Erzählen Sie ihre Geschichte. Erweisen Sie ihnen die Ehre und den Respekt – und den Dank –, den sie verdienen.

Das, mein junger Freund, war alles, was ich noch zu sagen hatte. Ich bin müde. Genug. Friede sei mit Ihnen.

Freundliche Grüße
Giovanni Nobile

PS: Zum ersten Mal seit vierzig Jahren kann ich furchtlos einen Brief mit meinem eigentlichen Namen unterschreiben. Das ist, als würde ich mich selbst wiederfinden.

PPS: Ich glaube, meine Tochter Silvana hätte nichts dagegen, wenn Sie den Kontakt zu ihr aufrechterhalten würden.

XVII: Der Traum

al-Hilla
3. September 2009

I

Als ich nachts im Bett lag, dachte ich noch lange darüber nach, an welchem Punkt ich es hätte begreifen müssen. War ich wirklich so leicht an der Nase herumzuführen, wie Monique einmal angedeutet hatte? Ja, vielleicht. Wahrscheinlich.

Monique reiste noch am selben Tag wieder ab. Sie musste sich um die Beerdigung kümmern. Ich versprach, mit ihr in Verbindung zu bleiben.

»Schön«, schrieb sie auf ihren Notizblock.

Ihr Blick…

Schön…

Eigentlich sollte ich sie ab jetzt Silvana nennen. Aber für mich würde sie immer Monique sein.

Als ich schließlich einschlief, träumte ich von Oûähs Planet. Er kam mir merkwürdig bekannt vor, aber vielleicht lag das nur an dem Traum, ich weiß es nicht. Ich lief durch einen Wald, in dem die Vegetation rot statt grün war, herbstlich. Die Talsohle lag in einer bergigen, waldigen Landschaft. Die Sonne war größer als unsere und rötlich. Und der Planet hatte zwei Monde. Der eine war groß und rosa, der andere viel kleiner und bläulich schimmernd. Vielleicht kreiste der kleinere Mond ja um den größeren. Ich träumte von einem Meer mit Segelbooten, alte phönizische Handelsschiffe neben hypermodernen, stromlinienförmigen Fahrzeugen aus glänzendem Metall. Wellen spülten über die glatt geschliffenen Felsen des Küstenstreifens. Hier und da streckten fremdartige Bäume ihre Äste über das Ufer hinaus. Einige sahen aus wie Palmen, andere hatten enorme, dornige Blätter, viele waren von kleinen Blüten übersät. Der Sonnenuntergang am Horizont färbte die Wolken rot. Ein ungewohnter Farbton in der Lichtbrechung schaffte die Illusion von etwas schimmernd Goldenem, das auf meine Hand abfärbte, wenn ich sie ins Licht hielt. Am Horizont – am Fuß der Berge – flimmerte die Silhouette einer Stadt. Die Gebäude waren schmal und hoch, mehr Türme als Häuser, aber ihre Form erinnerte eher an Lehmhütten oder Termitenhügel. Manche Häuser hatten Erker und Nischen, Türme und Zinnen, andere waren ganz kahl und glatt. Ein paar der Gebäude waren über Brücken miteinander verbunden. Die Fenster schienen willkürlich platziert zu sein, als gäbe es in den Häusern statt Stockwerken unterschiedliche Ebenen, die auf den ersten Blick keiner Logik folgten. Durch die Luft flogen eidechsenähnliche …

»Bjørn!«

… Vögel zwischen den Hochhäusern hindurch.

»Wachen Sie auf! Bjørn!«

CC hatte angeklopft, die Tür geöffnet und mich aus meinem Traum gerissen. Ich tastete nach meiner Brille und der Armbanduhr auf dem Stuhl neben dem Bett. Es war zwei Uhr sechsunddreißig.

CC wedelte mit einem Stapel Papiere.

»Das ist fantastisch! Kommen Sie, begleiten Sie mich!«

»Es ist halb drei …«

»Kommen Sie!«

»… mitten in der Nacht.«

»Wir müssen raus, um darüber zu reden!«

»Worüber?«

»Raus! Sterne anschauen.«

»Raus … und … Sterne gucken …?«

»Ziehen Sie sich was Warmes an. Es ist kühl draußen!«

2

Die Wüste war pechschwarz, eiskalt und sternenklar. Ich packte mich gut in meine Jacke ein, als CC mich um den Tempelturm herumführte. Etwas entfernt strahlte die flutlichtbeleuchtete Sicherheitszone. Als wir schließlich stehen blieben, stemmte CC die Hände in die Seiten und schaute zum Himmel. Über uns flammten die Sterne.

»Mehr als fünftausend Sterne kann man mit dem bloßen Auge erkennen«, sagte CC. »Und hinter diesen gibt es Aberbillionen von Sternen, die wir nicht sehen können, die aber trotzdem da sind.«

Als keine Reaktion von mir kam, fuhr er fort. »Der Blick auf die Sterne ist ein Blick in die Vorzeit. Der Mond ist eine halbe Sekunde entfernt. Die Sonne acht Minuten. Aber einige der Sterne, die wir da draußen sehen, haben ihr Licht losgeschickt, als Luther den Bannspruch erhielt, als Jesus gekreuzigt wurde, als die Pyramiden gebaut wurden. Wenn Astronomen in die dunkelsten Tiefen unseres Universums schauen, werfen sie einen flüchtigen Blick auf eine Zeit, in der es die Erde noch gar nicht gab.« CC schlug die Arme um den Oberkörper. »Unglaublich, wie kalt es hier werden kann.«

Er schien die Überraschung so lange wie möglich hinauszögern zu wollen.

»Ich habe die vorläufige Übersetzung von dem Team der Paläografen, Linguisten und Philologen bekommen, die Oûâhs Texte untersucht haben.«

Er trat gegen einen Lehmklumpen, der sich in eine Staubwolke verwandelte. Dann zeigte er zu einem Punkt am Himmel.

»Die Andromeda-Galaxie! Eines der entferntesten Himmelsobjekte, die wir mit bloßem Auge erkennen können. Zwei Komma fünf Millionen Lichtjahre entfernt. Für unser Auge sieht die Andromeda-Galaxie aus wie ein Stern, aber sie setzt sich aus über tausend Milliarden Sternen zusammen. Stellen Sie sich das mal vor! Ein Lichtpunkt am Himmel, der aus tausend Milliarden Sternen besteht. Und dieser Punkt, Bjørn, dieser Punkt, den wir exakt in diesem Augenblick sehen, hat sein Licht vor zwei Komma fünf Millionen Jahren losgeschickt. Als die Affen sich gerade zur ersten Menschenart entwickelten.«

CC drehte sich zu mir um. In seinem Blick, seinem ganzen Gesicht, ahnte ich den Jungen, der auf einem Acker in Kansas saß und die Sterne bestaunte.

»CC, was haben wir nachts um halb drei hier draußen in der Wüste zu suchen?«

»Erinnern Sie sich an unsere Diskussion über den Ausdruck *hârga-më-giddô-dôm*?«

»Das Jüngste Gericht.«

»Nein, nein, nein. Wir haben es alle falsch verstanden, es nicht richtig interpretiert. Jüngstes Gericht ... Asteroiden ... Auferstehung ... Himmelsobjekte ... Alles war falsch.« CC lachte laut. »Erst jetzt, wo die Sprachforscher Oûâhs letzte Aufzeichnungen durchgegangen sind, können wir verstehen, was er eigentlich sagen wollte. Und das ist fantastisch, Bjørn, einfach fantastisch!«

»Und was wollte er eigentlich sagen?«

»Das Wort *hârga-më-giddô-dôm* ist eine Transkription aus Oûâhs eigener Sprache ins Akkadische. Und es bedeutet nicht Jüngstes Gericht, Endzeit oder was auch immer wir bisher geglaubt haben. In Oûâhs Sprache bedeutet *hârga-më* etwas in der Richtung *Rückkehr* oder *zu etwas zurückkehren*. Und *giddô dôm* ist ein Eigenname. Der Name, den Oûâhs Volk der Erde gegeben hat.«

»Dann bedeutet *hârga-më-giddô-dôm* also ... Rückkehr zur Erde?«

CC konnte sich ein Grinsen nicht verkneifen. »Ist das nicht unfassbar?«

Es verstrichen einige Sekunden in der kühlen Nachtluft, bis es mir zu dämmern begann.

»Kommen sie zurück? Oûähs Volk?«

»Ja! Ist das nicht unglaublich?«

»Hierher? Auf die Erde?«

»Ja! Die unzähligen kryptischen Formulierungen, alles, was wir zu deuten und zu verstehen versucht haben, ist nichts anderes als die Ankündigung ihrer Rückkehr.«

CC begann zu lachen. Oder zu weinen. Das ließ sich nicht so einfach sagen.

»Dass *eine neue Zeit anbrechen wird*, bedeutet nicht, dass die Welt untergeht«, sagte CC, als er sich wieder beruhigt hatte. »Die neue Zeit verheißt ihre Rückkehr. Und dieses Mal werden sie eine Zivilisation antreffen, die einen großen Nutzen aus der Kommunikation mit ihnen ziehen kann. Jetzt können wir etwas von ihnen lernen. Uns weiterentwickeln. Die Früchte ihres Wissens ernten. Ihre Fehler vermeiden. Überlegen Sie, was die alles wissen. Was sie im Laufe der Zeit dazugelernt haben. Oûähs Volk hat sich sein Wissen in Hunderttausenden von Jahren angeeignet. Und dieses Wissen wollen sie mit uns teilen.«

»Oûäh war nur leider ein paar tausend Jahre zu früh dran.«

»Oûäh war nicht der erste Besucher auf der Erde. Seinen letzten Aufzeichnungen ist zu entnehmen, dass sein Volk auch in vorgeschichtlicher Zeit unserem Planeten alle fünftausend Jahre einen Besuch abgestattet hat. Als sie das erste Mal kamen, waren unsere Vorfahren kaum mehr als herumstreifende Herdentiere. Sie haben uns von Tieren in Menschen verwandelt.«

»Aber wieso? Wieso haben sie sich solche Mühe gemacht?«

CC zögerte. Er schaute an den Himmel, dann zum Tempelturm, ehe er meinen Blick suchte.

»Ich habe den vorläufigen Bericht der Biologen, die Oûähs sterbliche Überreste untersucht haben, heute Morgen erhalten.«

»Und was haben die entdeckt? Außer, dass er tot ist?«

»Wir sind verwandt, Bjørn!« Er hielt inne. »Oûäh und die Menschenrasse! Ist das nicht unglaublich? Das stellt unser Verständnis des gesamten Universums auf den Kopf.«

»Wie meinen Sie das? Wie kann es sein, dass wir verwandt sind?«

»Uns liegt eine vorläufige DNA-Analyse der Genetiker vor.«

»Nach viertausendfünfhundert Jahren?«

»Die Analyse mitochondrialer DNA von Oûäh deutet darauf hin, dass wir alle Oûähs Nachfahren sind. Wir haben einen gemeinsamen Ansatz in der mtDNA von Oûäh entdeckt. Das bedeutet, dass wir unseren Platz im Universum neu definieren müssen. Entweder haben Oûäh und sein Volk sich mit Menschenfrauen auf der Erde fortgepflanzt – in dem Fall sind sie unsere Stammväter und wir Menschen ihre Nachkommen –, oder aber Oûäh und wir Menschen stammen von denselben Vorfahren irgendwo dort draußen im Universum ab.«

Ich versuchte, die Tragweite dessen zu erfassen, was er mir gerade zu erzählen versuchte. Es fiel mir nicht leicht.

»Sie wollen also behaupten, wir hätten eine gemeinsame Biologie?«

»Ziemlich nah dran. Entweder war Oûähs Volk in der Lage, sich mit Menschenfrauen fortzupflanzen – was eine enge biologische Verwandtschaft voraussetzt –, oder unser gemeinsamer Ursprung liegt noch weiter zurück in der Geschichte des Universums. Ich weiß nicht, welche Alternative ich für unfassbarer halte.«

»Gemeinsamer Ursprung? Auf einem dritten Planeten?«

»Die Frage kann ich nicht beantworten. Wir sind Steinzeitmenschen, Bjørn, nicht in der Lage, das Gesamtbild zu erfassen. Eine Hypothese der Astrobiologie nennt sich Panspermie. Sie besagt, dass im Weltraum *Samen des Lebens* herumschwirren. Obgleich das Universum riesig ist, stammt alle Materie aus der Urknall-Singularität – dem Punkt unfassbarer Energiemasse, aus dem das Universum entstand. Dabei könnte sich der *Samen des Lebens* im gesamten Weltraum verteilt haben. Infolge einer verwandten Hypothese, der *Exogenesis*, entstand das Leben auf der Erde, weil Meteore resistente Bakterien mit sich führten. Die gleichen Bakterien könnten so auch auf anderen, erdähnlichen Planeten gelandet sein und die Ausgangsbasis für vergleichbare Lebensformen geliefert haben.«

»Ohne dass Gott mitgemischt hat?«

»Wer weiß? Steht ein Plan hinter der Entstehung des Universums?« Wie in einem Reflex schauten wir gleichzeitig in den Sternenhimmel über uns. »Wenn ich so frei sein darf, ein wenig philosophisch oder religiös zu werden, würde ich Gott als eine universelle Urkraft definieren. Kein Bewusstseinszustand, kein biblischer Patriarch, der die Menschheit voller Fürsorge für jeden Einzelnen von uns regiert, sondern eine *Kraft*. Eine Kraft, die zeitgleich mit dem Universum entstanden ist, als Teil des gesamten Universums.«

»Hört sich an wie etwas zwischen New Age und hinduistischem Pantheismus.«

»Nennen Sie es, wie Sie wollen. Sind nicht alle Religionen der unbeholfene Versuch des Menschen, einen Rahmen für diese undefinierbare Kraft zu definieren? Die Kraft, die sie Gott nennen?«

CC zog eine Zigarre aus seiner Brusttasche und zündete sie an. Die Glut war ein orangefarbener Punkt in der Dunkelheit. Er bot mir auch eine an. Ich überraschte uns beide, als ich annahm.

»Wann können wir sie zurückerwarten?«, fragte ich und zündete die Zigarre mit den Streichhölzern an, die CC mir reichte.

»Oûäh schreibt von 1 647 000 Tagen. Das würde bedeuten, im Laufe der nächsten fünfzehn Jahre. Vielleicht 2012? Spätestens 2024.«

»Sie kommen zurück auf die Erde …«, wiederholte ich für

mich selbst, fassungslos und überwältigt, während ich die volle Reichweite dessen zu erfassen versuchte, was ich gerade erfahren hatte. Der Rauch biss in meiner Mundhöhle. »Unsere entfernten Verwandten.«

»Ist das nicht fantastisch, Bjørn?«

»Aber warum? Warum kommen sie zurück?«

»Vielleicht, um etwas so Hoffnungsloses zu tun, wie uns zu helfen.«

»Wobei?«

»Verstehen Sie immer noch nicht? Um die Welt lebenswerter zu machen.«

3

Als ich mich wieder hinlegte, begegnete ich noch einmal Oûäh in meinem Traum.

Zuerst glaubte ich, wieder auf dem fremden Planeten zu sein. Aber als Oûäh auf mich zukam, wusste ich, dass wir hier waren. In der Wüste. Auf der Erde.

Gïddô-dôm.

Er lächelte. Jedenfalls bildete ich mir das ein. Schwer zu sagen. Sein Mund war nur eine vage Andeutung von Lippen. Er sah alles andere als menschlich aus. Trotzdem erahnte ich unter dem weiten Gewand etwas Menschliches – zwei Arme, zwei Beine, Hals und Kopf –, obwohl er unglaublich groß und extrem schmächtig war. Sein Kopf war schmal und länglich und lief oben spitz zu. Er hatte eine Glatze, nur oben auf der Spitze wuchs ein leichter Flaum und hinter der Andeutung seiner Ohren. Die Nase wirkte viel zu klein in dem langen Gesicht.

Bjørn.

Ich konnte seine Stimme nicht hören. Die Worte – oder seine Gedanken – tauchten einfach in meinem Kopf auf.

Oûäh, antwortete ich.

Er streckte seine knochige Hand aus und strich mir über den Kopf.

Ihr seid bereit.

Er lächelte. Glaubte ich. In dem blassen Blick ahnte ich einen Funken Wehmut. Im Traum spürte ich plötzlich eine Sehnsucht, dieses freundliche, ungelenke Wesen kennenzulernen, das vor so langer Zeit gestorben war.

Stell dir vor, dies ist kein Traum, Bjørn.

Kein Traum?

Stell dir vor, die Träume verbinden unsere Gedanken kreuz und quer durch alles, was uns trennt: Zeit und Raum, Leben und Tod.

Unsere Blicke begegneten sich. Ich konnte nicht sehen, welche Farbe seine Augen hatten. Ich streckte den Arm aus und berührte ihn. Seine Haut fühlte sich dick an. Rau. Schuppig. Uneben.

Oûäh …

Ich wusste nicht, was ich sagen sollte. Der Traum war bereits dabei zu verblassen. Verzweifelt versuchte ich, ihn festzuhalten, die Stimmung, die Sanftheit, die dieses wundersame Geschöpf verströmte.

Stell dir vor …

Und damit verschwand sein Bild.

Ich schlug die Augen auf und versuchte, mir den Traum ins Gedächtnis zurückzurufen. Aber es ging nicht, er war fort.

Epilog

Das war das Ende der Rede.

Der Prophet Daniel, Kap. 7, Vers 28

Das ist nicht das Ende, es ist auch nicht der Anfang vom Ende,
aber vielleicht ist es das Ende des Anfangs.

Winston Churchill

Babylon
2560 v. Chr.

Heute Nacht werde ich sterben.

Eine Gewissheit, keine Vermutung. Das Bedürfnis nach Stille. Die Erkenntnis ... *Meine Zeit hier auf der Erde ist vorbei.* Ja, ja, ja ... Fühlt er Bedauern? Allem voran fühlt er eine ungeduldige Sehnsucht. Das unerklärliche Gefühl, nach Hause zu wollen. Der Tod, denkt er, ist nur ein Übergang. Eine Veränderung.

Stufe für Stufe hat er sich die steile Treppe zur Spitze des Tempelturms hochgearbeitet. Seine gichtgeplagten Gelenke schmerzen. Er bleibt stehen. Noch fünf Stufen. Sein Atem geht rasselnd und keuchend. Er ist erschöpft. Außer mir ist niemand mehr da, denkt er. Und heute Nacht bin endlich ich an der Reihe. Er holt tief Luft und geht weiter. Sein langer Körper schwankt. Er hält sich fest und sinkt auf den Thron, den sie für ihn gebaut haben. Er liebt es, hier oben auf der Spitze des Turms zu sitzen, den Blick gen Himmel gerichtet, über die Stadt und die Wüste. Drüben in der Stadt brennen Fackeln und Öllampen. Babylon ... Wie lange ist das hier schon sein Zuhause? Viel zu lange.

Seine Haut, grau, gerötet und rau, juckt und schuppt. Seit seiner Ankunft hier quälen ihn dieser Juckreiz und Ausschlag. Diese unerträgliche Wüstensonne! Er liebt die Nacht. Die Dunkelheit. Die sanften Brisen voller Gerüche. Über ihm, im Sternengewand, wölbt sich der Himmel. Er mag den Himmel. Vor vielen Jahren, als er die Stadt am Meer besucht hat, hat er dieselbe stille Freude empfunden, alleine am Strand zu sitzen und an den Horizont zu schauen. Alle Meere haben eine Küste. Der Himmel, denkt er, hat kein Ende. Aus der Stadt schallt Stimmengewirr herüber, ein Bellen, das Klimpern eines Saiteninstrumentes, der helle Ton einer Flöte. Der Geruch von Essen steigt ihm in die Nase – selbst nach all den Jahren tut er sich noch immer schwer mit den Speisen, die sie zu sich nehmen – und der süßliche Duft der Melonenfelder.

Als die Feuer verloschen sind und die Stadt verstummt ist, humpelt er die Stufen hinunter in den Sockel des Tempelturms. Er schleppt sich zum Eingang. Dort bleibt er stehen. Ein letztes Mal blickt er über die Landschaft und die Stadt. Hinauf zum Sternenhimmel. Er füllt die Lungen mit Luft – der schrecklichen, trockenen Wüstenluft – und atmet langsam wieder aus.

Die Schriften sind fertig. Wort für Wort, Zeile für Zeile hat er die Texte geschrieben und für die Nachwelt versteckt. Die Anleitung aus Gold, in der steht, wo sie seine sterblichen Überreste finden und alles, was er hinterlässt. Die Handschrift aus Silber, die seine Lebensgeschichte erzählt. Und die Kopie der zwei Texte, geschrieben auf Amphorium, das er von zu Hause mitgebracht hatte. Er hat die Schriften gut versteckt, in einer Pyramide bei einem Herrscher weit weg im ägyptischen Reich. Wie hieß er noch gleich? Es fällt ihm nicht mehr ein. Die vielen fremd klingenden Namen … Wann werden die Texte für diejenigen, die sie lesen werden, einen Sinn ergeben? In tausend Jahren? Seine Lippen verziehen sich zu einem Lächeln. In zehntausend Jahren? Oder niemals? Sie sind so simpel, diese Menschen. So naiv, so einfältig, so unfassbar einfältig. Und gefährlich. Für sich selbst. Und andere.

Was wird die nächste Gruppe in fünftausend Jahren erwarten? Nach allem, was er selbst erlebt hat, ist es nicht auszuschließen, dass die Menschen sich bis dahin selbst ausgerottet haben. Sie sind gewalttätig. Kriegerisch. Voller Hass. Vielleicht würde Wissen sie friedlicher machen? Mit der Zeit. Man darf ja hoffen, denkt er.

Er geht hinein, entzündet die Fackel und betätigt die schweren Kurbeln, die die Tür schließen, legt die Riegel vor und aktiviert die Versiegelung. Er wird eins mit der Stille und der Dunkelheit. Langsam schlurft er durch die Halle zu dem Steinsockel mit der Bettstatt. Als der Tempelturm gerade gebaut worden war und die Menschen ihn ihnen zu Ehren einweihten, war er gemeinsam mit zweihundert anderen seiner Rasse dort eingezogen …

Mit einem unterdrückten Stöhnen setzt er sich auf das Bett. Er legt sich hin und streckt sich aus. Faltet die Hände über der Brust.

Nach Hause … Er liegt da und starrt in die Dunkelheit. Dann schließt er die Augen.

Heute Nacht, denkt Oûäh.

e-nu-ma-e-liš la na-bu-ú šá-ma-mu
šap-liš am-ma-tum šu-ma la zak-rat

Als droben die Himmel noch nicht existierten
[nicht genannt waren]
Als unten die Erde noch nicht erschaffen war
[keinen Namen hatte]

DER BABYLONISCHE SCHÖPFUNGSMYTHOS ENUMA ELISCH

Da fiel ein großer Stern vom Himmel,
der brannte wie eine Fackel …

DIE OFFENBARUNG DES JOHANNES, KAP. 8, VERS 10

Dank

Ich danke meinem Verlagsredakteur Øyvind Pharo und unseren Mitlesern Egil Birkeland, Arnstein Bjørkly, Åse Myhrvold Egeland, Eva Christine Kuløy, Alexander Opsal, Kari Spjeldnæs und Trygve Åslund. Dank auch allen guten Geistern vom Aschehoug forlag und bei der Aschehoug Agency. Einen Dank an Vegard Egeland, Leif Gjerde, Kristin S. Kvisvik, Gisli Sigurdsson, Sotirios Souliotis und Paula Stevens für fachliche Tipps.

Das Luzifer Evangelium ist ein Roman – ein Gedankenspiel in der Grauzone zwischen Realität und Fiktion, Fantasie und Mythologie. Leser, die die Themen des Buches weiter vertiefen möchten, finden auf meiner Homepage eine Literaturliste, Links und weitere Informationen:

www.tomegeland.no

Die Zukunft ist ein Thriller.

544 Seiten
ISBN 978-3-442-46672-6

640 Seiten
ISBN 978-3-442-45122-7

608 Seiten
ISBN 978-3-442-46304-6

»Michael Crichton strickt aus den komplexesten wissenschaftlichen Themen spannende Bestseller.«
Die Zeit

Überall, wo es Bücher gibt und **GOLDMANN** unter www.goldmann-verlag.de